Becky Wade

Und dann kamst du

Über die Autorin

Becky Wade steht für unterhaltsame zeitgenössische Romane und einen humorvollen und mitreißenden Schreibstil, der ihr bereits mehrere Auszeichnungen eingebracht hat. Mit ihrem Mann und drei Kindern lebt sie in Dallas, Texas.

Becky Wade

Und dann kamst du

ROMAN

Aus dem Amerikanischen von Renate Hübsch

Gerth Medien

Für Chris.
Für dich, meinen Ehemann und besten Freund,
der mich jeden Tag zum Lachen bringt.
Ich liebe dich.

Kapitel 1

Sich plötzlich auf Gnade und Barmherzigkeit einem irren Amokschützen ausgeliefert zu sehen, ist ganz und gar nicht lustig.

Ganz und gar nicht, dachte Nora Bradford. *Wirklich überhaupt nicht.* Nicht einmal dann, wenn der besagte Amokschütze ein Schauspieler war, der mit einer Gewehrattrappe herumfuchtelte, und man selbst sich freiwillig und aus noblen Gründen bereit erklärt hatte, die Rolle der Geisel zu spielen.

Wenn man ihrer Schwester Britt glauben wollte, dann inszenierte Lawson Training Incorporated Notfallsituationen wie die, in der sie gerade mitten drinsteckte, als Höhepunkt jedes Kurses, den das Unternehmen anbot. Heute waren die Teilnehmer Sozialarbeiter der Gemeinde Centralia. Direkt hinter der Wand des Raumes, in den Nora und Britt eingeschlossen worden waren, suchten die Sozialarbeiter nach einer strategisch geschickten Reaktion auf einen Pseudofeind, der versuchte, dieses Pseudobürogebäude in seine Gewalt zu bringen.

Angesichts des gegenwärtigen Zustands der Welt glaubte Nora ganz sicher daran, dass es seinen Wert hatte, auf Notfälle vorbereitet zu sein und zu wissen, wie man sich im Fall der Fälle verhalten sollte. Tatsächlich hatte Nora nur deshalb zugestimmt, ihre Schwester heute zu begleiten, weil Britt ihr diesen Ausflug als Möglichkeit dargestellt hatte, proaktiv etwas für den Frieden in der Welt zu tun. Und Nora wollte Frieden in der Welt! Nur dass jetzt mit jeder Minute, die verstrich, ihre Gewissheit wuchs, dass sie für die Rolle der Geisel ganz und gar ungeeignet war. Ihre jahrzehntelange Liebe zum Lesen hatte in ihr eine *sehr* lebhafte Vorstellungskraft ausgeprägt.

In ihren Ohren klangen die aufgeregten Kommandos des Gangsters erschreckend echt.

Seit der „Angriff“ begonnen hatte, war ihre Anspannung beständig gestiegen. Jetzt saß sie ihr im Nacken, und die Nervosität verursachte in ihr ein flaues Gefühl in der Magengegend. Sie hätte sich besser als Freiwillige für die Suppenküche in ihrer Gemeinde melden sollen, um etwas für den Weltfrieden zu tun. Das wäre definitiv eher etwas für ihre Nerven.

Zornige Stimmen drangen durch die Wand, gefolgt von ein paar Angstschreien.

Nora schluckte. Angstschreie? Sie konnte nur hoffen, dass die Freiwilligen, die die Büroangestellten spielten, sich einige künstlerische Freiheiten erlaubten.

Britt schien den ganzen unheilschwangeren Aufruhr überhaupt nicht wahrzunehmen. Natürlich. Sie war vier Jahre jünger als Nora, das Nesthäkchen der Familie, und die Unerschrockenste von allen.

Britt schob ihre Fingerspitzen unter den Rand des einzigen Fensters im Raum und probierte, es aufzuziehen. „Ich glaube, wir sollten versuchen zu fliehen.“ Sie warf Nora ein Lächeln von der Art zu, wie sie es ihr auch immer geschenkt hatte, wenn sie irgendwelche nicht ganz koscheren kindlichen Abenteuer vorgeschlagen hatte. Ihre Augenbrauen zuckten vergnügt in die Höhe.

„Nein“, antwortete Nora entschlossen. „Der Gentleman, der uns diesen Raum hier zugewiesen hat, sagte eindeutig, wir sollen nichts anderes tun, als hier zu warten.“ Sie sagte es in einer Art, als wäre sie die Ruhe in Person. „Wenn wir entdeckt werden, sollen wir auf die Situation, die sich dann ergibt, so reagieren wie im echten Leben.“

„Genau das tue ich gerade! Nämlich, das Ganze als Herausforderung zu betrachten. Weißt du – wie in diesen Escape-Spielen, die gerade so in sind.“

„Das hier ist kein Spiel. Wir sind hier, um den Kursteilnehmern Anschauungsunterricht zu geben. Es geht hier doch nicht um uns.“

Britt zog noch ein paarmal kräftig am Fensterrahmen, bevor sie zurücktrat und die Hände in die Hüften stemmte. Langsam drehte sie sich um und ließ den Blick prüfend durch den Raum schweifen.

Der enthielt nichts außer einem Schreibtisch und dem Stuhl, den Nora belegte.

Britts Aufmerksamkeit blieb an dem Entlüftungsgitter hängen, das ein Stück unterhalb der Decke in der Wand installiert war.

Nora verengte die Augen zu Schlitzen. „Du glaubst doch wohl nicht, dass wir durch einen Luftschacht hier rauskommen?! Das machen vielleicht die Schurken in Filmen, aber im wirklichen Leben sind diese Schächte viel zu eng. Oder etwa nicht? Und vor allem: Die Anweisung lautet, hier zu warten! Und wir werden nicht versuchen, als die mutigsten Pseudogeiseln in die Geschichte einzugehen."

„Ich überzeug mich lieber selbst." Britt kam mit scheuchenden Handbewegungen auf Nora zu.

„Schhhh, weg!"

„Britt ..."

„Weg da!"

Nora gab den Stuhl frei.

Britt zog ihn unter den Luftschacht, kletterte auf den Stuhl und spähte in den Schacht.

Nora wollte sich gerade auf dem Teppich niederlassen, als von der anderen Seite der Wand ein lautes Krachen zu hören war, als ob ein großes Möbelstück umgefallen wäre.

Konnte es vielleicht sein, dass diese Übungsveranstaltung von einem echten Angreifer übernommen worden war?

Nein. Aber trotzdem fühlte Nora sich genau so, wie sie sich immer im Flugzeug fühlte, wenn es über die Startbahn rollte und dann abhob. Ihr Verstand wusste, sie war sicher. Aber ihre Emotionen sprachen dagegen, sie flüsterten ihr zu, dass Flugzeuge auch abstürzen können.

Wie gern wäre sie jetzt in der Suppenküche.

„Ist der Schacht denn groß genug, um durchzukriechen?", fragte Nora.

„Nein."

„Tja, wir könnten ja den Schreibtisch zerhauen und mit den Tischbeinen ein Loch in die Wand schlagen."

Britt sprang vom Stuhl auf und nickte geschäftsmäßig. „Okay, ich bin dabei."

„Das war ein Scherz!"

„Könnte aber funktionieren."

„Nie im Leben. Außerdem können wir nicht das Eigentum von Lawson Training demolieren." Nora runzelte die Stirn und zupfte das braune Tuch zurecht, das sie als Dekoration um ihre Rosie-the-Riveter-Frisur gebunden hatte. „Hör auf, diesen Schreibtisch mit deinen Augen zu verschlingen, Britt."

Ihre Schwester kehrte ans Fenster zurück. Ihre Gesichtszüge wiesen eine entfernte Ähnlichkeit mit der jungen Sophia Loren auf. Am Morgen hatte Britt ihr langes kastanienbraunes Haar in einen losen einseitigen Zopf geschlungen, der ihr absolut stand. Sie trug schmale Jeans unter einem weiten silberfarbenen Top. Flach ausgebreitet würde Britts Top aussehen wie ein Rechteck mit Ärmeln. Aber an ihrer fünfundzwanzigjährigen Schwester sah es bequem und trendy aus. Britt machte sich nicht allzu viel aus ihrem Outfit, aber das beruhte nicht auf Gegenseitigkeit. Alle Klamotten bestanden darauf, ihr zu schmeicheln.

An diesem ersten Tag im Mai hatte der Wetterbericht für den pazifischen Nordwesten Temperaturen von höchstens 17 Grad vorhergesagt. Daher trug Nora ihren Lieblingsstrickpulli. Der war drei Jahre alt, und ausgebreitet sah auch er aus wie ein Rechteck mit Ärmeln. Unglücklicherweise änderte sich das nicht, wenn er Noras Körper umhüllte.

Gott musste sie als einen sehr leidensbereiten Menschen diagnostiziert haben, denn er hatte ihr zwei attraktive Schwestern geschenkt. Eine ältere und eine jüngere. Nora selbst fühlte sich manchmal, als wäre sie dazu verdonnert, eine alte Jungfer zu werden.

Sie sah auf die Uhr. Fünf vor zwölf. „Wir sind hier jetzt schon fast eine Dreiviertelstunde drin. Was meinst du, wie lange das noch dauert? Ich vermisse mein Telefon."

„Du brauchst mal einen Handy-Entzug." Wieder ein Rütteln am Fenster.

Hätte Nora ihr Smartphone bei sich gehabt, hätte sie sich abgelenkt und ihre Mails und Chats nach einer Nachricht von Duncan durchsucht. Sie hier in diesem Raum ohne ihr Telefon einzuschließen, war ungefähr so, als stieße man Linus ohne seine Schmusedecke hinaus in die böse Welt.

Ein weiterer dumpfer Aufschlag ließ die Luft erzittern. Zwei Männerstimmen stießen gedämpfte Drohungen aus.

Nora schloss die Augen. Um sich abzulenken, ließ sie im Geist eine Liste all der Dinge abspulen, die sie sich für Samstag vorgenommen hatte. Sie wollte den sechsten Band der *Silverstone-Chroniken* lesen. Flyer für den Sommerantikmarkt in Merryweather entwerfen. Apfel-Zimt-Seife nach einem handschriftlichen Rezept ihrer Urgroßmutter von 1888 herstellen. Und wenn dann noch Zeit war, hatte sie gehofft, noch das tun zu können, was sie am Wochenende immer mit noch nicht verplanter Zeit tat: ein paar Episoden von *Northamptonshire* ansehen.

Es hatte sie und Britt dreißig Minuten gekostet, um hierher in das Städtchen Shore Pine zu fahren. Wenn sie auf der Rückfahrt noch bei Mr Hartnett vorbeischauen würden, damit Nora das jüngste einer langen Reihe von kleinen Bestechungsgeschenken abliefern konnte, und dann schließlich endlich in Merryweather ankommen würden, wäre ganz sicher nicht mehr genug Zeit, um heute noch ein bisschen ihre geliebte Serie zu genießen.

Ein Geruch wie von brennenden Chemikalien, in die man Zucker gemischt hatte, drang an Noras Nase. Ein Seitenblick zur Tür zeigte ihr, dass Rauch in den Raum eindrang. *Rauch!* „Ähem!" Sie wies mit der Hand in die Richtung.

„Wow!", sagte Britt. „Cooler Effekt."

Nora atmete sehr bewusst ein, um sich zu vergewissern, dass der Rauch nicht roch wie ein echtes Feuer. Aber das war nicht der Fall.

Stimmen im Befehlston und Geräusche von einem Tumult, einem Handgemenge, näherten sich ihrem Aufenthaltsort. Noras Herzschlag beschleunigte sich wie die Nadel einer Nähmaschine, die immer schneller wird …

„Oh Mann", sagte Britt. „Die Sache gefällt mir."

Von oben kam ein Knirschen. Die in der Decke angebrachte Sprinkleranlage senkte sich. „Nein!", entfuhr es Nora.

Im nächsten Moment schwappte ihr kaltes Wasser ins Gesicht. Kreischend rollte sie sich zusammen, zog den Kopf zwischen die aufgestellten Knie und schlang die Arme um die Beine. Hinter ihr zischte Britt empört.

„Vielen Dank auch, dass du mich eingeladen hast, bei dieser vergnüglichen Unternehmung dabei zu sein", rief Nora ihrer Schwester zu, aber die Worte blieben an ihren Uralt-Clogs hängen. „Wenn ich mich das nächste Mal übermäßig zufrieden und trocken und warm fühle, kann ich ja vielleicht wieder vorbeikommen."

Mit einem Knall öffnete sich die Tür. Nora schielte hinüber. Ein Mann stand in der Türöffnung. Ein großer Mann. Mit kantigem Kinn. Sein ernster Blick erfasste den kleinen Raum in einer Millisekunde. Er schien die fallenden Wassertropfen nicht zu bemerken, die in sein nasses strubbeliges Haar fielen und dann an seinem stoppeligen Kinn herunterliefen. Er strahlte absolute und umfassende Kompetenz aus.

Die Wirkung seiner Gegenwart traf Nora wie ein Sturm mit 150 Stundenkilometern. Aber sie konnte nicht anders reagieren, als hocken zu bleiben und zu blinzeln.

Irgendwo im Gebäude begann eine Alarmsirene zu heulen.

Ein viel kleinerer und weitaus menschlicher aussehender Typ in einem nassen Anzug schlüpfte in den Raum. Der Kleine winkte Britt zu sich. „Folgen Sie mir, bitte. Ich bringe Sie raus." Weg war er, und Britt folgte ihm beschwingt und war ebenfalls verschwunden.

Ein leises Missfallen kräuselte die Lippen des großen Mannes, der nun seine ganze Aufmerksamkeit auf Nora richtete. Der Kleine, vermutete Nora, war wohl einer der Übungsteilnehmer. Der hier musste der Trainingsleiter sein, der jetzt sicher verärgert war, weil sein Schüler die zusammengekauerte Gestalt am Boden nicht bemerkt und nur die eine Geisel in seine Obhut genommen hatte, die direkt vor ihm gestanden hatte und unmöglich zu übersehen gewesen war.

Jetzt trat er ein wenig zur Seite, sodass sie genug Platz hatte, den Raum zu verlassen. „Hier entlang."

Nora verbrachte einen Großteil ihrer Zeit damit, in längst vergangene Zeiten und an Orte zu reisen, die nur in der Fantasie existierten. Aufgrund dieser Tatsache und auch der Nervosität, die sie tatsächlich empfunden hatte, war es nicht schwer, sich vorzustellen, dass dieser fantastische Kerl tatsächlich ihr Retter war.

Sein Haar war kräftig und gut geschnitten. An der Stirn stand es leicht hoch. Seine Augenfarbe konnte sie nicht erkennen. Haselnussbraun? Feine Falten zogen sich quer über seine Stirn. Wie alt mochte er sein? Dreißig? Fünfunddreißig? Sein Gesicht ließ keine Spur von Sanftheit erkennen. Es wirkte wie die Miene eines Menschen, den Erfahrung und Kondition gestählt hatten. Und dasselbe galt auch für seinen hochgewachsenen, kräftigen Körper.

Er trug einen schwarzen Pulli, eine braune Cargohose und abgetragene Lederarbeitsschuhe. „Ma'am?" Er betrachtete sie mit professioneller Höflichkeit, durch die allerdings etwas Ungeduld hindurchschimmerte.

Nora, die ihn immer noch anstarrte, wischte sich mit den Fingerspitzen das Wasser aus den Augen, in der Hoffnung, ihn besser sehen zu können. Um ehrlich zu sein, er schien ein bisschen zu perfekt, um wahr zu sein.

Andererseits war sie neunundzwanzig Jahre alt und Single, und sie hatte sehr bewusst – inzwischen ganze drei Jahre lang – ihr Leben mit anderen Dingen ausgefüllt als mit romantischen Abenteuern. Was ihre Kontakte anbetraf, so waren es überwiegend Einwohner von Merryweather, die sie bereits ihr ganzes Leben lang kannte, ihre Familie oder ältere Menschen. In ihrem normalen Leben traf sie *nie* Männer wie diesen oder bekam wenigstens mal einen zu Gesicht …

Er kam auf sie zu.

Vielleicht zögerte sie zu lange. Vermutlich hielt er sie für stumm oder für so störrisch, dass sie die Rolle der aufsässigen Geisel absichtlich spielte.

Nora begann, sich aufzurichten, aber bevor sie sich in Bewegung setzen konnte, hatte er sie schon auf seine Arme gehoben. Ihr Mund öffnete sich und automatisch legte sie ihren Arm um seine breite Schulter.

Er durchquerte das Zimmer und auch den raucherfüllten Raum dahinter. Immer noch tropfte Wasser von der Decke.

Er trug sie in seinen Armen! Trotz des zusätzlichen Gewichts, das sie darstellte, war sein Gang leicht und fließend. Junge Frauen in Not zu retten, war vielleicht etwas ganz Alltägliches für ihn. „A…", begann sie, bemerkte aber dann, dass sie keine Ahnung hatte, was sie eigentlich sagen wollte. Und das passierte *ihr*, die sonst nie um Worte verlegen war.

Ein wunderbar männlicher Duft entströmte seiner Haut. Er hatte einen Arm um ihren Rücken gelegt und den anderen unter ihren angewinkelten Knien. Ihre Seite wurde somit gegen seinen Rumpf gedrückt, der so wenig nachgab wie der Stamm einer Fichte.

Das hier war … unglaublich vertraulich. Und alles, was sie bisher hervorgebracht hatte, war ein „a…". Sie musste etwas sagen.

Nora räusperte sich. „Sorry wegen meiner langsamen Reaktion gerade. Ich war ganz überwältigt von …", *Ihnen*, „… der unerwarteten Dusche."

Er konzentrierte sich weiterhin ganz auf den Weg vor ihnen. Sein Gesichtsausdruck war undurchschaubar.

„Wissen Sie, es ist das erste Mal für mich, dass ich eine Geisel spiele. Als Geisel bin ich Anfängerin." Allmählich begann sie, vor Kälte und Nässe ein wenig zu zittern.

Keine Reaktion.

„Wahrscheinlich hätte ich den Raum auch auf meinen eigenen Beinen verlassen können. Irgendwann."

Sie erreichten eine Treppe, die nach unten führte. Puh! Stufen. „Wenn Sie mich jetzt …"

Er trug sie hinunter.

Ein schmales Foyer zog an ihr vorüber, dann verließen sie das Gebäude durch Glastüren, die sich von selbst öffneten. Hinter einer

Absperrung warteten alle anderen, die ebenfalls an der Übung teilgenommen hatten.

Ein kurzer Applaus ertönte, als man die beiden sah. Noras Blick fand Britt sofort. Ihre Schwester hatte die Augen aufgerissen. Vor Überraschung. Oder vielleicht auch Belustigung.

Ihr Retter stellte sie auf die Füße und sah sie dann direkt an. „Es tut mir leid wegen der Sprinkleranlage. Normalerweise springt sie nicht an, wenn wir Rauch einsetzen."

„Kein Problem. Ich vermute, der Einsatz von Rauch ist eine komplizierte Sache." Was redete sie da? Das war nicht witzig. Es klang einfach nur albern.

„Sind Sie okay?"

„Ja."

„Vielen Dank, dass Sie heute mitgemacht haben." Er nickte kurz und wollte davongehen ...

„Ich bin Nora. Bradford."

Er hielt inne und sah sie wieder an. „John Lawson."

Spontan streckte sie ihm die Hand entgegen. Er schüttelte sie kräftig.

„Ich wohne in Merryweather", schob sie rasch nach, nicht bereit, ihn so bald gehen zu lassen. „Ich betreibe das historische Dorf im Stadtzentrum."

Sein Kinn senkte sich zwei Zentimeter.

„Ich bin Leiterin der Bibliothek im Naturschutzmuseum." Scham trieb ihr die Hitze in die Wangen. Warum spulte sie hier ihren Lebenslauf ab, als wolle sie einen möglichen Arbeitgeber beeindrucken?

Keine Antwort. Er bot ihr nicht gerade viel an Reaktionen in diesem Gespräch, mit denen sie arbeiten konnte.

„Ich bin Genealogin und Historikerin. Na ja, egal." Sie richtete sich auf und lächelte strahlend. „Wenn ich irgendwie behilflich sein kann bei ..." Sie wies vage auf das Gebäude. Die entfernte Sirene verstummte endlich. „... dem, was Sie hier tun, lassen Sie es mich wissen." Weil Ahnenforscher so wahnsinnig gut dabei behilflich sein konnten, Krisensituationen zu inszenieren.

Seine Augenbrauen zogen sich eine kleine Spur zusammen. „Sagten Sie, Sie sind Genealogin?"

„Ja." Ihr Puls und ihre Hoffnung flackerten auf.

„Kann sein, dass ich Sie mal wegen etwas anrufe."

„Würde mich freuen."

Dann war er fort und schritt zielstrebig auf eine Gruppe von Leuten zu, von denen sie annahm, dass es seine Kollegen waren. Sie hatte ihre Visitenkarten nicht dabei. Zusammen mit ihrem Handy lagen sie in der Tasche, die man sie bei ihrer Ankunft abzugeben gebeten hatte. Aber wenn John tatsächlich beschließen würde, sie wegen diesem mysteriösen „etwas" anzurufen, würde es nicht schwer sein, die Telefonnummer ausfindig zu machen. Eine Internetsuche „Bibliothek am Naturschutzmuseum" wäre sofort erfolgreich.

Ein Mann mittleren Alters mit dem steifen Gehabe eines Armeeangehörigen stieg auf ein Podest, um den Freiwilligen für ihren Einsatz zu danken. Er wies auf ein paar Tische und lud sie ein, sich an den Sandwiches, Chips, Wasserflaschen und Obstkörben zu bedienen, die dort warteten.

Alle stürmten in Richtung des Imbisses davon. Nora drängte sich zu Britt durch.

„Was um alles in der Welt ist da gerade passiert?", fragte Britt.

„Na ja, als John auftauchte …"

„John? Du nennst ihn beim Vornamen?"

„Er trug mich *in seinen Armen.* So nah bin ich schon jahrelang keinem Mann mehr gekommen. Daher hielt ich es für klug, dass wir uns unsere Namen nennen."

„Warum hat er dich getragen?"

„Ich glaube, ich habe ihn ein paar Sekunden zu lange angestarrt, als er auftauchte, um uns zu retten."

„Was soll das heißen: ‚angestarrt'?"

„Das soll heißen, dass ich ihn buchstäblich angestarrt habe. Ich war einen Moment wie erstarrt. Ich glaube, er ist ungeduldig geworden. Also hat er mich geschnappt und rausgetragen."

Britt gab ein ungläubiges Lachen von sich.

Nora hob die Hände. „Findest du nicht, dass er einer der bemerkenswertesten Männer ist, die du je gesehen hast?"

„Er ist in der Tat bemerkenswert."

„Und er gehört mir, denn er hat *mich* rausgetragen, und du hast bereits einen Freund."

„Ich hab mit Carson Schluss gemacht."

„Was? Wann ist das denn passiert?"

„Ist schon ein paar Tage her", sagte Britt abschätzig. „Er fing an, mich zu nerven."

„Du warst doch so glücklich."

„Nun, das Glück hatte eben ein Ende. Er war anstrengender, als die Sache es wert war."

Britts Liebeleien starteten immer wie Raketen, die von Verheißung und Energie und der Hoffnung auf ein Happy End angetrieben wurden. Dann, nach ein paar Monaten, strandeten sie wie ein leeres Elektroauto meilenweit entfernt von der nächsten Ladestation.

Die beiden Schwestern holten ihre Taschen. Keine Facebook-Nachrichten, Tweets, E-Mails oder SMS, außer einem Newsletter vom Smoothieshop in Merryweather mit einem Sonderangebot fürs Wochenende.

Sie stellten sich ans Ende der Schlange vor dem Imbiss. Während sie sich langsam vorarbeiteten, versuchte Nora, in der Menge einen Blick auf John zu erhaschen. Kein Glück. „Also. Wegen John …"

„Du denkst immer noch an John?"

„Willst du mich veräppeln? Ich werde für die nächsten Monate an nichts anderes mehr denken als an John."

„Wenn du so auf ihn abfährst, solltest du ihn besser um ein Date bitten, bevor wir fahren."

Nora entschied sich für ein Schinkensandwich und eine Tüte Chips. „Du glaubst nicht wirklich, dass ich tough genug bin, einen Mann um ein Date zu bitten, den ich gerade erst getroffen habe, oder?"

„Wenn du ihn fragst, könnte ein Date draus werden. Wenn du nur davon träumst, wohl kaum."

Nora prustete spöttisch.

„Sagt dir eigentlich der Name John Lawson auch irgendwas?"

„Na ja, wir sind hier bei Lawson Training Incorporated."

„Ja, aber sonst noch?"

Britt legte den Kopf schief, um zu überlegen. Zwei Kekse und eine Flasche Wasser wanderten auf ihr Tablett. „Also … ja, da klingelt was. Sehr leise."

„Bei mir auch."

Sie beschlossen, ihren Imbiss in Noras Auto zu verspeisen, denn dort konnten sie sich aufwärmen und ihre feuchten, am Körper klebenden Klamotten ein wenig trocknen. Sobald sie im Wagen saßen, widmete Britt sich ihrem Menü. Nora gab bei Wikipedia *John Lawson* ein. Ein Bild von John in einer Navy-Uniform erschien. Auf dem Foto sah er jünger aus als heute, aber kein bisschen weniger fesselnd, ernst und unerschrocken.

John Truman Lawson
Geboren: Seattle, Washington
Treueeid: Vereinigte Staaten von Amerika
Truppenteil: US Navy
Dienstjahre: sechs
Einheit: US Navy SEALs
Auszeichnungen: Ehrenmedaille

Nora lehnte sich auf dem Fahrersitz zurück. Sie war gerade vor einer Pseudokatastrophe von einem echten Träger der Ehrenmedaille gerettet worden. Das erklärte, warum ihr der Name bekannt vorkam – sie hatte damals die Berichte über die Verleihung der Ehrenmedaille in den Medien verfolgt.

„Irgendwas gefunden?", fragte Britt.

„Er war bei einer Spezialeinheit der Navy und ist Träger der Ehrenmedaille. Gute Güte. Ist das nicht die höchste Auszeichnung überhaupt?"

„Ich glaube, ja."

Nora überflog den Rest des Eintrags. „Er war an einem Einsatz beteiligt, bei dem es um die Rettung von amerikanischen und kanadischen Geiseln ging. Er hat bei der Rettung eines Kollegen sein Leben riskiert und anschließend den Gegner aufgehalten, bis die Verstärkung eintraf. Es gibt sogar ein Buch und einen Film über ihn: *Uncommon Courage.*"

„Wow."

„Dann steht hier noch, dass er in Shore Pine wohnt und Chef und Eigentümer von Lawson Training Incorporated ist." Allerdings enthielt dieser Eintrag nicht annähernd genügend Details, um sie zufriedenzustellen. Mit ein paar Klicks bestellte sie die Buch- und die Filmversion von *Uncommon Courage.*

Nora starrte durch die Windschutzscheibe auf eine Gruppe Espen. Das leuchtende Hellgrün der ersten Blätter hob sich stark von den schlanken weißen Stämmen ab. Ihre Schwester knusperte Kartoffelchips. Die Heizung im Wagen surrte. Ihr eigener Imbiss lag unangerührt da.

Es war Jahre her, dass sie sich für jemanden begeistert hatte, der nicht fiktiv war … oder Schauspieler und eine frei erfundene Rolle spielte. Sie war kompetent und gebildet und absolut abgeneigt, sich je wieder auf eine Romanze einzulassen. Aber jetzt … John hatte etwas an sich, was etwas in ihr ansprach. Es war unerklärlich. Wenn nicht schlimmer … abenteuerlich!

Und doch. Schon der Gedanke an ihn, die Erinnerung an die paar Worte, die sie gewechselt hatten, ließ es in ihr angenehm warm werden.

• • •

Eintrag von John Lawson in die To-do-Liste auf seinem Handy:

- Sprinkleranlage abstellen. Zulässig im Rahmen der Brandschutzordnung?
- Nora Bradford in Bibliothek Naturschutzmuseum kontaktieren

• • •

Facebook-Nachricht von Duncan Bartholomew an Nora Bradford:
DUNCAN: Wie war dein Tag, beste Bibliothekarin von allen?

NORA: Überdurchschnittlich. Ich war die Geisel bei einer Notfallübung zu Trainingszwecken. (Eine Rolle, die ich nicht gerade genossen habe.) Aber am Ende hat mich ein Navy-SEAL gerettet. (Diesen Teil habe ich dagegen ausgesprochen genossen.)

DUNCAN: Solange du dich nicht in den Navy-SEAL verguckst. Adolphus neigt zu Eifersucht, wenn es um Miss Lucy Lawrence geht.

NORA: Adolphus hat die Existenz von Miss Lucy Lawrence bisher nicht zur Kenntnis genommen. Sehr zu meinem ewigen Missfallen.

DUNCAN: Aber wenn er Lucys Existenz zur Kenntnis nehmen wird, glaube ich schon, dass er zu Eifersucht neigen wird.

NORA: Wenn (und falls) Adolphus Lucys Existenz schließlich zur Kenntnis nehmen wird, wird sie die Seine. Für immer und ewig.

Kapitel 2

Nora reagierte auf das Klingeln des Telefons, wie sie es immer tat, mit einem fröhlichen: „Bibliothek am Naturschutzmuseum."

„Könnte ich mit Nora Bradford sprechen?"

Das ruhige und selbstbewusste Timbre der männlichen Stimme am anderen Ende der Leitung erkannte sie sofort. Fünf unerträglich lange Tage hatte sie darauf gewartet, dass John anrief, und die ganze

Zeit gebetet, dass sein unverbindliches *„Kann sein, dass ich Sie mal wegen etwas anrufe"* irgendwann Realität würde.

Sie hatte in ihrem Büro am Schreibtisch gesessen, die Beine bequem übereinandergeschlagen. Jetzt stemmte sie beide Füße auf den Boden und rutschte an die Stuhlkante, den Rücken kerzengerade aufgerichtet. „Sie sprechen mit Nora."

„Nora, hier ist John Lawson." Er fing an, zu erklären, wo und wann sie sich begegnet waren.

Sie unterbrach ihn nicht. Sie verriet ihm nicht, dass sie eine professionelle Rechercheurin war und inzwischen jedes öffentlich verfügbare Detail über ihn durchleuchtet hatte.

Sie wusste zum Beispiel, dass er dreiunddreißig war und dass er, ebenso wie sie, Christ war. In seinem Buch hatte er wiederholt Gott für alles gedankt, was bei seinem heldenhaften Einsatz gut gegangen war. *Schweig still, mein Herz,* hatte sie jedes Mal gedacht, wenn sie wieder auf eine dieser bescheidenen, aber offenen Bekundungen seines Glaubens gestoßen war.

Sie hatte erfahren, dass John der älteste Sohn von Ray, Kapitän eines Bootes, das Touristen zu Angeltouren auf den Puget Sound hinausfuhr, und Linda, Leiterin einer Grundschule, war. Sie wusste, dass er und seine jüngere Schwester Heather in Upper Rainier Beach in Seattle aufgewachsen waren. Er hatte seinen Abschluss an der Northern Arizona University gemacht und war dann zur Navy gegangen. Damit hatte er einen Weg eingeschlagen, der zum berüchtigten, da knallharten Unterwassertraining BUD/S führte, dem ersten Schritt auf dem Weg, ein SEAL zu werden, ein Mann für Spezialeinsätze zu Wasser, zu Land und in der Luft. Sie hatte sein Buch gelesen und den Film gesehen, und auf der Webseite seiner Firma hatte sie jedes Wort auf jeder Seite durchforstet.

„Ach ja, stimmt", sagte sie leichthin, als er fertig war, als hätte er gerade ihrer Erinnerung auf die Sprünge geholfen. „Schön, von Ihnen zu hören. Haben Sie heute schon jemanden aus einer Sprinklerdusche gerettet?"

Ein Moment Stille. „Fünf bisher. Es war ein etwas träger Vormittag."

Nora lachte. „Ihre anderen Geiseln haben vermutlich Beine, die sich schneller bewegen als meine."

„Ja", stimmte er zu.

„Was kann ich für Sie tun, John?" Oh wie köstlich, seinen Namen auszusprechen. Es war ein gewöhnlicher Name. Der gewöhnlichste überhaupt. Aber dafür war er zeitlos. Männlich. Stark. Irgendein Modename hätte nicht zu ihm gepasst. Das kompromisslose *John* war gerade richtig.

„Helfen Sie manchmal anderen, etwas über ihre Abstammung herauszufinden?", fragte er. „Sozusagen als Teil Ihres Jobs?"

„Ja, das kommt vor. Ich bin einigermaßen bewandert darin, Dokumente online aufzuspüren, und außerdem habe ich hier im Museum eine ziemlich umfangreiche Sammlung von Büchern und Dokumenten, die meist sehr hilfreich sind, wenn jemand mehr über seine Vorfahren wissen will. Der Schwerpunkt unseres Museums ist Mason County, aber ich habe auch eine ganze Reihe Quellen aus anderen Regionen hier."

Schweigen. Sie hatte das Gefühl, John wog ab, ob er sie um Hilfe bitten sollte oder nicht. Wie konnte sie ihn überzeugen, ihr eine Chance zu geben?

Nora biss sich auf die Lippe, um die schlagartig aufkommende Sehnsucht zu unterdrücken, und richtete ihren Blick nach draußen. Das Fenster ihres Büros im zweiten Stock bot eine Aussicht auf blühende Hickoryzweige, und jenseits der Bäume konnte man einen Blick auf das historische Dorf Merryweather werfen. In diesem Büro zu arbeiten, war, als arbeite man in einem Baumhaus.

„Sind Sie gerade dabei, Informationen über Ihre Vorfahren zu sammeln?", fragte sie.

„Das könnte man so sagen."

„Nun, ich würde Sie gern unterstützen. Menschen zu helfen, ihren Stammbaum zu vervollständigen, gehört zu den Dingen, die ich an meinem Job am liebsten mag." Vor allem, wenn einer dieser Menschen John Lawson hieß.

„Können wir uns einmal treffen?", fragte er.

„Sicher!“ Hatte das jetzt zu begeistert geklungen?

„Wann würde es Ihnen passen?“

Ihre Gedanken überschlugen sich. Es war fast fünf, kurz vor Dienstschluss. „Morgen Nachmittag?“

„Ich könnte gegen vier Uhr da sein.“

„Hast du deine Hausaufgaben fertig?“, fragte Nora Randall am nächsten Tag. Der elfjährige Randall Cooper gehörte inzwischen ebenso zum Inventar der Bibliothek am Naturschutzmuseum wie die Ausstellungsvitrinen.

„Nein, noch nicht.“ Er unterbrach das Actionspiel auf seinem Handy und hob den Kopf. Wie gewöhnlich hatte er es sich in dem Schaukelstuhl neben dem Eckfenster des Museums bequem gemacht. Nora hatte die Stühle ursprünglich um die Kinderspielecke herumgruppiert, damit die Eltern dort sitzen konnten. Aber inzwischen besetzte Randall „seinen“ Stuhl öfter als irgendjemand sonst.

„Noch zehn Minuten von diesem nicht sehr heilsam aussehenden Spiel und dann Hausaufgaben?“, lockte Nora.

„Okay.“

„Möchtest du einen Tee? Um deinen Adrenalinspiegel etwas zu senken?“

„Nein, danke.“

Nora hatte ihr Bestes getan, um Randall die Freuden des Teetrinkens nahezubringen. Bisher waren ihre Bemühungen ungefähr so erfolgreich verlaufen wie Ahabs Suche nach dem Weißen Wal. „Heiße Schokolade?“

„Ja, gern.“ Er grinste sie an. Seine großen, gleichmäßigen und strahlenden Zähne glänzten weiß neben seiner ebenholzfarbenen Haut.

Angesichts dieses Lächelns war Nora schon immer schwach geworden. Sie verschwand in die kleine Küche des Museums, um die Schokolade zuzubereiten.

Randall war eines Vormittags vor zwei Jahren in der Bibliothek aufgetaucht, nachdem er nach Merryweather gezogen war, um dort bei seiner Großmutter zu wohnen. Weil das Museum etwa auf der Hälfte seines Schulwegs lag, war es für ihn der geeignete Rastplatz geworden.

Zuerst hatte Nora ihn höflich und kundenorientiert behandelt, wie sie es mit allen Bibliotheksbesuchern tat. Aber bald hatte sie zwei Dinge begriffen: dass Randalls Besuche zum Alltag gehören würden und dass Randalls Vater bei einem Autounfall ums Leben gekommen war. Nora hatte selbst schon früh im Leben einen schweren Verlust erfahren müssen. Die wachsende Nähe zwischen ihnen und das gemeinsame Band einer traumatischen Kindheitserfahrung verbanden Nora und Randall. Und inzwischen behandelte sie ihn wie einen Neffen.

Um fair zu sein, muss man sagen, dass Randall eigentlich keine inoffizielle Tante brauchte. Er war ein intelligenter, pfiffiger und selbstständiger Junge. Aber da Nora zu Hause niemanden hatte, den sie bemuttern konnte, kam ihr Randall gerade recht. Gelassen erlaubte er ihr, ihn mit Snacks, kleinen Arbeiten im Museum, gelegentlichen Fahrdiensten zum Basketballtraining und zu den Spielen, Hausaufgabenüberwachung und warnenden Geschichten über die Mittelstufe zu versorgen.

Im Gegenzug schenkte Randall Nora ein offenes Ohr, wohlüberlegte Anregungen im Blick auf das Museum und eben dieses herzbetörende Lächeln.

Nora war sich nie sicher, wer eigentlich mehr von der Freundschaft profitierte. Wahrscheinlich war es unentschieden!

Wie es sich gehörte, garnierte Nora die Schokolade mit Minimarshmallows und servierte Randall den Becher zusammen mit zwei Shortbread-Keksen. Die Kekse kaufte sie extra für ihn …

Also gut. Sie kaufte sie auch für sich selbst. Etwas, was in einer Dose mit einem schottischen Plaidmuster daherkam, konnte nicht allzu schlecht für einen sein.

„Danke, Ms Bradford.“

„Gern geschehen, Randall. Noch fünf Minuten und dann die Hausaufgaben, okay?“

„Ja, Ma'am.“ Er senkte den Kopf auf die Weise, mit der Kinder Ja sagen und sich gleichzeitig schon wieder weitaus wichtigeren Dingen widmen. In diesem Fall dem Display seines Handys.

Sie sah auf die Uhr. John müsste in einer Viertelstunde hier sein. Je näher dieser Zeitpunkt kam, umso tiefer spürte sie ihre nervöse Aufregung.

„Nora?“ Eine der beiden alten Damen, die vor einer Karte indigener Völker des pazifischen Nordwesten standen, winkte sie zu sich heran.

„Ja, Mrs Williams?“

Die Lady wies auf ihre Begleiterin. „Dies ist eine gute Freundin von mir, Iris … ach ja, natürlich, Sie kennen Iris ja.“

„Ja, ich kenne sie.“

„Ich habe Iris gerade von meinem Vorfahren Arthur Thacker erzählt. Und natürlich ist sie total fasziniert und würde seine Aufzeichnungen gern selbst einmal sehen.“

Mrs Williams war eine regelmäßige Besucherin des Museums mit einem Hang zur Hypochondrie und einem unstillbaren Durst nach Information über ihren Vorfahren Arthur Thacker aus Mason County. Nora hatte bereits unermüdlich jede mögliche Spur von weiteren Informationen über Thacker verfolgt, aber Mrs Williams hatte die Hoffnung noch nicht aufgegeben, doch noch weitere neue Details ausfindig zu machen.

Die arme Iris war immer wieder mit Mrs Williams hier gewesen und hatte die Aufzeichnungen bereits mindestens drei Mal gesehen. Iris war entweder die denkbar nachsichtigste Freundin, die man sich denken kann, oder sie hatte Demenz und die früheren Besuche vergessen.

„Sicher, ich gehe nur rasch und hole ein Paar Handschuhe.“ Ob man wirklich Handschuhe brauchte, wenn man antike Schriftstücke durchblätterte, darüber waren die Meinungen geteilt, aber Nora fiel lieber auf der sicheren Seite vom Pferd.

Noch zehn Minuten, bis John kam.

Das Obergeschoss des Gebäudes beherbergte Noras Büro und einen großen zentralen Raum, der Platz bot für einen Sitzbereich und für Nikkis Schreibtisch. An drei Tagen in der Woche arbeitete Nikki im Museum. Sie kümmerte sich um die Hausverwaltung, Gebührenerfassung, die Webseite, Veranstaltungsplanung und das Marketing. An Samstagen und Sonntagen führte sie interessierte Besucher durch das historische Dorf.

Nikki saß stirnrunzelnd vor ihrem Computer. „Ich brauche einen Mann."

„Gute Männer sind schwer zu finden", antwortete Nora und nahm zwei Paar weiße Handschuhe aus einer Schublade.

„Ich habe auch nichts von einem *guten* Mann gesagt." Nikki sah auf und brach in ihr typisches kehliges Lachen aus. Sie war achtundfünfzig, ihr Modegeschmack glich einem Ausschnitt aus *Highlights der 80er,* sie trug starkes Make-up, und ihr Körper ähnelte einer Sanduhr. Vor allem ihre Oberweite war monumental. Von fast ebenso epischer Größe war der bauschige Dutt, den sie hinter ihre Ponyfransen und vor die Haarspange steckte, die ihr langes braun gefärbtes Haar an den Seiten zurückhielt.

Nikki hatte zwei Ehemänner geliebt und begraben. Vor, zwischen und nach diesen beiden hatte sie sich noch in etliche andere verliebt.

„Könntest du vielleicht für fünf Minuten nach unten kommen?", fragte Nora. „Mrs Williams ist da, und es wäre sehr nett, wenn du dich weiter um sie kümmern würdest. Ich habe gleich einen Termin, mit dem ich verabredet bin."

„Ist dieser verabredete Termin vielleicht männlich?"

„Ich verweigere die Aussage." Nora kehrte nach unten zurück.

Die beiden alten Damen machten sich daran, die Handschuhe anzuziehen.

Vorsichtig nahm Nora Thackers Tagebuch aus dem dazugehörenden Karton.

„Nora, ich glaube, ich habe die Schwindsucht", sagte Mrs Williams traurig. „Ich habe einen schrecklichen Husten, nachts habe ich

Schweißausbrüche und hohes Fieber. Ich rechne damit, dass ich jeden Moment Blut spucke."

„Ich glaube, heutzutage nennen wir es Tuberkulose, und gerade habe ich noch gedacht, wie gut Sie aussehen …"

John. In nur sieben Minuten würde John Truman Lawson leibhaftig vor ihr stehen.

Der historische Wegweiser vor Nora Bradfords Bibliothek im Naturschutzmuseum informierte John darüber, dass das Gebäude im Jahr 1892 als erste Apotheke der Stadt gebaut worden war. 1938 hatte die Gemeinde es erworben und in eine Bibliothek umgewandelt. Diese bestand bis in die Siebzigerjahre, als man die Bücher an einen anderen Standort am Stadtrand umsiedelte.

John öffnete die Eingangstür. Dunkel gefleckte Fichtenholzdielen boten den zahlreichen Vitrinen und Bücherregalen festen Boden. Zahlreiche Kunstwerke schmückten die Wände. In der Ecke stand ein Kindertisch mit Papier und Kästen mit Buntstiften und Malkreiden.

Er sah Nora hinten im Raum im Gespräch mit zwei weißhaarigen Ladys. Sie hob grüßend die Hand.

Er bedeutete ihr mit einer Geste, sich Zeit zu nehmen. Er kam immer fünf Minuten zu früh.

Inzwischen betrachtete er eine Waffensammlung aus der Zeit der ersten Siedlerpioniere. Je länger er davorstand, umso bedrückender lastete die intensive Stille im Raum auf ihm. Ein wenig vor ihm stand ein Paar mittleren Alters, die Hände auf dem Rücken verschränkt, und studierte die Information zu einem der Gemälde. In einem der Schaukelstühle saß ein Junge, den Kopf über sein Handy gebeugt.

Er konnte jedes Wort von Noras Gespräch verstehen – eine der Damen beschrieb gerade ihre nächtlichen Schweißausbrüche in allen Details –, obwohl sie ein paar Meter entfernt standen.

Es würde ihm schwer genug fallen, mit Nora, die ihm ja völlig fremd war, über die Dinge zu sprechen, wegen denen er hergekommen war. Und auf keinen Fall würde er es hier tun, wo es all diese Zuhörer gab.

Eine auffallende Brünette gesellte sich zu Nora und den Ladys, dann kam Nora mit einem Lächeln auf ihn zu.

Ihr Haar war das Erste, was er bemerkte. Es war rot. Kein bräunliches Rot, sondern ein leuchtendes Kupferrot. Eine ungewöhnliche Farbe. Sie hatte die gleiche Frisur wie an dem Tag, als sie sich zum ersten Mal begegnet waren, die ihn an Pin-up-Girls aus den Vierzigern denken ließ. Warum trug sie ihr Haar so? Als modisches Statement? In diesem Fall verstand er es nicht. Diese ganze Retro-Welle hatte er schon immer höchst seltsam gefunden.

„Sie sind pünktlich", sagte sie.

„Ja, bin ich."

„Sollen wir uns setzen?" Sie wies auf die Schaukelstühle. „Ich schicke diesen Goldjungen nach oben. Unter uns gesagt, er sollte eigentlich längst an seinen Hausaufgaben sitzen."

Die Brünette betrachtete ihn mit offensichtlicher Neugier.

„Ach, es gibt doch dieses kleine Café hier nebenan." Die Tische draußen vor dem Café würden ihnen mehr Privatsphäre ermöglichen. „Darf ich Sie zu einem Kaffee einladen?"

Ihre Augen vergrößerten sich ein wenig. „Gern." Sie drehte sich um. „Nikki?"

„Ja", antwortete die Brünette. Bildete er sich das ein oder hatte sie ihm gerade zugezwinkert?

„Ich geh kurz mal weg. Bin bald wieder da."

„Aber klar. Ich halte hier die Stellung."

Ein langer Rasenstreifen erstreckte sich unterhalb der Treppe, die ins Freie führte. Altmodische Gebäude aller Form und Größe waren um den Rasen herumgruppiert, alle mit dem Eingang zur Mitte.

Sie gingen den Kiesweg entlang, der den Rasen umgab, und John warf Nora einen Seitenblick zu. Mit dem Scheitel reichte sie ihm gerade bis zum Kinn. Wenn er sie neulich nicht getragen hätte, hätte er sie für schwerer gehalten, als sie war. Das lag daran, wie sie sich anzog. Der Pulli, den sie am Samstag angehabt hatte, und der blaue, den sie heute trug, waren beide riesig. Ihr Haar, ihr Pulli, der lange Rock und die flachen Schuhe ließen sie exakt aussehen wie das, was sie war: eine Bibliothekarin.

„Waren Sie schon einmal hier im historischen Dorf?", fragte sie.

„Nein. Ich bin zum ersten Mal hier." Er wohnte jetzt seit fünf Jahren in Shore Pine und kam nur gelegentlich nach Merryweather. Beide Städte hatten etwa sechstausend Einwohner, beide waren beliebte Ausflugsziele für Wochenend- und Sommerurlauber, beide hatten einen historischen Ortskern, der in den letzten Jahren restauriert worden war, und beide lagen am Wasser. Merryweather lag an der „großen Südkurve" des Hoodkanals. Shore Pine, westlich davon, war am Ufer des gleichnamigen Lake Shore Pine erbaut worden.

John wusste, dass Merryweather nach Meriwether Lewis benannt war, einem der beiden Köpfe der großen Überlandexpedition zur Westküste im Jahr 1804. Und er wusste, dass die Stadt von Holzfällern erbaut worden war und von der Holzindustrie lebte. Das historische Dorf hatte er noch nicht besucht; er verbrachte seine Zeit lieber auf seinem Boot, mit Fitnesstraining oder damit, sich Sportübertragungen anzuschauen. Idyllische Museumsdörfer mochten Mädchen begeistern, sein Ding waren sie ganz sicher nicht. Ein paar der Häuser hier waren so winzig, dass man meinen konnte, Schneewittchen und die Zwerge hätten darin wohnen können.

„Als das große Einkaufszentrum in Shelton eröffnet wurde", sagte Nora, „wurde dieser Teil von Merryweather sehr bald zu einer Art Geisterstadt. Mein Vater kaufte die Lagerhäuser, die auf dem Gelände hier standen, und ließ sie abreißen. Er liebt Geschichte ebenso wie ich, und wir hatten die Idee, in diesem Areal historische Gebäude wiederaufzubauen. Was wir, wie Sie sehen, auch getan haben." Sie stotterte nicht herum oder verlor sich in *Ähms* oder unvollendeten Halbsätzen. Sie sprach zusammenhängend und intelligent.

„Wie lange ist es her, dass Ihr Vater dieses Land kaufte?"

„Das war vor acht Jahren."

„Ich war mal als Kind mit meiner Familie in einem historischen Dorf. Wir haben uns Häuser angesehen, die innen so eingerichtet waren wie zu der Zeit, als sie erbaut wurden."

„Ja, so sind die meisten Museumsdörfer konzipiert."

Aber nicht dieses hier. Die Gebäude wurden alle genutzt. Er sah einen Modeladen, eine Kunstgalerie, eine Töpferei, ein Blumengeschäft. Und überall Passanten, die in den Läden stöberten und Fotos machten. Auf dem Rasen saßen ein paar Mütter und sahen ihren Kindern beim Spielen zu.

„Wir möchten gern, dass sehr viel mehr Menschen hierherkommen", erklärte Nora. „Und ich persönlich möchte die Geschichte lebendig erhalten, indem man die historischen Gebäude und Gebrauchsgegenstände nicht nur ausstellt, sondern nutzt. Deshalb haben wir beschlossen, die Häuser als Ladengeschäfte zu vermieten."

„Das klingt, als ob Sie und Ihr Vater ein gutes Team sind."

„Ja, das waren wir – ich meine, das sind wir. Mein Vater ist heute im Wesentlichen mein Berater. Er hat mir das historische Dorf überlassen, als Geschenk zu meinem Collegeabschluss."

Er blickte sie über die Schulter an und hob eine Augenbraue.

Ihre Lippen verzogen sich zu einem Lächeln. „Ich weiß. Ein sehr großzügiges Geschenk."

„Ich habe eine Krawatte und einen silbernen Füllfederhalter gekriegt."

Sie lachte. „Mein Vater hat jeder von uns, meinen beiden Schwestern und mir, zum Studienabschluss etwas geschenkt, was uns helfen sollte, in dem Beruf, den wir gewählt hatten, sattelfest zu werden. Und seit diesem Zeitpunkt tragen wir selbst die Verantwortung für das, was wir bekommen haben."

Sie erreichten ein Schieferhaus mit Holzveranda, das das Café beherbergte. Innen roch es nach Butterkaramell. Und jetzt, wo sie drinnen standen, sah er auch, dass es mehr eine Konditorei war als ein schlichter Coffeeshop. Die Bedienung hinter dem Tresen begrüßte Nora wie eine alte Freundin.

„Was hätten Sie gern?", fragte er.

Sie bestellte Tee.

„Und was noch?", hakte er nach und zückte das Portemonnaie. „Ein Stück Torte?"

„Nein, danke. Nur Tee."

Er bestellte Kaffee, und sie gingen mit ihren Getränken nach draußen. Der Kaffee war in einem Einmalbecher serviert worden, ihr Tee in einer verspielten Porzellantasse mit Unterteller. Er führte sie zu einem Holztisch, der am weitesten vom Haus entfernt war.

„Wie viele Häuser gab es hier, als Ihr Vater Ihnen das Gelände überließ?", fragte er, während sie sich setzten.

„Drei. Die Bibliothek ist noch am ursprünglichen Standort. Und die beiden anderen Gebäude, die wir bis dahin hier wiederaufgebaut hatten, sind Montgomery House und Hudson House." Sie wies auf die entsprechenden Häuser. „Ich habe sofort begonnen, nach Mietern für die Gebäude zu suchen. Als ich sie gefunden hatte, habe ich die Bibliothek restauriert, damit sie als Museum dienen kann."

„Und wie viele Häuser haben Sie jetzt hier?"

„Zwölf." Sie trank einen Schluck Tee.

So von Unternehmer zu Unternehmerin war er beeindruckt. „Wie haben Sie denn dieses Wachstum finanziert?"

„Durch die Mieteinnahmen von den Häusern, die bereits existierten. Immer, wenn ich genug Geld zusammenhatte, habe ich ein weiteres Gebäude erworben und es hierher umgesiedelt. Und irgendwann hat es eingeschlagen. Es kamen mehr Touristen, so wie ich gehofft hatte, und schließlich kam wieder Leben in das ganze Stadtviertel. Kleine Pensionen und Restaurants eröffneten. Unternehmen zogen in die Bürogebäude in der Nähe des historischen Dorfs. Für ältere Gebäude fanden sich Investoren, die sie zu Appartements umbauten. Und jetzt sind wir ein sehr lebendiges Viertel."

„Ist die Stadt Merryweather juristisch für das historische Dorf zuständig?"

Sie schüttelte den Kopf. „Dad und ich müssen für alles, was wir hier vorhaben, die Zustimmung der Stadt einholen. Aber ansonsten ist das Dorf Privatbesitz."

„Dann sind Sie hier Ihr eigener Boss?"

„Ja." Sie warf ihm über den Rand ihrer Teetasse einen Blick zu. Bevor sie den nächsten Schluck Tee nahm und wieder wegsah, hatte er etwas wie Stolz und Zufriedenheit aufblitzen sehen.

Am Tag der Übung war sein erster Eindruck von Nora Bradford gewesen, dass sie bemitleidenswert war mit ihrem tropfnassen Haar und ihrer Unfähigkeit, einfach aufzustehen und das Gebäude zu verlassen. Sein zweiter Eindruck war: Sie war unscheinbar. Und der dritte, dass sie sich zwar seltsam anzog, aber vermutlich jünger war als er.

Nur im Blick auf ihr Alter hatte er recht gehabt.

Sie war nicht bemitleidenswert. Und sie war auch nicht wirklich unscheinbar. Zu ihrem leuchtenden Haar hatte sie sehr helle Haut und ein Gesicht, das auf eine unaufdringliche Weise hübsch war. Nora Bradford war der Typ Mädchen, die sich in der Highschool immer im Hintergrund halten und dann alle überraschen und nach Harvard gehen.

„Nur damit ich es richtig verstehe", sagte er. „Sie sind Immobilienbesitzerin, Historikerin und Familienforscherin?"

„Wenn man es genau nimmt, ja. Den Immobilienbesitz managt Nikki, die mit mir zusammenarbeitet. Sie kümmert sich um die Mieter und die Mieteinnahmen. Ich habe die größeren Vorhaben im Zusammenhang mit dem Dorf im Blick, aber im normalen Alltag konzentriere ich mich vor allem auf die Bibliothek. Und ich verbringe einen guten Teil meiner Zeit damit, Leute zu unterstützen, die etwas über ihre Vorfahren erfahren möchten."

Er trank seinen Kaffee und genoss das nussige, herbe Aroma.

„Als ich noch auf der Suche nach weiteren Gebäuden war, hat das Dorf mehr Zeit und Einsatz von mir gefordert, aber inzwischen ist es diesbezüglich ruhiger geworden. Ich denke, wenn ich noch ein weiteres Haus finde, ist das Dorf komplett. Sehen Sie den freien Platz dahinten in der Nähe des Ufers?" Sie deutete mit der Teetasse in die genannte Richtung.

Er nickte. Die Bibliothek bildete den Abschluss der Siedlung auf der einen Seite. Der freie Platz auf der anderen.

„Ich möchte dort gern eine Kapelle haben. Die MacKenzie-Holzlagerscheune steht schon auf dem Platz daneben. Sie ist bereits so renoviert, dass sie sich als Raum für Empfänge und Veranstaltungen eignet."

„Und eine Kapelle haben Sie noch nicht finden können?", erkundigte er sich.

„Nein, ich habe bereits eine gefunden. Ich konnte nur den Besitzer, Mr Hartnett, noch nicht überzeugen, sie mir zu verkaufen."

„Warum suchen Sie dann nicht nach einer anderen?"

„Weil die Hartnett-Kapelle perfekt ist. Rund um den Kirchenraum gibt es eine handbemalte geschnitzte Bordüre unterhalb der Decke. Und sie hat einen Glockenturm." Sie zuckte die Schultern. „Wie auch immer. Jetzt aber genug von mir."

Sie sagte nichts mehr, woraus er schloss, *genug von mir* war ihre freundliche Einladung, ihr zu sagen, warum er sie um dieses Treffen gebeten hatte.

John setzte sich gerade auf, den Blick auf den freien Platz gerichtet, an dem Nora ihre Kapelle aufbauen wollte. Ihre Teetasse klirrte leise, als sie sie abstellte. Durch die Baumzweige über ihnen wehte ein leichter Wind.

Es war John noch nie leichtgefallen, persönliche Dinge von sich mitzuteilen. Und seine Zeit bei der Navy hatte ihn nur in seiner Gewohnheit bestärkt, sich nicht in die Karten schauen zu lassen.

Er hätte Nora nicht angerufen, wenn es da nicht die Notwendigkeit gäbe, etwas über seine medizinische Geschichte zu erfahren. Und diese Notwendigkeit wäre nicht so dringend geworden, wenn er nicht vor zwei Monaten diese Diagnose bekommen hätte.

Sein Handy klingelte. „Entschuldigen Sie mich."

„Natürlich."

Er las den Text und schickte eine kurze Antwort, steckte dann das Handy in die Jackentasche und wandte sich wieder Nora zu. Sollte er sich ihr anvertrauen?

Mit ihr zu sprechen, war nicht schwer. Sie unterbrach ihn nicht und fiel ihm nicht ins Wort. Sie war weder verkrampft noch zu bemüht. Sie schien intelligent und qualifiziert und freundlich zu sein. Sie gab ihm ein Gefühl von Unbefangenheit. Sie war genau der Typ Mensch, dem er sich mit seiner Frage anvertrauen konnte. „Ich wollte Sie treffen, weil ich versuche, meine leibliche Mutter zu finden", sagte er.

Sie erwiderte seinen Blick ruhig. „Okay. Erzählen Sie mir mehr."

„Meine leibliche Mutter hat mich direkt nach meiner Geburt zur Adoption freigegeben. Kurz danach haben meine Eltern mich adoptiert."

Sie saß still, die Hände im Schoß verschränkt. Er konnte spüren, wie ihre Gedanken arbeiteten. „Haben Ihre Eltern Ihnen alle Unterlagen bezüglich der Adoption ausgehändigt, die sie von der Agentur bekommen haben?"

„Ja, schon vor einer ganzen Weile. Ich habe noch nicht mit ihnen darüber gesprochen, dass ich … mich entschlossen habe, nach meiner Mutter zu suchen." Er wollte seinen Eltern keinen Kummer machen. Außerdem war ihm nur allzu klar, dass er seine leibliche Mutter vielleicht nie finden würde. Und welchen Sinn hätte es dann, seinen Eltern überhaupt von seiner Suche zu erzählen?

„Was haben Sie über Ihre leibliche Mutter in Erfahrung gebracht?"

„Sie war jung und unverheiratet. Meine Eltern haben sie nie getroffen, und sie hat auch nie versucht, Kontakt zu mir aufzunehmen."

„Verstehe."

„Der Staat Washington hat die Adoptionsregister vor ein paar Jahren öffentlich zugänglich gemacht", sagte er. „Ich habe hingeschrieben und um meine Geburtsurkunde gebeten, und sie haben sie mir zugeschickt."

„In diesem Fall", sagte sie, „können Sie sich glücklich schätzen, dass Sie in Washington geboren wurden. Diese Dokumente sind nur in wenigen Bundesstaaten freigegeben worden. Normalerweise haben Betroffene nur Zugang zu den Adoptionsdokumenten und der Geburtsurkunde, in der die Adoptiveltern aufgeführt sind."

Sie kannte sich aus. „Ja, stimmt. In der Originalurkunde ist der Name meines Vaters nicht erfasst. Meine Mutter war als Sherry

Thompson gemeldet. Ich wurde im Presbyterian Hospital in Shelton geboren."

„Shelton." Sie biss sich nachdenklich auf die Unterlippe.

Shelton war zwölf Meilen entfernt von Merryweather. Und das Presbyterian Hospital war damals wie heute das größte Krankenhaus in der Gegend. Patienten aus Merryweather und Shore Pine und allen anderen Orten im Umkreis von dreißig Meilen gingen dorthin.

„Und wo hat die Vermittlungsagentur ihren Sitz?", fragte sie.

„Seattle."

„Ich schlussfolgere, Sie haben mich kontaktiert, weil sie eine Frau namens Sherry Thompson, die in dieser Gegend von Washington ansässig ist, nicht haben aufspüren können."

Er war es nicht gewohnt, mit Leuten zu sprechen, die Worte wie *schlussfolgern* und *kontaktiert* und *ansässig* verwendeten. „Genau. Thompson ist ein sehr häufiger Nachname. Ich habe etliche Webseiten durchforstet und auch diese Datenbank …" Ihm fiel der genaue Name nicht ein.

„Die, die einen Kontakt herstellt, wenn Eltern ebenfalls nach ihrem Kind suchen?"

„Ja, die. Aber ich hatte kein Glück."

Sie tippte mit dem Daumen an den Henkel der Teetasse. Ihre Stirn verzog sich, als versuche sie, ein Rätsel zu lösen. „Es überrascht mich nicht, dass Sie Sherry nicht gleich haben ausfindig machen können. Die Chancen stehen hoch, dass sie inzwischen geheiratet und ihren Namen geändert hat."

„Stimmt. Und da ich alles, was mir selbst eingefallen ist, schon versucht habe, bin ich jetzt an einem Punkt, wo ich den Rat einer Expertin gebrauchen könnte."

„Ich würde Ihnen gern mit Rat und Tat zur Seite stehen", sagte sie umgehend. Dann zögerte sie und eine leichte Röte überzog ihre Wangen. „Ich muss Ihnen allerdings sagen, dass Adoption nicht mein *eigentliches* Spezialgebiet darstellt. Bisher habe ich nur mit wenigen Menschen zu tun gehabt, die ihre Eltern suchten. Und ich habe mir drei oder vier Bücher zum Thema Adoption und Elternsuche angeeignet."

„Das ist in jedem Fall mehr, als ich dazu gelesen habe."

„Ich bin gern bereit, die nötigen Kenntnisse zu erwerben, wenn wir weitersuchen wollen. Und wenn wir in einer Sackgasse landen, aus der ich uns nicht rausnavigieren kann, werde ich Ihnen Kontakte zu Organisationen oder auch Privatermittlern verschaffen, die Sie dann vielleicht auf dem restlichen Weg begleiten können, bis Sie Ihre Mutter finden. Wäre das ein Vorschlag?"

„Ein guter Vorschlag. Natürlich werde ich Sie für Ihren Einsatz bezahlen."

„Nein, nein." Sie hob beide Hände. „Ich lebe gut von den Einnahmen durch die Mieten aus dem Dorf. Ich nehme nie Geld von Menschen, denen ich in Sachen Familienforschung helfe. Nie. Sie sind da keine Ausnahme."

„Ich *bin* eine Ausnahme."

Sie lehnte sich zu ihm vor, beide Hände auf die Tischkante gestützt. „Ich möchte gern etwas klarstellen. Ich liebe Geschichte. Und ich bin diejenige, die ihre Klienten bezahlen sollte, weil sie mir die Freude machen, ihre Suche begleiten zu dürfen."

„Kein schlechter Versuch. Aber nein. Ich arbeite nicht mit Ihnen, wenn Sie dafür kein Geld annehmen."

Sie runzelte die Stirn.

Er ebenfalls. Er war kein Sozialfall. Und er war auch niemand, der rasch seine Meinung änderte. Rothaarige Bibliothekarinnen, die beeindruckende Wörter verwendeten, schreckten ihn nicht ab.

„Im Ernst", versuchte sie es noch einmal. „Es wäre mir viel lieber, kein Geld von Ihnen zu nehmen. Es wäre doch auch unfair, wenn ich mich für etwas bezahlen ließe, was ich anderen umsonst gebe."

„Schicken Sie mir eine Rechnung für die Zeit, die Sie vermutlich in den nächsten zwei Wochen mit meinem Fall verbringen werden. Und wenn wir in zwei Wochen noch immer auf der Suche sind, schicken Sie mir noch eine." Er nahm eine Visitenkarte aus seinem Portemonnaie und reichte sie ihr.

„Ich würde wirklich lieber …"

„Nein!"

Sie seufzte und betrachtete die Karte.

„John!", rief eine Frauenstimme über die Rasenfläche vor ihnen.

Er wandte sich um und sah Allie auf sie zukommen. Als sie erfahren hatte, dass er heute im Dorf sein würde, hatte sie sofort den Plan gefasst, sich mit ihm zu treffen – für einen Einkaufsbummel und ein anschließendes gemeinsames Essen. Er hatte ihr in seiner Nachricht vorhin erklärt, wo sie ihn finden würde.

„Sind wir uns einig?", fragte er Nora und stand auf.

Sie erhob sich ebenfalls. „Jawohl. Können Sie mir alle Dokumente zukommen lassen, über die Sie verfügen? Wenn wir uns das nächste Mal treffen, würde ich sie gern mit Ihnen durchgehen."

„Sicher. Sobald ich Ihre Rechnung habe, können wir einen nächsten Termin für ein Treffen vereinbaren." Er hatte nicht umsonst etliche Kurse in Verhandlungsführung absolviert.

„Hey." Mit einem breiten Lächeln auf den Lippen kam Allie näher.

„Hey. Allie, das ist Nora. Nora, Allie."

Nora strahlte sie an, als hätte sie gerade erfahren, dass sie im Lotto gewonnen hat. „Äußerst erfreut, Sie kennenzulernen."

„Ganz meinerseits." Allie schob ihre Hand in die von John. Die beiden Frauen wechselten noch einige unverbindliche Worte.

John hörte mit halbem Ohr zu, während er sich innerlich fragte, wie lange er noch so tun müsste, als begeistere er sich für einen Einkaufsbummel, und ob es in der Nähe auch ein Restaurant gab, das Steaks servierte. „Wir sollten jetzt besser los", warf er an Allie gewandt ein, als das Gespräch der Frauen stockte.

„Klingt gut."

„Wir sehen uns, Nora", sagte er.

„Ja!", erwiderte Nora. „In der Tat. In der Tat."

Diese Bibliothekarin war schon ein wenig seltsam.

Nein, nein, nein. Nora hatte jedes Detail über John gründlich studiert. Von einer Heirat hätte sie etwas erfahren müssen. Allie musste also Johns Freundin sein. Seine sehr attraktive Freundin mit ihrem langen dunkelblonden Haar, einem durchtrainierten Körper und jeder Menge natürlichem und selbstverständlichem Selbstvertrauen.

Noras Lächeln schmerzte vor Anstrengung. Es fühlte sich an wie das Lächeln der Grinsekatze aus Alice im Wunderland, nur noch dümmlicher. *Natürlich hat er eine Freundin, Nora! Natürlich. Wie kommst du nur darauf, dass nicht? Er ist die Verkörperung attraktiver Männlichkeit und die Definition von legendärem Wagemut bis in die Zehenspitzen.* Sie war nicht die einzige Frau in Amerika, der aufgefallen war, wie attraktiv er war. Alle Frauen, denen er tagtäglich begegnete, mussten es merken.

Während ihrer gesamten Begegnung war sie in ihrem Element gewesen. Sie hatte über das historische Dorf sprechen können und dann über die Suche nach seiner leiblichen Mutter. Nora liebte nichts mehr, als wenn andere sie um Hilfe baten. Sie war gern nützlich, und dass er sie brauchte, hatte ihr Auftrieb gegeben. In der neuen Strickjacke und dem Rock, die sie gestern Abend noch extra für dieses Treffen gekauft hatte, fühlte sie sich sogar ein bisschen hübsch. Und sie hatte sich den Gedanken erlaubt, John könnte ebenfalls bemerkt haben, dass die Chemie zwischen ihnen stimmte.

Die Enttäuschung verfestigte sich in ihrer Körpermitte wie Zement.

Nur weil sie auf einem solchen Höhentrip gewesen war, fühlte sich die Rückkehr in die Wirklichkeit jetzt so schmerzhaft an. Wenn sie erst Zeit haben würde, darüber nachzudenken, würde sie sich besser fühlen.

Harrison der Schreckliche und Rory, seine schwangere Frau, wählten diesen Moment, um aus der Kinderboutique herauszutreten, die in Golding's Mill untergebracht war. Harrison winkte Nora freundlich zu. Sie erwiderte die Geste, in der Art der Grinsekatze. Kein Zweifel, die beiden waren eifrig damit beschäftigt, winzige

Babykleidung für ein Neugeborenes und entzückende Kleinigkeiten für das Kinderzimmer anzuschaffen.

Kalter Neid stach Nora wie ein Pfeil ins Herz. Hastig brachte sie ihre Teetasse zurück in die Konditorei.

Harrison der Schreckliche und seine Frau kauften eine Babyausstattung.

Und John, der Begehrenswerte, hatte eine Freundin.

• • •

Nachricht von Nora an Willow Bradford:

NORA: Habe mir eine Eiscreme-Medikation gegen emotionalen Notstand verordnet. Welche Höchstdosis ist unbedenklich? Ich würde es ungern damit übertreiben.

WILLOW: Nicht mehr als eine Familienpackung.

NORA: Uuuaaah!

WILLOW: Ich komme morgen nach Merryweather. Dann können wir das Eis zusammen verputzen. Eis, das man in Gesellschaft einer Schwester isst, schmeckt viel besser und hat weniger Nebenwirkungen.

Kapitel 3

Am nächsten Tag bezog Nora Wachposten auf der überdachten Veranda von Bradfordwood, ihrem Elternhaus, in dem sie aufgewachsen war. Graue Wolken zogen vorüber wie ein lebendiges Aquarell. Regen tropfte vom Dach auf die Steintreppe und die roten Ziegelsteine, mit denen die Einfahrt gepflastert war. Ein trübes, diffuses Licht war das Ergebnis des Regens und der Tatsache, dass irgendwo hinter den Wolken die Sonne im Begriff war unterzugehen.

Nora schob die Hände in die Taschen ihres Sweatshirts. Am Vormittag hatte sie ihre Sportsachen angezogen, weil sie den ehrgeizigen Plan gehegt hatte, irgendwann an diesem Samstag noch ins Fitnessstudio zu gehen. Aber dann hatte sie Ewigkeiten damit verbracht, zu überlegen, wie viel sie wohl von John als Bezahlung verlangen konnte, bevor sie endlich die Rechnung geschrieben und ihm zugemailt hatte. Dann hatte sie zu den *Silverstone-Chroniken* gegriffen, sich für zwei Stunden hineinvertieft, anschließend ihre Lieblingsblogs zu Romanneuerscheinungen aufgerufen und ihre Wintergarderobe im Schrank gegen die Sommergarderobe ausgetauscht. Ins Fitnessstudio hatte sie es nicht geschafft, und jetzt stand sie hier in Jogginghose und einem ausgeleierten Sweatshirt.

Ihre ältere Schwester Willow musste jeden Moment eintreffen, und die Familientradition befahl, dass die Familie auf der Veranda stand und sie winkend begrüßte, sobald der Wagen in der Einfahrt erschien. Nora war ganz entschieden eine Verfechterin dieser Tradition. Gelegentlich gaben ihr allerdings Willows ständige Abreisen und Ankünfte das Gefühl, im Vergleich zu ihrer Schwester langweilig zu sein. Nora, die Verlässliche: die Schwester, die Merryweather nie verlassen hatte, ihre Collegezeit ausgenommen. Immer noch hier. Verwurzelt in ihrer Heimatstadt.

Die Wahrheit? Sie liebte Merryweather. Sie hatte sich bewusst entschieden, hier zu leben. Es gab also keinen Grund, warum sie sich wegen dieser Entscheidung wie eine graue Maus vorkommen sollte …

Nora hätte fast verächtlich geschnaubt. Wann hatte je ein Vergleich zwischen ihr und Willow und Britt *nicht* dazu geführt, dass sie sich vorkam wie eine graue Maus?

Sie konnte sich noch gut an den Moment erinnern, in dem sie sich ihrer Rolle in ihrer Familie bewusst wurde. Sie war dreizehn gewesen, und sie hatte zwischen ihren beiden Schwestern vor dem Spiegel im Bad gestanden, um sich für eine Theateraufführung von *König der Löwen* fertig zu machen.

Auf der einen Seite von ihr beugte sich Willow, fünfzehn, vor, um Mascara aufzulegen. Im Licht der indirekten Wandbeleuchtung sah Willows Gesicht atemberaubend schön aus. Sie hatte große mandelförmige Augen und hohe Wangenknochen. Perfekte Wangenknochen, wirklich.

Willow war die Schönheit von den dreien.

Nora blickte auf die andere Seite und sah zu, wie Britt ihr kräftiges langes Haar bürstete. Britt war zwar erst neun, aber ihre Eltern hatten sie schon als kreatives Genie erkannt. Seit Monaten produzierte sie nun bereits wie am Fließband meisterhafte Nachspeisen, die besser geeignet schienen, das Cover von Rezeptzeitschriften zu zieren, statt den Familientisch.

Britt war die Talentierte.

Dann hatte Nora eingehend ihr eigenes Spiegelbild betrachtet. Mausbraunes Haar. Sie hatte erst während ihrer Collegezeit begonnen, es rot zu färben. Gewöhnliches Gesicht. Gewöhnliche Figur. Zahnspange.

Okay, hatte sie pragmatisch gedacht. Die Wirklichkeit im Blick auf ihre Schwestern hatte sie schließlich nicht plötzlich überfallen. Ihr ganzes Leben lang hatte sie gewusst, dass ihre Schwestern besondere Qualitäten besaßen. Aber in diesem einen Moment forderte die Wahrheit eine Entscheidung von ihr.

Deine Schwestern werden immer hübscher und begabter sein als du. Wie willst du damit umgehen, Nora?

Sie hatte die Lippen zusammengekniffen und das Kinn gehoben. *Ich bin die Schlaue. So werde ich damit umgehen.*

Diese Entscheidung hatte alles beeinflusst, was danach kam. Inzwischen blickte Nora mit Stolz auf ihr mutiges dreizehnjähriges Ich zurück, denn dieses unbeholfene Mädchen hatte die richtige Spur gewählt.

Noch in dem Jahr, als Willow ausgezogen war, um die University of California zu besuchen, wurde sie von einer Modelagentur entdeckt. Seitdem reiste sie um den Globus und faszinierte die Welt mit ihrer Schönheit.

Britt verfolgte ihre Leidenschaft mit einer Passion, die keine Dampflok hätte aufhalten können. Sie war eine Überfliegerin in ihrer Ausbildung zur Chefköchin und ging anschließend ins Ausland, um zwei Jahre lang unter legendären französischen Konditoren zu arbeiten. Sie wurde *Maitre Chocolatier* und eröffnete schließlich im Dorf in Merryweather einen Laden namens *Sweet Art*.

Willow und Britt hatten es beide zu etwas gebracht, definitiv! Natürlich hatten sie auch ihre Schwächen, aber sie hatten ebenfalls tonnenweise Gutes zu bieten. Nora kannte sie durch und durch, und sie liebte ihre Schwestern. Sie stand ihnen näher als irgendjemandem sonst auf der Welt.

Inzwischen vergeudete sie nur noch sehr wenig emotionale Energie mit dem Thema ihres Aussehens oder ihrer gottgegebenen Talente (oder dem Mangel derselben) im Vergleich zu ihren Schwestern. Manchmal machte sie sich sogar selbst über das Thema lustig. Aber es traf sie doch, wenn sie jemandem vorgestellt wurde und die Leute verblüfft reagierten: „Was, *Sie* sind Willows Schwester?"

Aber sich deshalb zu grämen? Nein.

Sie hatte sich darauf gefreut, dass Willow nach Hause kam.

Wie lange war es her, dass sie zum letzten Mal hier gewesen war? Fünf Monate? Sie bemühten sich zwar, einander so oft wie möglich zu besuchen – Nora war im Februar für ein verlängertes Wochenende nach LA geflogen –, aber sie fanden nie so viel gemeinsame Zeit miteinander, wie Nora es sich gewünscht hätte.

Dieser Besuch jetzt versprach aber, etwas ganz Besonderes zu werden, denn Willow würde für mehr als sechs Monate in Merryweather bleiben. Seit sie ausgezogen war, um aufs College zu gehen, hatte sie nicht mehr so viel zusammenhängende Zeit in Washington verbracht.

Schritte näherten sich, dann erschien Britt neben Nora. „Noch nichts von ihr zu sehen?"

Nora schüttelte den Kopf und schaute auf ihr Handy. „Sie muss jede Minute kommen, nehme ich an. Ich warte nur auf ihre übliche Nachricht ‚Bin schon unten am Tor'."

Sie sahen zu, wie das Regenwasser die Einfahrt hinunterlief. „Ich bin rausgekommen, statt drinnen die Ohren zu spitzen. Außerdem muss ich die neuesten Neuigkeiten über dein Treffen gestern mit unserem Navy-Helden erfahren."

„Er hat eine Freundin."

Britt zog die Nase kraus. „Oh, Mist."

„Ja, nicht?"

„Vielleicht sind sie grade dabei, sich zu trennen?", schlug Britt hoffnungsvoll vor.

„Die Beziehung sah ziemlich solide aus, wenn du mich fragst. Sie haben Händchen gehalten und sie hat ihn angehimmelt. Wirkte auf mich alles ganz harmonisch."

„Vielleicht sah es nur so aus, aber in Wirklichkeit sind beide in der Beziehung unzufrieden."

„Ja, und vielleicht wird Adolphus Brook gleich auf einem Rappen die Einfahrt heraufgaloppieren, mich zu sich in den Sattel heben und mit mir entschwinden."

„Ich würde John Lawson jederzeit einem Adolphus Brook vorziehen", sagte Britt.

„Wie kannst du es wagen!" Nora hatte drei Jahre lang alle Episoden von *Northamptonshire* vor- und rückwärts gesehen und von Adolphus geträumt, einer der Hauptfiguren der Serie.

Britt zog den Reißverschluss ihrer Steppweste hoch bis zum Kinn. „Brrr." Der Wind löste einige Haarsträhnen aus ihrer Frisur und ließ sie ihr um Stirn und Wangen flattern. Der Rest des Haars war in einen Knoten geschlungen, der lässig und trotzdem chic aussah. „Und wie lief es zwischen John und dir, bevor seine Freundin auftauchte?"

„Oh, ziemlich gut. Er ..." Nora seufzte. „Ich kann es nicht gut in Worte fassen ..."

„Das wäre das erste Mal bei dir."

Nora grinste. Das war ja eben gerade Johns Wirkung auf sie. Dass *ihr* die Worte fehlten! „Er hat so eine Ausstrahlung von absoluter ... Kompetenz. Sie steht ihm ins Gesicht geschrieben, seine Haltung, seine Körpersprache, alles zeigt das. Es ist nicht gespielt oder so. Es ist ... Ich nehme mal an, er hat unverschämt viel Selbstvertrauen."

„Und weiter?"

„Ich glaube, wenn während unseres Treffens ein *Drache* vom Himmel geschwebt wäre – John wäre aufgestanden, hätte sich die Krümel von den Händen gewischt und die Sache geregelt."

„Ich liebe Männer, die Drachen besiegen."

„*Ich* kann Drachen besiegen", hörten die beiden eine männliche Stimme, die von hinten kam.

Nora schielte über die Schulter und sah Zander, der soeben aus der prachtvollen Eingangstür von Bradfordwood trat, in der Hand eine Platte mit sechs kleinen knusprigen Kartoffelröstis, garniert mit einer dünnen Scheibe Lachs und einem Klecks saurer Sahne sowie einem Dillzweig.

„Im Moment", erwiderte Nora, „bedeutet mir deine Fähigkeit, Valentinas Vorspeisen zu klauen, mehr als Drachenbesiegen. Ich bin am Verhungern."

„Wie hast du die stibitzt, ohne dass Grandma es gemerkt hat?", fragte Britt.

„Ich hab da so meine Methoden." Mit einem verschmitzten Lächeln reichte er den Schwestern die Platte.

Alexander (Zander) Ford und Britt hatten sich kennengelernt, als beide in der neunten Klasse waren. Sie wurden beste Freunde. Zander hatte über die Jahre so viel Zeit bei den Bradfords verbracht, dass er de facto als Familienmitglied galt.

Manchmal, wenn Nora Zander ansah, konnte sie kaum noch einen Schatten des blassen, unscheinbaren und mürrischen Jungen erkennen, der er damals gewesen war. Sein fast schwarzes Haar und der dunkle Schatten eines Dreitagebarts bildeten einen seltsamen Kontrast zu seiner hellen Haut und den meerblauen Augen. Seine Arme waren mit etlichen Tattoos verziert. Er kleidete sich immer dunkel und schlicht. Das heutige Outfit bestand aus abgetragenen Jeans und einem schwarzen T-Shirt.

Zander und sein älterer Bruder hatten während ihrer Highschoolzeit bei einer Tante und deren Mann gelebt, weil das Jugendamt den Eltern das Sorgerecht entzogen hatte. Nora konnte das schäbige Haus seiner Verwandten in einem heruntergekommenen Viertel von Merryweather nicht vergessen. Und auch nicht die groben Straßenkinderklamotten, die Zander damals getragen hatte – wie eine Rüstung.

Inzwischen brauchte er keine Rüstung mehr. Sein schlanker, ein Meter achtzig großer Körper vermittelte ganz von selbst den Eindruck von Zähigkeit. Zander war ernst und introvertiert, besaß einen trockenen Humor, in dessen Genuss aber nur der kam, der sich seine Freundschaft verdiente – oder gerade zufällig neben ihm stand, wenn er etwas Witziges vor sich hinmurmelte. Außerdem hatte dieser Typ mit den Tattoos und dem durchdringenden Blick ein fotografisches Gedächtnis, was man ihm aber absolut nicht ansah.

Wenn allerdings jemand sehr aufmerksam und außerdem geschult darin war, das zu entziffern, was in der Luft lag, hätte er vermuten können, dass Zander in seine sehr gute Freundin Britt verliebt war. Und das schon seit sehr langer Zeit.

„Als du drinnen warst", berichtete Britt Zander nun, „hat Nora mir erzählt, dass unser Navy-Held eine Freundin hat."

„Tja, die Helden, die Drachen besiegen können, sind meist vergeben." Er hob den Kopf und ließ ein Kartoffelhäppchen in seinem Mund verschwinden.

„Eine Dating-Weisheit, die man wissen sollte." Nora knabberte an dem leckeren Snack. Zander hatte für jeden nur zwei stibitzt. Es würde sie viel Willenskraft kosten, ihre Portion zu strecken.

„Du wirst ihn aber wiedersehen", sagte Britt zu Nora. „Stimmt's?"

„Stimmt. Ich helfe ihm, seinen Stammbaum zu erforschen." Das war alles, was sie ihren Schwestern oder überhaupt irgendjemandem zu diesem Thema verraten würde. John hatte gesagt, er hätte noch nicht einmal seinen Eltern erzählt, dass er nach seiner leiblichen Mutter suchte. Und sie würde sicherlich nicht diejenige sein, die die Vertraulichkeit verletzte.

„Man weiß nie, was sich noch zwischen euch ergibt", sagte Britt. „Die Zukunft ist voller Möglichkeiten."

„Klar", stimmte Zander zu. „Der Navy-Held könnte von einem Drachen verspeist werden."

„John Lawson würde nie von einem Drachen verspeist werden", entgegnete Nora mit einem nicht gerade geringen Maß an Empörung. „Ihr Unterlinge habt ganz offensichtlich nicht *Uncommon Courage* gelesen."

Zander und Britt lachten. „Deine Schwester nennt uns Unterlinge", sagte Zander und warf einen Kartoffelkrümel in Britts Richtung.

„Und das wird jedem passieren, der es wagt, Johns Heldenhaftigkeit infrage zu stellen", versicherte Nora.

„Na dann, du Unterling", sagte Britt zu Zander.

„Britt, *du* bist der Unterling."

„Nein, du."

„Du."

„Wo bleibt eigentlich Willow?" Nora starrte auf den Punkt, an dem die Auffahrt in Richtung Straße aus ihrem Blickfeld verschwand. Die Straße selbst konnte man von der Veranda aus nicht sehen. Bradfordwood thronte über einem Grundstück von fast zehn Quadratkilometern. „Sie sagte, sie wäre in zehn Minuten hier. Aber das ist jetzt bestimmt schon eine Viertelstunde her."

Gerade als sie auf dem Handy nach der Uhrzeit schauen wollte, erschien eine Nachricht von Willow: *Bin am Tor!*

„Gut! Sie ist da. Versteckt die Beweise!"

Zander schob Platte und Servietten außer Sichtweite unter einen der Stühle auf der Veranda.

Nora ging zur Tür und lehnte sich hinein. „Grandma!", rief sie. „Valentina! Willow ist da."

Willow hatte ihren weißen Range Rover immer am Flughafen geparkt. Wenn sie wieder einmal im Anflug war, wurde der SUV für sie zum Gate gebracht. Jetzt kamen die Scheinwerfer in Sicht.

Nora, Britt und Zander begannen zu winken. Die zierliche Gestalt von Grandma und die voluminösere von Valentina kamen nach draußen und winkten ebenfalls. Obwohl sie jetzt zu fünft waren, gaben sie irgendwie ein klägliches Willkommenskomitee ab. Schließlich fehlten Mom und Dad, die normalerweise unverzichtbarer Bestandteil jeder Begrüßung und jedes Abschieds auf dieser Veranda waren.

Der Range Rover hielt, und alle liefen ihr entgegen. Willow schloss jeden Einzelnen in die Arme. Sie duftete nach feinem Parfum und brachte mit ihren strahlenden grünen Augen und dem sanften Lächeln Licht in den wolkenverhangenen Tag. „Hi, Nora. Britt! Schön, dich zu sehen, Zander. Hallo, Grandma. Du siehst wunderbar aus. Valentina, hast du die Röstis gemacht, die du mir versprochen hast?"

Willow trug schmale schwarze Jeans und einen hellgrauen Pullover, der ihre Figur umschloss wie ein modischer Kokon. Mit einem Meter fünfundsiebzig stand Willow für ein Model eher am unteren Ende der Größenskala. Aber als sie nun die Stufen emporstiegen und gemeinsam das Haus betraten, überragte sie Nora trotzdem noch um ganze zehn Zentimeter.

Auf dem Weg vorbei am vorderen Esszimmer, am Wohnzimmer, an der Bibliothek und einem Bad beantwortete Willow ihre Fragen, wie die Reise gewesen war. Mochte Bradfordwood auch zehn Quadratkilometer groß sein, die Familie nutzte doch meistens nur zwei Räume im Haus: die Küche und das Wohnzimmer. Die beiden Räume grenzten aneinander und lagen an der Rückseite des ersten Stocks. Riesige Fenster gaben den Blick frei auf die Gartenterrasse und eine große, bestens gepflegte Rasenfläche, die sich bis zu den pazifischen Wassern des Hoodkanals hinab erstreckte. Jenseits des Kanals erhob sich das Land zu einem Hügel, der an den Rücken eines großen schlafenden Dinosauriers erinnerte.

„Essen!“, kommandierte Valentina in ihrem schweren russischen Akzent, während ihre kräftigen Arme auf die Snacks wiesen, die sie auf die Theke gestellt hatte. „Ich hab die Röstis für Sie gemacht, Miss. Mhmm, lecker. So lecker!“

Ihr Vater hatte Valentina als Haushälterin und Babysitter eingestellt, als Willow noch ein Baby war. Mit ihrem runden rosigen Gesicht war Valentina eine Persönlichkeit, die vor nie versiegender Fröhlichkeit in einem fort strahlte.

Grandma war der exakte Gegensatz dazu, was die Freude im Leben anging. „Ich nehme nur ein wenig Brokkoli“, verkündete sie in ihrem üblichen leidenden Tonfall. Nora hatte den Verdacht, es mache ihr Spaß, Valentina zu kränken, indem sie nie mehr als Spatzenportionen ihrer Kochkünste zu sich nahm. „Auf den Röstis ist Sahne, und ich vertrage ja keine Milchprodukte.“

Jeden Morgen legte Grandma ihre Perlenohrringe an und band ihr langes weißes Haar im Nacken zu einem eleganten Knoten zusammen. Sie war mit der zartesten und schönsten Haut gesegnet, die eine Neunundsiebzigjährige nur haben konnte. Sie hatte keinen einzigen Tag im Krankenhaus verbracht. Sie verfügte über ein ausreichendes Einkommen, um sorgenfrei leben und sich elegant kleiden zu können, und doch brachte sie es fertig, jedes Glas, das bis zum Rand mit Champagner schäumte, zu betrachten und es für halb leer zu befinden.

Alle anderen bedienten sich an den Röstis, Nüssen und Rohkoststicks. Alles Vorboten für das Roastbeef, das im Ofen schmoren musste, wie Nora riechen konnte.

Die Lampen und die indirekte Beleuchtung hüllten den Raum in ein sanftes, goldenes Licht, als sich nun alle, mit Tellern, Gläsern und Papierservietten bewaffnet, einen gemütlichen Platz im Wohnzimmer suchten.

„Ich weiß nicht, warum sie nicht die guten Leinenservietten genommen hat“, nörgelte Grandma, an Nora gewandt.

„Habt ihr mal was von Mom und Dad gehört seit der Rundmail vor ein paar Tagen?“, erkundigte sich Willow.

„Nein, das war auch die letzte Nachricht, die ich bekommen habe", antwortete Nora. „Sie sind immer noch in Sambia für das Basistraining Jüngerschaft."

„Na, jedenfalls freue ich mich für sie, dass sie sich endlich einen Traum erfüllen, den Mom schon so lange hatte." Britt saß im Schneidersitz auf dem Sofa und balancierte den Teller auf einem Knie. „Zu meinen frühesten Erinnerungen gehört, wie Mom mir Bücher über Afrika und die Missionare dort vorliest."

„Mir hat sie die auch schon vorgelesen", sagte Willow. „Was meint ihr, war es ihr Hochzeitstag, der schließlich den Ausschlag gegeben und sie zu diesem Einsatz motiviert hat?"

„Ich glaub, ja", antwortete Britt. „Das hat sie veranlasst, Bilanz zu ziehen."

„Das glaube ich auch", stimmte Nora zu. „Meine Theorie ist, dass Dad Mom das einzige Geschenk machen wollte, was er ihr nie zum Hochzeitstag geschenkt hat."

„Nun, das nenne ich *in der Tat* einen romantischen Ansatz." Zander stand mit einer Schulter an den Kamin gelehnt. „Ich glaube, der Hochzeitstag hat Garner vor Augen geführt: Wenn sie jemals noch in der Mission tätig sein wollen, dann muss es jetzt sein."

Nora hob eine Augenbraue. „Du würdest doch auch erst aktiv werden, wenn der Tod sich schon ankündigt."

„Missionsarbeit im Ausland ist etwas für junge Leute", warf Grandma ein. „Kathleen und Garner sind viel zu alt dafür. Das habe ich ihnen auch mehr als einmal gesagt."

„Ich glaube nicht, dass es ein Verfallsdatum für christliches Engagement gibt", sagte Britt ruhig. Sie waren es alle gewohnt, Grandma zu widersprechen.

„Sie sind ja nicht grundsätzlich zu alt, um sich noch zu engagieren. Aber für einen *Auslandseinsatz* sind sie zu alt. Dass der Herr von uns erwartet, dass wir bis zum Tod in seinem Dienst für ihn leiden, glaube ich doch auch."

„Ähem." Britt zog skeptisch die Stirn in Falten. „Ich glaube nicht, dass Leiden unbedingt zum Einsatz gehören muss."

Grandma schniefte und hielt ihren Brokkoli-Stick mit spitzen Fingern hoch. „Die Bibel sagt: ‚Nehmt mein Kreuz auf euch und folgt mir nach.' Unser Dienst für den Herrn sollte uns etwas kosten, sonst ist es kein Dienst."

„Aber was ist mit dem Vers: ‚Einen fröhlichen Geber hat Gott lieb'?", wollte Nora wissen.

„Der ist auch zutreffend. Wir sollen fröhlich für Gott leiden." Und das sagte eine Lady, die Fröhlichkeit nicht mal dann erkennen würde, wenn sie ihr einen Hamburger servieren würde.

„Also!" Nora gab ihrer Stimme einen munteren Ton, um Grandmas Düsternis etwas entgegenzusetzen. „Ich werde sie zwar vermissen, aber ich finde es trotzdem großartig, dass Mom und Dad ihre Chance wahrgenommen haben, nach Afrika zu gehen."

„Und zwar, weil du", Britt wies mit großer Geste auf Willow, „es möglich gemacht hast."

In gewisser Weise entsprach Willow tatsächlich dem Klischee eines ältesten Kindes. Sie war zweifellos diejenige der Schwestern, die es am weitesten gebracht hatte. Und wie die meisten Erstgeborenen war sie jemand, der sich strikt an Regeln hielt. Aber sie war nicht manipulativ oder rechthaberisch. Wenn und falls sie in der Familie die Führung übernahm, dann tat sie es, indem sie zuerst zuhörte, dann nachdachte und schließlich ihre durchdachte Meinung bekannt gab. „Ich bin froh, dass ich das Hotel in Bradfordwood für die sechs Monate übernehmen kann, damit Mom und Dad fliegen konnten. Ich bekomme derzeit ja nicht so viele Gelegenheiten, ihnen zu helfen." Sie rieb mit der Fingerspitze über den Sofabezug. „Ich brauchte sowieso mal eine Pause von meinem Job."

Grandma verfiel in einen Monolog darüber, dass die junge Generation von heute zu viel arbeitete und ihre elektronischen Geräte nie ausschaltete – *ertappt,* dachte Nora – und dass sie überhaupt im Allgemeinen viel zu ehrgeizig sei.

Nora wäre liebend gern Zeugin gewesen, wie Grandma versuchte, Frederick Bradford wegen seines Ehrgeizes auszuschelten. Denn sie sah ja, was alle drei Schwestern seinem Ehrgeiz zu verdanken hatten:

dieses Zuhause, das Familienunternehmen Bradford Shipping und ihre absolut bezaubernde Kindheit und Jugend.

Frederick, ihr vielfacher Urgroßvater, war ein durchaus erfolgreicher Eisenbahner der East Coast Railroad gewesen. Er wäre vermutlich auch eine unbeachtete Fußnote im Vergleich mit Tycoons wie Vanderbilt und Hill geblieben, hätte er nicht die Weitsicht besessen, dem Nordwesten früher seine Aufmerksamkeit zu schenken, als irgendjemand sonst es tat. Ende der 1870-er Jahre zog er nach Seattle, und 1881 hatte er die erste Bahnlinie erbaut, die Seattle mit Chicago verband. Und plötzlich konnte man eine Reise, die bis dahin fünf Monate gedauert hatte, in fünf Tagen absolvieren.

Ein paar Jahre später brachte Fredericks Eisenbahn Tausende Goldsucher nach Washington. Und das war der Durchbruch. Fredericks bereits respektables Kapital wurde zu einem beachtlichen Vermögen.

Und dann verliebte er sich in eine junge Engländerin, heiratete sie und machte mit ihr eine großzügige und luxuriöse Hochzeitsreise in ihr Heimatland. Die Familiengeschichte und die noch vorhandenen Briefe besagten, dass er so sehr in seine Braut verliebt war, dass er während ihres Englandaufenthaltes für sie als Hochzeitsgeschenk ein Haus in den Hügeln Northumberlands kaufte. Dann ließ er das Haus Stein für Stein auseinandernehmen, verschiffte es über den großen Teich und baute es auf seinem Grundstück im Staat Washington wieder neu auf. Sie nannte es Bradfordwood.

Irgendwann kam Fredericks Schwiegermutter in die Staaten, um bei ihnen zu leben. Entweder aus Großzügigkeit und dem Wunsch, ihr möglichst viel Unabhängigkeit zu ermöglichen, oder weil er sie einfach nicht ausstehen konnte – die Berichte waren sich da nicht einig –, erbaute Frederick ihr einen Witwensitz am Rand seines Besitztums.

Vor etlichen Jahren war Mom der Idee verfallen, aus dem Witwensitz ein kleines Hotel zu machen. Sie hatte das Haus in mühevoller Arbeit renoviert und die Pension seitdem mit ebenso viel Liebe wie Hingabe geführt.

Als Noras Eltern beschlossen hatten, ihren Lebenstraum eines Missionseinsatzes noch zu verwirklichen, hatte Mom sich nach jemandem umgesehen, der die Pension übernehmen würde, während sie fort war. Sie hatte einen perfekten Bewerber mit sehr viel Erfahrung im Hotelmanagement gefunden, aber der hatte Familie und lebte in Vermont. Er brauchte Zeit, um sein Haus zu verkaufen und mit Frau und Kindern quer durch die Staaten umzuziehen. Er würde nicht vor November zur Verfügung stehen.

Daher hatte Willow sich bereit erklärt, das Hotel zu führen, bis der neue Manager da war. Mom hatte nur für zwei Wochen schließen müssen, um die Zeit zwischen Moms und Dads Abreise nach Afrika und Willows Ankunft zu überbrücken.

„Wird es dir nicht komisch vorkommen, wieder so lange hier im Haus zu wohnen?", fragte Britt Willow.

Schweigen.

„Vielleicht", gestand Willow ein. „Dieses Haus ist mir so vertraut, und doch fühlt es sich manchmal an wie eine Zeitmaschine … wie etwas, was mich in meine Vergangenheit zurückversetzt."

„Ich bekräftige mein Angebot, dass du bei mir wohnen kannst", sagte Nora. „Ich biete Eiscreme, ausgezeichnete Bücher und mehr Tee, als du in sechs Monaten trinken kannst."

Willow kaute ein paar Cashews und lächelte. „Verlockend, aber ich glaube, ich komme hier prima zurecht, wenn Valentina für mich sorgt. Stimmt's, Valentina?"

Valentina hatte während des ganzen vorangehenden Gesprächs vor sich hingesummt und gestrahlt. „Ja, sicher, Miss."

„Machst du irgendwann mal belgische Waffeln für mich?"

„Belg…?" Valentina legte fragend den Kopf schief. Sie war mit ihrem Ehemann und drei Kindern nach Amerika gereist, als hätten sie nur einen Tagesausflug geplant. Nun waren sie bereits mehr als dreißig Jahre hier. Und selbst nach dieser langen Zeit war Valentinas Beherrschen der englischen Sprache noch sehr dürftig. Nora hatte den Verdacht, dass dies unter anderem daran lag, dass wenn sie nicht alles verstand, was man ihr sagte, sie die Dinge eben auf ihre Weise erledigen und das Ergebnis lächelnd auf ihre mangelnden Sprachkenntnisse schieben konnte.

„Hast du noch das Waffeleisen für die Belgischen Waffeln?“, fragte Willow sie jetzt langsam und betont deutlich.

„Waffeln? Mach ich für Sie, Miss. So lecker!“

„Du kannst auch bei mir wohnen“, sagte Britt zu Willow. „Ich habe Schokolade.“

„Oder bei mir“, warf Zander ein. „Ich seh gut aus.“

Alle brachen in Gelächter aus. Alle außer Grandma, die ein empörtes „TssTss“ von sich gab.

Willow stellte ihren Teller weg. „Zander, gehst du zurzeit mit jemandem aus?“

Nun wandten sich alle Gesichter ihm zu. Sogar das von Grandma. Ganz besonders das von Grandma. Sie war normalerweise nämlich nicht einbezogen in Gespräche über das Liebesleben der Jüngeren.

Er zuckte die Achseln. „Nicht wirklich.“

„Ich versuche schon lange, ihn zu überreden, einmal diese Kollegin einzuladen, diese Audrey“, sagte Britt. „Ich habe sie kennengelernt, und sie ist echt cool.“ Britt erhob sich und nahm Kurs auf die Bar. „Möchte noch jemand Eistee?“

„Es ist keine gute Idee, um diese Uhrzeit noch Tee zu trinken. Zu viel Koffein“, sagte Grandma belehrend.

Nora schaute kurz in Zanders Richtung und bemerkte, dass er mit verstohlenen Blicken jede Bewegung von Britt verfolgte.

Wann wollte ihre kleine Schwester eigentlich aufwachen und zur Kenntnis nehmen, dass der beste Mann, den sie je haben konnte – der eine, der für sie sterben würde, der Mann, der in den letzten zehn Jahren in jedem wichtigen oder unwichtigen Moment ihres Lebens für sie da gewesen war –, eben dieser Mann war?

Bisher hatte noch keine der Bradford-Schwestern Glück in der Liebe gehabt. Was Willow anging, so hatte sie einfach noch nicht den Richtigen gefunden. Nora war sich zu 95 Prozent sicher, dass ihr eigenes Schicksal nichts anderes für sie vorgesehen hatte, als von den Männern, die ihr gefielen, lediglich zu träumen. Aber Britt – sie hatte den Richtigen bereits an ihrer Seite. Sie hatte nur noch nicht erkannt, dass er es war.

„Was macht dein Buch, Zander?", fragte Willow.

„Oh, ich komme ganz gut voran." In den letzten paar Monaten hatte Zander an einem Manuskript gearbeitet. Vor ein paar Wochen war es fertig geworden, und nun saß er am Feinschliff, bevor er es zur Veröffentlichung anbieten wollte. Aber er hatte niemanden, noch nicht einmal Britt, bisher einen Blick darauf werfen lassen.

„Können wir es mal lesen?", fragte ihn Nora.

„Nö."

„Immer noch nicht?"

„Man muss auch ein paar Geheimnisse haben", entgegnete er.

Grandma lehnte sich vor, als sammle sie Kraft, um aufzustehen. Nora griff nach ihrem Arm und half ihr hoch.

„Ich gehe ja ungern, aber der Strickkreis in der Gemeinde kann ohne mich nicht stattfinden", sagte Grandma. „Ich habe den Ladys sehr deutlich gesagt, dass ich nicht stricke, aber sie haben mich immer wieder auf die Teilnehmerliste gesetzt und darauf bestanden, dass sie ohne mich kein Treffen abhalten können. Und schließlich stricken sie Babydecken für sozial benachteiligte Frauen. Da kann ich wohl kaum wegbleiben, oder?"

„Vermutlich solltest du besser hingehen und fröhlich leiden", antwortete Britt.

In dieser Nacht lag Nora im Bett und versuchte verzweifelt, ihre Gedanken konzentriert bei Adolphus Brook zu halten. Ihre Lieblingsszenen aus Büchern, Filmen oder Fernsehserien innerlich immer wieder abzuspielen, vertrieb in der Regel die Einsamkeit und öffnete die Tür zu schönen Träumen.

Aber heute? Nicht die Bohne.

Sie wurde absolut nicht müde, denn sie konnte John einfach nicht aus dem Kopf kriegen. Immer wieder tauchte er vor ihrem inneren

Auge auf. John, der sympathischste Mann, den sie je getroffen hatte. John, der leider vergeben war. John, der adoptiert worden war und der aus Gründen, die er nicht preisgab, seine leibliche Mutter finden wollte.

Und warum geschah das gerade jetzt in diesem Abschnitt seines Lebens?

Sie hatte genug Erfahrung im Umgang mit Adoptierten und deren Geschichte, um zu wissen, dass es oft einen Katalysator gab, der irgendeine Weiche im Leben stellte und die Betroffenen aktiv werden ließ. Normalerweise erzählten die Menschen ihr bereitwillig, warum sie sich entschlossen hatten, Nachforschungen über ihre leiblichen Eltern anzustellen. Dass John ihr diese Information vorenthalten hatte, machte sie nur umso neugieriger. Sie wollte jedes Puzzleteilchen kennen. Sie wollte wissen, *warum* er sich auf die Suche machte.

Verärgert über sich selbst schlug sie die Decke zurück. In ihrem lila Pyjamaoberteil und der karierten Hose tapste sie in Richtung Wohnzimmer.

Ihr beschauliches kleines Haus lag in einem abgelegenen Winkel auf einem bewaldeten Hügel, von dem aus man über den Kanal sehen konnte. Wobei Kanal eine Fehlbezeichnung war. Das Gewässer, das als Hoodkanal bekannt war, entsprach eher einem Fjord; und sie wünschte, man hätte es damals angemessen benannt. Nora legte Wert auf korrekte Terminologie.

Sie hatte das Haus in einem Mix aus Landhaus- und Fünfzigerjahrestil eingerichtet. Die Farbtöne Mattweiß, Kirschrot und Azurblau, die sie gewählt hatte, vermittelten ihr ein Gefühl von Heimat. Die Bücherregale, die ihre Wände bedeckten, erzählten von alten Freunden und Abenteuern.

Sie schob eine DVD aus der zweiten Staffel von *Northamptonshire* in den DVD-Player. Fünf Minuten später hatte sie sich in ihren Sessel gekuschelt, eine Tasse einer eigenen Mischung koffeinfreien Chai-Tees in der Hand. Vorsichtig zog sie sich die Wolldecke um die Schultern.

Die Träumerei von John war nicht gerade sinnvoll, denn sie konnte John nicht haben. Aber die Gesellschaft von Adolphus konnte sie haben.

Nora war schon immer ein passionierter Fan von Filmen und Fernsehserien gewesen. Vor drei Jahren, als ihr Herz sich angefühlt hatte, als wäre es durch einen Fleischwolf gedreht worden, war das ihre Rettung gewesen. Sie hatte Filme geschaut, wann immer ihr Herzschmerz übermächtig geworden war und sie darin unterzugehen drohte.

Sie hatte über Richard Armitage in *North and South* geseufzt. Sich in einer Schwärmerei für Colin Firth in *Stolz und Vorurteil* verfangen. Und sehr viel Zeit damit verbracht, die schauspielerische Leistung von William Hurt als Rochester in *Jane Eyre* mit der von Michael Fassbender neben der von Timothy Dalton zu beurteilen und zu vergleichen. Sie hatte die Faust gegen Julian Fellowes gereckt, als er in der berühmten Schlussszene der letzten Folge einer Staffel von *Downton Abbey* Matthew durch einen Autounfall sterben ließ.

Und dann, *dann* hatte sie die britische Serie *Northamptonshire* entdeckt.

Sie war auf der Stelle ein Fan gewesen. Die meisterhaft produzierte und schauspielerisch großartige Serie spielte im England der Regency-Ära und verfolgte die Verhältnisse, Träume, Prüfungen und Intrigen der Adligen sowie der unteren Bevölkerungsschicht der britischen Grafschaft Northamptonshire.

Die meisten weiblichen Fans der Serie tuschelten über den dunklen und einflussreichen Earl of Cumberland oder schwärmten für den bedachten Pferdetrainer Craddock. Es brauchte schon eine sehr anspruchsvolle und belesene Frau, um die Attraktivität von Adolphus zu erkennen – Viscount von Osgood und gelehrter, bebrillter jüngerer Bruder von Lady Amalia.

Ab dem Moment, als sie *Northamptonshire* entdeckt hatte, war Nora jeder Online-Fangruppe, die sie finden konnte, beigetreten und hatte selbst auf Facebook die Gruppe *Verehrerinnen von Adolphus Brook* eingerichtet. Und dadurch hatte sie die Aufmerksamkeit von Duncan Bartholomew erregt, dem Schauspieler, der Adolphus spielte.

Zu ihrer nicht geringen Überraschung hatte sich ihre anfangs nüchterne Korrespondenz mit Duncan zu einer echten Freundschaft entwickelt. Sie telefonierten nicht. Sie trafen sich nie. Aber sie kommunizierten oft über Facebook.

Tatsächlich, sie kannte *den* Duncan Bartholomew! *Sie* war eine Freundin von ihm! *Sie!* Jedes Mal, wenn sie eine Nachricht von ihm bekam, freute sie sich sehr. Er hatte sich angewöhnt, sie Miss Lawrence zu nennen, nachdem er herausgefunden hatte, dass sie, ebenso wie die Lucy Lawrence in der Serie, eine Bibliothekarin mit einer ausgeprägten Schwäche für Adolphus war.

Sehr zu Noras Enttäuschung war *Northamptonshire* weder in England noch in Amerika sehr erfolgreich. Außerdem konnte man, der wackeren Unterstützung von Nora und den Verehrerinnen zum Trotz, Adolphus nicht als einen der größten Stars der Serie betrachten. Seine Rolle war viel zu unbedeutend.

Nora hatte etliche Kampagnen in den sozialen Medien und per E-Mail angeführt, die darauf abzielten, die Serie mehr in die Öffentlichkeit zu bringen und Adolphus darin einen größeren Anteil an der Handlung zu sichern. Bisher ohne irgendeinen messbaren Erfolg.

Sie nippte an ihrem Tee, während sie mit müden Augen die Handlung von *Northamptonshire* verfolgte. Als Adolphus ins Bild kam, lächelte sie. *Hallo, Liebling.*

• • •

Aufgesticktes Zitat auf Noras lila Pyjamaoberteil:
„Ich bin glücklich verheiratet mit der gelehrten Welt."
Adolphus Brook

• • •

Nachricht von Willow an Nora und Britt:
WILLOW: Mir fiel gerade ein, dass Grandma ja Anfang Juli achtzig wird. Da Mom und Dad nicht hier sind, scheint mir, dass wir für die Geburtstagsfeierlichkeiten zuständig sind.

NORA: Ich ernenne Willow zur Organisatorin der Geburtstagssause.

BRITT: Ich sekundiere.

WILLOW: Weicheier.

BRITT: Wir könnten Grandma zu *Flemings* zum Lunch einladen. Wenn wir im besten Restaurant der Stadt essen, wird es schwierig für sie sein, etwas zu finden, woran sie herumnörgeln kann. Ihr wisst ja, dass sie eine Herausforderung zu schätzen weiß, die ihrer würdig ist.

NORA: Ich glaube nicht, dass wir zum Achtzigsten mit einem Lunch bei *Flemings* davonkommen.

WILLOW: Sehe ich auch so. Achtzigster Geburtstag = Party in Bradfordwood.

Kapitel 4

Bis zu diesem Moment hatte Nora noch nicht gewusst, dass sie Pünktlichkeit extrem anziehend fand.

Volle fünf Minuten vor ihrem vereinbarten Treffen marschierte John mit energischen Schritten in die Bibliothek. Nora war froh, dass sie sich bemüht hatte, noch früher da zu sein. Dies hatte es ihr ermöglicht, einen Tisch für das Gespräch zu wählen, ihre Büroutensilien zu ordnen, ihrer Nervosität Herr zu werden und eine lockere Haarsträhne in ihre geschwungene Hochsteckfrisur zurückzustecken.

Er hatte sich heute lässiger gekleidet als bisher. Aber auch in seinen Jeans und dem schlichten braunen T-Shirt kam er auf sie zu wie ein hochrangiger Navy-Offizier, der seinem Team gleich Instruktionen für den nächsten Einsatz geben würde. Mit seinen breiten Schultern verkörperte er eine selbstverständliche Führungsautorität.

„Hi, Nora."

„Hi, John."

„Die erbetenen Dokumente." Er reichte ihr einen großen Briefumschlag.

„Vielen Dank." Sie zeigte zu dem Tisch. „Sollen wir es uns hier bequem machen?"

Sie setzten sich nebeneinander auf zwei Stühle und, wow, er roch gut. Wie eine Mischung aus Zedernholz, Bergamotte und vielleicht einer Spur von … Rosmarin?

Sie war fasziniert von dem Duft, dachte kurz darüber nach und gratulierte sich selbst dazu, dass sie wusste, wie Bergamotte roch. Mehr als einmal hatte man ihr in dem Seminar über Teesorten, das sie mitgemacht hatte, zu ihrer ausgezeichneten Nase gratuliert.

„Schön. Dann mal los." Sie hatte vielleicht gerade ein paar Augenblicke zu viel damit verbracht, seinen Duft zu analysieren. „Schauen wir doch mal, was wir hier haben." Mit einer Attitüde klinischer Professionalität öffnete sie den Umschlag.

Nora war ein von Natur aus neugieriger Mensch. Die Stammbäume der Menschen, die sie in ihrer Suche unterstützte, interessierten sie ausnahmslos. Johns Stammbaum allerdings interessierte sie brennend.

Obenauf lag die Geburtsurkunde. Sie enthielt die Informationen, die er ihr bereits bei ihrem letzten Treffen mitgeteilt hatte, darüber hinaus aber noch ein paar wichtige Details, die er nicht erwähnt hatte. Sherry Thompson, seine leibliche Mutter, war zum Zeitpunkt seiner Geburt zweiundzwanzig Jahre alt gewesen. Als Bundesstaat, in dem sie geboren war, war Oregon aufgeführt. Und der Arzt, der John mit auf die Welt geholfen hatte, war ein gewisser Dr. Paul Douglas.

Nora wies auf den Namen des Arztes. „Wenn Ihre leibliche Mutter Patientin bei diesem Dr. Douglas war und er noch praktiziert, gibt es in seiner Praxis wahrscheinlich eine Akte über Sherry, ihre Schwangerschaft und die Geburt. Sie könnte auch die damalige Adresse enthalten."

„Und verraten Sie mir, inwiefern es uns jetzt helfen könnte, ihre damalige Adresse zu kennen? Sie wohnt doch höchstwahrscheinlich nicht mehr dort, oder?"

„Nein", stimmte Nora zu. „Aber zum jetzigen Zeitpunkt kommt es erst einmal darauf an, so viele Informationen wie nur möglich zu sammeln. Wenn wir zum Beispiel mit einem früheren Vermieter von Sherry sprechen könnten, könnte der uns vielleicht etwas sagen, was uns weiterhilft. Oder ihre frühere Adresse führt uns zu einer Hilfsorganisation für alleinstehende Mütter. Die könnte weitere Dokumente über Sherry haben."

„Verstehe."

„Man kann am Anfang unmöglich wissen, welches zunächst noch so unbedeutend erscheinende Detail später vielleicht zum entscheidenden Hinweis werden kann, an dem alles hängt. Es ist also kein Detail zu unbedeutend."

John schaute sie auf eine Art und Weise an, dass ihr das Herz bis zum Hals schlug. „Okay."

Nora blätterte weiter. Das nächste Blatt war ein Formular, das die Adoptionsagentur offensichtlich Johns Adoptiveltern gegeben hatte. Der Name Sherry Thompson tauchte nicht mehr auf, aber es gab andere Fakten.

Äußere Beschreibung: 1,73 m, 70 kg, braune Augen, braunes Haar.
Geburtstag: 18. März
Nationalität: Amerikanerin
Religion: Christin
Beruf: Lehrerin

„Könnte es uns weiterhelfen, dass sie Lehrerin war?", fragte John.

„Ja, absolut." Gedankenverloren drehte Nora den Ring an ihrem Finger ein paarmal. „Ich habe schon viele dieser Formulare gesehen. Aber darin waren immer auch Informationen über den leiblichen Vater aufgeführt." Sie warf ihm einen Blick zu.

Seine Augen glänzten in einem sanften Haselnussbraun, das an sonnenbeschienene, glitzernde Felsen am Rand eines Gebirgsbaches denken ließ. Aber die Aufmerksamkeit, die er durch diese Augen auf Nora richtete, war alles andere als sanft. Sie war konzentriert, scharfsinnig, energisch.

„Auf meiner Geburtsurkunde ist mein Vater nicht erwähnt ...", wiederholte er nachdenklich.

„Nein."

„Glauben Sie, Sherry wusste vielleicht nicht, wer es war? Vielleicht hatte sie in der Zeit, als sie mit mir schwanger wurde, nicht nur einen Freund."

„Das wäre möglich. Oder aber, sie wusste sehr wohl, wer es war, hatte aber gute Gründe, seine Identität für sich zu behalten."

Wieder diese Stille. Nora lebte in ihrer Bücherwelt. Sie hatte keine Erfahrung darin, dem Blick von ordensdekorierten Navy-Helden standzuhalten. Und all die Erfahrung, die sie mit Mr Darcy und Rochester und Adolphus gesammelt hatte, schien ihr jetzt nicht das Geringste zu nützen. „Ich nehme an", sagte sie, „Sie können Sherry erst nach Ihrem leiblichen Vater fragen, wenn Sie sie gefunden haben. Falls Sie das wollen."

Er nickte.

Sie zwang ihre Aufmerksamkeit zurück zur Tischplatte. Seine Hand lag darauf. Eine schwarze Uhr mit ebenso schwarzem Armband, die ihr etwas zuflüsterte von absoluter Zeitpräzision, die man für Spezialeinsätze brauchte, die so weit außerhalb ihres Alltags lagen und so gefährlich waren, dass es ihre Vorstellungskraft sprengte.

Nora widmete sich dem nächsten Blatt der Unterlagen. „Interessant."

„Was ist interessant?"

„Diese Verzichtserklärung, die Ihre Eltern unterzeichnet haben. Sie besagt, dass sie ihren Anwalt und die Adoptionsagentur von jeglicher Verschwiegenheits- oder Diskretionspflicht entbinden, die implizit oder explizit vereinbart wurden. Mit anderen Worten: Sie öffnet Ihnen die Tür, alle Fakten in Erfahrung zu bringen, die vorhanden sind."

Er sah nicht überrascht aus. „Die Erklärung liegt schon seit Jahren bei den anderen Dokumenten."

„Nach dem Unterschriftsdatum zu urteilen, dürften Sie in der … Highschool gewesen sein, als Ihre Eltern diese Urkunde notariell beglaubigen ließen."

„Das Datum ist mein achtzehnter Geburtstag."

„Haben Sie Ihren Eltern gegenüber denn jemals erwähnt, dass Sie daran interessiert sind, Ihre Mutter zu finden?"

„Nein."

„Na, jedenfalls könnte dieses Dokument uns die Suche erleichtern. Manche Menschen und auch Organisationen tun sich schwer, Informationen weiterzugeben, wenn sie glauben, irgendjemand möchte vielleicht nicht, dass sie bekannt werden. Aber dieses Papier dürfte uns helfen, diese Personen zum Sprechen zu bringen."

Johns Eltern mochten ihre Vorbehalte gehabt haben, dass John seine leibliche Mutter kennenlernte, solange er noch ein Kind war. Aber mit achtzehn war er volljährig. Und dieses Papier besagte, dass seine Eltern an jenem Tag beschlossen hatten, ihm umfassenden Zugang zu seiner eigenen Geschichte zu gewähren, wenn er das wollte.

Aus seinem Buch und dem zugehörigen Film wusste sie, dass seine Eltern hochherzige Menschen waren. Aber dieses eine Blatt Papier, das in aller Stille zu Johns Adoptionspapieren hinzugelegt worden war, offenbarte ihr deutlicher als alles andere, wie großzügig sie waren.

Gemeinsam gingen sie den Rest der Papiere durch. Die geänderte Geburtsurkunde, die seine Adoptiveltern als seine Eltern registrierte. Der endgültige Adoptionsbescheid. Ein Geschäftsbrief des Anwalts, den Johns Eltern eingeschaltet hatten, ein gewisser Mr Harvey Morrow. Eine Visitenkarte der Adoptionsagentur, die John vermittelt hatte.

Kein Adoptionsantrag. Keine Dokumente über Pflegeeltern, was wohl bedeutete, dass John nie bei Pflegeeltern gelebt hatte. Manche Krankenhäuser gestatteten es zukünftigen Adoptiveltern, die Neugeborenen zu besuchen, solange sie noch auf der Säuglingsstation waren, und das Baby dann mit nach Hause zu nehmen, wenn alle Untersuchungen und die offiziellen Formalitäten abgeschlossen waren.

„Ich habe alle Dokumente eingescannt und auf meinem PC gespeichert“, bemerkte John.

„Sehr gut. Ich habe einen Aktenordner hier. Wenn Sie einverstanden sind, können wir darin alle Schriftstücke, auf die wir stoßen werden, sammeln.“

„Ja, gute Idee.“

Immer wenn sie „Feldforschung“ betrieb, hatte sie ihre Ausrüstung dabei: eine Baumwolltasche mit ihrem Laptop, Aktenordner, Kleingeld für Kopierer, Notizblock, Kulis, Marker, Haftnotizen und zwei Tafeln Schokolade für Notfälle. Sie hatte sich bereits erlaubt, den Ordner für Johns Unterlagen mit Trennblättern, Klarsichthüllen und genügend weißen Blättern auszustatten, die eine Mülldeponie zum Stöhnen bringen würden.

Zwanghaftes Sammelsyndrom? Wahrscheinlich.

Sie schob seine Dokumente in Klarsichthüllen, suchte dann nach Notizblock und Stift und begann, eine To-do-Liste zu schreiben. „Ich denke, wir sollten den Anwalt kontaktieren, der die Adoption begleitet hat. Vielleicht kann er uns neben anderen Informationen auch den Adoptionsantrag geben. Der enthält ja immer den Namen der leiblichen Mutter und die Namen der Adoptiveltern. Er könnte uns eine Adresse von Sherry verraten. Dann sollten wir im Presbyterian Hospital nachfragen und uns die Geburtsregister zeigen lassen. Und wir können im Mitgliederverzeichnis der amerikanischen Ärztevereinigung nach diesem Dr. Douglas suchen."

Nora warf John einen verstohlenen Blick zu, um zu sehen, ob er ihr noch folgte oder ob sie ihn unabsichtlich schon um Meilen abgehängt hatte. Seine Miene spiegelte etwas wie amüsierte Irritation. Fast, als fände er ihre To-do-Liste oder sie selbst – oder beides – komisch.

„Möglicherweise habe ich Ihnen mit dem, was ich gerade gesagt habe, zu viel Information auf einmal zugemutet", gestand Nora.

„Nein. Ich dachte nur gerade, genau deshalb habe ich Sie engagiert. Sie kennen sich aus mit dieser Art von Nachforschungen."

„Nach allem, was ich gehört habe, kennen Sie sich dafür mit Spezialeinsätzen bei der Navy und solchem … Zeug aus."

Er sah sie verständnislos an. „Was?"

„Ich weiß, dass Sie bei der Navy Geschichte geschrieben haben."

„Ich habe nicht bei der Navy Geschichte geschrieben."

Panik durchzuckte sie. Hatte sie … hatte sie da etwa irgendwas völlig falsch verstanden?

Nein. Nein, sie hatte sein Bild gesehen – *sein* Gesicht. Im Internet und dann auch noch auf den Hochglanzseiten in der Mitte seines Buches. Und in all diesen Online-Artikeln. „Sie *waren* bei der Navy", bekräftigte sie.

„Ich betreibe ein Notfall- und Katastrophenschutz-Trainingszentrum."

„Ja, aber Sie sind auch Träger der Ehrenmedaille für Ihren Einsatz bei der Navy."

Schweigen. Dann lief ein angedeutetes schiefes Lächeln über sein markantes Gesicht. „Bin ich das?"

„Ja!" Sie lachte. Sie war sich so sicher gewesen, seinen Hintergrund zu kennen, aber jetzt hatte er sie für einen Moment lang aus dem Konzept gebracht. „Nachdem ich meine Rolle als Geisel überlebt hatte, habe ich mich informiert. Ihr Name kam mir bekannt vor."

„Ach ja?"

„Ja. Sie sind hier in der Gegend einigermaßen berühmt."

„Berühmt?" Seine Augen blitzten, ohne dass er eine Miene verzog.

„Ehrlich gesagt, sind Sie nicht nur hier ziemlich berühmt. Vielleicht haben Sie noch nichts davon gehört, aber es gibt ein Buch und einen Film über Sie!"

„Sie haben das Buch gelesen?"

„Und den Film gesehen. Beides ausgezeichnet. Aber wie meistens war das Buch besser. Es ist wirklich überragend gut geschrieben."

„Ich habe es nicht geschrieben, also kann ich kaum die Lorbeeren dafür einheimsen."

„Aber es handelt von Ihnen. Ich glaube daher, dass Ihnen zumindest *einige* Lorbeeren zustehen."

Er zuckte mit den Schultern.

„Ich entnehme diesem Gespräch, dass Sie es vorziehen, nicht mit Ihren früheren Heldentaten hausieren zu gehen?"

Er grinste und lehnte sich auf seinem Stuhl zurück, den Unterarm lässig auf den Oberschenkel gelegt.

Ihr Herz schlug einen kleinen albernen Purzelbaum.

„Sagten Sie gerade *hausieren gehen?*", fragte er.

„Ist es nun so, dass Sie es vorziehen, keine Werbung damit zu machen, oder nicht?"

„Ich habe kein Problem damit, wenn die Leute es wissen. Aber ich bin ganz entschieden dagegen, es überall herumzuerzählen und womöglich damit zu prahlen. Sehr entschieden."

„Verstehe. Aber jedenfalls weiß ich jetzt, wen ich anrufen kann, wenn ich mal jemanden brauche, der sich auskennt mit Navy-Spezialeinsätzen und solchem …"

„... Zeug?"

„Genau."

„Ich bin teuer", antwortete er umgehend, allerdings nach wie vor mit undurchschaubarer Miene.

Sie gab ein schallendes Lachen von sich. Spürte er womöglich doch auch dieses unsichtbare unterschwellige Knistern, das in der Luft lag? Oder war es nur in ihrer Einbildung vorhanden?

„Sie sind teuer, und hier stehe ich", sagte sie, „und bemühe mich, Ihnen meine Hilfe umsonst anzubieten."

„Das tun Sie ja praktisch auch. Dieser Wisch, den Sie Rechnung nennen, war doch wohl ein Witz, Nora."

„Es war das Höchste, was ich übers Herz bringen konnte."

Er sah sie einen langen Moment lang an, offensichtlich nicht überzeugt. Dann wanderte sein Blick zu ihrer To-do-Liste. „Ich nehme Kontakt zu dem Anwalt auf, der meine Adoption begleitet hat", sagte er. „Und ich rufe auch im Presbyterian Hospital an."

„Bevor wir hier rausgehen, sollten wir noch einen Blick ins Mitgliederverzeichnis der Ärztevereinigung werfen. Mal sehen, ob wir diesen Dr. Douglas ausfindig machen können."

Und siehe da, auf den Seiten der amerikanischen Ärztevereinigung entdeckten sie den Eintrag zu Dr. Paul Douglas, der zu ihrem Glück noch immer als Gynäkologe praktizierte, wenn auch inzwischen in Pullman, Washington. John speicherte die Nummer der Praxis in seinem Handy ab.

Nora sah ihm zu, während sie in Gedanken wie wild nach Möglichkeiten suchte, dieses Treffen noch ein wenig in die Länge zu ziehen. Sie wollte einfach länger mit ihm zusammen sein. Sie sollte das nicht wollen. Er hatte eine Freundin.

Er steckte das Handy weg und sah auf.

„Wollen Sie den mitnehmen?" Sie streckte ihm den Ordner nur halbherzig entgegen und hoffte, er würde es nicht merken. Das war zwar eigentlich Johns Suche, aber Nora hatte das Gefühl, dass sie bereits mittendrin steckte. Sie wollte die Unterlagen unbedingt behalten.

„Nein, schon in Ordnung.“ Er warf kaum einen Blick darauf. „Ich hab ja alles im Computer.“

„Ach, ja.“ Als hätte sie das schon vergessen.

„Ich erledige dann mal meinen Teil und melde mich wieder.“

Zwei Tage später stand John vor den raumhohen Fenstern seines Hauses, hielt das Handy ans Ohr und wartete, dass jemand abnahm. Die Sonne stand im Zenit und hüllte die ozeanblauen Wasser von Lake Shore Pine und die grünen Hügel, die von seinen Ufern anstiegen, in gleißendes Licht.

Seit seinem Treffen mit Nora hatte er nichts unternommen, um seine Suche nach Sherry voranzubringen. Ein paarmal hatte er daran gedacht, die Anrufe zu machen, die er Nora gegenüber zugesagt hatte. Aber jedes Mal hatte er wieder gezögert. Da war ein Gefühl – wie eine ganz leise innere Stimme, die ihn zurückhielt. Diese Stimme erinnerte ihn an etwas: an seinen sechsten Sinn für Gefahren, den er manchmal in seiner Zeit bei der Navy gespürt hatte.

Bevor er Kontakt mit Nora aufgenommen hatte, war er sich nicht hundertprozentig sicher gewesen, ob er wirklich nach seiner Mutter suchen sollte. Er glaubte auch nicht, dass sich jemand, der adoptiert worden war, überhaupt jemals hundertprozentig sicher sein konnte in einer Sache, die so viele Loyalitätskonflikte und mögliche unvorhersehbare Konsequenzen in sich barg wie diese Suche. Nach der eigenen leiblichen Mutter zu suchen, das hieß, die Vergangenheit aufzuwühlen, möglicherweise seinen Eltern wehzutun und sich in das Leben eines anderen Menschen zu drängen, der ihn vielleicht nicht willkommen heißen würde.

Tatsache war, er wollte Sherry finden. Und er wollte es auch wieder nicht …

Schließlich hatte er den Entschluss gefasst, weiter nachzuforschen, denn er brauchte Antworten im Blick auf die Diagnose, die sein Leben aus der Bahn geworfen hatte. Und aus demselben Grund hatte er es jetzt endlich über sich gebracht, die Nummer der Praxis des Arztes zu wählen, der ihm auf die Welt geholfen hatte.

„Gemeinschaftspraxis für Geburtshilfe Pullman", meldete sich eine Frauenstimme.

John erklärte ihr, warum er anrief.

„In welchem Jahr, sagten Sie, sind Sie geboren?", erkundigte sie sich freundlich.

Er nannte ihr das Jahr.

„Ich wünschte, ich könnte Ihnen helfen. Aber ich bin schon seit vielen Jahren in der Praxis von Dr. Douglas. Ich weiß ganz genau, dass er in dem Jahr, das Sie nannten, am Presbyterian Hospital Stationsarzt war. Allerdings hatte er damals noch keine eigene Praxis. Daher fürchte ich, dass wir hier keine Unterlagen über Ihre Mutter oder Ihre Geburt haben."

„Ich verstehe."

„Aber wenn Sie mir Ihre Telefonnummer geben, werde ich Dr. Douglas bitten, Sie zurückzurufen. Er hat zwar im Lauf der Jahre sehr vielen Babys ins Leben geholfen, aber vielleicht erinnert er sich ja trotzdem an irgendetwas im Zusammenhang mit Ihrer Mutter oder mit Ihrer Geburt."

John gab ihr die Information und beendete das Gespräch. Er suchte im Internet nach der Nummer des Presbyterian Hospitals und wählte. Nachdem er sich durch ein paar Schleifen mit der Ansage „wenn Sie X oder Y oder Z wollen, drücken Sie bitte die …" gewählt hatte, war schließlich ein lebendiger Mitarbeiter vom Archiv der Klinik am anderen Ende der Leitung.

Diesmal fragte John einfach nach seiner Geburtsurkunde und möglichen weiteren Unterlagen, ohne seine Adoption zu erwähnen. Er nannte dem Mann sein Geburtsdatum und den Namen seiner Mutter und wartete. Er konnte das Klicken der Tastatur hören.

John beobachtete einen Vogel, der über die Oberfläche des Sees flog. Sein Haus lag an einem steilen Hang. Wenn man aus dem Fenster hinausschaute, konnte es einem vorkommen, als schwebe man selbst über dem Wasser.

Die Tippgeräusche verklangen. „Ich sehe aus diesen Unterlagen, dass Sie adoptiert wurden.“

John runzelte die Stirn. „Ja.“

„Aus diesem Grund kann ich Ihnen die Dokumente nicht aushändigen.“

Irgendwo tief in ihm ballte sich Ärger zusammen wie eine Hand, die sich zur Faust formt. Dieser Fremde am anderen Ende der Leitung konnte einfach so in seine Akten schauen, und er sollte es nicht dürfen? „Meine Adoptiveltern haben ein Dokument unterzeichnet, das mir Einblick in alle Unterlagen gewährt.“

„Das spielt keine Rolle.“

„Aber der Staat Washington hat die Geburtsregister doch öffentlich zugänglich gemacht.“

„Ja, aber dieses Krankenhaus wird privat geführt. Unsere Geschäftspolitik ist es, die Persönlichkeitsrechte der leiblichen Eltern zu respektieren. Ihre Mutter war Patientin bei uns. Und als sie entlassen wurde, ging sie in dem Glauben, dass ihre Unterlagen nicht öffentlich gemacht werden würden.“

„Diese Unterlagen betreffen zwei Personen. Meine leibliche Mutter und mich.“ Er sprach gefasst und ruhig, ohne vorwurfsvollen Tonfall.

Ein frustrierter Seufzer. „Das ist mir klar. Aber das sind unsere Richtlinien. Wir geben keine Unterlagen von abgeschlossenen Vorgängen nach draußen. An niemanden.“

Ein angespanntes Schweigen folgte. John zerbrach sich den Kopf, um eine Lösung zu finden, wie er hier weiterkommen könnte. „Wäre es möglich, dass Sie die Angaben über Identitäten schwärzen und mir nur die medizinischen Details zuschicken?“

„Nein.“

Mit vorgeschobenem Kinn beendete John das Gespräch, steckte das Handy in die Jackentasche und öffnete zwei der Glastüren, die nach draußen führten. Missmutig lief er auf der Veranda auf und ab, bemüht, seinen Ärger abkühlen zu lassen.

Dieser Verwaltungstyp in der Klinik behandelte ihn, als wäre er noch immer das Baby aus den Unterlagen. Er war aber kein

Adoptivkind mehr. Er war überhaupt kein Kind mehr, und das schon seit geraumer Zeit. Er war ein dreiunddreißigjähriger erwachsener Mann mit allen Rechten, die die Vereinigten Staaten von Amerika erwachsenen Menschen zubilligten.

Er konnte verstehen, dass das Krankenhaus die Rechte seiner leiblichen Mutter respektieren wollte.

Aber was war mit seinen Rechten?

Er war nicht sehr erfolgreich in seinem Bemühen, seinen Zorn verrauchen zu lassen. Der See würde ihn beruhigen, das wusste er. Er schlenderte den Weg zu seinem kleinen Anleger hinunter. Im Gehen studierte er die kleinen Wellen auf der Wasseroberfläche, um die Windstärke einzuschätzen, die gerade herrschte.

Er hatte das Wasser immer geliebt. Wie schon sein Großvater. Und sein Vater ebenfalls.

John hatte immer die Wochenenden und Ferien im Häuschen seines Großvaters in Shore Pine verbracht. Er mochte zwar lange in der Nähe von Seattle gelebt haben, aber in Shore Pine fühlte er sich zu Hause. Hier gehörte er her. Seit er sich erinnern konnte, hatte er die Täler und Berge hier geliebt. Die Stille. Er mochte die Frühstückspfannkuchen, die seine Großmutter machte, die gemeinsamen Kartenspiele am Abend und die Bowlingbahn im Ort, zu der sein Vater ihn immer mitnahm. Er liebte es, mitten in der Natur zu leben und Luft zu atmen, die nach Fichten duftete.

Und erst das Wasser. Das Wasser besaß von allem die größte Anziehungskraft.

In seiner Zeit bei der Navy hatte er sich in seinen schlimmsten Momenten an Gott geklammert. Momente, in denen er Gott angefleht hatte, seinen Geist mit irgendetwas anderem zu füllen als mit physischer Qual und Angst. Und jedes Mal hatte Gott geantwortet, indem er Erinnerungen an Shore Pine in ihm weckte.

Gott hatte ihn am Leben erhalten. Und Gott hatte Shore Pine gebraucht, um ihn nicht verrückt werden zu lassen.

Als er aus der Navy ausschied, war es keine Frage gewesen, wo er leben würde. Ein ganzes Jahr lang hatte er sich im Haus seines

Großvaters einquartiert. Es war ein schlichtes Haus. Selbst erbaut. Vertraut. Die Schlichtheit und Vertrautheit waren ihm wichtig gewesen in diesem ersten Jahr, in dem er versucht hatte, über das hinwegzukommen, was er im Jemen erlebt hatte, und sich wieder an das Leben als Zivilist zu gewöhnen.

Er hätte ewig in diesem Häuschen wohnen können. Das Problem war nur, dass er es nicht allein bewohnte, sondern mit der ganzen Familie Lawson teilen musste.

Sein Großvater war verstorben, als John noch auf dem College war, und hatte das Haus seinem Vater Ray hinterlassen. Johns Vater setzte die Tradition seines Vaters fort und hatte stets ein offenes Haus. Johns Eltern, seine Schwester Heather und ihr Mann – sie setzten alles daran, so viel Zeit, wie ihre Terminkalender erlaubten, in Großvaters Haus zu verbringen. Und Tanten, Onkel, Cousins und Cousinen ebenfalls.

Irgendwann hatte John das Gefühl, es sei nicht richtig, wenn er dieses Urlaubsdomizil der anderen dauerhaft für sich beanspruchte. Also hatte er fünf Meilen weiter ein Grundstück gekauft und ein eigenes Haus gebaut.

Inzwischen hatte er sein Boot erreicht und nahm die Plane ab. Als die Vertäuung gelöst war, startete er den Motor und lenkte den Bug in Richtung Shore Pine. Sein Grundstück lag in einer der vielen unerschlossenen Buchten des Sees. Das Boot glitt vorbei an ein paar Klippen und um einige weite Landvorsprünge, bis es in Richtung Shore Pines dichter besiedelter Regionen kam.

Die Straßen der Stadt zogen sich vom Wasser aus kerzengerade durch den Ort wie Soldaten bei einer Parade. Gute Restaurants säumten mittlerweile diese Straßen, eine Tatsache, die dem Rhododendron-Ferienpark und dem neuen hochmodernen orthopädischen Rehazentrum zu verdanken war, die diese Entwicklung mit sich gebracht hatten.

John steuerte das Boot im Stehen, drosselte die Geschwindigkeit und ließ den Wind sein Haar zerzausen. Präzise erfasste er die anderen Fahrzeuge auf dem Wasser, von denen er die meisten kannte.

Er hatte den Vormittag zu Hause gearbeitet, um ein paar Dinge zu erledigen, die liegen geblieben waren. Er arbeitete gern im Homeoffice, wenn er sich konzentrieren musste oder allein sein wollte. Als Eigentümer des Unternehmens konnte er sich diese Freiheit erlauben. Und auch die Freiheit, an einem Donnerstagnachmittag ins Boot zu steigen, um über die Suche nach seiner leiblichen Mutter nachzudenken.

Wenn er als Kind mit seinen Eltern darüber gesprochen hatte, dass er adoptiert war, hatte seine Mutter ihm immer gesagt, sie glaube, seine leibliche Mutter sei eine tapfere und opferbereite Frau gewesen. Sie sagte, sie hätte ihn so sehr geliebt, dass sie selbst auf ihn verzichtet hatte, damit er die Chance auf ein besseres Leben bekam. Und dann kam unweigerlich immer dieser Satz: „*Wir haben um dich gebetet. Du bist Gottes Antwort auf unsere Gebete, John. Du bist unser Sohn, du bist in unsere Herzen hineingeboren. Gott hat dich für uns bestimmt und uns für dich. Wir lieben dich.*"

Manchmal hätte er gern mehr über seine Geburt gewusst, aber meistens hatte er nur genickt und akzeptiert, was seine Eltern ihm sagten.

Dann kam er in die Mittelstufe. Und wie viele Kids in seinem Alter fühlte er sich mies. Er begann, zu hinterfragen, was seine Mom ihm über seine leibliche Mutter gesagt hatte. Sie hatte sie ja nie getroffen, woher konnte sie also wissen, warum sie ihn weggegeben hatte? Wahrscheinlicher war doch, dass seine leibliche Mutter ihn abgelehnt hatte, dass sie ihn nicht gewollt und schon gar nicht geliebt hatte.

Später in der Highschool drehte sich sein Leben nur noch um Baseball. Baseball wurde für ihn zum Wichtigsten überhaupt. Baseball, Mädchen und auf dem Boot seines Vaters arbeiten. Etwas über seine Herkunft zu wissen, erschien auf einmal nicht mehr so wichtig. Noch mehr Baseball, was er einem Teilstipendium verdankte, und noch viel mehr Spaß hatten seine Collegejahre begleitet.

Nach seinem Collegeabschluss zog er in ein langweiliges Appartement und nahm einen Einstiegsjob in der Wirtschaft an. Er hasste alles daran. Seine Unzufriedenheit mit seinem Leben brachte all die alten Zweifel bezüglich seiner Herkunft wieder ans Licht. Verzweifelt suchte er nach einem anderen Job – irgendeinem Job, der ihn nicht zwang, acht Stunden am Tag vor einem Computer zu sitzen.

Ein Freund wies ihn auf die Navy hin. Kaum hatte John den Vorschlag gehört, fühlte er sich auch schon angesprochen.

Er informierte sich über die Navy und besonders über die Wasser-Boden-Luft-Spezialeinheit. Je mehr er erfuhr, umso richtiger fühlte es sich an. Acht Monate später hatte er das Auswahlverfahren für die Eliteausbildung erfolgreich hinter sich und begann die erste Phase der Grundausbildung für Unterwasserkampf in Coronado, Kalifornien.

Genau wie im Film gaben die Jungs in den ersten Wochen der Grundausbildung reihenweise auf, weil sie nicht mehr konnten. Und ebenfalls genau wie im Film mussten sie auf dem Hof dreimal die Messingglocke schlagen, wenn sie die Ausbildung abbrachen.

An seinem ersten Tag dort starrte John auf diese Glocke und hatte nur einen einzigen grimmigen, entschlossenen Gedanken im Kopf: *Nie. Ich werde diese Glocke nie schlagen. Wenn ich sterbe, sterbe ich. Aber ich werde niemals diese Glocke schlagen.*

Er hatte die Glocke nicht geschlagen, und er war nicht gestorben – obwohl es Zeiten gegeben hatte, in denen der Tod ihm als eine viel bessere Option erschienen war als diese Grundausbildung zum Elitesoldaten.

In den folgenden sieben Monaten und drei weiteren Ausbildungsphasen war er zu beansprucht gewesen durch seine Erschöpfung und seine Entschlossenheit durchzuhalten, als dass er sich den Luxus hätte leisten können, über die Einzelheiten seiner Geburt nachzudenken. Aber bei jeder medizinischen Untersuchung wurde er daran erinnert, denn jedes Mal wurden Fragen zu seiner Familie gestellt.

Sechs Jahre nach seinem Basistraining weckten Berichte über die Geschehnisse im Jemen das Interesse eines Verlegers. John war damals gerade dabei, Lawson Training in Shore Pine an den Start zu bringen. In dieser Zeit hatte er nebenher mit einem Ghostwriter gearbeitet, den man ihm vermittelt hatte. Der Ghost wollte alles über ihn wissen. Aber John setzte klare Grenzen, was er sagen und worüber er schweigen würde. Das ganze Thema seiner Adoption war tabu.

Das Buch wurde ein Riesenbestseller, eine Tatsache, die ihm immer noch unfassbar erschien, weil er seine Geschichte nicht für so interessant hielt. Ganz bestimmt war er nicht der Meinung, dass er ein außergewöhnliches Maß an Tapferkeit bewiesen hätte. Er hatte nur getan, was jeder in seiner Einheit in derselben Situation getan hätte.

Auf das Buch folgte der Film. Die Einnahmen flossen … und flossen immer noch in Strömen. Dazu kamen die Honorare für die acht bis zehn Vorträge, die er im Jahr hielt. Und die derzeitige Stimmung in der amerikanischen Gesellschaft angesichts von Amokläufen und terroristischen Bedrohungen erzeugte eine große Nachfrage für das Notfalltraining, das sein Unternehmen anbot.

Sein beruflicher Erfolg hatte ihm den Luxus – oder vielleicht auch den Fluch – verschafft, Zeit zu haben, wieder über seine Herkunft nachzudenken. Er schaltete den Motor runter und griff nach seinem Handy. Es gab noch einen Anruf, den er Nora versprochen hatte zu machen.

Der Gedanke an die rothaarige Bibliothekarin brachte ihn zum Schmunzeln. Sie war sonderbar. Sehr sonderbar und ein wenig umständlich mit ihren speziellen Frisuren und ihrer To-do-Liste und ihrer Riesentasche mit Büroutensilien.

Trotzdem, bei ihrem letzten Treffen hatte er sich zeitweise so gefühlt, als ob sie einander schon sehr lange kennen würden. Oder vielleicht, als sollten sie einander besser kennenlernen, wenn die Zeit dafür reif war? Er mochte ihre Unverblümtheit, ihren trockenen Humor, ihre rasche Auffassungsgabe.

Er spürte, wie das Boot unter seinen Füßen schaukelte, während er die Kanzlei des Anwalts anrief, der seine Eltern in dem Adoptionsverfahren vertreten hatte.

„Smith und Morrow", meldete sich eine junge Frauenstimme.

„Hallo. Ich wüsste gern, ob Harvey Morrow noch in Ihrer Kanzlei arbeitet."

Kurze Pause. „Es tut mir leid, aber Mr Morrow hat die Kanzlei vor zwanzig Jahren verlassen und ist vor drei Jahren verstorben."

„Oh, das tut mir leid."

„Es muss Ihnen nicht peinlich sein. Ständig erkundigen sich Leute nach ihm."

Sie lachte leise. „Er war offenbar eine Institution in Seattle."

„Er hat meine Eltern in einem Adoptionsverfahren vertreten. Gibt es jemand anderen, mit dem ich einen Termin vereinbaren könnte, um über diesen Fall zu sprechen?"

„Aber sicher. Seine Tochter Melissa Morrow ist eine unserer Anwältinnen."

Vierundzwanzig Stunden später saß John Melissa Morrows an ihrem Schreibtisch in ihrem Büro in einem der oberen Stockwerke eines Hochhauses in Seattle gegenüber.

„Mein Dad hat sich fünfunddreißig Jahre lang mit Familienrecht beschäftigt", sagte Melissa. Sie war eine kräftige Frau mittleren Alters. Und sie war freundlich. „Er hat damals jede Menge Adoptionsverfahren begleitet."

„Das kann ich mir vorstellen."

„Das Schöne daran, dass ich in seine Fußstapfen getreten bin, ist unter anderem, dass ich Menschen wie Sie kennenlerne, die in irgendeiner Weise mit den Fällen meines Vaters zu tun haben."

John nickte.

„Früher hatten wir hier etliche Räume nur für die Akten. Die Zeiten sind vorbei. Inzwischen ist alles digitalisiert. Und deshalb konnte meine Sekretärin Ihre Adoptionsunterlagen auch im Nu heraussuchen." Sie ließ ihre Hand auf der Schreibtischunterlage ruhen. „Danke übrigens, dass Sie uns die Verzichtserklärung auf Diskretion haben zukommen lassen. Und für die Information, welche Dokumente Ihnen sonst noch vorliegen."

„Gern geschehen."

„Die einzig relevante Information, die wir haben und die Ihnen fehlt, ist der Adoptionsantrag." Sie streckte die Hand in Richtung eines Ablagekorbs aus, nahm ein bedrucktes Blatt heraus und reichte es ihm. „Bitte sehr."

Er überflog das Papier. *Da.* Da, direkt unter dem Namen Sherry Thompson …

Ihre Adresse.

Bingo.

• • •

Postkarte von Johns Mutter Linda an John:

Lieber John,

ich wollte Dich nur wissen lassen, dass Dad und ich gestern Abend wieder mal „Uncommon Courage" angeschaut haben. Wir waren zwar mit Dir bei der Premiere und haben ihn uns danach noch mindestens dreimal im Kino angeschaut, aber am liebsten schauen wir ihn uns zu Hause an. Er wird jedes Mal besser!

Du hast der ganzen Nation bewiesen, dass Du genau das Herz besitzt, von dem Dad und ich immer wussten, dass Du es hast. Wir sind so stolz auf Dich, John. Und wir beten für Dich.

Seitdem Du uns erzählt hast, was die Ärzte sagen, bete ich zu Gott, dass er Dich „durch seinen Geist innerlich stark macht" (Epheser 3,16).

Dad und ich kommen nächstes Wochenende nach Shore Pine, dann schauen wir bei Dir vorbei.

Ich bringe Lasagne mit.

In Liebe, Mom

• • •

Facebook-Nachricht von Duncan an Nora:

DUNCAN: Kann wieder nicht schlafen.

NORA: Tasse heiße Milch?

DUNCAN: Wäre schön. Seit letztem Monat keine Laktose und kein Gluten mehr.

NORA: In diesem Fall stellt sich die Frage: Gibt es irgendetwas, was ich für dich tun kann? Würde gern helfen.

DUNCAN: Ich bin einfach entmutigt. Hab wirklich hart gearbeitet, aber das scheint niemanden zu interessieren. Wahrscheinlich bemerkt es auch niemand. Ich komme einfach nicht so an, wie ich gehofft hatte.

NORA: Du bist megabegabt, Duncan! Mega!

DUNCAN: Wenn nur du das Casting leiten würdest!

NORA: Tja, wenn. Ich bin zwar Laie, aber eine sehr urteilsfähige Zuschauerin, und du kannst mir glauben: Dein Talent ist eine sehr, sehr seltene Gabe. Du wirst sehen, mit der Zeit WIRST du Erfolg haben.

DUNCAN: Nicht jeder, der begabt ist, hat auch Erfolg.

NORA: Du schon. Du musst! Ich glaube, es ist an der Zeit, dass ich wieder mal eine Mail-und-Media-Kampagne für dich an den Produzenten der Serie lostrete. Was sagst du dazu?

DUNCAN: *Vielen Dank!,* sage ich dazu. Was täte ich nur ohne dich, Miss Lawrence?

NORA: Verzweifeln?

Kapitel 5

Das Klingeln von Noras Handy kündigte eine neue Nachricht an. Sie überflog gerade die Abrechnung der Kosten für das historische Dorf, die Nikki ihr vorgelegt hatte. Sie hatte mal gehört, ständige Unterbrechungen durch SMS, Mails, Facebook- und sonstige Nachrichten aus den sozialen Medien hätten einen tödlichen Effekt auf Konzentration und produktive Arbeit.

Klar. Aber … aber … schau an! Eine neue Nachricht.

Sie hatte Johns Namen noch nicht mal ganz gelesen, als das Adrenalin schon durch ihren Körper schoss. „Es ist nur eine SMS", flüsterte sie vor sich hin. Aus ihrer Schwärmerei für John konnte ja sowieso nichts werden. Nichts. Null. Gar nichts. Er hatte bereits eine Beziehung. Dieser Tatsache gänzlich ungeachtet wollte ihr Körper sein kurzatmiges Herzflattern ganz und gar nicht aufgeben.

Es war jetzt drei Tage her, dass John zugesagt hatte, er werde die Anrufe erledigen, wie sie es bei ihrem letzten Treffen besprochen hatten. Rational gesehen war ihr durchaus klar, dass drei Tage vollkommen angemessen waren – er war ein viel beschäftigter Mann! Aber trotzdem war ihr die Zeit zwischen Dienstag und Freitag wie eine Ewigkeit vorgekommen.

Nora konnte sich rascher und kraftvoller durch eine Forschungsaufgabe hindurchpflügen als ein Gespann Ochsen durch einen trockenen Acker. Aber nach dem Treffen mit John musste sie all ihre Beherrschung aufbringen, nicht das Handy zu nehmen und die Anrufe selbst zu tätigen, die er übernehmen wollte.

Sie hatte sich zurückgehalten. Egal, wie gern sie auch ihre Grenzen überschritten hätte – dies war Johns Suche. Er hatte das Recht, sie in seinem eigenen Tempo anzugehen, so umfassend oder so zögerlich, wie er wollte, und so viel davon für sich zu behalten, wie es ihm passte. Und sie war wieder einmal auf ihre altvertraute Rolle beschränkt: Die Familienforscherin, die mit Rat und Tat zur Seite stand.

Das Display ihres Handys zeigte jetzt den ganzen Text: *Die Tochter des Anwalts, der damals die Adoption begleitet hat, hat mir eine Adresse von Sherry Thompson gegeben. 3476 Regent Drive, Shelton.*

Ihre Brauen hoben sich. Eine Adresse. Schon so bald! Keine schlechte Entwicklung.

Wenn sie die Nachricht sofort anklickte, würde auf seinem Handy sichtbar werden, dass sie sie gelesen hatte. Sie zwang sich, etliche Minuten zu warten, um nicht übereifrig zu erscheinen, bevor sie die Nachricht schließlich öffnete und eine Antwort tippte. Eine wohlüberlegte Antwort. Eine wohlüberlegte Antwort, die sie löschte, neu formulierte und schließlich abschickte: *Fantastische Neuigkeiten! Gute Arbeit. Ich schau mich mal im Internet um, ob ich herausfinden kann, wer dort zurzeit wohnt.*

Fast umgehend kam die Antwort: *Hab ich schon. Das Haus gehört Travis und Whitney Hillcrest.*

Sie war sich unschlüssig, ob sie beeindruckt sein sollte, dass er daran gedacht hatte, selbst zu recherchieren, oder enttäuscht, dass sie es nun nicht mehr für ihn tun musste. Letzteres hätte ihr erlaubt, ihn mit ihrer Produktivität zu beeindrucken. *Angenehm überrascht! Sie scheinen ja Fähigkeiten zu besitzen, die weit über Navy-Spezialagenten-Zeug hinausgehen.*

Was ist unser nächster Schritt?, schrieb er.

Herauszufinden, wem das Haus in Shelton damals gehört hat, als Sie geboren wurden. Gehen Sie zum Katasteramt von Mason County und erkundigen Sie sich danach. Wenn es Ihnen passt, können wir uns am Montagvormittag dort treffen. Zehn Uhr?, fragte sie.

Werde da sein.

Am Nachmittag des folgenden Tages besuchten Nora und Willow Britts Laden *Sweet Art* auf der Suche nach irdischen Genüssen in Form von Schokolade. „Zartbitter-Cashew, bitte", sagte Nora, der schon das Wasser im Mund zusammenlief.

„Altes Gewohnheitstier", kommentierte Britt. Sie nahm die gewünschte Sorte aus der Auslage und reichte sie Nora über den Tresen.

Nora betrachtete die Schokolade, die in ihrer makellosen weißen Papierhülle in ihrer Hand lag, mit schmachtenden Blicken. Dann nahm sie einen Bissen. Britt hatte bunte Salzkörner auf die Schokolade gegeben. Der leichte Salzgeschmack brachte die vollkommen ausgewogenen Aromen von Zartbitterschokolade, Sahne und Cashews perfekt zur Geltung. Noras ganzer Körper entspannte sich langsam.

„Vollmilch-Karamell für mich", sagte Willow.

„Noch so ein Gewohnheitstier." Britt reichte Willow die gewünschte Sorte mit einem Kopfschütteln. „Los, sucht euch ein Plätzchen, und ich bringe euch ein paar Neuheiten zum Probieren. Ihr beiden müsst mal euer Spektrum erweitern."

Als Britt aus Europa zurückgekommen war und ihre Absicht verkündet hatte, eine Chocolaterie zu eröffnen, hatte Nora darauf bestanden, dass sie dies im historischen Dorf von Merryweather tun müsse. Britt, Nora und ihr Dad hatten dann begonnen, nach dem passenden historischen Gebäude zu suchen, das man im Dorf für Britts Vorhaben wieder aufbauen könnte. Irgendwann hatten sie schließlich ein altes Bankhaus gefunden, das aussah wie aus einer Londoner Kulisse für *Peter Pan*.

Es war ein bezauberndes Haus. Aber Nora war anfangs skeptisch. Es erschien ihr zu nüchtern für Britts lebhafte Persönlichkeit. Britt dagegen hatte das Potenzial des Gebäudes sofort erkannt. Und ihre Entschlossenheit hatte sich ausgezahlt.

Die verblassten Ziegel mussten kaum restauriert werden. Innen hatte Britt Tresen und Raumteiler entfernt. Den vorderen Teil des Hauses hatte sie dem Laden gewidmet, den hinteren ihrer Küche. Nach einigen Überlegungen hatte sie die abgenutzten Bodenfliesen in ihrem Zustand belassen und alles andere weiß getüncht.

Zwei Wände wurden von Fenstern beherrscht. Die restlichen hatte Britt mit Schwarz-Weiß-Fotografien dekoriert, die die Geschichte der Schokoladenherstellung in Amerika zeigten. Die Auslagenvitrine lenkte die Aufmerksamkeit auf sich und auf die in Reihen ausliegenden vielfältigen Schokoladensorten. An der Wand dahinter informierte eine Wandtafel über die Preise.

Fast jeden Tag – außer am Wochenende – kam Britt in der Bibliothek vorbei oder Nora in der Chocolaterie. So sehr Nora ihre Bibliothek liebte, *Sweet Art* liebte sie mindestens genauso. Es roch dort so gut nach Kakao und Espressobohnen, die Britt für manche ihrer Kreationen verwendete. Die Fenster des Häuschens reflektierten das Sonnenlicht, sodass der Laden ein heimeliges, warmes Ambiente ausstrahlte. Im Laden selbst gab es nicht genug Raum für Tische; Britt hatte deshalb eine Theke mit Barhockern an der Wand zur Küche angebracht.

Nora und Willow ließen sich auf zwei Barhockern nieder und hatten gerade ihre Schokolade verspeist, als Britt erschien. Sie stellte jeder ein Glas Wasser und ein Tellerchen mit einem Stück Schokolade hin.

Normalerweise bediente Britt nicht selbst, es sei denn, der Kundenandrang war zu groß. Sie hatte dafür eine Freundin eingestellt, damit sie selbst frei wäre, ihre Zeit so zu verbringen, wie sie es für richtig hielt: im Herzen der Chocolaterie, der Küche – die Haare zu einem hohen Pferdeschwanz gebunden, in professioneller Chef-Kluft und umgeben von einer Wolke von Zuckerstaub. Aber sie kam immer in den Laden, um Nora und Willow zu bedienen, wenn sie vorbeikamen. Das war ein Privileg der Schwestern: Schokolade umsonst, serviert von der Maîtresse Chocolatier.

„Ich experimentiere gerade mit Goldstaub, gehobelten Mandeln und kandierter Zitronenschale", erklärte Britt. „Hier – mein jüngster Versuch."

Nora und Willow konnten sich beide nicht löblich genug über Britts Kreation äußern. Die rechteckige Grundform der Schokolade lief an einer Seite in einer sanften Welle aus. Direkt unter der Oberfläche schimmerten zarte Goldflocken hindurch wie Bernsteintropfen in einem zugefrorenen Teich.

„Ist das echtes Gold?", wollte Willow wissen.

„Ja", erwiderte Britt. „24-Karat-Gold, in extrem dünne Blätter gehobelt und dann zu Flocken zerteilt."

„Ich wusste gar nicht, dass man Gold essen kann", bemerkte Nora.

„Ja, kann man, in dieser Form jedenfalls. Die Japaner verwenden es schon seit Jahrhunderten in Speisen und Getränken. Und in Europa hat es auch eine lange Geschichte."

So sehr Nora die Vorstellung liebte, dass sie die Schlaue in der Familie war – Britts Wissen über die kulinarischen Künste der Nationen der Welt würde ihre Kenntnisse in Sachen Familienforschung vermutlich in den Schatten stellen.

Willow setzte an, die gerade servierte Schokolade zu probieren …

„Tss", machte Britt. „Zuerst mal den Gaumen neutralisieren."

„Du warst schon lange nicht mehr hier", kommentierte Nora. „Du bist ein bisschen eingerostet."

Beide Schwestern nahmen pflichtbewusst ein paar Schlucke Wasser. Wenn sie Schokolade verkosteten, das hatte Britt ihnen beigebracht, musste der Mund frei sein von anderen Aromen. Man musste die Schokolade riechen, sicherstellen, dass sie Raumtemperatur hatte, und jeden Bissen mindestens zehn oder fünfzehn Sekunden auf der Zunge liegen lassen, um überhaupt schmecken zu können, wie die unterschiedlichen Zutaten sich zu einem Gesamtgeschmack verbanden.

„Reib mal dran und dann riech“, sagte Britt. „Was fällt dir auf?“

„Eine Spur Orange?“, bot Nora an. „Vanille?“

„Vor allem Zartbitterschokolade“, ergänzte Willow.

Britt lächelte wissend und machte eine ermutigende Geste. „Okay, versucht's noch mal.“

Nora tat ihr Bestes, die Schokolade wie eine Kennerin zu genießen und nicht wie die Novizin, die sie noch immer war. Der Einzige, der in der Lage war, die feinsten Nuancen von Britts Kreationen herauszuschmecken, war Zander. Er hatte sich in Sachen Schokolade weitergebildet.

Britt lehnte sich vor. Ihre Gesichtszüge signalisierten höchste Konzentration. „Hat sie genug von dem Walderdbeeraroma?“, fragte sie, als die fünfzehn Sekunden vorbei waren.

„Hä?“

Ein unsicheres Lächeln. „Walderdbeeraroma. Schmeckt man das durch?“

„Mhmm, ja“, bekräftigte Willow nachdrücklich. „Dieses Walderdbeeraroma, das schmeckt man.“

Britt kniff die Augen zusammen. „Das sagst du doch nur so.“

„Na fein. Ja. Ich sag's nur so.“

„Britt, wir können deine Schokolade genießen“, sagte Nora. „Sonst nichts. Als Gutachter sind wir hoffnungslos.“

„Hoffnungslos, allerdings“, stimmte Britt zu. „Und, wie läuft es denn im Hotel in Bradfordwood?“, wechselte sie das Thema.

„Seit Clint jeden Tag zum Putzen kommt, habe ich meine Zeit vor allem damit verbracht, das Buchungs- und Rechnungssystem verstehen zu lernen.“

„Hast du schon mal Moms French-Toast-Rezept gemacht?“, fragte Britt. „Oder Cranberryscones?“

„Alles schon probiert. Aber vor allem die Scones brauchen noch etwas Übung.“ Willow wischte ein paar Schokokrümel von ihrer Hand. „Aber sonst klappt eigentlich alles ganz gut.“

„Ruf mich an, wenn du weiterhin mit dem Scones-Rezept nicht klarkommst", bot Britt an.

„Hast du dir schon überlegt, was Britt und ich für Grandmas Geburtstag tun können?", erkundigte sich Nora.

„Nein, noch nicht. Aber ich werde euch schon noch ein paar Aufgaben zuteilen. Wisst ihr …", murmelte Willow gedankenvoll. „Ich habe gerade meine Meinung geändert. Ich gebe vielleicht doch eine gute Gutachterin für Schokolade ab. Britt, gib mir doch noch mal …", sie streckte ihre aufgehaltene Hand aus, „… eine Probe, damit ich ganz sicher sein kann, dass genug Walderdbeeraroma drin ist."

„Raus aus meinem Laden, Schmarotzer!" Britt zwinkerte ihnen zu und verschwand in Richtung Küche.

„Ich glaube, das war das erste Mal, dass ich Gold verspeist habe", sagte Willow zu Nora. „Ich frage mich, ob ich jetzt mein Gewicht in Gold wert bin."

„Du bist mehr wert als dein Gewicht in Gold, und das weißt du auch."

„Das bist du auch!", antwortete Willow.

„Witzig, dass Adolphus Brook mir gestern Abend das Gleiche gesagt hat."

Nora hatte erwartet, dass ihre ältere Schwester diese Bemerkung mit einem Lachen quittieren würde. Aber stattdessen fixierten Willows Katzenaugen Nora jetzt, ohne zu zwinkern. Willow war taktvoll und ausgesprochen höflich, aber sie war auch eine unglaublich scharfe Beobachterin.

„Nora Bradford?", fragte Willow jetzt.

„Ja?"

„Wie lange ist es jetzt her, dass du und Harrison euch getrennt habt?"

Die Frage traf Nora wie ein Stich in die Brust. Und das machte sie *wütend.* Sie hatte schon so oft gebetet, dass sie Bitterkeit und Neid und Schmerz hinter sich lassen könnte. Sie war auf die Knie gegangen und hatte Gott angefleht, ihr Herz zu heilen … wieder und wieder und wieder. Sie wollte diese schrecklichen, heimtückischen

Gefühle nicht. „*Nimm sie fort!*", hatte sie gefleht. „*Nimm sie weg!*" Und jetzt saß sie hier wie ein Häufchen Elend, nur weil sein Name gefallen war, und kam sich vor wie die größte Versagerin aller Zeiten. Sie würde ihr Haus verschenken, wenn es sie davon erlösen könnte, sich bei jeder Erwähnung von Harrisons Namen in Tränen aufzulösen. „Drei Jahre", flüsterte sie.

„Und er war der letzte Mann aus dem wirklichen Leben, mit dem du zusammen warst?"

„Na ja …" Nora tat so, als müsse sie überlegen, und kratzte sich am Kinn.

„Ich könnte ihn schlagen", sagte Willow mit Nachdruck. „Direkt auf seine bescheuerte Nase. Ich hab ihn nie wirklich gemocht."

„Doch, hast du."

„Ich mochte ihn. Aber nicht *sehr.* Seine bescheuerte Nase hab ich jedenfalls nie gemocht."

Die Gespräche der Kunden im Laden bildeten eine behagliche Geräuschkulisse. Die heimelige Umgebung und die gemütliche Atmosphäre bildeten einen scharfen Kontrast zur Düsternis dieses speziellen Themas. „Er und Rory erwarten ein Baby. Hast du das gewusst?"

„Nein."

„Es kommt in ein paar Monaten." Die Worte hörten sich viel harmloser an, als es sich für Nora anfühlte.

Willow stieß die Luft aus. „Ich wünschte, die beiden wären woanders hingezogen, nachdem er die Verlobung mit dir gelöst hatte und er und Rory ein Paar geworden waren. Wie oft siehst du ihn?"

„Ziemlich oft. Vielleicht einmal in der Woche?"

Sie erwähnte nicht, dass der kürzeste Weg von der Bibliothek nach Hause an seiner Zahnarztpraxis vorbeiführte, was alles in allem bedeutete, dass sie *zweimal am Tag* an ihn erinnert wurde. Manchmal nahm sie einen Umweg. Aber dann reichte der Gedanke daran, warum sie diesen Umweg machte, aus, um augenblicklich wieder an ihn denken zu müssen.

„Das muss echt blöd für dich sein!"

„Ich würde ihn wohl nicht so oft sehen, wenn er nicht so übertrieben freundlich zu mir wäre. Aber wenn ich auch nur auf fünfzig Meter in seine Nähe komme, winkt er mir zu oder versucht, mich anzusprechen. Er lädt mich zu Partys ein, die sie geben. Er kommt sogar manchmal in die Bibliothek."

Willow zog die Nase kraus. „Das ist nicht normal."

„Ich glaube, heute ist das für viele Paare durchaus normal. Eine Trennung in aller Freundschaft, du weißt schon."

„Solche Trennungen gibt es bei Ehepaaren mit Kindern, aber doch nicht bei Paaren, die nur miteinander ausgegangen sind."

„Wir kennen uns von Kindesbeinen an und sind zusammen aufgewachsen, weil unsere Eltern befreundet sind."

„Du warst verlobt – und er hat dich zwei Monate vor der Hochzeit sitzen lassen. Du musst dich ihm gegenüber nicht solidarisch verhalten. Du schuldest ihm gar nichts. Er schuldet *dir* ungefähr tausend Entschuldigungen und einen neuen Verlobten."

Nora grinste, aber es war ein Grinsen, bei dem ihr das Herz wehtat.

Sie und Harrison waren gleichaltrig und kannten sich seit dem Kindergarten und der gemeinsamen Grundschulzeit. Er war schon damals kontaktfreudig gewesen, ein bisschen angeberisch und attraktiv im klassisch-akademischen Sinn. Sie war eher schüchtern und lebte in ihrer Bücherwelt. Bei jedem erdenklichen Thema war sie ihm ein klein wenig überlegen. In ihrer Collegezeit waren beide Teil desselben Freundeskreises und hielten auch danach den Kontakt zueinander.

Als er sie in dem Sommer, nachdem sie beide ihren Collegeabschluss gemacht hatten und bevor er sein Zahnmedizinstudium aufnehmen würde, unter einem Ahornbaum küsste, fühlte sie sich vor allem überaus geschmeichelt. Jedenfalls war es das, woran sie sich erinnerte.

Merryweather hatte nicht allzu viele unverheiratete Männer zu bieten. Ein extrovertierter Zahnarzt – etwas Besseres würde sie nicht bekommen. Sie und Harrison kamen in den vier Jahren, in denen sie ein Paar waren, bestens miteinander aus. Keine Streitereien. Keine unkontrollierbare Leidenschaft. Nur zwei reife erwachsene Menschen in einer stabilen Beziehung. Sie fragte sich manchmal, warum Beziehungen für andere offensichtlich so schwierig waren. *Beziehungen sind doch wunderbar,* dachte sie (und kostete dabei das erhabene Gefühl einer gewissen Überlegenheit aus). Sie und Harrison waren darin außergewöhnlich gut!

Als er ihr einen Antrag machte, war sie wieder überaus geschmeichelt. Sie würde noch vor ihren beiden begabten Schwestern heiraten – welch überaus überraschende und glückliche Fügung! Ihre Zukunft war gesichert, puh, welche Last damit von ihr abfiel. Sie fühlte sich sicher und zufrieden.

Bis … Bis Harrison der Liebe seines Lebens begegnete.

Und das war nicht sie, Nora, die Durchschnittliche, die Sandkastenfreundin.

Es war die lebhafte, kreative Rory. Schon ihr Name war aufregend und kreativ. Rory. Sie verfügte über ein lässiges Auftreten und ein Gesicht und eine Figur, die genau gesehen ziemlich durchschnittlich waren. Dass sie trotzdem eine blendende Ausstrahlung hatte, lag an ihrem unglaublichen Sinn für Stil. Tadelloses Make-up, die Fähigkeit, sich vorteilhaft und trendy zu kleiden, und ein geschicktes Händchen für Accessoires konnten einiges bewirken. Wie ihr perfekter Pony (zu wenige Menschen wussten es zu schätzen, wenn jemand Ponyfransen perfekt frisieren konnte) in Kombination mit dem glänzenden mahagonifarbenen Pagenschnitt, den sie gekonnt hinter die Ohren gestrichen trug.

Auf ihrem Blog *Sag ja zur Schönheit* schrieb Rory über Mode, Make-up, Frisuren, Inneneinrichtung, Kunst und Kochen. Sie hatte mit dem Blog schon in der Highschool begonnen und inzwischen so viele Follower und Interessenten gefunden, dass sie davon leben konnte.

Harrison und Rory begegneten sich in einem Coffeeshop in der Nähe der Universität von Washington, wo er gerade sein Zahnmedizinstudium beendet hatte. Es brauchte nur fünfzehn Tage einer lockeren Freundschaft mit Rory, bis ihm klar war, dass sie die Frau seines Lebens war.

Fünfzehn Tage.

Er kam zu Nora und löste ihre Verlobung so ehrenhaft wie möglich auf. Er war bis dato nicht mit Rory ausgegangen und zeigte sich angemessen schuldbewusst. Er vergoss sogar Tränen. Schmerzhaft offen gestand er Nora, er könne es sich auch nicht erklären, aber er glaube, er habe in Rory seine *Seelenverwandte* getroffen. Was sicher ehrlich gemeint war. Hut ab für so viel Offenheit ... die allerdings bewirkte, dass Nora am Boden zerstört war.

Um seine Schuldgefühle zu besänftigen, versuchte Harrison in den Wochen nach ihrer Trennung, Nora durch Aufmerksamkeiten zu trösten. Sein übertriebenes Mitleid machte aber alles nur noch schlimmer. Wenn er doch bloß nur eine Notlösung gewesen wäre, dann hätte sie ihn aus ihrem Leben streichen und sich sagen können, dass sie froh war, seinen wahren Charakter erkannt zu haben, bevor sie vor dem Altar gestanden hätten.

Rory sagte schließlich Ja zu Harrison – auf die gleiche Weise, wie sie in ihrem Blog Ja zur Schönheit sagte. Zehn Monate nach Noras abgesagtem Hochzeitstermin heirateten die beiden.

Eine geraume Zeit quälte sich Nora selbst, indem sie Rorys Blog las. Hier beschrieb Rory in jedem kleinsten Detail ihre wunderschöne, stilvolle Romanze, ihr wunderschönes, stilvolles Heim, ihre wunderschöne, stilvolle Kleidung, ihre Kochkünste, Make-up-Künste und ihren Kunstsachverstand. Rory besaß Ausstrahlung und einen Sinn für trockenen Humor. Sie konnte schreiben. Ihre Posts zwangen Nora, Rory ungefähr genauso arg zu mögen, wie sie sie eigentlich aus Prinzip hätte hassen müssen.

Als dann der Neujahrstag des letzten Jahres kam, verabschiedete Nora sich von *Sag Ja zur Schönheit*. Es war ihr guter Vorsatz für das neue Jahr. Und das war mehr als gut. Denn – jetzt auch noch eine wunderschöne, stilvolle Schwangerschaft? Das wäre mehr gewesen, als sie hätte ertragen können.

Bevor Harrison die Verlobung gelöst hatte, lebte Nora glücklich und zufrieden in dem Glauben, dass er sie liebte, dass er verlässlich war, dass sie den Partner fürs Leben gefunden hatte, dass sie ihre

Flitterwochen auf den Fidschi-Inseln verbringen würden und dass sie mit dreißig Baby Nummer eins im Arm halten würde.

Sie hatte komplett falsch gelegen. Und zwar absolut und *in jeder Hinsicht.*

Die ganze Sache mit Harrison war auch jetzt, drei Jahre später, immer noch ein erbärmliches und verwirrendes Gefühlschaos.

„Musstest du Corbin noch mal treffen, nachdem ihr Schluss gemacht hattet?", fragte Nora. Willow hatte im Lauf der Jahre eine Handvoll fester Freunde gehabt, aber Nora hatte gespürt, dass sie nur einen davon wirklich geliebt hatte: den Quarterback der National Football League Corbin Stewart.

„Nein. Einmal wäre es fast passiert. Ich erfuhr in letzter Minute, dass wir beide bei derselben Wohltätigkeitsveranstaltung sprechen sollten. Zum Glück wusste ich es rechtzeitig und konnte noch absagen."

„Aber du hättest auch hingehen und alle begeistern und ihm gegenüber blasiert sein und ihn in einen Zustand tiefen Bedauerns versetzen können."

„Stimmt. Aber dann hätte ich auch seine neue Freundin sehen müssen, und das hätte *mich* vielleicht in einen Zustand tiefen Bedauerns versetzt." Willow nippte an ihrem Wasser und faltete die winzige Papierhülle, in der die Goldflockenschokolade gelegen hatte, sorgfältig zusammen und wieder auseinander. „Weißt du noch, wie du darauf bestanden hast, dass ich mich mal wieder mit jemandem treffe, nachdem Corbin und ich uns getrennt hatten?", fragte sie jetzt.

Aha. Nora sah nur allzu deutlich, worauf Willow hinauswollte.

„Nach nur vier Monaten hast du mich gedrängt, wieder auszugehen", setzte Willow fort. „Und du hast in *drei Jahren* kein einziges Date gehabt. Ich glaube also, es ist absolut überfällig, wenn ich verlange, dass du dich mal wieder in der Öffentlichkeit zeigst."

Nora zog eine Grimasse.

„Du hast doch nicht etwa beschlossen, nie mehr mit einem Kerl auszugehen?", fragte Willow in vollem Ernst.

„Natürlich nicht!“ *Jedenfalls nicht für immer und ewig. Nur für die nächsten zwei Jahre oder so.* Nora hatte sich in die Vorstellung verbissen, dass sie vielleicht wieder Geschmack an Dates finden würde, wenn sie die fünfzig überschritten hätte. „Merryweather hat nicht gerade eine sehr aufregende Szene für Singles.“

Noras wirklich ausgeprägt pragmatische Seite hatte sie dazu veranlasst, nach der Sache mit Harrison zu beschließen, die Suche nach ihrem Traumprinzen aufzugeben und sich dafür auf alte Häuser und noch ältere Ahnenregister zu konzentrieren. Wenn jemand es dennoch wagte, sie auf ihr Liebesleben anzusprechen, verkündete sie mit voller Überzeugung, sie sei mit ihrem Singleleben vollkommen zufrieden.

Sie war Wissenschaftlerin, sie war zuverlässig, aber sie fand sich nicht besonders hübsch. Daher war sie davon überzeugt, dass Gott sie zu einem sehr genügsamen und enthaltsamen Leben berufen hatte, was das Thema Liebe und Partnerschaft anging, und sie zweifellos aus dem Grund mit diesen Tugenden ausgestattet hatte, damit sie ein Leben als unverheiratete Tante für Willows und Britts Kinder ertragen konnte.

Willow streckte ihr die Hand hin. „Gib mir mal dein Handy.“

„Mein Handy?“

Willow wartete. Nora reichte ihr das Gerät, und Willow machte sich an die Arbeit. „Du hast jede Menge Apps hier drauf, aber ich sehe keine Dating-App.“

„Nein, warum auch?“

„Ich lade jetzt mal eine App runter, die die männlichen Singles in dieser Gegend aufführt.“

„Wenn du ein Profil von mir auf eine Dating-Seite stellst, kannst du was erleben!“

„Bin schon dabei … Na los, versuch's doch! Ich bin größer und stärker.“ Willow bedachte sie mit einem amüsierten Lächeln. „Weißt du noch, wie wir als Kinder immer mit Dad gekämpft haben?“

„Was ist, wenn jemand, den ich kenne, mich auf dieser App entdeckt?“

„Das bedeutet doch nur, dass er auch auf der Plattform unterwegs ist. Wie könnte er es dir dann vorwerfen?“

„Willow …“, jammerte Nora.

„Wir gehen nur für ein paar Minuten drauf und sehen uns ein paar Typen an. Wenn es dir nicht gefällt, lösche ich alles wieder. Keine große Sache.“

Nora verzog das Gesicht.

Willow tippte eifrig irgendwelche Infos in Noras Smartphone. „Im Blick auf die Singleszene von Merryweather hast du absolut recht“, kommentierte sie. „Warum also nicht mithilfe von Datingportalen oder Apps ein wenig nachhelfen?“

„Bist *du* denn auf solchen Plattformen unterwegs?“

„Ganz bestimmt nicht.“ Ein abschließender Klick. „So. Jetzt bist du online. Und sieh mal da. Hier ist schon jemand, den du dir anschauen solltest.“ Willow legte das Handy auf den Tresen und die Schwestern beugten die Köpfe darüber.

Das Foto eines Durchschnittstypen mit großem Adamsapfel erschien auf dem Display. Es zeigte zwar nur Kopf und Schultern, aber dennoch gewann man den Eindruck, dass der Abgebildete sehr groß und ziemlich dürr sein musste.

„Rechts klicken, wenn du interessiert bist, links, wenn nicht“, kommandierte Willow.

„Aber ich fühle mich furchtbar, wenn ich den armen Kerl nur wegen seines Aussehens aussortiere! Vielleicht ist er ja wirklich nett oder lustig oder superschlau?“

„Willst du dich mit ihm treffen? Ja oder nein?“

Dieser Typ mit dem Adamsapfel übte auf Nora null Anziehungskraft aus. Sie klickte links, wobei sie sich im Stillen bei ihm entschuldigte.

Sofort erschien ein anderes Bild.

„Nein“, jaulte Nora. „Das ist Evan von der Post. Willow, das ist alles deine Schuld. Jetzt habe ich die Bilder in meinem Kopf und kann sie nicht mehr löschen. Wenn ich jetzt zur Post gehe, werde ich immer daran denken, dass Evan die große Liebe sucht.“

„Dafür muss sich ja auch niemand schämen. Er sieht doch ganz anständig aus."

„Und er ist absolut nett, aber er wohnt noch bei seiner Mutter und hat Frettchen als Haustiere. Außerdem riecht er nach Senf."

„Links oder rechts?"

„Links."

Das nächste Bild zeigte einen Mann, der einem Sumoringer ähnelte. Seine Baseballkappe saß auf seinem Kopf wie das Hütchen einer Eichel auf einer Orange.

„Links", seufzte Nora.

Dann erschien eine Nachricht: *In ihrer Gegend gibt es keine weiteren Kandidaten.*

„Ist es zu spät, um dem Knaben mit dem Adamsapfel eine zweite Chance zu geben?"

Sie kicherten.

„Lösch das jetzt wieder", befahl Nora. „Bevor Evan mich noch darauf sieht. Ich würde im Boden versinken, wenn er mich fragt, ob ich mal seine Frettchen sehen möchte."

Unter weiterem Gekicher löschte Willow die App und gab Nora das Handy zurück. „Die Situation ist ernster, als ich gedacht habe."

„Ich bin vollkommen glücklich mit meinem Leben ohne Dates. Schließlich hab ich ja *Northamptonshire*."

Und meine rein geschäftliche Beziehung mit dem höchst sympathischen John Lawson.

„Ich glaube, hier helfen nur noch drastische Maßnahmen." Willow legte den Kopf zur Seite und ließ ihren konzentrierten Blick zu Noras Zehen und wieder zurück zu ihren Augen wandern.

„Du machst mir Angst."

„Ich werde ständig von Visagisten, Maniküre-Expertinnen, Modeschöpfern und ich weiß nicht, von wem sonst noch, gestylt. Ich würde zur Abwechslung gern meine Erfahrungen mit diesen Künsten mal an jemand anderen weitergeben."

„Du denkst, ich brauche eine Runderneuerung?" Nora hatte Mühe, nicht gekränkt zu sein. Als sie und ihre Schwestern noch jünger gewesen waren, hatten sie sich ganz offen gegenseitig gehänselt und kritisiert. Aber das war schon seit etlichen Jahren vorbei. Inzwischen war gegenseitiger Respekt ihre Basis. Auf irgendwelche Fehler oder Mängel hinzuweisen, verletzte den unausgesprochenen Verhaltenskodex.

„Nein, keine Runderneuerung." Willow sah sie offenherzig an. „Ich finde, du siehst gut aus. Aber seit Harrison sind drei Jahre vergangen, und vielleicht ist es an der Zeit, die Vergangenheit vergangen sein zu lassen. Wenn du bereit bist, etwas Neues auszuprobieren, würde ich dich gern unterstützen. Das ist alles."

Es wäre geradezu ungehobelt, dieses Angebot von einem professionellen Model nicht anzunehmen. Und doch war es irgendwie beschämend, diese Hilfe von der eigenen Schwester angeboten zu bekommen. „Das war sehr diplomatisch, Willow. Alles, was du gerade gesagt hast."

„Es wäre mir ein Vergnügen. Würde meine Kreativität fördern."

„Das French-Toast-Rezept ist dir wohl nicht kreativ genug?"

„Das ist überhaupt nicht kreativ. Das bedeutet ja nur, dass ich etwas exakt so mache, wie Mom es gemacht hat …"

Veränderung. Irgendwie klang das wie Musik in ihrem Kopf, das musste Nora zugeben. Es war Ewigkeiten her, dass sie mal etwas an ihrer Frisur oder ihrer Kleidung verändert hatte.

„Na, komm schon." Willow stand auf, ohne auf ein offizielles Okay zu warten. „Fangen wir mal mit deinem Kleiderschrank an."

„Du hast wirklich jede Menge Strickjacken, Nora." Willow hängte einen Kleiderbügel nach dem anderen an ein Regalbrett in Noras kleinem begehbaren Kleiderschrank. „Jede Menge Strickjacken, wirklich."

Nora hockte auf der Bettkante. „Ich lebe in einer kühlen, regnerischen Klimazone."

„Mhmm."

„Ich mag Strickjacken. Wirklich. Du hast mich ja von den Vorzügen einer Veränderung überzeugt, aber ich will nicht … also, ich will keine Kleidung tragen, die mir nicht entspricht. Verstehst du?"

„Ich will doch, dass du *mehr* du selbst wirst, nicht weniger. Es geht darum, dass wir deinen Sinn für Stil etwas aufpolieren." Willow holte eine grau melierte Strickjacke und eine weiße Bluse mit Kragen aus dem Schrank. „Hast du auch einen engen Rock?"

„Jede Menge Röcke, aber keinen engen."

Willow wählte einen knielangen ausgestellten blauen Rock. „Würdest du die Sachen bitte mal anziehen?"

„Klar." Dies war exakt das Outfit, das Nora bereits jeden Tag zur Arbeit trug. Augenblicke später kam sie wieder aus dem Bad.

Willow trat an sie heran, knöpfte den obersten Blusenknopf auf und stellte den Kragen hoch. Auch die Strickjacke knöpfte sie auf und legte Nora einen breiten Gürtel um. „Hast du irgendwo Wäscheklammern?"

„Wir leben im Zeitalter des Wäschetrockners."

„Oder irgendwelche anderen Clips, du Besserwisserin? Du weißt schon: die, mit denen du deine geöffneten Chipstüten wieder verschließt."

Nora zauberte von irgendwoher drei Clips. „Wenn meine Kartoffelchips weich werden, bist du schuld."

Willow zog den ausgestellten Saum des Rockes im Rücken zusammen, rollte den überschüssigen Stoff ein und befestigte das Ganze mit einem Clip. „Nur mal so, um einen Bleistiftrock anzudeuten." Dann ging sie auf die Suche nach einem Paar High Heels.

Nora schlüpfte zögernd in die Absatzschuhe.

„Also weißt du, ich mag diese hohen Absätze nicht wirk–"

„Nun sei mal nicht so unflexibel."

Willow trat ein paar Schritte zurück, um ihr Werk zu begutachten. „Kann ich mal einen Blick auf deinen Schmuck werfen?"

„Klar."

„Irgendwelche Broschen?"

„Ein paar klassische."

Willow betrachtete den Inhalt von Noras Schmuckschatulle. „Zu diesem Outfit könntest du eine schwere Kette mit großen Steinen tragen. Du trägst ja meist neutrale Farben, da könntest du mit farbigen Steinen in Jadegrün oder Pink oder Türkis Akzente setzen. Oder mit einer Perlenkette. So was in der Art. Aber für heute – lass uns das hier mal ausprobieren." Sie steckte Nora eine Brosche im Stil der Fünfzigerjahre an und schob ihr drei schmale Armreifen übers Handgelenk – Armreifen, die Nora von sich aus nie zusammen getragen hätte.

Noch einmal trat Willow zurück, um ihr Werk kritisch in Augenschein zu nehmen. Dann stahl sich ein leises Lächeln auf ihre Lippen. „Darin bin ich wirklich gut."

Sie schob Nora vor den hohen Spiegel, der an der Innenseite der Schranktür angebracht war.

„Wow", hauchte Nora beeindruckt. „Darin bist du wirklich gut."

• • •

To-do-Liste von Willow:

- 1. Mit Nora Klamotten kaufen
- 2. Ihre Augenbrauen zupfen lassen
- 3. Neues Make-up für sie kaufen
- 4. Überlegen, wie ich sie von einem neuen Haarschnitt überzeugen kann, ohne dass sie sich verletzt oder kritisiert fühlt

Kapitel 6

John betrat das Katasteramt von Mason County fünf Minuten vor zehn, nur um festzustellen, dass Nora bereits da war. Er war es gewohnt, dass er immer früher da war als, tja, als jeder, den er kannte. Jeder – außer ihr.

Sie war mitten in einem Gespräch mit drei Angestellten der Behörde. Es klang, als wären sie alte Freundinnen, was vermutlich bedeutete, dass Nora schon eine ganze Weile hier war.

John ging auf die Gruppe zu, und beim Anblick ihres leuchtend roten Haars und ihres etwas spöttischen Gesichtsausdrucks löste sich seine Anspannung. Er … ja, er freute sich, sie zu sehen, das wurde ihm auf einmal klar.

Sie winkte ihn mit einem Lächeln heran.

Er freute sich sogar *sehr*, sie zu sehen. Fast so, als hätte er … sie vermisst?

„Ich möchte Sie gern mit John Lawson bekannt machen", verkündete Nora ihren Gesprächspartnern. „Er betreibt das Lawson-Notfall-Trainingscenter in Shore Pine."

„Ja!" Eine der Damen nickte. „Davon habe ich schon einmal gehört."

Drei ihm fremde Gesichter wandten sich ihm interessiert zu.

„Wir arbeiten zusammen", erklärte Nora. „Wir haben uns kennengelernt, als ich in einer Notfallübung seiner Firma mitgewirkt habe. Wie sich herausstellte, war ich eine lausige Geisel."

„Das stimmt", sagte John. „Sie war wirklich schlecht."

„Nun, ich bin sicher, dass ich das besser kann", konterte Nora. „Wenn ich eine zweite Chance bekomme, werde ich eine außergewöhnlich perfekte Geisel sein."

„Keine weiteren Chancen für Sie."

Die Mitarbeiter des Amtes zögerten einen Moment, bevor sie in Gelächter ausbrachen.

„John, also wirklich!", protestierte Nora. „Dass ich mich nicht rühren konnte, lag nur an der Sprinkleranlage."

„Alle anderen mussten damit ja auch fertigwerden. Und keiner ist in Bewegungsstarre verfallen."

„Es ist nicht gerade zuvorkommend, darauf herumzureiten. Ich bestehe auf einer zweiten Chance."

„Ausgeschlossen."

Noch mehr Gelächter.

Sie verabschiedeten sich von den Damen, und Nora führte ihn in eine abgelegene Ecke des Gebäudes. Sie hatte niemanden um Hilfe gebeten, um die Geschichte des Hauses 3476 Regent Drive, des Hauses, in dem Sherry Thompson gewohnt hatte, zu erforschen. Wie es schien, brauchte sie keine Hilfe.

Nora steuerte auf einen ganz bestimmten Gang zwischen den Regalen zu. Dort angekommen, ließ sie ihre Finger Band für Band über die Rücken der Aktenordner gleiten.

Ihre Frisur erinnerte ihn an Lucille Ball. Sie trug Jeans und eine blassblaue Bluse mit weißen Punkten. Die Ärmel hatte sie hochgekrempelt, sodass ihre schlanken Unterarme hervorlugten. Über der Schulter trug sie dieselbe überdimensionale Baumwolltasche wie beim letzten Mal, als sie sich gesehen hatten.

„Hier, das ist es." Sie wollte einen Ordner aus dem Regal ziehen.

„Lassen Sie mich mal." John befreite den ziemlich fest sitzenden Ordner aus dem etwas zu vollgestopften Regal und folgte ihr zu einem Tisch am Ende des Korridors.

Nora warf einen Blick auf das Register des Bandes, dann blätterte sie zu der Seite, auf der 3476 Regent Drive dokumentiert war. „Schauen Sie mal, da haben wir es." Sie schob ihm den Ordner hin und lehnte sich etwas zurück, damit er den Eintrag in Ruhe studieren konnte.

Er las sich die Beschreibung des Grundstücks durch und schaute nach dem Baujahr des Hauses: 1925. Aufmerksam blätterte er weiter, um den Eintrag zu finden, der den Besitzstand zum Zeitpunkt seiner Geburt dokumentierte.

Hier. Da war er. Das Grundstück samt Haus war an eine Deborah Thompson verkauft worden. „Ich glaube, wir haben eine Verwandte von Sherry gefunden", bemerkte er.

„Ja." Noras braune Augen funkelten. „Ich hatte mir schon Sorgen gemacht, dass wir nur irgendwelche Vermieter finden würden. Aber das hier ist natürlich viel besser."

„Glauben Sie, Deborah Thompson könnte Sherrys Mutter gewesen sein?"

„Könnte sein. Aber vielleicht auch ihre ältere Schwester oder eine Cousine oder sonstige Verwandte."

Er las sich den Eintrag noch einmal durch. Deborah Thompson hatte das Haus zwei Jahre, bevor er geboren wurde, gekauft. Der nächste Eintrag enthüllte, dass sie es vier Jahre später wieder verkauft hatte.

„Ein Ehemann ist nicht eingetragen", kommentierte er. „Deborah Thompson war somit die alleinige Besitzerin des Grundstücks."

„Ja. Aber wir sollten sichergehen, dass der Besitz nicht doch irgendwie in der Familie geblieben ist. Sehen wir uns die folgenden Besitzer an. Vielleicht taucht der Name Thompson ja noch mal irgendwo auf."

Sie gingen alle Einträge durch, aber leider ohne Erfolg.

Nora machte eine Kopie des Registereintrags und heftete sie in ihrem Sammelordner ab. Dann stellte sie ihren Laptop auf den Tisch, an dem sie saßen. „Es würde mich ja interessieren, ob es in Shelton oder der näheren Umgebung noch jemanden gibt, der Deborah Thompson heißt."

Er sah zu, wie ihre Finger über die Tastatur flogen. Sie überprüfte Telefonverzeichnisse, Grundbücher, Abstammungsregister.

Keine Treffer.

„Sie wohnt wahrscheinlich nicht mehr hier in der Gegend", sagte John.

„Könnte sein."

Er grinste. „Das ist schon das zweite Mal, dass ich eine Schlussfolgerung ziehe, und Sie sagen: könnte sein."

„Na ja, ich gehe investigativ vor. Solange die Fakten uns noch keine eindeutige Antwort geben, muss ich mir alle Möglichkeiten offenhalten und jedes Detail in Betracht ziehen, das zutreffend sein könnte."

„Ich hatte schon vermutet, Sie wollten es vielleicht darauf anlegen, alle meine Vorschläge abzuschießen."

Sie hielt seinem Blick stand, ein amüsiertes Lächeln auf den Lippen. „Gut, dass wir das geklärt haben!"

Ein langes Schweigen folgte. John ertappte sich dabei, wie er sie anstarrte, und riss den Blick von ihr los.

Nora konzentrierte sich wieder auf den Computer. „Es könnte natürlich tatsächlich so sein, dass Deborah Thompson nicht mehr hier wohnt. Oder sie ist verstorben. Oder sie hat geheiratet und ihren Namen geändert." Sie starrte auf den Bildschirm, als wäre dort die Antwort zu finden. „Ich checke nur noch schnell eine einzige Seite."

„Okay."

Um Noras Hals hing eine Kette mit silbernen Kugeln. Wenn sie sich bewegte, klimperten sie leise. Das Geräusch, das die Kugeln machten, entspannte ihn – ebenso wie die Frau, die sie trug. Im Gespräch mit Nora musste er sich nicht anstrengen. Er musste das Schweigen zwischen ihnen nicht krampfhaft füllen. In ihrer Gesellschaft fühlte er sich wohl.

Er fühlte sich plötzlich sogar wohl in dieser Behörde, in einem Gebäude, in dem er nie zuvor gewesen war. Und das lag ganz sicher nicht an der Ausstattung oder dem Ambiente. Er fühlte sich zu Hause, weil Nora hier war.

Er zog die Stirn in Falten. Die Wirkung, die sie auf ihn hatte, war erstaunlich in Anbetracht der Tatsache, dass er Nora kaum kannte. Aber deswegen war sie nicht weniger real.

In ihrer Nähe konnte er er selbst sein. Und er konnte er selbst sein, weil sie in seiner Nähe sie selbst war. Sie war echt. Selbstbewusst und verletzlich – beides zugleich. Es war dieser Teil von ihr – diese Verletzlichkeit –, der sie authentisch machte. Der ihn auf den Gedanken brachte, sie könnte eine gute Freundin sein. Der ihn zu der Überzeugung kommen ließ, dass er ihr vertrauen konnte.

„Nein, auf dieser Seite auch kein Glück." Sie warf ihm einen Blick zu. „Wie wär's, wenn wir mal zum Regent Drive 3476 rausfahren und uns das Haus ansehen, in dem Sherry gewohnt hat? Es ist zwar nicht die günstigste Tageszeit, um Nachbarn anzutreffen, aber wir können zumindest mal an ein paar Türen klopfen."

„Um zu erfahren, ob sich irgendjemand in der Straße noch an Sherry erinnert?"

„Genau. *Ganz* genau!" Sie sah aus, als wolle sie gleich vor Lachen losprusten. „Voll ins Schwarze! Correctamente! Sehen Sie, wie gut ich darin sein kann, sie *nicht* abzuschießen?"

Vor dem Haus zu stehen, in dem Sherry Thompson einmal gewohnt hatte, war, als werfe sie einen Blick in die Geheimnisse der Vergangenheit. Seiner Vergangenheit.

John stand neben Nora auf dem Fußweg vor Nummer 3476 Regent Drive und versuchte, zu begreifen, dass dies das Haus war, in dem seine Mutter gewohnt hatte, als er geboren wurde. *Hier* hatte sie gelebt. Das war mehr, als er in einem ganzen Leben voller Fragen bisher von seiner Mutter gewusst hatte.

Der Bungalow stand mitten in einem Viertel lauter baugleicher Bungalows. Alle Häuser sahen gepflegt aus. Dies war anscheinend ein beliebtes Wohnviertel, was sicher mit seiner Nähe zur Innenstadt von Shelton und zur Oakland Bay zu tun haben mochte.

Nummer 3476 hatte eine breite Vorderveranda mit zwei massiven Säulen an den Ecken. Graue Farbe. Weiß abgesetzte Kanten. Erst kürzlich dürfte ein Anbau nach hinten angefügt worden sein. Das ursprüngliche Gebäude, der Teil, in dem Sherry wahrscheinlich gewohnt hatte, war klein. Aber Deborah Thompson musste doch eine berufstätige Frau der Mittelschicht gewesen sein, um sich dieses Anwesen leisten zu können.

Er stellte sich vor, wie Sherry aus dem Auto stieg, das in der Einfahrt parkte. Wie sie die Stufen emporstieg und die Tür öffnete.

Er schaute Nora an. Gegen die dunkle Straße im Hintergrund hob sich ihr Profil klar und hell ab.

„Sollen wir?“, fragte sie, den Blick auf das Haus gerichtet.

Hatte sie bemerkt, dass er sie ansah? „Ja, los.“ Er machte einen Schritt und verlor die Balance, fing sich aber gleich wieder.

„Alles okay?“, fragte sie prompt.

Er schimpfte innerlich. Sie hatte es bemerkt. „Alles okay.“

Sie gingen den Pfad zum Haus hinauf. „Ich respektiere es, dass Sie diese Suche so diskret wie nur möglich betreiben“, sagte sie. „Wenn jemand zu Hause ist, müssen wir ja nicht ins Detail gehen, warum wir nach Deborah fragen.“

„Sehr schön.“

„Wenn eine Frau öffnet, biete ich mich freiwillig an, das Gespräch zu führen.“ Sie klopfte an die Haustür. „Ich bin weniger bedrohlich.“

„Und ich – ich bin bedrohlich?“

„So bedrohlich wie ein Armeelaster. Nein, das ist kein sehr guter Vergleich; Sie sind ja ein Navy-Mann. Sie sind so bedrohlich wie ein U-Boot. Was halten Sie von diesem Vergleich?“

„Geht so.“

„Ich kann es auch besser. Wie wäre es mit … Torpedo? Sie sind so bedrohlich wie ein Torpedo.“

Die Tür öffnete sich und gab den Blick auf eine junge Frau frei, die ein Baby im Arm hielt.

„Hi, ich bin Nora Bradford von der Bibliothek am Naturschutzmuseum in Merryweather. Wir sind auf der Suche nach Informationen über zwei Frauen, die vor dreiunddreißig Jahren hier gewohnt haben.“

„Oh, tatsächlich? Wow. Beeindruckend.“

„Ja, ich weiß.“ Nora strahlte sie an. Sie hatte so eine Art, Menschen für sich zu gewinnen, das war ihm jetzt schon mehrfach aufgefallen. „Wissen Sie zufällig etwas über eine Sherry oder eine Deborah Thompson?“

Die Frau warf einen flüchtigen scheuen Blick auf John, bevor sie sich wieder auf Nora konzentrierte. „Diese Namen habe ich nie gehört. Tut mir leid! Ich wünschte, ich könnte helfen. Ist … also, ist diesen Menschen etwas zugestoßen?"

„Nein. Es geht um eine genealogische Suche."

„Wir wohnen schon ein paar Jahre hier. Ich fürchte, die Einzigen, über die ich etwas weiß, sind die Leute, die vor uns hier gelebt haben." Und immer noch an Nora gewandt berichtete sie, sie glaube, diese Familie hätte drei Kinder im Teeniealter gehabt, bevor sie dazu überging, Details der Renovierungsarbeiten auszubreiten, die sie und ihr Mann vorgenommen hatten, bevor sie einzogen.

Hinter ihr waren die Wände, die höchstwahrscheinlich einmal den vorderen Teil des Hauses in kleinere Räume unterteilt hatten, weitgehend verschwunden. John konnte durch den Wohn- und Essbereich direkt in die offene Küche sehen. Das Einzige, was noch aus Sherrys Zeit stammen konnte, waren auf den ersten Blick lediglich die Deckenleisten, die Fensterrahmen und die Dielen.

Nora bedankte sich für die Auskunft und überreichte ihre Karte für den Fall, dass der Ehemann der jungen Mutter noch irgendetwas beisteuern könnte.

Dann klingelten sie an allen Haustüren im Regent Drive. In den meisten Häusern antwortete niemand. Die einzigen Menschen, die sie zu Hause antrafen, waren Pensionäre und Mütter von kleinen Kindern. Mit allen führten sie das gleiche Gespräch wie mit der jungen Frau aus Nummer 3476, aber niemand hatte lange genug in dieser Straße gewohnt, um Sherry oder Deborah Thompson zu kennen.

„Wenn wir wiederkommen, sollten wir einen Zeitpunkt wählen, an dem mehr Leute zu Hause sind." Nora hob den Blick von ihrem Smartphone, in dem sie die Adressen aller Häuser notiert hatte, in denen niemand da war. „Sagen wir mal, so gegen sieben Uhr abends an einem Wochentag. Dann sind die meisten Leute von der Arbeit zurück, aber es ist noch hell. Wir wollen ja niemanden nach Sonnenuntergang stören. Das wäre doch geradezu gruselig."

„Bedrohlich *und* gruselig – das möchte ich ganz sicher nicht sein", bemerkte John.

Sie lachte. Er grinste. Es gefiel ihm, sie zum Lachen zu bringen.

Sie steckte das Handy weg und stemmte die Hände in die Hüften. „Ehrlich gesagt ist es schon ein bisschen kühn, zu glauben, dass wir hier irgendjemanden treffen werden, der die beiden Thompsons kennt, auch wenn wir abends noch einmal herkommen. Vielleicht sollten wir unsere Zeit besser damit verbringen, andere Spuren zu verfolgen. Haben Sie mit dem Arzt sprechen können, der auf Ihrer Geburtsurkunde genannt ist?"

„Er hat angerufen und gesagt, er wünschte, er könnte mir helfen, aber er erinnert sich weder an Sherry noch an meine Geburt."

„Und das Krankenhaus?"

„Das Presbyterian Hospital will die Dokumente über die Geburt nicht herausgeben."

„Okay. Zumindest wissen wir aus den Informationen der Vermittlungsagentur, dass Sherry Lehrerin war und dass sie Christin war."

„Woran denken Sie?"

„Dass wir vielleicht alte Jahrbücher oder Personalverzeichnisse von Schulen im Umkreis finden könnten. Und wir können in Gemeinden fragen, ob Sherry und Deborah Thompson dort vielleicht einmal Mitglieder waren."

Er nickte. „Morgen bin ich ausgebucht. Mittwoch?"

Sie vereinbarten einen Zeitpunkt, verabschiedeten sich und dann stieg jeder in sein Auto. Sie fuhr einen Chrysler PT Cruiser, der ebenso leuchtend blau wie ihr Haar rot war.

John saß hinter dem Steuer seines schwarzen Suburbans und beobachtete, wie Noras Wagen wendete und dann langsam außer Sichtweite verschwand. Er spürte, wie seine Hochstimmung ihn langsam verließ. Verglichen mit der Zeit, die er soeben mit Nora im Schatzsuche-Modus verbracht hatte, lag der Rest dessen, was er sich für den Nachmittag und Abend vorgenommen hatte, vor ihm wie eine graue Nebelwand.

Ärgerlich auf sich selbst drehte er den Zündschlüssel, legte die Hand auf die Gangschaltung – und hielt inne. Er ließ die Hand sinken und starrte ausdruckslos auf das Armaturenbrett.

Mit seiner Gesundheit und seiner Suche nach Sherry hatte er sich bereits mehr zugemutet, als er bewältigen konnte; es musste nicht auch noch sein, dass er deprimiert war, weil sein Treffen mit Nora vorbei war. Was war bloß los mit ihm?

Ja, er fühlte sich in Noras Gesellschaft wohl. Ja, ihre Persönlichkeit und ihr Sinn für Humor passten irgendwie zu seiner ernsthafteren Art und zu seinem Humor. Sie waren geradezu prädestiniert dafür … Freunde zu werden. Einfach Freunde. Es war ja nicht so, dass er an einer romantischen Beziehung zu ihr interessiert wäre.

Viele seiner Freunde waren mit Frauen befreundet. Bisher waren seine wichtigsten Freundschaften Männerfreundschaften gewesen, aber das hieß ja nicht, dass er nicht auch die eine oder andere Frau in diesen Freundeskreis einschließen konnte. Seine Beziehung zu Allie würde doch wohl einer ganz normalen Freundschaft zu einer Frau nicht im Wege stehen.

Im Lauf der Jahre hatte er einige Beziehungen gehabt. Und diese Erfahrung sagte ihm, dass Allie für ihn genau die richtige Partnerin war. Die beste. Eine unabhängige Frau.

Allie war Veranstaltungsmanagerin. Sie hatten sich im letzten Herbst in Tacoma getroffen, wo er als Redner auf einem christlichen Kongress sprach, den sie organisiert hatte. Sie waren zum Essen ausgegangen, er hatte sie eingeladen, und seitdem war es eine feste Beziehung zwischen ihnen. Seit sechs Monaten.

Allie musste ihn allem Anschein nach nicht ständig sehen. Sie hatte ihren Beruf, in dem sie erfolgreich war, und ein eigenes Leben. Allie war attraktiv, freundlich zu jedem, dem sie begegnete, und sie verfügte über jede Menge gesunden Menschenverstand. Sie hatte ihn nie bedrängt, ihre Beziehung zu intensivieren oder zu definieren. Sie erwartete nicht, dass er ihr erklärte, er liebe sie, und sie hatte ihm ihrerseits auch keine solche Erklärung aufgedrängt.

Als er aber mit Allie über seine Diagnose gesprochen hatte, nahm sie ihn fest in die Arme und versprach ihm, sie werde bei jedem Schritt auf diesem Weg an seiner Seite sein. Alles werde in Ordnung kommen und er könne sich auf sie verlassen.

Und sie konnte sich auch auf ihn verlassen. Er hatte nicht ein einziges Mal in seinem Leben eine feste Freundin hintergangen. Gegenüber Frauen, mit denen er keine feste Beziehung hatte, wusste er sich angemessen zu benehmen. Er sah klar, wo die Grenzen verliefen, und er hatte sich geschworen, diese Grenzen nie zu übertreten. Allie konnte ihm trauen, egal, mit wem er zusammen war. Und auf jeden Fall im Blick auf diese Bibliothekarin.

Sein Handy klingelte.

„Hallo", sagte er.

„Selber hallo", antwortete Allie. „Willst du heute Abend vorbeikommen? Ich habe Lust, was Leckeres für uns zu kochen."

Lass uns morgen nach Seattle fahren. Nora las die Nachricht von Willow später am Nachmittag. *Die drei coolen Outfits, die dein Kleiderschrank hergegeben hat, reichen nicht ewig.*

Nora unterbrach die Episode von *Northamptonshire*, die sie gerade ansah. Sie hatte eigentlich sowieso nicht richtig hingeschaut. Die meiste Zeit hatte sie in Gedanken den kompletten Vormittag noch einmal durchgespielt und versucht, sich an alles, was John gesagt hatte und wie er ausgesehen hatte, als er es sagte, zu erinnern.

Kein anderer Mann hatte sie bisher je so begeistert. Harrison hatte sie definitiv nie in eine derartige Faszination und gleichzeitige Benommenheit versetzt. Dieses Fasziniertsein fühlte sich so wunderbar an. Aber die Benommenheit kam dann gleich hinterher – aus dem schmerzvollen Wissen, dass John nicht zu ihr gehörte und nie gehören konnte. Er konnte niemals zu ihr gehören! *Hör also auf, dich seinetwegen herumzuquälen, Nora Bradford!*

Das eilt nicht, antwortete sie auf Willows Nachricht. *Ich kann doch meine anderen Sachen tragen, bis wir Gelegenheit haben, shoppen zu gehen – am Wochenende oder nächste Woche.* Obwohl sie, wenn sie ehrlich war, für ihre „normalen Sachen" nicht mehr viel Begeisterung aufbringen konnte.

John hatte ihr heute mehr als einmal eine Gänsehaut verpasst, aber er hatte nicht im Geringsten erkennen lassen, ob er die Veränderung ihres Kleidungsstils bemerkt hatte. Das schmälerte allerdings ihr Selbstwertgefühl, das sie durch den neuen Look entwickelt hatte, keineswegs, was schon etwas heißen wollte. *Sie* hatte es wirklich genossen, wie sie sich heute gefühlt hatte. Sie brauchte dazu nicht erst die Komplimente eines Mannes.

Nein! Ich verbiete dir, deine alten Sachen zu tragen!, schrieb Willow zurück. *Ein neues Outfit ist eine Sache von hoher Dringlichkeit.*

Nora lachte. *Bleistiftröcke sollen eine Sache von hoher Dringlichkeit sein?* Willows Hilfe in Modefragen anzunehmen, war bisher weitaus vergnüglicher und viel weniger demütigend gewesen, als sie befürchtet hatte.

Ein paar von deinen Tops kann man ändern. Ein paar andere gehen noch, wenn du sie anders kombinierst. Aber damit irgendwas davon cool aussieht, brauchst du Bleistiftröcke und neue Hosen – enge Jeans. Und noch ein oder zwei Sommerkleider.

Schmale Jeans? Was ist nur aus dieser Welt geworden?

In dieser Welt, einer Welt, die ein Adolphus Brook NICHT bewohnt, müssen Frauen deines Alters enge Jeans tragen. Wir können Phase zwei und Phase drei der Optimierung der Nora Bradford direkt morgen in Seattle abhaken.

Ach du liebe Zeit, dachte Nora. Sie wagte nicht nachzufragen, was Phase zwei und Phase drei genau beinhalteten.

• • •

Facebook-Nachricht von Nora an die „Verehrerinnen-von-Adolphus-Brook"-Gruppe:

Hi an alle! Für den Fall, dass ihr die Anzeige bei den Fans von *Northamptonshire* nicht gelesen habt, wollte ich euch wissen lassen, dass amerikanische Fans der Serie in den nächsten zwei Wochen eine Kampagne planen, die zum Ziel hat, den Firmen zu danken, die die Ausstrahlung der Serie in öffentlichen Sendern als

Sponsoren unterstützen. Die Aktion findet zusätzlich zur derzeit bereits laufenden E-Mail- und Briefkampagne an die Produzenten statt, die Adolphus mehr Prominenz in der Serie verschaffen möchte. Aber ich denke, ihr werdet mir alle zustimmen, dass wir diese Chance nicht verpassen sollten, uns mit allen anderen *Northamptonshire*-Enthusiasten zusammenzutun, um die Menschen zu unterstützen und zu ermutigen, die die weltbeste TV-Serie möglich machen. Also, ich bitte um möglichst rege Beteiligung!

Bevor ich's vergesse ... habt ihr auch bemerkt, mit welchem Blick Adolphus Lucy in der Folge von gestern Abend angesehen hat? Sie gab ihm ein Buch, um das er gebeten hatte, und er hat sie unter gesenkten Lidern intensiv gemustert. Es war ein kurzer Blick, aber (wie ich hoffe) bedeutsam. Beim ersten Mal hätte ich ihn fast übersehen. Aber nach dem vierten Zurückspulen kann ich definitiv sagen, dass es in diesem Moment intensiven Blickkontakt zwischen beiden gab! Und ich erlaube mir, optimistischerweise zu sagen, dass in diesem Blickaustausch so etwas wie Zärtlichkeit lag.

Kapitel 7

Phase eins der Optimierung der Nora Bradford durch ihre Schwester Willow? Neue Klamotten.

Phase zwei bestand, wie sich herausstellte, im Modellieren der Augenbrauen. Wenn Nora sich beim Shoppen in der Mall gelegentlich die Prozedur an anderen angeschaut hatte, die behaglich in ihren Sesseln lagen und sich die Augenbrauen zupfen ließen, war es ihr als friedvolle Angelegenheit erschienen. Aber wenn man selbst diejenige war, die in einem solchen Sessel lag, tat es ganz schön weh. Sie konnte nichts Friedvolles mehr daran entdecken. Als sie es endlich überstanden hatte und man ihr einen Spiegel reichte, seufzte sie tief vor Erleichterung.

Anfangs war Nora erschrocken über die Rötungen, die ihre Augenbrauen umgaben. Aber das verblasste rasch, und bis man nichts mehr davon sah, war ihre Begeisterung über ihre neu modellierten Augenbrauen bereits beträchtlich gewachsen. Nicht, dass ihre Brauen vorher unansehnlich gewesen wären. Aber die ältere Dame hatte aus einer Person mit einem netten Gesicht eine Person mit einem modisch gestylten Gesicht gemacht.

Optimierung der Nora Bradford, Phase drei? Make-up. Willow hatte Nora in einen noblen Kosmetiksalon im Herzen von Seattle dirigiert. Die Angestellten hatten Willow sofort erkannt und waren natürlich hin und weg. Die Kosmetikerin, die Noras Make-up kreierte, hatte sich über jeden einzelnen Schritt mit Willow abgestimmt, als seien sie beide langjährige Kolleginnen und Nora ein gemeinsames Projekt.

Auch hier reichte man Nora einen Spiegel, als der Job beendet war. Ihre Befürchtungen, sie würde am Ende aussehen wie eine Geisha, verflogen im Nu. Die Kosmetikerin hatte ihre besten Züge betont und die kleinen Unzulänglichkeiten geschickt kaschiert. Die natürlichen, klaren Farben, die sie für Lidschatten, Rouge und Lippenstift gewählt hatte, passten perfekt zu Noras heller Haut und dem leuchtend roten Haar.

Nora war begeistert und begutachtete ihr Make-up immer noch, als sie auf dem Beifahrersitz von Willows Range Rover saß, während ihre Schwester sie nach Merryweather zurückfuhr. Sie war nun eine Frau mit topaktuellen Klamotten, gepflegten Augenbrauen und stylischem Make-up. Und sie war überrascht, wie viel diese äußeren Verbesserungen ausmachten. Je länger ihr Einkaufsbummel gedauert hatte, umso öfter hatte sie erstaunt bemerkt, dass sie aufrechter stand, schwungvoller ging und sehr vieles an sich mochte, wenn sie in einem Schaufenster oder einem Spiegel einen Blick auf sich selbst erhaschte.

War es unchristlich, dass sie diese Verschönerungsmaßnahmen so sehr genoss? Gott sah schließlich das Herz an. Er war nicht im Geringsten daran interessiert, wie sie aussah. So viel stand fest. Unbestreitbar. Und doch glaubte sie nicht, dass Gott etwas gegen ihre neuen Outfits, das Make-up und die schön geformten Augenbrauen hatte!

Tief unter sich sah sie eine schimmernde Wasserfläche, als sie über die Tacoma Narrows Bridge fuhren.

Ihre Reaktion auf ihr verändertes Aussehen weckte in Nora den Verdacht, dass ihre Selbstachtung durch Harrisons Verrat mehr gelitten hatte, als ihr bisher bewusst gewesen war. Sie hatte nie viel darüber nachgedacht, wie diese Trennung ihre Gefühle sich selbst gegenüber beeinflusst haben könnte. Sie hatte lediglich viel zu viel darüber nachgedacht, was ihre Beziehung zu Harrison ruiniert hatte. Und auch ein wenig darüber, dass ihre Beziehung zu Gott dadurch Schaden genommen hatte.

Bis Harrison ihr das Herz gebrochen hatte, war ihr Glaube an Gott eindeutig und selbstverständlich gewesen. Nicht einmal die negativen Erlebnisse in ihrer Kindheit hatten ihn erschüttern können. Sie hatte sich gar nicht vorstellen können, warum andere Gott *nicht* vertrauten. Ihr kindlicher Glaube hatte schließlich nichts als Vorteile mit sich gebracht. Solange Harrison sie geliebt hatte und heiraten wollte, war es leicht gewesen, zu bekennen, dass Gott nur das Beste für sie im Sinn hatte. Absolut.

Aber dann kam der Tag, an dem Harrison sie nicht mehr liebte und heiraten wollte. Er hatte ihr eine andere vorgezogen. Der Schmerz darüber war so bitter gewesen, dass Nora die Gewissheit verloren hatte, dass Gottes Wille immer das Beste für sie wollte.

Ja, sie liebte Gott. Das tat sie ganz bestimmt. Aber das Leben und Harrison hatten ihre Spuren hinterlassen. In den Monaten, die auf die Auflösung der Verlobung folgten, war ihr bisheriger Glaube einer inneren Haltung gewichen, die weitaus erwachsener, weitaus kraftloser und sehr viel weniger naiv war. Nach Harrison erschien es ihr keineswegs mehr weise, darauf zu vertrauen, dass Gott schon für ein

Happy End sorgen würde, da er es in der Bibel ohnehin nicht versprach. Es war ihr nur vernünftig vorgekommen, mehr Verantwortung für ihr eigenes Leben zu übernehmen.

Sie konnte sich auf sich selbst verlassen. Das wusste sie. Also hatte sie beschlossen, selbst für ein Happy End nach ihrem Geschmack zu sorgen. Sie hatte weitergekämpft, hart gearbeitet und beharrlich den Erfolg gesucht, unter anderem motiviert von einem tiefen Wunsch, das Gesicht zu wahren und sich selbst zu beweisen, dass sie etwas wert war. Sie hatte nach außen ihre Würde verteidigt und sich geweigert, irgendwen sehen zu lassen, wie sehr Harrisons Zurückweisung sie innerlich zerschmettert hatte.

Zumindest war es das, was sie *meinte,* getan zu haben.

Denn trotz all ihrer wilden Entschlossenheit, genau dies nicht zu zeigen, konnte es sehr gut sein, dass sie genau das Gegenteil erreicht hatte durch ihr vielleicht übertrieben demonstratives Auftreten mit der Botschaft: Ich bin die Schlaue und damit völlig zufrieden. Das war zu peinlich, um weiter darüber nachzudenken.

Nora schluckte. Ihre Finger trommelten auf die Armlehne des Sitzes. Auf und ab. Auf und ab.

Seit drei Jahren erzählte sie jedem – und vor allem sich selbst –, wie zufrieden sie mit ihrem Singledasein war. Aber stimmte das wirklich? Ganz tief innen? In ihrem tiefsten Herzen? Oder hatte sie es sich nur eingeredet, aus demselben Bedürfnis heraus, das Gesicht zu wahren und sich selbst und aller Welt ihren Wert zu beweisen?

Allein der Gedanke daran ließ sie tiefe Scham empfinden. Diese Erkenntnis gefiel ihr ganz und gar nicht.

O Mann, sie hatte echt Schwierigkeiten, sich das einzugestehen. Denn sie wollte ja wirklich von ganzem Herzen zufrieden sein mit ihrem Leben. Stattdessen hatte sie sich seit dem Zeitpunkt, als Harrison sie in den Singlestatus zurückversetzt hatte, so gefühlt, als hätte man ihr ein Ticket für eine Kabine zweiter Klasse für die Kreuzfahrt überreicht, für die sie doch erste Klasse gebucht hatte.

Das jetzt so klar zu erkennen, war schrecklich! Gott war doch alles, was sie brauchte. Ein Leben als Single war ja kein Leben zweiter

Wahl. Sie musste sich ganz neu mit diesen Fakten auseinandersetzen, bevor sie daran denken konnte, wieder mit jemandem auszugehen.

Ein Date. Allein das Wort versetzte sie in Schrecken, in Unsicherheit und weckte – und das war am schlimmsten – ein schreckliches Flüstern in ihr, das beteuerte, sie sei nicht attraktiv, nicht weiblich oder nicht *was auch immer* genug, um einen Mann auf Dauer glücklich zu machen.

Ups. Hm … kein Wunder, dass sie sich hinter nichtssagenden Klamotten und ihrem hochgelobten Singledasein versteckt hatte.

Es war Zeit, *höchste Zeit*, aus dem Versteck herauszukommen, den ganzen Schmerz hinter sich zu lassen, ihr Selbstbild zu reparieren und in einem Paar modischer High Heels beherzt der Zukunft entgegenzuschreiten.

Johns Gefühl, dass er und Nora dazu bestimmt waren, Freunde zu werden, war keine Einbildung gewesen. Nein, es war eine Tatsache, die sich ihm in den folgenden Wochen mehr und mehr bestätigte.

Sie trafen sich alle paar Tage, um mit der Suche nach Sherry weiterzukommen. Im Lauf der Zeit durchforsteten sie alle Schul-Personalverzeichnisse und -Jahrbücher von vor dreiunddreißig Jahren, die sie finden konnten. Ohne Erfolg. Keine Sherry war zu finden.

Sie kontaktierten oder besuchten alle Gemeinden, die es vor dreiunddreißig Jahren bereits gegeben hatte. Ohne Erfolg.

Sie sichteten die alten Zeitungsausgaben von Shelton in der Hoffnung, irgendwo vielleicht auf Sherry oder Deborah zu stoßen. Ohne Ergebnis.

Ihre Bemühungen waren an eine frustrierende Grenze gelangt. Was nicht hieß, dass die Zeit, die sie zusammen verbrachten, frustrierend gewesen wäre. Für John waren diese gemeinsamen Stunden goldene Stunden. Nora war witzig. Sie nahm jeden für sich ein, mit dem sie in Kontakt kam. Sie verwendete ulkiges, zum Teil großspuriges oder altmodisches Vokabular. Wenn er mit Nora zusammen war, konnte er seine Diagnose für lange Zeit am Stück vergessen. Wenn er mit ihr zusammen war, konnte er durchatmen.

Er fing an, öfter an sie zu denken, auch wenn sie sich nicht trafen. Bei der Arbeit, wenn er nach Hause fuhr oder auch beim Sport – immer wieder ertappte er sich dabei, dass er sich fragte, was Nora gerade tat und ob sie gerade beschäftigt oder glücklich oder müde war.

Sie begegneten sich professionell und respektvoll. Sie sagten nichts, was den Rahmen einer Freundschaft gesprengt hätte. Sie taten nichts, was Allie nicht hätte wissen dürfen. Nach jedem Treffen mit Nora berichtete er Allie davon und setzte sie über den Stand der Nachforschungen in Kenntnis.

Er fühlte sich also nicht direkt schuldig im Blick auf Nora. Aber gelegentlich fragte er sich, wie viel Zeit er mit ihr verbringen durfte. Wie viel war okay? Wie viel war zu viel? Wenn man seine Aufmerksamkeit über Stunden einer Sache oder einer Person widmete, lernte man diese Sache oder diese Person sehr gut kennen. Er hatte viele Stunden mit Nora verbracht, und jede Begegnung, jede Mail, die sie ausgetauscht hatten, jedes Telefonat, in dem sie das weitere Vorgehen diskutiert hatten, hatte dazu geführt, dass er sie besser kennenlernte. Eigentlich kannte er Nora nach einem Monat dieses freundschaftlichen Kontakts besser als Allie nach sechs Monaten, in denen sie eine Beziehung hatten.

Das war nichts gegen Allie. Es gab eben Menschen, mit denen man sich schon nach wenigen Stunden verbunden fühlte … und andere, mit denen man die gleiche Verbundenheit erst nach Monaten oder Jahren erreichte. Vielleicht hatte es auch etwas mit dem Unterschied zwischen Freundschaft und fester Beziehung zu tun. Eine Freundschaft war entspannter. Man musste den anderen nicht beeindrucken.

John hatte über die Situation gebetet. Er hatte nichts von Gott gehört, was ihn veranlasst hätte, die Suche nach seiner leiblichen Mutter zu beenden oder seine Freundschaft mit Nora irgendwie einzuschränken. Und das war gut, denn er *wollte* nicht, dass Gott ihm nahelegte, seine Suche zu beenden oder seine Freundschaft mit Nora zu begrenzen.

Nachdem sie jedoch alles versucht hatten, was Nora eingefallen war, um an Informationen über Sherry heranzukommen, und bisher nichts davon zu einem Ergebnis geführt hatte, sah es fast so aus, als würde John die Entscheidung abgenommen, ob er die Suche aufgeben sollte. Denn Nora hatte ihm ja schon bei seinem ersten Besuch in der Bibliothek erklärt, wenn sie ihm nicht weiterhelfen könne, werde sie ihn an einen Privatermittler oder eine entsprechende Organisation weiterverweisen, die solche Fälle behandelten. Bisher hatte sie noch keine dieser Möglichkeiten wieder erwähnt. Aber John hatte das Gefühl, dass es unvermeidbar auf ihn zukam.

Nora war nicht gut darin, ein Scheitern zu akzeptieren. Aber wenn sie auch schlecht darin war … er war noch schlechter. Er war der Kerl, der während der Grundausbildung *nicht* die Messingglocke geschlagen hatte.

Wie wär's, wenn wir noch mal zum Regent Drive fahren?, schrieb er Nora Ende Mai. Wir könnten die Nachbarn aufsuchen, die beim ersten Besuch nicht da waren.

Ist einen Versuch wert, schrieb sie zurück. *Lassen Sie uns diesmal am frühen Abend hinfahren. Was meine fachmännische Einschätzung angeht, so bin ich dezidiert der Meinung, dass ein Durchbruch in dieser Sache längst überfällig ist.*

„Ja, Deborah Thompson kenne ich. Wir wohnen seit fünfundvierzig Jahren hier."

Nora stand wie erstarrt. Dies war die drittletzte Adresse am Regent Drive, die noch auf der Liste stand. Sie hatten so viele fragende oder auch unwirsche Blicke und Reaktionen nach dem Muster „Tut mir leid, aber diese Namen sind mir völlig unbekannt" eingeheimst, dass sie sich schon an die Enttäuschung gewöhnt hatte. In Nummer 3423 Regent Drive hatte sie ganz sicher keine charmante kleine Lady mehr erwartet, die sich als die Nadel im Heuhaufen herausstellen sollte.

Eine Gänsehaut kroch über ihren Arm. „Sie …“ Nora versuchte, ihre Gedanken einzufangen, die in alle möglichen Richtungen davonstoben. „Sie … kennen Deborah?“

„Ja, ich kenne sie“, antwortete die zierliche Frau. „Wir waren sogar befreundet.“ Sie streckte die Hand aus. „Ich bin Sue Hodges.“

Nora und John schüttelten die angebotene Hand.

Sue war dem Anschein nach etwa Mitte siebzig. Sie hatte hellbraunes lockiges Haar und eine schlanke Figur. Ihre Kleidung – Jeans, weiße Bluse und blauer Pulli – war ebenso klassisch wie leger. „Kommen Sie doch herein.“ Sue bedeutete Nora und John, es sich auf dem geblümten Sofa bequem zu machen, und verschwand in der Küche, um Gläser und Wasser zu holen.

Du liebe Güte!

Ihre Ausdauer und Beharrlichkeit hatten sich ausgezahlt!

Noras Blick traf auf den von John. „Endlich ein Hinweis“, flüsterte sie.

„Vielleicht.“ Er lächelte sie vage an. „Könnte sein. Kommt drauf an, was sie uns zu sagen hat.“ Die späte Nachmittagssonne warf einen leichten Schatten über sein Gesicht. Er sah sie an – mit dieser inzwischen so vertrauten Aura von Kompetenz und diesen gebirgswasserklaren haselnussbraunen Augen.

„Sieh an, da muss ich mich von meinem eigenen Protegé korrigieren lassen“, sagte Nora. „Natürlich hängt alles davon ab, was sie zu sagen hat. Wie wahr, wie wahr.“

„Müssten Sie nicht älter sein als ich, damit ich Ihr Protegé sein könnte? Und müsste ich nicht ein größeres Interesse an der Familienforschung zeigen?“

„Tja, werter Protegé! Sie müssen halt noch viel lernen.“

„Und Sie ebenfalls.“

„Über Navy-Spezialeinsätze und … solches Zeug?“ Inzwischen war dieser Ausspruch zu einem Standard-Joke zwischen ihnen geworden.

Sein Lächeln wurde breiter. „Nein. Darüber, was einen Protegé ausmacht.“

„Pst, sie kommt.“

Sue kam zurück und stellte zwei große Gläser auf den Couchtisch vor sie hin. Dann nahm sie selbst auf einem der Stühle gegenüber Platz.

„Was sagten Sie noch gleich vorhin? Warum suchen Sie nach Informationen über Deborah und Sherry?"

„Wir sind dabei, die Vorfahren eines ihrer Verwandten ausfindig zu machen", erwiderte Nora.

„Und da kommen wir gerade nicht weiter", ergänzte John.

„Und in welchem Verhältnis steht dieser Verwandte zu den beiden?", wollte Sue wissen.

„Er ist Sherry Thompsons Sohn." Es war John, der geantwortet hatte.

„Mhmm." Sue nickte. Ihr Blick schien einen Punkt draußen vor ihrem Wohnzimmerfenster zu fixieren, aber Nora war davon überzeugt, dass sie in Gedanken auf einen Zeitpunkt blickte, der etliche Jahrzehnte zurücklag. „Deborah und ich waren etwa gleich alt. Und wir mochten einander sehr."

Wenn Deborah etwa so alt war wie Sue, dann war Sue auch in genau dem richtigen Alter, um Sherrys Mutter und Johns Großmutter zu sein. „Wie alt müsste Deborah heute sein?", fragte Nora.

„Siebenundsiebzig vielleicht? Ich bin sicher, wir wären enge Freundinnen geworden, wenn wir nicht so verschiedene Lebensumstände gehabt hätten. Ich war verheiratet und habe nicht gearbeitet, solange die Kinder klein waren. Wir haben drei Kinder, mein Mann Adam und ich. Zu der Zeit, als Deborah hier wohnte, waren unsere Kinder in der Highschool."

„Verstehe", sagte Nora. Das Herz schlug ihr bis zum Hals. Sie und John hatten die ganze Zeit alles darangesetzt, jedes Fitzelchen an Information über Deborah und Sherry zutage zu fördern – ohne die kleinste Spur von Erfolg. Die Befürchtung, dass auch ihre größte Bemühung möglicherweise nicht ausreichen könnte, um John in seiner Suche weiterzubringen, hatte sie manchen Schlaf gekostet, weil sie sich so dringend wünschte, ihm die Information liefern zu können, die er suchte.

„Deborah und ich steckten zusammen, sobald wir einander im Garten entdeckten", erzählte Sue. „Sie war ein paarmal bei uns zu Dinnerpartys. Sie war ein liebenswerter Mensch und sie war großzügig. Ich weiß noch, dass sie jedes Jahr in ihrer Kirchengemeinde einen Flohmarkt veranstaltet hat, um Wohltätigkeitsprojekte der Gemeinde zu unterstützen."

„Welche Gemeinde war das?"

„Bethel. Es gibt sie schon etliche Jahre nicht mehr."

Was erklärte, warum ihre Nachforschungen bei den örtlichen Gemeinden nicht zu brauchbaren Ergebnissen geführt hatten.

„Deborah war ein Erfolgsmensch", sagte Sue. „Sie hat eine fantastische Karriere hingelegt."

„Wissen Sie, was sie beruflich gemacht hat?", fragte John.

„Sie war im Bankgeschäft tätig. Man sah sie nur in Hosenanzügen." Sue lächelte. „Damals trugen Frauen wie Deborah Hosenanzüge, hatten hochtoupierte Frisuren und …", sie gestikulierte aussagekräftig, „… Schulterpolster im Blazer."

„Wissen Sie, für welche Bank sie gearbeitet hat?", wollte Nora wissen. Sie nahm einen Schluck Wasser – reine Höflichkeit, denn genau genommen war sie von Sues Enthüllungen zu fasziniert, um Durst zu verspüren.

„Sie war bei der Myers Bank. Die gibt es inzwischen auch nicht mehr. So vieles hat sich im Lauf der Zeit geändert."

„Hat sie Ihnen gesagt, warum sie ihr Haus verkaufen wollte?", hakte John nach.

Nora warf ihm einen erfreuten Blick zu. Er nahm ihr tatsächlich die Fragen aus dem Mund, die sie gerade stellen wollte. Wie ein Protegé es eben tun sollte.

„Deborah ist von hier weggezogen, weil man ihr ein besseres Angebot in Elma gemacht hat. Wir haben uns danach noch ein paar Jahre zu Weihnachten geschrieben, aber irgendwann haben wir den Kontakt verloren."

„Sie haben nicht zufällig noch ihre Adresse dort?", hakte Nora nach.

Sue schwieg einen Moment und schien nachzudenken. „Vielleicht, ja. In meinem alten Adressbuch. Ich sehe rasch mal nach."

Sie verschwand in ihrem Büro. Nora konnte über den Flur direkt in den kleinen Raum schauen. Sie sah, wie Sue eine Schublade aufzog und sich darüberbeugte.

Ihre Vorstellungskraft wurde aktiv, wie sie es immer tat, wenn Nora das Gefühl hatte, dass sie auf eine heiße Spur gestoßen war. In einem Adoptionsfall die leibliche Mutter zu finden, das brachte andere Herausforderungen mit sich als ein gewöhnlicher Fall von Stammbaumforschung. Aber es gab auch etliche Gemeinsamkeiten. Hier wie da konnte man nur von einer Information auf die nächste schließen. Und normalerweise brauchte man unterwegs auch den einen oder anderen glücklichen Zufall.

Sue kopierte sehr sorgfältig irgendein Dokument.

Nora streckte die Hand aus und legte sie – deutlich wahrnehmbar – auf Johns Unterarm.

Er erstarrte, und Nora bereute ihren Impuls auf der Stelle. Was hatte sie sich dabei gedacht? Sein Handgelenk zu spüren, rief Empfindungen in ihr wach wie an jenem Tag, an dem er sie durch die Kulisse des Pseudokatastrophenszenarios getragen hatte. Seinen Arm zu berühren …

Nicht, als hätte sie seine Hand ergriffen. Aber doch war da etwas sehr Vertrauliches. Etwas zu Persönliches. Irgendetwas, was nicht sein durfte.

Betreten strich sie ihm zweimal mütterlich über den Arm und ließ dann ihre Hand in den Schoß sinken. Sie wagte es nicht, ihm ins Gesicht zu schauen. „Ich glaube, Sue hat die Adresse", flüsterte sie.

„Vielleicht", sagte er. Bildete sie sich das jetzt nur ein oder klang seine Stimme bemüht? „Vielleicht. Natürlich hängt alles davon ab, was sie zu sagen hat."

Sue kam zurück und reichte Nora ein Blatt Papier, bevor sie zu ihrem Stuhl ging. „Ich bin selbst überrascht, dass ich Deborahs Adresse in Elma tatsächlich noch habe. Kein Wunder, dass Adam mich damit aufzieht, ich hätte die Sammelwut."

„Vielen Dank." Nora richtete ihre ganze Aufmerksamkeit unerbittlich auf Sue, während sie gleichzeitig per Willenskraft die Röte unterdrückte, die in ihr Gesicht aufzusteigen drohte. Sie hatte gerade *Johns Arm gedrückt,* etwas, wozu sie nicht das geringste Recht hatte. „Wissen Sie, wo Deborah ursprünglich herstammte?"

„Oregon. Geben Sie mir eine Minute." Die ältere Frau legte ihren Kopf schief und kniff die Augen zusammen. „Der Name des Ortes fällt mir gleich ein."

Nora hoffte es inständig. Oregon war doch ziemlich groß.

Es war ihr qualvoll bewusst, dass John noch immer vollkommen reglos neben ihr saß.

Sue schnippte mit den Fingern. „Blakeville. Sie stammte aus einem Ort namens Blakeville … glaube ich."

„Sie helfen uns damit wirklich weiter. Ich kann Ihnen gar nicht sagen, wie dankbar wir sind, dass Sie sich Zeit für uns genommen haben." Nora nahm einen Stift aus ihrer Tasche und notierte *Blakeville, Oregon* auf der Rückseite des Zettels mit Deborahs Adresse. „Glauben Sie, Sie könnten auch noch irgendwo ein Bild von Deborah haben?"

„Nein, ich fürchte nicht. Damals habe ich noch nicht so viel fotografiert wie heute mit der Handykamera."

„Wie sah sieh aus?", fragte Nora wissbegierig.

„Gut. Sie sah gut aus. Sehr gut sogar. Dunkelblondes Haar, etwa so lang." Sie legte sich eine Hand auf die Schulter. „Normale Größe und Figur."

„Und Sherry?", schaltete John sich ein. „Erinnern Sie sich auch an sie?"

Sue sah ihn ein paar Augenblicke lang an, offensichtlich bemüht, ihre Erinnerung zu durchforsten. „Nur vage."

Ausgehend von der Tatsache, dass Sherry erst zweiundzwanzig gewesen war, als sie John bekommen hatte, war es sehr gut möglich, dass sie während der ersten Jahre, in denen Deborah im Regent Drive gewohnt hatte, auf dem College und nicht oft hier gewesen war.

„Sie blieb gern für sich." Sue schüttelte den Kopf. „Ich kann mich nicht erinnern, ob ich überhaupt mal mit ihr geredet habe. Sie war attraktiv, das weiß ich noch. Sie hatte langes dunkles Haar."

„War sie Deborahs Tochter?", wollte John wissen.

Sues Augenbrauen hoben sich bei dieser Frage. „Nein. Nein, ganz sicher nicht. Deborah hatte keine Kinder."

„Und wieder haben alle Computerrecherchen, die ich gemacht habe, nichts ergeben", sagte Nora.

John konnte nur die obere Hälfte ihres Gesichts sehen, den Rest verdeckte der Bildschirm ihres Laptops.

Sie fauchte. „*Arrrgh.* Ich hasse das."

Hatte die Bibliothekarin gerade gefaucht? Er hätte am liebsten gelacht, allerdings hatte er die Befürchtung, dass Nora es nicht so toll finden würde, wenn er angesichts ihrer Frustration in Gelächter ausbrach.

Sie waren von Sues Haus im Regent Drive direkt zum nächsten Coffeeshop gefahren. John hatte ihr die schwere Tasche getragen. Während sie sich am Laptop an die Arbeit machte, hatte er Tee für sie und Wasser ohne Eis für sich selbst bestellt, außerdem noch zwei Teller mit etwas, was die Bedienung am Tresen ihm als Spezialität des Hauses angepriesen hatte: Apfel-Zimt-Kuchen mit Frischkäsecremehaube.

Er stellte die beiden Teller vom Tablett auf den Tisch. „Mich beschleicht das Gefühl, Sie wissen nicht, wie man eine Computerrecherche auf die Beine stellt."

„Ich habe befürchtet, dass Sie das denken könnten! Aber Sie werden mir glauben müssen, dass ich – trotz aller scheinbaren Beweise des Gegenteils in den letzten Wochen – absolut spitze bin im Durchführen von Computerrecherchen. Jede Recherche ist allerdings nur so gut wie die Daten im System. Wenn es keine passenden Daten gibt, kommt bei der Suche auch nichts raus."

„Danke für diese Erklärung, Nora. Wenn Sie mal einen Moment Zeit haben, können Sie mir vielleicht auch erklären, warum zwei und zwei vier ergibt."

„Oh, John", murmelte sie entschuldigend.

Er lehnte sich im Stuhl zurück und lächelte sie über den Tisch hin an. „Erwarten die Menschen, mit denen Sie es zu tun haben, dass Sie ihnen jede Kleinigkeit erklären? Oder macht es Ihnen einfach Spaß, Erklärungen zu geben?"

„Um ehrlich zu sein, liegt es wahrscheinlich eher daran, dass es mir Spaß macht, Dinge zu erklären. Sorry, wenn ich mit Ihnen gerade wie mit einem Erstklässler geredet habe."

„Vielleicht eher einem Sechstklässler."

„Ich möchte doch nur, dass Sie glauben, ich steuere etwas Produktives zu dieser Suche bei, und mich nicht feuern."

Er war gerade dabei, ein Stück Kuchen auf die Gabel zu nehmen, hielt jetzt aber inne. „Sie steuern sehr viel bei! Ich will Sie nicht feuern."

Ihre Schultern entspannten sich.

„Ich hätte ohne Sie nichts von dem herausgefunden, was wir inzwischen wissen", sagte er.

„In den letzten Wochen war mein Unvermögen, neue Informationen zu generieren, für mich selbst schwer zu akzeptieren. Ich bin normalerweise recht gut in dem, was ich tue."

Allerdings – das hatte er bereits bemerkt. Er hatte auch bemerkt, dass ihre braunen Augen exakt die Farbe von Honigkuchen hatten. Dass sie ihre Teetasse immer so lange herumdrehte, bis der Henkel genau im rechten Winkel zu ihrer ausgestreckten Hand stand. Dass sie ihr Auto immer zweimal per Fernbedienung abschloss, als hätte es beim ersten Mal nicht geklappt. „Als Ihr Arbeitgeber komme ich mir vor wie der Klassentrottel", sagte er.

Sie sah ihn mit großen Augen an. „Wieso das?"

„Ich zahle Ihnen nicht genug."

„Wie wäre es denn, wenn sie mir überhaupt nichts zahlen würden? Bitte! Schließlich habe ich Ihnen bisher kaum weitergeholfen." Sie legte den Kopf hoffnungsvoll zur Seite. „Was meinen Sie?"

„Kommt nicht infrage. Schreiben Sie mir die nächste Rechnung. Ich verstehe überhaupt nicht, warum Sie weiter für mich arbeiten wollen, ohne Geld dafür zu nehmen."

„Weil ich faszi… wirklich interessiert bin an Ihrem … Ihrem Fall."

„Schicken Sie mir die Rechnung, Nora", beharrte er.

Sie wandte sich wieder dem Laptop zu, zog die Nase kraus und schlug mit der flachen Hand leicht auf die Tastatur, als wolle sie sie schelten. „Ich habe sowohl Deborahs als auch Sherrys Namen in Blakeville eingegeben. Sieht so aus, als habe der Ort nur ungefähr zweitausend Einwohner. Wer weiß, wie viele Informationen da überhaupt online verfügbar sind. Zugegebenermaßen: Hier auf einen Treffer zu hoffen, könnte ein wenig viel verlangt gewesen sein."

Zugegebenermaßen. Ihre Ausdrucksweise amüsierte ihn.

„Elma ist ein wenig größer, das gibt mir Hoffnung." Sie tippte eifrig. „Ojemine!" Wer sagte heutzutage *ojemine?* „Auch da keine Spur von Deborah oder Sherry."

Er schob ihr ihren Teller hin. „Essen Sie erst mal ein Stück Kuchen."

„Sie haben mir Kuchen gekauft?"

„Das merken Sie jetzt erst?"

„Ja."

„Ich habe Ihnen sogar Kuchen und Tee gekauft."

„Vielen Dank."

„Keine Ursache."

Er sah zu, wie sie das Kuchenstück begutachtete und dann ein paar Bissen nahm. Sie aß vornehm, kerzengerade aufgerichtet, eine Hand und die Serviette im Schoß, wie es sich gehörte. Eine Haarsträhne hatte sich aus dem Knoten gelöst und kringelte sich an ihrem Hals entlang. Rotes Haar an weißer Haut …

Er wandte den Blick ab. Trank einen Schluck Wasser.

Als sie vorhin im Haus von Sue seinen Arm gepackt hatte, hatte ihn die Berührung wie ein Blitz getroffen. Geradezu aberwitzig heftig. Unwillkürlich hatte er die Luft angehalten und versucht, sich dagegen zu wehren.

Aber es war sicher nur eine unbewusste Reaktion von ihr aus der Situation heraus gewesen. Das war alles. Total harmlos.

Zumindest ihre Aktion war harmlos gewesen.

Was ihn bestürzte, war seine Reaktion. Selbst jetzt noch hatte er keine Ahnung, warum er auf eine so unbedeutende, unschuldige Geste so heftig reagiert hatte. Überreagiert.

Nora war der Typ Frau, die sich als Kandidatin für eine Quizshow absolut am richtigen Platz fühlen würde. Er war der Typ Mann, der sich am richtigen Platz fühlte, wenn er sich mitten in der Nacht aus einem Helikopter auf das Deck eines Schiffes abseilte. Sie hatten nichts gemeinsam. Wenn er irgendjemandem erklären müsste, worin ihre Freundschaft begründet war, dürfte er einen schweren Stand haben. Und einen noch schwereren, wenn er erklären sollte, warum ihre Hand auf seinem Arm seinen Kopf so durcheinandergebracht hatte …

„Was meinen Sie, warum hat Sherry bei Deborah gelebt, wenn sie nicht ihre Tochter ist?“, fragte Nora.

„Weiß ich nicht. Jedenfalls ist es etwas sonderbar, dass eine Zweiundzwanzigjährige bei einer Verwandten lebt, die Mitte vierzig ist.“

Nora nahm einen Schluck Tee. „Wenn Sherry mit zweiundzwanzig Lehrerin war, dann kann es nur ihr erstes Berufsjahr gewesen sein. Vielleicht sogar noch ein studentisches Praktikum. Ich würde es für plausibel halten, anzunehmen, dass sie direkt nach dem College bei einer Verwandten wohnte, bis sie sich ihr eigenes Leben aufgebaut hatte.“

Nicht für alles Geld der Welt hätte er bei Verwandten gewohnt, nachdem er das College beendet hatte. Aber das galt für ihn.

„Es gibt noch eine Möglichkeit, die mir gerade in den Sinn kommt“, sagte sie.

„Ich bin ganz Ohr.“

„Damals war es ja noch so, dass unverheiratete schwangere Frauen nicht selten irgendwohin abgeschoben wurden. Für manche Familien war so etwas eine Schande und musste deshalb unbedingt geheim bleiben.“

Irgendetwas zog sich in ihm zusammen. Er wollte nicht in Erwägung ziehen, dass Sherrys Schwangerschaft bei ihrer Familie eine solche Reaktion ausgelöst haben könnte. „Wenn eine Frau eine solche Familie hatte, hätten die sie nicht gedrängt, das Kind abtreiben zu lassen?"

„Viele Familien waren religiös. Und das war ein Dilemma. Abtreibung war dann natürlich tabu. Aber eine Schwangerschaft der Tochter ohne Trauschein war ebenfalls inakzeptabel. Also schickte man sie von zu Hause fort – zu irgendeiner Organisation, die sich um ledige werdende Mütter kümmerte, manchmal aber auch zu weit entfernt wohnenden Verwandten. Bis sie das Kind bekam, es zur Adoption weggab, und dann durfte sie wieder nach Hause kommen."

„Und so tun, als sei nichts gewesen?"

„Sehr oft, ja."

„Das ist verrückt."

„Es gibt viele Fallstudien, die gezeigt haben, dass die Frauen es oft sehr schwer hatten. Man erwartete, dass sie das Baby vergaßen, das sie weggegeben hatten, aber natürlich konnten sie das nicht. Selbst wenn niemand in ihrem Umfeld je wieder davon sprach, sie selbst hatten doch etwas Bedeutendes erlebt. Eine Geburt zu verleugnen und zu ignorieren, macht sie ja nicht ungeschehen."

Sie redete zwar nicht von ihm, aber trotzdem trafen ihn die Worte mitten ins Herz. *Eine Geburt zu verleugnen und zu ignorieren, macht sie ja nicht ungeschehen.* „Verleugnen und ignorieren" beschrieb auch ziemlich gut, was er seit seiner Diagnose meistens – wenn auch unbewusst – gemacht hatte. Wenn er wirklich ernsthaft über seinen Zustand nachdachte, wurden die Aussichten so schwarz und das Problem so massiv, dass er das Gefühl hatte, nicht genug Luft zu bekommen.

„Sherry ist vielleicht weit entfernt von hier aufgewachsen", sagte Nora, „und hat nur in den Monaten vor Ihrer Geburt in Shelton gelebt und ist anschließend nach Hause zurückgekehrt."

„Und wie stand Deborah zu ihr? War sie ihre Tante?"

Nora zuckte die Schultern.

Er wurde langsam ungeduldig, wollte nicht mehr auf weitere Fakten warten. Daher war er bereit, sich auf Spekulationen einzulassen. „Sie hatten denselben Nachnamen. Dann war Deborah vielleicht die Schwester von Sherrys Vater?“

„Das ist möglich“, räumte Nora ein. „Bei dem Altersunterschied zwischen ihnen erscheint es mir doch zu gewagt, anzunehmen, sie könnten Schwestern sein.“

„Sehr gewagt“, stimmte er zu. „Was ist der nächste Schritt für uns?“

„Blakeville. Es ist die naheliegendste neue Informationsquelle. Das heißt, wenn Sue recht hat und Deborah tatsächlich von dort stammt.“ Nachdenklich nahm sie einen weiteren Schluck Tee. „Morgen rufe ich bei allen Behörden in Blakeville an, die ich finde. Vielleicht komme ich ja an so etwas wie ein Einwohnermelderegister heran oder kann nachfragen, welche Daten digitalisiert sind.“

„Welche Informationen würde uns ein Einwohnermelderegister geben?“

„Namen, Adressen, Berufe aller Einwohner der Stadt. Wenn wir Sherrys Familie in einem Melderegister entdecken, können wir anfangen, einen Familienstammbaum zu erstellen. Und der könnte enorm hilfreich sein.“

„Wie wahrscheinlich ist es, dass es ein solches Melderegister in Blakeville gibt?“

„1973? Da gab es die in vielen Städten. Jedenfalls seit ungefähr fünfzig Jahren.“ Sie stellte die Tasse zurück auf den Tisch und richtete sie sorgfältig so aus, dass der Henkel im rechten Winkel zu ihrer rechten Hand stand.

„Ich habe mit einer Frau in Blakeville gesprochen, die mir sagte, es gebe ein Melderegister, aber nicht in digitalisierter Form. Die Stadtbibliothek wurde geschlossen; jetzt werden die Bücher im Gerichtsgebäude aufbewahrt“, informierte Nora John am nächsten Tag.

Sie führte hier ein berufliches Telefonat, um Informationen weiterzugeben! Allerdings war ihr, bevor sie Johns Nummer wählte, vor Nervosität fast die Luft weggeblieben. Jetzt seine tiefe, sonore Stimme am anderen Ende der Leitung zu hören, ließ ihr das Blut in den Kopf schießen und sie eine benommene Aufregung spüren. Ja, er ging ihr nicht mehr aus dem Kopf. Das blieb eine Tatsache. Eher noch hatte er sich hartnäckig darin festgesetzt.

„Die Daten aus Blakeville sind also nicht online verfügbar?", vergewisserte er sich.

„Sie sind nicht nur online nicht verfügbar, sie befinden sich auch noch, wie ich ernsthaft befürchten muss, in den Innereien des Gerichtsgebäudes der Stadt."

Er lachte. „In den Innereien?"

„Allerdings."

„Dann sollten wir dort anrufen und jemanden bitten, in die Innereien hinabzusteigen und die Daten für uns zu finden."

„Diese Bitte habe ich bereits geäußert, und die Dame, die mir geantwortet hat, hat mir auch erklärt, dass dieselbe Budgetkürzung, die die Stadt ihre Bibliothek gekostet hat, sie auch ihre Bibliothekarin gekostet hat. Blakeville ist klein. Und die Anzahl der Mitarbeiter am Gericht strebt gegen null. Und selbige Mitarbeiter haben schließlich so viel Zeit damit verbracht, im Keller nach von Mitbürgern erwünschten Auskünften zu forschen, dass dem von oberster Stelle ein Riegel vorgeschoben wurde. Alle Dokumente, die dort aufbewahrt werden, können eingesehen werden. Und jeder, der das tun möchte, ist herzlich eingeladen, sich seine Informationen selbst herauszusuchen. Wenn wir dieser Spur folgen wollen, werden wir wohl hinfahren müssen."

Ein langes Schweigen. „Und es gibt dort wirklich niemanden, den ich ein wenig … beeindrucken könnte, damit er die Register für uns durchsieht?"

„Versuchen können Sie's ja", sagte sie skeptisch.

„Schicken Sie mir die Telefonnummer der Dame, mit der Sie gesprochen haben."

„Mach ich."

Sie legten auf.

Keine zwei Minuten später klingelte ihr Handy erneut. „Wir müssen selbst nach Blakeville fahren", sagte John.

„Keinen Erfolg gehabt beim Beeindrucken?"

„Die Dame war so flexibel wie ein Felsklotz. Sie bestand einfach in ihrer ureigenen charmanten Art darauf, dass Vorschriften nun einmal Vorschriften sind."

„Wir könnten es vielleicht noch auf einer anderen Schiene versuchen." Nora setzte alles daran, von der Aussicht auf einen Kurztrip mit John nach Oregon völlig unberührt zu bleiben, um gegen den Teil von sich selbst anzukämpfen, der überhaupt nicht unberührt davon war und sich nichts Besseres vorstellen konnte, als die ganze Fahrt nach Blakeville und zurück an seiner Seite zu verbringen. So viel Zeit in seiner Gesellschaft – das wäre ein dekadentes Äquivalent zu einem gemeinsamen Besuch im mondänsten Badeort dieser Welt. „Was meinen Sie?", hakte sie nach. „Haben Sie noch eine andere Idee?"

„Elma?"

„Ich habe auch dort angerufen und mich erkundigt, ob es dort digitalisierte Datenverzeichnisse gibt. Gibt es. Aber ich konnte weder Deborah noch Sherry darauf finden.

„Dann fahren wir nach Blakeville."

Keiner sagte ein Wort. Sie kaute auf ihrer Unterlippe.

„Wir brauchen ungefähr fünf Stunden für die Fahrt", sagte er schließlich.

„Ja."

„Können Sie sich morgen freinehmen?"

Sie hatte nicht erwartet, dass es ihm so eilig war. Vielleicht hatte sie aber auch nur nicht bemerkt, wie sehr ihn diese Suche nach seiner leiblichen Mutter inzwischen im Griff hatte. „Was ist mit Ihnen? Können *Sie* denn morgen?"

„Ich müsste ein paar Termine umorganisieren, aber, ja. Ich habe ja meine Leute. Können wir also morgen fahren?"

Flüchtig schoss ihr der Gedanke durch den Kopf, dass es sie nicht ins beste Licht stellen würde, wenn sie zu erkennen gab, dass sie ihre Arbeit problemlos umorganisieren und das für den morgigen Abend geplante Date mit *Northamptonshire* ebenso wie die wertvolle Zeit vor dem Spiegel, um die hohe Kunst des Augen-Make-ups zu trainieren, ohne Weiteres verschieben konnte. „Ja. Ich habe ja auch meine Leute."

„Wenn wir morgens um neun losfahren und mittags eine Pause machen, könnten wir am Nachmittag in Blakeville sein. Dann würde uns genug Zeit bleiben, bevor das Archiv schließt."

„Richtig."

„Und falls die Zeit nicht reicht, buche ich uns Zimmer in einem Hotel. Packen Sie also für zwei Tage. Okay?"

Zwei ganze Tage mit ihm. Zwei. Ganze. Tage. „Mhmm", murmelte sie schwach.

John war mit Allie zusammen. Allie war mit John zusammen.

Nora hatte einmal in ihrem Leben wirklich gelitten, und zwar, als Harrison der Schreckliche wegen Rory mit ihr Schluss gemacht hatte. Und es war absolut ausgeschlossen, dass sie es sich selbst je gestatten würde, eine Rory zu werden. *Bitte! Als ob John ihr je eine Chance geben würde, eine Rory zu werden.*

Nora würde Johns Beziehung zu Allie respektieren, bis sie dermaleinst ins Grab sank. Schon aus Selbstachtung. Und alles dafür tun, dass ihre Beziehung zu John eine sehr platonische Beziehung blieb.

Es gab keinen Grund für Schuldgefühle, weil sie nun genau das bekam, was sie sich insgeheim erhofft hatte.

„Ich hole Sie dann also gegen neun ab … das heißt, Moment, warten Sie mal", sagte er.

„Ja?"

Ein paar Sekunden vibrierendes Schweigen.

„Ich fahre einen Leasingwagen und der muss in den nächsten Tagen zur Inspektion. Ich habe noch einen Oldtimer, einen 1968er Plymouth Roadrunner …"

„Mhmm?“

„… aber damit macht man ja keine so lange Fahrt.“

„Ich kann fahren“, sagte sie automatisch.

„Und es macht Ihnen nichts aus?“

Hatte sie gerade tatsächlich angeboten, John Lawson, den Helden von *Uncommon Courage*, ins Herz des Staates Oregon zu chauffieren? Sie? Selbst in ihrer Familie wurde sie fast nie auserkoren, am Steuer zu sitzen. „Nein“, sagte sie. „Das macht mir überhaupt nichts aus.“

John legte sein Handy auf den Schreibtisch in seinem Firmenbüro und spürte heftige Gewissensbisse. Nora mal ab und zu für eine Stunde irgendwo zu treffen, war eine Sache. Aber mit ihr nach Oregon zu fahren?

Also, was? Was war dabei, wenn sie miteinander nach Oregon fuhren?

Kollegen, ob männlich oder weiblich, machten jeden Tag gemeinsame Geschäftsreisen. Und dies hier war nichts anderes. Er hatte Nora von Allie erzählt. Er wusste ganz sicher, dass sie seine Beziehung zu Allie guthieß.

Nora war so etwas wie eine Kollegin!

Eine Kollegin, die ihn gestern durch eine kleine impulsive Berührung völlig aus dem Konzept gebracht hatte.

Es ist in Ordnung. Er hatte schließlich einen ganzen Tag Zeit gehabt, über gestern nachzudenken. Dann war er zu dem Schluss gekommen, dass solche Momente, in denen man sich zu Menschen hingezogen fühlte, mit denen man nicht in einer festen Beziehung war, einfach passierten. Worauf es ankam, war, wie man darauf reagierte. Und wenn man moralisch einwandfreie Prinzipien hatte, dann beherrschte man sich. Man traf die richtige Entscheidung. Man weigerte sich einfach, dem Impuls des Augenblicks nachzugeben.

Auf der Fahrt nach Blakeville würde Noras Attraktivität keine Rolle spielen, da war er sich sicher. Und wenn doch, traute er sich zu, das in den Griff zu kriegen.

Aber mit diesen Grübeleien verschwendete er nur Zeit und Kraft. Blakeville war die beste Spur, die sie hatten, also würden sie hinfahren. So einfach war das.

Sie war einfach ein Mensch, den er für seine Suche angestellt hatte. Sonst nichts.

Nachricht von Willow an Britt und Nora:
WILLOW: Grandma ist informiert – Geburtstagsparty am 3. Juli abends. Hier eure Aufgaben (solltet ihr euch bereit erklären, sie zu akzeptieren): Britt und Valentina organisieren das Catering. Nora ist zuständig für Einladungen und Zu- beziehungsweise Absagen. Ich organisiere Stehtische, Stühle, Geschirr und so weiter. Besuch im Blumenladen für die Deko und Entscheidung über ein gemeinsames Geschenk: wir alle!

BRITT: Aye, aye, Käpt'n.

WILLOW: Nora?

BRITT: Nikki tauchte heute Nachmittag im Laden auf und hat mir erzählt, dass Nora morgen und vielleicht übermorgen mit ihrem Navy-Helden nach Oregon fährt. Vermutlich hat sie im Rausch der Vorbereitungen ihr Handy ausgeschaltet.

WILLOW: Was für ein Navy-Held?

BRITT: Ein Typ namens John Lawson, dem man mal ein kleines Abzeichen namens Ehrenmedaille verliehen hat.

WILLOW: WAS????

BRITT: Er sucht nach seinen Vorfahren und sie hilft ihm dabei.

WILLOW: Wenn zwei Schwestern bedeutende Informationen vor einer dritten Schwester geheim halten, ist das eine gravierende Verletzung des Verhaltenskodexes zwischen Geschwistern. Ich werde mich ans Gericht wenden müssen, um zwei neue Schwestern zu beantragen.

BRITT: Die Information war insofern nicht gar so bedeutend – da John eine feste Freundin hat.

• • •

Facebook-Nachricht von Duncan an Nora:
DUNCAN: Ich sehe keinen grünen Kreis um deinen Namen, Miss Lawrence. Du bist nicht online, und ich muss bekennen, es ist sehr deprimierend, Facebook aufzurufen, um mit dir zu chatten, und dich abwesend zu finden. Schlaflosigkeit ist schon schlimm genug. Aber Schlaflosigkeit ohne dich?

Inakzeptabel.

Ich fühle mich beraubt – werteste Bibliothekarin der außergewöhnlichsten Art!

Kapitel 8

Nora ließ ihren Wagen waschen – innen und außen und ganz professionell. Sie ließ Öl wechseln und den Reifendruck messen. Sie tankte. Sie sprühte Sommerblumenduftspray auf die Fußmatten – und hoffte, dass niemand sie dabei beobachtete. Aber schließlich sollte John nicht denken, sie vernachlässigte die Wartung ihres Autos.

Sie wollten sich um neun an der Bibliothek treffen. Da sie inzwischen wusste, dass John immer zu früh kam, parkte sie ihren Wagen um 8:40 Uhr auf dem kleinen Parkplatz am Naturschutzmuseum. Dann erblickte sie Nikki hinter dem Steuer ihres in die Jahre gekommenen Wagens, und das Herz rutschte ihr in die Hose.

Nora war gezwungen gewesen, ihrer Mitarbeiterin ihre Reisepläne anzuvertrauen, weil sie Nikki als Vertretung brauchte, solange sie fort war. Nikki irgendetwas anzuvertrauen, barg allerdings ein unkalkulierbares Risiko in sich. Normalerweise war Nikki schon neugierig. Aber wenn sie den Verdacht hegte, ein ansehnliches Mannsbild könnte im Spiel sein, wurde sie unerträglich.

Nora ließ das Seitenfenster herunter.

Nikki tat es ihr nach. „Ich möchte mir deinen Navy-Helden nur mal ansehen", erklärte sie. „Als er neulich im Museum war, hatte ich ja keine richtige Gelegenheit dazu."

„Wenn ich mich recht erinnere, hast du ihn ununterbrochen angestarrt."

„Aber er war ja kaum länger als eine Minute drinnen. Ich brauche heute *ehrlich* nur ein bisschen Aufmunterung, und der Anblick eines Navy-Ehrenmedaillenträgers ist ein guter Anfang."

Nora stieg die Hitze in den Kopf. Sie wusste ohne jeden Zweifel, dass es ihr nicht gelingen würde, Nikki dazu zu bringen, das Feld zu räumen, bevor John eintraf. Das Beste war, zumindest ein paar Grundregeln festzulegen. „Nikki, meine liebe sensationshungrige, aber doch auch sehr intelligente Museumsführerin und Stellvertreterin!“

„Mhmm?“ Nikkis Pfirsichlippen verzogen sich zu einem vermeintlich unschuldigen Grinsen.

„Ich befehle dir hiermit, dich John gegenüber respektvoll zu verhalten. Wir machen eine *Geschäftsreise.* Und wag es nicht, irgendeinen Teil seiner Anatomie zu benennen.“

„Wer, ich?“

„Und frag ja nicht danach, ob er eine Freundin hat oder so was. Kein Beziehungsgequatsche, kapiert?“

„Nora! Jetzt tust du mir aber unrecht!“

„Und keine anzüglichen Bemerkungen, hast du mich verstanden …?“

Gute Güte! Johns glänzender Wagen erschien auf der Straße.

Es war ein schöner sonniger Frühlingsmorgen. Nikki und sie stiegen beide aus ihren Autos. Nikki hatte sich ausreichend mit Parfum eingenebelt, um ein Stinktier zu betäuben.

John hievte einen Seesack aus dem Kofferraum seines Wagens. Ein Mann, an den Nora sich vom Tag ihrer Pseudogeiselnahme vage erinnerte, saß hinterm Steuer. Er hob grüßend die Hand, bevor er davonfuhr.

„Guten Morgen.“ John kam auf sie zu. Er trug verwaschene Jeans und ein einfaches T-Shirt.

Mannomann. Es war immer der erste Anblick, der sie aus der Bahn warf, und sie würde eine oder zwei Minuten brauchen, um wieder sie selbst zu sein. Halbwegs sie selbst. Nie so ganz. „Morgen“, hauchte Nora und öffnete den Kofferraum ihres Autos.

Er hatte noch kaum sein Gepäck darin verstaut, als Nikki ihm schon ihre Hand entgegenstreckte.

„Wir sind uns offiziell noch nicht vorgestellt worden, aber ich bin Nikki, Noras Büromanagerin.“

John gab ihr die Hand. „Schön, Sie kennenzulernen.“

„Und … sollen wir gleich starten?“, fragte Nora in einem verzweifelten Versuch, der Situation zu entfliehen.

„Meine Güte, haben Sie einen kräftigen Händedruck", säuselte Nikki. Sie betrachtete eingehend seinen Oberarm. „Muss an diesem beeindruckenden Bizeps liegen."

Nikki hatte die erste Grundregel missachtet. Sie *hatte* seine Anatomie erwähnt.

John betrachtete Nikki leicht irritiert, aber auch amüsiert.

„Sie sind ein Prachtstück von einem Mann", bemerkte Nikki jetzt ohne jede Verlegenheit. „Sie haben nicht zufällig ein paar Freunde, die ein wenig älter und alleinstehend sind, aber aussehen wie Sie und auch eine militärische Vergangenheit haben?"

Er warf den Kopf zurück und lachte.

Nora räusperte sich und begab sich demonstrativ zur Fahrertür ihres Wagens.

„Nun?", beharrte Nikki. „Haben Sie solche Freunde?"

„Ich müsste darüber nachdenken."

„Ich bin nämlich auf der Suche nach jemandem wie Ihnen", sagte Nikki. „*Aktiv* auf der Suche."

„Verstehe."

„Sie haben eine feste Beziehung?", bohrte Nikki weiter.

Es war nicht zu fassen! Nikki brach gerade Regel Nummer zwei und fragte ihn doch tatsächlich nach seinem Beziehungsleben!

„Ja", sagte John. „Ich habe eine feste Beziehung."

Noras Magen rebellierte bei diesen Worten. Und das brachte sie erst recht aus dem Konzept, denn ihr war doch ohnehin schon jede Sekunde ihres Daseins überdeutlich bewusst, dass er eine feste Beziehung hatte. Dass sie es jetzt aus seinem Mund hörte, sollte eigentlich keinen so großen Unterschied machen.

„Zu schade!", blubberte Nikki und sah dabei aus wie eine Frau, die einen höchst appetitlichen Schokoladenkuchen entdeckt hatte, dann aber erfahren musste, dass ihr das letzte Stück gerade vor der Nase weggeschnappt wurde.

„Nun ja, zu schade, dass Sie nach jemandem suchen, der etwas älter ist", konterte John. „Andernfalls, wenn Allie und ich uns mal trennen sollten …"

„Für Sie …“, unterbrach Nikki ihn, „… würde ich im Blick auf das Alter eine Ausnahme machen. Jederzeit. Überall.“

„John!“ Nora musste einschreiten, bevor Nikki auch noch Regel Nummer drei brach und anzüglich wurde. „Wir sollten uns jetzt besser auf den Weg machen.“ Sie schlüpfte auf den Fahrersitz und startete den Motor.

„Jederzeit!“, bekräftigte Nikki und verfolgte John beim Einsteigen mit ihren Blicken. „Überall!“

Er grinste. „War schön, Sie kennenzulernen, Nikki.“

„Das Vergnügen war ganz auf meiner Seite, John.“ Sie schwang ihre üppige Hüfte nach vorn und stemmte eine Hand hinein. „Kommen Sie doch bald mal wieder vorbei.“

Nora setzte zurück, bevor noch ein weiteres Wort gewechselt werden konnte. *Kein einziges Wort mehr, Nikki!* Von jetzt an würde sie ganz bestimmt jedes Treffen mit John vor Nikki Clarson geheim halten.

Ihre Gedanken wirbelten herum wie Wäsche in einem Wäschetrockner. Sie konnte es nicht fassen! Hatte Nikki tatsächlich Johns Bizeps bestaunt? Was sie ja eigentlich selbst nur zu gern tun würde, aber nicht konnte, weil sie eine Person mit guten Manieren war und weil er – wie er soeben aufs Deutlichste bekundet hatte – ein Mann war, der eine feste Freundin hatte. Und außerdem konnte sie mit jedem Atemzug Bergamotte riechen, nicht Sommerblumenduft! Bergamotte war ihr zwar bei Weitem lieber, keine Frage, aber … und außerdem … saß John *neben ihr,* ganz entspannt und mit seinem muskulösen Körper die ganze Breite des Beifahrersitzes beanspruchend.

John. John, den sie nach Oregon kutschierte. Sie. Sie fuhr. Ihn.

„Sie haben da ja eine nette Mitarbeiterin“, bemerkte er.

„Es tut mir sehr leid.“

„Was denn?“

„Na ja, dass Nikki Sie so unverblümt angemacht hat.“

„Oh, damit kann ich umgehen.“

„Es war unangebracht.“

„Ich mag sie."

„Wirklich?"

„Ja. Kann ich den Sitz nach hinten schieben?"

„Ja, sicher."

Er schob den Sitz ein gutes Stück zurück und verstellte anschließend noch die Rückenlehne.

An einer Ampel nutzte sie die kleine Pause, um einen Blick auf ihn zu werfen. Er setzte sich gerade eine Sonnenbrille auf. Nora seufzte innerlich. Diese unwiderstehliche Anziehungskraft, die von ihm ausging, brachte sie fast zum Verzweifeln. Sie fühlte sich, als hätte sie Fieber und würde sich gleich in Dampf auflösen. Und wenn das passierte, wäre es die Sache absolut wert. Eine gute Weise, sich von dieser Welt zu verabschieden ...

Sie räusperte sich, heftete ihren Blick starr auf die Straße, umklammerte das Lenkrad und bemühte sich verzweifelt, nicht zu verglühen.

„Wollen Sie den ganzen Weg bis Oregon mit ihrer Nase so an der Windschutzscheibe kleben?", fragte er.

„Was? Oh, nein." Sie lachte nervös und lehnte sich zurück. Die Ampel wurde grün.

Sie war unterwegs mit John Lawson. Unterwegs nach Blakeville, dem möglichen Geburtsort von Deborah Thompson. Sie wollten dort herausfinden, was sie über Johns Familie eventuell erfahren könnten.

Reiß dich zusammen, Mädchen!

In ihrem Koffer befanden sich ein neues Outfit, neue Schuhe und eine überquellende Kulturtasche mit neuen Kosmetika. Seit ihrem Ausflug mit Willow nach Seattle hatte diese sie ständig bequasselt, jetzt auch Phase vier der Optimierung der Nora Bradford einzuläuten: eine neue Frisur. Nora war sich aber noch nicht sicher, ob sie Phase vier tatsächlich umsetzen wollte. Ihr leuchtend rotes Haar und ihre diversen Knotenfrisuren waren ihr Markenzeichen. Ohne diese könnte sie vielleicht wirklich zum Paradebeispiel eines mittleren Kindes werden, nämlich unsichtbar.

„Hören Sie gern Musik?", fragte sie jetzt. „Wir könnten ein bisschen Musik anstellen. Oder einfach entspannen. Ich möchte nicht, dass Sie mich für eine dieser anstrengenden Zeitgenossinnen halten, die von einem Mitfahrer erwartet, jede Minute einer Fünf-Stunden-Fahrt mit Konversation zu füllen. Vielleicht haben Sie ja auch noch was zu arbeiten, während ich fahre. Also, machen Sie es sich bequem. Ich bin ganz entspannt."

„Nora?"

„Mhmm?"

„Ihre Nase klebt schon wieder an der Windschutzscheibe."

Einen Großteil der Fahrt verbrachte John damit, Nora anzuschauen. Sie klebte immer noch mit der Nase an der Windschutzscheibe. Von seinem zurückgeschobenen Sitz aus konnte er sie ungestört betrachten, ohne dass sie es merkte.

Sie hatte zierliche Handgelenke, schlanke Finger und kurze, dunkelgrau lackierte Fingernägel. Ihr Profil zeichnete eine leicht geschwungene Nase aus und einen Mund, der, wenn man sich die Zeit nahm, genau hinzusehen, perfekt geformt war. Nicht zu dünn und nicht zu kräftig. Und immer waren ihre Mundwinkel leicht nach oben gebogen.

Am Nacken nahm er die gerade nach unten verlaufenden Erhebungen der Halswirbel wahr. Winzige Ohrringe mit scheinbar echten Diamanten schmückten ihre Ohren.

Die Details ihrer Erscheinung stimmten mit dem überein, was er bereits von ihrer Persönlichkeit kennengelernt hatte. Nora war einerseits ein Hightech-Typ, aber andererseits auch wirklich altmodisch. Hightech-Uhr, nostalgische Frisur. Sie war kompetent und verletzlich zugleich. Die Art, wie sie fuhr, wie sie jedes Straßenschild beachtete und sanft abbremste, war kompetent. Aber das mädchenhafte Shirt mit den kleinen Puffärmeln ließ sie verletzlich erscheinen. Sie war intelligent und konnte ironisch sein. Realistisch und vorsichtig.

Und für all das fand man Hinweise an Ihrer äußeren Erscheinung, wenn man genau genug hinschaute.

Seit wann war Nora eigentlich so hübsch? Er erinnerte sich sehr gut, dass sie ihm eher unscheinbar vorgekommen war, als er ihr das erste Mal begegnet war. Aber jetzt? Jetzt war sie außergewöhnlich schön.

Verwirrt kniff er die Augen zusammen. Erschien sie ihm jetzt nur schöner, weil er sie besser kennengelernt hatte, weil er mehr davon gesehen hatte, wer sie war? Würden andere – auch Menschen, die sie gar nicht gut kannten – auch sagen, dass sie hübscher geworden war?

Er wusste es nicht.

Wenn sich irgendetwas an ihr verändert hatte, er hätte es nicht benennen können. Außer – Moment. Sie trug nicht mehr diese weiten, formlosen Klamotten. Bei der Katastrophenübung und auch noch bei ihren ersten Treffen hatte sie immer unförmige, weite Pullover getragen. Er hatte sie schon eine ganze Weile nicht mehr in solchen Pullovern oder in ihren wadenlangen Röcken gesehen. Oder doch?

Es war ja jetzt auch wärmer als vor ein paar Wochen. Vermutlich hatte sie einfach ihre Wintergarderobe weggepackt und würde sie erst im Herbst wieder hervorholen. Aber falls sie das täte, wäre es ein Verbrechen, denn die weiten Pullis und die Glockenröcke hatten eine ansehnliche Figur verhüllt.

Er lehnte den Kopf an die Nackenstütze und drehte ihn Richtung Seitenfenster. Der wolkenverhangene Mai war einem sonnigen Juni mit blauem Himmel, einem leichten Wind und milden Temperaturen gewichen. Es war Sommer geworden.

Ihre Fahrt würde sie durch Portland und durch einige größere Waldgebiete führen. Er kannte die Gegend und wusste, dass sie größtenteils durch hinreißende Landschaften fahren würden. In dieser Umgebung und mit Nora an seiner Seite, die ihn zum Schmunzeln brachte, erschien ihm seine Zukunft plötzlich nicht mehr ganz so düster.

Er war glücklich. Das wurde ihm ganz plötzlich bewusst. Und ihm wurde auch bewusst, dass es schon eine ganze Weile her war, seit er dieses Gefühl zum letzten Mal empfunden hatte. Um genau zu sein: Er hatte sich nicht mehr so glücklich und unbeschwert gefühlt, seit er an jenem Tag im Sprechzimmer seines Arztes gesessen hatte. In einem Raum mit gerahmten Urkunden an den Wänden, Bücherregalen und einem Miniaturglobus auf dem Schreibtisch. Und mit dieser Art von um Verzeihung bittender Direktheit seines Arztes, die John gehasst hatte.

Aber nichts davon hatte heute die Macht, ihn zu beherrschen. Heute – heute war er glücklich.

Blakeville lag im Schatten von Mount Bachelor, einem vulkanischen Dreitausender an der Ostseite der Bergkette der Kaskaden. Mount Bachelor – der „Junggeselle" – war er genannt worden, weil er sich in einiger Entfernung zu drei als die „Drei Schwestern" bekannten Gipfeln befand.

John dirigierte Nora mithilfe des Navis auf seinem Handy durch den historischen Teil von Blakeville zum Gerichtsgebäude. Nora steuerte den Wagen nach seinen Anweisungen. Aber es war nicht zu übersehen, dass es ihr nicht leichtfiel, den Anweisungen eines anderen zu folgen.

„Jetzt links", sagte er.

„Links?", fragte sie zweifelnd. „Okay."

„Hinter der Ampel geradeaus."

„Ist es das dort?" Sie wies auf ein zweistöckiges Gebäude in einiger Entfernung. Ziegelornamente verzierten die Kanten, eine breite Treppe führte zum Eingang und davor flatterte eine Flagge im Wind.

„Ja, das ist es. Aber hier gibt es viele Einbahnstraßen, wir müssen jetzt erst mal geradeaus fahren."

„Aha", sagte sie, als hätte er ihr gerade eine unverschämte Lüge serviert. Als ob es für ihn ein Problem wäre, das Gerichtsgebäude von Blakeville zu finden. Als ob er nicht den größten Teil des dritten Ausbildungsabschnitts seines Navy-Trainings damit verbracht hätte, seine Navigationskünste zu Lande unter Beweis zu stellen.

„Sind Sie sonst immer die Kartenleserin?", fragte er.

„Nein."

„Doch, sind Sie."

„Ja", gestand sie zu. „Woher wissen Sie das?"

Zehn Minuten später hatten sie den Wagen geparkt und bereits Verzeichnisse in die Hand gedrückt bekommen, die darüber Auskunft gaben, was in welchen Gängen im Keller des Gerichtsgebäudes archiviert war. Noras Annahme hatte sich bewahrheitet. Sie befanden sich in den „Innereien" des Gebäudes.

Sie erreichten die Ebene B2, und John hielt die Fahrstuhltür für Nora auf. Vor ihnen erstreckten sich weiß getünchte Betonwände und ein fleckiger robuster Bodenbelag. Metallregale beherbergten alles Mögliche – von Pappschachteln bis hin zu rostigem Abfall, den Nora vermutlich „Antiquitäten" genannt hätte. Es roch staubig.

Dem Verzeichnis zufolge mussten sie an der Rückwand des Kellergeschosses suchen. Verblichene Schubladenschränke erhoben sich vom Fußboden bis zu einer hüfthohen Theke. Darüber befanden sich Ablagefächer mit Akten, Papierrollen und Stapeln von Dokumenten, deren Inhalt und Zweck man nur erahnen konnte.

Sie trennten sich und begannen, die Fächer zu durchsuchen.

„Hier!", rief Nora nach einer Weile.

Er kam zu ihr.

Sie wies auf ein paar gebundene Aktenverzeichnisse mit schwarzer Beschriftung.

Auf der Fahrt hatten sie besprochen, wie sie vorgehen wollten. Zuerst würden sie nach Einträgen suchen, die etwas über alle Thompsons besagten, die zum Zeitpunkt von Deborahs Geburt, also vor etwa siebenundsiebzig Jahren, in Blakeville gewohnt hatten.

John überschlug kurz die Jahreszahlen und griff nach dem entsprechenden Aktenband. Nora kam von der anderen Seite, und als sie neben ihm stand, konnte er sich auf nichts anderes mehr konzentrieren. Er nahm viel zu bewusst wahr, wie sie atmete. Spürte ihre Anwesenheit, spürte die Wärme, die ihr Körper ausstrahlte. Plötzlich erschienen ihm diese Kellergänge unerträglich still. Nur die Neonleuchten über ihnen summten entsetzlich laut.

Der Index des Bandes informierte sie darüber, wie der Inhalt der Dokumente geordnet war. Es gab ein alphabetisches Einwohnerverzeichnis, eine Liste mit Straßennamen und Adressen, ein Verzeichnis aller Firmen und öffentlichen Einrichtungen sowie diverse Straßenkarten.

„Wollen Sie mir nicht sagen, was ich tun soll?", fragte er Nora.

„Wie bitte? Ich soll Sie wie ein Schulkind behandeln?" Sie lächelte. „Nicht im Traum."

Er schlug das alphabetische Einwohnerverzeichnis auf und fuhr mit dem Daumen daran entlang bis zum Buchstaben T. In dem entsprechenden Jahr hatte es vier männliche Einwohner namens Thompson in Blakeville gegeben. John kniff die Augen zusammen und versuchte, zu verstehen, wie die Informationen angeordnet waren. Bei verheirateten Männern war der Geburtsname der Frau in Gedankenstrichen daneben notiert. Danach kam die Adresse.

Deborahs Eltern dürften zum Zeitpunkt ihrer Geburt verheiratet gewesen sein. John konzentrierte sich daher auf die Namen der drei verheirateten Thompsons und ihrer Frauen. Albert und Virginia Thompson. George und Ruth Thompson. Homer und Mary Thompson.

Nora beugte sich tiefer über die Akte, und dabei streifte ihr Arm kurz den seinen. Nichts. Es war doch gar nichts passiert.

Und doch spürte er eine Wärme von der Stelle ausgehen, an der Noras Arm ihn berührt hatte. Er atmete tief ein und langsam wieder aus.

Sie zog Notizblock und Stift aus ihrer Tasche. „Wollen Sie nicht der sein, der die entscheidende Entdeckung macht?" Sie hielt ihm Block und Kuli hin.

„Wie wär's, wenn ich suche und Sie schreiben?", schlug er vor.

„Gute Idee."

Er fuhr mit dem Finger die Zeilen entlang, diktierte ihr die Namen und Adressen und Berufe, sodass Nora sie notieren konnte.

„Kinder sind nicht aufgeführt", bemerkte John, als er fertig war. „Heißt das, dass all diese Leute keine Kinder hatten? Oder dass hier nur die Erwachsenen registriert wurden?"

„Dass nur die Erwachsenen registriert wurden." Nora lehnte sich an die Regale. „Nur alle zehn Jahre gibt es eine Volkszählung, die auch Kinder einbezieht." Sie kaute gedankenverloren auf ihrem Kugelschreiber. „Und die dabei erhobenen Daten werden zweiundsiebzig Jahre später für die Öffentlichkeit freigegeben. Die jüngste Volkszählung wurde vor etwa fünf Jahren offengelegt."

„Sie wollen sagen, dass die Daten, die vor fünf Jahren öffentlich zugänglich gemacht wurden, etwa aus der Zeit um Deborahs Geburt stammen?"

Sie begegnete seinem Blick. „Ja. Wenn wir Glück haben, können wir Deborahs Daten finden, wo wir doch jetzt wissen, wonach wir suchen müssen." Sie wies auf die Namen, die sie auf ihrem Notizblock festgehalten hatte.

„Dann sollten wir uns das ansehen."

„Haben wir hier unten Handyempfang?" Beide zogen ihre Handys raus.

„Nicht mal einen einzigen Balken", sagte er.

„Meins auch nicht. Kommen Sie." Sie griff nach ihrer gigantischen Tasche.

„Ernsthaft, Nora. Die sollten Sie nicht schleppen. Ich trage sie für Sie." Und das tat er auch, obwohl er sich jedes Mal, wenn er sich die Tasche mit den grün abgesetzten Nähten und dem grell pinkfarbenen Monogramm über die Schulter warf, wie ein Weichei vorkam. Sie stiegen ins Erdgeschoss des Gebäudes hinauf.

„Ich habe wieder Empfang." Nora ging zu einer Sitzbank vor der Wand der Eingangshalle. Der beigefarbene Marmorboden war so blank geputzt, dass John sein Spiegelbild darin betrachten konnte.

Sie setzten sich. Nora holte ihr Laptop hervor, stellte es auf ihre Knie und machte sich daran, die Daten der Volkszählung aufzurufen.

„Okay“, sagte sie, als sie die Namen des ersten der drei möglichen Thompson-Paare in das Suchfenster eingegeben hatte. „Wow. Irgendwie bin ich auf einmal nervös.“

„Warum?“

„Vielleicht trifft ‚nervös‘ es nicht ganz. Aufgeregt wäre zutreffender. Dies ist ein großer Moment. Sind Sie bereit?“

„Bereit.“

Sie klickte auf Suche. John konzentrierte sich auf die Ergebnisse, die der Bildschirm anzeigte: seitenweise handschriftliche Einträge in vorgegebenen Formularen. Nora scrollte durch die Seiten, bis sie den gesuchten Eintrag fand: Albert und Virginia Thompson. Keine Kinder.

Sie startete eine neue Suche: George und Ruth Thompson. Die hatten fünf Kinder. John las die Namen des Erstgeborenen, Nora stimmte in die der restlichen vier Kinder mit ein.

Aber keines der Kinder hieß Deborah. Nur noch ein Paar blieb übrig. Vielleicht hatte Sue sich aber auch geirrt und Deborah stammte gar nicht aus Blakeville? Oder Deborahs Familie war erst nach der Volkszählung in die Stadt gezogen. Oder Sue hatte Deborahs Alter nicht mehr richtig in Erinnerung gehabt …

Nora gab die Namen des letzten Paares ein: Homer und Mary Thompson. Es gab drei Kinder: „Lukas“, lasen John und Nora. „Kenneth und Deborah.“

Johns Blick war auf den Bildschirm von Noras Laptop fixiert. Genauer gesagt auf die ordentlichen kursiv geschriebenen Buchstaben, die klar und deutlich *Deborah* zu erkennen gaben.

„Uff!“, seufzte Nora, und ihre Anspannung löste sich zunehmend.

John starrte weiter auf den Bildschirm.

„Wochenlang sind wir überhaupt nicht weitergekommen“, bemerkte Nora. „Aber jetzt! Das hier … das ist bahnbrechend. Solche Entdeckungen sind das, was ich an meinem Job am meisten liebe.“

„Ich kann noch gar nicht glauben, dass wir sie tatsächlich gefunden haben.“

„Glauben Sie es ruhig.“ Sie strahlte ihn an.

Er fuhr sich mit den Fingern durchs Haar, hielt inne, strich dann das Haar ganz zurück. „Erinnern Sie sich noch an die Geburtsurkunde und daran, welchen Namen Sherry mir gegeben hatte?“

„Mark Lukas Thompson, oder?“

„Lukas ist der Name von Deborahs Bruder.“

Nora warf einen Blick auf den Eintrag. „Ja, stimmt.“

Sie ließen diese Information auf sich wirken.

„Mütter geben ihren Kindern oft Namen, die ihnen selbst etwas bedeuten“, sagte Nora.

„Dann ist Lukas möglicherweise Sherrys Vater. Was bedeuten würde, dass Deborah tatsächlich Sherrys Tante ist.“

„Vielleicht. Könnte sein. Möglicherweise. Kommt natürlich ganz darauf an, was die Daten sagen.“ Auf Noras Wangen zeigte sich ein kleines Grübchen. „Zum Zeitpunkt dieser Volkszählung war Homer Thompson sechsundzwanzig, Mary fünfundzwanzig, Lukas war fünf und Kenneth drei. Und Deborah war zehn Monate alt. Homer war Uhrmacher.“ Sie fügte die neuen Details der Liste auf ihrem Notizblock hinzu.

Sie wussten noch immer nicht sicher, in welcher Beziehung Sherry zu all diesen Menschen gestanden hatte. Aber allmählich ergab sich ein Bild, das es immer wahrscheinlicher machte, dass John mit diesen Menschen verwandt war. „Die Adresse von Homer und Mary ist hier dieselbe, die auch in den Verzeichnissen des Stadtarchivs stand“, bemerkte John. „Unter der Spalte ‚Eigentümer/Mieter‘ ist ein M notiert. Dann waren sie vermutlich Mieter.“

„Ja, sieht so aus.“

„Würde ein Blick ins Grundbuch uns hier weiterhelfen?“

„Wenn sie Mieter waren, eher nicht. Ich denke, wir sollten lieber noch mal ins Archiv gehen und versuchen, Mary und Homer in den dortigen Unterlagen zu verfolgen. Dann wissen wir, ob sie in Blakeville geblieben sind. Und hoffentlich werden wir auch Spuren ihrer Kinder entdecken, als diese erwachsen waren.“

John trug Noras Tasche zurück in die Innereien des Gerichtsgebäudes.

Die Einwohnerverzeichnisse von Blakeville deckten den Zeitraum zwischen 1936 und 1960 ab. John und Nora fingen an, sich durch die Unterlagen durchzuarbeiteten. Homer und Mary waren in jedem entsprechenden Jahrgang vertreten. Sie waren ein paarmal umgezogen, aber sie hatten Blakeville nie verlassen. John und Nora waren nach dem fünfzehnten Band nun bei dem Zeitraum angekommen, als Lukas Thompson alt genug gewesen wäre, um im Einwohnerverzeichnis erwähnt zu werden. Aber da kündigte eine Stimme aus dem Lautsprecher an, dass das Gerichtsgebäude in zehn Minuten schließen würde.

Jetzt schon? John warf einen Blick auf seine Armbanduhr und stellte überrascht fest, dass es schon zehn vor fünf war. Die verbleibenden zehn Minuten würden sie brauchen, um die Akten wieder in die entsprechenden Fächer zu bringen.

„Wenn wir morgen wiederkommen, können wir die restlichen Dokumente durchsehen", sagte Nora.

„Gut, dass ich Zimmer für uns gebucht habe."

„Weise Voraussicht, John."

„Oh, vielen Dank, Nora." Sie reichte ihm die Unterlagen, und er platzierte sie in den richtigen Fächern. „Haben Sie Hunger?"

„Mächtig."

„Sobald wir im Hotel eingecheckt haben, organisiere ich etwas zu essen für uns."

Ich hab das nicht gesagt, weil ich noch länger mit ihr zusammen sein will, sagte er sich selbst. Nein, das konnte überhaupt nicht der Grund sein. Sie zum Essen einzuladen, war schließlich das Mindeste, was er tun konnte. Es war nicht mehr als angemessen und höflich.

Sie drehte sich zu ihm und sah ihn an. Der Blick traf ihn mit der Wucht eines Stromschlags, dessen Energie sich jedoch gut anfühlte.

„Hört sich gut an", sagte sie.

• • •

Facebook-Nachricht von Duncan an Nora:
DUNCAN: Arbeitest du noch? Du weißt doch, dass es heißt: „Arbeit allein macht auch nicht glücklich."

NORA: Ich möchte dich wissen lassen, dass ich gerade mitten in einem Abenteuer stecke! Ich sitze in meinem Auto – an einer Tankstelle irgendwo in den Randbezirken von Blakeville, Oregon. Mein Navy-Held besteht darauf vollzutanken, bevor wir gleich zu unserem Hotel fahren. Dabei ist der Tank noch gar nicht leer. Das ist eben seine Art von Charme.

DUNCAN: Ist diese Spritzfahrt beruflich oder privat? Ich meine, mich erinnern zu können, dich gewarnt zu haben: Verguck dich nicht in einen Navy-Typen.

NORA: Spritzfahrt ist rein beruflich. Wir verfolgen nur eine heiße Spur in einer Familienangelegenheit.

DUNCAN: Wenn du mich jetzt sehen könntest, wüsstest du, dass ich die Stirn runzele.

NORA: Ich bin nicht nur auf einer Spritztour, ich stecke auch mitten in den Vorbereitungen für den achtzigsten Geburtstag meiner Großmutter. Muss eine Einladung entwerfen. Und diese Einladung muss absolut makellos sein. So viel dazu, werter Publikumsliebling! Ich bin sehr gefragt. Was sagst du dazu?

DUNCAN: Bin zutiefst beeindruckt. Mail mir ein Bild der Einladung, wenn du sie fertig hast. Ich bewundere gern deine Makellosigkeit.

NORA: Dein Wunsch ist mir Befehl! Jetzt mach ich besser Schluss. Mein Navy-Held ist zurück.

DUNCAN: Noch kurz: Hast du auf meiner Webseite gesehen, dass ich in der Folge am nächsten Dienstag dabei bin?

NORA: Oh, danke für den Hinweis! Du kannst auf mich zählen, Duncan. Ich bin dabei. Und ich werde so viele Fans rantrommeln, wie ich nur kann. Cheerio!

• • •

Zitat aus Uncommon Courage:
„Ich habe begriffen, dass ich ehrlich mit mir selbst sein muss. In der Grundausbildung für die Elitetruppe gab es keinen Raum fürs Ego oder für Vermutungen, Wünsche oder Selbsttäuschung. Wenn ich das durchstehen wollte, musste ich es aufgrund dessen tun, was von meinem wirklichen Charakter übrig war, wenn man all die oberflächlichen Schichten dessen, was ich für mich selbst gehalten hatte, entfernt hatte."

Kapitel 9

Wusste John wirklich, wohin sie fuhren? Schließlich gab es eine nicht unbeträchtliche Anzahl von Menschen, die zwar in anderen Bereichen ihres Lebens höchst effektiv waren, sich aber in hoffnungslose Fälle verwandelten, wenn sie mit digitalisierten Straßenkarten und Begriffen wie *Norden* oder *Süden* konfrontiert wurden.

Sie waren vor zwanzig Minuten an der Tankstelle gestartet. John hatte Nora auf eine Straße gelotst, die sich durch einen hohen Fichtenwald mit glitzernden Bachläufen langsam nach oben schlängelte. Sie fuhren vorbei an klaren Bergseen und Wiesen, auf denen

Schneebeeren leuchteten. Die Landschaft war bezaubernd, und Nora hätte sie noch viel intensiver genießen können, wenn sie sich nicht so eindeutig von der Zivilisation entfernen würden, statt dorthin zurückzufahren. Wenn sie auf dieser Route blieben, würden sie sich eher irgendwo in der Wildnis Idahos wiederfinden als in einem Lokal, wo man Speisen servierte.

Sie biss sich auf die Lippen und fragte sich, ob sie seine Richtungsanweisungen infrage stellen sollte.

John ersparte ihr die Entscheidung.

„Noch eine halbe Meile bis zum Hotel", bemerkte er.

Und wie zur Bestätigung erschien ein bescheidener Wegweiser mit der Aufschrift *Conifer Crest Lodge.* Sie bog in den angezeigten Nebenweg ein und ärgerte sich einerseits, dass sie Johns Orientierungsvermögen angezweifelt hatte, war aber andererseits froh darüber, den Mund gehalten zu haben.

Hinter einer leichten Kurve kam die Lodge in Sicht. Durch die Windschutzscheibe starrte Nora auf das Gebäude und hielt vor Staunen die Luft an. Wie auch viele andere Bauwerke im Nordwesten hatte man dieses der natürlichen Umgebung möglichst umfassend angepasst. Eine Zedernholzwandverkleidung und mächtige Balken waren zu sehen. Das Haus verströmte genau die Art rustikaler Eleganz, die gerade total in war. Rory, die mit gutem Geschmack im Übermaß gesegnet war, hätte zu dieser Unterkunft in ihrem Blog *Sag ja zur Schönheit* definitiv ebenfalls Ja gesagt.

Woher kam ausgerechnet jetzt dieser störende Gedanke an Rory? Rory war an einem so unvermutet bezaubernden Ort nicht willkommen, danke, nein!

„Als Sie sagten, Sie hätten Zimmer gebucht, hab ich an so etwas wie das Holiday Inn gedacht", murmelte sie.

„Nun", sagte er, „das hier ist definitiv etwas anderes."

Der Portier begrüßte sie. Kurze Zeit später standen Nora und John an der Rezeption, wo der Rezeptionsmitarbeiter den Blick nicht von John losreißen konnte. Er starrte ihn förmlich an. „Sind Sie nicht der Autor von *Uncommon Courage?*"

„Nein. William Reed schrieb das Buch", erwiderte John.

„Aber es ist Ihre Geschichte", beharrte der Mann. „Stimmt doch, oder?"

„Ja."

„Das ist ein fantastisches Buch!" Er lachte vor begeisterter Überraschung laut auf. „Ich freue mich sehr, Sie einmal persönlich kennenzulernen."

Die Männer schüttelten sich die Hände.

„Ich hab mir die Hörbuchfassung angehört", fuhr der Mann fort. „Auf meinem Arbeitsweg hab ich schon jede Menge Bücher angehört. Jedenfalls, was Ihr Buch angeht, da hatte ich am Ende das Gefühl, ich kenne Sie. Verrückt, oder? Ich kenne Sie doch gar nicht. Aber es ist einfach so überzeugend geschrieben."

Nora beobachtete John. Sie war amüsiert. Er hatte das Kinn leicht vorgeschoben und wirkte damit zugleich förmlich und distanziert. Er sagte kaum etwas. Dieser Mann, der Drachen besiegen konnte, war anscheinend nicht besonders erpicht auf diese Lobeshymne.

Der Mitarbeiter erging sich noch ein Weilchen in begeisterten Ausführungen über John und sein Buch, bevor er ihnen die Schlüssel über den Tresen schob. „Ich wünsche Ihnen einen wundervollen Aufenthalt, Mr Lawson und Ms Bradford."

„Vielen Dank."

Das Gepäck war bereits auf ihre Zimmer gebracht worden. John führte sie nun direkt durch das Restaurant, das sich an das Foyer anschloss, und hielt ihr eine Tür auf, die auf die Terrasse führte.

Nora trat hinaus und hielt den Atem an. Der Ausblick war umwerfend und erinnerte sie an besonders sehenswerte Aussichten an manchen Haltepunkten entlang des Highways.

Etliche Tische waren besetzt. Der balkonartige Freisitz führte in beide Richtungen am Hauptgebäude entlang und um dieses herum.

Nora trat ans Geländer und sah sich um. Der Abhang darunter war nicht besonders tief oder steil. Die Wipfel der Bäume unter ihr reichten fast bis zu ihren Zehen. Der Hang fiel allmählich ab und lief in einem weiten Tal aus, das kurz vor dem Horizont den träge dahinfließenden, geschlängelten Lauf des Deschutes River erreichte. Jenseits des Flusses ragten die zerklüfteten Gipfel der nächsten Bergkette steil in den Himmel wie abgerissene Fetzen Zeichenpapier auf einer impressionistischen Collage.

Nora wandte der Sonne, die noch für einige Stunden nicht untergehen würde, den Rücken zu und folgte dem Geländer in die andere Richtung. Sie ließ die Fingerspitzen über das abgerundete Holz gleiten, das die Brüstung abschloss. Als sie die entgegengesetzte Ecke erreicht hatte, blieb sie stehen. Gedämpft klangen die Stimmen der anderen Gäste von der Veranda zu ihr herüber, während sie den Anblick der Berghänge mit ihrem üppigen Baumbewuchs und des in Dunst gehüllten Flusses unten im Tal in sich aufnahm.

„Wunderschön", flüsterte sie. Es war eine Schönheit von der Art, die fast spürbar das Herz berührte und ein Gefühl von Kühnheit und ungeahnten Möglichkeiten in ihr wachrief.

John blieb ein paar Schritte von ihr entfernt stehen. Er legte die Unterarme aufs Geländer und lehnte sich daran, ein Bein nach hinten durchgedrückt.

Keiner von beiden sagte ein Wort.

Ein tiefer Friede erfüllte Nora, so sanft und zärtlich wie der leichte Luftzug, den sie an ihren Wangen spürte. Frieden. Und auch ein Gefühl der Verbundenheit. Sie und John hatten fast den ganzen Tag zusammen verbracht, aber sie brauchte noch keinen Abstand. Eher das Gegenteil. Sie wollte ihn am liebsten gar nicht gehen lassen …

Hör auf!, warnte sie sich selbst. *Du darfst seine Nähe nicht so genießen.* Denn das war etwas, woran sie sich nicht klammern durfte. Sie würde ihn und seine Freundschaft loslassen müssen, vielleicht schon sehr bald. Das kam darauf an, wie lange es dauern würde, bis sie Sherry fanden.

Eine Kellnerin erschien und schenkte ihnen ein fragendes Lächeln.

„Sollen wir uns einen Tisch suchen oder bleiben wir einfach hier?", fragte John, an Nora gewandt.

Sie hatten so lange im Auto gesessen und dieses Plätzchen war einfach perfekt. „Für mich ist es hier okay", erwiderte Nora.

„Für mich auch."

Sie bestellten zweimal Eistee und nach einer kurzen Debatte noch eine Käse-Schinken-Platte.

„Übrigens, ich finde, wir sind heute Nachmittag sehr gut vorangekommen", bemerkte Nora, nachdem die Bedienung gegangen war.

Er nickte. „Sie sagten ja mal, Sie hätten schon ein paarmal Menschen geholfen, die auch auf der Suche nach leiblichen Eltern waren."

„Ja."

„Konnten Sie die leiblichen Eltern ausfindig machen?"

„Ja. Ich bin immer entschlossen, meinen Klienten bestmöglich zu helfen. Und zwar jedem Klienten, egal, was genau sein Anliegen ist. Vielleicht liegt es daran, dass ich selbst auch halb adoptiert bin. Für Menschen, die in Adoptionsangelegenheiten zu mir kommen, setze ich mich jedenfalls besonders engagiert ein."

Er ließ seinen eindringlichen und energischen Blick, der ihr mittlerweile vertraut war, auf ihr ruhen und brachte sie innerlich zum Zittern.

„Was meinen Sie damit, Sie sind halb adoptiert?", hakte er nach.

„Nur mein Vater ist mein leiblicher Vater."

Er wartete.

Als sie nicht weitersprach, sagte er: „Erklären Sie mir das."

Sie hob eine Augenbraue. „Wie wär's mit einem Deal?" Er war ein diskreter Mensch, der das meiste mit sich selbst ausmachte. Sie brauchte eine Möglichkeit, mit der sie ein wenig mehr Information aus ihm herausbringen konnte. „Wenn ich Ihnen mehr über mich erzähle, verraten Sie mir im Gegenzug etwas mehr über sich?"

„Welche Art von mehr?"

„Die Art, die Sie mitteilen wollen. Wenn ich eine Frage stelle, die zu persönlich ist, sagen Sie's mir. Dann gehen wir einfach weiter zur nächsten."

Seine Lippen kräuselten sich. „Sie haben eine Liste mit Fragen an mich fix und fertig?"

„Ja."

„Was meinen Sie denn, wie sehr mich Ihre Halbadoption interessiert?“

„Genug, um sich auf meine Bedingungen einzulassen.“

Er lächelte, und sie wusste nicht, ob sie lachen sollte, weil sie sich so über dieses Lächeln freute, oder weinen, weil er eine andere liebte.

„Bedingungen akzeptiert“, sagte er. „Also, erklären Sie es mir.“

„Es ist ein bisschen verwirrend“, sagte sie. „Sie brauchen etwas Geduld. Sie wissen ja, dass ich zwei Schwestern habe.“

„Bisher ist meine Geduld noch nicht sehr strapaziert“, warf er ein.

„Ich bin die Mittlere. Willow ist zwei Jahre älter, Britt vier Jahre jünger. Wir haben denselben Vater, aber jede eine andere Mutter.“

Angesichts dieser Information reagierten die meisten Leute mit einem Gesichtsausdruck und Augenaufschlag, der besagte: *Ohlala, Ihr Vater muss aber ein Frauenheld von Format sein.*

John reagierte nicht so. Er sah sie nur an, und in seinen haselnussbraunen Augen lag ein tiefer Ernst.

„Als mein Dad so Mitte zwanzig war, traf er eine schöne Französin namens Sylvie“, fuhr sie fort. „Sylvie machte damals eine Rucksack-Tour durch die USA. Sie waren gleichaltrig; aber sie war weltoffener und abenteuerlustiger und freiheitsdurstiger als er. Sie war Malerin. Extrem kreativ und begabt … so ein Typ Frau, die zwei Stunden über Philosophie reden kann, dann eine Zigarette raucht, danach Crêpes zubereitet und hinterher noch rasch in den See springt. Und so ist sie bis heute.“

„Eine, die philosophiert, raucht, Crêpes bäckt und dann in den See springt? Klingt interessant.“

„Hatte ich schon erwähnt, dass sie eine Schönheit war? Sie war *wirklich* schön. Keine durchschnittliche Schönheit. Sondern schön in der Art, dass man seinen Augen nicht trauen mag. Sylvies Tochter, meine Schwester, ist Model. Aber es heißt, Sylvie sei in ihrem Alter noch hinreißender gewesen.“

„Und Ihr Dad ist ihr verfallen?“

„In der ersten Sekunde.“

„Sie hatten eine Affäre.“

„Ja. Obwohl mein Vater christlich erzogen wurde und verständnisvolle christliche Eltern gehabt hat und es eigentlich hätte besser wissen sollen. Er hat sich rettungslos in Sylvie verliebt."

„Und sie wurde schwanger."

„Erraten. Mein Dad wünschte sich nichts sehnlicher, als sie zu heiraten. Aber sie wollte nicht."

Die Bedienung erschien und stellte die bestellte Platte vorsichtig auf der Brüstung ab. Drei Sorten Käse. Nüsse und Oliven und Datteln in winzigen Schälchen. Crostini. Hauchdünne Cracker. Daneben drei Sorten Schinken. Hauchdünne Apfel- und Birnenscheiben. Und alles auf einem großen Holzbrett appetitlich arrangiert.

Noch bevor Nora das Arrangement ausreichend bewundert hatte, kam die Kellnerin zurück und brachte den Eistee. „Kann ich sonst noch etwas für Sie tun?", fragte sie.

„Ich glaube, wir haben alles", sagte John. Die Bedienung entfernte sich wieder.

John, immer der Gentleman, gab Nora zu verstehen, sie solle zugreifen. „Sie erzählten mir gerade von einer philosophierenden, Crêpes backenden, im See badenden französischen Schönheit."

Nora nahm einen Bissen Crostini, würzigen Käse und Pfefferschinken. Der war ziemlich scharf und brachte sie dazu, dass sie kurz husten musste, aber sie fing sich gleich wieder.

John bediente sich an den Oliven.

„Die philosophierende, Crêpes backende, im See badende französische Schönheit blieb für die Zeit der Schwangerschaft in Washington bei meinem Vater", fuhr Nora fort. „Einen Monat nach Willows Geburt drückte sie ihm seine Tochter in den Arm und setzte ihre USA-Tour fort."

„Dann war sie nie als Mutter für Willow da?"

„Nicht im herkömmlichen Sinn. Sie lebt heute in Frankreich und hat dort mit ihrer Malerei eine beachtliche Karriere gemacht. Sie ruft Willow an, schickt ihr Karten und kommt auch manchmal auf einen Kurzbesuch vorbei. Wenn sie da ist, behandelt sie Willow wie eine Freundin. Willow nennt sie Sylvie, sie nennt Willow Chérie."

„Und die Geschichte *Ihrer* Mutter?"

„Die ist trauriger, fürchte ich."

John hörte auf zu essen, sein Blick wurde ernster.

Nora spielte mit dem Zipfel einer Papierserviette, die unter dem Holzbrett hervorlugte. „Mein Dad arbeitet bei Bradford Shipping, der Import-Export-Firma, die seit Generationen in unserem Familienbesitz ist. Früher war die Firma einmal ein Vermögen wert. Aber zu dem Zeitpunkt, als Sylvie ihn verließ, stand sie am Rand des Ruins. Mein Dad wurde in der Firma gebraucht, und Willow brauchte natürlich auch seine ständige Aufmerksamkeit. Hinzu kam noch, dass er die Trennung von Sylvie fast nicht verwinden konnte. Er stellte eine russische Nanny namens Valentina ein. Sie ist bis heute bei uns. Und er beschloss, sich eine Frau zu suchen."

„Um sich über die Enttäuschung hinwegzutrösten?"

„Das hat er mir gegenüber nie so gesagt. Und auch sonst hat es niemand je so dargestellt. Jedenfalls nicht mir gegenüber. Aber, ja. Wenn ich mutmaßen sollte, würde ich sagen, er wollte sich darüber hinwegtrösten. Allein der zeitliche Ablauf legt das nahe. Zwischen Sylvies Weggang und den ersten Treffen mit meiner Mutter liegen nur fünf Monate. Mir hat er erzählt, er sei einsam und niedergeschlagen gewesen. Und vielleicht hat ihn auch so etwas wie Reue gequält, nach alldem, was mit Sylvie passiert war."

„Und Ihre Mutter? Was für ein Mensch war sie?"

„Meine Mutter hieß Robin. Sie war das genaue Gegenteil von Sylvie. Ihre Eltern waren kirchlich stark engagiert, und sie ist in der Gemeinde groß geworden. Alle, mit denen ich je über sie gesprochen habe, sagen, sie war ein Familienmensch, freundlich, zuverlässig. Ich glaube, was meinen Dad vor allem an ihr anzog, war die Tatsache, dass er sich auf sie verlassen konnte. Einen Menschen gefunden zu haben, der sein Vertrauen nicht enttäuschen würde, muss für ihn wie eine Zuflucht im Sturm gewesen sein. Und sie war der Typ Frau, der offensichtlich eine exzellente Mutter für ein mutterloses Baby sein würde. Sie haben geheiratet, als Willow ein Jahr alt war. Ein Jahr später kam ich."

„Und war sie diese exzellente Mutter?"

„Die beste, die man sich nur vorstellen kann. Jedenfalls ist das die einhellige Meinung über sie." Nora spürte einen Kloß im Hals. Über ihre Mutter zu sprechen, war ihr nicht fremd. Es war ein wohlvertrauter Weg, den sie in ihrem Leben schon oft gehen musste, sowohl im Gespräch als auch emotional.

Sie erinnerte sich noch, wie sie in der Grundschule mit ihren Freundinnen geflüstert hatte, wenn Lehrer oder Eltern gerade nicht hinsahen. Später, in der Highschool, als alles Tragische für sie und ihre Freundinnen etwas unheimlich Faszinierendes war, hatten sie stundenlang zusammengesessen und das Schicksal ihrer Mutter in allen Tiefen ausgelotet.

Nora war in einem Kinderzimmer aufgewachsen, dessen Wände vollhingen mit Bildern ihrer Mutter – in teuren Bilderrahmen. Und bis sie aufs College ging, hatte die Familie jedes Jahr den Geburtstag ihrer Mutter mit Geburtstagskuchen und dem Austausch von Erinnerungen an sie gefeiert. Ihr wurde in der Bradford-Familie so viel Respekt und Zuneigung zuteil, dass es sie fast zu einer Heiligen machte. So ähnlich wie der geliebten Familienbibel.

Es hatte Zeiten gegeben, in denen Nora, wenn sie an ihre Mutter dachte, Schuldgefühle geplagt hatten, weil sie einfach trotzdem ein normales, sicheres und meist glückliches Leben geführt hatte. Aber niemals hatte Nora das Gefühl gehabt, sie könne nicht über ihre Mutter reden, was allerdings nicht verhindern konnte, dass die Trauer immer wieder in Wellen über sie hereinbrach. Sie vermisste eine Frau, an die sie sich nicht einmal erinnern konnte. Und dieser Verlust gehörte einfach zu ihrem Leben wie ihre Erinnerungen, ihre Familie, ihr Glaube und alles andere, was sie zu dem Menschen gemacht hatte, der sie war.

„Meine Mom hat sich sehr oft mit einer Freundin zum Walken getroffen. Mindestens jeden zweiten Tag", sagte Nora. „Und meistens gingen sie in den Blue Heron Park. Da gibt es jede Menge Wege am Seeufer entlang und durch den Wald. Kennen Sie den Park?"

„Ja, kenn ich."

„Manchmal haben sie auch die Kinder in die Kinderwagen gepackt und mitgenommen. Aber wenn die Männer zu Hause waren, gingen sie ohne Kinder. Und wenn eine von beiden nicht konnte, ging die andere auch mal allein. Und so war es auch an dem Abend, als meine Mom … getötet wurde. Ihre Freundin konnte nicht, also ging sie allein."

Er legte die Stirn in Falten. Seine Gesichtszüge waren in einer gravitätischen Art wunderschön.

„Sie starb an einem Abend, der nichts Außergewöhnliches an sich gehabt hatte. Mein Dad kam von der Arbeit und übernahm die Babysitterpflichten. Meine Mom sagte ihm, wo das Abendessen stand, gab ihm einen Kuss und verließ das Haus. Es war Sommer, es würde also noch ein paar Stunden hell sein."

„Und sie kam nicht zurück?"

„Nein. Sie wurde im Park überfallen. Von einem gewissen Brian Raymond. Er knebelte sie, fesselte sie." Nora hatte sich immer geweigert, sich für die Umstände, unter denen ihre Mutter zu Tode gekommen war, zu schämen. Sie sprach mit jedem darüber, der fragte, und sie beschönigte nichts. Sie wollte, dass die Leute vom Schicksal ihrer Mutter erfuhren. Ganz sicher wollte sie das. Aber natürlich waren die Fakten hässlich, brutal und abstoßend. Es war immer wieder schwer, es auszusprechen. Und für andere, die nichts davon ahnen konnten, auch schwer, es sich anzuhören. „Er hat sie vergewaltigt", sagte sie leise. „Und dann hat er sie erwürgt."

Ein Schweigen entstand.

„Nora", sagte er schließlich.

Beim Klang ihres Namens, den er so voll aufrichtigen Mitgefühls aussprach, stiegen ihr Tränen in die Augen.

Sie nahm sich zusammen. „Ich war damals sieben Monate alt. Von den genauen Umständen hat mein Vater mir erst viele Jahre später erzählt. Und man muss meinem Vater zugestehen, dass er sich nach ihrem Tod eisern im Griff hatte. Er war entschlossen, sich nicht unterkriegen zu lassen. Und er hat all seine Energie in seine Töchter investiert. Er ist ein wunderbarer Dad."

Die Gebirgsluft roch nach Fichte, sonnendurchwärmter Erde und dem Nektar der Lupinen, die büschelweise als leuchtende Farbtupfer in Blumenkübeln arrangiert waren.

„Was wurde aus Brian Raymond?", fragte er.

„Man muss wissen, aus was für Verhältnissen er kam. Seine Mutter war Alkoholikerin, der Vater beging Selbstmord, als der Junge zehn war. Das ist erschütternd; auf den Fotos, die man uns gezeigt hat, sieht er ein wenig düster aus, aber auch attraktiv und sportlich. Wir wissen sicher, dass er intelligent war. Er hatte einen guten Job. Er hatte Freunde. Aber hinter dieser Fassade steckte ein kaputter und auch bösartiger Mensch." Sie sah John an. „Ich vermute, Sie sind bei der Navy auch Menschen begegnet, die schlicht und einfach böse waren."

„Allerdings."

Sie waren beide adoptiert. Und im Leben von beiden hatte die Begegnung mit der Grausamkeit und Bosheit anderer tiefe Spuren hinterlassen. John und sie gaben vielleicht ein seltsames Paar ab: die Genealogin und der Spezialagent i. R. Aber je mehr sie über ihn erfuhr, umso besser verstand sie, dass ihr jeweiliger Lebenshintergrund etliches dazu beitrug, dass sie einander gut verstanden. „Brian Raymond war dreißig, als er meine Mom umbrachte. Aber davor hatte er bereits fünf andere Frauen vergewaltigt."

„Die jedoch alle überlebt haben?"

„Ja. Er war allen gegenüber brutal, zunehmend brutal. Aber meine Mom war die Einzige, die er getötet hat. Der Polizei lagen schließlich genügend Beweise vor, um ihn zu überführen."

„Dann sitzt er noch?"

„Nein. Nach dem Urteil hat er Selbstmord begangen."

Nora fragte sich, was Johns wacher Blick, der auf ihr haftete, wohl sah.

„Nach der Tragödie mit meiner Mom beschloss mein Vater, dass er nicht für Liebe und Heirat geschaffen war. Aber Gott sah das anders." *Höchste Zeit, dieses Gespräch in eine hoffnungsvollere Richtung zu steuern. Im Ernst!* Sie wollte nicht (und ihre Mutter hätte es ganz sicher auch nicht gewollt), dass sie sich von deprimierenden Gedanken niederdrücken ließen, wo sie doch die wunderbare Bergwelt als überwältigender Beweis der Majestät Gottes umgab. „Zwei Jahre nach dem Tod meiner Mom lernte Dad Kathleen kennen. Sie arbeitete ebenfalls bei Bradford Shipping. Mein Dad sagt immer, er habe sich alle Mühe gegeben, ihr zu widerstehen, aber im Lauf der Zeit hat er sich dann doch in sie verliebt. Inzwischen sind sie seit vielen Jahren glücklich verheiratet."

„Dann ist Kathleen vermutlich Britts Mom?"

„Ja, sie ist ihre leibliche Mutter. Kurz nach der Hochzeit mit meinem Dad hat Kathleen Willow und mich adoptiert. Und seit ich drei und Willow fünf war, ist sie unsere Mutter. Sie hat mit uns gespielt, uns vorgelesen, uns gebadet, unsere Hausaufgaben beaufsichtigt, dafür gesorgt, dass wir unsere Zimmer aufgeräumt haben, sich unsere Kindersorgen angehört und uns für den Schulabschlussball ausstaffiert. Meine leibliche Mutter wird immer einen festen Platz in meinem Herzen haben. Aber Kathleen ist die einzige Mutter, an die ich mich erinnern kann." Sie zuckte die Schulter. „Kathleen ist unsere Mom."

„Im Blick auf meine Mom empfinde ich genauso."

„Das kann ich absolut verstehen."

Die Bedienung kam zurück.

„Gibt es noch irgendetwas, was Sie möchten, Nora?", wollte John wissen.

Dich. Um mich zu lieben in guten wie in schlechten Tagen und bis dass der Tod uns scheidet.

„Nein, nichts, danke."

„Dann bitte die Rechnung", sagte John zur Bedienung.

„Diese Bestellung und alles, was Sie sonst noch möchten, geht aufs Haus", erwiderte sie. „Stefan, vorn an der Rezeption … Er hat dem Chef erzählt, wer Sie sind. Das ist also … ein Gruß von der Hotelleitung."

John versteifte sich. „Das ist sehr freundlich, aber ich möchte wirklich gern zahlen."

Die Bedienung ersetzte Noras verknüllte Serviette durch eine neue. „Nein, wirklich nicht", sagte sie herzlich, schon halb im Gehen. „Es ist schon beglichen. Genießen Sie's einfach!"

Nora knabberte an einer Birnenspalte. „Wie mir scheint, ist Ihnen das ein wenig unangenehm, John."

„Hm?"

„Schon das Gespräch beim Einchecken war Ihnen unangenehm."

Seine Brauen stießen über der Nase aneinander. „Danke vielmals, Nora, dass Sie mich darauf hinweisen."

Sie lachte.

Er lud Käse auf einen Cracker, als beende das automatisch diese Diskussion.

„Also?", fragte sie. „Warum ist es Ihnen unangenehm, wenn man Sie erkennt?"

„Nach den Regeln unseres Deals dürfen Sie mir eine Frage stellen. Ist das Ihre Frage?"

„Nein, nein", beeilte sie sich zu erwidern. Meine Güte, sie wollte doch ihre einzige Frage nicht verplempern wie ein Kind, das dem Weihnachtsmann einfach den erstbesten Wunsch hinplappert, ohne vorher nachzudenken.

Er verspeiste den Käsecracker und schob ein paar Nüsse hinterher, während sein Blick in die Ferne ging. Seine schwarze Armbanduhr glänzte in der Sonne. In dem einen Monat, den ihre Freundschaft inzwischen dauerte, hatte Nora alles, was es an John wahrzunehmen gab, intensiv studiert – Armbanduhr, Augen, Wimpern, abgelaufene Absätze, das Netz seiner Adern an Handgelenken und Händen ... Ihrer Aufmerksamkeit war ebenfalls nicht entgangen, dass er gelegentlich eine Melodie summte, die bei genauem Hinhören klang wie *Sweet Child O'Mine.* Und dass er Wasser lieber ohne Eis trank. Oder dass er nie zu frieren schien und selbst bei Temperaturen, in denen sie vor Kälte zitterte, im T-Shirt herumlief.

Sie wog ab, welche Optionen ihr blieben, während sie zu einer Apfelspalte griff und einen Löffel Frischkäse draufhäufte. Schließlich beschloss sie, ihm die Frage zu stellen, über die sie selbst am häufigsten nachgrübelte. „John, warum wollen Sie Ihre leibliche Mutter finden?"

———

Noras schlichte Frage stürzte John in einen Hurrikan düsterer Gedanken und Gefühle.

Sollte er ihr sagen, warum er Sherry finden wollte? Der Grund war seine Diagnose, aber die tat noch immer so weh, als hätte er sie erst gestern erhalten. Seitdem er von seinem Zustand erfahren hatte, hatte er nur seiner Familie und Allie davon erzählt. Niemandem sonst.

Nora etwas so Persönliches anzuvertrauen, kam ihm vor wie ein Verrat an Allie. Aber Nora war seine Partnerin bei dieser Suche, sie hatte also in gewisser Weise ein Recht darauf zu wissen, was dahinterstand.

Er wollte es ihr sagen, denn er wollte, dass sie ihn kannte.

Und er wollte es ihr nicht sagen, denn er musste die angemessene Distanz zwischen ihnen wahren.

Warum wollen Sie Ihre leibliche Mutter finden?, hatte sie gefragt.

Weil ich blind werde, Nora!

Die Worte warteten nur darauf, ausgesprochen zu werden. *Es ist eine Erbkrankheit. Verstehen Sie? Wenn ich mein Augenlicht verliere und damit auch meine Unabhängigkeit, die mir mehr bedeutet als irgendetwas sonst, dann will ich Antworten.*

Wenn er ihr das sagte, könnte sie ihn bemitleiden. Bei dem Gedanken daran, dass sie ihn bemitleidete, blieb ihm jedoch fast das Herz stehen. Also würde er sie lieber in dem Glauben lassen, es wäre alles okay.

Nora wartete geduldig auf eine Antwort. Goldenes Abendlicht leuchtete hinter ihr.

Er fühlte sich zu ihr hingezogen – auf eine intensive, aber loyale Weise.

Pass auf dich auf, John.

„Ihre Frage ist zu persönlich", brachte er schließlich heraus.

„John!“, schalt sie mit einer Art unterdrücktem Lächeln. „Ich habe Ihnen gerade mein Herz offenbart, als ich von meiner Mutter erzählte.“

„Und ich bin froh, dass Sie es getan haben.“

„Und?“

„Und Sie haben von Anfang an gesagt, wenn Ihre Frage zu persönlich ist, darf ich es sagen, und Sie gehen zur nächsten über.“

„Schön“, sagte sie leichthin, offensichtlich entschlossen, die Grenze, die er soeben errichtet hatte, nicht zu übertreten. „In diesem Fall möchte ich wissen, was damals im Jemen geschehen ist.“

„Das wissen Sie doch bereits. Sie haben das Buch gelesen und auch den Film gesehen.“

„Aber ich möchte es von Ihnen hören. In Ihren Worten.“ Nora rieb sich die Arme.

„Sie frieren.“ In seiner Stimme lag deutliche Besorgnis.

„Aber ich möchte jetzt nicht gehen.“ Sie hockte sich hin, holte einen leichten grünen Pullover aus ihrer Tasche und schlüpfte hinein. „Alles gut. Also … schießen Sie los. Sie waren als Mitglied des Navy-Spezialeinsatzteams Sechs dort …“, sagte sie auffordernd.

„Die Leute nennen uns immer noch Team Sechs. Klingt eben cooler als der offizielle Titel: Navy-Entwicklungsgruppe für besondere Taktiken der Kriegsführung.“

„Und Ihre Aufgabe war es, Strategien gegen den Terrorismus zu entwickeln.“

Er lächelte. „Wer sagt das?“

„Sie.“

„Das Ziel unseres Jemen-Einsatzes war es, Geiseln zu befreien, die von einer militanten Kämpfergruppe gefangen gehalten wurden. Zwei Journalisten, drei Entwicklungshelfer. Wir hatten die Situation eine Zeit lang beobachtet, aber dann spitzte sich alles zu, weil die Terroristen drohten, die Journalisten innerhalb von 48 Stunden zu erschießen. Der Präsident gab den Einsatzbefehl, und schon waren wir auf dem Weg in den Jemen.“

„Sie hatten nicht viel Zeit, einen Plan zu entwickeln.“

„Wir hatten genug Zeit", erwiderte er. „Informationen über den Ort, an dem die Geiseln vermutet wurden, waren bereits ein paar Tage vor der Morddrohung eingetroffen. Und unsere Leute hatten seitdem daran gearbeitet, eine Strategie zu entwickeln."

„Verstehe."

„Zwei Jagdflieger brachten uns zu unserem Landepunkt, etwa fünf Meilen von dem fraglichen Aufenthaltsort der Geiseln entfernt."

„Und das mitten in der Nacht, stimmt's? Ihr Navy-Jungs scheint nächtliche Einsätze besonders zu mögen."

„Wir Navy-Jungs mögen verdeckte Operationen. Eine Geiselbefreiung ist ein extrem schwieriges Manöver. Wir mussten diese Geiseln vor Menschen beschützen, die praktisch direkt neben ihnen standen. Wir mussten also alles Menschenmögliche tun, um die Kidnapper auszuschalten, *bevor* sie mitkriegten, dass wir da waren."

„Ich bemühe mich angestrengt, den Eindruck zu erwecken, als wären Gespräche über das Ausschalten von Kidnappern mein täglicher Konversationsstoff. Wie mache ich mich?"

„Erstaunlich gut."

„Fahren Sie fort", kommandierte sie mit einer auffordernden Handbewegung.

„Zwei unserer Scharfschützen nahmen gleichzeitig zwei Geiselnehmer ins Visier. Einer saß draußen, der andere ging, wie man durch ein Fenster sehen konnte, innen im Raum umher. Als die beiden Schüsse fielen, warteten schon etliche von uns hinter dem Haus. Wir drangen ein, befassten uns mit der Wache im Korridor und zwei weiteren, die geschlafen hatten. Es kann kaum zwanzig Sekunden gedauert haben, und wir hatten alle fünf überwältigt."

„Bis dahin lief alles nach Plan."

Er nickte. „Aber keiner von uns hatte mitgekriegt, dass der Mann aus dem Korridor bereits über Funk Verstärkung angefordert hatte, bevor wir das Gebäude stürmten. Das haben wir erst sehr viel später herausgefunden. Die Jagdflieger landeten auf dem Gelände. Wir hatten schon begonnen, Geiseln und Einsatzkräfte an Bord zu bringen, als wir drei Lastwagen auf uns zurasen sahen. Sobald sie in

Schussweite waren, deckten sie uns mit Maschinengewehrfeuer ein. Der erste Flieger hob ab. Ich war im zweiten. Auch der hob ab, aber sie feuerten Boden-Luft-Raketen auf uns ab und trafen uns am Heck."

Nora sah aus, als hätte sie Sorge, er käme aus dieser Geschichte nicht lebend heraus.

„Sie kennen die ganze Geschichte doch bereits", erinnerte er sie.

„Aber wenn Sie sie erzählen, wird mir erst bewusst, dass Sie das alles *wirklich erlebt* haben. Es ist nicht wie einer der Romane, wie ich sie kenne. Sie waren wirklich und wahrhaftig in einem abgeschossenen Flieger."

Und er hatte es noch sehr lange danach in seinen Albträumen immer wieder durchlebt.

„Wie viele waren Sie in dem Flieger?", wollte sie wissen.

„Siebzehn. Drei von den Geiseln, zwei Sanitäter und der Rest Jungs von unserer Einheit. Die Piloten haben eine navigatorische Meisterleistung hingelegt, um uns überhaupt runterzubringen. Aber trotzdem war es heftig. Zwei von unseren Jungs starben beim Aufprall. Zwei weitere waren im Wrack eingeklemmt und starben in den Flammen." Er spürte, wie seine Nackenmuskeln zuckten. „Alle bis auf drei waren verletzt."

„Aber Sie und die zwei anderen, die noch stehen konnten, waren doch auch verletzt, oder?"

„Ja, schon, aber nicht so schlimm, dass es uns aufgehalten hätte. Wir zogen alle aus dem Flieger, die wir herausbekamen, dann schnappten wir uns die Gewehre. Die beiden anderen postierten sich zwischen den Gegnern und der Aufprallstelle. Sie hatten die Aufgabe, sie auf Abstand zu halten. Ich blieb zunächst bei den Überlebenden. Brachte sie nach und nach in eine Senke, sodass sie aus der Schusslinie waren. Dann kletterte ich wieder hoch auf den Pass des Höhenzugs, versteckte mich in einer Baumgruppe und wartete."

„Haben Sie gedacht, die anrückenden Gegner würden Sie erwischen?"

„Ich wusste, sie würden uns erwischen, wenn sie schnell genug waren. Ich musste sie also so lange wie möglich aufhalten. Ich verschoss alles, was ich an Munition hatte. Sie waren uns zahlenmäßig und auch sonst überlegen – gut ausgerüstet und gut organisiert."

„Sie wurden zweimal getroffen."

„Beides nur Fleischwunden."

„Aber der Blutverlust!" Sie sah zutiefst erschüttert aus – seinetwegen.

„Es waren keine Wunden, die mich …"

„… aufgehalten hätten?"

Er grinste abschätzig.

„Fahren Sie fort." Sie griff nach ihrem Glas Eistee.

„Die Angreifer töteten einen von den vorne postierten Kameraden und verwundeten den anderen."

„Den Sie dann unter Einsatz Ihres eigenen Lebens gerettet haben."

Er zuckte leicht die Schulter. „Ich habe einfach alles getan, was mir möglich war, um die Angreifer weiter auf Abstand zu halten. Sagen wir es so."

„Während Sie gleichzeitig eigene Verstärkung angefordert haben", ergänzte sie.

„Wenn Sie es sagen."

„Und – hat Ihr Team es noch rechtzeitig geschafft?"

„Gerade so. Im allerletzten Moment."

„Erzählen Sie mir noch etwas, was nicht im Buch oder im Film vorkommt."

Er hatte sich so bemüht, ihr alles so zu erzählen, wie es wirklich gewesen war. Aber nun zeigte ihm diese Mischung aus Sanftheit und Respekt in ihrem Gesichtsausdruck, dass sie in ihrer Vorstellung ihre eigene Geschichte inszenierte. Vor ein paar Minuten erst hatte er sich eingestanden, dass es ihm gar nicht unrecht war, wenn sie besser von ihm dachte, als er es verdiente. Aber nicht im Hinblick auf das, was im Jemen passiert war. „Ich werde Ihnen die ganze Wahrheit sagen, Nora. Wollen Sie sie hören?"

„Ja, das will ich."

„Ich bin kein Held. In meinen Augen ist ein Held ein Mensch, der die Lage abschätzt und sich selbst prüft und dann die Entscheidung trifft, notfalls sein Leben zu opfern. Aber in jener Nacht im Jemen gab es gar keine Zeit, die Lage einzuschätzen oder mich selbst zu prüfen. Ich habe nicht beschlossen, mein Leben aufs Spiel zu setzen." Er musste diesen Punkt unbedingt ganz klarstellen. „Ich habe nur *meinen Job gemacht.* Mein Instinkt und mein Training führten das Kommando, und ich habe zum Gewehr gegriffen und um mich geschossen. Ich habe nur reagiert, wie jeder andere aus meinem Team oder meiner Einheit bei diesem Einsatz auch reagiert hätte. Der einzige Unterschied ist der, dass ich das tun konnte, was die anderen nicht konnten, weil ich unverletzt war und weil ich ein bisschen weiter hinten stand und die Bäume mir Deckung gaben."

„Oh, ja. Verstanden."

„Verstanden?", hakte er erleichtert nach.

„Sie haben nur Ihren Job gemacht. Es war einfach ein Bürotag wie jeder andere."

„Ein Bürotag wie jeder andere", bekräftigte er. „Ein sehr, sehr schlechter Tag. Aber auch nur ein Tag."

„Anerkennung ist Ihnen unangenehm, weil Sie das Gefühl haben, Sie haben nur Ihre Pflicht getan wie jeder andere eben auch."

„Eine Reihe von Kameraden haben in jener Nacht sehr viel mehr gegeben als ich. Ich kannte sie, ich kannte ihre Familien. Sie waren wie Brüder für mich. *Sie* verdienen Dank und Anerkennung."

„Ja. Aber die Menschen, denen Sie begegnen, haben nur Sie, um jemandem zu danken. Sie haben keine Gelegenheit mehr, den anderen zu danken."

Er verzog das Gesicht.

„Sie haben für diese Geiseln getan, was viele von uns theoretisch gern tun würden, aber in der Realität werden wir nie eine Möglichkeit dazu haben. Und deshalb danke ich Ihnen, John. Für das, was Sie getan haben."

Ihre Blicke trafen sich, und dieser Augenkontakt wurde plötzlich schwer und bedeutsam.

Der Wunsch, sie zu beschützen, aber auch, sie zu berühren, überflutete ihn. So sehr, dass es ihm schwerfiel, normal weiterzuatmen.

„Ich sollte jetzt reingehen", sagte er.

„John …"

„Wir sehen uns dann morgen früh." Er wandte sich zum Gehen und war schon unterwegs. Aus Angst davor, was er tun oder sagen würde, wenn er sie noch einmal ansah.

Nicht mal mehr ein Blick.

„Bestellen Sie sich Abendessen und Frühstück aufs Zimmer – und auf meine Rechnung", knurrte er noch. „Ich zahle."

• • •

Telefonat zwischen Allie und ihrer besten Freundin Lizzie:

Allie: „John ist mit einer Ahnenforscherin unterwegs, die ihm hilft, seine leibliche Mutter zu finden. Muss ich mir Sorgen machen?"

Lizzie: „Ist sie hübsch?"

Allie: „Nicht im üblichen Sinn. Aber sie ist … irgendwie speziell. Und John erzählt mir die ganze Zeit, wie schlau sie ist."

Lizzie: „Dann ist ein gewisser Grad an Besorgtheit sicher angebracht."

Allie: „Hab schon befürchtet, dass du das sagen würdest. Ich habe mich John gegenüber immer etwas reserviert verhalten; wenn ich ihn von Anfang an hätte merken lassen, wie viel er mir bedeutet, hätte ich ihn ja direkt vertrieben. Meinst du, ich war vielleicht doch zu distanziert?"

Lizzie: „Wenn ich mal von den Begegnungen ausgehe, in denen ich euch beide zusammen erlebt habe, dann glaube ich, du hast es genau richtig gemacht. Vertraust du ihm?"

Allie: „Ja, ich vertraue ihm. Das heißt aber nicht, dass ich nicht doch ein wenig besorgt bin. Wir sind jetzt seit sechs Monaten zusammen, Lizzie. Ich glaube und hoffe, dass er eine gemeinsame Zukunft für uns sieht. Aber bisher hat er das nicht eindeutig gesagt."

Lizzie: „Was nicht heißt, dass er es nicht noch tun wird."

Allie: „Aber eine Garantie dafür habe ich auch nicht. John lässt sich nie ganz in die Karten schauen. Er hat mir noch nie sein Herz offenbart."

• • •

SMS von Allie an John:
Hi, Schatz. Wie läuft's in Oregon?

Kapitel 10

John lief in seinem Hotelzimmer hin und her, bis er es satthatte.

Er zog seine Sportklamotten an und ging in den Fitnessraum, der um diese Uhrzeit gähnend leer war. Während alle anderen Gäste beim Dinner saßen, stemmte er Gewichte, machte Liegestützen und joggte auf dem Laufband.

Aber nichts von alldem eröffnete ihm einen Fluchtweg aus den Gefühlen, die er gerade für Nora empfunden hatte.

Als sie von ihrer Mutter erzählte, hatte er ihren Schmerz mitempfunden. Und als er ihr vom Jemen berichtete, konnte er den gleichen Schmerz in ihren Augen sehen. Ihre Geschichte hatte seine

Schutzwand gefährlich ins Wanken gebracht. Und seine eigene Erzählung hatte sie dann vollends vernichtet.

Er hatte mehr von ihrem Leben wissen wollen, und er hatte ihr von sich erzählen wollen. Er hatte es gewollt, es war also etwas, was er zugelassen hatte. Aber im Rückblick würde er sagen, sie hätten nicht so persönlich werden dürfen.

Ein Mann sollte sich selbst sehr gut kennen und Situationen wie die, die er hinter sich hatte, durchstehen können. Er war so gut wie nie überrascht von seinen eigenen Reaktionen. Und seit er nach Shore Pine gezogen war, konnte er noch besser damit umgehen.

Aber diese unkontrollierbare Sehnsucht, die er gerade für Nora empfunden hatte – noch immer spürte –, überraschte ihn. Es hatte ihn mit der Gewalt eines Erdbebens aus der Bahn geworfen, und jetzt durchzuckten ihn die Nachbeben der Selbstverachtung. Sünden, die man in Gedanken und im Herzen beging, waren ebenso Sünden wie die, die man in Wort und Tat beging.

Er hatte diese besondere Chemie zwischen ihnen wegerklärt. Hatte sich gesagt, dass er damit klarkommen könnte.

Er hatte sich selbst belogen.

Er war ein Idiot gewesen. Schlimmer als ein Idiot. Er liebäugelte mit der Untreue. Und – das war absolut unverzeihlich!

Er ging zurück in sein Zimmer und zerrte sich das verschwitzte T-Shirt über den Kopf. Er stand am Fenster, aber er sah nichts mehr von der fantastischen Aussicht, denn inzwischen war es dunkel. Nur der Schatten seines Spiegelbilds im Fenster starrte ihn an.

Er hatte unterschätzt, wie stark seine Gefühle für Nora waren. Und er hatte seine eigene Heiligkeit überschätzt, und zwar in großem Stil.

Er war ein Heuchler. Wie oft hatte er schon vor Gruppen darüber gesprochen, dass er seine Identität aus seiner Beziehung zu Christus bezog. Dann hatte er erfahren, dass er sein Augenlicht verlieren würde. Und seitdem hatte Gott ihm sehr deutlich gezeigt, wie sehr er seine Identität und seinen Selbstwert noch immer auf seine eigenen Fähigkeiten gründete.

Er hatte über die Bedeutung von Ehre gesprochen. Jetzt zeigte Gott ihm, wie wenig seine eigene Ehre wert war.

Es war beschämend. Beunruhigend.

Nora hatte ihm lediglich für seinen Einsatz gedankt. Und Allie saß zu Hause und vertraute ihm.

Er konnte niemand anderem die Schuld geben als sich selbst. Seine eigenen Selbstüberredungskünste hatten ihn an den Punkt gebracht, an dem er jetzt war. Jetzt musste er einen Weg finden, heil durch den morgigen Tag zu kommen. Er musste Nora nach Merryweather zurückbringen und dann den Kontakt zu ihr beenden.

Er *hasste* es, dies tun zu müssen.

Sie hatte nichts falsch gemacht, und sie würde nicht verstehen, warum er es tat. Allein der Gedanke, die Freundschaft mit ihr zu beenden, machte ihn krank. Aber er konnte diese Freundschaft nicht weiterführen, ohne mehr von ihr zu wollen, also konnte er sie gar nicht weiterführen. Was ihn maßlos wütend auf sich selbst machte, war die Tatsache, dass er nicht in der Lage war, seine Gedanken und Gefühle zu beherrschen. Er hatte alles ruiniert, was Nora und er besessen hatten. Alles, was gut war. Oder … Es *war* doch gut gewesen, oder? Bis zu jenem letzten Moment da draußen auf der Terrasse. Das war der Moment, in dem er die Grenze zwischen gut und gar nicht mehr gut überschritten hatte.

Es kommt vor, dass man sich zu jemandem hingezogen fühlt, mit dem man keine feste Beziehung hat. Die Predigt, die er sich selbst gehalten hatte, verfolgte ihn. *Worauf es ankommt, ist, wie man reagiert. Und wenn man moralische Prinzipien hat, dann beherrscht man sich. Man trifft die richtige Entscheidung.*

Er griff zum Handy und sah, dass er eine Nachricht von Allie erhalten hatte. Jetzt überfiel ihn das schlechte Gewissen erst recht. Schimpfend schleuderte er das Handy aufs Bett und fuhr sich mit der Hand über die Stirn.

Er war ein Heuchler. Ein Heuchler, der Gott um Vergebung bitten und anschließend tun musste, was nötig war, um die Dinge wieder ins Lot zu bringen.

Nora wälzte sich im Bett herum. Schließlich sah sie auf den Wecker auf dem Nachttisch. Kurz nach sechs Uhr morgens. John hatte ihr am Abend noch eine knappe Nachricht geschickt, dass sie sich morgen früh um neun in der Lobby treffen würden; sie hatte geantwortet: Okay. Was bedeutete, sie sollte um diese Zeit noch schlafen. Besonders, da sie bis weit nach Mitternacht wach gelegen und an John gedacht und dann in ihrem immer wieder unterbrochenen Schlaf von ihm geträumt hatte.

Sie war also hier – in diesem luxuriösen Bett, umgeben von kühler Luft, Dunkelheit und dem angenehmen Surren der Klimaanlage – und sollte schlafen.

Das Problem war nur: Ihre Gedanken weigerten sich einfach, nicht zu John und zu jenem Funken sprühenden Moment zurückzukehren, den es gestern Abend zwischen ihnen zweifellos gegeben hatte. Sie hatte den Eindruck gehabt, dieser Moment sei wichtig gewesen. Bedeutsam. Als sie dort gestanden hatten, die Blicke ineinander vertieft, ihr Puls auf Hochtouren – ja, in diesem Moment hatte sie geglaubt, Sehnsucht in seinem Blick zu lesen.

Wenn sie ganz ehrlich war – sie könnte sich natürlich auch getäuscht haben. Nicht, dass sie etwa in jüngster Zeit sehr viel Erfahrung mit sehnsüchtigen Blicken gehabt hätte, mal abgesehen von denen von Colin Firth' Darcy. Es kam ihr also ziemlich anmaßend vor, nur aufgrund eines intensiven wortlosen Blickes davon auszugehen, dass John in irgendeiner romantischen Weise an ihr interessiert sein könnte.

Andererseits: Wenn sie sich im Blick auf das, was sie gesehen hatte, täuschte – warum war er dann so abrupt gegangen? So unvermittelt?

Sie fand keine Antwort. John Lawson war für sie so schwer zu entschlüsseln wie der Code zu einem gut gesicherten Banktresor.

Nora knüllte ihr Kopfkissen zusammen und wälzte sich auf die andere Seite. Sobald sie die Augen schloss, sah sie Johns Gesicht vor sich – kantig vorgeschobenes Kinn, wenig ausgeprägte Wangenknochen, gerade Augenbrauen, winddurchzaustes braunes Haar – und das alles vor dem Hintergrund einer wunderschönen Berglandschaft.

Sich ihrer eigenen moralischen Prinzipien sicher zu sein, war sehr viel einfacher gewesen, bevor John sie gestern Abend mit diesem besonderen Blick betrachtet hatte. Er hatte sie auf eine Weise angesehen – unverstellt und offen –, die sich unbeschreiblich *gut* angefühlt hatte. So gut, dass wenn sie sich daran erinnerte, ein wohliges Gefühl in ihr aufstieg.

Es beschämte sie, aber sie musste sich eingestehen, dass sie – was auch immer da zwischen ihr und John gestern Abend in der Luft gelegen hatte – sich wünschte, es würde weitergehen, immer weitergehen. Und was noch schlimmer war: Wenn er etwas versucht hätte – zum Beispiel, seinen Arm um ihre Schultern zu legen, und Anstalten gemacht hätte, sie zu küssen –, also, sie wusste nicht, ob sie die Widerstandskraft besessen hätte, ihn davon abzuhalten. Ihre Ideale waren möglicherweise doch nicht so stark, als dass sie der übergroßen Zuneigung zu ihm standhalten würden.

Sich das alles einzugestehen, war schlimm. Sie hätte doch gewiss die Kraft und den Willen aufgebracht, die sie dafür gebraucht hätte? Gott würde ihr doch helfen, John zu widerstehen. Oder?

Sie hoffte es. Aber sie war sich nicht sicher. Denn die bloße Möglichkeit, die allerkleinste Möglichkeit, dass John etwas – auch nur ein allerkleinstes Etwas – für sie empfinden könnte, ließ in ihrem tiefsten Inneren eine Hoffnung aufsteigen – eine Hoffnung so süß wie Karamell und so scharfkantig wie eine Glasscherbe.

John war unerreichbar. So unerreichbar wie ein Herrensitz hinter einer drei Meter hohen Mauer! Und sie sollte sich schämen, dass sie auch nur die kleinste Hoffnung hegte, er könnte sie mögen.

Herr, das soll nicht so sein. Vorher, als sie nur Freunde waren und sie für ihn nur die Familienforscherin war, da schien es ganz harmlos, immer wieder an ihn denken zu müssen oder von ihm zu träumen. Aber jetzt? Jetzt fühlte es sich nicht mehr harmlos an. Vermutlich war es nie harmlos, sich Hoffnungen bezüglich eines Mannes zu machen, der vergeben war. Denn mit so etwas – Betrug, in welcher Form auch immer – spielte man nicht. Selbst dann nicht, wenn man glaubte, es würde oder könnte ja sowieso nichts daraus werden … bis zu dem Moment, in dem dann doch etwas geschah.

Sie hatte sich diesen Kurztrip mit John gewünscht – und zwar aus selbstsüchtigen Gründen. Und ihr Wunsch war ihr erfüllt worden. Sie hatte sich selbst mit einer gewissen Überheblichkeit versichert, sie würde keine Rory sein. Aber das war damals gewesen, als sie noch geglaubt hatte, sie hätte sowieso nie eine Chance, eine Rory zu werden.

Wie sich also herausstellte, war sie doch kein gar so netter Mensch. Obwohl sie ihr ganzes Leben lang geglaubt hatte, sie wäre eine freundliche, nette und angenehme Zeitgenossin. Seit ihrer aufgelösten Verlobung sogar noch mehr als früher. Aber während sie ihre Wunden geleckt hatte, hatte sie sich an ihre eigene Nettigkeit geklammert wie an eine kuschelige Wolldecke. Harrison und Rory – die waren die Bösen. Sie war die Gute.

Hatte sie geglaubt.

Also wirklich, Nora. Es war doch nichts anderes passiert als ein einziger unbeschreiblicher Blick, den sie auch missverstanden haben konnte. Ihre Verhaltensmaximen – und auch die von John – funktionierten noch. Sie hatten nichts Verbotenes getan. Es war also zu früh, um sich selbst als Unperson abzustempeln. Zwischen ihr und John würde sich alles wieder einrenken, da war sie sich ganz sicher.

Sollte John sie je zu einem Date einladen, dann nur, wenn er auch ungebunden war.

Und in welcher Fantasiewelt würde *das* je passieren? Es müsste schon eine sehr ausgeprägte Fantasiewelt sein – Einhörner, Kathedralen, die aus Rosen erbaut waren, und Häschen, die Schwedisch sprachen …

Sie schob die Bettdecke zur Seite und griff nach dem Infoblatt für den Zimmerservice. Wenn sie schon nicht schlafen konnte, konnte sie genauso gut produktiv sein.

Sie bestellte eine Waffel, Obst, Schinken und Tee. Sie warf sich den Hotelbademantel über den Pyjama, setzte sich im Bett auf und checkte ihr Smartphone. Sie überflog alle E-Mails, die sich auf den Antikmarkt in Merryweather bezogen, den sie mit organisiert hatte, um dort einen Fuß in die Tür zu bekommen.

Wenn sie jemals in die Welt des Datings zurückkehrte, würde sie noch mal die Dating-App herunterladen und alles tun, um Evan ausfindig zu machen – den Gebieter der Frettchen. Er besaß ungefähr den gleichen Grad an Attraktivität wie sie. Aber der reiche, berühmte, allseits verehrte Ehrenmedaillenträger John Lawson – der würde nirgends anders für sie erreichbar sein als in ihrer Fantasie.

Es klopfte an der Tür. Nora half dem Zimmerservice, das duftende Gedeck auf den Ecktisch zu befördern. Während sie das Frühstück verzehrte, beobachtete sie die Wolken, die über den Morgenhimmel trieben.

Alles war gut. Sie und John waren Freunde und arbeiteten zusammen an einer gemeinsamen Aufgabe. Dieser winzige Moment elektrisierten Schweigens zwischen ihnen von gestern Abend – der hatte wirklich nichts zu bedeuten.

Nora war ein gutherziger Mensch. John war aufrichtig. Sie waren beide Christen. Die Beziehung zwischen John und Allie war absolut ungefährdet.

Sherry finden. Das war es, worauf John und sie sich heute konzentrieren würden.

Kurz vor neun kam Nora nach draußen. Sofort bemerkte sie John, der vor dem Eingang auf sie wartete. Er hatte den Portier bereits angewiesen, den Wagen vorzufahren, und stand mit verschränkten Armen an den Kotflügel gelehnt da.

Während Nora ihren Rollkoffer durch die Lobby zog, merkte sie sofort, dass sich zwischen ihnen etwas verändert hatte. Johns Gesicht war abweisend und verschlossen.

In ihr stieg eine Traurigkeit auf, die sie zu verschlingen drohte.

Nein. Nein. Nein! Sie weigerte sich, über die Entwicklung der Dinge deprimiert zu sein.

Ein Mädchen vom Service stieß mit einer triumphalen Geste die Tür für sie auf.

„Guten Morgen", sagte sie zu John, der ihr augenblicklich das Gepäck abnahm.

„Morgen." Er sah sie nicht einmal an und hievte ihren Koffer in den Kofferraum.

„Haben Sie schon ausgecheckt?", fragte sie.

„Ja. Der Schlüssel steckt im Zündschloss."

Pflichtbewusst stieg sie auf den Fahrersitz, und sie fuhren los. Im Wagen herrschte eine angespannte Stille. Sie warf ihm einen Blick zu. Er sah angestrengt aus dem Fenster. Sie schluckte. „Haben Sie gestern Abend noch was Nettes unternommen?"

„Ich war im Fitnessraum. Sonst nichts."

„Das freut mich zu hören. Ist ja schließlich wichtig, dass man in Form bleibt für diese Navy-Spezialeinsätze und solches … Zeug."

Er räusperte sich.

Kein Lächeln. Keine launige Erwiderung.

Sie würde darüber keine Träne vergießen!

Aber es war schwer. Echt schwer.

Dieses neue Gefühl der Distanz zwischen ihnen bewies doch, dass jener Moment gestern Abend ihn getroffen hatte. Dass er glaubte, er hätte etwas falsch gemacht. Und nun bewegte er sich in die Gegenrichtung, um seine Beziehung zu Allie zu schützen. Und Nora blieb auf der Strecke, traurig und auch ein wenig empört, denn schließlich war sie gestern nicht diejenige mit dem sehnsüchtigen Blick gewesen.

Nein. *Sie* war diejenige, die begehrliche Blicke auf John geworfen hatte, seit sie ihm zum ersten Mal begegnet war. Sie war diejenige, die nicht die Willenskraft besessen hatte, Nein zu ihren Gefühlen für einen Mann zu sagen, der vergeben war.

Auch sie war schuldig.

Diese plötzliche Erkenntnis erfüllte sie mit Bedauern und mit Schuldgefühlen. Denn jetzt hatte sie die unbefangene kameradschaftliche Beziehung zu John verloren, die sie so sehr schätzte. Diese freundschaftliche Nähe hatte sie nie, niemals aufs Spiel setzen wollen.

Sie wünschte, sie könnte die Zeit zurückdrehen und ihre gestrige Begegnung auf der Terrasse ungeschehen machen. Sie hätte ihre Beziehung gern zurückgespult bis zu dem Zeitpunkt, als sie gestern das Gerichtsgebäude verlassen hatten. Wenn man doch nur manches ungeschehen machen könnte. Wenn es doch nur zweite Chancen gäbe.

„Was meinen Sie – sollen wir heute damit beginnen, den Rest der Einwohnerverzeichnisse von Blakeville durchzusehen?", fragte er.

„Klar. Genau das hatte ich mir auch überlegt."

Gott segne die Generation von Homer und Mary Thompson, dachte Nora, während sie und John die Geschichte des Paares erfolgreich durch jeden einzelnen Archivband von Blakeville verfolgten. Diese Menschen waren von einem Schlag, die hart gearbeitet und in zwei Weltkriegen gekämpft hatten und die sich – mit Ausnahme derer, die die große Wirtschaftskrise aus der Bahn geworfen hatte – im Großen und Ganzen ihren Platz im Leben erkämpft hatten.

Leider konnte man das über Homers und Marys Kinder nicht sagen. Wie es aussah, hatte keines der drei Kinder sich in Blakeville niedergelassen; ihre Namen fanden sich in keinem der Verzeichnisse.

„Und?", fragte John. „Was jetzt?" Er schob den letzten durchgesehenen Archivband wieder ins Regal.

„Wir könnten die Sterbeurkunden von Homer und Mary ansehen."

„Und was würden die uns sagen?"

„Wann und wo sie gestorben sind. Und außerdem würden wir erfahren, wann und wo sie geboren wurden, wer ihre Eltern waren und woran sie verstorben sind. Das sind alles höchst wichtige

Informationen für uns, denn wenn wir wissen, wann und wo sie gestorben sind, können wir in den Zeitungen nach Todesanzeigen und Nachrufen suchen. Und wenn wir da fündig werden … dann könnten wir auf viele weitere Einzelheiten über die Familie stoßen."

„Wo suchen wir nach den Sterbeurkunden?"

„Die Daten von Oregon sind digitalisiert. Wenn Homer und Mary in Oregon verstorben sind, müssten wir sie finden." Sie machten sich auf den Rückweg ins Foyer des Gerichtsgebäudes und ließen sich dort auf der breiten Sitzbank nieder.

Wenige erfolgreiche Klicks später hatte Nora die Suche im Verzeichnis der Sterbeurkunden gestartet. Sie bemühte sich heldenhaft, nicht wahrzunehmen, dass John nach der Seife vom Hotel roch … eine Mischung aus Tannenduft und Zitrone. Er hatte sich deutlich entfernt von ihr hingesetzt. Aber selbst auf die Entfernung hin konnte sie die kontrollierte Anspannung in seinem Körper und seinen Gesichtszügen spüren.

„Hier." Er wies auf einen Eintrag. „Homer James Thompson."

„Ah, richtig." *Konzentrier dich!* „Dieser Eintrag könnte sich allerdings auch auf einen anderen Mann dieses Namens beziehen." Sie klickte den Eintrag an. Das Dokument besagte, dass Homer James Thompson am 5. Mai vor neunzehn Jahren in Blakeville verstorben war. Außerdem waren sein Geburtsdatum und der Name seiner Ehefrau angeführt: Mary. Was bedeutete: Es war *ihr* Homer.

„Er ist es", kommentierte John.

„Ja." Die Chance, einen Blick auf Menschen zu werfen, die lange vor ihr gelebt hatten, manchmal Jahrhunderte früher, gehörte zu den Gründen, aus denen Nora ihren Beruf liebte. Manchmal war es fast so, als müsste sie nur die Hand ausstrecken, um mit den Fingerspitzen längst vergangene Geschichte zu berühren.

All die Informationen, die sie gestern und auch heute zusammengetragen hatten, erweckten in Nora eine lebendige Vorstellung von Homer Thompson, dem Uhrmacher in einem kleinen malerischen Städtchen im ländlichen Oregon. Und deshalb machte diese Bestätigung seines Todes sie auf eine Weise traurig, als wäre sie über den

Friedhof gegangen und hätte seinen Grabstein entdeckt. Homer war ein Mensch gewesen, der mit großer Wahrscheinlichkeit ein erfülltes Leben gelebt hatte. Er hatte eine Familie, er hatte Träume, hatte schwere Zeiten durchlebt und seine Erfolge gehabt.

„Ich hätte ihn noch kennen können“, sagte John gefasst. „Als er starb, war ich vierzehn.“

Nora nicke. Wenn John der illegitime Urenkel von Homer war, hätte Homer ihn kennen wollen? Hatte er ein so großes Herz besessen? Hatte Homer überhaupt gewusst, dass er einen Urenkel hatte?

Über Mary fanden sie nichts im Sterberegister. Nora ging auf eine genealogische Webseite, auf der sie registriert war, und schon bald fand sie dort die Sterbeurkunde von Mary Thompson. Mary war vor zehn Jahren gestorben. Und auch sie hatte bis zu ihrem Tod in Blakeville gewohnt.

„Ich würde sagen, wir sollten jetzt nach einem Nachruf auf Homer suchen“, bemerkte Nora. „Ich nehme mal an, Mary wird dafür gesorgt haben, dass der Nachruf wahrheitsgetreu und korrekt formuliert wurde. Jetzt wissen wir ja, wann er starb; wir können also sehr gezielt in den Zeitungsarchiven suchen.“

John hatte im Fernsehen oder in Kinofilmen gesehen, dass Leute Mikrofilme benutzen, aber er selbst war noch nie in einer Situation gewesen, sie zu brauchen. Und wie viele andere Dinge, die zur Zeit ihrer Erfindung ausgesprochen am Puls der Zeit gewesen waren, so waren auch Mikrofilme inzwischen eine wirklich veraltete Technik.

Der *Blakeville Herald* erschien wöchentlich seit 1904 bis heute. Alte Ausgaben wurden auf der dritten Etage des Gerichtsgebäudes archiviert, in einem Bereich, der sich *Mikrofilm-Archiv* nannte. Nora hatte den Katalog des Archivs benutzt, um die Ausgaben des Jahres, in dem Homer verstorben war, zu finden. Den entsprechenden Mikrofilm hatte sie nun ins Lesegerät eingelegt und war jetzt dabei, die einzelnen Artikel durchzusehen.

Die kleine Schrift auf dem Bildschirm machte John benebelt. Er wandte den Blick ab. Nora hatte die Beine übereinandergeschlagen. Sie trug einen engen schwarzen Rock, der bis zum Knie ging, und rote Sandalen mit hohen Absätzen, in denen sie ihre Zehen langsam auf und ab bewegte.

Sofort sah er weg. Er hatte sich so bemüht, sie nicht anzusehen, denn wenn er es tat, zog sich etwas in ihm zusammen – vor Sehnsucht nach etwas, was er nicht haben konnte. Wenn es überhaupt so etwas wie eine sinnlose Verschwendung von Gefühlen gab – dann erlebte er genau das gerade.

Er hatte in der letzten Nacht kaum geschlafen. Gegen drei Uhr morgens war es ihm in den Sinn gekommen, dass er unbedingt prüfen musste, ob Nora die Schecks eingelöst hatte, die er ihr geschickt hatte – schließlich war er dabei, seine Freundschaft und auch seine geschäftliche Beziehung zu ihr abzubrechen.

Normalerweise widmete er seinen Konten nicht allzu viel Aufmerksamkeit. Das erledigte sein Buchhalter. Aber er war aufgestanden, hatte die Konto-App auf seinem Smartphone geöffnet und sich die Liste der Abbuchungen sorgfältig angesehen. Von Nora war keine dabei.

Sie hatte seine Schecks nicht eingelöst.

Er hatte geglaubt, er hätte sie ausgetrickst, indem er Rechnungen von ihr verlangt hatte. Aber nun sah es so aus, als hätte sie ihn ausgetrickst, indem sie die Schecks von ihm angenommen und dann … was damit getan hatte? Sie zerrissen? In irgendeine Schublade gestopft?

Er hätte niemals ihre Hilfe angenommen, wenn er gewusst hätte, dass sie keine Bezahlung dafür annehmen würde. Heute Vormittag, als sie gemeinsam die Daten durchgegangen waren, hatte er sich kurz entschuldigt und bei der Bank in der Nähe des Gerichtsgebäudes Geld abgehoben. Er würde sie nach dem heutigen Tag nicht mehr sehen, aber er würde dafür sorgen, dass sie ihr Geld bekam, ganz sicher.

„Sie sind doch ein gläubiger Mensch, nicht?“, fragte Nora jetzt.

„Sie haben das Buch gelesen und den Film gesehen", entgegnete er und wiederholte damit nur, was er ihr am Abend zuvor auch schon erwidert hatte.

Sie lachte, und der Klang dieses Lachens durchzuckte ihn wie ein Blitz.

John presste die Zähne zusammen, dass es beinahe knirschte.

„Nun, dies ist vielleicht der geeignete Augenblick für ein Gebet", sagte sie. „Herr, wenn du uns bitte helfen könntest, einen Nachruf auf Homer zu finden, das wäre wundervoll."

„Amen."

„Hier – die Ausgabe aus der Woche nach Homers Tod. Die Todesanzeigen stehen auf Seite acht." Nora scrollte auf die genannte Seite. Als sie sie gefunden hatte, saß sie einige Sekunden konzentriert vorgebeugt vor dem Bildschirm, dann lehnte sie sich zurück, entspannt, schweigend.

Es war ihm schon aufgefallen, dass sie es immer so machte, wenn sie etwas entdeckt hatte: Sie zog sich zurück, um ihm die Gelegenheit zu geben, selbst zu entdecken, was sie gefunden hatte.

Er kniff die Augen zusammen und überflog die Einträge auf dem Bildschirm. Endlich fand er Homers Namen.

Blakeville – Homer James Thompson, 84, verstorben am 5. Mai nach kurzer Krankheit.

Irgendwo in einem altertümlichen Gerichtsgebäude mitten in der Abgeschiedenheit des ländlichen Oregon hatte Nora den Nachruf auf den Mann gefunden, der höchstwahrscheinlich sein leiblicher Urgroßvater war.

Er hinterlässt seine Ehefrau Mary (Wellington) Thompson (65); seinen Sohn Lukas Thompson samt Ehefrau Judith aus Bend; seinen Sohn Kenneth Thompson samt Ehefrau Donna aus Portland und seine Tochter Deborah Tanner und ihren Ehemann Timothy aus Portland. Außerdem die Enkel Jeffrey Thompson aus Seattle, Sherry O'Sullivan

aus Grants Pass, Tony Thompson aus Bend, Jack Thompson aus San Francisco und Wendy Masterson aus Phoenix, vier Urenkel und viele enge Freunde.
Homer Thompson war lebenslang Bürger der Stadt Blakeville. In seiner Jugend arbeitete er in der Hanson-Sägemühle, in der schon sein Vater tätig war. Seine Frau lernte er beim Abschlussball der Blakeville Highschool kennen. Die beiden heirateten ein Jahr nach ihrem Collegeabschluss, 1935, in der Holy Cross Christian Church. 1942 ging Homer zur US-Luftwaffe und war im Zweiten Weltkrieg als Kanonier eingesetzt. Nach seiner Rückkehr von der Front arbeitete er für weitere drei Jahre in der Sägemühle. Dann eröffnete er ein Uhrmachergeschäft (Thompson Timepieces), das er bis zu seiner Pensionierung betrieb. Er war bekannt für die äußerst zuvorkommende Behandlung seiner Kunden und wurde zweimal zum Geschäftsmann des Jahres in Blakeville gewählt.
Homer war engagiertes Mitglied der Kirchengemeinde Holy Cross, wo er im Kirchenvorstand mitarbeitete und mehr als vierzig Jahre lang den Kindergottesdienst leitete. Er war ein begeisterter Angler und ein ausgezeichneter Banjo-Spieler.
Der Gedenkgottesdienst findet am 10. Mai um 10.00 Uhr in der Kirche Holy Cross statt. Die Beisetzung erfolgt anschließend im engsten Familienkreis.

John dachte einige Augenblicke nach. Dann überflog er den Nachruf noch einmal. „Der Nachname meiner Mutter lautet also O'Sullivan."

„Es verrät uns, dass *zum Zeitpunkt dieses Nachrufs* ihr Ehename O'Sullivan war. Also vor neunzehn Jahren."

„Und dass sie in Grants Pass wohnt." Grants Pass war eine Kleinstadt im südlichen Oregon.

„Ja …"

„Ich meine, dass sie vor neunzehn Jahren dort wohnte", nahm er ihren Einwand vorweg.

„Stimmt."

„Das ist ein echter Schritt nach vorn, oder? Dass wir jetzt diese Einzelheiten wissen?“ Er warf ihr einen fragenden Blick zu.

Ein wenig Stolz flimmerte in ihren Augen auf. „Ein echter Schritt nach vorn.“

Er starrte wieder auf den Bildschirm. „Wie es aussieht, hat auch Deborah geheiratet. Ihr Nachname wird hier mit Tanner angegeben.“

„Richtig. Irgendwann, nachdem sie das Haus in Shelton verkauft hat und bevor Homer starb, hat sie geheiratet.“

Eine ganze Zeit lang sprach keiner von ihnen. „Sollten wir in Grants Pass nach Sherry O'Sullivan suchen?“ Während die Worte über Johns Lippen kamen, wurde ihm bewusst, wie nah sie dran waren, Sherry zu finden. Das Gefühl einer Vorahnung, das er auch empfunden hatte, als er den Arzt angerufen hatte, der Sherry bei seiner Geburt beigestanden hatte, stellte sich auch jetzt ein.

War er bereit – wirklich bereit –, die Vergangenheit aufzuwühlen und sich in Sherrys Leben hineinzudrängen? Bei dieser Frage lief ihm ein Schaudern über den Rücken.

„Hören Sie“, sagte Nora sanft. „Wie wär's, wenn wir eine Pause einlegen und einen Abstecher in die Cafeteria machen? Ich spendiere Ihnen einen Kaffee. Sie sehen aus, als könnten Sie einen Schuss Koffein gebrauchen.“

„Ach ja?“

„Ja.“

„Und Sie? Lust auf eine Tasse Tee?“

„Jederzeit.“

„Dann bin ich dabei.“

Nora fotografierte noch rasch die Seite mit dem Nachruf auf Homer, bevor sie den Mikrofilm zurücklegte.

In der kleinen Cafeteria im Foyer bestellten sie Kaffee und Tee. Jetzt, am späten Vormittag, gab es kaum andere Gäste. Nur eine Dame mittleren Alters saß am unteren Ende des einzigen langen Tisches. John wählte seinen Platz ganz bewusst in einigem Abstand zu Nora. Er wollte nicht riskieren, dass sich Knie oder Füße doch vielleicht aus Versehen berührten.

Nora machte Small Talk. Sie stellte Fragen, und wenn er kaum etwas darauf sagte, schien ihr das nichts auszumachen.

Es war doch sicher ganz normal, wenn er gemischte Gefühle hatte im Blick darauf, seine Vergangenheit aufzuwühlen und sich in Sherrys Leben einzumischen. Er wusste ja nicht, was er noch erfahren oder wie sie reagieren würde. Er hatte sie ja noch nicht einmal wirklich gefunden, und schon jetzt tat es ihm um jeden Schmerz und jede Mühe leid, die er ihr bereiten würde. Er wollte ihr Leben nicht durcheinanderbringen. Was er wollte, waren Antworten. Und um diese Antworten zu finden, musste er Kontakt mit ihr aufnehmen. Daran führte einfach kein Weg vorbei.

Der überwiegende Teil von ihm war für diesen Schritt bereit. Ein kleiner Teil war es nicht. Aber er würde den Schritt tun – aller Einwände ungeachtet. Er war so weit gegangen, weil er wissen musste, wer ihm die Krankheit vererbt hatte, mit der er sich jetzt konfrontiert sah.

Mittlerweile standen ihre Tassen leer vor ihnen. Noras Worte verloren sich im Nirgendwo.

„Okay", sagte er. „Starten Sie die Suche in Grants Pass nach Sherry."

Sie zog die Augenbrauen hoch und deutete damit die unausgesprochene Frage an, ob er sich da auch sicher war. Nora hatte einen wachen Verstand und eine scharfe Beobachtungsgabe. Offensichtlich hatte sie entweder gespürt oder gesehen, dass er noch im Zwiespalt war. Sie konnte besser in seinem Inneren lesen, als irgendjemand sonst es seit langer Zeit getan hatte. „Wir können das auch noch später tun", sagte sie nun auch. „Auch noch in ein paar Tagen. Wann immer es Ihnen recht ist."

In ein paar Tagen werden wir nichts mehr miteinander zu tun haben. „Sie können es doch kaum erwarten", sagte er.

„Stimmt. Aber Sie bestimmen, wie schnell wir in dieser Sache weitergehen. Nicht ich."

„Sie sind wirklich gut, wissen Sie das? Im Recherchieren, meine ich."

Sie lehnte sich ein wenig zurück, und man sah ihr an, dass sie sich über das Kompliment freute. „Meinen Sie?"

„Ja." Er wollte, dass sie das wusste.

„Vielen Dank."

„Also, dann los." Er wies auf ihre Tasche, in der ihr Laptop wartete.

Nora begann, Telefonverzeichnisse und Adresslisten nach einer gewissen Sherry O'Sullivan aus Grants Pass zu durchforsten.

Aber sie erzielte keine Ergebnisse. Keine Treffer.

„Wieder nichts", sagte sie und legte die Stirn in Falten. „Aber keine Sorge, John. So schnell lasse ich mich nicht entmutigen."

„Das hätte ich auch nicht erwartet."

„Nehmen wir uns die Heiratsregister vor." Sie öffnete einen neuen Tab in ihrem Browser. „Wir vermuten, dass Sherry Lukas' Tochter sein könnte, weil sie Ihnen den Namen Mark Lukas gegeben hat. Erinnern Sie sich noch, was in dem Nachruf stand, wo Lukas gewohnt hat?"

Er musste nicht erst einen Blick auf das abfotografierte Dokument werfen, um die Antwort zu kennen. „Bend."

„Und in welchem Distrikt liegt Bend? In Deschutes?"

Er googelte auf seinem Handy nach der Antwort. „Ja, Deschutes."

„Junge Frauen heiraten gern in ihrem Heimatort. Wenn Lukas also Sherrys Vater ist und sie in Bend aufgewachsen ist, sollten wir in den Heiratsregistern in Deschutes County nach Einträgen suchen, die zwischen Ihrer Geburt und dem Tod von Homer liegen." Sie war schon eifrig dabei, entsprechende Angaben einzutippen. „Wir suchen nach der Eheschließung von Sherry Thompson und einem gewissen … Vorname unbekannt, sorry, O'Sullivan." Sie drückte die Eingabetaste.

Es gab etliche Treffer. Der allererste führte die Namen Sherry Thompson und Edward O'Sullivan auf. Nora grub ihre Schneidezähne in ihre Unterlippe.

John zwang sich, seine Aufmerksamkeit auf den Bildschirm zu richten.

Das Heiratsregister nannte Sherry Thompson als Braut und Edward Dean Sullivan als Bräutigam. Sie hatten drei Jahre nach Johns Geburt geheiratet.

Aufgrund seiner Geburtsurkunde hatte er immer gewusst, wie alt Sherry zum Zeitpunkt seiner Geburt gewesen war. Und das Geburtsdatum, das hier für die Ehefrau stand, würde passen. Der Bräutigam war zwei Jahre älter als sie. Als Geburtsort für Sherry war Bend, Oregon, angegeben. Eltern: Lukas und Judith Thompson. Außerdem gab es noch Angaben über die Eltern von Edward, den Pfarrer, der sie getraut hatte, und die Trauzeugen.

„Wir hatten recht", sagte John. „Sie ist Lukas' Tochter."

„Ja, sie ist Lukas' Tochter", bestätigte Nora. „Und jetzt kennen wir auch den vollen Namen ihres Mannes."

Diese Suche entwickelte sich ähnlich wie ein Kreuzworträtsel. Die ersten Antworten waren schwer zu finden gewesen und hatten ihre Zeit gebraucht. Aber nun, da sie bereits eine Menge Leerstellen ausgefüllt hatten, schien sich das komplette Bild recht schnell zu vervollständigen.

„Suchen wir doch mal in Bend nach Sherry und Edward." Nora tippte eifrig die entsprechenden Angaben ein.

Keine Treffer.

„Na ja, wir dürfen nicht vergessen, dass sich seit Homers Tod alles Mögliche ereignet haben kann", sagte sie. „Sherry könnte geschieden sein und noch einmal geheiratet haben, dann hieße sie jetzt auch anders. Oder Edward und sie sind ausgewandert – wer weiß wohin. Oder sie ist verstorben … Oh, tut mir leid … Das ist kein sehr optimistischer Gedanke. Das wollte ich gar nicht laut ausgesprochen haben. Suchen wir also mal nach Sherry und Edward in seinem Heimatort …"

„… Aberdeen, Washington."

Sie hatte die Daten kaum eingegeben, als auch schon Adresse und Telefonnummer von Sherry und Edward O'Sullivan in Aberdeen erschienen.

Nora erstarrte neben John.

John spürte, wie etwas seinen Brustkorb einschnürte. Seine Mutter lebte in Aberdeen, Washington. Mit ihrem Mann. Dies hier war ihre Adresse. Ihre Telefonnummer. Sie war nicht geschieden, sie war nicht noch einmal verheiratet. Sie war nicht ausgewandert. Sie war nicht tot. Sie war am Leben und wohnte in einer Stadt, die nur gut eine Autostunde von seinem eigenen Wohnort entfernt lag.

Sie hatten sie gefunden.

Noras Aufgabe war damit beendet.

• • •

Nachricht von Willow an Nora und Britt:

WILLOW: Valentina kocht gerade einen Riesentopf Borschtsch fürs Abendessen. Riecht köstlich, aber der Topf ist groß genug für ein Dutzend Leute. Und ich bin allein! Brauche dringend Verstärkung! Kommt zum Essen! Esst Borschtsch! Ich mache die Gastgeberin.

BRITT: Bin dabei. Hab aber den ganzen Tag noch nichts von Nora gehört. Hoffentlich ist sie nicht mit ihrem Navy-Typen durchgebrannt.

NORA: Der Navy-Typ hat eine Freundin! Bin mit ihm auf dem Rückweg von Oregon und gerade auf einem Rastplatz. Haben unsere Recherchen heute abgeschlossen, und gerade eben wird mir bewusst, dass ich meinen Job so gut gemacht habe, dass ich mich dadurch aus allem, was mich mit ihm verbindet, hinausbefördert habe.

BRITT: Lade ihn samt Freundin zu Grandmas Geburtstag ein. Dann hast du einen neuen Anknüpfungspunkt.

NORA: Dann hab ich zwar einen neuen Anknüpfungspunkt, stimmt. Allerdings zu dem höchst qualvollen Preis, ihn den ganzen Abend lang mit seiner Freundin beobachten zu dürfen.

BRITT: Dann schieß ihn auf den Mond! Kein Mann ist es wert, sich seinetwegen zu quälen.

BRITT: PS: Wenn du ihn doch einlädst, sag ihm, er soll einen Freund mitbringen ... für Willow.

WILLOW: Wie bitte? Ich hab mittlerweile die Auswahl verfügbarer Knaben in dieser Gegend auf Noras Dating-App inspiziert und bin mir absolut sicher, dass ich die Liebe meines Lebens jedenfalls nicht in Merryweather finden werde.

BRITT: Nora hat eine Dating-App?

NORA: Hatte. Nur weil Willow mich so gedrängt hat. Und auch nur für zwei Minuten. Wir sehen uns zum Abendessen. Ich werde da sein und meine Tränen in den Borschtsch tropfen lassen.

Kapitel 11

Nora hatte den kleinen silbergrauen Sportwagen in der Einfahrt zu Johns Haus kaum erblickt, als sie wusste, dass sie einen großen Fehler machte.

Sie hatte John gesagt, sie werde ihn auf der Rückfahrt direkt nach Hause fahren. Er hatte ihr zwar versichert, er habe Freunde oder Angestellte, die ihn bei der Bibliothek abholen könnten, aber sie war bei ihrem Vorhaben geblieben.

Es gab zwei Gründe, warum sie ihn bis vor die Haustür fahren wollte. Erstens wollte sie unbedingt mal einen Blick auf sein Haus werfen. Und zweitens hatte sie während dieser gemeinsamen Fahrt immer wieder so etwas wie eine tröstliche Vertrautheit zwischen ihnen empfunden, besonders dann, wenn sie schwiegen. Heute allerdings war das Schweigen zwischen ihnen angespannt gewesen, auch wenn John die Höflichkeit in Person war. Aber sie hoffte, die Fahrt auf einer vertrauteren Ebene abschließen zu können.

Vor knapp einer Meile waren sie in den Privatweg zu seinem Anwesen eingebogen. Als sie durch die dicht stehenden Bäume das Dach eines Gebäudes durchschimmern sah, war ihre Stimmung deutlich angestiegen. Aber dann hatte sie den Wagen vor dem Haus entdeckt, und der Hoffnungsfunke war verglüht.

Das Auto war eindeutig zu schick, um einem Mann zu gehören.

„Oh, Allie ist da", bemerkte John.

Sie hielt in der Einfahrt. „Oh, wie schön!" Ihre enthusiastische Reaktion klang in ihren Ohren ebenso hohl, wie sie sich in ihrem Herzen anfühlte.

„Ich hatte ihr gesagt, wann wir ungefähr zurück sein würden, aber sie hatte nicht erwähnt, dass sie vorbeikommen wollte."

„Mhmm. Nette Überraschung."

Er stieg aus. Während er seine Tasche aus dem Kofferraum hob, ging die Tür des Hauses – eines neuen und modernen und riesigen Hauses – auf. Allie erschien in Jeans-Shorts und einem weißen schulterfreien T-Shirt, einer Fülle von lockigem, kräftigem Haar und meterlangen perfekt gebräunten Beinen. Sie war barfuß. Sie hätte direkt aus dem Sommerkatalog einer angesagten Modekette kommen können.

Winkend und lächelnd kam Allie auf Noras Wagen zu. Sie kaute irgendetwas, und in einer Hand verbarg sie anscheinend etwas. Offensichtlich hatte sie es sich gerade auf der Terrasse bequem gemacht gehabt und einen kleinen Snack verputzt. Sie schien die Zufriedenheit in Person zu sein, als gehöre sie ganz selbstverständlich hierher. Was ja auch der Fall war.

Nora schimpfte sich selbst auf zig verschiedene Arten, dass sie darauf bestanden hatte, John nach Hause zu bringen, und dadurch diese qualvolle Begegnung heraufbeschworen hatte. Sie ließ das Fenster herunter und winkte lahm zurück.

John stand noch immer hinter Noras Wagen, als Allie ihn erreichte. Im Rückspiegel konnte Nora sehen, wie sie auf ihn zutrat – die

Arme ausgebreitet, bereit für eine Umarmung, das Gesicht erhoben, bereit für einen Kuss. Mit einem verunglückten Seufzer wandte Nora den Blick ab. *Nein, nein, nein!* Sie konnte es nicht ertragen, zu sehen, wie Allie und John sich in den Armen lagen.

Auch wenn du glaubst, dass du gleich stirbst, Nora-Schätzchen, du weißt ja, dass das nicht passieren wird. Liebeskummer ist nicht tödlich.

„Hallo, Nora", sagte Allie herzlich. „Schön, Sie wiederzusehen."

Nora sah auf, als Allie näher kam. „Ja, ebenfalls. Schön, Sie zu sehen."

„Hört sich so an, als sei eure Reise erfolgreich gewesen."

„Ja! Ja, wir haben sehr viel herausgefunden."

„John sagte, es ist Ihnen gelungen, Name und Adresse seiner leiblichen Mutter ausfindig zu machen."

Rote Weintrauben. Das war es, was Allie in der Hand hielt. Daran hatte sie genascht. Es hätte Nora nicht überraschen sollen, dass John seine Freundin, die in seiner Abwesenheit in seinem Haus Weintrauben verspeiste, über die Einzelheiten ihrer Suche nach Sherry auf dem Laufenden gehalten hatte. Aber bis zu diesem Moment war die Suche nach Johns leiblicher Mutter etwas gewesen, von dem sie das Gefühl hatte, dass es vor allem John und sie betraf. „Ja, so ist es."

„Wunderbare Neuigkeiten", sagte Allie.

„Ja, allerdings. Na ja, ich mache mich jetzt besser auf den Weg."

John blieb ein paar Meter hinter Allie auf dem Weg zur Haustür stehen. Die Reisetasche hing über seiner breiten Schulter. Sein Gesichtsausdruck war angespannt. Die Körperhaltung steif.

„Darf ich Ihnen nicht noch etwas zu trinken anbieten, bevor Sie fahren?", fragte Allie. „Sie sitzen seit Stunden im Auto."

Noras Blick klebte an der vollkommen liebenswerten Person, die da vor ihr stand, und sie dachte und empfand so vieles auf einmal, dass ihr Hirn ganz leer war. „Nein, nein", war alles, was sie herausbrachte.

Allie steckte die letzte Traube in den Mund und wischte sich die Hände an ihren Shorts ab. „Kommen Sie doch herein", beharrte sie.

„Strecken Sie ein bisschen die Beine aus, und ich hole Ihnen etwas zu trinken. Es dauert nur einen Moment."

Es gab vermutlich einen würdevollen und lächelnden Weg, freundlich abzulehnen, aber Nora konnte sich gerade nicht daran erinnern. Sie wollte, dass John und Allie glaubten, dieses Szenario mache ihr nicht das Geringste aus, denn eine wirkliche Freundin von John würde sich doch in Gesellschaft seiner festen Freundin wohlfühlen. „Okay", murmelte Nora und stellte den Motor ab. „Aber nur für einen Moment."

„Ist dieses Haus nicht wunderbar?", bemerkte Allie, als sie die Eingangshalle betraten.

„Allerdings. Es ist unglaublich", antwortete Nora aufrichtig.

„Also, machen wir doch einen kurzen Rundgang."

Allie ging vor und hielt eine lockere Konversation am Laufen. Nora konnte Johns Anwesenheit im Hintergrund deutlich und irgendwie drückend spüren, gedämpft seine Schritte hören.

Ihr Puls begann zu hämmern wie eine Kirchenglocke, die ein Begräbnis ankündigte. *Dong. Dong. Dong.* Kalter Schweiß überzog ihre Haut. *An Liebeskummer stirbt man nicht!*

Durch den hinteren Teil des Hauses führte ein Korridor, der auf einer Seite mit Fenstern zu einem bewaldeten Berghang hin versehen war. Auf der anderen Seite lagen Schlafzimmer, Bäder und ein Medienraum. Alles sah strahlend neu aus. John hatte das Haus schlicht eingerichtet, in einem neutralen Stil. Extrem schlicht. Graue, glatte Betonfußböden erstreckten sich unter Noras Füßen. Die Wände waren in einem blassen Cremeweiß gestrichen. Wohin sie auch sah, luden Fenster die Außenwelt ins Haus ein.

John stellte seine Tasche auf ein breites Bett in einem der Zimmer. Sein Schlafzimmer.

Nora hätte brennend gern jeden Winkel des Hauses erkundet. Aber sie blieb während der gesamten Führung diskret im Korridor. Nicht genug damit, dass sie ihre Rolle als fünftes Rad am Wagen in Johns und Allies glücklichem Wiedersehen aufrichtig verabscheute, jetzt gab ihr dieser von Allie inszenierte Einblick in Johns Leben auch noch das Gefühl, sie dringe unerlaubt in seine Privatsphäre ein.

Sie folgte Allie ein paar Stufen hinunter in den Teil des Hauses, der die Sicht auf den See freigab, und musste kurz stehen bleiben – so großartig war der Ausblick, der sich ihr bot. Jetzt, am frühen Abend, fiel das Licht golden durch die Glaswände, die sich über zwei Stockwerke erhoben.

Küche und Esstisch waren links von ihr etwas zurückgesetzt. Rechts stand ein Flachbildfernseher in einer Bücherwand, die sie sehr deutlich an die Bücherregale in ihrer eigenen Wohnung erinnerte. Auf einem Teppich zwischen dem Fernseher und einem gemauerten Kamin standen Sofas und Ledersessel.

Sie war keine Expertin in Sachen Architektur, aber dieses Haus hielt sie für ein Meisterwerk. Ein Meisterwerk, dem es gelang, Wärme, Natürlichkeit und Ruhe zu vermitteln.

Allie ratterte das Getränkeangebot herunter und fragte Nora dann, was sie wolle.

„Einfach Wasser, bitte."

Allie verschwand in der Küche.

John öffnete eine der Türen. Die hohen Faltpaneele aus Glas glitten zur Seite und legten sich komplett zusammen, sodass es zwischen innen und außen nichts Trennendes mehr gab.

Wenn dies hier *Northamptonshire* wäre, dann wäre John der Earl und dieses Haus der Herrensitz auf dem Hügel. In der Welt der TV-Soaps zog sie Adolphus vor. Aber in der wirklichen Welt war sie dem Earl verfallen – gänzlich unoriginell.

John und Nora traten auf die geräumige Veranda hinaus. Unter ihnen erstreckte sich der See wie ein mit Pailletten besetzter königsblauer Stoff.

Er blieb stehen, die Hände tief in den Taschen vergraben. Sein Haar war zerzaust, bemerkte Nora – vermutlich war Allie mit ihren Fingern durchgefahren. Sein Profil wies harte, unnachgiebige Züge auf. „Diesen Teil des Hauses mag ich am liebsten", sagte er.

„Hier draußen?"

„Genau."

„Ich verstehe, warum. Sie haben ein wunderschönes Haus, John."

„Vielen Dank." Er erwiderte ihren Blick. Den ganzen Tag über hatte er sie kaum angesehen. Er war ein stattlicher Mann, kraftvoll und stark. Aber dieses starke Sehnen nach seiner Nähe, das Nora jetzt überfiel, bezog sich überhaupt nicht auf seine äußerliche Attraktivität. Es galt all jenen inneren Regionen von ihm, die sie inzwischen kennengelernt hatte.

„Ich weiß wirklich zu schätzen, was Sie für mich getan haben", sagte er. „Ohne sie hätte ich Sherry nie gefunden."

Etwas schnürte ihr die Kehle zu. „Gern geschehen." Sie zwang sich weiterzusprechen und hoffte, ihre Stimme klang ausreichend optimistisch. „Ich melde mich demnächst mal per Mail. Mit den Links, die ich Ihnen versprochen habe. Sie wissen schon, Hinweise, wie man ein Schreiben an Eltern, die man nicht kennt, am besten verfasst. Ich meine natürlich nicht, dass Sie da Unterstützung brauchen. Aber ich schicke Sie Ihnen trotzdem … für alle Fälle, sozusagen."

„Okay." Er sah aus, als wolle er noch etwas hinzufügen.

Nora wartete gespannt …

Allie erschien. Sie reichte Nora ein Glas Wasser und hakte sich bei John ein.

Brodelnde Eifersucht breitete sich in Nora aus. Sie musste hier weg, weg von John und Allie und deren vertrauter Zweisamkeit. Aber das hieß auch, weg von John. Und noch nie in ihrem Leben hatte sie einen Menschen gekannt, den sie weniger gern verlassen wollte.

Würde sie John überhaupt noch mal sehen? Sie hasste den Gedanken, dass ihre Freundschaft so enden sollte … in dieser Niederlage, für die Allie auch noch Zeugin war. Aber hatte sie eine Wahl? Genau so *würde* es enden, genau so.

„Ich sollte jetzt gehen", sagte sie. „Ich bin zum Abendessen mit meinen Schwestern verabredet. Und Valentina hat Borschtsch gekocht, ein russisches Gericht aus Rindfleisch, Kartoffeln und Möhren. Und Kohl, natürlich."

„Klingt verlockend“, sagte Allie.

„Vielen Dank für das Wasser.“

„Keine Ursache.“ Allie schenkte ihr einen freundlichen Blick.

John stand stocksteif da, in seinen Augen glomm ein unterdrücktes Feuer, seine Miene war verschlossen und ernst.

„Ich finde selbst hinaus.“ Nora wandte sich abrupt um, wild entschlossen, unter allen Umständen ihre Würde zu wahren. „Wir sehen uns.“

„Lassen Sie sich den Borschtsch schmecken!“, rief Allie ihr nach.

„Ganz sicher! Den muss man einfach lieben!“ Nora konnte gar nicht schnell genug wegkommen, Tränen traten ihr in die Augen. Nein, die Blöße würde sie sich nicht geben. Sie zwang die Tränen zu versiegen. Hastig stieg sie in ihren Wagen und steuerte ihn die Auffahrt zurück, während ihre Gedanken wie in einem Whirlpool durcheinanderwirbelten. „Borschtsch muss man einfach lieben.“ Hatte sie das gerade wirklich gesagt?

Es tat weh, etwas für einen Mann zu empfinden, der mehr für eine andere empfand als für sie. Der ihr eine andere vorzog. Es tat weh. Weh. Weh.

Und wieder fand sie sich draußen vor – wie damals mit Harrison und Rory, und konnte nur durch die Fenster in das traute Heim hineinspähen. Beim ersten Mal hatte sie keine Wahl gehabt. Aber diesmal – diesmal hatte sie ihr Herz ganz bewusst geöffnet. Für John. Wie aussichtslos!

War sie vielleicht unbewusst darauf programmiert, sich selbst zu verletzen? Oder sich selbst zu schützen? War sie deshalb in einen Mann verliebt, der schon vergeben war und ihr daher nicht mehr gefährlich werden konnte? Schließlich musste man die Gefahr einer Verletzung in einer Partnerschaft nicht mehr riskieren, wenn der Mensch, für den man etwas empfand, bereits in einer festen Beziehung zu jemand anderem stand.

Nora wog die beiden Möglichkeiten innerlich ab, so wie man eine Wunde begutachtete, um einschätzen zu können, wie schlimm sie war.

Aber in diesem Fall – nein. *Nein.* Sie glaubte nicht, dass ihre Freundschaft mit John irgendwie unbewusst motiviert war – durch ein Bedürfnis, sich zu schützen oder sogar sich selbst zu verletzen. Jedenfalls war nichts von beidem die treibende Kraft gewesen.

Der Grund für ihren momentanen Kummer war keineswegs so verwerflich. Der Grund war sehr viel schlichter.

Vor etwas mehr als einem Monat hatte sie zusammengekauert auf dem Fußboden eines imaginär in Beschlag genommenen Büros gehockt, und als sie hochsah, hatte sie John Lawson erblickt. Das war alles. Sie hatte hochgesehen und ihn erblickt. Und in dieser Millisekunde, kürzer als der Abstand zwischen zwei Herzschlägen, hatte sie sich in ihn verliebt. Ihre verrückten, übergeschnappten und jetzt auf ihn fixierten Gefühle – sie waren schuld. Von Anfang an. *Sie* hatten sie zu dem Fehler verleitet, sich um ihn zu sorgen und sich auf seine Geschichte einzulassen. Tiefer. Und immer tiefer.

Sie hatte sich einen Mix von so schmerzhaft-wundervollen Gefühlen für John zusammengebraut, dass es ihr nun selbst schadete. Sie sollte froh sein, dass sie Sherry ausfindig gemacht hatten und dass ihre Verbindung damit beendet war!

Aber sie war nicht froh.

Nora betrat ihr Elternhaus, und Britt und Willow, die bei der Kochinsel in der Küche standen, sahen ihr erwartungsvoll entgegen.

„Hi." Willow, in dreiviertellangen Sportleggins und einem türkisen Sportshirt, lächelte sie an.

„Und?" Britt unterbrach ihren Versuch, ein Baguette zu schneiden.

„Meine letzten Worte an John Lawson waren: ‚Borschtsch muss man einfach lieben.'" Nora beugte sich vor und lehnte ihre Stirn an die Marmorkante der Kochinsel.

„Was?"

„Borschtsch. Muss. Man. Lieben", wiederholte Nora elend.

Ihre Schwestern lachten. *Herzlose Gören.*

„Und warum um alles in der Welt hast du das gesagt?", fragte Britt.

Nora richtete sich auf. „Johns Freundin war da, um ihn zu empfangen, als ich ihn zu Hause abgeliefert habe. Sie sah so perfekt aus, und die beiden schienen so eng miteinander zu sein, dass ich ganz durcheinander war, in Panik geraten bin und nur noch wegwollte. Also hab ich irgendwas von Borschtsch zum Abendessen geblubbert und eben ‚Borschtsch muss man einfach lieben' und bin praktisch abgehauen."

„Ich bin sicher, ganz so schlimm war es nicht", bemerkte Willow tröstend.

Britt fragte: „Hast du ihn samt Freundin zu Grandmas Geburtstag eingeladen?"

„Ich hab darüber nachgedacht, aber nein, hab ich nicht." So sehr sie sich eine weitere Gelegenheit wünschte, ihn wiederzusehen, sie konnte doch ihren eigenen Motiven nicht trauen. Sie wusste nicht, ob es aufrichtig wäre, ihn zu der Geburtstagsparty einzuladen, und sie konnte auch die Tortur nicht noch einmal ertragen, ihn und Allie zusammen zu sehen. Außerdem glaubte sie auch nicht, dass er zugesagt hätte.

Willow goss Wasser in einen Krug und schob ihn Nora hin. „Das war's dann also? Ende der Freundschaft mit einem Träger der Ehrenmedaille?"

„Ende der Freundschaft."

„Ich weiß was, was dich aufmuntern wird", sagte Willow.

„Ich habe jetzt schon Angst, egal, was du sagen wirst", erwiderte Nora.

„Phase vier."

„Mein Haar?"

„Genau." Willows jadegrüne Augen funkelten. „Ich mache einen Termin für dich bei Javier." Willow hatte Javier gegen Ende ihrer Highschoolzeit entdeckt. Er betrieb einen Friseursalon in Bremerton. Wann immer Willow nach Hause kam, stattete sie Javier einen Besuch ab und ließ sich von ihm frisieren. Ihre absolute Überzeugung von seinem Talent war nicht zu unterschätzen. Willows Haare waren schließlich schon von etlichen der talentiertesten Haarkünstler auf diesem Planeten gestylt worden.

Nora knirschte mit den Zähnen.

„Du musst mir einfach vertrauen", sagte Willow. „Du wirst diesen Friseursalon verlassen und dein Haar lieben! Wir werden alles tun, was in unserer Macht steht."

„Ich weiß nicht."

„Na, ich aber. Es wird fabelhaft. Wenn wir erst mal deine Haare aufgestylt haben, widmen wir uns Phase fünf – das perfekte Kleid für Grandmas Geburtstagsparty."

„Ihr seid doch völlig bekloppt", verkündete Britt. Britt mit Haarband, in abgetragenen Jeans und Sweatshirt. Britt, der es egal war, wie sie aussah. Britt, die sich bereits die unsterbliche Liebe eines ausgezeichneten Mannes gesichert hatte, ohne auch nur einen Finger dafür zu krümmen. Britt, die Zander überhaupt nicht wahrnahm, weil sie Herz über Kopf in Schokolade steckte.

„Wir wollen doch, dass die Männer sich in unsere tieferen Qualitäten verlieben." Willow griff nach einem Holzlöffel und hielt ihn in der Hand wie ein Dozent den Zeigestock: „Unseren Charakter, unser Herz, unsere Persönlichkeit. All die Dinge, die uns unverwechselbar machen …"

„Ich wäre auch zufrieden, wenn sich ein Mann in mich verliebte, weil ich die wunderbarsten Schokolade-Trüffel-Pralinen mache", bemerkte Britt.

„Und ich, wenn jemand mich lieben würde, weil ich die komplette DVD-Sammlung von *Northamptonshire* besitze", ergänzte Nora.

„Wir wollen, dass sie uns wegen unserer inneren Qualitäten lieben", wiederholte Willow ungerührt. „Aber …"

„Aber?", hakte Britt nach.

„Unterschätzt bitte nie, was es ausmacht, bestmöglich auszusehen oder den fraglichen Gentleman glauben zu machen, man sei nicht so leicht zu erobern." Willow räusperte sich. „Es sind diese beiden Dinge, die Männer anscheinend dazu bewegen, sich auch in die inneren Qualitäten einer Dame zu verlieben." Willow zwinkerte Nora zu und trat dann an den Herd, um den Topfdeckel abzuheben. „Essen ist fertig."

„Borschtsch muss man einfach lieben!", krähte Britt.

Valentina hatte Borschtsch für sie gekocht, seit sie kleine Mädchen gewesen waren, ein Grund, warum der reichhaltige, würzige, fleischhaltige Eintopf so außerordentlich wohltuend war.

Sie setzten sich an den Küchentisch und sprachen das Tischgebet. Obwohl es nur ein einfaches Essen unter Schwestern war, hatte Willow den Tisch exquisit geschmückt: Tischsets, Leinenservietten und das gute Tafelsilber. Goldene Pfingstrosen leuchteten aus einer quadratischen Kristallvase.

„Mit wem können wir Nora denn für Grandmas Geburtstag verkuppeln?“, fragte Willow, an Britt gewandt.

„Willow!“, protestierte Nora. „Vor ein paar Stunden hast du Britt noch die Meinung gegeigt, weil sie *dich* mit irgendwem auf diese Party schicken wollte.“

„Ja, aber ich betrauere gerade keine abgebrochene Beziehung zu einem Ehrenmedaillenträger. Mir gefällt die Vorstellung, dass du einen Partner bei diesem Fest hast. Wäre es nicht schön, wenigstens jemanden zum Flirten zu haben?“

„Nein. Also, Willow, wie läuft es denn im Hotel in Bradfordwood?“ Noras Frage war ein allzu durchschaubarer Versuch, das Thema zu wechseln.

„Alles läuft gut. Ich brauche zwar noch immer doppelt so lange wie normal für Reservierungen und Rechnungstellung, weil ich die Computerprogramme noch nicht kapiert habe. Aber ich habe noch kein Frühstück verbrannt. Die Gäste sind alle einigermaßen freundlich. Und Clint und Valentine sind Schätze. Sie wissen viel besser mit allem Bescheid als ich.“

„Wie viele Stunden arbeitest du denn pro Tag?“, wollte Nora wissen.

„Vier? Vielleicht fünf? Die Gäste checken selbst aus, aber ich muss da sein, wenn sie ankommen. Ich serviere ihnen Kekse und Moms Himbeerlimonade und mache eine erste Hausführung und händige die Schlüssel aus …

Britt schnippte mit den Fingern. „Tut mir leid, wenn ich unterbreche“, sagte sie zu Willow. „Aber mir ist gerade eingefallen, mit wem Nora bei Grandmas Geburtstag flirten könnte! Evan! Er wird da sein.“

Evan? Der Beherrscher der Frettchen? *Ja, setz auf Evan, Nora, er ist genau deine Liga,* kommentierte etwas in ihr. „Er kommt?"

„Jepp", sagte Britt. „Er ist uns eine große Hilfe beim Versenden unserer Schokoladenpräsente. Außerdem mag Grandma ihn."

„Evan … war das nicht der Typ, der nach Senf riecht?" Willows Suppenlöffel hielt mitten in der Bewegung inne.

„Eben derselbe", sagte Nora grimmig.

„Evan ist der Senf …", Britt grinste, „… und Nora seine salzige Brezel. Das perfekte Paar."

Später am selben Abend fiel Nora ein Briefumschlag in die Hände. Ein dickerer länglicher Umschlag, nicht verschlossen. Sie hatte in ihrer Handtasche nach ihrem Handy gesucht, als sie ihn entdeckte.

Mit gerunzelter Stirn nahm sie ihn heraus. Das Licht aus der indirekten Küchenbeleuchtung ließ den aufgedruckten Namen einer Bank erkennen. Sie drehte den Umschlag um. Jemand hatte mit blauem Kuli etwas auf die Rückseite geschrieben.

Mir ist aufgefallen, dass Sie meine Schecks noch nicht eingelöst haben.

John? John.

Es stimmte allerdings, dass sie seine Schecks noch nicht eingelöst hatte. Sie hatte gehofft, er würde es nicht bemerken.

Er musste den Umschlang irgendwann im Lauf des Tages in ihre Tasche gesteckt haben. Aber wie? Sie hatte die Tasche bei sich, als sie …

Wie? Nora! Mensch, er war bei einer Spezialeinsatztruppe.

Sie nahm das Bargeld aus dem Umschlag und legte es auf den Küchentresen. Für jeden einzelnen Dollar war eine Leistung ihrerseits aufgeführt.

Dann starrte sie eine lange Weile auf das Geld. Ein irritierendes Gefühlsgemisch aus Kummer und Verdruss machte sich in ihr breit.

John war ausgesprochen fair. Er hatte ihr mehr als einmal gesagt, dass er sie für die Zeit, die sie für ihn investierte, bezahlen wollte. Und so sollte sie auch dieses Geld betrachten: als Beweis seines Respekts, seiner Ehrenhaftigkeit und Großzügigkeit.

Normale Menschen waren doch beglückt, wenn sie einen Umschlag voller Banknoten bekamen, oder?

Aber nicht sie. Nicht in diesem Fall. Denn es fühlte sich an, als sei dies Johns Weise, sie auf ihren Platz zu verweisen. Eine deutliche Erinnerung, dass sie nur eine von ihm angeheuerte Angestellte war. Und jetzt hatte er sie voll ausbezahlt.

Das war ein Abschied.

Schwerfällig trat sie an ihr Küchenfenster und starrte hinaus ins Dunkel, das wie eine Decke über der Landschaft lag.

Ihre Schwestern waren jetzt nicht hier, um ihr aus dem Tief herauszuhelfen. Und die fiktiven Figuren aus ihren Büchern und DVD-Sammlungen waren nicht in der Lage, sie in den Arm zu nehmen, zuzuhören, zu verstehen.

Sie war allein. Wirklich allein.

Jahrelang hatte sie bereits um jeden Gedanken ans Alleinsein einen Bogen gemacht. Sie hatte ihre automatisierten Abwehrmechanismen auf Einsamkeit – sie füllte ihre Zeit mit Dingen, die ihr am Herzen lagen, und ihren Kopf mit Predigten, die besagten, Single zu sein, bedeute nicht, ein unvollkommenes Leben zu haben. Frauen seien nicht auf einen Mann angewiesen, und Unabhängigkeit habe doch auch große Vorteile.

Aber an dem Tag, als sie mit Willow in Seattle shoppen gewesen war, hatte sie diese Mechanismen hinter sich gelassen und sich ehrlich eingestanden, dass sie nicht zufrieden war. Ihre Unzufriedenheit mit ihrem Singledasein war unterschwellig, schleichend und schwer zu greifen. Sie hatte versucht, ihre Enttäuschung zu bearbeiten, aber die wollte einfach nicht kooperieren. Und sie war weder mit Schmerztabletten noch mit Heftpflaster zu kurieren. Ihre

Unzufriedenheit zu überwinden, das ahnte sie jetzt, würde wohl nicht nur ein kurzer Kampf sein, sondern eher eine sich lang hinziehende Schlacht.

Und heute war ein hundsmiserabler Tag auf dem Schlachtfeld gewesen.

Sie war neunundzwanzig, und sie hatte sich in einen Mann verliebt, der ihre Freundschaft mit einem Umschlag voller Geld beendet hatte. Tja, so war's. Dass die Einsamkeit sie heute Abend überfallen würde, war vermutlich zu erwarten gewesen. Ihre instinktive Reaktion war, sie wieder unter den Teppich zu kehren. Aber diesmal weigerte sie sich, das zu tun.

Die Einsamkeit war real. Sie existierte in ihr.

Die Tränen, die sie sich vorhin, als sie Johns Haus verlassen hatte, nicht erlaubt hatte, standen ihr jetzt in den Augen. Sie bahnten sich langsam ihren Weg durch die Wimpern und bildeten zwei Rinnsale, die Nora mit dem Handrücken wegwischte.

Sie weinte vor Einsamkeit. Weil ihre Arbeit für John beendet war. Weil sie John vermissen würde. Weil sie einen Freund verloren hatte.

• • •

Nachricht von Duncan an seine Assistentin:

DUNCAN: Eine Einladung zu einer Geburtstagsparty in Washington, USA, im Anhang zur Kenntnis. Direkt davor bin ich mit dem Presseteam für *Over Sunlight's Bridge* in LA, richtig?

ASSISTENTIN: Ja. Ich habe Sie für fünf Tage in einem Wellnesshotel in Napa Valley eingebucht. Anschließend die Pressereise, die bis zwei Tage vor dem Geburtstag geht. Wie es aussieht, werden Sie während der Party irgendwo zwischen Los Angeles und London unterwegs sein.

DUNCAN: Wie lange fliegt man von LA nach Seattle?

ASSISTENTIN: Etwa zwei Stunden und fünfundvierzig Minuten. Soll ich den Zeitplan für die Rückreise ändern?

DUNCAN: Tun Sie das. Ich würde gern zu der Geburtstagsparty nach Seattle fliegen, ein paar Tage dortbleiben und dann erst zurück nach Hause.

ASSISTENTIN: Ich arbeite ja nun schon eine ganze Weile für Sie, aber dies ist meines Wissens das erst Mal, dass Sie die Geburtstagseinladung einer achtzigjährigen Dame annehmen.

DUNCAN: Eine Freundin von mir ist auch auf der Party. (Eine Freundin, die etwas jünger ist als das Geburtstagskind.) Wir haben uns noch nie persönlich getroffen, und ich habe vor, sie zu überraschen.

• • •

Telefonat zwischen Allie und Lizzie:

Lizzie: „Wie geht's John? Alles okay mit euch beiden?"

Allie: „John ist nicht er selbst. Er ist schweigsamer als sonst, und irgendetwas macht ihm Sorgen."

Lizzie: „Na ja, er hat ein paar schwierige Monate hinter sich, erst seine Diagnose und jetzt diese Sache mit seiner leiblichen Mutter."

Allie: „Ja, ich weiß. Vielleicht ist es nicht richtig, aber ich hoffe wirklich, dass es das ist, was ihn beschäftigt, und nicht seine zweifellos ungewöhnlich reizende Ahnenforscherin."

Lizzie: „Jetzt haben sie ja seine Mutter gefunden. Die beiden werden also nicht mehr zusammenarbeiten, oder?"

Allie: „Nein."

Lizzie: „Bestens. Katastrophe abgewendet. Alle Männer, die ich kenne, würden gern mit dir ausgehen, Allie. John müsste schon verrückt sein, wenn er sein Glück nicht zu schätzen wüsste."

Allie: „Ich werde die perfekte Freundin sein und John durch alles hindurchhelfen, was immer er gerade durchmacht. Ohne zu klammern und immer optimistisch und mit dem genau richtigen Maß an Heiterkeit. Oh, übrigens hab ich mir einen neuen Bikini gekauft. Morgen wollen wir mit seinem Boot rausfahren. Ein neuer Bikini schadet nie."

Kapitel 12

John vermisste Nora.

Er saß mit Allie auf der Tribüne im Safeco Field Stadion und sah sich ein Spiel der Mariners an. Sie hatten Hot Dogs gegessen. Die Sonne schien, die Luft war frisch und klar. Das heimische Team lag vorn. Allie trug eine Baseballkappe und ein enges T-Shirt mit V-Ausschnitt, beides mit dem Logo der Mariners darauf. Sie sah so umwerfend aus, dass die Jungs vom College in der Reihe vor ihnen immer wieder mal einen Blick nach hinten warfen.

Er sollte sich eigentlich amüsieren. Aber dieser Anspruch machte ihm nur umso mehr bewusst, wie deprimiert er war.

In Blakeville hatte er beschlossen, den Kontakt zu Nora abzubrechen und seine ganze Aufmerksamkeit Allie zu schenken. Und seit diesem Moment hatte er das auch versucht. Die Sache war nur: Seine

Aufmerksamkeit spielte nicht mit. Er hatte Nora jetzt fünf Tage nicht gesehen, und noch immer konnte er sich anscheinend auf gar nichts anderes konzentrieren als auf sie und darauf, wie unglaublich leer er sich ohne sie fühlte.

An den ersten beiden Tagen hatte er sich eingeredet, was ihn quälte, sei das schlechte Gewissen. Er hatte gebetet, hatte Gott um Verzeihung gebeten, nicht nur einmal. Es war richtig gewesen, die Freundschaft zu Nora zu beenden. Zu spät, zugegeben. Aber er hatte es getan. Und seitdem hatte er keinen Kontakt zu ihr. Es gab tatsächlich eine gewisse Schuld auf seiner Seite, aber irgendwann war ihm der Gedanke gekommen, dass es noch einen ganz anderen Grund dafür gab, dass er sich Nora nicht aus dem Kopf schlagen konnte …

Sie fehlte ihm.

Er hatte auch schon andere Menschen vermisst. In seiner Zeit bei der Navy. Während der Jahre seines aktiven Einsatzes war er monatelang von zu Hause fort gewesen und hatte in der Zeit seine Familie und seine damalige Freundin nicht gesehen. Sie hatten ihm gefehlt – aber beide eher auf eine andere Art. Er vermisste sie eher unterschwellig bewusst, irgendwo in seinem Hinterkopf. Er hatte damit leben können.

Aber Nora zu vermissen, war etwas anderes – wie ein kalter scharfer Schmerz tief in seinem Inneren, der ihn hoffnungslos machte und ihm das Gefühl gab, sein Leben sei sinnlos. Ein Schmerz, mit dem er morgens aufwachte, den er den ganzen Tag nicht loswerden konnte und mit dem er zu Bett ging. Und wegen dem er schrecklich schlecht schlief. Nur um aufzustehen und das Gleiche wieder zu erleben. Und zwischendrin überfielen ihn Erinnerungen an winzigste Details.

Das Armband, das sie trug. Wie eigenartig sie beim Schreiben den Stift hielt. Wie sie sich auf die Lippe biss, wenn sie sich konzentrierte.

Er rückte seine Kappe zurecht. Mit sechs war er zum ersten Mal bei einem Spiel der Mariners gewesen, mit seinem Vater und seinem Großvater. Sie hatten auf den billigen Plätzen gesessen, Hot

Dogs gegessen und große Becher mit Softdrinks geleert. John hatte jeden Moment genossen. Er konnte sich noch genau an den Klang des batteriebetriebenen Radios erinnern, das sein Großvater dabeigehabt hatte. Und er sah noch das Lächeln im Gesicht seines Vaters, als John beschlossen hatte, einen Baseballhandschuh zum Spiel mitzunehmen – für den Fall, dass ein Homerun direkt in ihre Richtung ging.

Einen Tag nachdem er mit Sherrys Adresse aus Blakeville zurückgekommen war, hatte er seine Eltern angerufen und ihnen von der Suche nach seiner leiblichen Mutter berichtet. Hatte dargelegt, wie sie an ihre Adresse gekommen waren. Und er hatte sie wissen lassen, dass er vorhatte, Sherry zu schreiben.

Sein Vater hatte wenig gesagt, aber dieses Wenige war ermutigend gewesen. Seine Mom hatte viele Fragen gestellt – kluge Fragen, aus denen auch Unterstützung für ihn sprach.

Während des gesamten Gesprächs war es John schmerzlich bewusst, wie schwer es für seine Eltern sein musste, sich anzuhören, dass ihr Sohn nach seinen *anderen* Eltern gesucht hatte.

Allie hielt ihm die offene Erdnusstüte hin.

Er schüttelte den Kopf und kniff die Augen zusammen, um das Spielfeld schärfer in den Blick zu bekommen. Es hatte keinen Zweck. Sein Sehfeld war im Zentrum unscharf, weil bereits eine erste Verschlechterung seines Sehvermögens eingesetzt hatte. Und besser würde es nicht mehr werden. Höchstens schlimmer. Irgendwann würde es keinen Sinn mehr haben, ins Stadion zu kommen, um sein Lieblingsteam zu sehen, weil er dann das Feld überhaupt nicht mehr sehen können würde. Ebenso wenig, wie er sich das Spiel im Fernsehen anschauen oder im Sportteil darüber lesen können würde.

Eine Panik machte sich so rasch in seinem Körper breit, dass er ganz bewusst atmen musste, um sie zurückzudrängen.

In Noras Gesellschaft war es ihm besser gelungen, mit seiner Situation umzugehen. Dafür war es jetzt noch unerträglicher geworden als vorher.

Was sollte er tun?

Er hatte zwei Optionen. Entweder die Zähne zusammenbeißen und einfach durch dieses Tal durchgehen, in dem er sich seit dem Besuch in Blakeville befand.

Oder … Oder die Beziehung zu Allie beenden und wieder Kontakt mit Nora aufnehmen. Er erschrak, als er bemerkte, wie sehr er sich genau das wünschte, denn er musste ja verrückt sein, um sich von einer Frau wie Allie zu trennen. Vielleicht war er tatsächlich dabei, verrückt zu werden.

Allie war hinreißend. Sie gehörte zum Besten in seinem Leben seit der Diagnose. Sie hatte ihn zum Lächeln gebracht, als ihm überhaupt nicht nach Lachen zumute war. Sie hatte zugehört, als er das brauchte, und sie hatte ihre berühmten Enchiladas gemacht, als er die brauchte. Sie hatte ihm versichert, dass es für sie keinen Unterschied mache, ob er sehen konnte oder nicht, und dass er sich auf sie verlassen könne.

Und bei alldem war sie so strahlend schön und unterließ es, irgendwelchen romantischen Druck auf ihn auszuüben. *Er* hatte einen großen Makel. Er wurde blind. Aber Allie hielt zu ihm. Sie hatte keinerlei Makel … und er dachte darüber nach, die Beziehung zu ihr zu beenden?

Nora hatte nie im Geringsten erkennen lassen, dass sie gern mit ihm ausgehen würde. Und wenn er ihr von seiner Diagnose erzählen würde, wäre es noch viel unwahrscheinlicher, dass sie überhaupt an ihm interessiert sein könnte. Wenn er sich jetzt also von Allie trennte, würde er eine Frau aufgeben, mit der er seit sechs Monaten zusammen war, um vielleicht eine Chance bei einer Frau zu haben, mit der er lediglich einen Monat lang sporadisch zusammengearbeitet hatte.

Es war der reinste Wahnsinn, auch nur daran zu denken, Allie wegen Nora aufzugeben.

Er musste die Sache durchstehen und sein Tal durchwandern. Er musste glauben, dass er die andere Seite erreichen würde. Und zwar bald, mit Gottes Hilfe.

Einer der Collegeknaben vor ihnen warf einen dümmlich-anhimmelnden Blick in Allies Richtung.

Und der kalte scharfe Schmerz in Johns Innerem blieb störrisch an seinem Platz.

Die quirlige Menge der Samstagnachmittagstouristen tummelte sich auf der Grünfläche im historischen Dorf von Merryweather. Was die Menschen anzog, waren die bezaubernden Häuser und die attraktiven Läden. Keine Frage. Aber sie kamen auch wegen der historischen Kostümführungen, und das erfüllte Nora mit einer guten Portion Stolz. Denn die Idee, an den Wochenenden historische Führungen anzubieten, war ihre gewesen.

Im Williamsburg der Kolonialzeit hatten sie dafür bestens ausgebildete und umfassend kenntnisreiche Schauspieler. Sie hatte Nikki, die eine Intelligenzbestie war; Amy, eine Mutter am Rande des Nervenzusammenbruchs, und Blake, einen Teenager, der auf Gothic machte.

Also fast das Gleiche.

Blake stand im Normalfall am Feuerplatz des Dorfes, angetan mit handgenähter Kleidung aus grobem Stoff und der Lederschürze eines Dorfschmieds. Nikki und Amy mischten sich unter die Leute und initiierten Gespräche. Manchmal machten sie Führungen. Manchmal beantworteten sie Fragen über die Geschichte des Staates Washington, während sie das Butterfass drehten, Getreide ausdroschen, Wolle spannen oder in einer historischen Küche Speisen zubereiteten.

Nora entdeckte Nikki, die im Gemüsegarten neben Crownover House arbeitete, und ging mit Randall im Schlepptau auf sie zu.

Randall hatte schon sein rot-weißes Basketballtrikot für das Spiel an, zu dem Nora ihn in einer Stunde fahren wollte. Er hatte ihr geduldig erklärt, dass seine Basketballschuhe – die schon bessere Tage gesehen hatten – nur für das Spiel da seien und dass er sie ruinieren würde, wenn er sie auf anderem Untergrund trug. Daher hatte er jetzt noch normale Sneakers an und setzte sich dann direkt vor dem Spiel wie Mr Rogers hin, um die Schuhe zu wechseln.

Nora war nie gut in irgendeinem Sport gewesen, und es hatte sie schon gar nicht interessiert, ob sie bei den Spielen, an denen sie gezwungenermaßen im Sportunterricht teilnehmen musste, gewann oder verlor. Sie hatte sich selbst in sportlicher Hinsicht immer als wenig ehrgeizig eingeschätzt. Es war daher verblüffend, dass sie jetzt bei Randalls Spielen am Rand saß und sich genötigt sah, dem Drang zu widerstehen, an den Nägeln zu kauen, empört auf den Schiedsrichter zu schimpfen oder die Spieler der anderen Mannschaft auszubuhen. Was sie sich erlaubte, war ein gelegentlicher Applaus oder ein höfliches „Whoo-hoo". Und es dabei zu belassen, erforderte eine Selbstbeherrschung von herkulischem Ausmaß.

Da sie noch Zeit hatten, war sie jetzt mit Randall unterwegs, um ihren Kostümführern zu helfen, die Stände mit Angeboten für die Kinder aufzubauen, die es am Nachmittag geben sollte.

Nora hatte den Vormittag damit verbracht, Wäsche zu waschen, Einkäufe zu erledigen, aufschlussreiche Kommentare in ihren Lieblingsblogs abzugeben und die Termine von Duncans bevorstehender Amerikatour zu posten, mit der er seinen eigenen Film promoten wollte. Und nach alldem hatte sie noch reichlich Zeit übrig gehabt und rasch einen Napfkuchen nach einem alten Familienrezept, angeblich von 1896, zusammengerührt.

Jede einzelne dieser Aktivitäten war mit einem Beigeschmack von Verzweiflung gewürzt gewesen, denn sie gab sich wirklich alle, alle, *alle* Mühe, nicht an John zu denken.

Zwei Jungen hingen an dem weißen Lattenzaun, der den Gemüsegarten von Crownover House umgab, und sahen zu, wie Nikki Unkraut hackte. Ein älterer Mann, vermutlich der Großvater der beiden, stand hinter ihnen, und es schien für ihn eine Augenweide zu sein, Nikki beim Arbeiten zuzuschauen.

„Da bin ich also am Hacken. Hier in meinem Gemüsegarten. Hier an diesem Haus, das mir gehört", redete Nikki vor sich hin.

Nikki, Amy und Blake sollten, so hatte Nora es gewollt, eigentlich keine Darsteller aus der Vergangenheit sein, sondern eher Vermittler. Ihre Aufgabe war es, den Menschen, die ins Dorf kamen, Einzelheiten aus dem Leben der Pioniere nahezubringen. Aber Nikki machte trotzdem gelegentlich zu ihrer eigenen Unterhaltung einen fantasiereichen Ausflug ins Washington des neunzehnten Jahrhunderts.

„Es ist beileibe nicht leicht, dieses Leben." Nikki grub die Hacke in den Boden. „Die Arbeit nimmt nie ein Ende. Ich bin Gärtnerin, Spülmagd, Köchin, Zimmermädchen, Mutter meiner zehn Kinder, Schneiderin, ich versorge die Hühner und schlachte sie, was … abscheulich ist, wenn ich das so offen sagen darf. Ich bin keine Frau, die sich nichts daraus macht, ein Huhn am Kragen zu packen und es in der Luft herumzuschleudern." Sie hob das Kinn mit tragischer Entschiedenheit in Scarlett-O'Hara-Manier.

Randall kicherte. Er war ein Fan von Nikki.

Nikkis abgetragenes Baumwollkleid umschloss ihre Hüften und ihre Oberweite nur mit Mühe. Als zusätzliche Accessoires hatte Nikki sich mit einem Strohhut ausgestattet, außerdem mit einer Swatch-Uhr in Pink, langen künstlichen Fingernägeln, strassbesetzten Ohrringen und dem Fitnessarmband, das sie kürzlich erworben hatte – als Motivationshilfe, um abzunehmen. Der silberne Lidschatten und der dunkelrote Lippenstift, den sie trug, sahen aus, als hätte sie sie mit einer Maurerkelle aufgetragen.

„Manchmal wünschte ich mir, ich könnte in die Zukunft schauen." Nikki wischte sich dramatisch die Stirn.

„Aber da bist du doch!", rief einer der Jungen. „Du bist hier, in der Zukunft!"

Nikki starrte ihn an. „Ich bin in der Zukunft?"

„Du musst nicht mehr im Garten arbeiten, um was zu essen zu haben", schaltete sich jetzt der andere Junge ein. „Es gibt doch Supermärkte."

„Was du nicht sagst!", rief Nikki.

„Und wir haben Mikrowellen! Und niemand muss ein Huhn am Kragen packen und durch die Luft wirbeln."

„Nun, wenn das so ist", sie lehnte ihre Hacke an die Hauswand, „dann höre ich wohl für heute mal auf mit dem Hacken."

„Und wir haben auch Computer."

„Und Nintendos!“

„Würden Sie mir vielleicht Ihre Nummer geben?“, fragte nun der Großvater der beiden.

Nikki gab ein kehliges Lachen von sich. „Sir, ich bin gerade eben erst in der Zukunft angekommen.“ Verlegenheit gab es für Nikki nicht, nicht für Nikki Clarson. Sie sprach ganz unbefangen mit dem Gentleman – humorig und doch mit einer gehörigen Portion schnurrender Zuneigung. „Und da ich jetzt hier bin, werde ich erst einmal Zeit brauchen, um mich mit Supermärkten und Computern vertraut zu machen, bevor ich bereit bin, irgendwelche Nummern weiterzugeben. Obwohl ich schon sagen muss, Sie sind recht ansehnlich, junger Mann, durchaus ansehnlich.“

Nora warf Nikki einen vielsagenden Blick zu und schüttelte den Kopf. Keine Flirterei mit Touristen.

Die Blicke der Jungen wanderten zwischen Nikki und ihrem Großvater hin und her.

„Wenn Sie in der Nähe wohnen“, sagte Nikki zu dem Mann, „kommen Sie doch nächste Woche in der Bibliothek im Naturschutzmuseum vorbei. Dann können wir uns unterhalten.“

„Ich komme bestimmt“, erwiderte der Gentleman, bevor er mit den Jungen davonschlenderte.

Nikki verließ den Garten durch die Pforte im Zaun. „Hi, mein Herz“, sagte sie zu Randall. „Heute schon jemand um heiße Schokolade und Marshmallows angebettelt?“

Er nickte. „Ms Bradford.“

„Und? Hat sie geliefert?“

Er nickte wieder.

„Nur weil Ms Bradford kein Rückgrat hat“, bellte Nikki.

„Einspruch!“, warf Nora ein, aber Randall rannte bereits voraus zu Goldings Mühle. Nora und Nikki folgten langsamer. „Und du brichst schon wieder Herzen, wie ich sehe“, bemerkte Nora zu Nikki.

In Bewegung wogte Nikkis Hüfte heftiger als der Nil bei Hochwasser. „Wenn dieser Mann nur ein bisschen Grips im Kopf hat, dann fährt er zum nächsten Laden und kauft sich das beste Parfum, das man für Geld erwerben kann", seufzte sie. „Ich mag es, wenn ein Mann einen guten Duft trägt.

„Aha."

„Wenn dieser Mann zurückkommt, um mich zu sehen, und wenn er gut duftet, dann heirate ich ihn."

„Wie, ein Fläschchen teures Markenparfum ist alles, was es dazu braucht?" hakte Nora nach.

„Ich würde auch deinen Ehrenmedaillenträger heiraten, sogar ohne Markenparfum."

„Er ist nicht *mein* Ehrenmedaillenträger, wie ich letzte Woche bereits etwa hundert Mal erwähnt zu haben glaube."

„Dann würde ich empfehlen, dass du Himmel und Erde in Bewegung setzt, damit er es wird, Nora. Glaub es mir, Männer wie dieser Navy-Knabe sind ebenso selten wie wohlhabende Pokerspieler."

„Er ist vergeben!" *Und vielen Dank auch, Nikki, dass du ausgerechnet das Thema auf den Tisch bringst, welches ich so verzweifelt – hustend-und-spuckend-und-wassertretend-verzweifelt – zu vermeiden versuche.*

Mittlerweile hatten sie Goldings Mühle erreicht, wo ein Innenhof Sitzplätze im Schatten und den Blick auf einen Kamin bot, der sich elegant die Hauswand emporzog. Nora hatte die Kaminöffnung im Inneren geschlossen und stattdessen diesen Außenkamin gesetzt. Verwitterte kräftige Holzbalken stützten das leichte Dach, der Boden war mit Natursteinen gepflastert. Extra angefertigte Tische aus heimischen Hölzern, die auf traditionelle Weise gefertigt worden waren, vervollständigten das Bild.

Der Innenhof wurde oft für besondere Veranstaltungen genutzt: Kochdemonstrationen im Stil der Pionierzeit, Weinproben, Vorträge oder Lesungen von Gastautoren oder Historikern, und am ersten Septemberwochenende gab es ein Büfett im Freien, für das die besten Küchenchefs von Merryweather zusammenarbeiteten.

Amy und Blake standen an einem der Tische und nahmen Bastelmaterial aus einer Kiste. Die Kinder würden heute Sommermobiles aus Stäben, Wolle, Bommeln und Filz machen.

Randall, Nikki und Nora machten sich daran, das Material auf die Tische zu verteilen, während Amy ihnen mit den Sportplänen ihrer drei Teenager in den Ohren lag. Amy verbrachte den Großteil ihrer Zeit damit, ihre Kinder durch die Gegend zu kutschieren. Sie brauchte dafür viel Koffein und Bestätigung von außen.

„Grace wurde gefragt, ob sie im Profiteam des Volleyballklubs mitspielen möchte", verkündete Amy in einem Tonfall, als würde sie gleich zu weinen anfangen.

Amy hatte einen molligen Körper, ein hübsches Gesicht und einen blonden Bob, der selten ordentlich gestylt war. Obwohl Amy sechzehn Jahre älter war als sie, hatte Nora seit jeher das Gefühl, die ständig unsichere Amy in Schutz nehmen zu müssen.

„Meint ihr, ich kann sie im Profiteam spielen lassen?", fragte Amy. „Ich … tja, ich weiß es einfach nicht."

„Klar", sagten Randall und Blake wie aus einem Mund.

„Natürlich nicht!", mischte Nikki sich ein. „Du bist doch nicht Aschenbrödel. Und ich rede nicht von der Zeit, in der sie am Schluss glücklich lebt bis an ihr Lebensende. Ich rede von der Zeit, in der sie sich für unwürdige Familienmitglieder zu Tode schuftet."

„Es ist nur so, also, das Profiteam ist eine große Chance, und Dan meint …"

„Entführe diesen Mann für ein Wochenende in ein Hotel und erinnere ihn daran, warum er deinen Reizen immer wieder erliegt!", forderte Nikki. „Und dann sagst du ihm, was *du* vom Profiteam hältst."

„So was bitte nicht in Anwesenheit von Minderjährigen", unterbrach Blake und hielt Randall die Ohren zu.

Randall hatte dieses Grinsen im Gesicht, das Nora liebte, bei dem er seine prachtvollen glänzenden Zähne zeigte.

„Randall und ich sind nicht alt genug für diese Art von Konversation", belehrte Blake Nikki.

„Du bist achtzehn", sagte Nikki zu Blake.

„Ich bin ungefähr so alt wie Amys Kinder, und es schockiert mich, hier Gerede über Moms und Dads zu hören, die ihren gegenseitigen Reizen erliegen."

„Werd erwachsen", sagte Nikki lächelnd.

Amy plapperte aufgeregt weiter und warf einen sehnsüchtigen Blick hinüber zur Konditorei. Zweifellos brauchte sie schon wieder einen Kaffee.

Nikki fuhr fort, ihre ehelichen und elterlichen Ratschläge über Amy auszuschütten, gänzlich unbeeindruckt davon, dass sie weder verheiratet noch Mutter war.

Blake schob Randall ein wenig in Noras Richtung.

Wenn Blake zu seiner Schicht erschien, packte er zuerst immer die Schmiedewerkzeuge aus. Blasebalg, Zangen, Hammer. Dann hängte er geschmiedete Waren zum Verkauf an Haken rund um die Feuerstelle.

Jedem, der stehen blieb, erzählte er etwas über die Schmiedekunst in früheren Zeiten. Er war fantastisch darin, das Feuer am Brennen zu halten, und recht gut darin, seine Eisenwaren zu verkaufen. Aber Nora ließ ihn nie auch nur in die Nähe von glühendem Eisen kommen. Denn die meisten Lebenserfahrungen, über die Blake bisher verfügte, hatte er aus Horrorfilmen, Horrorbüchern und grässlichen Videospielen.

Sie sah ihm zu, wie er sorgfältig farbiges Papier an jeden Sitzplatz an den Tischen legte, wobei sein schwarz gefärbtes Haar ihm über das blasse ovale Gesicht fiel. Trug er heute etwa Eyeliner?

„Ms Bradford?", sagte Blake jetzt. „Also, ich wollte Sie mal was fragen …"

„Ja?"

„Na ja, Sie sind doch Bibliothekarin, und da habe ich mich gefragt, ob Sie vielleicht auch was über das Verlagswesen wissen."

„Nur wenig."

„Ich habe nämlich eine Idee für ein Kinderbuch."

Blake interessierte sich für etwas, was Bildungswert hatte und auch noch produktiv war? Das war ja wunderbar! „Das ist großartig, Blake."

„Ich dachte an einen Comicroman, wissen Sie? Aber für Kinder. Und er handelt von einem üblen Typen, der sich der Vollstrecker nennt, und der verfolgt Leute und so …. Und dann ist da ein Junge, der besondere Kräfte bekommt, und der kämpft gegen den Vollstrecker. Und am Ende gibt es die entscheidende Konfrontation."

„Mhmm."

„Und alle werden natürlich auf der Seite des Jungen sein und erwarten, dass er gewinnt. Aber dann – und das ist das Geniale – gewinnt der Vollstrecker und alles wendet sich. Denn durch seinen Sieg vernichtet er damit die bösen Mächte."

„Klingt cool", bemerkte Randall.

„Verstehe." Nora hatte ihr Leben lang Romane geliebt. Es lag ihr fern, Blakes Kreativität zu kritisieren und ihn zu entmutigen, auch wenn diese Idee ihr wie literarische Nahrung vorkam, die das Leben von Kindern nicht unbedingt positiv beeinflussen würde.

„Und dann feiert der Vollstrecker ein großes Fest", schob Blake noch nach.

Ach ja, natürlich, warum nicht?, dachte Nora.

Und gleich danach: *Ich liebe meine Mitarbeiter.*

Und sofort danach: *Ich vermisse John.*

Gestern vor einer Woche waren sie aus Blakeville zurückgekommen. Aber anstatt dass der Kummer allmählich abnehmen würde, schien es von Tag zu Tag schlimmer zu werden.

Sie erinnerte sich genau, wie John ausgesehen hatte, als er zum ersten Mal in der Bibliothek auf sie zugekommen war, an sein Lächeln im Café mit zwei Tellern Apfel-Zimt-Strudel auf dem Tisch, wie er in ihrem Auto die Sonnenbrille aufgesetzt hatte, wie er mit dieser Sehnsucht in den Augen auf jener Terrasse gestanden hatte. Sie rief sich alles in Erinnerung, was er gesagt hatte. Las jede Mail und jede Nachricht, die er ihr geschickt hatte, und spielte sich die zwei Sprachnachrichten von ihm immer wieder vor.

Nora richtete sich auf, farbige Filzstücke in den Händen, und blickte über die Grünfläche zu dem Tisch hinüber, an dem John und sie bei ihrem ersten Treffen gesessen hatten.

An dem Tag, nachdem sie ihn zum letzten Mal gesehen hatte, hatte sie die Onlineartikel und PDF-Dokumente zusammengestellt, die sie John versprochen hatte. Sie hatte sie ihm noch nicht geschickt, weil ihr klar war, dass diese Mail womöglich den Schlussstrich unter die Kommunikation zwischen ihnen ziehen würde. Sie hatte gezögert, die Dokumente zu senden, die das Kapitel ihrer gemeinsamen Bemühungen endgültig schließen würden. Und außerdem war sie nicht fähig gewesen, zu entscheiden, ob sie noch eine Einladung zum Geburtstag ihrer Großmutter anhängen sollte.

Jeden Tag ermahnte sie sich selbst, endlich eine Entscheidung zu treffen und die Mail abzuschicken. Was, wenn er noch auf die versprochenen Unterlagen wartete, bevor er seiner Mutter schrieb? Nicht, dass das sehr wahrscheinlich war. Aber falls er doch wartete, würde er sich fragen, was denn daran so lange dauerte. Noras Name war noch nie mit dem Adjektiv *unproduktiv* in einem Atemzug genannt worden. Allein der Gedanke, John könnte sie für unproduktiv halten, machte sie ganz nervös.

Sie atmete tief ein und sehr langsam wieder aus. Sie würde direkt in ihr Büro in der Bibliothek gehen. Auf der Stelle. Sie würde die Mail jetzt abschicken, und sie würde John und Allie zur Geburtstagsfeier von Grandma einladen, weil sie sich auf einmal sicher war, dass ihre Motive ehrbar waren. Nicht aus Ich-spanne-jemandem-den-Freund-aus-Motiven. Vielmehr aus Ich-würde-mich-freuen-wenn-wir-einen-gemeinsamen-Bekanntenkreis-hätten-Motiven.

Es war idiotisch von ihr, zu glauben, sie könne es nicht ertragen, ihn mit Allie zusammen zu sehen. Natürlich konnte sie. Die schlimmen acht Tage, die hinter ihr lagen, hatten sie zu einer kristallklaren Erkenntnis geführt: Sie würde John sehr, sehr viel lieber hin und wieder in einem freundschaftlichen Rahmen irgendwo treffen, als ihn in ihrem ganzen Leben nie mehr wiederzusehen!

• • •

E-Mail von Nora an John:
Hallo John,

ich hoffe, es geht Ihnen gut! Ich schicke Ihnen die Materialien, von denen wir gesprochen haben. Sie finden sie im Anhang.

Noch kurz ein ganz anderes Thema ... Erinnern Sie sich, dass wir über meine Großmutter sprachen? Sie wird demnächst achtzig, und meine Schwestern und ich planen eine Geburtstagsfeier für sie. Willow, Britt und ich würden uns sehr freuen, wenn Sie und Allie dabei wären. Die Feier findet am Abend des 3. Juli statt, einem Samstag, und zwar in Bradfordwood. Wenn Sie an diesem Abend noch nicht verplant sind, schicke ich Ihnen gern die offizielle Einladung.

Alles Gute für Sie,

Nora

• • •

Hallo Nora,

vielen Dank für die Unterlagen, die Sie geschickt haben.

Leider haben Allie und ich für den 3. Juli schon andere Pläne, sodass wir nicht zu Ihrer Feier kommen können. Wir wünschen Ihrer Großmutter einen wunderbaren Geburtstag.

John

Kapitel 13

Nora schlug das Herz bis zum Hals, als sie am Montagvormittag Johns Namen im Posteingang ihres E-Mail-Faches entdeckte.

Seit Samstag, als sie die Mail an ihn geschrieben hatte, betete sie, dass er verstehen würde, in welcher Haltung sie das alles geschrieben hatte. Und auch, dass sie gut mit seiner Reaktion umgehen könnte – ob er nun zusagte oder nicht.

Es war ein Nein. Sie starrte auf die wenigen Zeilen.

Es war ein Nein.

Sie griff sich ihre Handtasche, verließ die Bibliothek und fuhr geradewegs zur Hartnett-Kapelle. Während der Fahrt verwandelte sich ihre Enttäuschung in ein Gefühl von Benommenheit, das sich mühte, sie zu schützen.

Herr! Ich habe doch gebetet, dass ich nicht so reagiere. Bitte hilf mir!

Sie hielt vor der Kirche und nahm den Anblick in sich auf, als wäre er ein Gegenmittel gegen Enttäuschung. Was er auf seltsame Weise tatsächlich war.

Sie stieg die ihr vertrauten Stufen empor. Wie immer ließ sich die Klinke leicht herunterdrücken, als sie die Hand darauflegte, und das Innere der kleinen Kirche hieß sie mit gedämpfter Stille und dem Geruch alten Holzes willkommen. Nora stand einfach da und ließ die tröstliche Atmosphäre auf sich wirken.

Seit jener Zeit, als das historische Dorf nicht mehr gewesen war als eine Notiz auf ihrer Wunschliste, hatte Nora sich dafür eine Kapelle gewünscht.

Ein Jahr nach ihrem Collegeabschluss war sie in einem Brief einer gewissen Lena Sussex, einer der ersten Einwohnerinnen von Merryweather, auf die Hartnett-Kapelle gestoßen. Nora hatte alte Grundbücher durchforstet und herausgefunden, wo die Hartnetts überall Land besessen hatten. Weitere Nachforschungen hatten ergeben, dass dieses Land noch immer im Besitz der Familie war.

Ohne zu zögern, hatte sie Mr Hartnett angerufen. Als er ihr sagte, dass es die Kapelle noch gebe, war sie geradezu euphorisch gewesen. Er hatte ihr den Weg beschrieben und ihr versichert, sie sei mehr als willkommen, wenn sie sich die Kapelle einmal persönlich ansehen wolle.

Sie war sofort hingefahren. Und auch jetzt, so viele Jahre später, konnte sie sich noch genau an diese tiefe ungetrübte Freude erinnern, die sie beim Anblick des einfachen Gebäudes überfallen hatte. Es war schlicht und zweckmäßig, bis auf die liebevollen Details, mit denen es ausgestattet war. Anstelle des üblichen Weiß waren die Schindeln an den Außenwänden in einem blassen Blau getüncht. Die Kapelle verfügte über eine Spitzbogentür. Die eleganten Schnitzereien an dem schmalen Vordach, das darüber angebracht war, legten Zeugnis von der Kunstfertigkeit des Schreiners ab, der sie einmal angefertigt hatte. Im Glockenturm hing noch immer die ursprüngliche Glocke. Und von der Turmspitze ragte ein robustes, grob behauenes Kreuz in den Himmel.

Als sie zum ersten Mal in dieser Kapelle gestanden hatte, war sie noch mit Harrison zusammen gewesen. Sie waren damals zwar noch nicht verlobt, aber das hatte Nora nicht davon abhalten können, sich die Rolle dieser Kapelle bei ihrer zukünftigen Hochzeit in den lebhaftesten Farben auszumalen.

Sie hatte beschlossen, die Kapelle zu kaufen und wie im Triumph in ihr historisches Dorf zu bringen. Sie würde sie liebevoll und mit viel Geschmack restaurieren. Da das Kirchlein zu klein war, um alle ihre Hochzeitsgäste zu beherbergen – schließlich gehörte ihre Familie zum Urgestein der Gemeinde –, hatte sie geplant, vor der Kapelle weiße Stühle aufzustellen und die breite oberste Treppenstufe des Aufgangs als Altarraum zu nutzen, wo sie ihr Eheversprechen ablegen würde. Die Tür würde üppig mit Blumen geschmückt sein. Der Glockenturm würde in einen blauen Himmel ragen, und all ihre Gäste würden von der Tiefe und Schönheit ihrer Liebe und dem perfekten Setting zu Tränen gerührt sein.

So war es jedenfalls *gedacht* gewesen.

Das erste Problem war aufgetaucht, als sie Mr Hartnett gefragt hatte, ob sie die Kapelle kaufen könne. Er hatte ihr erlaubt, so viel Zeit in der Kapelle zu verbringen, wie sie nur wollte, und er hatte auch ihre häufigen Besuche toleriert, bei denen sie Bestechungsgeschenke vorbeigebracht hatte. Aber er wollte ihr die Kapelle einfach nicht verkaufen.

Die Hartnett-Kapelle stand seit etlichen Generationen leer, aber das hieß nicht, dass die kleine Kirche Mr Hartnett nichts bedeutete. Er verband damit entscheidende Kindheitserinnerungen. Es repräsentierte ein Stück Familiengeschichte, und er war entschlossen, es für seine Enkel zu erhalten.

Wenn er dies Nora gegenüber erwähnte, erklärte sie ihm, warum sie die Kapelle liebte und wie hingebungsvoll sie sich darum kümmern würde. Sie versprach, ein Schild anzubringen, das etwas über die Geschichte des Gebäudes erzählte. Sie versicherte ihm, dass seine Enkel und alle nachfolgenden Generationen jederzeit willkommen waren, die Kapelle kostenlos zu nutzen. Sie fand kein Ende darin, ihm auszumalen, wie schön es wäre, dieses besondere Familienerbe mit allen Einwohnern von Merryweather und mit den vielen Menschen, die die Stadt besuchten, zu teilen.

Aber zu ihrem Leidwesen gefiel Mr Hartnett seine Kapelle genau dort, wo sie war, am besten.

Was alles vollkommen verständlich war. Nur dass Nora sich wie eine Verbindungsstudentin fühlte, die eine ganz besondere Aufgabe übernommen und sich mit aller Kraft hineingehängt hatte – aber ohne den geringsten Erfolg.

Sie hatte jetzt die vordere Reihe in der Kapelle erreicht und drehte sich langsam um. Sorgfältig registrierte sie jedes Detail im Raum, um sicher zu sein, dass nicht das Geringste darin es gewagt hatte, sich zu verändern, seit sie das letzte Mal hier gewesen war. Einige Fenster waren beschädigt und hingen schief in den Rahmen. Die Farbe an den Wänden blätterte überall ab. Spinnweben hingen wie Bogenstreben unter den Balken, die die Decke trugen. Ein Belag aus Staub und Schmutz bedeckte den Holzfußboden.

Aber die ursprünglichen Bänke aus Holz waren noch erstaunlich intakt. Ebenso wie das handgemalte grüne Schnitzwerk, das die Wände als zauberhafte Abgrenzung zur Decke hin umlief.

Sie verließ die Kapelle und setzte sich auf die oberste Treppenstufe.

Von diesem Punkt aus konnte man kein anderes Gebäude sehen. Die Kapelle war auf einer Wiese errichtet worden, die von nichts als hügeliger Landschaft umgeben war.

Auf der Fahrt hierher hatte es geregnet. Die Wolken hingen tief, eine neblige graue Masse. Aber jetzt fand die Sonne weit hinten eine Lücke in der Wolkendecke. Sie warf ihre Strahlen auf das Land, fiel auf Äste und Zweige und verwandelte ihre Blätter in ein helles, lebendiges, fast unheimliches Grün.

Nora würde nie wissen, ob John und Allie wirklich bereits andere Pläne für den 3. Juli hatten. Oder ob John das geschrieben hatte, um eine Begegnung mit ihr zu vermeiden. Der Gedanke, das könnte der Fall sein – er könnte sie wirklich meiden wollen –, war bitter. Andererseits, wenn er sie mied, um seine Beziehung zu Allie zu schützen, dann bewies das nur, was sie schon immer über seinen Charakter gewusst hatte. Vielleicht würde sie in ein paar Tagen, wenn der Schmerz nachgelassen hatte, sogar in der Lage sein, ihn dafür zu bewundern.

Sie lehnte den Kopf an das Geländer, das zu beiden Seiten der Treppe verlief.

Dieses Gebäude brachte sie zur Ruhe. Einerseits, weil sie es liebte, andererseits, weil es ihr half, Gottes leise Stimme zu hören.

Heute erinnerte Gott sie daran, dass sie nicht erwarten sollte, alles zu bekommen, was sie sich vom Leben wünschte.

Die Dinge, die man sich wünschte, um die man bat und die man nicht bekam, hinterließen Lücken – im Herzen, aber manchmal auch in einem historischen Dorf. Sosehr Nora dagegen aufbegehren wollte, sie musste doch einsehen, dass es diese Lücken waren, die Gott gebrauchte, um seine Kinder zu reifen und demütigen Menschen zu machen. Was man nicht bekam, konnte das Leben ebenso bereichern wie das, was man bekam.

Das Leben hatte Lücken. Risse. Und doch war das Leben schön.

Nora konnte Gottes Nähe spüren. Sie hörte ihn in den Geräuschen der Natur um sie her, entdeckte ihn in den Sonnenstrahlen. Er hatte ihr diese Kapelle nicht gegeben. Er hatte ihr John nicht gegeben. Aber er hatte ihr sich selbst geschenkt. Er genügte.

Er genügt, Nora.

Ihr Kopf wusste, dass Gott allein genügte. Aber ihr Herz schwankte noch. Ihr Herz hatte ein gutes Gedächtnis. Es hatte noch nicht vergessen, was passiert war, als sie Gott letztes Mal völlig vertraut hatte.

Und im Moment war ihr Herz damit beschäftigt, die Lücke, die John hinterlassen hatte, zuzupflastern.

„Warum lächelst du?", fragte Allie.

„Oh." Er hatte gerade seinen Koffer in sein Schlafzimmer gerollt, um zu packen. Der Koffer hatte ihn an Noras riesige, mit Monogramm verzierte Tasche erinnert, und die Vorstellung, wie sie das halbe Sortiment eines Schreibwarenladens darin herumschleppte, brachte ihn zum Schmunzeln. „Ich dachte gerade an meine letzte gemeinsame Unternehmung mit den Jungs."

„Schön, dass du dich darauf freust. Ihr habt bestimmt eine fantastische Zeit."

Er nickte.

Er würde am nächsten Morgen abreisen und zehn Tage fort sein. Drei Tage in New York, wo er Schulungen zum Thema Notfallvorsorge geben würde. Anschließend fuhr er weiter nach Maine zum Angeln. Dort traf er sich mit ein paar Jungs aus seiner Navy-Einheit, die inzwischen auch aus der Navy ausgeschieden waren.

Vielleicht würden sie ja tatsächlich über alte Zeiten reden, über Spezialeinsätze und … solches Zeug. Er wollte schon ansetzen und Allie erzählen, wie Nora sich immer über dieses Navy-Zeug amüsiert hatte.

Er schloss den Mund wieder. Das war nichts, was er Allie erzählen konnte.

Sie saß auf der Kante seines Bettes, die Füße über den Knöcheln verschränkt, den Kopf über ihr Handy gebeugt. Ihr kräftiger blonder Zopf hing ihr über den Rücken.

Einige Zeit vorher hatte sie gekocht. Enchiladas, Reis, Salat und etwas, was sie Eistorte nannte. Sein Bewusstsein hatte zwar registriert, dass sie sich Mühe gegeben hatte und alles ausgezeichnet war, aber geschmeckt hatte er eigentlich nichts wirklich.

Zwei Wochen war es jetzt her, dass er Nora zuletzt gesehen hatte. Und nach wie vor war Nora das Einzige, worüber er eigentlich mit Allie reden wollte.

Nachdem er Noras Mail mit den Informationen bekommen hatte, hatte er zwei Tage lang überlegt, wie er antworten sollte. Schließlich hatte er getan, was er nicht tun wollte, und ihre Einladung abgelehnt. Er versuchte, das Richtige zu tun, ein anständiger Mensch zu sein. Ein verlässlicher Partner für Allie.

„Soll ich dir und den Jungs ein Carepaket nach Maine schicken?", fragte Allie, ohne den Blick vom Handydisplay abzuwenden.

„Nein, brauchst du nicht."

„Hier steht, dass Paketsendungen für Gäste in eurer Unterkunft angenommen werden."

„Mhmm."

„Weißt du, ich war schon ewig nicht mehr in New York. Ich würde gern mal wieder hin. Vielleicht gibt es ja noch irgendwelche Last-minute-Flüge …" Ihre Finger flogen über die Bildschirmtastatur. „Wir könnten uns Museen ansehen. Oder ein Musical."

Und in diesem Moment, mitten in seinem Schlafzimmer, den Griff eines leeren Koffers in der Hand, wurde John klar, dass es vorbei war. Er wollte nicht, dass Allie ihm weiterhin Enchiladas machte oder ihm Carepakete schickte oder mit ihm nach New York kam. Er wollte sich nicht verpflichtet fühlen, sie von seiner Reise anzurufen oder Kontakt mit ihr zu halten. Er wollte nicht, dass sie ihn bei seiner Rückkehr am Flughafen abholte.

Auf dem Papier war Allie die perfekte Freundin für ihn. Alle liebten sie: Männer, Frauen, Kinder. Sie ließ nichts zu wünschen übrig. Sie war voller guter Eigenschaften.

Aber sie klickte nicht zweimal auf die Fernbedienung, um ihr Auto abzuschließen. Sie hatte kein feuerrotes Haar über blasser Haut. Sie gebrauchte keine komischen Wörter.

Es gab etwas zwischen Nora und ihm, wenn sie zusammen waren, etwas an ihnen beiden, was einfach passte. Es ergab keinen Sinn. Nora war viel belesener als er. Und sie trank Tee, du liebe Güte. Sie war kein bisschen sportlich. Sie war vernarrt in eine britische Soap mit einem langen Namen, den er noch nie gehört hatte, weil er öffentliche Fernsehsender mied wie die Pest. Und ihre Frisur irritierte ihn.

Aber auf eine Weise, die er nicht erklären konnte, waren es gerade die Dinge, die Nora zu dem Menschen machten, der sie war – ihr gutes Herz und ihre Fehler und der ganze Rest waren genau richtig für ihn. Und das hieß, dass jede andere, sogar Allie, eben nicht richtig war.

Egal, ob Nora nun eine Beziehung zu ihm haben wollte oder nicht, er konnte die Beziehung zu Allie nicht länger fortsetzen. Er war ihr dankbar, dass sie ihm geholfen hatte, die ersten Tage nach seiner Diagnose zu überstehen. Sehr dankbar sogar. Aber jetzt hatte er gemerkt, dass sein Wunsch, frei zu sein, wesentlich größer war als seine Zuneigung und Dankbarkeit gegenüber Allie.

Jede Freundin überall auf der ganzen Welt verdiente mehr als das, was er an den Tag gelegt hatte, seit er aus Blakeville zurück war. Allie, die absolut nichts falsch gemacht hatte, verdiente entschieden mehr.

Der Druck, die Beziehung zu beenden, kam plötzlich so heftig in ihm hoch, dass er sich wunderte, wie er bisher überhaupt dagegen ankämpfen konnte.

Er schob den Koffer zur Seite. „Allie?“

Sie wandte ihm ihr Gesicht zu und lächelte.

Er wollte ihr nicht wehtun, und es tat ihm schon jetzt leid, unendlich leid, dass er ihr diesen Schmerz zufügen musste, den das gleich folgende Gespräch verursachen würde.

John sah zu, wie die Wolkendecke ihm allmählich die Sicht auf den Staat Washington raubte, während sein Flieger in Richtung New York an Höhe gewann.

Allie hatte weder geschluchzt noch getobt noch ihn verflucht, als er gestern einen Schlussstrich unter ihre Beziehung gesetzt hatte. Dafür war sie sich selbst viel zu viel wert. Aber trotzdem war es extrem schmerzhaft gewesen. John blieb mit sehr gemischten Gefühlen zurück.

Einerseits fühlte er sich wie ein Versager von Weltklasse, andererseits ungeheuer erleichtert.

Er zweifelte nicht daran, dass er das Richtige getan hatte. Nur, es auch wirklich zu tun, war schrecklich gewesen.

Diese Reise war zum perfekten Zeitpunkt gekommen.

Er brauchte Urlaub und Abstand, um sich neu zu sortieren.

Vor ihm lagen zehn Tage, in denen er beten und nachdenken und ausruhen würde. Und wenn er zurückkam, würde er entscheiden, was in aller Welt er jetzt im Blick auf Nora tun würde.

Zu entscheiden, was er jetzt in Bezug auf Nora tun sollte, wäre einfach gewesen, wenn da nicht das Problem mit seinen Augen wäre.

John stand auf seiner Veranda. Gestern war er von seinem Ausflug nach Shore Pine zurückgekommen. Durch den Morgennebel konnte er den See kaum erkennen. Und es war kein dichter oder kalter Nebel. Es war ein leichter Sommernebel, und er spiegelte genau seine momentane Stimmungslage.

Bevor er Nora um ein Date bitten konnte, würde er ihr von seiner Diagnose erzählen müssen. Sie verdiente es, die ganze Wahrheit zu kennen, bevor sie sich mit ihm weiter traf, aber … ach Mann! Er seufzte. Er wollte es ihr nicht sagen.

Wie viel lieber wäre es ihm, Nora würde auch weiterhin glauben, er sei der, über den sie in *Uncommon Courage* gelesen und den sie im Film gesehen hatte. Was sehr viel wert wäre, denn ihm war schon immer klar gewesen, auch vor seiner Diagnose, dass der Mann im Buch und im Film besser und größer und mutiger und sehr viel unsterblicher war, als er es je sein würde.

Er könnte es natürlich auch lassen und Nora nicht kontaktieren. Ihr Kontakt war schließlich bereits beendet. Und dabei könnte er es einfach belassen. Und Nora würde ihm nie ins Gesicht sagen müssen, dass sie nichts von ihm wollte oder dass sie nicht zusehen wollte, wie er sich zu einem Schatten seiner selbst entwickeln würde.

Allerdings war es so, dass er sie viel zu sehr vermisste, um den Kontakt nicht wiederaufzunehmen. Fast einen Monat war ihre Fahrt nach Blakeville nun schon her. Und in dieser Zeit hatte sich ihre Kommunikation auf die eine Mail von ihr und seine knappe Antwort beschränkt. Aber der unsagbare Schmerz in ihm, weil er sie vermisste, war immer noch da.

Während dieser Suche nach Sherry war Nora ein Lichtblick in seinen Tagen gewesen. Und das war sie noch immer, und deshalb konnte er sie nicht einfach so gehen lassen.

Sein Finger hielt auf dem Display seines Handys inne, in das er gerade eine Nachricht an Nora getippt hatte. Dann klickte er langsam Rücktaste, Rücktaste, Rücktaste.

Ärgerlich fuhr er sich mit den Fingern durchs Haar. Er brachte es nicht über sich, Nora aufzugeben. Aber ebenso sehr hasste er die Vorstellung, sie in den Kampf, der auf ihn zukam, hineinzuziehen … den Kampf, der bereits begonnen hatte.

Blindheit war nicht schön. Er würde nirgendwo mehr allein hinfahren können. Er würde vielleicht nicht mal mehr allein zu Fuß gehen können, ohne geführt zu werden. Ihm schwirrte der Kopf, wenn er sich vorstellte, aufzuwachen und ins Dunkel zu starren, den See vor seinen Fenstern nicht mehr sehen zu können und sich tastend und stolpernd durchs Leben bewegen zu müssen.

Und für Nora wünschte er sich etwas Besseres.

Aber sein altes schlichtes Selbst *wollte sie* ganz einfach. Also würde er ihr alles erzählen und erklären, was es bedeutete. Er würde es ihr sagen, und dann wäre sie am Zug.

Innerlich aufstöhnend tippte er die Nachricht erneut in sein Handy, und bevor er es sich anders überlegen konnte, schickte er sie ab.

Noras Handyton signalisierte den Empfang einer Nachricht.

Sie saß im *Sweet Art* und probierte Zartbitter-Erdnuss-Schokolade, als sie es hörte und die Hand nach dem Handy ausstreckte. Kaum hatte sie den Namen *John Lawson* in der Absenderzeile gelesen, begann ihr Herz zu stolpern. Die Schokolade in ihrem Mund schmolz, während sie von einer Welle aus Freude und Nervosität zugleich überrollte wurde.

John.

Ach, John.

Falls sie je geglaubt hatte, sie hätte Abstand zwischen sich und ihn gebracht – was sie nicht wirklich getan hatte –, dann wischte diese Nachricht jeden Gedanken daran zur Seite. Wenn physischer Hunger mit Noras Sehnsucht, von John zu hören, vergleichbar war, dann stand sie kurz vor einem Punkt, an dem sie zur Kannibalin werden könnte.

„Deinem Gesichtsausdruck nach zu schließen", bemerkte Britt, „hast du eine Nachricht von John." Sie steckte das Staubtuch, das sie grade benutzt hatte, in die Schürzentasche.

Nora löste ihren Blick vom Display und richtete ihn auf Britt.

„Atmen!", kommandierte Britt und wedelte mit den Händen vor ihrem Brustkorb herum. „Schlucken. Sprechen."

Nora tat folgsam wie geheißen.

„Was schreibt er?", wollte Britt wissen.

Sie klickte auf die Nachricht. „Er schreibt, er wisse, dass Grandmas Geburtstag schon in ein paar Tagen ist und dass es ihm leidtue, weil es jetzt so kurzfristig sei und weil er natürlich wisse, dass es unhöflich ist, seine Meinung so kurzfristig zu ändern. Aber er würde gern kommen, wenn die Einladung noch gelte." Das war viel zu schön, um wahr zu sein. Sie hatte doch schon jede Hoffnung aufgegeben.

Britt schürzte die Lippen. „Und er schreibt nicht, *wir* würden gern kommen, wenn die Einladung noch gilt?"

„Nein. Einfach *ich* würde gern kommen."

„Nur fürs Protokoll: Ich werde ihm sehr wehtun müssen, wenn er noch mit seiner Freundin zusammen sein sollte."

„Und ich werde dir sehr wehtun müssen, weil du mir grad fast einen Herzinfarkt verursachst durch die Andeutung, er könne getrennt von ihr sein! Sie sind bestimmt noch zusammen. Ich meine ... glaubst du nicht?" Sie sah Britt forschend an.

„Ich glaube, du und ich, wir brauchen die Antwort auf genau diese Frage. Und zwar sofort. Schreib ihm: ‚Selbstverständlich gilt die Einladung noch. Sie und Allie sind herzlich willkommen auf Grandmas Geburtstagsparty.' So kriegst du ganz sicher raus, was du wissen willst."

Nora überlegte kurz. „Perfekt." Sie tippte den Text genau so mit zitternden Fingern ins Handy, im Mund noch immer den Zartbitter-Erdnuss-Geschmack der Schokolade.

Bing. Sie stießen fast mit den Köpfen zusammen, als sie sich über das Display beugten.

Allie und ich haben uns getrennt. Ich komme allein.

„Du liebe Zeit", hauchte Nora. Ihre freie Hand fuhr zu ihrem Herzen und blieb dort liegen.

„Am liebsten", sagte Britt bedächtig, „würde ich ja einen Freudentanz aufführen. Aber ich bin nicht sicher, ob das eine angemessene Reaktion darauf ist, dass jemand anders sich getrennt hat."

„Geht mir genauso. Und wenn *sie* nun mit ihm Schluss gemacht hat und er jetzt nur einen Weg sucht, sich darüber hinwegzutrösten?"

„Nora." Britt warf ihr einen nachsichtigen Blick zu. „Eins kann ich dir versprechen: Keine Frau würde mit einem solchen Mann Schluss machen. Nie im Leben. *Er* hat die Beziehung beendet. Weil *du* diejenige bist, die er mag."

„Woher willst du das wissen? Wir wissen überhaupt nicht, ob er mich mag."

„Denk doch mal nach. Es gibt nur einen einzigen Grund, warum er jetzt doch zu Grandmas Geburtstag kommen will. Vermutlich nicht, weil er glaubt, dass er sich auf einem achtzigsten Geburtstag so fantastisch amüsieren wird. Und auch nicht für den vorzüglichen Kuchen, den ich backen werde. Der einzige Grund, warum er kommen will, bist du."

Hoffnung, wundervolle, schreckliche Hoffnung durchflutete Nora. Wie gern sie Britt glauben würde! Aber Britts Schlussfolgerungen erschienen ihr zu unsicher, um darauf zu vertrauen. „Wie soll ich reagieren?"

„Wie wär's mit: ‚Das wird aber auch Zeit, mein trantütiger Ehrenmedaillenträger.'"

„Erbarmen! Schlag doch mal was vor, was im Bereich dessen liegt, was normale Menschen, die nicht Britt Bradford heißen, zueinander sagen würden."

„Also gut. Zunächst mal musst du ja gar nichts dazu sagen, dass er und Allie sich getrennt haben. Dafür ist später auch noch Zeit genug."

Guter Tipp. Sie schrieb: *Grandmas Geburtstagsfeier beginnt um 19.00 Uhr. Aber Sie sind uns auch vorher bereits willkommen – jederzeit …*

„Denn jederzeit ist die beste Zeit für die Liebe."

„Britt, das ist absolut *nicht* hilfreich." Nora feilte weiter an ihrer Nachricht. *… zwischen 18.00 und 19.00 Uhr. 423 Briar Cliff Road, Merryweather. Ich glaube, ich bin es Ihnen schuldig, anzumerken, dass Grandma nur dann etwas als angemessenen Rahmen für eine Feier akzeptiert, wenn die Damen Abendgarderobe und die Herren Anzug tragen.* Sie las mehrmals durch, was sie geschrieben hatte. Es schien den richtigen Ton zu treffen.

„Genehmigt", sagte Britt.

Nora schickte die Nachricht ab.

Er antwortete umgehend. *Vielen Dank für die Vorwarnung. Das klingt, als sei jetzt ich Ihnen etwas schuldig.*

„Frag ihn, ob er nicht noch einen Freund mitbringen will – als Partner für Willow."

„Ich weiß nicht …"

„Nora Bradford! Denk doch einmal auch an deine arme Schwester! Du glaubst ja wohl nicht, du könntest alle attraktiven Männer nur für dich haben!"

„Doch! Schließlich bin ich ja berüchtigt dafür, dass ich *alle* attraktiven Männer um mich schare."

„Du bist bekannt für dein großes Herz und deine Großzügigkeit", gab Britt zurück. „Jetzt kannst du beides mal unter Beweis stellen."

Nora biss sich auf die Lippen und schrieb: *Willow legt Wert auf eine ausgewogene Mischung unter den Gästen, und wir hätten noch einen Platz am Tisch für einen Herrn frei. Wenn Sie noch einen Freund mitbringen, bin am Ende wieder ich diejenige, die Ihnen etwas schuldet.*

Die Antwort kam umgehend: *Ich sehe, was sich machen lässt.*

Wunderbar! Bis dann.

„Gut gemacht, Schwesterherz." Britt schob Nora die restliche Schokolade hin. „Und darauf ein Stück Schokolade!"

Nora nahm einen Bissen. „Wieso sollte ich John nicht fragen, ob er zwei Freunde mitbringen kann? Einen für Willow und einen für dich?"

„Weil ich mich immer noch nicht vom letzten Schiffbruch in meinem Beziehungsleben erholt habe. Außerdem kommt Zander ja auch. Und seine Gesellschaft ist mir lieber als die jedes festen Freundes. Zudem ist es praktisch, weil er mir helfen wird, die Geburtstagstorte zu servieren."

„Für dich geht es bei dieser Feier wohl um nichts anderes als um Kuchen, oder?"

„Ähm … genau."

„Es gibt mehr im Leben als Nachtisch, Britt."

„Touchée, meine Liebe. Und das von einer Frau, die bis vor ein paar Wochen ihre gesamte Lebensenergie in *Northamptonshire* und romantische Bücher investiert hat." Britt verschwand in Richtung Küche.

Nora verzehrte bedächtig den Rest der Schokolade. Sie gestattete ihren Gefühlen, etliche Purzelbäume zu schlagen, bevor sie versuchte, sich so weit zu beruhigen, dass sie wieder vernünftig denken konnte.

Britts Meinung einmal dahingestellt, war es trotzdem sehr gut möglich, dass die Trennung von Allie ausgegangen war. Ebenso war es möglich, dass John Nora nicht auf die Weise mochte, wie Britt es vermutete. Vielleicht hatte er sich nur gemeldet, weil er mit der Trennung nicht klarkam und Ablenkung brauchte. Es hatte schließlich keinen Sinn, sich eine Fiktion aufzubauen, die es mit ihren epischen Fantasyromanen aufnehmen konnte, um zu erklären, aus welchen Motiven John zu diesem Geburtstag kommen wollte.

Sie musste abwarten. Und sich auf alles vorbereiten, egal, was kommen würde.

Aber für diesen einen wunderbaren, schokoladigen Augenblick genügte es ihr, einfach nur von John gehört zu haben. Und zu wissen, dass sie sich wiedersehen würden.

John.

Ach, John.

Nora war einem Wechselspiel von Bedenken und Befürchtungen erlegen, seit sie in Willows Auto gestiegen war, um zum Friseur zu fahren. Und nun, da sie in Javiers Frisiersessel saß und er behutsam ihre Frisur löste, verstärkte sich dies um ein Vielfaches.

Ihre Frisuren waren das Einzige an ihrer Erscheinung, was den Leuten in Erinnerung blieb, wozu sie sich äußerten. Wollte sie wirklich dieses besondere Merkmal von sich aufgeben, das definitiv einen Wiedererkennungswert hatte?

Sie hatte Willow schließlich erklärt, sie würde sich nicht mehr gegen eine neue Frisur wehren, weil sie *ernsthaft* an Grandmas Geburtstag so gut aussehen wollte wie nur möglich – nun, da sie wusste, dass John kommen würde.

Willow hatte gelacht und gestanden, dass sie bereits einen Tag nachdem sie zusammen Borschtsch gegessen hatten, einen Termin für Nora gemacht hatte. Sie hatte Nora nichts davon gesagt und verfolgte damit die gleiche Strategie wie ihre Mom, wenn es um Zahnarzttermine ging. Als sie noch Kinder gewesen waren, hatte Mom ihre Ankündigung „Heute gehen wir zum Zahnarzt" bis zu dem Augenblick aufgeschoben, als sie vor der Praxis parkte. Sie hatte den Mädchen erst gar keine Zeit gelassen, zu jammern oder in Panik auszubrechen. Es war jedes Mal ein Überraschungsangriff gewesen.

Genau wie dieser Friseurbesuch heute.

„Hattest du vor, mich zu kidnappen?", hatte Nora gefragt.

„Genau. Aber das erübrigt sich ja nun, da du Vernunft angenommen hast, wozu ich dir übrigens gratuliere. Ich hol dich morgen um halb vier ab."

Und da war sie nun. Nora war zwar nicht gekidnappt worden, sie hatte diesem Unterfangen sogar selbst zugestimmt, aber … *arrrgh!*

Javier hörte sich Noras Vorstellungen, Bedenken und No-Gos aufmerksam an. Dann folgte, wie damals im Kosmetiksalon, eine lebhafte Debatte, die er und Willow unter sich abmachten. Zwei Experten, zwei Stil-Makler unter sich. Nora kam sich vor wie eine Achtjährige, die den Erwachsenen auf Gedeih und Verderb ausgeliefert ist.

Während Javier die Farbe auftrug, verstärkte sich in Nora die Gewissheit, dass sie mit einem nichtssagenden langweiligen Braunton enden würde. Aber wie sehr würde sie Willow kränken und zur Weißglut bringen, wenn sie morgen in die Drogerie ging, ihre gewohnte Rottönung kaufte und alles neu färbte?

Ein Assistent wusch Noras Haar, und dann ließ Javier seine blinkende Schere um ihren Kopf tanzen. Sie war sicher, er schnitt es viel zu kurz. Ihr Herz sank – nein, stürzte! – zu Boden wie ein Fels, der einen Canyon hinabstürzt. Farbe konnte man rasch wieder ändern, aber für den alten Schnitt war es vor der Feier definitiv zu spät.

Javier drehte ihren Sessel um, sodass sie nicht mehr in den Spiegel sehen konnte, während er ihr Haar föhnte. „Nicht schummeln!“, wiederholte er in seinem fremdartigen Akzent. Konnte man es schummeln nennen, wenn man versuchte, einen Blick auf die eigene Frisur zu erhaschen?

Endlich legte er den Föhn zur Seite. Er ging noch einmal mit einem langen Kamm durch die Strähnen. Willow strahlte. Nora war schlecht. Das Geflügelsalat-Sandwich zum Mittagessen war vielleicht doch keine so gute Idee gewesen.

Ihr Haar war ihre Angelegenheit. Warum hatte sie sich in diese Lage gebracht?

Weil Willow ein Beauty-Genie ist, und weil du bei der Feier wirklich so gut aussehen willst wie nur irgend möglich. Also reiß dich zusammen! Da musst du jetzt durch!

Javier betrachtete sie kritisch.

Ich glaube, ich mag Sie nicht, Javier. Sie nicht, Ihren Akzent nicht und Ihre blitzende Schere schon gar nicht.

Er streckte die Hand aus und strich eine Locke zurecht. „So, das war's“, sagte er dann. „Sie sehen wundervoll aus.“

Das war bestimmt das vierte Mal, dass er ihr gesagt hatte, sie sähe wundervoll aus. Nora wusste nur zu gut, dass er es ganz automatisch sagte. Wie zweifellos allen seinen Kundinnen. Mit schöner Regelmäßigkeit. Was natürlich zu einem großen Teil erklärte, warum dieser Salon einen so fulminanten Aufschwung erlebte.

Langsam drehte Javier Nora mit dem Gesicht zum Spiegel.

Nora sah, wie die Augen ihres Spiegelbildes immer größer wurden.

Ach. Du. Liebe. Güte.

Willow stand hinter ihr und sah höchst zufrieden aus.

Javier hatte Noras Haar ein wenig dunkler gefärbt als zuvor. Statt in einem blassen Kupferton leuchtete es jetzt in einem glänzenden Zimtbraun, am Oberkopf etwas dunkler und mit einigen helleren, honigfarbenen Strähnen rund um den Kopf. Es fiel genau auf die

Art ins Auge, die Nora immer gewollt hatte, aber es war lebendiger geworden durch die Farbschattierungen. Dieses Rot hatte Tiefe. Ein holländischer Maler hätte die Farbpalette ihres Haars in einem Gemälde verewigen können.

Javier hatte einen Seitenscheitel gezogen, einen leichten Fransenpony geschnitten, der nahtlos in den Rest der Haare überging. Er hatte viele Stufen geschnitten, aber insgesamt wirkte ihr Haar überall gleich lang und fiel in einem perfekten Schwung auf ihre Schultern.

Nora brachte vor Überraschung keinen Ton heraus.

Sie sah … Sah sie besser aus? Sie hatte sich schon auf eine Enttäuschung gefasst gemacht, sodass es jetzt ein wenig Flexibilität erforderte, die Frage zu beantworten. Aber, ja. Sie glaubte, sie sah besser aus. Der abgestufte Pony betonte ihre Züge und die Gesamtlänge des Schnitts brachte die Form ihres Gesichts vorteilhaft zur Geltung. Es sah edel aus.

„War mir ein Vergnügen", sagte Javier.

„Siehst du?", sagte Willow. „Du bist immer noch du selbst. Nur dass wir deine Schönheit bestmöglich in Szene gesetzt haben." Sie fuhr mit einer Hand durch Noras Haar. „Diese Frisur ist für dein Gesicht wie eine Fassung für einen Diamanten."

„Ich …"

Javier lachte leise und wiederholte: „War mir ein Vergnügen."

• • •

Nicht abgeschickter Brief von John an Sherry Thompson O'Sullivan:

Liebe Sherry,

mein Name ist John Lawson. Ich wurde vor dreiunddreißig Jahren im November im Presbyterian Hospital geboren. Ihre Adresse habe ich erfahren, indem ich mit Sue Hodges aus dem Regent Drive in Shelton gesprochen habe und durch einen Besuch in Blakeville, wo ich die Daten über die Familie Thompson einsehen konnte.

Ich wurde von Ray und Linda Lawson adoptiert und bin in Seattle aufgewachsen. Ich habe eine Schwester.

Ich studierte an der Northern Arizona University und hatte das Glück, während meiner Zeit dort Baseball spielen zu können. Kurz nach meinem Examen ging ich zur Navy, wo ich sechs Jahre diente. Seit fünf Jahren wohne und lebe ich in Shore Pine. Ich bin Inhaber eines Unternehmens, das Trainingskurse für Notfallsituationen und Katastrophenprävention anbietet.

Wenn Sie die Frau sind, nach der ich suche, würde ich mich über eine Gelegenheit freuen, Sie zu treffen. Ich werde Sie nicht mehr kontaktieren, bis ich von Ihnen höre. Telefonnummer, E-Mail-Adresse und Anschrift finden Sie unten. Ich würde mich sehr freuen, wenn ich mit Ihnen sprechen und Ihnen einige Fragen stellen dürfte.

Mit freundlichem Gruß
John

• • •

E-Mail von Duncan an seine Assistentin:
Also, buchen Sie mir diesen Flug nach Seattle. Mir ist nach frischem Hummer, Sightseeing und Zeit mit meiner amerikanischen Freundin!

Kapitel 14

Willow Bradford hielt sich selbst für eine versierte Gastgeberin. Sie war vermutlich die am wenigsten kontaktfreudige der drei Bradford-Mädels, aber glücklicherweise musste man ja nicht besonders gesprächig sein, um eine schöne Feier auszurichten. Man musste nur gut darin sein, zu planen, die Gäste miteinander bekannt zu machen und für ausreichend Speisen, Getränke und Gesprächsstoff zu sorgen. Und in all diesen Disziplinen konnte Willow sich sehen lassen.

Sie stand auf der hinteren Veranda von Bradfordwood und betrachtete prüfend und zufrieden die Szene, die Grandmas Geburtstagsgäste erwartete.

Sie und ihre Schwestern hätten eine rustikal-elegante Feier vorgezogen. Das hätte zu dem sommerlichen Rahmen im Freien besser gepasst, aber sie hätte Grandma nicht entsprochen. „Rustikal" hätte die alte Dame hochgradig irritiert. Margaret Elizabeth Burke bevorzugte stets das feierlich-formell Korrekte.

Also hatte Willow nach einigem Kopfzerbrechen beschlossen, die Gestaltung des Festrahmens an den Perlenohrringen zu orientieren, die Grandma jeden Tag trug. Die Grundfarben waren ein elegantes Weiß und Elfenbein. Da das Wetter freundlich genug war, mit ihren Planungen zu kooperieren – *danke, Herr* –, hatte der Partyservice auf dem Ziegelboden der Terrasse hinter dem Haus runde Tische aufgestellt. Tischdecken und Geschirr waren in Weißtönen gehalten, die Serviettenringe perlengeschmückt. Weiße Hortensien neben niedrigen Kerzen in Silberleuchtern bildeten den Tischschmuck. Jedes Tischtuch, jedes Glas, jede Gabel und jede Blüte war genau am richtigen Platz.

Willow hatte zahlreiche weiße Laternen in verschiedenen Größen besorgt und mit Lichtern bestückt. Diese begrenzten den Rand der Terrasse, standen an der Doppeltür, die vom Haus auf die Terrasse führte, und viele weitere hingen in den Zweigen der Bäume, die die Terrasse umgaben.

Zarte Wolkenschleier hingen am blauen Himmel, und die Luft gab ebenfalls diese besondere goldene Spätnachmittagsstimmung wieder. Hinter der Terrasse fiel der sattgrüne Rasen in einer schräg abfallenden Bahn hinab bis zum Wasser des Hoodkanals.

Willow hatte Grandma zu einem an den Tischen servierten Dinner, das um 19.00 Uhr begann, überredet, obwohl Grandma eigentlich nie später als 17.50 Uhr aß. Auf der Einladung war die Ankunftszeit „ab 18.00 Uhr" angegeben – was bedeutete, dass die immer Rechtzeitigen unter Grandmas Freunden jede Minute eintreffen konnten. Willow sah auf die Uhr. Zwanzig vor sechs.

Sie ging ins Haus und traf im Wohnzimmer auf Nora, die neben dem Kamin saß und unter Grandmas missmutigen Kommentaren ein Sträußchen an deren blauen Seidenmantel steckte.

Willow blieb bei Noras Anblick einen Moment stehen. Die Optimierung der Nora Bradford war abgeschlossen, und Willow hatte den Prozess so sehr genossen, dass sie fast bedauerte, dass er nun vorbei war. Noras Verwandlung mitanzusehen, war so viel besser als jede Vorher-Nachher-Show, die irgendwelche Fernsehkanäle zu bieten hatten – und zwar, weil es um Nora ging. Um ihre Nora. Um Nora, die es verdiente. Die sich praktisch in eine Höhle zurückgezogen hatte, nachdem Harrison ihre Verlobung gelöst hatte.

Sie hatten auch Noras Kleid gemeinsam gekauft. Eine blassblaue ärmellose Korsage über einem weiten Rock bildete den Grundschnitt. Darüber fiel ein Hauch von einem durchsichtigen bestickten Shirt, das mit einem Muschelsaum am Hals und Dreiviertelärmeln ergänzt und mit weiteren Schmuckdetails über den Rock fiel. Der Vintage-Stil stand Nora ebenso wie die silbernen High Heels mit den strassbesetzten Riemchen, auf denen Willow bestanden hatte. Es war perfekt. Das ganze Outfit war perfekt. So perfekt, dass es Willow schwerfiel, sich nicht selbst ein wenig zu gratulieren.

Es läutete an der Tür. Willow atmete tief durch und beeilte sich zu öffnen.

Die Gäste trafen einer nach dem anderen ein. Das Stimmengewirr wurde lauter. Drinks wurden serviert. Beachtliche Mengen an Prosciutto-Melonen-Spießchen, Krabbencocktails und krossen Frühlingsrollen wurden verzehrt.

Britt behielt die Speisen im Blick. Nora half den Gästen, ihren Platz entsprechend der geplanten Sitzordnung an den Tischen zu finden. Willow blieb am Eingang und begrüßte die Gäste, wenn sie eintrafen.

Dreißig Minuten bevor das Dinner serviert werden sollte, drehte Willow eine kurze Runde durch Terrasse und Untergeschoss, um die Zahl der Gäste zu überschlagen. Sechzig Personen wurden erwartet, und es fehlten nur noch einige wenige.

Sie trat aus dem Wohnzimmer und wollte zurückgehen in die Eingangshalle. Sie hob den Blick …

Und blieb wie angewurzelt stehen.

Böse, *böse* Überraschung. Ihr Herz krampfte sich zusammen.

Zwei Männer betraten gerade das Haus. Beide waren groß, athletisch und attraktiv. Beide trugen gut geschnittene Anzüge und Krawatten.

Aber nur einer der beiden hatte ihr das Herz gebrochen.

Längst vergessen geglaubte Bitterkeit, Wut und Trauer waren plötzlich wieder da und brachten ihren Puls zum Rasen. Was in aller Welt wollte er hier? Dies war *ihr* Haus. Ihr Territorium. Privatgelände! Sie hatte ihn nie im Leben wiedersehen wollen, und bis zu diesem Augenblick hatte sie geglaubt, es würde ihr gelingen, dieses Ziel auch zu erreichen.

Der Schock ließ sein markantes Gesicht erblassen. Offensichtlich war er ebenso entsetzt, sie hier zu sehen.

Corbin Stewart. Hier. Am liebsten hätte sie ihm einen Stoß in die Rippen versetzt und ihn rausgeschmissen. Willow war eine überaus selbstbeherrschte Person. Allerdings war ausgerechnet er der Einzige, der die Macht hatte, diese Selbstbeherrschung wie einen morschen Zweig zu zerbrechen.

Und diese Macht gibst du ihm selbst, Willow.

Jedes gute Model weiß, wie man vor der Kamera schauspielert. Sie hatte jahrelange Erfahrung darin, in Objektive zu schauen und jede erdenkliche Gefühlslage zum Ausdruck zu bringen, die verlangt wurde: Sehnsucht oder Langeweile, Amüsiertheit oder fragende Nachdenklichkeit. Mit einiger Mühe förderte sie nun diese Erfahrung zutage und versuchte, Ruhe und Gleichgültigkeit abzurufen. Sie straffte die Schultern in ihrem schlicht geschnittenen blaugrünen Etuikleid und ging auf die beiden zu, wobei ihre High Heels hart auf den Holzfußboden trommelten.

Der Mann neben Corbin musste John sein. Noras Ehrenmedaillenträger. Sie hatte John erwartet und auch gewusst, dass er einen Freund mitbringen würde. Und von allen Menschen auf diesem Erdball musste John ausgerechnet Corbin Stewart mitbringen?

Sie schenkte John ein Lächeln, das durch und durch aufgesetzt war. „Hallo, ich bin Willow, Noras Schwester."

„Freut mich. John Lawson. Und das ist mein Freund Corbin Stewart. Sie …" Sein Blick wanderte zwischen Willow und Corbin hin und her. „Anscheinend kennen Sie sich bereits?"

John hatte den Moment des beiderseitigen Erschreckens offensichtlich bemerkt. „Ja, wir kennen uns", sagte Willow.

„Wir waren einmal zusammen", informierte Corbin John.

Corbins Stimme war ihr schmerzlich vertraut. Sie hob das Kinn ein wenig und tat ihr Bestes, sich auf John zu konzentrieren, obwohl es kaum möglich war, die schwere düstere Präsenz eines der erfolgreichsten ehemaligen Quarterbacks der gesamten National League zu ignorieren. „Es ist nicht gut ausgegangen", sagte sie.

John zuckte leicht zusammen. „Nora hat gefragt, ob ich nicht einen Freund mitbringen könnte …"

„Ich wusste nicht, dass dies eine Einladung deiner Familie ist", bekräftigte Corbin mit rauer Stimme.

„Dann bist du zum ersten Mal in diesem Haus?", fragte John.

„Ja."

„Als wir zusammen waren", sagte Willow steif, an John gewandt, „habe ich in LA gewohnt und er in Dallas. Und so lange waren wir auch gar nicht zusammen, es gab also nie einen Grund für ihn, hierherzukommen und meine Familie kennenzulernen."

In dem Schweigen, das entstand, lag Feindseligkeit.

„Ah", sagte John.

Corbin sagte nichts.

„Und woher kennen Sie beide sich?", fragte Willow John.

„Wir sind uns vor ein paar Jahren auf einer Wohltätigkeitsveranstaltung des Golfclubs begegnet. Und dann kamen wir zufällig in ein Team. Wer war noch dabei, Corbin? Ich kann mich nicht mehr genau erinnern."

„Noch zwei ziemlich finanzkräftige Wirtschaftsbosse."

„Ja, richtig", sagte John. Er klang entspannt. Offensichtlich war er bemüht, seinen Freund und sich selbst auf weniger vermintes Gelände zurückzumanövrieren. „Corbin kam vor gut einem Monat nach Seattle. Wegen einer Schulteroperation."

Das war Willow nicht neu. Sie hatte Corbins Pressekonferenz im März zwar nicht gesehen – sie war schließlich nicht masochistisch veranlagt –, aber sie hatte nicht verhindern können, dass sie von seinem Rückzug aus dem Profisport erfuhr. Die Schulterverletzung, die er in seinem letzten Spiel erlitten hatte, und auch der daraus resultierende Rückzug waren durch die Medien gegangen. Die zweite OP hatte er in Seattle machen lassen, weil Dr. Wallace, der renommierteste orthopädische Chirurg, den Amerika zu bieten hatte, dort praktizierte.

„Als er nach der Operation nach Shore Pine kam, hat er mich angerufen", erläuterte John. „Ich wohne in Shore Pine und wir haben ein paarmal was zusammen unternommen."

Willow zwang sich, Corbins Blick zu erwidern. Die Macht dieses Blicks brachte ihren ganzen Körper zum Schwingen, als wäre sie eine Stimmgabel. „Warum bist du nach der OP nach Shore Pine gekommen?"

„Dr. Wallace hat dort ein Rehazentrum."

Es verwirrte sie, ihn nach vier Jahren zum ersten Mal wiederzusehen. Er war ihr völlig fremd und gleichzeitig doch so vertraut.

Er trug das Haar immer noch sehr kurz. Es hatte noch genau dieselbe Farbe – ein Braun zwischen Mahagoni und Rotbraun – wie zu der Zeit, als sie zusammen waren. Auch seine dunklen Augen waren dieselben, nur dass früher Zärtlichkeit für sie darin geleuchtet hatte und jetzt nur frostige Kälte aus seinem Blick sprach. Die Muskeln an seinem eins neunzig großen Körper waren so perfekt verteilt, dass jemand, der ihn auf Bildern oder im Fernsehen sah, sich nicht vorstellen konnte, wie groß und stark er in Wirklichkeit war.

Als sie ihn näher gekannt hatte, hatte der getriebene, leistungsorientierte Quarterback abseits des Spielfelds ein unbekümmertes, charmantes und humorvolles Verhalten an den Tag gelegt. Heute Abend war davon nicht die kleinste Spur zu entdecken.

„Wussten Sie, dass es dieses Rehazentrum in Shore Pine gibt?", fragte John Willow.

„Nein, ich hab noch nie davon gehört." Sie sah ihn an.

„Es wurde vor etwa anderthalb Jahren gebaut. Alles hypermodern."

„Ja, vermutlich." Sie wünschte, Corbin hätte sich für ein hypermodernes Rehazentrum in Dallas entschieden. Schließlich wohnte er dort.

Eine Version der berühmten Zeile aus *Casablanca* schoss ihr durch den Kopf. *Von allen Häusern in allen Städten dieser Welt musste er ausgerechnet in meins kommen.*

„Möchten Sie vor dem Dinner noch etwas trinken?" Willow wies auf die Rückseite des Hauses, wo die meisten Gäste sich eingefunden hatten.

„Das ist nicht nötig", sagte Corbin. „Ich kann sofort wieder gehen."

„Das brauchst du nicht. Was zwischen uns war, ist Geschichte." Willow tat ihr Bestes, den letzten Satz herauszubringen, ohne zynisch zu wirken. Was zwischen ihnen gewesen war, mochte Geschichte sein, aber es trieb sie immer noch um. Normalerweise eher unterschwellig. Aber nun, da sie ihn vor sich sah, kam der Schmerz wieder hoch. Sie warf ihm einen Blick zu, der besagen sollte: *Ich komme mit der Situation bestens zurecht. Du auch?*

„Okay", antwortete Corbin verdrossen.

Sie begleitete die beiden zur Bar und schwebte dann davon. An jedem der runden Tische saßen acht Personen. An ihrem Tisch lagen die kunstvoll verzierten Tischkarten für sie selbst, ihre beiden Schwestern, ihre Cousine, Evan von der Post, Zander und John. An Corbins Platz lag keine Karte, da sie nicht gewusst hatten, wen John mitbringen würde. Nora und Britt hatten sich nicht davon abbringen lassen, sie neben Johns Gast zu platzieren. Ohne es zu wissen, hatten sie somit ausgerechnet Corbin Stewart den Platz an ihrer Seite zugewiesen.

Sie *weigerte sich,* ihr Dinner neben diesem Mann einzunehmen. Verstohlen schob Willow die Tischkarte für ihre Cousine Rachel an den Platz neben den von Corbin und setzte sich selbst in sichere Entfernung von ihm neben Evan.

„Na, änderst du noch schnell die Sitzordnung?" Nora stand plötzlich neben ihr.

„Ja." Willows Herz hämmerte immer noch so rasch wie das eines verschreckten Kaninchens. „John ist da."

„Ja?" Nora strahlte.

„Er hat Corbin Stewart mitgebracht."

Noras Augen wurden weit. „Was? Oh nein!"

Fast einen Monat war es her, dass Nora John zuletzt gesehen hatte. Anfang Juni waren sie zusammen in Blakeville gewesen, und inzwischen zeigte der Kalender schon die erste Juliwoche an.

Kein Tag war seitdem verstrichen, an dem Nora nicht an ihn gedacht und ihn vermisst und sich sehnlichst gewünscht hatte, ihn wiederzusehen. Aber sie war sich ziemlich sicher gewesen, dass sie eine solche Chance nicht mehr bekommen würde. Und sie hatte sich mit dem Gedanken gequält, ihr Blick auf ihn, wie er mit Allie auf seiner Veranda stand, würde der letzte bleiben.

Und dann hatte seine Nachricht aus heiterem Himmel diesen Gedanken vertrieben. Und die darauffolgende Nachricht über die

Trennung von Allie hatte Noras düstere Welt wieder in leuchtende Farben getaucht.

Sie konnte sich nicht erinnern, sich je etwas so sehr gewünscht zu haben, wie John heute wiederzusehen. Nicht mal als Kind, wenn sie die Tage bis Weihnachten gezählt hatte. Oder als sie und ihre Schwestern die Koffer für die lang geplante Reise nach Bali gepackt hatten. Oder als sie mit Harrison ihren Hochzeitstermin festgelegt hatte.

Den ganzen Tag über war sie zwischen der Hoffnung, John könne an einer engeren Beziehung zu ihr interessiert sein, und ihrer strengen Selbstermahnung, keine unrealistischen Erwartungen zu hegen, hin- und hergerissen gewesen. Er hatte nie etwas gesagt, was auch nur angedeutet hätte, er könne romantische Gefühle für sie hegen … Aber das mochte daran gelegen haben, dass er eine Freundin hatte. Andererseits … auch in seinen letzten Nachrichten hatte es keine Andeutung auf irgendetwas Romantisches gegeben … Aber das konnte auch den Grund haben, dass er sie zuerst sehen wollte, dass er den Dingen Zeit lassen und es ihr persönlich sagen wollte.

Aaarrrgggh!

Nora blieb ein paar Minuten bei Willow und gab sich alle Mühe, so viel wie möglich von dem Feuer, das Corbins unerwartetes Auftauchen entfacht hatte, zu löschen; dann begab sie sich ins Haus. Unerwartet selbstbewusster als bisher, zupfte sie ihren Ärmel zurecht.

Sie war vernarrt in dieses Kleid – in einem aberwitzigen Ausmaß. Der Schnitt insgesamt war schlicht, aber die Verzierungen an Kragen und Saum waren so extravagant, dass sie selbst es nie gewählt hätte, egal, wie zauberhaft es auch aussah. *Was? So etwas Ausgefallenes? Ich werde viel zu viel Aufmerksamkeit auf mich ziehen.*

Willow hatte sie schließlich überredet, und wieder einmal hatte Willow recht gehabt. An diesem Kleid waren alle Launen von Eleganz und Schönheit zu sehen. Es ließ sie an galoppierende Pferde denken, an geheime Gärten und an unsterbliche Liebe.

In der Verandatür blieb sie stehen. Nervosität und Vorfreude pulsierten unter ihrer Haut, während sie ins Wohnzimmer blickte und Ausschau hielt nach …

Da!

John stand an der Bar. Seine Aufmerksamkeit galt Corbin, mit dem er sich unterhielt.

Er war keine fiktive Märchengestalt oder ein Gebilde ihrer Fantasie, nein, er war real, und er war tatsächlich hier. *John,* ein Mensch aus Fleisch und Blut, stand hier in *ihrem* Elternhaus, umgeben von den Menschen, die ihr nahestanden. Ein Gefühlsrausch – ein Mix aus Glücksgefühl und Staunen, Nervosität und Sorge, aber auch Dankbarkeit – überfiel sie so heftig, dass sie beinahe in Tränen ausgebrochen wäre.

Beinahe. Aber natürlich ließ sie es nicht so weit kommen, denn – *du liebe Güte* – was würde er denken, wenn er sie entdeckte und sie in Tränen aufgelöst fand?

Er trug einen eleganten dunklen Anzug, ein schlichtes weißes Hemd mit hellgrauer Krawatte. Er war makellos rasiert. Im Haar schimmerte ein Rest von Feuchtigkeit. Und er versprühte dieses charakteristische Selbstvertrauen, das Drachen zu Fall brachte.

Nora ging auf ihn zu. Als sie ihm näher kam, wandte er sich um und ihre Blicke trafen sich.

Sie lächelte, und in ihrem Inneren explodierte ein Freudenfeuerwerk.

Er kam ihr entgegen, und als sie nur noch ein paar Schritte von ihm entfernt war, breitete er die Arme aus, und sie sank hinein.

Es war eine freundschaftliche Umarmung – so wie zwischen Menschen, die sich längere Zeit nicht gesehen haben. Nur dass sie John noch nie umarmt hatte. Weder freundschaftlich noch überhaupt. Verschiedene Empfindungen flogen ihr durch den Kopf. Sein starker Halt. Seine Wärme. Der Duft seiner Seife. Ein Gefühl von Schicksalhaftigkeit.

Eine unbändige Sehnsucht stieg in ihr auf und … *oh nein.* Die Tränen, die sie gerade eben noch zurückgehalten hatte, stiegen ihr in die Augen.

„Es ist wirklich schön, dich zu sehen“, sagte er mit einem ungewohnten Ernst in der Stimme.

„Es ist auch sehr schön, dich zu sehen."

Weg mit euch, blöde Tränen! Oh Mann!

Sie lösten sich voneinander. Nora bückte sich hastig und schob umständlich ein Riemchen ihrer Sandalen zurecht, um Zeit zu gewinnen, bis sie sich wieder in der Gewalt hatte. Sie würde doch bei dieser Begegnung nicht weinen wie ein Kind, dem man das lange vermisste Kuscheltier zurückgegeben hat. *Tja, John, hier bin ich also. Muss nur gerade mal was an meinem Schuh richten. Keine große Sache. Völlig normal, was mich betrifft.*

Sie richtete sich auf, und ihr Rock schwang um ihre Knie.

Er betrachtete sie mit einem leichten Lächeln, als amüsiere sie ihn, als sei er froh, dass sie so unverwechselbar war wie eh und je.

„Du siehst fantastisch aus", sagte er.

„So?"

„Ja."

Sie verschränkte die Hände vor der Taille. „Vielen Dank. Du auch."

„Tja, ich trage dieser Tage selten Anzug."

„Das ist ein unverzeihlicher Fehler."

Er hob die Augenbrauen. „Sagtest du *unverzeihlich*?"

„Sagte ich." Ihre Blicke hingen aneinander. Die Freude, wieder zusammen zu sein, stand in ihren Augen.

Er wies auf Corbin. „Hat deine Schwester dir schon gesagt, dass ich ihren Ex-Freund mitgebracht habe?"

Nora nickte.

„Das tut mir leid", sagte er. „Ich wusste das nicht."

„Ja, ich weiß. Mach dir deswegen keine Gedanken."

„Wir können gehen …"

„Nein!" *Nein, bloß das nicht!* „Es ist alles in Ordnung. Willow ist der selbstbeherrschteste Mensch, den ich kenne. Sie kommt schon damit klar, dass Corbin hier ist."

John stellte die beiden einander vor und sie machten etwas Small Talk. Nora war kein Footballfan. Wer hatte schon Zeit, Football zu schauen, wenn es in der Welt doch so viele fantastische Bücher gab, die man noch nicht gelesen hatte? Trotzdem war Corbin ihr natürlich ein Begriff – schließlich war er eine nationale Berühmtheit, und außerdem hatte Willow auch Fotos von sich und ihm an die Familie geschickt, als sie noch zusammen gewesen waren.

Es war Nora immer leichtgefallen, die Männer, die mit Willow oder Britt Schluss gemacht hatten, nicht zu mögen. Besonders, wenn sie es auf verletzende Weise getan hatten. Und Corbin hatte sie nun schon seit ein paar Jahren aktiv verabscheut, aus Solidarität mit Willow. Aber jetzt, wo er als ein Freund von John plötzlich in Bradfordwood aufgetaucht war, beschloss sie, ihre Missbilligung seiner Person erst einmal auf Eis zu legen – bis nach der Feier.

„Guten Abend, die Herren", sagte Britt und bezog hinter der Bar Position neben dem überforderten Barkeeper, den Willow angeheuert hatte. Britts dunkles Haar fiel ihr in lockeren Wellen über die Schulter. Sie trug ein Maxikleid aus einem folkloristischen Stoff in Rottönen.

„Das ist meine kleine Schwester Britt", sagte Nora, an John und Corbin gewandt.

„Ich war mit Nora bei der Notfallübung", erklärte Britt John. „Und dank Ihrer Sprinkleranlage wurde ich ebenso durchnässt wie sie."

Mit Anerkennung im Blick sagte John: „Ja, richtig. Sie waren diejenige, die geistesgegenwärtig genug war, einfach zu gehen, als ich die Tür öffnete."

Sie grinste. „Ja, genau."

„Darf ich Ihnen Corbin Stewart vorstellen?", fragte John und wies auf seinen Freund.

Britt blieb der Mund offen stehen. Sie starrte Corbin an. „Im Ernst?"

„Todernst", sagte Corbin trocken.

„Das … das ist der Freund, den Sie mitgebracht haben?", hakte Britt nach. „Corbin Stewart?"

„Das ist der Freund, den ich mitgebracht habe", bestätigte John.

Britt lachte. „Na super. Jede Party braucht mindestens einen guten Schurken."

„Moment mal", protestierte Corbin.

„Haben Sie Willow schon gesehen?“, wollte Britt von Corbin wissen.

„Ja. Sie … hat uns empfangen.“

„Und sie hat Sie hereingebeten?“

„Ja.“

„Ich habe wohl Willows Fähigkeiten als Gastgeberin unterschätzt. Ich weiß, sie ist gut. Aber dass sie *Sie* hereinbittet?“ Britt pfiff durch die Zähne. „Sie ist noch besser, als ich dachte.“

Corbin kniff die Augen zusammen und warf einen verärgerten Blick in Johns Richtung. Er war doch einer der besten Spieler in der Geschichte der National Football League. Ganz sicher wurde er sonst immer überall, wo er auftauchte, von allen Anwesenden angehimmelt.

„Was darf ich Ihnen anbieten?“, fragte Britt. „Jesus selbst hat zwar Wasser in Wein verwandelt, aber meine Großmutter ist überzeugt davon, dass Alkohol unchristlich ist. Also, es gibt alkoholfreien Sangria, einen Cocktail mit Zitrone und Eistee und alkoholfreien Pfirsichpunsch.“

„Zitroneneistee, bitte“, sagte Corbin.

Britt machte sich daran, ihm seinen Drink zu mixen, und überhäufte ihn nebenbei mit Fragen.

„Wir sehen uns gleich beim Essen“, murmelte John Corbin zu.

„Wenn ich diese Inquisition überlebe“, gab der zurück.

John bedeutete Nora, ihm nach draußen voranzugehen.

Den ganzen letzten Monat hindurch hatte John in seinen Gedanken Nora klar und lebendig vor Augen gehabt. Daher überraschte es ihn, dass die Nora, die jetzt vor ihm stand, noch viel attraktiver war als in seiner Erinnerung.

Als sie ihm gerade eben entgegengekommen war, hatte ihr Anblick ihn beinahe umgeworfen – wie eine mächtige Welle. Er war noch immer ein wenig benommen.

Sie ging ihm voran zu einer der niedrig gemauerten Ziegelbänke, die die Terrasse an beiden Seiten begrenzten. Dort setzten sie sich, Nora schlug die Beine übereinander und wandte sich ihm zu.

Johns Blick wanderte zu ihrem Haar. Es war möglicherweise noch dunkler als früher und wirkte viel weicher. Ihre früheren Frisuren waren streng gewesen, mit viel Haarspray fixiert. Jetzt streiften einzelne lose Strähnen immer wieder ihren Hals, was ihn faszinierte, sodass er sie am liebsten berührt hätte.

Er schaute ihr ins Gesicht. Lange dunkle Wimpern umrahmten ihre braunen Augen. Sie musste Lipgloss tragen, denn ihre Lippen funkelten, sobald Licht darauf fiel.

Was war mit ihm los? *Starr sie nicht so an, John.*

Er war aus einem einzigen Grund zu dieser Feier gekommen.

Ihretwegen!

Dafür, jetzt hier neben ihr zu sitzen, hatte sich jede Minute des letzten Monats gelohnt. Die Anziehungskraft zwischen ihnen hatte nicht nachgelassen. Sie war noch da, geheimnisvoll und stark, und sie gab ihm Halt. Zum ersten Mal seit Wochen war es, als hätte er wieder festen Boden unter den Füßen. Er war nicht zu Hause, allein mit der Aussicht auf eine deprimierende Zukunft. Er war hier – bei Nora.

Das Problem war nur: Sie sah ihn an, als hielte sie ihn für einen Superhelden. Schuldgefühle über seine Selbstsucht stiegen in ihm auf. Sie kannte noch nicht die ganze Wahrheit. Er musste ihr alles erzählen, ihr sagen, wie es um sein Sehvermögen stand.

„Erzähl mir doch, was es bei dir Neues gibt“, sagte sie.

„Ich würde lieber hören, was du inzwischen erlebt hast.“

„Ich habe zuerst gefragt.“

Er erzählte ihr von New York und Maine und von einigen Projekten, an denen er mit seinen Leuten im Trainingscenter arbeitete. Sie berichtete ihm über ihre Schwestern, dass ihre Eltern in Afrika waren und über die Vorbereitungen für den Sommerantiquitätenmarkt, der demnächst stattfinden sollte.

„Was ist mit Sherry?“, fragte sie. „Hast du ihr schon geschrieben?“

„Ja, der Brief ist fertig, aber er liegt noch immer auf meinem Küchentisch. Ich weiß nicht, warum ich ihn noch nicht abgeschickt habe. Irgendwie habe ich das Gefühl, ich bin noch nicht bereit dafür."

„Das kann ich verstehen. Kontakt zu ihr aufzunehmen, ist ein schwerwiegender Schritt."

„Wärst du bereit, dir den Brief mal anzusehen und mir zu sagen, ob er den richtigen Ton trifft?"

„Natürlich, gern!"

Hinter der Veranda breitete sich eine atemberaubende Aussicht auf den Hoodkanal aus wie ein Gemälde auf einer Leinwand. Er hatte gewusst, dass Nora aus einer wohlhabenden Familie kam. Schließlich hatte ihr Vater ihr zum Studienabschluss ein ganzes historisches Dorf zum Geschenk gemacht. Aber er hatte doch nicht erwartet, dass sie in einem herrschaftlichen Wohnsitz aufgewachsen war, der den Vanderbilts alle Ehre gemacht hätte.

„Was ist zwischen dir und Allie passiert?", fragte sie.

Er versuchte, sich darüber klar zu werden, was er ihr sagen wollte.

„Wenn ich zu neugierig bin, musst du das einfach sagen", ergänzte sie.

„Nein, ist schon gut. Allie und ich sind immer wirklich gut miteinander ausgekommen, aber zwischen uns war es nie", er legte die Stirn in Falten, „nie etwas wirklich Ernstes. Und jetzt ist mir klar geworden, dass wir nicht füreinander bestimmt sind, es nie waren. Ich fürchte, das ist die ganze schlichte und komplexe Wahrheit."

„Wann habt ihr euch getrennt?"

„Vor zwei Wochen."

„Und ist es jetzt für dich okay? Dass ihr euch getrennt habt, meine ich?"

„Ja. Es war die richtige Entscheidung."

Sie sah ihn forschend an. „Und Allie? Wie geht es ihr damit?"

„Allie kommt damit zurecht. Wir haben uns als Freunde getrennt."

„Das ist gut", sagte sie leise.

In diesem Moment wehte der Klang einer Gabel, die an ein Glas geschlagen wurde, zu ihnen herüber. John sah auf. Willow war diejenige, die nun alle um ihre Aufmerksamkeit bat. „Das Dinner wird gleich serviert werden", verkündete sie. „Ich möchte Sie bitten, sich jetzt an Ihre Plätze zu begeben. Wenn alle sitzen, beginnt Pastor William freundlicherweise mit einem Gebet. Und dann lassen Sie es sich schmecken."

Die Gäste folgten der Aufforderung.

„Moment noch", sagte John, als Nora gerade aufstehen wollte. „Ich würde gern …"

Sie blieb abwartend stehen.

„Ich würde gern später noch mit dir sprechen, über …" *Über meine Diagnose.*

„Wir können auch jetzt reden, wenn du möchtest."

Um sie herum wurden Stühle gerückt, und die anderen Gäste setzten sich. „Später ist schon in Ordnung."

Grandmas Geburtstag war für Nora wie ein Traum. Wegen der flackernden Laternen. Der exquisiten Tischdekoration und der erlesenen Speisen. Wegen ihres ausgefallenen Kleides. Und natürlich, mit weitem Abstand vor allem anderen, wegen John.

Er saß neben ihr, redete, lachte, unterhielt sich mit ihr und mit Britt auf der anderen Seite neben ihm. Wenn er Nora ansah, was er eigentlich die ganze Zeit tat, lagen in seinen Augen eine Wärme und eine Zärtlichkeit, die sie vorher nie darin gesehen hatte und die sie zu den verrücktesten Schlussfolgerungen verleiteten. Empfand er *tatsächlich* mehr für sie?

Sie sog alles an ihm in sich auf. Seine Hände, seine sehnigen Muskeln. Selbst die kleinsten Details wie die Knöpfe an den Ärmeln seines Jacketts.

Eine Prinzessin brauchte nicht unbedingt einen Prinzen, um beim großen Ball im Palast eine fantastische Zeit zu haben. Auch ohne den Prinzen bedeutete der Ball den Abschied von einer schwierigen Vergangenheit und eine Unterbrechung der Plackerei des Alltags. Genau das bedeutete diese Feier auch für Nora. Und das allein war schon ein Grund zu feiern.

Aber Fakt war auch: Selbst wenn die Anwesenheit eines Mannes, der einem etwas bedeutete, nicht unbedingt erforderlich war, so konnte diese Anwesenheit die Stimmung der Feier doch *erheblich* steigern. Dass John da war, ließ sie vor Glück und vor Sehnsucht seufzen; ihn neben sich wahrzunehmen, verursachte ihr eine Gänsehaut, ließ sie Kälte und Wärme gleichzeitig spüren. Also war es definitiv so: Wenn eine Frau die Chance hatte, die Prinzessin auf dem Ball zu sein, dann sollte sie aufs Ganze gehen und auch auf einen Prinzen bestehen.

Der einzige Wermutstropfen an Noras traumhaftem Abend war die spürbare Feindseligkeit zwischen Willow und Corbin.

Evan, der Beherrscher der Frettchen, saß neben Willow. Corbin saß neben Cousine Rachel, und die warf ihm Blicke zu wie ein Kleinkind mit Trennungsangst. Corbin und Willow saßen zwar so weit wie möglich auseinander – dadurch aber sich direkt gegenüber, da es ein runder Tisch war. Beide waren so sehr darum bemüht, zu demonstrieren, dass sie sich bestens amüsierten und dass der jeweils andere gar nicht existierte, dass sie damit das genaue Gegenteil bewiesen.

Nach dem Essen fanden sich die Schwestern, Valentina und Zander am Kuchentisch zusammen. Im Einklang mit dem Elfenbein-und-Weiß-Farbthema hatte Britt ihre Schokoladenkuchen mit zwei Lagen schneeweißer Glasur überzogen. Winzige weiße Zuckerperlen waren in unregelmäßigem Muster darauf verteilt, und die Mitte zierte jeweils ein kunstvolles Blütenarrangement von Hortensien.

Grandma setzte sich in ihre Richtung in Bewegung, und Nora sah, dass sie ihren Nerzmantel trug. Sie stöhnte innerlich auf.

Diesen Mantel besaß Grandma seit fünfundvierzig Jahren. Immer wenn sie ihn trug, fürchtete Nora, irgendwelche Tierschützer würden sie gleich in roter Farbe ertränken. Außerdem roch das Kleidungsstück muffig und hatte ausladende Schulterpolster. Willow, Nora und Britt hatten dem guten Stück den Namen Modermuff verpasst. Grandma war es egal, dass ihre Enkelinnen das Teil verabscheuten. Sie trug es gnadenlos, selbst wenn das Wetter eigentlich zu warm dafür war.

„Vielen Dank, dass ihr alle heute Abend gekommen seid", sagte Grandma mit ihrer zitronigen Stimme, als die Gespräche ein wenig abgeebbt waren. „Ich bin sicher, ihr hättet alle so viel Wichtigeres zu tun gehabt."

Ein kopfschüttelndes Gemurmel von „nein, nein" und „keineswegs" war die Antwort.

Grandma schniefte leicht. „Als meine Enkelinnen mir mitteilten, sie hätten vor, eine Feier für mich zu planen, habe ich gesagt, sie sollten sich diese Mühe sparen. Aber sie ließen sich nicht davon abbringen, also bat ich, dass es eine Feier in bescheidenem Rahmen sein sollte. Wie sagt die Bibel: ‚Verkauf, was du hast, und gib es den Armen.'"

Eine durchaus bemerkenswerte Äußerung von einer Frau in einem Nerzmantel.

Britt beugte sich zu Grandma vor und flüsterte: „Es heißt aber auch, wenn du deinen ganzen Besitz den Armen gibst, aber keine Liebe hast, dann nützt es dir nichts."

Noras Lippen zuckten und sie unterdrückte ein Lachen.

Grandma redete naserümpfend weiter. „Wie ihr sicher alle bemerkt habt, ist diese Feier nun ausgesprochen glanzvoll geraten."

Nora und Britt hatten nicht das Geld, etwas Derartiges auszurichten. Aber Willow schon, und sie hatte Regie geführt.

„Deshalb", fuhr Grandma fort, „bin ich mir nicht sicher, ob ich meinen Enkelinnen eine Stunde soliden Bibelunterricht erteilen oder ob ich ihnen danken soll."

„Danken natürlich!" Nora und Willow lachten und hatten wie aus einem Mund geantwortet.

„Jetzt singen wir erst mal ‚Happy Birthday'!", verkündete Britt.

Das Geburtstagsständchen stieg in den Abendhimmel.

Nora schaute zu John. Er erwiderte den Blick mit einem atemberaubenden Lächeln, das ganz allein ihr galt.

Du liebe Zeit!

Der Gesang endete. Britt machte sich daran, die Torten zu schneiden, und Zander half beim Servieren.

„Können wir helfen?", fragte Nora, neben der Willow stand.

„Vielleicht findet ihr noch einen Tortenheber?" Britt zeigte auf Zanders Hand, der das genannte Utensil gerade benutzte. „Und Servietten brauchen wir auch noch. Der Stapel hier scheint mir recht klein."

„Schon erledigt", sagte Nora.

Sie und Willow verschwanden Richtung Speisezimmer, wo sie den Tortenheber in einer Schublade des Geschirrschranks ausfindig machten. „Aha!" Nora schwenkte das Gerät.

„Am liebsten würde ich das Ding nehmen und es Corbin um die Ohren hauen", sagte Willow. „Und zwar immer wieder."

„Willow, ich …" Nora sah durchs Fenster und ihre Aufmerksamkeit richtete sich plötzlich auf die Einfahrt. Eine dunkle Limousine stand dort mit laufendem Motor. Gerade stieg hinten ein Mann aus, und ein anderer – der Fahrer? – ging zum Kofferraum und reichte dem Mann seinen Koffer.

Der Tortenheber landete scheppernd auf dem Fußboden.

Willow zuckte zusammen. „Oh! Alles okay? Was …"

Der Schock durchflutete jede Faser von Noras Körper. Was sie da sah, konnte unmöglich wahr sein. Oder? Wie betäubt ging sie langsam zur Eingangstür von Bradfordwood.

„Nora?" Willows Stimme kam von sehr weit weg.

Nora trat hinaus auf die Veranda und ging ein paar Stufen die Treppe hinab.

Sie konnte es kaum glauben. Nicht ihre unglaubliche Fantasie hatte ihn heraufbeschworen. Was sie da sah, *war tatsächlich wahr.*

Der Mann, der mit einem feinen Wollschal um die Schultern und einem schiefen Lächeln auf den Lippen auf sie zukam, war Duncan Bartholomew.

• • •

Facebook-Nachricht von einer der Co-Moderatorinnen der „Verehrerinnen von Adolphus Brook"-Gruppe:
Ich war so eifrig wie ein Heinzelmännchen und habe neue Bilder von Adolphus herausgesucht, die wir teilen können. Und natürlich zu unserer persönlichen Erbauung. Ihr findet sie unter den geteilten Dateien. Ich persönlich bin fasziniert von einem Foto von ihm in seinem Arbeitszimmer – er trägt dieses Baumwollhemd mit dem Rüschenkragen und seine Brille. Und diese Tintenflecke an den Fingern! Ein Feuerwerk für das gute alte England, dass es eine derart exquisite Ausgabe der Gattung Mensch hervorgebracht hat!

Falls Ihr eure Unterstützungsmails für Adolphus noch nicht an die Produzenten von *Northamptonshire* gemailt habt, dann wäre es jetzt an der Zeit. Wir wollen mehr Bildschirmpräsenz für unseren Lieblingshelden!

Hoffe, euer Tag ist erfüllt vom Himmel über Northamptonshire und einer anständigen Ohnmacht angesichts des Lächelns eines gewissen Mr Brook!

Kapitel 15

Miss Lawrence, nehme ich an?", sagte Duncan.

Diese Stimme! Dieser abgehackte, britische Upperclass-Akzent! Nora starrte ihn an.

Am Fuß der Treppe blieb er stehen, das Gesicht zu ihr erhoben. Er hatte einen Lederkoffer in der Hand. Unter einem abgetragenen Blazer und dem Schal trug er T-Shirt und Jeans. Der Riemen seiner

Umhängetasche lag diagonal über dem Brustkorb. „Hat es dir vor Schreck die Sprache verschlagen?“, fragte er.

Ihre fassungslose Überraschung machte sich in einem atemlosen Lachen Luft. „Ja! Sorry! Du hast mich tatsächlich gerade so geschockt, dass es mir für eine Minute die Sprache verschlagen hat.“ Sie stieg die Stufen hinunter und breitete die Arme aus. „Duncan!“

„Nora.“

Sie umarmten sich kurz. Dann trat sie einen Schritt zurück und strahlte. „Was machst du hier?“

„Ich dachte, es sei höchste Zeit, dass wir uns mal treffen.“

Ach. Du. Liebe. Güte.

„Du hast mir ein Foto der Einladung zum Geburtstag deiner Großmutter geschickt. Schon vergessen?“

„Ja, fast.“

„Also habe ich einen Flug gebucht. Ich wollte dich überraschen.“

„Ich habe gerade Mühe, ein Wort zu finden, das adäquat ausdrücken könnte, wie ich mich fühle. Vielleicht … komplett perplex?“

„Auf eine gute Weise?“

„Ja.“ Sie war sein größter Fan! Die Präsidentin seiner Fangemeinschaft. Wie sollte sich ein Fan verhalten, wenn der Held seiner Träume plötzlich aus dem Nichts auftauchte? Kreischen? In Ohnmacht fallen? „Was … was machst du in Washington? Ich dachte, du würdest nur nach LA kommen. Du hättest mir sagen sollen, dass du hier auch eine Veranstaltung hast! Ich hätte … etwas arrangieren können.“

„Ich bin nur hier, weil ich dich treffen wollte.“

„Du bist hier, nur um mich zu treffen?“, wiederholte sie und fand diese Auskunft krass unglaublich. „Sonst nichts?“

„Sonst nichts. Schließlich lebst du ja nicht schrecklich weit von LA entfernt.“

„Wow.“ Wo war der Defibrillator? Das passierte gerade nicht wirklich! Nora fühlte sich geschmeichelt; gleichzeitig war ihr nur allzu bewusst, dass auf der Terrasse John auf sie wartete. John, in den sie sich gerade verliebte. John, der seit Neuestem wieder zu haben war.

John, der ihr alles bedeutete. Sie wollte nichts tun, was ihn verletzen oder ihre Chancen bei ihm verringern könnte.

In dieser Hinsicht hatte Duncan für seinen Überraschungsbesuch einen ausgesprochen schlechten Zeitpunkt gewählt. Sie musste sich eine Strategie ausdenken, wie sie … Duncan in ihren Abend mit John einbeziehen konnte. „Wie lange bleibst du in Washington?"

„Vier Tage."

„Und wo bist du untergekommen?"

„Ich dachte, ich suche mir ein Hotel hier im Ort."

In Gedanken raste sie zurück durch all die Facebook-Nachrichten, die sie miteinander ausgetauscht hatten. Sie konnte ihn nicht aus Bradfordwood ausquartieren – ohne ein Auto, um nach einer Last-minute-Unterkunft zu suchen. „Meine Schwestern und ich würden uns freuen, wenn du hier übernachtest." Sie wies auf das Gebäude, das hinter ihnen in seiner imposanten Größe aufragte. „Du dürftest dich hier rasch zu Hause fühlen. Das Haus ist im britischen Stil eingerichtet."

„Wenn es keine Mühe macht", sagte er leichthin. „Ich möchte dir auf keinen Fall Umstände machen."

„Nein, es macht keine Umstände. Wir haben jede Menge Platz. Im Moment wohnt hier nur meine Schwester Willow."

Genauer betrachtet könnte es natürlich sein, dass Willow vielleicht nicht allzu erbaut darüber war, das Haus mit einem unerwarteten Gast zu teilen, den sie noch nie gesehen hatte.

Nora hatte sehr wenig Übung in spontanen Entscheidungen. Sie bevorzugte monatelange Faktensicherung und sorgfältige Planung.

„Du wohnst gar nicht hier?", fragte Duncan.

„Nein. Das ist mein Elternhaus, und inzwischen wohnen normalerweise auch nur noch meine Eltern darin. Gehen wir doch rein." Sie wollte sich umdrehen, aber dann fiel ihr ein, dass er Gepäck bei sich hatte. „Kann ich irgendetwas ins Haus tragen?"

„Nein, das mach ich schon."

Sie führte ihn in das Wohnzimmer hinter der Eingangshalle. Er stellte seine Sachen ab.

Ihr war fast schwindelig, so surreal war es, dass er hier war. Sie fand, dass er Ähnlichkeit mit Orlando Bloom in *Fluch der Karibik* besaß. Längeres braunes Haar mit genau dem richtigen Anteil Locken. Ein markantes Kinn. Feine, ebenmäßige Züge.

Nora ging ihm voran durch den Korridor, während Panik in ihr aufstieg. Wie um alles in der Welt konnte sie Duncan in ihren Abend einbeziehen? Sie hatte nur eine Wahl: Sie musste ihn unumwunden John und den anderen vorstellen. „Hast du Hunger?"

„Ich habe schon zu Abend gegessen, aber zu einem Dessert oder einem Glas Wein würde ich nicht Nein sagen."

„Tut mir leid, Alkohol ist heute nicht zu haben. Aber wie wär's mit einem alkoholfreien Cocktail?"

„Den würde ich dankbar annehmen."

Sie schlüpfte hinter die Bar, um ihm einen Cocktail zu machen. Duncan war ein Freund. Aber inzwischen war John ebenfalls ein Freund. Insofern würde die gemeinsame Anwesenheit von beiden hoffentlich keinen von ihnen stören? Dass es tatsächlich so sein könnte, erschien jedoch selbst ihr unwahrscheinlich.

Sie reichte ihm das Getränk.

„Vielen Dank."

„Zum Kuchen geht's hier entlang." Sie setzten sich in Bewegung. „Ich habe ihn noch nicht probiert, aber sicher ist er fantastisch. Schließlich hat meine Schwester ihn gemacht. Britt ist Maîtresse Chocolatier. Was ...", sie atmete tief durch, „... du ja bereits weißt. Ich hab dir schließlich oft genug von meinen Schwestern erzählt, nicht?"

„Ja, hast du. Willow ist Model und Britt ist Konditorin und du bist Kerzenzieherin."

„Sorry. Ich bin ein wenig durcheinander."

„Schon okay", sagte er verständnisvoll. „Das war zu erwarten."

Im leichten Wind, der vom Wasser herüberwehte, fühlten sich ihre Wangen ungewöhnlich warm an. Sie erreichten das Kuchenbüfett. Die älteren Gäste waren mit ihren Kuchentellern wieder an die Tische zurückgekehrt. Nur Britt, Willow, Zander, Valentina und etwas abseits John und Corbin standen noch dort.

Kaum hatte John sie und Duncan erblickt, brach er sein Gespräch mit Corbin abrupt ab. Auf seiner Miene zeigte sich so etwas wie Argwohn.

Noras Zuversicht wankte. „Ich würde euch gern Duncan Bartholomew vorstellen", sagte sie. Sie war sich sicher, ihre Schwestern wussten bereits, wer da angekommen war. Sie hatte Duncan ihnen gegenüber oft genug erwähnt und sie im Lauf der Jahre auch immer wieder mit Bildern von ihm beglückt. Willow musste ihn erkannt haben, und sie hatte Britt bestimmt vorgewarnt. Die beiden starrten Duncan mit schlecht verhohlener Faszination an.

„Ihr wisst ja, dass ich Fan der Fernsehserie *Northamptonshire* bin", bemerkte Nora.

„North was?" Valentinas rundes Gesicht verzog sich verwirrt.

„*Northamptonshire*", wiederholte Nora. „Eine Fernsehserie."

„Fernsehen!" Valentina lächelte, wobei sie Grübchen bekam. „Ja, Miss. Ja."

„Also, Duncan ist einer der Schauspieler. Eigentlich ist er so was wie der Star der Serie." Kaum hatte sie es gesagt, da bereute sie es schon. In ihrer Welt – der Welt eines Megafans von *Northamptonshire* – war er ein Megastar. Aber für die meisten anderen würden Corbin, Willow und John allesamt höhere Plätze auf einer Prominentenliste einnehmen als ein Schauspieler, der eine Nebenrolle in einer britischen Fernsehserie spielte, die allenfalls mittelmäßig erfolgreich war.

Sie war dabei, alles zu vermasseln.

John starrte düster vor sich hin.

Entschlossen stieg sie noch tiefer in die Fluten, auch wenn das Wasser ihr schon bis zum Hals stand. „Duncan spielt meine Lieblingsfigur in der Serie: Lord Adolphus Brook."

„Sollen wir Sie mit ‚Mylord' anreden?", witzelte Britt.

„Nicht nötig", erwiderte Duncan heiter. „Duncan genügt völlig."

„Was führt Sie nach Washington?", erkundigte sich Zander.

„Ich bin hier, um meinen größten Fan zu besuchen."

Ein kurzes Schweigen entstand.

„Und wer ist das?“, fragte Valentina.

„Nun, Nora. Sie ist so brillant, dass ich nicht widerstehen konnte und die Gelegenheit wahrnehmen musste, sie kennenzulernen, wo ich gerade in Amerika bin.“

„Dann sind Sie sich noch nie begegnet?“, hakte Zander nach.

„Nein“, bestätigte Nora. „Bis jetzt haben wir nur auf Facebook gechattet.“

„Und es ist ganz erstaunlich, wie gut man einen Menschen auf diese Weise kennenlernen kann“, ergänzte Duncan.

Die kleine Gruppe starrte Nora und Duncan ungläubig an, offensichtlich bemüht, die verwunderliche Tatsache zu verarbeiten, dass soeben ein britischer Schauspieler von der Bühne direkt auf die Terrasse von Bradfordwood herabgestiegen war.

„Und wer von Ihnen ist der Navy-Veteran mit Ehrenmedaille?“, fragte Duncan.

Nein! Wäre es sehr grob, wenn sie Duncan beim Jackettkragen packen und ihn ins Haus schleifen würde?

„Ich war bei der Navy“, sagte John.

„Ah, Sie sind das. Nora hat viel von Ihnen erzählt.“

„Tatsächlich?“ John verzog keine Miene. „Und was hat sie erzählt?“

„Nur Gutes.“ Duncan lachte und tätschelte Johns Oberarm.

Duncans schmale Figur kam auf eine Größe von knapp ein Meter achtzig. John war um etliches größer, deutlich breiter und weitaus imposanter. Duncan hatte auf dem Bildschirm, auf Fotos oder bei Interviews noch nie kräftig ausgesehen. Nicht wie John. Aber irgendwie hatte die Kamera es doch geschafft, ihn größer aussehen zu lassen, als er tatsächlich war.

„Wie haben Sie sich kennengelernt?“, fragte John.

„Irgendwann vor ein paar Jahren hat Nora mir eine Mail geschickt“, erwiderte Duncan. „Ich kann nicht jedes Schreiben beantworten, das mich erreicht. Aber meine Assistentin gibt gelegentlich Zuschriften an mich weiter, die besonders nett oder originell sind. Und Noras Mail gehörte dazu. Ich war so beeindruckt, dass ich mich bedankt habe, und seitdem sind wir in Kontakt geblieben.“

„Genau“, brachte Nora heraus.

„Nora gehört zu den Moderatoren der *Northamptonshire*-Fangruppe auf Facebook“, fuhr Duncan fort. „Und sie hat auch die Community ‚Verehrerinnen von Adolphus Brook‘ gegründet. Sie ist unermüdlich dabei, die Sendung und meine Rolle darin zu promoten. Sie ist ein Geschenk des Himmels.“

„Oh, das würde ich so nicht sagen“, protestierte Nora.

„Du *bist* ein Geschenk des Himmels“, wiederholte Duncan.

Duncan hatte sie und ihre Obsession mit Adolphus und der Serie soeben öffentlich geoutet. Bis zu diesem Augenblick war ihre Leidenschaft eine persönliche Angelegenheit gewesen. Ihre nächsten Angehörigen und Freunde wussten davon, aber auch sie ahnten nicht, welche Auswüchse die ganze Sache hatte. Auch John gegenüber hatte sie mehr als einmal von *Northamptonshire* geschwärmt, aber sie hatte nie auch nur einen Pieps über Adolphus oder Duncan geäußert.

Die *Verehrerinnen* würden vor Neid erblassen, wenn sie ihnen erzählen würde, dass Duncan höchstpersönlich in Bradfordwood aufgetaucht war und sie für ein Geschenk des Himmels hielt. Aber Nora begriff sehr wohl, dass Nichtverehrer – John inbegriffen – ihre Passion für Adolphus für überspannt und vielleicht sogar für eine Verzweiflungstat halten würden.

Sie wünschte, er hätte es nie erfahren, und *vor allem nicht auf diese Weise!* Kleinlaut sah sie John an.

Er hatte die Hand an die Wange gelegt und sah in etwa so erheitert aus wie jemand, der gerade von einer Terrorwarnung erfahren hatte.

So viel zu ihrer Hoffnung, Duncans Auftauchen würde ihn nicht weiter stören … Das hier lief richtig schlecht.

„Verzeihung“, wandte sich jetzt eine der älteren Damen an Duncan. „Sind Sie nicht einer der Schauspieler aus *Northamptonshire?*“ Drei ihrer Freundinnen, alle mindestens achtzig, flanierten mit ihr heran.

Duncan drehte sich zu seinen Verehrerinnen um und schenkte ihnen ein glückseliges Lächeln. „Ja, das bin ich tatsächlich.“

Nora wandte sich an John und Corbin. „Ich habe die Einladung zu dieser Feier entworfen", sagte sie matt. „Und ich habe Duncan eine Kopie geschickt, um ihm das Ergebnis zu zeigen. Aber es wäre mir nicht im Traum eingefallen, dass er hier auftauchen würde."

„Wie es scheint, steht ihr beide euch recht nahe", sagte John.

„Nein. Ich meine, ja, schon. Wir kennen uns recht gut, auf eine gewisse Weise. Auf Facebook-Ebene eben. Aber nicht im wirklichen Leben."

John gab keine Antwort.

Corbins Aufmerksamkeit galt Willow. Eine tiefe Falte zog sich über seine Stirn.

Nora vergrub ihre zitternden Hände im Stoff ihres weiten Rockes. „Ihr habt noch gar keinen Kuchen gehabt, oder? Kommt, holen wir uns ein Stück Kuchen, und dann können wir noch am Tisch zusammensitzen. Die meisten Gäste werden sicher bald gehen und sich zu Hause ihre Schlafmasken aufsetzen, aber es wäre sehr schön, wenn ihr beide noch bleiben würdet."

„Ich denke, wir gehen besser auch", sagte John.

Nora bemühte sich, weniger verzweifelt zu klingen, als sie war. „Der Kuchen ist das Beste."

„Nein", sagte John leise und sah ihr in die Augen. „Für mich ist nicht der Kuchen das Beste."

Der Klang seiner Worte ging ihr zu Herzen. „Wir wollten doch noch etwas besprechen. Weißt du noch?"

„Das verschieben wir besser auf ein andermal."

„John, ich …" Sie konnte keinen klaren Gedanken fassen, wusste nichts zu sagen, um den Satz zu beenden.

„Also, dann Gute Nacht." Damit ließ er sie stehen.

Corbin bedankte sich für das Dinner und verschwand ebenfalls. Bis sie sich Richtung Verandatür umgedreht hatte, war John verschwunden.

Für etliche lange Sekunden stand sie da – in ihrem exquisiten Kleid – und starrte auf den leeren Korridor. Wie und wann würde sie John wiedersehen? Sollte sie ihm nachlaufen? Und was sollte sie dann sagen? *John, empfindest du etwas für mich? Ich empfinde nämlich etwas für dich. Bitte, bitte lass Adolphus – ich meine Duncan – nicht zwischen uns stehen. Das mit ihm tut mir leid. Und bitte, bitte glaub mir, dass ich niemals damit gerechnet habe, dass Adolphus plötzlich aus meiner Fantasiewelt in mein wirkliches Leben einbrechen könnte.*

„Kuchen, Miss Lawrence?“ Duncan stand hinter ihr.

Sie nahm den Teller mit tauben Fingern.

Seit drei Staffeln hatte Nora danach gelechzt, dass es endlich eine Romanze zwischen Lucy Lawrence und Adolphus gab. Und jetzt hatte Duncan mit seinem Besuch auf Bradfordwood eine grandiose Geste von der Art gemacht, wie sie es sich von Adolphus gegenüber Lucy immer gewünscht hatte. Er schenkte ihr sogar die liebevolle Aufmerksamkeit, die Adolphus Lucy schenken sollte.

Es sah ganz danach aus, dass die Prinzessin, die seit ewigen Zeiten hart geschuftet, aber keinen einzigen Bewerber zu Gesicht bekommen hatte, soeben auf dem Ball von Prinz Nummer eins sitzen gelassen worden war und nun von Prinz Nummer zwei ein Stück Torte serviert bekam.

„Und was machen wir jetzt mit dem schnuckeligen Engländer?“, fragte Willow verschwörerisch.

Duncan hatte gerade einen Anruf erhalten. Kaum war er mit seinem Handy im Wohnzimmer verschwunden, hatte Willow Nora und Britt hinter sich ins Bad auf dem unteren Flur gezogen und die Tür geschlossen.

Die Schwestern, die ihre High Heels schon lange von den Füßen geschleudert hatten, waren gerade damit fertig geworden, das Haus nach der Feier wieder in seinen Normalzustand zu versetzen. Duncan war die ganze Zeit mit von der Partie gewesen, hatte aufgeräumt, unermüdlich das Gespräch am Laufen gehalten und alkoholfreie Sangrias konsumiert.

„Zunächst mal", sagte Nora, „tut es mir wirklich leid, Willow, dass ich dir Duncan als Übernachtungsgast aufdränge. Im ersten Moment schien es mir das einzig Richtige zu sein, ihn einzuladen, weil ich nicht unhöflich sein wollte. Ist dir das irgendwie unheimlich?"

„Nachts unter einem Dach mit einem Fremden – was sollte daran unheimlich sein?", erwiderte Willow trocken.

„Okay." Britt sprach mit der Entschiedenheit eines Feldwebels. „Wie wär's, wenn ich rausmarschiere und dem schnuckeligen britischen Knaben erkläre, dass er bei Zander unterkommt?"

Willow legte Britt beschwichtigend die Hand auf den Arm. „Nein. Er kann ruhig hier übernachten. Meine Zimmertür lässt sich abschließen. Er ist Schauspieler, und Schauspieler sind in der Regel keine Axtmörder, stimmt's?"

„Stimmt", bestätigte Nora. „Sie wären zu leicht auffindbar, um mit einem Axtmord davonzukommen."

„Ungemein tröstlich. Was ich mich frage, ist tatsächlich: Was sollen wir mit ihm *machen?* Ich meine, er kann ja nicht vier Tage lang einfach hier rumsitzen. Sollen wir ihm Merryweather zeigen? Eine Bootstour buchen? Und wer sorgt für die Mahlzeiten?"

„Ich", versicherte Nora. „Ich komme morgen früh gleich her, mache Frühstück und dann … unternehme ich irgendwas mit ihm."

Britt verzog überlegend die Lippen. „Morgen ist Sonntag, ich hab also frei. Du und Duncan und ich – wir könnten wandern gehen, im Olympic National Park. Und am Wagonwheel Lake picknicken."

„Gebongt."

„Ich kann nicht glauben, dass er hier aufgekreuzt ist", konstatierte Britt.

„Ich auch nicht", bestätigte Nora.

Willow betrachtete sie eingehend. „Mir war gar nicht klar, dass Duncan und du so eng befreundet seid."

„Doch, wir sind ziemlich gut befreundet", gab Nora zu.

„Seid ihr jeden Tag online in Kontakt?", wollte Britt wissen.

„Manchmal chatten wir mehrmals am Tag, manchmal auch tagelang gar nicht."

„Glaubst du, er hat romantische Absichten?“, fuhr Britt fort.

Beide Schwestern warteten mit offensichtlich gespannter Neugier. Nora war es umgekehrt gewohnt – sonst war sie diejenige, die das Leben ihrer Schwestern interessiert verfolgte. Willows und Britts Leben war so viel interessanter als ihres. „Ich weiß nicht, was ich denken soll. Wir flirten online, aber so harmlos, dass ich nie gedacht hätte, das würde zu irgendwas führen. Aber jetzt, wo er persönlich da ist, fühlt sich die Beziehung neu an und … distanziert.“

„Was ist mit John?“, fragte Britt.

„Ich glaube, John ist sauer auf mich.“

„Es sah aber ganz so aus, als hättet ihr beide heute Abend ein Date.“

„So, tat es das?“

„Ja“, sagten Willow und Britt wie aus einem Mund.

„Ehrlich gesagt fühlte es sich auch so an, als hätten wir ein Date“, sagte Nora. „Bis Duncan auftauchte.“

„Mir gefällt John“, kommentierte Britt.

„Mir auch“, schloss Willow sich an. „Selbst wenn er einen schlechten Geschmack in der Wahl seiner Freunde beweist.“

„Allerdings“, sagte Britt, „ist bezüglich des englischen Knaben das maßgebliche Wort …“

„Britisch?“, bot Nora mit gespielter Unschuld an.

„Schnuckelig“, ergänzte Willow.

• • •

Nachricht von Duncans Assistentin an Duncan:

ASSISTENTIN: Und? Wie ist die mysteriöse Amerikanerin im echten Leben?

DUNCAN: Noch besser als erwartet.

ASSISTENTIN: Dann mögen Sie sie also?

DUNCAN: Ich mag sie sogar sehr.

• • •

Nachricht von Corbin an seinen Freund Gray:

CORBIN: Bin heute zufällig Willow Bradford über den Weg gelaufen. Erinnerst du dich an sie?

GRAY: Ja, gut sogar. Wie geht es ihr?

CORBIN: Gut. Sie hat nie besser ausgesehen.

GRAY: Mein Beileid.

CORBIN: So schön zu sein, ist weder richtig noch fair. Es ist nicht mal normal.

GRAY: Mein herzlichstes Beileid.

CORBIN: Schlimm genug, dass ich sie nicht vergessen kann.

GRAY: Vielleicht ist sie genauso aufgewühlt, weil sie dir begegnet ist?

CORBIN: Warum sollte sie? Sie hat mit mir Schluss gemacht, nicht umgekehrt.

Kapitel 16

Johns Stimmung war rabenschwarz.

Als er vorhin von der Feier zurückgekommen war, hatte er Krawatte und Jackett von sich geworfen und die beiden Knöpfe am Hemdkragen aufgezerrt. Innerlich kochend hatte er in den Kühlschrank gestarrt, bis er merkte, dass er überhaupt nicht hungrig war. Dann war er ins Wohnzimmer gegangen und hatte bei Netflix die Agentenserie angeklickt, die er immer sah.

Das ist Fernsehunterhaltung, hätte er Nora am liebsten gesagt. Diese sich dahinschleppenden Serien aus einem längst vergangenen Europa – das war doch keine Unterhaltung. Die Schauspieler sahen aus, als hätten sie sich zu Fasching verkleidet, und alles, was sie machten, war reden. Noch dazu mit einem Akzent und in einer veralteten Sprache, die es ihm schwer machte, überhaupt etwas zu verstehen. Oder auch nur einen Funken Interesse daran zu entwickeln.

Obwohl es seine absolute Lieblingsserie war und gerade eine absolut perfekte Verhörszene über den Bildschirm lief, konnte John sich nicht konzentrieren. Er rutschte etwas tiefer ins Sofa und legte den Arm über die Augen.

Ein Schauspieler aus *Northamptonshire* war aus England angereist, um Nora zu treffen. Und auch wenn er, John, die Serie und auch den Schauspieler noch nicht mal kannte, Nora bedeuteten sie offensichtlich sehr viel.

Duncan spielt meine Lieblingsfigur. Noras Wangen hatten geglüht und sie war sichtlich nervös gewesen, als sie ihnen Duncan vorgestellt hatte. Duncan hatte selbstgefällig neben ihr gestanden, und John hätte ihm am liebsten eins hinter seine britischen Löffel gegeben.

Es gab viele Frauen, die für Schauspieler schwärmten. Eine Tatsache, auf der die Karrieren der männlichen Hollywoodgrößen aufbauten. Aber wie wahrscheinlich war es, dass ein Schauspieler um die halbe Welt reiste, um einen weiblichen Fan zu treffen?

Eins zu tausend? Zu einer Million? Und doch war er Zeuge geworden, wie genau das geschehen war.

So wie es klang, stand Nora schon seit Jahren in Kontakt zu Duncan – und zwar in einem sehr lebhaften Kontakt. Sogar über ihn, den „Navy-Ehrenmedaillenträger", hatte sie gechattet, wenn er Duncans Worten glauben konnte. Was hatte Nora Duncan erzählt? Und wenn sie Duncan von ihm erzählt hatte, warum ihm dann nicht auch von Duncan?

Es gab keinen Zweifel, dass Duncan etwas für Nora übrighatte und dass die beiden perfekt zueinanderpassten. Duncan war vermutlich der Typ, dem es Spaß machte, alte Rezepturen auszuprobieren und sich die Zeit in Museen zu vertreiben.

Duncan war außerdem der Typ, der sein Augenlicht nicht verlieren würde.

Vielleicht war Duncans Auftauchen ja Gottes Weise, ihm zu sagen, er solle sich Nora gegenüber zurückhalten. Allein das Timing – dass Duncan ausgerechnet heute hier aufgetaucht war – erweckte den Anschein, dass dies genau das war, was Gott ihm sagen wollte.

Andererseits hatte John bisher nicht den Eindruck gehabt, dass Gott ihn bremste. Die Vorstellung, Nora Duncan zu überlassen, setzte ihm zu, als würde ihn jemand an der Kehle packen und ihm die Luft abdrücken.

Er kroch vom Sofa und trat hinaus auf die Veranda in die kalte Nachtluft.

Er hatte gewartet – bevor er mit Allie Schluss gemacht hatte. Dann, nachdem sie sich getrennt hatten, hatte er wieder gewartet. Er wollte nichts überstürzen. Hätte er Nora am Tag nach der Trennung angerufen, wäre das ein Affront für beide Frauen gewesen, und es hätte auch kein gutes Licht auf die Ernsthaftigkeit seiner Absichten Nora gegenüber geworfen. Er hatte auch gewartet, weil er sich nicht sicher gewesen war. Er hatte Zeit gebraucht, mit der Tatsache klarzukommen, dass er Nora bitten würde, sich auf einen Mann einzulassen, der sein Augenlicht verlieren würde. Das hatte ihm zu schaffen gemacht. Und tat es immer noch.

Letzten Endes spielte es keine Rolle, warum er gezögert hatte. Und wenn er noch so gute Gründe gehabt hatte: Er hatte zu lange gewartet.

Was sollte er jetzt tun?

Wenn Nora für ihn ebenso empfand wie er für sie, würde auch der Besuch eines britischen Promischauspielers keinen Unterschied machen. Er könnte einfach schweigen und warten, bis Duncan wieder verschwand.

Nur dass er ihr noch nicht gesagt hatte, was er für sie empfand. Und auch nicht, welche gesundheitliche Perspektive ihn erwartete. Aber bestimmt … bestimmt spürte sie doch, was er fühlte, oder? Heute Abend zumindest musste sie doch gespürt haben, was er für sie empfand.

Vielleicht aber auch nicht.

Eines war sicher: In den nächsten Tagen würde Nora Entscheidungen im Blick auf ihn und Duncan treffen müssen, ohne das ganze Bild zu kennen. Und seine Zeit bei der Navy hatte ihn gelehrt, dass Katastrophen dann geschahen, wenn Menschen Entscheidungen trafen, ohne über alle Informationen zu verfügen.

Sollte er abwarten und riskieren, dass sie sich für Duncan entschied?

Sollte er zurücktreten und sie Duncan überlassen? War es das, was ein wirklich selbstloser Mensch tun würde?

Sollte er seinen Stolz überwinden, zu Nora gehen und ihr ohne Umschweife von seiner Blindheit und seinen Gefühlen für sie erzählen?

John fand keine Antworten.

Die Ohnmacht und Bitterkeit angesichts seiner drohenden Blindheit, die er nun seit Monaten niedergekämpft hatte, verbündeten sich erneut und stürzten ihn in einen tiefen schwarzen Abgrund der Eifersucht.

Er hatte zu lange gewartet.

„Wir haben nichts mehr von deiner Schwester gesehen, seit wir den Wagen abgestellt haben", sagte Duncan zu Nora. „Bist du nicht beunruhigt?"

„Kein Stück." Noras Atem kam keuchend. Sie waren seit über einer Stunde unterwegs im Nationalpark. „Wenn man Britt trauen kann und dieser angebliche Wagonwheel Lake hier tatsächlich irgendwo ist, dann wartet sie da auf uns. Wenn wir ankommen, ist sie vermutlich dabei, Delfine zu dressieren."

Britt hatte sie auf den richtigen Weg geführt und sie dort im Staub, den ihre Wanderschuhe aufwirbelten, zurückgelassen. Sie trugen zwar alle einen Teil des Picknicks in ihren Rucksäcken, aber Nora wusste, dass Britt das meiste davon sich selbst aufgebürdet hatte. Und es hatte sie nicht langsamer gemacht.

„Wie wär's mit einem Päuschen, um wieder zu Atem zu kommen?", schlug Nora vor.

„Ja, nur zu gern."

„Nur weil Britt so ein Musterexemplar von Abenteuerlust und Durchtrainiertheit ist, müssen wir es ja nicht auch sein."

„Hört, hört."

Sie setzten sich auf einen Baumstamm am Rand des Weges. Sie reichte ihm eine Wasserflasche, schraubte ihre eigene auf und hörte zu, während er ihr in allen Einzelheiten erzählte, was hinter den Kulissen von *Northamptonshire* so alles vor sich ging.

Sie waren dem sich schlängelnden Pfad gefolgt, der gelegentlich von Baumwurzeln und kleinen Bachläufen gekreuzt wurde. Hier am Waldboden war es so grün, dass man sich vorkam wie in einer Märchenwelt. Alles, was sie sahen, war in diesen Hauch von Smaragdgrün gehüllt. Gebeugte Farne bedeckten den Boden. Algen, Moos und Flechten hafteten an Baumstümpfen und hingen wie Spinnweben von den Zweigen. In der Ferne konnte Nora das Rauschen eines Flusses hören, das die Stille in diesem von der Natur geschaffenen Pavillon aus Zweigen und Blättern nur umso mehr betonte.

„Auf einem Filmset haben Autoren nicht viel zu sagen", sagte Duncan. „Aber beim Fernsehen sind sie die Könige. Ich habe versucht, was ich konnte, aber es ist mir nicht gelungen, die Gunst von Hugh Mackinsby zu erwerben."

„Das sehe ich nicht so. Deine Rolle ist doch köstlich."

„Meine Rolle ist unbedeutend. Ich wünschte, du wärst bei den Treffen mit dem Team zu den Vorbesprechungen für die Serie dabei gewesen. Es gab so viel Begeisterung für Adolphus und seinen Platz im Ganzen. Und auch für mich in dieser Rolle. Da war nichts als Optimismus und große Erwartungen."

„Glaubst du, das hat etwas damit zu tun, dass die Produzenten sich von der Serie insgesamt mehr versprachen und höhere Erwartungen hatten?"

Er schien über ihre Frage nachzudenken.

„Die Serie ist überragend", konstatierte sie. „Und es muss für alle Beteiligten schwer sein, wenn einem etwas so Hervorragendes gelingt und man nicht gleich auch wirtschaftlich damit Erfolg hat. Und wie groß die Enttäuschung auch sein mag, die du oder die Produzenten oder Regisseure empfinden, ich teile sie. Denn die Serie *sollte* ein Riesenerfolg sein. Das verdient sie einfach. Sie ist nämlich wirklich gut."

„Da stimme ich dir natürlich zu. Ich weiß nicht, wie oft ich mich über das schleppende Publikumsecho aufgeregt habe. Schlussendlich musste ich meinen Frieden damit machen, dass ein einzelner Darsteller nicht das Schicksal einer ganzen Serie zum Guten wenden kann. Ich habe in dieser Rolle mein Bestes gegeben. Das weißt du ja."

„Ja, das weiß ich, und das sieht auch jeder, der ein wenig Verstand hat. Du warst doch für den Award der Britischen Film- und Fernseh-Akademie nominiert, vergiss das nicht."

„Das war vor zwei Jahren, und ich habe nicht gewonnen. Bei Hugh hat mir die Nomination offenbar auch nichts genützt. Dass er Adolphus aufwertet und mehr in den Vordergrund stellt, steht jedenfalls noch aus."

Niemand wünschte sich inständiger mehr Spielzeit für Adolphus als sie. Andererseits durfte man nicht vergessen, dass Adolphus von Anfang an als Nebenrolle angelegt war. Duncan hatte nun eine Rolle von genau der Bedeutung, die Hugh dieser ab der ersten Folge von Staffel eins gegeben hatte. Es war nicht so, als hätte man ihm das Blaue vom Himmel versprochen und ihm stattdessen ein paar Wolkenfetzen geliefert; vielmehr hatte er ein paar Wolkenfetzen bekommen, war anfangs begeistert gewesen, aber mit der Zeit hatte ihm das nicht mehr gereicht.

„Es ist schwierig, wenn einem Hoffnungen gemacht werden, wenn man eine Rolle annimmt", sagte Duncan, „und man sich dann im Lauf der Zeit verkannt und nicht wertgeschätzt fühlt."

„Von den Verehrerinnen wirst du nicht verkannt. Und sehr wertgeschätzt."

Er schenkte ihr ein dankbares Lächeln. „Ohne dich und diese Gruppe, Nora, hätte ich schon lange aufgegeben."

„Du kannst auf uns zählen, wir unterstützen dich natürlich weiter."

Bis zu diesem Zeitpunkt hatte sie Duncan immer nur durch die Linse einer Kamera gesehen. Ihn jetzt ohne Filter vor sich zu haben, machte sie benommen. Er trug einen Sportanzug mit so eng anliegenden Hosenbeinen, dass sie an den Waden spannten. Die Schnürsenkel an seinen Schuhen hatte er doppelt geknotet. Die Aufmachung konnte vielleicht als europäisch durchgehen, aber keineswegs als adolphusmäßig. Adolphus trug weite Baumwollhemden mit Rüschenkragen, Krawatten, Cutaways, Kniehosen, Stiefel.

Schon die ganze Zeit hatte sie die Gegensätzlichkeit zwischen Duncan und Adolphus irritiert. Es war lächerlich! Adolphus war die fiktive Schöpfung von Hugh Mackinsby. Duncan war der, der Adolphus Leben einhauchte.

Sie hatte eine Online-Freundschaft mit Duncan. Aber in vielfacher Hinsicht war *Adolphus* der, den sie in- und auswendig kannte, der Mann, den sie bewunderte.

Adolphus war ein Genie. Er sprach so schnell und so komplex, dass Nora oft einzelne Gesprächssequenzen zurückspulte, um sicherzugehen, dass sie alles richtig verstanden hatte. Etliche seiner geistreichen Äußerungen hatte sie auswendig gelernt, und sie und die anderen Verehrerinnen zitierten sie manchmal.

Adolphus war ein Grübler.

Adolphus war gequält vom tragischen Tod seiner Mutter, als er noch ein Kind war, und von Missbrauch und Vernachlässigung, die er als Folge davon erlebt hatte.

Adolphus war schweigsam.

Duncan sprach weder sehr schnell noch sehr komplex. Ehrlich gesagt war es aber wohl auch *keinem* Menschen möglich, derart spontan Worte herauszuschleudern, wie Adolphus es tat. Nicht nur, dass weder Duncan noch Nora auch nur ansatzweise fähig wären, es Adolphus gleichzutun, sie waren auch beide im wahren Leben nicht so geistreich und schlagfertig, wie sie es online sein konnten.

Duncan war kein Grübler. Ganz im Gegenteil. Er war umgänglich und kam leicht in Kontakt mit anderen. Er war freundlich. Und sogar energisch.

Duncan war nicht gequält. Er war der geliebte Sohn einer Journalistin und eines Professors. Er hatte eine behütete Kindheit gehabt und alle denkbaren Vorteile und Chancen genossen.

Duncan war nicht schweigsam. Sie hatten sich tatsächlich die ganze Zeit unterhalten, ohne die kleinste Unterbrechung. Sie hatten heute schon Stunden im Gespräch verbracht. Stunden.

Duncan hatte Gefallen daran, eine Sache verbal in die kleinsten Einzelheiten zu zerpflücken. Und gerade dann, wenn man den Eindruck hatte, nun sei alles gesagt, was gesagt werden konnte, nahm er einen anderen Standpunkt zum jeweiligen Thema ein und betrachtete es aus dieser Perspektive noch einmal ganz neu.

Ein Übermaß an Gesprächsstoff war bei Weitem besser, als wenn man sich überhaupt nichts zu sagen hatte. Andererseits war Nora es gewohnt, mit Duncan sozusagen häppchenweise zu kommunizieren, in rasch hingeworfenen Sätzen. Wenn dieser Ausflug vorbei und sie wieder in Merryweather wäre, würde sie eine Schweigeauszeit und ein gutes Buch brauchen, um sich von dem vielen Reden zu erholen.

Duncan hatte an diesem Morgen mehr geredet als John während ihres ganzen zweitätigen Ausflugs nach Oregon.

John. Der Gedanke an ihn verursachte einen Schmerz tief in ihrer Brust. Seit gestern Abend hatte sie nichts von ihm gehört. Und sie hatte seine Reaktion auf Duncans Auftauchen und seinen raschen Abschied seitdem von allen Seiten beleuchtet.

Sie wünschte, sie hätte Duncan nicht als Star vorgestellt. Es wäre auch keineswegs nötig gewesen zu erwähnen, dass er ihre *Lieblingsfigur* darstellte. Neben diesen beiden Dingen, die sie bedauerte, wusste sie nicht, wie sie sich viel anders hätte verhalten können – außer Duncan in den Keller zu schubsen und ihn dort zu verstecken. Sie hatte ihn vorstellen müssen. Und danach hatte sie John auf der Stelle gebeten, noch zu bleiben und zusammen den Kuchen zu genießen. Er war es gewesen, der abgelehnt hatte.

Wie auch immer. Sie wurde das Gefühl nicht los, dass sie John enttäuscht hatte. Wie sie gestern Abend auseinandergegangen waren, hing seitdem über ihr wie eine dunkle Wolke.

„Nach der nächsten Staffel läuft mein Vertrag aus." Duncan spielte mit der Fußspitze mit einem Stein. „Vielleicht verlängere ich ihn nicht. Soll Mackinsby mich doch abschreiben. Dann werden wir ja sehen, wie es ihm gefällt, wenn die Fans auf die Barrikaden gehen."

Wenn die Rolle des Earl of Cumberly oder von Craddock aus *Northamptonshire* gestrichen würde, dann gingen so viele Fans auf die Barrikaden, wie es eben Fans einer mittelmäßig erfolgreichen Serie gab. Allerdings waren Nora und die anderen Frauen vom Team Adolphus eine verschwindend kleine Minderheit. Wenn sie auf die Barrikaden gingen, wäre das so wirkungsvoll wie ein Windhauch auf einem Teich.

„Ich wäre todtraurig, wenn Adolphus aus der Serie aussteigt", sagte Nora.

„Wirklich?", fragte er hoffnungsvoll.

„Ja. Adolphus ist eine fantastische Figur, und du spielst ihn hervorragend."

„Es gibt etliche begabte Schauspieler in der Besetzung."

Er war auf weitere Komplimente aus. Sie hatte den Verdacht, dass er niemanden in der Besetzung für so begabt hielt wie sich selbst.

„Ja, sicher, einige. Aber niemand ist so talentiert wie du." Bei diesen Worten kam sie sich ein wenig vor wie der Spiegel in *Schneewittchen.*

„Glaubst du das wirklich?", hakte er nach.

Musste sie es ihm denn hundertmal sagen? Tausendmal? „Ja, das glaube ich wirklich." Sicher brauchten andere Akteure – Schauspieler, die sich ihres Talents sicher waren – nicht so viel Lob. Noch würden Schauspieler, die sich ihres Talents sicher waren, eine Schauspieler-Fan-Beziehung wie die ihre überhaupt erst angefangen haben.

„Ich weiß nicht."

„Duncan, es gibt viele, die dich verehren. Viele. Und es muss Hunderte von Schauspielern geben, die sich um deine Rolle reißen würden."

„Vielen Dank." Er nahm ihre Hand und drückte sie. „Es tut wirklich gut, mit dir zu reden, Nora. Du verstehst mich. Ich glaube, das war es, was ich gebraucht habe. Dich zu treffen. Wieder einen klaren Kopf zu bekommen."

„Natürlich." Was genau hatte er gebraucht? Sie zu treffen? Oder einen klaren Kopf zu bekommen? Sie wusste seit geraumer Zeit, dass er auf ihre Unterstützung setzte. Sie war eine verlässliche Freundin, ein begeisterter Fan, eine freiwillige PR-Agentin – alles Positionen, die seine Großmutter ebenso gut hätte ausfüllen können. Empfand er für sie etwas anderes als für seine Großmutter?

Er löste seine Hand von ihrer und reichte ihr die Wasserflasche. Sie nahm sie entgegen und steckte sie in ihren Rucksack.

„Sollen wir uns wieder auf den Weg machen?", fragte er.

„Lass mich erst noch ein Foto machen." Es war das fünfte Bild, das sie von ihnen beiden machte. Sie brannte darauf, eines der Fotos in der Community zu posten, zusammen mit einem harmlos-unbekümmerten Status-Update nach dem Motto: *Ratet mal, wer mich gerade besucht!*

Oh, wie sie sich freute! Sie freute sich, dass von allen Verehrerinnen sie diejenige war, an der ihrem bewunderten Duncan ganz besonders viel lag. Die Frau, die von ihrem Verlobten für eine bessere Alternative verlassen worden war, war jetzt Duncans erste Wahl.

Normalerweise lud Nora Fotos, die zu teilen es sich lohnte, direkt nach der Aufnahme hoch. Aber heute hatte sie bisher noch kein einziges von sich und Duncan gepostet. Sie hatte gezögert, denn sie wusste, dass die Verehrerinnen sich über ein Foto von ihr und Duncan in trauter Zweisamkeit sehr ärgern würden. Sie und die anderen der Gruppe waren immer durch die gemeinsame hoffnungslose Schwärmerei für Duncan ein Herz und eine Seele gewesen. Ein Foto mit ihm würde sie aus der Gemeinschaft der Gruppe ausgrenzen.

Sie hatte noch nicht entschieden, ob sie die Fotos posten würde. Wie könnte sie es nicht tun? Aber für den Moment hatte sie einfach beschlossen, abzuwarten und nicht länger über das Für und Wider nachzudenken.

Nora streckte den Arm aus, um ein Selfie zu machen, und arrangierte das Bild von ihnen beiden im Zentrum des Displays. Duncan legte den Kopf etwas schräg und zog wie leicht irritiert die Mundwinkel hoch. So hatte sie es im Lauf der Jahre schon auf Dutzenden von Fotos von ihm gesehen. Sein Standardlächeln. Gut möglich, dass es das Lächeln war, mit dem er auch seine Großmutter bedachte.

Am letzten Abend von Duncans Besuch fühlte Nora sich reif für ein Schweigegelübde. Sie war an den beiden letzten Tagen früh in die Bibliothek gefahren, hatte so viel Arbeit wie möglich in ein paar Stunden erledigt und danach den Rest ihrer Zeit mit Duncan verbracht.

Sie hatte ihn in die Stadt gefahren, sie hatten die Garten-Ausstellung im Seattle Center besucht, Kaffee getrunken und jeden einzelnen Gang des berühmten Seemannsmarkts am Pike's Place abgeschritten. Und jede Minute dieser gemeinsam verbrachten Zeit hatten sie geredet.

Laber, laber, laber, laber.

Ungefähr um die Mittagszeit heute hatte sich ein dumpfer Nebel um Noras Hirn gelegt und war immer dichter geworden. Es war jetzt Viertel vor acht Uhr abends, und vor fünf Minuten hatte sie Duncan in Bradfordwood abgesetzt. Anschließend hatte sie sich davongestohlen – zu Dads Hängematte, die ein kurzes Stück hinter der Veranda des Familiensitzes im Wald hing.

Ihr ganzer Körper war erschöpft. Trockene Augen. Fiese Kopfschmerzen. Schwere Glieder.

Sie sank in die Hängematte wie in die erholsame Stille eines warmen Bades voll schillerndem Schaum. Sie träumte von Zimttoast mit Tee und einer Kopfschmerztablette. Von ihrem Pyjama. Davon, sich in ihr Bett zu kuscheln und in ihrem aktuellen Roman weiterzulesen.

Sie würde nach Hause fahren und sich das alles gönnen. Sobald sie genug Kraft gesammelt hatte.

Ihr Smartphone klingelte. Wenn es eine Nachricht von Duncan war, würde sie das Gerät ins Wasser schmeißen müssen.

Aber sie war nicht von Duncan.

Ist es okay, wenn ich heute Abend vorbeikomme?, fragte John.

Ihr Puls setzte kurz aus, dann stieg er auf mindestens hundertachtzig. Seit Grandmas Feier hatte sie nichts mehr von John gehört. Sie hatte mit sich selbst im Krieg gelegen, ob sie ihn anrufen sollte oder nicht. Sie hatte beschlossen, dass sie anrufen würde, falls John sich nicht bis morgen, wenn Duncan abgereist war, gemeldet hätte. Und jetzt diese Nachricht. Sie freute sich sehr darüber!

Natürlich, tippte sie. *Ich hab nicht vergessen, dass wir noch etwas zu besprechen haben.*

Ich auch nicht.

Blackberry Lane 12 in Merryweather. Wann?

In einer halben Stunde?

Perfekt.

Plötzlich fühlte sie sich gar nicht mehr so erschöpft oder wirklich interessiert an dieser Idee mit dem Schweigegelübde. Sie huschte hinter das Lenkrad ihres Wagens und prüfte ihr Bild im Rückspiegel. Es hatte heute geregnet. Sie hatte ihr Haar heute Morgen so geföhnt, wie Javier es ihr gezeigt hatte, aber jetzt sah sie verstrubbelt aus. Ihr Make-up war größtenteils verschwunden. Doch die blasspinken Jeans, die neuen Sneaker und das weiße Baumwolltop waren okay. Dank Willow hatte sie jetzt nur noch Outfits, die ihr wirklich gefielen. Sie fuhr sich mit den Fingern durch die Haare, legte etwas Lipgloss nach und startete Richtung zu Hause.

Der Himmel verfärbte sich während ihrer Fahrt in immer dunklere Ebenholzschattierungen. Worüber wollte John mir ihr reden? Über eine feste Beziehung? Bitte, bitte, bitte … Oder … wollte er wieder zur Navy gehen? Wegziehen? Gab es irgendwas im Blick auf sein Buch und den Film, was er ihr beichten müsste? Oder über Allie? Hatte er sich in eine andere Frau verliebt … nicht in sie und auch nicht in Allie? Ihre Erfahrung mit Harrison dem Schrecklichen hatte sie gelehrt, dass so etwas möglich war. Oder gab es irgendein Problem in Johns Familie? Vielleicht wollte er sie ja auch um weitere Recherchen in seiner Familiengeschichte bitten – etwa nach seinem Vater.

Die Reifen knirschten auf dem Kies, als sie in die von Fichten gesäumte Einfahrt zu ihrem Haus einbog. Sie hatte das Haus fast erreicht, als die Scheinwerfer auf John fielen, der an einen Pfosten der Veranda gelehnt dastand. Er trug ein schwarzes T-Shirt und Jeans, hatte die Arme vor der Brust verschränkt und stemmte ein Bein mit der Sohle seiner schwarzen Arbeitsstiefel an den Pfosten hinter sich.

Und er war außergewöhnlich pünktlich.

Zehn Minuten zu früh, wenn man es genau nahm. Er musste schon in Merryweather gewesen sein, als er ihr die Nachricht geschickt hatte.

Nora stieg aus dem Auto und ging auf ihn zu.

Er stieß sich von dem Pfosten ab und stellte sich aufrecht und resolut vor sie hin, die Hände in den Hosentaschen. Der Wind fuhr ihm durchs Haar. Seine markanten, entschlossenen Gesichtszüge faszinierten sie – die dunklen Wimpern waren der einzige unerwartet weiche Zug in einem ansonsten absolut männlichen Gesicht.

„Hallo“, sagte sie vielleicht eine Spur zu forsch.

„Hi.“

„Du bist früh dran.“

Lachfältchen durchzogen die Haut um seine Augen. Der Anblick ließ ihr Herz auf die Konsistenz eines Schokoladen-Lavakuchens schmelzen.

„Ich bin immer rechtzeitig", sagte er.

„In der Tat." Es tat ihr leid, dass er allein im Dunkeln gewartet hatte. Sie wollte sich schon entschuldigen, beherrschte sich dann aber gerade noch. Sie war ja auch zu früh. Nur, dass er noch früher da gewesen war.

„Ich werde deine Zeit nicht lange beanspruchen."

Nicht lange? Wie wär's mit: für immer? Klingt das okay? „Du hast alle Zeit der Welt, John. Ich freue mich, dich zu sehen."

Er senkte den Blick. Starrte auf seine Stiefel. Trat von einem Fuß auf den anderen. „Ich …"

Sie wartete, versuchte, sein offensichtliches Unbehagen zu verstehen.

Er hob den Kopf und ihre Blicke trafen sich. „Ich … ich werde blind werden."

Ihr Körper erstarrte, während ihr Verstand raste, um diese Aussage zu verdauen. Was hatte er da gesagt? Es wollte einfach nicht in ihren Kopf. John würde *blind werden?*

„Das ist es, was ich …" Seine Worte verhallten in einem Schweigen.

John war das Musterexemplar von Fitness, Gesundheit, Kraft! Seine unglaublichen Augen, diese unglaublich tiefgründigen Augen … die konnten ihn doch nicht im Stich lassen!

„Das … wollte ich dir sagen", sagte er. „Ich wollte, dass du es weißt."

• • •

Zitat aus Uncommon Courage:
„Du kennst dich selbst nicht und weißt nicht, wozu du fähig bist, bis du mit dem Schlimmsten konfrontiert wirst. Erst das Schlimmste zeigt dir, wer du wirklich bist."

• • •

SMS von Duncan an Nora:
Danke für heute. Ich habe jede Minute genossen, die ich mit dir verbracht habe. Du bist eine exzellente Gastgeberin, Miss Lawrence!

Kapitel 17

John hörte Noras Smartphone in ihrer Tasche klingeln. Sie ließ nicht erkennen, dass sie das Klingeln gehört hatte. Ihre Aufmerksamkeit galt ausschließlich ihm und der Nachricht, die er ihr gerade mitgeteilt hatte.

„Oh, John!" Es lag kein oberflächliches Mitleid in diesen Worten, sondern Einfühlungsvermögen, Anteilnahme. Trotzdem war dieses Gespräch für ihn eine Qual.

Er war gekommen, weil er letzten Endes nicht zu dem Schluss gekommen war, dass Gott ihm sagte, er solle Nora aufgeben. Wenn überhaupt, hatte er den Eindruck, Gott fordere ihn auf, aktiv zu werden. Also war er hier, obwohl er damit rechnen musste, dass Nora sich für Duncan entschieden hatte. Doch er war entschlossen, ihr die Wahrheit zu sagen. Dann war es an ihr, sich zu entscheiden.

„Komm rein." Sie ergriff seinen Arm, als wäre es das Natürlichste von der Welt, und zog ihn auf ihre schmale Veranda. In einem Anflug von schwarzem Humor fragte er sich, ob sie glaubte, dass sein Sehvermögen bereits so stark eingeschränkt war, dass er am Arm geführt werden musste.

Ihre Hand lag weiter auf seinem Arm, während sie mit der anderen in ihrer Tasche nach ihrem Schlüssel suchte. Er reagierte auf diese Berührung mit einer tiefen Sehnsucht, dem innigen Wunsch, sie würde sich für ihn entscheiden.

Dann konzentrierte er seinen Blick auf die Wände ihres Hauses, um auf andere Gedanken zu kommen. Ihr Haus war grün gestrichen und die Kanten weiß abgesetzt. Grün und Weiß. Er setzte seine ganze Konzentration ein, um sich nicht dauernd mit den negativen Gedanken, wie sie sich entscheiden würde, zu beschäftigen. Grün und Weiß.

Als sie den Flur betraten, nahm sie ihre Hand weg und machte das Licht an. Er atmete tief durch.

Es war ein kleines Haus. Die Ausmaße entsprachen eher einem Apartment als einem frei stehenden Haus. Von dort, wo er stand, konnte er alles sehen, was es in diesem Häuschen mit seinem offenen Wohnbereich zu sehen gab.

Nora ging in die Küche und befüllte den Wasserkocher. „Meine Schwestern nennen dieses Haus *das Bücherstübchen*. Ist ja auch offensichtlich, nicht wahr?"

Vor nahezu jeder Wand in diesem Haus standen Bücherregale in Deckenhöhe. Darüber hinaus gab es im Wohnzimmer zwei einfache grüne Stühle, ein Sofa und einen Fernseher. Die Stühle waren die einzigen Dinge, die grün waren. Alles andere war entweder rot, weiß, blau oder in einem verspielten Muster und einer Mischung dieser Farben gehalten. Etliche Stücke des Mobiliars und der Dekoration waren auf eine Weise abgenutzt und „antik", wie er es eigentlich nicht mochte.

Trotzdem gefiel ihm Noras Haus. Es gefiel ihm, weil es *ihr* Haus war.

„Ich habe es vor fünf Jahren entdeckt", erklärte sie. „Ich liebe dieses Haus – nur dass mir der Platz für die Bücherregale inzwischen nicht mehr reicht. Ich werde also noch eine weitere Wand beschlagnahmen müssen. So viele sind ja nicht mehr übrig. Demnächst werde ich daher vielleicht meine Küche mit Regalen fliesen müssen."

Das Licht fiel auf ihr Haar. Ihre Ohrringe glitzerten. Die Ärmel ihres Shirts flatterten um ihre schmalen Schultern. Sie sah aus wie der Frühling nach einem langen, grauen Winter.

Ihr Smartphone klingelte wieder. Sie ignorierte es auch diesmal.

„Ich mach uns erst mal einen Tee." Sie stellte den Wasserkocher an.

„Ich weiß, du trinkst normalerweise keinen Tee, aber jetzt bist du bei mir, also quasi mein Gefangener, und deshalb gibt es Tee. Du wirst sehen, der Geschmack ist einzigartig."

Etwas anderes hier war ebenfalls einzigartig, das stand fest.

„Ich habe ein spezielles Teezubereitungsgerät, mit dem ich unterschiedliche Teesorten jeweils auf die genau richtige Zeit, die sie ziehen müssen, einstellen kann. Und das kann ich exakt programmieren."

Er nickte. Sie schien keine Antwort zu erwarten, was ihm nur recht war. Er lehnte sich zurück und sah ihr zu.

„Ich verwende keine Teebeutel, sondern Mischungen, die ich selbst zusammenstelle. Ich glaube, heute Abend sollte es etwas Beruhigendes und Mildes sein."

Irgendetwas hier war mild und beruhigend, ganz bestimmt.

„Okay."

Sie nahm ein Weißbrot aus dem Schrank. „Ich mache uns noch ein paar Scheiben Zimttoast zum Tee."

„Wie, keine Scones?"

„Was weißt du denn schon von Scones, John Lawson?"

„Nichts, außer dass es Frauen geben soll, die sie zum Tee essen."

Sie lachte. „Scones wären jetzt ideal, das gebe ich zu. Ich liebe Scones. Aber ich habe gerade keine da, also gibt es jetzt Toast mit Zimt. Keinen gewöhnlichen Toast mit Zimt, sondern so, wie meine Mom ihn für uns gemacht hat, wenn wir krank waren." Sie legte vier Scheiben Weißbrot auf ein Backblech und bestrich sie mit Butter. „Und in der Zwischenzeit kannst du mir mehr von deiner Augenerkrankung erzählen."

Er zögerte.

„Komm, bitte erzähl es mir." Sie schaute ihn auffordernd an.

„Vor etwa vier Monaten war ich zu Besuch bei meinen Eltern. Da fiel mir auf, dass ihre Jalousien nicht mehr gerade aussahen. Sie sahen aus, als hätten sie in der Mitte eine Delle."

„Aber es gab keine Delle? Es sah nur für dich so aus?“

„Genau. Ich ging zum Augenarzt. Er fand auf meiner Netzhaut ein paar winzige weiße Flecken.“

Sie sah ihn für einen langen Augenblick an, dann streute sie Zucker und Zimt auf das butterbestrichene Brot. Sie schaltete den Backofen an und schob das Blech hinein.

Zum dritten Mal, seit er bei ihr war, klingelte ihr Handy. „Willst du nicht rangehen?“, fragte er. „Vielleicht ist es der Engländer.“

„Ich kann später zurückrufen.“

„Vielleicht ist es ja auch etwas Dringendes.“

„Okay, ich schaue nach.“ Sie griff zu ihrem Handy. „Der Engländer.“ Sie drückte auf ‚Anruf abweisen‘ und legte das Handy beiseite, dann warf sie einen Blick auf das Brot im Backofen. „Was wolltest du gerade sagen?“

„Der Augenarzt vermutete, dass ich etwas habe, was sich Leventiner-Krankheit nennt. Eine erbliche Augenerkrankung. Und ein DNA-Test hat das bestätigt.“

Sie nahm das Blech aus dem Ofen und legte die Toastscheiben auf einen Teller. Nachdem sie Tee in zwei Becher gegossen hatte, arrangierte sie alles auf einem Tablett. John kam ihr zu Hilfe und nahm das Tablett.

Sie ging ihm voran ins Wohnzimmer und öffnete die Verandatüren an der Rückseite des Hauses. „Der Abend ist wunderschön. Gehen wir nach draußen.“

Zwei Rattansessel warteten unter dem Schein der Außenbeleuchtung. Die Terrasse fiel in mehreren Stufen zum Wasser hin ab. Das musste der Kanal sein. Er hatte im Internet schon gesehen, dass ihr Haus an einem wenig belebten Platz am Ufer des Kanals stand.

Wie es aussah, mochten sie beide Wohnorte ohne direkte Nachbarschaft, aber mit Blick aufs Wasser.

Blick. Ein schwieriges Wort. Ihr Haus und auch seines würden immer Blick auf das Wasser haben. Nur dass er diesen Blick nicht mehr würde genießen können.

Er stellte das Tablett auf den kleinen Tisch zwischen den Sesseln.

Sie sagte, er solle es sich bequem machen, verschwand wieder im Haus und kam mit zwei Wolldecken zurück. Eine davon hielt sie ihm hin.

„Nein, danke." Er machte es sich in einem der Sessel bequem und verschränkte die Arme hinter dem Kopf.

„Wird es dir nicht zu kalt?", fragte sie.

„Meistens nicht." Er hatte seine Härtetests schon hinter sich. Er brauchte in einer Sommernacht keine Wolldecke.

Sie wickelte sich in eine Decke ein und ließ sich auf den anderen Sessel sinken.

Wie er es genoss, sie anzusehen. Nichts weiter. Sie nur anzusehen, machte ihn glücklich und schenkte ihm einen ganz neuen, ungekannten Frieden.

„Probier mal was vom Toast und vom Tee." Sie griff zu ihrem Becher. „Der Toast ist echt lecker."

War er tatsächlich. Insgesamt schön weich und mit einer warmen braunen Zucker-Zimt-Kruste obendrauf.

„Der Tee schmeckt auch wunderbar", informierte sie ihn.

„Sollte nicht ich derjenige sein, der sich lobend über den Tee äußert?"

„Es ist Rooibos mit Blaubeeren und einem Hauch Vanille, falls du es genau wissen willst." Sie warf ihm unter einer gerunzelten Stirn einen auffordernden Blick zu.

„Ich probiere ihn ja schon." Es schmeckte wie kein anderer Tee, den er jemals zuvor gekostet hatte. Er roch nach Vanille und nach Blumenblüten. Er hatte einen intensiven Geschmack und war zugleich mild. Kein bisschen bitter. „Sehr lecker."

„Vielen Dank." Sie sah ihn über den Rand ihres Bechers mit einem Blick an, der ‚Hab ich doch gesagt' ausdrückte. Ein Dampfwölkchen aus ihrem Becher schob sich vor ihr Gesicht. Sie nahm noch einen Schluck.

Er war es einfach nicht gewohnt, sich so viele Gedanken um eine Frau zu machen. Ebenfalls neu für ihn war die Verletzlichkeit, die das mit sich brachte.

„Von dieser Leventiner-Krankheit habe ich noch nie gehört." Sie sprach es aus, ohne zu zögern, was ihm zeigte, dass sie ihm vorhin gut zugehört hatte.

„Ich auch nicht, bis mein Arzt es mir gesagt hat. Es ist eine Degeneration der Netzhaut."

„Was bedeutet das?"

„Netzhautdegeneration bedeutet, dass sich das Blickfeld vom Zentrum her immer mehr einschränkt. Normalerweise tritt das erst in höherem Alter auf."

„Aber in deinem Fall nicht?"

„Nein. Die Leventiner-Krankheit kann auch schon bei jungen Menschen auftreten. Meistens zeigen sich dann die Symptome, bevor man vierzig ist."

„Was sagen denn die Ärzte? Welche Prognosen haben Sie?"

„Meine Sehkraft wird nach und nach abnehmen. Es gibt Therapien, die vielleicht die Entwicklung verlangsamen, aber grundsätzlich aufhalten kann man es nicht. Dafür gibt es keine Therapie."

Ihr Blick lag unverwandt auf seinen Augen. „Musst du damit rechnen, dass es sehr schnell schlimmer wird oder eher allmählich?"

„Kommt drauf an. Es besteht die Möglichkeit, dass es eine innere Blutung gibt oder irgendwas mit den roten Blutkörperchen nicht stimmt. Das würde bedeuten, dass ich sehr bald nicht mehr sehen kann."

„Und wenn diese Komplikationen nicht auftreten?"

„Dann werde ich meine Sehkraft langsamer verlieren."

„Langsamer im Lauf deines Lebens? Oder langsamer in den nächsten fünf Jahren?"

„Das wissen sie nicht. Es kommt darauf an."

„Hast du Schmerzen?"

„Nein." Sie war eine Freundin und er hatte Vertrauen zu ihr. Etwas überrascht stellte er fest, dass dieses Gespräch ihm weniger schwerfiel, als er gefürchtet hatte. Ihr seine Situation zu erklären, fühlte sich allmählich so an, als würde ihm eine Riesenlast von den Schultern genommen, die er allein nicht mehr hatte tragen können.

Er verspeiste die erste Scheibe Toast und machte sich dann über die zweite her.

Sie beobachtete ihn mit verständnisvoller Miene. Er schenkte sich ein wenig Tee nach. „Unsere Fahrt nach Oregon", sagte sie. „Du hast mir gesagt, dass dein Wagen zur Inspektion müsse. Stimmte das? Oder wolltest du nur nicht selbst fahren wegen deiner Augen?"

Manchmal war Nora schlicht zu clever für ihn. „Ich kann noch sehr gut durch die Stadt fahren. Derzeit habe ich noch etwa 40 Prozent Sehvermögen, und mit Brille sogar 60 Prozent. Aber auch mit Brille ist mein Sichtfeld in der Mitte verzerrt."

Sie nickte.

„In der Augenklinik haben sie mir beigebracht, aus den Augenwinkeln auf die Straße zu sehen. Aber daran habe ich mich noch nicht gewöhnt. Bis nach Oregon hätte ich so nicht fahren können, keinesfalls. Ich hätte …" *dich nie einem solchen Risiko ausgesetzt. Nein, niemals.* „Es tut mir leid, dass ich dich belogen habe. Ich war wahrscheinlich selbst noch nicht bereit für die Wahrheit."

„Ich bin froh, dass du es heute Abend bist." Sie lehnte sich mit der Schulter an die Sessellehne und wandte sich ihm zu. Die Decke lag um ihre Beine. „Wer weiß noch davon?"

„Meine Familie. Und Allie."

Eine Pause. „Du hast gesagt, die Diagnose wurde durch einen DNA-Test bestätigt. Bedeutet das, die Krankheit ist erblich?"

„Ja, genau, das bedeutet es."

„Und natürlich willst du deine medizinische Geschichte verstehen und suchst deshalb nach deiner leiblichen Mutter."

„Ganz genau." Er verspeiste das letzte Stück Toast und wischte sich die Krümel von den Händen. „Ich trug mich schon lange mit dem Gedanken, meine leibliche Mutter ausfindig zu machen. Aber als ich dann diese Diagnose bekam, musste ich etwas tun."

Er wollte wissen, wer von seinen Eltern ihm dieses Erbe vermacht hatte. Wollte wissen, wie gut dieser Elternteil in seinem Alter noch hatte sehen können. Und wie weitere Verwandte möglicherweise mit dieser Krankheit gelebt hatten. Und ob er vielleicht noch

Halbgeschwister hatte, die die gleiche Diagnose gestellt bekommen hatten wie er.

„Wird die Leventiner-Krankheit nur weitervererbt, wenn beide Elternteile das entsprechende Gen haben? Oder reicht es, wenn einer davon betroffen ist?"

„Es reicht aus, wenn bei einem Elternteil eine genetische Veränderung vorliegt, die die Krankheit auslöst. In dem Fall wird sie mit einer Wahrscheinlichkeit von 50 Prozent auch bei den Kindern auftreten."

„Und was ist mit den Kindern, bei denen sie nicht auftritt? Können die die Krankheit trotzdem an ihre Kinder vererben?"

„Nein." Wollte sie herausfinden, was seine genetische Geschichte für seine Zukunft bedeutete? „Wenn ich nicht gemerkt hätte, dass mein Sehvermögen sich verändert, hätte ich vielleicht eigene Kinder in die Welt gesetzt. Aber jetzt weiß ich es ja." Er hob den Kopf. Über ihnen und um sie herum ragten Bäume in den Himmel. „Für mich lag das Risiko, diese Krankheit zu erben, bei 50 Prozent. Und das würde auch für meine Kinder so sein."

Schweigen.

Es war seltsam, einen Verlust von etwas zu empfinden, was nicht existierte. So viele Menschen mussten dieses Gefühl kennen. Menschen, die gelähmt waren, mussten um die Beweglichkeit trauern, die sie nicht mehr erleben würden. Menschen, die erfuhren, dass sie nur noch kurze Zeit zu leben hatten, mussten um die Jahre trauern, die ihnen nicht mehr gegeben sein würden. Menschen, die geliebte Angehörige verloren, mussten um das Leben trauern, das sie gern mit diesen Menschen gemeinsam gelebt hätten.

Und das war alles viel schlimmer. Aber für John war es seine Situation, mit der er zurechtkommen musste. Er trauerte um das Augenlicht, das er verlieren würde. Und er trauerte, klagte, litt wegen der Kinder, die er nicht haben würde. „Ich würde meine Kinder diesem Risiko nicht aussetzen wollen." Rauschend fuhr der Wind durch die Bäume.

„Würdest du nicht?", fragte sie gedankenverloren.

„Nein." Seine Muskeln spannten sich an.

„Ich muss dir gestehen …", flüsterte sie.

Er schaute sie an.

„… dass ich absolut nicht weiß, was ich sagen soll. Ich zermartere mir das Hirn und versuche, irgendwas zu sagen, was dir hilft." Sie legte die Stirn in Falten. „Normalerweise bin ich gut darin, zu wissen, was ich sagen kann und wann ich es sagen sollte. Ich spüre beispielsweise, dass jemand hören muss: ‚Diese Diagnose ist furchtbar, aber du sollst wissen, dass ich in all deinem Kummer und deinen Sorgen bei dir bin.' Oder es könnte richtig sein, zu sagen: ‚Diese Diagnose ist zwar eine unbezweifelbare Tatsache, aber ich kenne dich. Und bitte glaub mir, dein Leben, dein einmaliges Leben, wird auch mit dieser Diagnose voller Schönheit und voller staunenswerter Erfahrungen sein. Das ist auch eine unbezweifelbare Tatsache.' Oder ich sage: ‚Holen wir doch noch eine zweite und eine dritte Meinung ein. Und dann machen wir eine Liste mit all den Dingen, die wir unternehmen können, um damit fertigzuwerden.' Was davon musst du hören, John? Denn ich meine es wirklich ernst. Jedes Wort, das ich gerade gesagt habe."

Ein Lächeln umspielte seine Lippen. Es gefiel ihm, dass Nora ihre Unsicherheit darüber, was sie sagen sollte, eingestanden hatte, statt ihn mit Worten zu überfallen, von denen sie meinte, er müsse sie unbedingt hören. „Habe ich da gerade das Wort *unbezweifelbar* gehört?"

„Unbezweifelbar war das perfekte Wort in diesem Zusammenhang. Es drückt genau das aus, was ich sagen wollte."

„Habe ich dir schon mal gesagt, dass mir deine Wortwahl gefällt?"

Sie blinzelte. „Nein. Tut sie das?"

„Sie gefällt mir ausnehmend gut."

Über den Abstand ihrer Sessel hinweg trafen sich ihre Blicke. Er war sich ihrer Nähe fast spürbar bewusst.

„Was kann ich noch sagen, damit es dir besser geht?", fragte sie.

„Was du bereits gesagt hast, lässt es mir schon sehr viel besser gehen."

„Oh, was genau habe ich denn gesagt, was das bewirkt hätte? Unbezweifelbar?“

„Genau das.“

„Unbezweifelbar, John. Unbezweifelbar. Unbezweifelbar.“

Er grinste.

„*Unbezweifelbar.*“ Sie strahlte ihn an.

Ihr Lächeln gab ihm Hoffnung. Es verführte ihn dazu, zu glauben, dass es vielleicht doch eine Zukunft für sie beide gab. Dass doch noch alles gut werden würde. Ihretwegen.

Ihretwegen.

Das wurde ihm in dem Moment so stark bewusst, dass es ihm fast Angst machte. Er stand auf. Er sollte gehen.

Sie sah fragend zu ihm auf. „Stehst du auf, um dir Tee nachzuschenken, oder willst du so schlagartig gehen?“

„Ich will schlagartig gehen. Und ich glaube, das ist das erste Mal in meinem Leben, dass ich das Wort *schlagartig* verwende.“

Sie stand auf und die Wolldecke glitt zu Boden. „Du kannst wirklich gern noch bleiben. Ich habe genug Tee für ein paar weitere Kannen vorrätig.“

„Ich wollte dich eigentlich gar nicht so lange aufhalten.“

„Warum müssen die Leute, die man gern länger um sich hätte, immer darauf bestehen, dass sie gehen müssen, und die, die man gern loswerden möchte, bleiben und bleiben?“

Sie war gerade einfach ehrlich gewesen. Ihre Ehrlichkeit erschien ihm als Einladung, ebenso offen zu ihr zu sein. Ein bedeutungsschweres Schweigen breitete sich zwischen ihnen aus.

„Nora, ich möchte gern mit dir zusammen sein“, platzte er heraus.

Ihre Lippen öffneten sich.

„Ich wünsche mir eine feste Beziehung mit dir“, setzte er nach, damit es kein Missverständnis geben konnte. Er wollte nicht, dass sie annahm, er wolle sie für einen weiteren Recherchejob anheuern. „Ich habe gedacht, du hast ein Recht darauf, das alles zu wissen, damit du eine begründete Entscheidung im Blick auf mich oder diesen Engländer treffen kannst.“

„Oh."

Da sie nicht gleich sagte, dass ihr nichts an Duncan lag, fühlte sich sein Magen an wie ein Stein. „Lass dir Zeit. Denk darüber nach. Wenn es dir lieber ist, dass wir einfach Freunde bleiben, verstehe ich das. Ohne bittere Gefühle zu haben." Während er aussprach, was er großherzigerweise aussprechen wollte, plagten ihn durchaus bittere Gefühle – so bitter, dass ihre Spitze sich wie ein Schwert anfühlte, das in seinen Eingeweiden wütete. „Wenn du dich entschieden hast, ruf mich an, oder komm vorbei."

„Ich soll vorbeikommen?"

„Natürlich. Jederzeit."

Sie starrte ihm nach, eine wunderschöne rothaarige Statue in pinkfarbenen Jeans, der es die Sprache verschlagen hatte.

„Danke für den Tee und den Toast", bemerkte er.

„Oh, keine Ursache."

„Gute Nacht."

Er war schon halb aus der Tür hinaus, als sie ihm nachrief: „John?"

Er sah sie an.

„Unbezweifelbar."

Er senkte das Kinn und ging.

Nora vergrub das Gesicht in den Händen. Sie konnte sich nicht bewegen. Konnte nicht glauben, dass John gerade gesagt hatte, was er gesagt hatte.

Wenn es dir lieber ist, dass wir einfach Freunde bleiben, verstehe ich das …"

Nein, John. Sie brach in ein fast hysterisches Lachen aus. *Es ist mir nicht lieber, dass wir einfach Freunde bleiben.* In Wahrheit war es unmöglich für sie, nicht mit ihm zusammen sein zu wollen. Vom ersten Moment an, als sie ihn gesehen hatte, hatte sie das gewollt – hatte sie sich danach gesehnt, dass er sie mochte, dass er mit ihr zusammen sein, ihr fester Freund sein wollte. Natürlich hatte sie sich das gewünscht! Das Einzige, was schwer zu verstehen war, war nur: dass *er* mehr für sie sein wollte als nur ein Freund.

Aber … es sah ganz danach aus, dass es so war.

„Du liebe Güte", flüsterte sie.

Seit dem Tag, als sie in Britts Konditorei seine Nachricht bekommen hatte, war ihr Herz versucht gewesen, ihren Verstand zu überreden, doch an Britts Theorie zu glauben: dass John ihr geschrieben hatte, weil er an ihr interessiert war. Aber sie war offen gestanden zu ängstlich gewesen, dieser Sehnsucht Nahrung zu geben. Und erst jetzt wagte sie, es zu glauben. Die Erkenntnis, dass er sie wirklich mochte, durchströmte sie wie das Prickeln von Champagner.

Er hatte gesagt, er sei heute Abend vorbeigekommen, um ihr etwas zu sagen, was sie wissen müsse, um eine gut begründete Entscheidung zu treffen. Er hatte sie aufgefordert, sich Zeit zu lassen. Und dann – bevor sie sich wieder ausreichend im Griff gehabt hatte, um die Worte zu äußern, die ihn vielleicht zum Bleiben bewegt hätten – war er gegangen.

Er hatte sich verhalten wie ein Mann, der etliche Monate Zeit gehabt hatte, sich mit seiner Diagnose auseinanderzusetzen, der wusste, wie schwierig es war, das Thema anzusprechen, und der von ihr erwartete, alle Konsequenzen zu bedenken, bevor sie entschied, ob sie ihm ihr Herz schenken wollte oder nicht.

Dass er ihr all das gesagt hatte, bevor er sie auch nur ein einziges Mal zu einem Date eingeladen hatte, sprach Bände, was seinen Charakter betraf. Er war keiner von diesen zwielichtigen Gestalten, die nichts von sich preisgaben, bis die Frau sich hoffnungslos in sie verliebt hatte, und erst dann enthüllten, dass sie eine kriminelle Vergangenheit, jede Menge Schulden, ein Alkoholproblem oder Kopfläuse hatten.

Nora faltete die Wolldecken zusammen und legte sie im Wohnzimmer in den Weidenkorb. Sie trug das Tablett zur Spüle und machte sich daran, ihre Küche in Ordnung zu bringen.

Johns bedachtes und umsichtiges Vorgehen nötigte ihr Respekt ab. Die ererbte Augenerkrankung, von der er gesprochen hatte, war sehr ernst zu nehmen. Sie konnte sich gut vorstellen, dass diese Diagnose ihn sehr mitgenommen haben musste. Denn es bedeutete, dass seine Zukunft anders aussah, als er es sich erhofft oder erwartet hatte. Auch ihre Vorstellung von der Zukunft war einmal durch eine Nachricht völlig aus der Bahn geworfen worden – durch Harrison.

Aber Johns Zukunft würde *buchstäblich* nicht so aussehen, wie er es erwartet hatte.

So viel Gutes in Noras Leben war ihr dadurch zuteilgeworden, dass sie sehen konnte. Der Blick aus ihrem Häuschen auf den Kanal schenkte ihr Freude. Lesen war ihr größtes Vergnügen. Oder die geliebten Häuser in ihrem historischen Dorf zu betrachten, die alle ihren eigenen Charme besaßen; das bedeutete ihr so viel. Ebenso viel, wie John ansehen zu können.

In fast jeder Hinsicht musste sie bei ihrer Arbeit ihrem Sehvermögen vertrauen. Es gab ihr Unabhängigkeit und Autonomie.

Der Verlust von eben dieser Unabhängigkeit und Autonomie, der unweigerlich auf John zukam, war vermutlich der Kern dessen, was John im Moment durchmachte. Er war kein Durchschnittstyp. Er war rein körperlich so überdurchschnittlich, dass er zu einer der elitärsten Sondereinsatztruppen auf diesem Planeten gehört hatte. Diese Ausstrahlung von Kompetenz gehörte zu den Dingen, die sie zuerst an ihm wahrgenommen hatte.

Die Vorstellung, dass ausgerechnet dieser Mann dieses Schicksal akzeptieren musste, verursachte ihr einen Schmerz wie ein Messerstich. Es war klar: Er kämpfte mit der Frage, wer er sein würde, wenn das schwindende Augenlicht ihm nach und nach alles nahm, worauf er seine Identität gebaut hatte.

Sie räumte Geschirr in die Spülmaschine.

John hatte Fehler. Sie grübelte darüber nach, warum seine Unvollkommenheit in ihren Augen nichts von seiner Attraktivität nahm. Wenn überhaupt, fühlte sie sich ihm nur umso enger verbunden als vorher, denn heute Abend hatte er sie endlich an sich herangelassen. Er war offen und ehrlich gewesen, und jetzt verstand sie seine Welt und seine Realität viel besser.

Wie märchenhaft perfekt sie sich John auch immer zurechtgeträumt hatte, oder wie sehr sie es genossen hatte, ihn auf ein Podest zu stellen – sie hatte doch von Anfang an verstanden, dass er in Wirklichkeit nicht perfekt *sein* konnte.

Er war ihr nah. Sie lächelte sich selbst zu. Er war ihr sehr nah. Nur fiktive Personen wie ein Adolphus Brook waren perfekt.

Wie jeder andere Mensch hatte John seine Fehler. Er war ein Mann, der einen Kampf ausfocht, einen Kampf, in dem sie ihm vielleicht helfen konnte – und Gott allein wusste, wie gern sie das tun würde.

Aber, nein, seine Schwäche schreckte sie nicht ab. Sie war verrückt nach so vielen seiner Eigenschaften, die nichts damit zu tun hatten, dass er Drachen besiegen konnte – mehr, als man zählen konnte. Auf irgendeine tiefe innerliche Weise waren sie und John im Herzen verbunden. Ihrer beider Mängel und Fähigkeiten waren genau so konstruiert, dass sie wie Puzzleteile zusammenpassten.

Sie wollte die Frau an seiner Seite sein. Oh, wie sehr sie das wollte!

Aber sie hatte nicht viel Zeit, zu erfassen, wie sich seine Blindheit in der Realität auf ihr Leben auswirken würde. Sie würde auf seine Nachdenklichkeit und seine Überlegungen mit genau der gleichen Nachdenklichkeit und vielen Überlegungen reagieren müssen.

Sie ließ ein Nachtlicht in ihrer Küche brennen, wie immer. Nachdem sie überprüft hatte, ob alle Türen abgeschlossen waren, drehte sie den Wasserhahn über der Badewanne auf, gab einen Schuss Schaumbad dazu und ließ sich in die Wanne sinken. Heute hatte sie kein Verlangen nach einem Buch, ganz sicher nicht. Ihr Kopf war auch ohne das schon überbeansprucht.

Sie war eine Faktensammlerin. Bevor sie John das nächste Mal treffen wollte, würde sie sich gründlich mit der Leventiner-Krankheit befassen. Sie würde herausfinden, wie das Leben sich gestaltete, wenn man nur noch begrenzt sehen konnte, und was Angehörige tun konnten, um den Betroffenen das Leben zu erleichtern. Sie würde außerdem erforschen, wie sich Johns Diagnose auf mögliche Nachkommen auswirken würde.

John konnte nicht entscheiden, ob er dieses Schicksal annehmen oder abweisen wollte, was vermutlich erklärte, warum ihm so daran gelegen war, dass sie die Möglichkeit hatte, Nein zu sagen, und auch, warum er im Interesse möglicher Kinder ebenfalls Nein gesagt hatte.

Aber als er ihr mitgeteilt hatte, er habe sich entschieden, keine Kinder zu bekommen, war es Nora so vorgekommen, als hätte sie in seiner Stimme eine tiefe Trauer gehört. Mit der Zeit würde er seine Meinung vielleicht ändern.

Oder auch nicht.

Seit ihrer geplatzten Verlobung hatte Nora sich darauf eingestellt, die unverheiratete Tante zu sein, die ihre künftigen Nichten und Neffen verhätschelte. Schon die Vorstellung, Johns feste Freundin zu sein, brachte sie total aus der Fassung. Aber sich vorzustellen, ein Ehepaar zu sein, das gemeinsame Kinder wollte, war absolut wunderbar. Wenn dieser Traum jemals Wirklichkeit würde und er dann keine eigenen Kinder haben wollte – dann, ja, dann konnte sie sich schon vorstellen, dass sie trauern würde. Wenn sie ihn heiratete, dann wollte sie auch Kinder mit ihm haben. Ihre und seine Kinder. Das stand fest.

Andererseits … wenn sie einander genug liebten, um zu heiraten, dann wusste sie auch, dass sie bereit wäre, dafür Opfer zu bringen. Denn das machte doch die Liebe aus. Das war doch Liebe.

Insgesamt gesehen war eine nur vage vorstellbare Zukunft, die eine eventuelle Mutterschaft einschloss, derzeit viel zu weit weg, um ihre jetzige Entscheidung zu beeinflussen. Sie musste im Hier und Jetzt Ja oder Nein zu einer Beziehung zu John sagen. Und die Fähigkeit oder Bereitschaft, Kinder zu bekommen, hielt sie im Moment nicht für entscheidend.

Oder doch? Das war alles so ungewohnt. Sie musste nachdenken. Musste darüber beten.

Sie ging zu ihrer Kommode und zog die Schublade mit den Schlafanzügen auf. Ihr Pyjama mit dem Adolphus-Zitat lag obendrauf.

Um ebenso aufrichtig gegenüber Duncan zu sein, wie John es heute Abend ihr gegenüber gewesen war, würde sie Duncan gleich morgen früh anrufen und sicherstellen, dass sie beide im Blick auf den Status ihrer Beziehung von denselben Voraussetzungen ausgingen. Denn in den letzten Tagen hatte sie mehrmals den Verdacht gehegt, Duncan sähe in ihr vielleicht doch etwas anderes als nur seinen größten Fan.

• • •

Telefonat zwischen Allie und Lizzie:

Allie: Habe gerade meinen Abstellraum durchforstet, und rate mal, was ich gefunden habe! Eine vollständige Tauchausstattung! Taucherbrille, Flossen, Atemgerät und Sauerstoffflasche!

Lizzie: Was daran verdient einen so überschwänglichen Tonfall?

Allie: Ich habe mir das Hirn zermartert, wie ich John wiedersehen, aber dabei den Anschein aufrechterhalten könnte, unsere Trennung mache mir nichts aus, und ich käme fabelhaft ohne ihn klar. Dem können Männer ja nie widerstehen – einer Frau, die fabelhaft ohne sie klarkommt, oder?

Lizzie: Exakt. Dem können sie nie widerstehen.

Allie: Na also, dann verdient diese Nachricht einen überschwänglichen Tonfall. Die Tauchausrüstung gehört nämlich John. Wir waren vor ein paar Monaten zusammen tauchen, und er hatte gesagt, ich solle die Ausrüstung erst mal bei mir lagern, bis wir mal wieder tauchen gehen. Ich habe das Zeug in eine Tasche gepackt und in meiner Abstellkammer vergessen. Aber nun bin ich ja geradezu verpflichtet, ihn zu besuchen, um ihm seine Sachen zurückzubringen. Oder?

Lizzie: Ja, sicher. Ganz Deiner Meinung. Du hast hiermit meine offizielle Erlaubnis.

• • •

E-Mail von Grandma an Willow, Nora und Britt:
Mädchen, seit dieser Party, die ihr neulich für mich veranstaltet habt, leide ich an Verstopfung. Ich glaube, das liegt an dem extrem reichhaltigen Kuchen. Habt ihr ähnliche Probleme? Falls ja, hier ein guter Rat: Esst Trockenobst. Macht auf keinen Fall einen Einlauf!

Alles Liebe, Grandma

• • •

E-Mail von Britt an Willow und Nora:
Verstopfung von Kuchen?!? Ich bin über alle Maßen empört – das war mein absoluter Spitzenkuchen. Ich erwäge, eine Klistierspritze zu erwerben – schon aus Protest gegen Grandma.

• • •

E-Mail von Willow an Nora und Britt:
Wenn ich eine Vermutung äußern darf: Die Ursache von Grandmas Verstopfung dürfte die üble Laune sein, die sie verschluckt hat. Ich hab jedenfalls seither jeden Tag von den Kuchenresten gegessen – ohne die geringste Spur einer Verstopfung!

• • •

E-Mail von Nora an Willow und Britt:
Bin gerade nicht imstande, irgendeinen Groll gegen Grandma zu hegen – John ist vor einer halben Stunde vorbeigekommen und hat mich zu einem Date eingeladen. Meine Psyche ist zu euphorisiert, um noch für irgendetwas anderes Platz zu haben.

• • •

E-Mail von Britt an Nora und Willow:
Nora, du angelst dir immer die dicksten Brocken! Würde vorschlagen, du schleppst deinen Ehrenmedaillenträger direkt in die nächste Hochzeitskapelle.

• • •

E-Mail von Willow an Nora und Britt:
Hinsichtlich der Hochzeitskapelle würde ich Britt zustimmen. Aber überleg es dir gut, bevor du dich auf so etwas Gefährliches einlässt und Britt deine Hochzeitstorte backen lässt!

PS: Was machst du jetzt mit dem schnuckeligen Engländer?

Kapitel 18

Duncan schob seinen Stuhl näher an Noras. „Ich habe diese Tage mit dir sehr genossen, Nora."

„Oh, danke, ebenfalls."

„Wir haben uns ja auch online schon immer gut verstanden. Du bist der hellste Stern im Cyberspace."

Statt ihm in Bradfordwood ein Frühstück zu servieren, hatte Nora Duncan heute Morgen abgeholt und war mit ihm zum Griddle gefahren, ihrem Lieblingsfrühstückscafé in Merryweather. Alte Mauern, ein Kamin und jede Menge dunkler Holzbalken machten das Ambiente aus. Sie hätte sehr gern die Gemütlichkeit und die Speisen genossen, die die Bedienung gerade vor ihr auf den Tisch gestellt hatte. Verlockend duftende Brötchen, knusprige Bratkartoffeln, Speck und Spiegelei. Zum Frühstück in ein Café zu gehen, war so ähnlich wie Schokoeis am Strand. Es war ein Luxus. Der Duft der Speisen vor ihr rief förmlich danach, diese genüsslich zu verzehren.

Nur dass Duncan sie so eindringlich ansah und somit ihre volle Aufmerksamkeit forderte. Seine Lippen waren immer noch zu einem Lächeln verzogen. „Also, was ich damit sagen will …" Seine Stimme nahm einen heiseren, verschwörerischen Tonfall an.

Oh-oh. Nora durchfuhr ein Schrecken.

„Du magst ja der hellste Stern im Cyberspace sein", setzte er an, „aber ich konnte ja nicht wissen, wie charmant du im wirklichen Leben bist."

„Vielen Dank."

„Du bist bezaubernd, Nora, und wunderschön", fuhr er fort.

Nora trank einen Schluck von ihrem Kaffee. Wenn sie Kaffee statt Tee bestellte, war es ein sicheres Anzeichen dafür, dass sie sich in einer verzweifelten Situation befand oder zu verzweifelten Maßnahmen greifen musste. Nach Johns Besuch gestern Abend hatte sie stundenlang schlaflos im Bett gelegen, einen Ausdruck träumerischer

Verwunderung auf dem Gesicht und den Kopf voller wirrer Gedanken, die sich nicht auf die Reihe bringen ließen. Sie hatte also heute Morgen mit einem Schlafdefizit von etlichen Stunden zu kämpfen und wusste, dass nur Koffein – und davon jede Menge – ihr helfen würde, dieses Frühstück und das endlose Geplapper zu überleben, das sie von diesem Augenblick an bis zum Flughafen, wohin sie anschließend aufbrechen würden, erwartete.

Duncan hatte eine Hand mit der Handfläche nach oben auf den Tisch gelegt, legte jetzt den Kopf ein wenig zur Seite und schenkte ihr das Lächeln, das er auch für jeden Fotografen aufsetzte.

Widerwillen machte sich in ihr breit. Es war zu spät, ihm eine SMS zu schicken, vorzugeben, sie sei krank, und dieses Frühstück einfach ausfallen zu lassen.

Nora, erwachsene Frauen stehen so was durch. Sie finden einen Weg, auch unangenehme Situationen souverän zu meistern. Sie legte ihre Hand in seine, während sie sich fragte, ob das tatsächlich der Weg war, die Situation souverän zu meistern. Duncans Hand zu halten, war doch wohl nicht allzu unfair gegenüber John, oder? Auch wenn es sich so anfühlte. Aber schließlich war sie noch kein einziges Mal mit John zu einem Date verabredet gewesen. Und außerdem konnte es ja sein, dass Duncan ihre Hand halten wollte, weil er für sie die gleiche Art von Sympathie empfand wie für seine Großmutter.

„Weißt du noch, dass du mir vor gar nicht langer Zeit mal eine Nachricht geschickt hast, die besagte, wenn Adolphus Lucys Existenz endlich mal zur Kenntnis nehmen würde, wäre sie die Seine?", fragte Duncan.

„Mhhhmmm?"

„Und zwar für immer und ewig."

„Das habe ich gesagt?"

„Für immer und ewig."

Sie tat überrascht und erfreut. „Dann kommen Lucy und Adolphus in der Serie endlich doch noch zusammen?" Ihr absichtliches Missverstehen war ein äußerst kümmerlicher Versuch, Zeit zu gewinnen.

„Du weißt doch, ich darf über die weitere Handlungsentwicklung nichts verraten. Was Adolphus und Lucy Lawrence anbetrifft, so sind meine Lippen versiegelt."

Und wie wäre es, wenn ich meine Lippen entsiegele, um mich endlich über dieses köstliche Frühstück herzumachen? Der Duft des frisch aus dem Ofen servierten Gebäcks brachte ihren Magen zum Weinen. Außerdem versuchte sie verzweifelt, die Aufmerksamkeit der Bedienung auf sich zu lenken, damit diese ihr den dringend benötigten Kaffee nachfüllen konnte.

„Was ich eigentlich damit sagen wollte, Miss Lawrence", setzte Duncan an, „ist, dass *ich deine* Existenz durchaus zur Kenntnis genommen habe."

Nora zwang sich, ihm aufmerksam zuzuhören. Es hatte Zeiten gegeben, in denen sie durch ihr Häuschen getanzt war, wenn er sie Miss Lawrence genannt hatte. Aber jetzt versetzte es sie regelrecht in Rage. Miss Lawrence war nämlich eine an sich intelligente Frau, die ihr Leben damit vergeudete, einer Fantasie nachzuhängen.

Duncan sah sie an wie ein Erwachsener, der an Heiligabend für die Kinder die Tür zur Weihnachtsstube öffnet, wo die Bescherung auf sie wartet. Selbstzufrieden. Gönnerhaft. Erwartungsvoll.

Dann beugte er sich zu ihr herüber. Nicht rasch. Langsam. Wollte … wollte er sie küssen? Bevor er eine Chance hatte, wich sie zurück.

Er hielt inne. Fragend legte er die Stirn in Falten.

„Es tut mir leid." Ihre Hand lag noch immer in der seinen. Sie entzog sie ihm, dann strich sie sich eine Haarsträhne hinters Ohr. „Ich bin gerade nicht ganz Herrin der Situation."

„Ach", sagte er wie zu einem Kind, das etwas Erstaunliches zuwege gebracht hatte. „Du bist natürlich nervös."

Er glaubte, sie wäre fassungslos angesichts der höchst unverdienten Gunst, dass er Interesse an ihr zeigte. Ihr war klar, was er dachte. Es war natürlich völlig absurd, anzunehmen, dass sie, Nora Bradford, den berühmten Schauspieler Duncan Bartholomew zurückweisen könnte.

Seine Zuneigung schmeichelte ihr. Sein Talent beeindruckte sie. Aber sie wollte ihn nicht küssen. Wenn John ihr tief in die Augen schauen würde, dann würde sie sich diesen Kuss wünschen, aber nicht von Duncan.

Duncan war ein freundlicher, unsicherer und sehr begabter Mensch. Aber sobald irgendetwas nicht so lief, wie er es sich vorgestellt hatte, brauchte er sie, um ihn wiederaufzubauen. Wenn er von seinen Fans eine Extraportion Ermutigung brauchte, verließ er sich auf sie als seine beste Frau in der Truppe. Und sie mochte es durchaus, wenn sie gebraucht wurde. Aber letzten Endes war ihr klar geworden: Von ihrem Partner wollte sie nicht auf diese Weise gebraucht werden.

Duncan kam ihr auf einmal sehr jung vor, wie er da so vor seinem Teller mit Pfannkuchen saß. Seine Wangen waren glatt. Seine Figur jugendlich. Er war zwei Jahre jünger als sie, fiel ihr ein. Ein Einzelkind.

Einige Jahre mehr würden ihm gut stehen. Ein paar Stürme, die er überstanden hatte. Ein paar Lebenserfahrungen, die ihn zwingen würden, zu erkennen, dass er vielleicht für andere nicht der Mittelpunkt des Universums war.

Sie mochte Duncan. Aber, nein. Küssen wollte sie ihn nicht.

„Zweiter Versuch, ja?“, murmelte er und beugte sich wieder zu ihr vor.

„Nein“, sagte sie ruhig.

Er hielt in der Bewegung inne.

„Ich bin nicht ausgewichen, weil ich nervös war, Duncan. Ich bin ausgewichen, weil ich dich als einen Freund betrachte.“

Eine kurze Stille entstand. „Nur als einen Freund?“

„Nur als einen Freund.“

Dafür, dass er ein sehr guter Schauspieler war, hatte er wirklich Mühe, seine Überraschung zu verbergen. Sie musste sich ein unangemessenes Kichern verkneifen. „Wir beide … wir sind als Freunde besser als in irgendeiner anderen Beziehung. Du bist zu berühmt für mich. Und zu attraktiv.“ Sie sprach ohne Hintergedanken, als sei ihr nicht bewusst, dass sie ihn mit ihren Schmeicheleien umgarnte. Wenn er nur ein bisschen Verstand besaß, würde er sie durchschauen. Aber es sah so aus, als schlucke er ihre übertriebenen Komplimente in dem Glauben, sie stünden ihm zu. „Und außerdem lebst du in einem Land, das sehr weit von hier entfernt ist. Du weißt ja, ich sehe die Dinge gern realistisch."

Sobald sie es ausgesprochen hatte, wusste sie, dass das die Wahrheit war.

Realistisch.

Zum ersten Mal seit Jahren zog sie den wirklichen Mann von ein paar Straßen weiter dem fiktiven Helden auf ihrem Bildschirm vor. Wirkliche Männer waren gefährlich. Sie konnten einem das Herz brechen und das Vertrauen zerstören. Aber wirkliche Männer mit ihren Schwächen und ihren Stärken waren auch die, mit denen man Butter-Zimt-Toast essen und nach Oregon in ein Hotel fahren konnte, das in einer zauberhaften Landschaft lag. Wirkliche Männer waren die, mit denen man lachen konnte, die zuhörten und einen in den Arm nahmen. Wirkliche Männer waren die, mit denen mutige Frauen eine Beziehung eingingen – auch wenn diese Beziehungen manchmal chaotisch waren und es keine Garantien gab, dass alles gut gehen würde.

Ihre büchervernarrte, fernsehdramasüchtige Seele wollte das alles leugnen. Die fiktiven Männer, für die sie geschwärmt hatte, marschierten in ihrer Vorstellung auf, angeführt von Adolphus Brook. *Aber, aber*, schienen sie zu rufen, *sieh uns an. Erinnere dich an uns. Wir sind perfekt.*

Ja, erwiderte sie nachsichtig. *Und John ist nicht perfekt. Aber seht ihr denn nicht? Gerade seine Unvollkommenheit und dass er dazu steht, das ist es, was mich für ihn eingenommen hat. Ich bin ja auch nicht perfekt.*

„Meinst du nicht auch?", fragte Nora Duncan. „Ich würde nie in dein Leben passen."

Er sah sie an.

„Du weißt, dass es stimmt", beharrte sie. „Es würde nicht passen."

Er zuckte die Schultern. „Vielleicht hast du recht."

„Ganz sicher habe ich das. Ich habe ein gutes Gespür für solche Dinge. Und in diesem Fall habe ich recht. Und jetzt mach dich über deine Pfannkuchen her und erzähl mir mehr über die nächsten Drehs für die Serie und was die Verehrerinnen tun können, um sie zu promoten."

Folgsam ließ er sich auf das Thema ein, das sie ihm vorgegeben hatte.

Nora würde kein einziges Foto von sich und Duncan mit den Verehrerinnen teilen. Es reichte, dass ihre Schwestern und John Duncan zu Gesicht bekommen hatten. Sie konnten bezeugen, dass der Schauspieler, der ihre Lieblingsfigur in ihrer Lieblingsserie spielte, für einige wenige Tage in ihrem realen Leben in Merryweather aufgetaucht war. Sie hatte es nicht geträumt. Er war da gewesen.

Er hatte sie gewollt.

Und sie – sie hatte ihn, den Mann ihrer Träume, abgewiesen.

John konnte sich selbst wieder im Spiegel ansehen, weil er sich sicher war, dass es richtig gewesen war, Nora über seine Krankheit und die Zukunft, die ihn erwartete, aufzuklären.

Aber das Richtige getan zu haben, erwies sich als wenig tröstlich.

Fast drei Tage war es jetzt her, dass er zu ihr gefahren war, und er hatte noch nichts von ihr gehört.

Er war auf den Mount Lewis gestiegen und stand jetzt mit verschränkten Armen auf dem Gipfel und sah hinunter auf den Lake Shore Pine tief unter ihm. Sein Haus und die Boote, die an diesem Samstagnachmittag auf dem Wasser schaukelten, sahen aus wie Spielzeug.

Er verbrachte jetzt jeden Tag Zeit damit, sich einzuprägen, wie seine Welt aussah. Manchmal ertappte er sich sogar dabei, wenn er es gar nicht bewusst gewollt hatte. Und was er am häufigsten ansah, seit er um seine Krankheit wusste, war eben das, was er am meisten liebte und am meisten vermissen würde: diesen See, den er durch seinen Großvater kennengelernt hatte, wo er gelernt hatte, wie man ein Boot steuert, wo seine Liebe zum Wasser erwacht war, wo er sich einfach zu Hause fühlte.

Er sog die frische klare Luft ein, dass es schmerzte.

Als er mit Nora nach Sherry gesucht hatte, hatte er seine Diagnose vergessen können. Aber jetzt war es Nora, die ihn seine Krankheit nicht vergessen ließ, weil er nicht wusste, wie sie mit dem Wissen umgehen würde, das sie nun besaß.

Vielleicht entschied sie sich für ihn. Vielleicht gegen ihn. Sie konnte eine Nachricht schicken und schreiben, dass ihr etwas an ihm lag. Sie konnte anrufen und ihm in bedauerndem Tonfall mitteilen, dass sie besser einfach Freunde blieben. Sie konnte bei ihm auftauchen und in seine Arme sinken. Sie konnte ihn fragen, ob sie sich im historischen Dorf treffen könnten, und ihn dort mit einem mitleidigen Blick erwarten.

Während der letzten drei Tage hatten seine Hoffnung und seine Mutlosigkeit einen unentschiedenen Kampf miteinander ausgetragen.

Drei Tage – das war nicht sehr lange. Natürlich wusste John das. Er hatte ihr schließlich selbst gesagt, sie solle sich Zeit lassen, also sollte er jetzt auch damit rechnen, dass sie es tat.

Warum um alles in der Welt hatte er das nur gesagt? Die Wahrheit war: Er wollte nicht, dass sie sich Zeit ließ. Er konnte es nicht ertragen. Die Zeit verging so unendlich langsam wie während seiner Grundausbildung bei der Navy – jede Stunde dehnte sich zu einer gefühlten Ewigkeit.

Er schaute in den Himmel und betete, bat Gott um Gelassenheit und darum, dass sein Wille geschehen möge.

Es schien nicht zu helfen.

Stirnrunzelnd machte er sich auf den Rückweg nach Hause.

Wahrscheinlich hatte sie sich schon für Duncan entschieden. Er musste darauf gefasst sein. Denn es gab wohl nicht viele Frauen, die eine Beziehung mit einem Mann anfangen würden, der blind werden würde. Sie waren ja noch nicht einmal miteinander ausgegangen, und er hatte ihr bereits einen einfachen Weg aus dieser Beziehung heraus vorgeschlagen.

Er hätte ebenso gut ein Leuchtreklameschild aufstellen können: *Hier geht's raus aus meinem Leben.*

Er hatte das Richtige getan, aber die Selbstachtung, die ihm das zurückgebracht hatte, war nicht das, was er wollte. Was er wollte, war Nora.

Am Sonntag ging Nora zum Gottesdienst und anschließend mit Grandma und ihren Schwestern essen. Als sie nach Hause kam, griff sie zu einem Buch, aber auf der Seite, in der das Lesezeichen lag, sah sie nichts als John. Nachdem sie dreimal hintereinander denselben Absatz gelesen hatte, legte sie das Buch weg und kam zu dem Schluss, dass vier Tage überlegen, nachdenken und beten, was nun mit John und ihr werden sollte, das Äußerste war, was sie ertragen konnte. Ihr gesunder Menschenverstand konnte die romantische Seite in ihr nicht mehr überzeugen, noch länger zu warten, bis sie John aufsuchte.

Er hatte sie eingeladen, bei ihm vorbeizukommen – *jederzeit, hat er gesagt* –, und genau das würde sie tun. Heute würde sie hinfahren. Die Frage, ob sie eine Beziehung beginnen wollten, war ihm wichtig genug gewesen, um ihr einen Besuch abzustatten. Sie würde ebenso kühn sein. Ein Besuch war persönlicher als ein Anruf oder eine SMS. Und ein Besuch hatte den bedeutenden Vorteil, dass sie John sehen würde. Sie konnte es kaum erwarten, ihn zu sehen.

Nora zog sich um. Sie wählte ein Outfit, das ihr bestens stand, aber nicht den Eindruck vermittelte, sie bemühe sich vielleicht ein bisschen zu sehr. Ein lockeres himmelblaues T-Shirt, eine lange Halskette, Jeans, und als Extra ein Hauch Parfum.

Auf dem Weg nach Shore Pine machte sie einen kleinen Abstecher zur Hartnett-Kapelle und besichtigte wie immer den Innenraum.

Sie hatte die Tage seit Duncans Abreise hart gearbeitet, um all das aufzuholen, was in der Bibliothek an Arbeit liegen geblieben war, während sie sich als Touristenführerin für Duncan betätigt hatte. Bis zum Antikmarkt im Sommer waren es nur noch acht Wochen, und sie hatte noch Berge an Vorbereitungen zu erledigen.

Wenn Nora nicht gearbeitet hatte, dann hatte sie in den letzten Tagen jede Menge Artikel über die Leventiner-Krankheit studiert. Fallstudien. Medizinische Fachzeitschriften. Und jede erdenkliche sonstige Quelle, die das Internet zum Thema Erblindung aufbot.

Wissen war Macht. Und in diesem Fall verlieh ihr das Wissen die Gewissheit, nun alle Fakten zu kennen, bevor sie sich für ihn entschied. So wie John es gewollt hatte. Und das war jetzt definitiv der Fall.

Sie schloss die Tür der Kapelle hinter sich und strich mit der Hand liebevoll über das verwitterte Holz des Geländers, das die Kirchenbesucher die Eingangstreppe hinaufgeleitete.

Johns Diagnose war nicht das Einzige gewesen, was ihr zu denken gegeben hatte, während sie sich mit der Möglichkeit beschäftigte, eine Beziehung mit ihm zu beginnen. Sie hatte auch viel darüber nachgedacht, dass seine Beziehung mit Allie erst vor Kurzem zu Ende gegangen war. Sie hatte beide Seiten dieser alles andere als idealen Situation bedacht. John hatte diese Beziehung beendet. Und er hatte es erst kürzlich getan.

Der Teil, dass *John* die Beziehung beendet hatte, zwang Nora, sich einzugestehen, dass sie keinerlei Sicherheit hatte, dass es zwischen ihr und John nicht ebenso enden würde wie zwischen Allie und John. Statistisch gesehen war es wahrscheinlicher, dass Beziehungen mit einer Trennung endeten und nicht mit der großen Liebe. Oder? Die Frau, die sich seit Jahren von Dates jeder Art ferngehalten hatte, musste aus ihrem Schneckenhaus herauskommen und diese Möglichkeit akzeptieren.

Die erst kürzlich erfolgte Trennung von John und Allie ließ Nora an ihren Vater denken, der sich sehr rasch in eine Beziehung mit ihrer Mutter gestürzt hatte, nachdem Sylvie ihn mit Willow alleingelassen hatte.

Nora brachte es nicht über sich, das Verhalten ihres Vaters tatsächlich schlimm zu finden. Er war mit ihrer Mutter doch glücklich gewesen. Und ohne diese Beziehung gäbe es Nora schließlich gar nicht. Andererseits legten die Beziehungserfahrungen ihrer Schwestern und etlicher Freundinnen – und die allgemeine Meinung der Gesellschaft überhaupt – die Schlussfolgerung nahe, dass es nicht die allerbeste Idee war, sich in eine neue Beziehung zu stürzen, um über einen Verlust hinwegzukommen.

Mit John war es etwas anderes als mit ihrem Vater. John hatte kein Kind. Und er schien über die Trennung mit Allie nicht besonders unglücklich zu sein. Er hatte ihr ja erzählt, dass er sich mit Allie gut verstanden hatte, dass es aber eigentlich nichts wirklich Ernstes zwischen ihnen gewesen war. Und ganz selbstsüchtig hoffte sie, dass das stimmte. Denn sich vorzustellen, John könnte Allie wirklich geliebt haben, versetzte ihrem Herzen einen Stich.

Nora hob den Blick zum tiefblauen Himmel, an dem heitere Federwolkenbänder schwebten. Dann betrachtete sie die kleine Kirche. Vor sechs Jahren, als Mr Hartnett ihr gesagt hatte, dass er die Kapelle nicht verkaufen würde, hatte Nora beschlossen, dann eben eine andere Kirche für ihr Dorf zu finden.

Und mittlerweile hatte sie fünf Kapellen ausfindig gemacht. Darunter auch schönere als die Hartnett-Kapelle. Oder besser erhaltene. Jede Einzelne hätte sich im historischen Dorf großartig gemacht. Aber immer, wenn sie sich zum Kauf hätte entschließen müssen, hatte sie einen Rückzieher gemacht. Es war ihr nicht richtig vorgekommen, eine andere Kapelle als *diese* zu kaufen. Sie mochte die Kirche auf eine Weise, die unerklärlich war.

Es war ganz einfach so, dass ihr Herz daran hing.

Ihre Gefühle für John waren ähnlich wie die für diese Kapelle.

Es war ebenfalls ganz einfach so, dass ihr Herz an ihm hing!

Vielleicht sowohl trotz als auch wegen seiner Unzulänglichkeiten.

Dass er ihr das Herz brechen könnte, war kein Grund, der sie abhalten konnte. Dass er sich erst vor wenigen Wochen von Allie getrennt hatte, würde sie ebenso wenig abschrecken. Was konnte sie daran auch ändern? Sollte sie eine engere Beziehung zu John erst einmal auf später vertagen und sich mit kaum erträglicher Ungeduld selbst quälen? Oder ihm Zeit lassen, sie zu vergessen?

Nein, nein und noch mal nein.

Sie würde sich alle Mühe geben, klug und selbstbeherrscht zu sein und würde sich auf ihre Weisheit und ihr Urteilsvermögen stützen. Sich so gut sie konnte selbst schützen. Sie würde die Dinge mit John sehr langsam und sehr vorsichtig angehen.

Nur, dass sie mit Harrison schon einmal klug und langsam und vorsichtig gewesen war. Sie hatte die denkbar besten Entscheidungen getroffen, und trotzdem hatte ihre Romanze mit Harrison damit geendet, dass sie wochenlang nachts in Tränen aufgelöst unter der Dusche gestanden hatte.

Nie wieder wollte sie nachts weinend in der Dusche stehen, wollte nie mehr in einem solchen Meer von Traurigkeit versinken, in zerbrochenen Träumen. Und das wegen der Liebe.

Aber wenn sie ihr Herz für jemanden öffnete, musste sie sich auch der Möglichkeit des Verlusts stellen. Lieben bedeutete Risiko. Die einzige Alternative bestünde darin, nie wieder einem anderen Menschen ihr Herz zu öffnen.

Nora wollte die Chance, John ihr Herz zu öffnen, egal, welches Risiko es barg.

Denn ihr Herz hing bereits an ihm.

Sie setzte sich wieder ins Auto und fuhr die Straße zu seinem Haus hinab. Aus den Lautsprechern sangen die *Indigo Girls* „Closer to Fine“, und Nora stimmte mit ein, auch wenn ihr Selbstbewusstsein immer mehr schrumpfte, je näher sie seinem Haus kam.

Sie bog in die Auffahrt zu seinem Anwesen ein. Vielleicht hätte sie ihm doch eine Mail schicken und ihren Besuch ankündigen sollen. War das hier wirklich der richtige Schritt? Sie wünschte, sie hätte mehr Erfahrung in solchen Dingen!

Es war das zweite Mal in ihrem Leben, dass sie zu diesem Haus fuhr, und zum zweiten Mal in ihrem Leben parkte ein silberfarbener Sportwagen davor.

Allie war hier.

Nora schnappte nach Luft, als hätte man ihr einen Dolch in die Rippen gestoßen. Was ... was machte Allie hier? Sie und John waren doch wohl … konnten doch wohl nicht wieder zusammen sein? Oder vielleicht doch?

Sie hatte sich den denkbar schlechtesten Moment ausgesucht, um John zu sagen, dass sie sehr gern enger mit ihm befreundet wäre. Und um keinen Preis der Welt würde sie ihre Entscheidung vor Allies Ohren kundtun.

Sie hatte gerade den Rückwärtsgang eingelegt, um das Auto zu wenden, als Allie und John aus der Haustür kamen. Allie drehte sich zu John um und lächelte, und bei der Bewegung legten sich ihre langen blonden Haare kurz wie ein Fächer um Hals und Schultern.

Ein schrecklicher Anflug von Eifersucht und Fassungslosigkeit ließ Nora erstarren.

Sie nahm ganz deutlich wahr, wann John sie erblickte, denn er blieb abrupt stehen. Schuldbewusst, wie es schien.

Erneut wurde Nora von Zweifeln überrollt. Hatte sie zu lange gewartet? Bis zu diesem Zeitpunkt hatte sie eher gedacht, sie fiele auf der anderen Seite vom Pferd. Dass die Zeit, die sie sich genommen hatte, wie er ja gesagt hatte, dass sie es tun solle, eher eine Spur zu kurz gewesen war. Aber es konnte auch sein, dass sie alles furchtbar falsch verstanden hatte und Allie jetzt die Nutznießerin von Noras Fehler war, die ihre Chance erkannte und Nora den Mann wegschnappte … der zuerst Allies Mann gewesen war … Aber hatte Allie deshalb ein Recht auf ihn?

Ein Teil von ihr wollte einfach wortlos verschwinden und so schnell wie möglich nach Merryweather zurückfahren. Aber das wäre eine so bezeichnende Reaktion, durch die sie sich bloßstellen würde. Sie hatte ziemlich viel Erfahrung darin, auch im Angesicht einer Absage ihr Gesicht zu wahren. Notfalls hatte sie sogar das Zeug zu einer kleinen Theatervorstellung.

Vielleicht würde das auch nicht nötig sein. Allie war zwar hier und es sah schlecht für Nora aus. Aber schließlich war es ja nicht so, dass sie die beiden beim Küssen überrascht hatte. Nora weigerte sich, voreilige Schlüsse zu ziehen, wie es die Heldinnen in romantischen Filmen zu tun pflegten.

Sie parkte den Wagen und stieg aus. Ihre Knie zitterten.

Allie verzog keine Miene, während sie mit John näher kam. Im Gegensatz dazu war Johns Gesichtsausdruck verschlossen. Noras Herz sank um weitere Zentimeter.

„Hi, Nora", sagte Allie. „Wie geht's?"

„Danke, gut", antwortete Nora, erleichtert, dass man ihr nichts von ihrem inneren Aufruhr anhörte. „Und selbst?"

„Ich genieße den Sommer. Ist das Wetter nicht fantastisch?"

„Fantastisch."

„Ja, das ist es wirklich." Allies Blick wanderte zwischen John und Nora hin und her, und schließlich blitzte so etwas wie ein Funke des Verstehens darin auf. „Also, ich bin noch in Tacoma zum Abendessen verabredet, ich mache mich dann besser mal auf den Weg."

„Fahr vorsichtig", sagte John in neutralem Tonfall.

„Mach ich. Pass auf dich auf."

Als John darauf nicht reagierte, meinte Nora zu sehen, wie Allies Schultern eine Spur nach unten sackten. Es sah so aus, als wäre Allie nicht ganz so unbekümmert, wie sie anfangs gewirkt hatte oder wie es jemand wäre, der gerade die Beziehung zum Ex-Freund wieder angeknüpft hatte.

Allie ging zu ihrem Wagen. „Macht's gut!", rief sie.

„Du auch!", erwiderten John und Nora. Keiner von beiden rührte sich, keiner zuckte auch nur mit der Wimper oder warf einen verstohlenen Blick auf den anderen. Nichts, bis sie beide die Hand hoben, um Allie nachzuwinken, die an ihnen vorbeifuhr und dann von der Bildfläche verschwand.

• • •

Nachricht von Duncans Assistentin an Duncan:
ASSISTENTIN: Ist denn nun aus der Romanze zwischen Ihnen und der Amerikanerin etwas geworden?

DUNCAN: Sie hatte sich wohl Hoffnungen gemacht, es könnte eine Romanze zwischen uns geben. Aber mir wurde schließlich klar, dass sie nicht wirklich mein Typ ist.

Kapitel 19

Die Spannung zwischen Nora und John war mit Händen zu greifen.

Nora zählte innerlich sehr langsam bis fünf: *eins … zwei … drei … vier … fünf.* Sie konzentrierte ihre ganze Aufmerksamkeit auf den Punkt, wo Allies Wagen gerade noch gestanden hatte, und fragte ruhig: „Warum war sie hier?"

„Allie kam vorbei, um mir meine Tauchausrüstung zurückzubringen."

John wies den Weg entlang, eine wortlose Einladung an sie, ihm ins Haus voranzugehen. Sie setzte sich in Bewegung und er folgte ihr. War das hier vielleicht doch der sprichwörtliche fliegende Wechsel – kaum war die eine Freundin fort, kam er schon mit der nächsten nach Hause?

Konnte sie glauben, dass Allie nur gekommen war, um etwas zurückzubringen? Allie hatte die Schultern hängen lassen, und das erweckte bei Nora den Verdacht, dass es zumindest von ihrer Seite aus bei diesem Besuch um mehr gegangen war. „Wirklich?", fragte sie leise. „Sie kam extra vorbei, um eine Tauchausrüstung zurückzubringen? Und das war alles?"

„Das war alles.“

„Bereust du, dass ihr euch getrennt habt?“

„Nein.“

Ihre Schritte auf dem glatten Betonboden, der zum Haus führte, waren fast lautlos.

„Allie und ich sind besser dran, wenn wir einfach Freunde sind“, fügte er hinzu.

„Ich glaube, Allie wäre immer noch gern deine feste Freundin.“

Nora blieb stehen und drehte sich zu ihm um. Sein Blick traf sie mit einer Intensität, die sie wie ein Blitz durchzuckte.

„Ich weiß nicht, ob Allie sich immer noch mehr zwischen uns erhofft. Falls es so sein sollte, hat sie es mir jedenfalls nicht gesagt. Und ich bin froh darüber. Ich glaube, Gott hat andere Pläne für sie. Und für mich auch.“

In den Zügen seines ernsten Gesichts sah Nora die Spuren, die seine Diagnose und seine Zukunft und vielleicht auch die Suche nach seiner leiblichen Mutter darin eingegraben hatten. Und sie sah, dass er die Wahrheit sagte. Allie war gekommen, um etwas zurückzubringen, und das war alles. Jedenfalls was ihn betraf.

Konnte es denn sein, dass dieses Mal, *dieses eine Mal* der Mann, den sie wollte, sich tatsächlich ebenfalls für sie entschied? Mit einer Sehnsucht, deren Intensität sie sich selbst bis zu diesem Augenblick nicht zu empfinden gestattet hatte, wünschte sie sich nichts anderes: dass John sich für sie entschied!

Sie standen ein paar Schritte vor der geöffneten Haustür im Licht der prächtigen Nachmittagssonne. Nora betrachtete das Kaleidoskop der gedämpften Grün-, Braun- und Beigetöne in seinen Augen.

„Es gibt da eine einzige Person, mit der ich gern eine feste Beziehung hätte.“ Er sah sie direkt an und in seinem Blick lag ebenso viel echte Sehnsucht wie Verletzlichkeit. „Aber ich weiß nicht, ob diese Person auch gern eine Beziehung mit mir hätte.“

„Hätte sie gern“, sagte Nora.

Eine Spur von erfreutem Erstaunen zeigte sich in seiner Miene. „Hätte sie?“

„Hätte sie." Sie trat einen Schritt vor und stand jetzt nur wenige Zentimeter vor ihm.

Er hob langsam die Hände und studierte dabei ihre Gesichtszüge in allen Einzelheiten. Fast andächtig strich er ihr Haar an beiden Seiten zurück, sodass seine Finger leicht ihren Hals berührten. Dann ließ er die Hände dort ruhen und bewegte ihren Kopf mit einer solchen Sanftheit, als sei sie für ihn unendlich kostbar.

Seine rauen männlichen Finger auf ihrer Haut zu spüren, verursachte ihr eine Gänsehaut. Er konnte vermutlich spüren, wie der Puls in ihren Venen zu rasen begann. Und wieso blieb ihr plötzlich die Luft weg?

Er neigte den Kopf, zögerte kurz und signalisierte dann eine unausgesprochene Frage, indem er seine Augenbrauen leicht hob: *Darf ich dich küssen?* Er war ein Mann, der wusste, was er wollte. Selbstbewusst und direkt. Und doch hatte er es nicht eilig. Er wollte nicht zu schnell oder unsensibel vorgehen, um sie nicht aus der Fassung zu bringen.

Sie antwortete mit einem unsicheren Lächeln. *Ja! Du darfst, John.*

Ihre Hände hoben sich wie von selbst und legten sich um seine Unterarme. Der Duft von Bergamotte hüllte sie ein, dann trafen sich ihre Lippen – staunend, zärtlich, forschend.

Ein Glücksgefühl stieg in ihr auf. Die Anziehungskraft, die von ihm ausging, übertraf ihre Fähigkeit, dem Wunsch nach seiner Nähe zu widerstehen. Für einen Kopfmenschen, wie sie es war, war das hier kaum zu fassen. Sie löste sich erst von ihm, als ihr Verstand unbedingt Sauerstoff brauchte.

John ließ seine Hände um ihren Hals liegen und massierte mit seinen Daumen ganz leicht ihren Nacken.

Sie würde gleich in Ohnmacht fallen …

Nein, sie würde nicht in Ohnmacht fallen! Sie bemühte sich, einigermaßen gleichmäßig zu atmen. Sie sollte etwas sagen. Aber was? Was sollte, was konnte sie angesichts dieses epischen Kusses denn schon sagen?

John schien völlig ruhig.

Sie äußerte den ersten Gedanken, der ihr durch den Kopf schwirrte. „Ist diese Einzige, über die wir sprachen, diese Einzige, zu der du dir eine engere Beziehung wünschst … bin das zufällig ich, Nora?" Sie grinste befangen. „Ich dachte mir, ich mache lieber einen Faktencheck."

John legte den Kopf in den Nacken und lachte. Dann sah er sie wieder an und lachte noch mehr. Noch nie hatte sie ihn so unbefangen und schallend lachen gehört. „Sagtest du, dein Name ist Nora?"

„Ja."

„Oh, Schrott. Mein Sehvermögen ist wohl doch schon sehr viel schlechter, als ich dachte." Er war keinen Zentimeter zurückgewichen. Noch immer standen sie so eng beieinander, dass kaum ein Blatt Papier dazwischengepasst hätte. „Und du? Wie steht es um dein Sehvermögen?"

„Ausgezeichnet."

„Ich frag das nur, weil ich nicht Duncan bin. Ich bin John."

„Schrott", imitierte sie ihn mit Nachdruck. „Bist du sicher?"

„Absolut sicher. Im Übrigen bin ich tief getroffen, dass du mich mit einem kleinwüchsigen Kerl verwechseln konntest, der einen Mädchenschal trägt."

„Mein Fehler."

Ein Lächeln umspielte seine Lippen und er küsste sie wieder. „Ich bin froh, dass wir das klargestellt hätten", flüsterte er ganz nah an ihren Lippen.

„Ich auch."

„Nora?" Noch ein Kuss.

„Mhmm?"

Zwei weitere Küsse.

Er trat einen Schritt zurück. Seine Augen nahmen einen dunkleren Farbton an und schienen in die Ferne zu blicken. „Ich weiß genau, wer du bist."

Sie kämpfte gegen den Drang an, in klägliche Freudentränen auszubrechen. Sie nickte. „Ich … bin also tatsächlich die Einzige, von der du vorhin gesprochen hast?"

„Ja. Du bist die Einzige für mich."

Ihr Mund kribbelte von seinen Küssen. „Und du … du bist der Einzige für mich."

Sein nächster Kuss war so leicht wie das Streichen von Satin über Satin. Dann schloss er sie in die Arme und drückte sie an sich. Sie legte ihren Kopf an sein Herz und faltete die Hände um seine Taille. Hier wollte sie bleiben, so nah bei ihm wie gerade jetzt, am liebsten für immer.

Eine Minute verstrich. Zwei. Vögel zwitscherten. Irgendwo in der Ferne tuckerte ein Motorboot.

Er. Hat. Mich. Geküsst. Sie lag in Johns Armen. Sie war diese einzige Person für ihn.

Sie sah zu ihm hoch. „Danke, dass du neulich abends vorbeigekommen bist und mir alles erzählt hast."

„Und meine Erkrankung hat dich nicht abgeschreckt?"

„Nein."

„Es ist nicht gerade eine nette Diagnose, Nora."

„In meinem Leben gibt es auch Dinge, die nicht gerade nett sind."

„Ich möchte nicht … dass meine Augenerkrankung für dich negative Folgen hat."

„Und ich möchte nicht, dass wir uns jetzt schon darüber Sorgen machen. Wenn ich bisher etwas gelernt habe", und dabei dachte sie an den Verlust ihrer Mutter und an ihre geplatzte Verlobung, „dann dies: Die Vergangenheit war vielleicht herausfordernd und die Zukunft mag unsicher sein. Und das ist in Ordnung. Aber die Gegenwart ist alles, was wir haben. Und wenn wir in die Zukunft gehen, wird Gott dort auf uns warten. Er wird uns das geben, was wir für jeden neuen Tag brauchen."

Die Zeit schien stehen zu bleiben, während er sie ansah. Sie hatte keine Worte, um auszudrücken, was für ein Geschenk er für sie war.

„Da die Gegenwart alles ist, was wir haben …", begann er.

„Ja?"

„Bist du bereit für unser erstes Date?"

„Was, jetzt?"

„Jetzt."

„Auf jeden Fall. Jetzt wäre der perfekte Zeitpunkt."

Zu ihrem ersten Date fuhren sie mit Johns Boot.

Nora saß auf dem Beifahrersitz mit einer Baseballkappe von John auf dem Kopf, damit ihr die Haare nicht ständig in die Augen wehten. Eine weite schimmernde Wasserfläche, umsäumt von bewaldeten Hügeln umgab sie, aber sie fand es schwer, die Landschaft zu bewundern, wenn sie stattdessen John bewundern konnte.

Er fuhr das Boot, als täte er das seit Kindertagen – mit lässigem und entspanntem Können. Sein Shirt flatterte im Wind, und seine Sonnenbrille warf ihr Spiegelbild in dunklen Grautönen auf sie zurück.

Sie legten im Jachthafen von Shore Pine an und aßen am Kai in einem Restaurant, das Krabben, Kartoffeln und Mais in weißem Pergamentpapier anbot. Sie lachten und redeten, und Nora versuchte, zu begreifen, dass sie soeben das Wunder erlebte, diesen Abend mit John zu verbringen – nicht als seine Partnerin in Sachen Familienforschung, sondern als … diese einzige Person für ihn.

Als sie sich auf der Damentoilette die Hände wusch, blickte sie ihr Spiegelbild mit einem verträumten strahlenden Lächeln an. Es wollte einfach nicht weichen. Es kehrte immer wieder zu ihr zurück wie ein verirrtes Kätzchen, dem man Milch hingestellt hatte.

Vorhin in der Kapelle hatte sie beschlossen, in dieser Sache mit John klug zu sein. Vorsichtig! Daher nahm sie sich nun fest vor, ihre Fantasie zu zügeln, die mit ihr durchzugehen drohte. Das war schließlich erst ihr erstes Date.

Sie kehrten mit dem Boot zu seinem Anwesen zurück. Er zündete auf der Terrasse ein Feuer an, dann setzten sie sich zusammen auf das Loungesofa und schauten in die Flammen. Hinter dem Blick auf zwei Paar gekreuzte Füße, die nebeneinander auf einem niedrigen Tischchen lagen, gingen die Farben des Sonnenuntergangs am Himmel allmählich in Dämmerlicht und schließlich in eine Tintenschwärze über, aus der die Sterne umso heller funkelten. Die Geräusche der Natur und das Knistern des Feuers lieferten die Klangkulisse für ihr Gespräch. Sie saßen Hand in Hand da, und ab und zu küssten sie sich. Sie konnte es kaum glauben, als sie bemerkte, dass es schon zwei Uhr morgens war.

Er brachte sie zu ihrem Auto.

Obwohl es so spät war, verließ sie ihn nur ungern. Sehr, sehr ungern.

Und auf dem ganzen Weg nach Hause trug sie dieses verträumte strahlende Lächeln auf den Lippen.

Sie wusste: Überschwänglichen Glücksgefühlen war nicht zu trauen. Ihre Vergangenheit und das Liebesleben ihrer Schwestern hatten ihr gezeigt, dass man auf anfängliche himmelhohe Verliebtheit in einer Beziehung nicht bauen konnte. Aber ein Teil von ihr vollführte gerade einen emotionalen Salsa zur Melodie von *John mag mich, John mag mich, John mag mich* – und dieser Teil wollte nichts von Vorsicht hören.

Nicht heute Nacht.

Heute Nacht hatte er ihr gesagt, dass sie … die Einzige für ihn war.

John stand draußen vor der Feuerstelle, die Hände in den Taschen, in Gedanken bei Nora und versuchte, seine Aufmerksamkeit auf die letzten verglühenden Holzscheite zu richten.

Stunden zuvor, als er Nora draußen in ihrem Auto sitzen sah, hatte sie ein so ernstes Gesicht gemacht, dass er sicher gewesen war, sie sei gekommen, um Nein zu sagen. Aber – so unglaublich es war – sie war gekommen, um Ja zu sagen.

Das – *sie* – war das erste Positive, was ihm seit seinem Gespräch mit seinem Augenarzt vor einigen Monaten widerfahren war. Den ganzen Abend lang, den sie zusammen verbracht hatten, konnte er seiner Verwunderung nicht Herr werden, dass sie gekommen war.

Er hatte sie nicht verschreckt. Er war nicht allein. Sie hatten endlich einen Punkt erreicht, an dem sie frei waren, ohne Schuldgefühle eine Beziehung aufzubauen.

Die Bibliothekarin mit einem Haus voller Bücher, die todlangweilige Fernsehromanzen liebte, hatte ihren eigenen Kopf; aber sie war entzückend, und sie zu küssen, war unglaublich. In seinem ganzen Leben hatte ihn noch nie ein Kuss so aus der Fassung gebracht wie heute Abend.

Er glaubte nicht an Schicksal, sondern an Gottes Pläne. Und jede Einzelheit an seinem Zusammensein mit Nora an diesem Abend hatte sich so angefühlt, wie von Gott geplant. Wie ein *Ja* und ein *Danke, Gott* und *endlich zur Ruhe kommen* in seinem tiefsten Herzen.

Nora war der Silberstreif an der Wolke des Unheils, die über ihm schwebte. Und dieser Silberstreif war so hell, dass er der drohenden Dunkelheit ihre Schärfe nahm.

Am nächsten Morgen wurde die Tür zu Noras Büro schwungvoll aufgestoßen. Willow und Britt erschienen im Türrahmen.

Nora drehte sich mit ihrem Bürostuhl zu ihnen um. „Und womit verdiene ich dieses Vergnügen?“, fragte sie, obwohl sie es sich denken konnte.

Nach ihrem sehr langen Abend mit John hatte sie am Morgen länger geschlafen, als sie es sonst an Wochentagen tat. Sie war erst gegen zehn in der Bibliothek eingetroffen.

„Du und John – ihr seid zusammen?“, platzte Britt heraus.

„Da ihr, zwanzig Minuten nachdem ich euch eine Nachricht zu diesem Thema geschickt habe, hier auftaucht“, erwiderte Nora, „nehme ich mal an, ihr wisst es bereits. Was bringt euch denn überhaupt so schnell hierher? Der Transrapid?“

Ihre Schwestern machten es sich gerade auf zwei Stühlen vor Noras Schreibtisch bequem, als Nikki auf der Bildfläche erschien.

„Du bist mit deinem Ehrenmedaillenträger zusammen?“ Die Frage triefte vor Skepsis.

„Na ja, bisher haben wir nur den gestrigen Abend zusammen verbracht, aber ich würde mal sagen: Ja, wir sind zusammen.“

Nikki stieß einen entgleisten Todesschrei aus und zog dann ein imaginäres Messer aus ihrer Brust.

„*Wir* freuen uns für Nora“, ließ Britt Nikki wissen. „Und wir sind hier, um sie zu unterstützen und zu ermutigen.“

„Oh.“ Nikki straffte sich. „Es ist ja nur, weil es schwer ist, eine Chefin zu unterstützen und zu ermutigen, die mit einem dermaßen fantastischen Mannsbild zusammen ist.“

Britt und Willow grinsten verständnisvoll.

„Er ist fantastisch“, sagte Nikki, an Nora gewandt. „Ich hätte nicht gedacht, dass du das Zeug dazu hast, dir einen solchen Mann zu angeln.“

„Aber du hast doch selbst mal gesagt, ich solle Himmel und Erde in Bewegung setzen, um ihn mir zu angeln.“

„Ja, aber im tiefsten Inneren war ich überzeugt, du würdest es nicht schaffen, Liebes.“

Noch mehr Grinsen bei Britt und Willow.

„Dein Vertrauen rührt mich zu Tränen“, kommentierte Nora.

Nikki trommelte mit den Fingern auf ihre Hüfte. „Ich würde ja zu gern mal einen Blick auf den muskulösen Oberkörper deines Helden werfen, sozusagen als kleinen Bonus für meinen Job hier.“

„Diesen Bonus kann ich dir leider nicht bieten.“

„Dann kann ich dir vielleicht auch nicht bieten, dem historischen Dorf von Merryweather erhalten zu bleiben.“

„Es wäre schrecklich, wenn ich auf deine Buchhaltungskünste verzichten müsste“, sagte Nora. „Aber irgendwie schaff ich es schon.“

„Dieses Gesicht!“, sagte Nikki träumerisch. „Es ist einfach …“

„Könntest du jetzt bitte runtergehen und dich um Mr Cummings kümmern?“, unterbrach Nora sie. „Er sucht etwas in den Kirchenbüchern.“

„Na gut. Ist dein Ehrenmedaillenträger …“

„Wie wär's, wenn wir ihn von jetzt an John nennen?"

„Kommt John bald mal hier vorbei?"

„Heute Abend. Halb sechs."

Mit hochgezogenen Augenbrauen machte Nikki kehrt und verschwand nach unten.

„Los, erzähl", forderte Willow.

Nora erzählte von ihrem Ausflug und dem unvergesslichen Abend. „Es war nur ein Date", fühlte sie sich verpflichtet zu sagen, da sie nicht wollte, dass ihre Schwestern gleich zu große Hoffnungen hatten.

„Es klingt fantastisch für ein erstes Date", befand Willow.

„Sehe ich auch so", pflichtete Britt ihr bei.

„Ist es unangebracht, wenn ich die Aufmerksamkeit auf meine ausgesprochene Begabung für die Optimierung jüngerer Schwestern lenke?", fragte Willow.

„Total unangebracht", erwiderte Britt.

Willow streckte die Arme theatralisch in Noras Richtung aus. „Nun, hier ist der offensichtliche Beweis. Ich hatte die Optimierung der Nora Bradford noch kaum beendet, und schon erschienen zwei sehr aussichtsreiche Kandidaten auf dem Parkett."

„Ist es unangebracht, wenn ich mir erlaube, auf die Tatsache hinzuweisen, dass Nora und John sich nie getroffen hätten, wenn ich sie nicht überredet hätte, zu dieser Notfallübung mitzukommen?", fragte Britt.

„Absolut unangebracht", gab Willow zurück.

„Ist es unangebracht, wenn ich daran erinnere, dass ich es war, allein ich und meine charmante Persönlichkeit, die John am Ende für sich gewonnen hat?"

„Kein bisschen", antwortete Willow herzlich. „Auf jeden Fall ist dies eine sehr interessante Entwicklung der Dinge."

Ihre beiden Schwestern strahlten sie an. Nora war überhaupt nicht klar gewesen, wie sehr sie sich für sie freuen würden. Hatte sie ihnen vielleicht in den letzten drei Jahren leidgetan? Diese Vermutung pikste sie wie kleine Nadelstiche. Sie hatte geglaubt, sie hätte ihnen überzeugend vorgespielt, dass sie mit ihrem Leben zufrieden war.

„Und was jetzt?", wollte Britt wissen.

„Er hat gefragt, ob ich heute Abend schon etwas vorhätte, und ich habe Nein gesagt, und er hat gesagt, er holt mich hier ab."

Willow pfiff leise durch die Zähne. „Hört sich ganz danach an, als könne er es kaum erwarten, dich wiederzusehen."

„Na ja, das weiß ich nicht. Ich ... ich kann schließlich nicht für ihn sprechen." Nora hatte Mühe, dieses verträumte Lächeln im Zaum zu halten.

„Oh-ooh!", kommentierten Willow und Britt, als wären sie dreizehnjährige Teenies.

„Nora", bemerkte Mrs Williams drei Tage später kurz vor dem Ende der Öffnungszeit. „Ich glaube, ich habe Skorbut." Die hypochondrische alte Dame sah Nora mit einem höchst besorgten Blick an. „Kommen Sie mir nicht zu nahe, meine Liebe. Ich möchte Sie nicht anstecken."

„Ich glaube nicht, dass Skorbut ansteckend ist", versicherte Nora ihr.

„Die ersten Symptome sind immer Erschöpfung. Die habe ich bereits. Ich vermute, die Gliederschmerzen werden jeden Moment einsetzen."

Mrs Williams war das lebende Beispiel dafür, warum man nicht irgendwelche Symptome in eine Internetsuchmaschine eingeben sollte. „Tut mir leid, das zu hören."

„Bevor ich bettlägerig werde, möchte ich noch die frühen Sterbeurkunden aus Merryweather durchsehen. Ich wüsste gern, was aus dem kleinen Bucky geworden ist, dem jüngsten Sohn von Arthur Thacker." Sie umklammerte Noras Handgelenk. „Buckys Nachkommen wohnen vielleicht bei mir direkt nebenan, und ich weiß es nicht einmal." Sie schob die Lippen vor. „Wenn ich es genau bedenke, hoffe ich eigentlich, sie wohnen nicht gleich nebenan. Meine Nachbarn lassen manchmal Bierflaschen im Vorgarten liegen, und ihre Azaleen werden auch nicht ordentlich geschnitten. Buckys Nachfahren sollen ruhig ein paar Häuser weiter wohnen. Dort wohnen Leute, die wissen, wie man Azaleen schneidet."

Nora führte Mrs Williams an einen der Arbeitstische und brachte ihr die gewünschten Dokumente. Sie wollte gerade wieder in ihr Büro zurückkehren, als ihr Blick aus dem Fenster fiel. Was war das? Sie wartete. Da war es wieder. Ein Basketball flog durch die Luft. Und kurz darauf noch einmal, diesmal in die andere Richtung.

Sie trat ans Fenster. Randall und *John* warfen sich den Ball zu.

Beim Anblick von John, der da draußen mit Randall Basketball spielte, strömte eine zärtliche Zuneigung durch sie hindurch wie Honig in heißen Tee, der jedes Molekül absorbierte, bis er sich komplett auflöste.

Zwischen den Würfen gestikulierte Randall lebhaft mit den Händen und unterhielt sich mit John. John konterte mit einem Lächeln.

Sie verließ die Bibliothek durch die Eingangstür und ging auf die beiden zu, die Hände in den Gesäßtaschen ihrer weißen Jeans vergraben. Die Spitzen ihrer silbernen Mokassins funkelten auf dem Rasen. „Hallo, Jungs."

John fuhr herum. Er presste den Ball an seine Oberschenkel und sah sie an, als sei es nicht Stunden, sondern Jahre her, seit er sie zuletzt gesehen hatte. Fiel es ihm schwer, genau zu erkennen, wo sie war?

Sie trat näher. „Wie geht's dir?"

„Danke, gut." Er schürzte die Lippen, somit wusste sie jetzt, dass er sie deutlich sehen konnte. Alles, worüber sie gestern Abend gesprochen hatten, stand unausgesprochen zwischen ihnen wie ein geheimes Wissen, das sie verband.

„Du hast Randall kennengelernt."

„Ja. Er hat hier seine Würfe gemacht, als ich vorbeikam, und ich hab ihn gefragt, ob ich mitspielen kann."

Sie wies mit dem Daumen auf John. „Und, wie macht er sich, Randall? Kann er mit dir mithalten? Oder muss man ihn erst mal in die Anfängerliga zurückstufen?"

John schnaubte.

„Nö, er kann mithalten", sagte Randall. „Ähm, Miss Bradford, könnten Sie aus dem Weg gehen, damit wir weitermachen können?"

„Die Hand, die dich mit heißem Kakao und Marshmallows füttert, solltest du nicht beißen, mein junger Freund", sagte Nora streng.

„Randall hat mich offensichtlich schon ins Herz geschlossen", sagte John so leise, dass nur sie es hören konnte. Der Klang seiner leisen, fast flüsternden Stimme rief all das in ihr wach, was er ihr gestern Abend im gleichen Tonfall gesagt hatte. *Ich weiß genau, wer du bist.*

„Jeder Junge mit gesundem Menschenverstand würde dich ins Herz schließen", sagte sie.

„Aber meine Favoritin wärst du", sagte er und sah ihr in die Augen.

Das war das Stichwort für ein weiteres verträumt-strahlendes Lächeln. Hitze stieg ihr in die Wangen.

„Sie kann mitspielen", rief John Randall zu.

„Ooahhh", protestierte der.

„Denk an den Kakao", rief Nora warnend. „Und die Marshmallows."

Sie stellten sich im Dreieck auf. John schmetterte den Ball in hohem Bogen durch die Luft, sodass er im perfekten Winkel zu Randall niederging. Randall warf ihn in ihre Richtung, sie gab wieder weiter an John.

Sie warfen sich den Ball zu und unterhielten sich dabei, während Touristen und Einheimische auf den Gassen des Dorfs flanierten und ihre Einkäufe machten. Alles war in bester Ordnung, was Nora anbetraf.

Schließlich sah Randall auf die Uhr, schnappte sich den Ball und kam auf sie zu.

„Meine Großmutter wartet auf mich. Ich gehe also besser."

„Soll ich dich hinfahren?", fragte John.

„Nein, ich geh immer zu Fuß."

„Okay."

Randall streckte seinen mageren Arm aus. „Hat mich gefreut", sagte er feierlich zu John.

„Gleichfalls." Sie schüttelten sich die Hand, und Randall schaffte es sogar, für den größten Teil einer Sekunde Johns Blick standzuhalten.

„Bis demnächst, Miss Bradford." Damit legte er unbeholfen einen Arm um sie.

„Ja, bis demnächst." Sie drückte ihn kurz an sich, und Randall machte sich beschwingten Schrittes auf den Weg.

„War Randall nicht auch in der Bibliothek, als ich das erste Mal hier im historischen Dorf war?", fragte John.

„Er kommt fast jeden Tag. Das Dorf ist seine Lieblingslocation."

„Dann hat er sich eine gute Lieblingslocation ausgesucht."

„Er hat sich auch einen guten Partner ausgesucht, um seine Ballkünste zu vervollkommnen. Das war vermutlich das Highlight der Woche für ihn."

John drehte sich um, um sie direkt ansehen zu können. „Hast du deine Arbeit für heute erledigt?"

„Hab ich."

„Hättest du Lust, mir eine kleine Führung durch das Dorf zu geben?"

„Aber klar doch." Nora liebte jede Gelegenheit, ihr Dorf zu präsentieren. Aber sie hütete sich, allzu oft davon zu schwärmen, weil sie sich sehr bewusst war, dass sie in der Gefahr stand, sich von ihrer eigenen Begeisterung so mitreißen zu lassen, dass sie ihre Zuhörer am Ende langweilte. Dass John nun tatsächlich um eine Führung *bat*, war für sie ebenso köstlich wie eine von Britts Pralinenkreationen. „Möchtest du die kostenlose Führung oder die sehr teure, sehr ausführliche Zehn-Dollar-Variante?"

„Die Zehn-Dollar-Variante. Ich möchte alles in deinem Dorf sehen."

Er hatte das Wort *sehen* besonders betont. Ah. Er wollte sich die Details einprägen, solange er es noch konnte. Was auch seinen konzentrierten Gesichtsausdruck vorhin erklärte, als sie auf ihn zugegangen war. Und auch die Weise, wie er gestern Abend den Sonnenuntergang betrachtet hatte. Und wie er auf der Terrasse ihres Hotels in Oregon den Anblick des Tals in sich aufgesogen hatte.

„Wenn du während meines Vortrags über die Besiedelung des Westens gegen eine Ohnmacht ankämpfen musst, denk dran: Du wolltest die Zehn-Dollar-Tour."

„Ich lebe gern riskant."

„Also dann." Sie lächelte ihn an.

„Zuerst noch etwas anderes."

„Ja, natürlich."

„Ich habe den Brief mitgebracht, den ich an Sherry geschrieben habe." Er zog einen Umschlag aus der Gesäßtasche. „Würdest du ihn dir ansehen, bevor ich ihn abschicke?"

„Aber gern."

Er reichte ihr den Umschlag. Er hatte ihn bereits in einer schwungvollen Handschrift adressiert und mit Briefmarke versehen.

Sie setzten sich auf eine der Bänke mit Blick auf die Grünfläche, und Nora breitete den Brief sorgfältig auf ihren Knien aus. Sie las ihn zweimal. Mit jedem Wort, das sie las, wurde es ihr enger ums Herz, denn sie wünschte sich so sehr, dass diese Suche für ihn gut ausging.

Was auf dem Papier stand und wie es formuliert war, zeigte ihr, dass er die Anregungen aus dem Material, das sie ihm geschickt hatte, umgesetzt hatte. Sein Leben war erfolgreich klar und deutlich auf ein einziges Blatt Papier gebracht. Und er hatte jeden Vorwurf gegen Sherry vermieden und machte ihr keinen Druck.

Johns leibliche Mutter zu finden, hatte ihn und sie nicht nur viele Stunden Arbeit und sehr viel Einsatz gekostet. Nora wusste, dass John auch einen emotionalen Preis gezahlt hatte. Mit der Suche waren sie schließlich erfolgreich gewesen, aber sobald Sherry diesen Brief in den Händen hielt, würde die Regie in der Angelegenheit bei ihr liegen. *Sie* würde entscheiden, ob sie John antwortete oder nicht. Und es war noch immer möglich, dass diese Suche in einer Sackgasse endete – ein Gedanke, der in Nora den Wunsch weckte, dem Brief noch einige Zeilen hinzuzufügen. Etwa in der Art: *John ist ein feiner Mensch. Er wird Ihre Grenzen respektieren. Er bittet nur um ein Treffen und um Auskunft über ein paar medizinische Details. Und er hat es verdient, dass gerade jetzt etwas in seinem Leben auch gut läuft. Bitte, rufen Sie ihn an. Bitte.*

Das Beste, was geschehen konnte, wäre, wenn Sherry selbst bereits den Wunsch hätte, ihren Sohn zu finden, und daher rasch antworten würde. Aber Nora hatte nicht vergessen, was John ihr schon vor Langem erzählt hatte. Es gab eine Agentur, die Eltern, die ihre adoptierten Kinder finden wollten, mit Kindern in Kontakt brachte, die ihre leiblichen Eltern finden wollten. Sherry war dort nicht verzeichnet.

„Ich finde, der Brief ist großartig“, sagte sie aufrichtig und gab ihn John zurück. „Du hast genau die richtigen Worte gefunden.“

Er nickte und klebte den Umschlag zu. „Gibt es hier irgendwo einen Briefkasten?“

„Ja, es gibt einen hier im Dorf. Willst du … ich meine, bist du so weit, ihn abzuschicken? Jetzt?“ Er kannte Sherrys Adresse seit über einem Monat. Aus Gründen, die nur er kannte, hatte er den Brief noch nicht abgeschickt, und sie wollte ihn keineswegs zur Eile antreiben. Denn wenn dieser Brief einmal abgeschickt war, gab es kein Zurück.

„Ja, ich bin so weit.“

„Wie wär's, wenn wir noch kurz beten? Dass er auf offene Ohren trifft?“

„Ja, das wäre gut.“

Sie ergriff seine Hände. „Herr, bitte, bereite Sherry darauf vor, diesen Brief zu lesen. Gib ihr ein offenes Herz. Begleite den Brief mit deinem Segen. Wir wissen, dass du für die, die dich lieben, in allen Dingen das Gute wirkst. Wir vertrauen dir und glauben, dass Johns Suche für ihn und für Sherry das Beste bewirken wird. Amen.“

„Amen“, flüsterte er. Er sah ihr in die Augen. „Danke, Nora.“

Sie hakte sich bei ihm ein, und sie gingen zum Briefkasten vor Britts Laden.

John öffnete den Briefschlitz und ließ den Brief ohne Zögern hineingleiten.

Das war's.

Er hatte den Ball ins Rollen gebracht, und er würde ihn nicht mehr stoppen können.

• • •

Nachricht von Britt an Nora:

BRITT: Ich platze fast vor Neugier im Blick auf Willow und Corbin Stewart. Auf Grandmas Geburtstag sind ja jede Menge Funken zwischen den beiden geflogen. Meinst du, wir sollten mal mit ihr über Corbin reden? Oder würden wir sie damit nur erneut verletzen?

NORA: Ich finde, wir sollten abwarten, bis sie selbst so weit ist, dass sie mit uns über ihn reden will.

• • •

Nachricht von Willow an Nora:

WILLOW: Sollen wir eigentlich für immer und ewig so tun, als wären Zander und Britt nicht viel mehr als einfach Freunde, nur weil die beiden so versessen darauf sind, so zu tun? Zander ist unglücklich, und ich stelle fest, dass mich das langsam nervös macht. Findest du nicht, wir sollten mal mit Britt reden? Oder würden wir damit alles nur schlimmer machen?

NORA: Ich finde, wir sollten abwarten, bis sie selbst so weit ist, dass sie mit uns über ihn reden will.

Kapitel 20

Am nächsten Abend standen John und Nora auf dem Parkplatz eines Restaurants namens Gino's und zögerten den Abschied hinaus. Er lehnte mit dem Rücken gegen seinen Wagen und hielt Nora in den Armen. Ihre Füße standen zwischen seinen deutlich größeren, und er hatte den Kopf geneigt und sah sie aufmerksam an.

Sie erzählte gerade den Schluss einer Geschichte über sie und ihre Schwestern und den Unfug, den sie als Kinder getrieben hatten. Der Klang ihrer Stimme, ihr Duft, ihr zarter Körper, ihr Lächeln … alles an ihr verzauberte ihn.

Nachdem sie ihm gestern ihr Dorf gezeigt hatte, hatten sie noch bei ihr zu Hause den mitgebrachten Imbiss verzehrt. Heute, als er vorgeschlagen hatte, sie wieder nach der Arbeit in Merryweather zu besuchen, hatte sie stattdessen angeboten, nach Shore Pine zu kommen. Sie waren die Main Street entlanggeschlendert, in jeden Laden gegangen, der Nora interessiert hatte, und hatten anschließend bei Gino's Ravioli nach Art des Hauses und Käsekuchen zum Nachtisch gegessen.

Der Wind wehte eine rote Haarsträhne über ihr Gesicht. Behutsam strich er sie zurück, während sie weiterredete.

Ich liebe sie, dachte er.

Ich liebe sie.

Manchmal, wenn etwas genau richtig war, wusste man es einfach. Damals, als sein Freund ihm vorgeschlagen hatte, zur Navy zu gehen, war es genauso gewesen. Er hatte sofort gewusst, dass es das Richtige für ihn war. Und nun erlebte er zum zweiten Mal in seinem Leben diese unerklärliche Gewissheit.

Angefangen hatte seine Faszination von ihr an dem Tag, an dem sie gemeinsam zum Regent Drive gefahren und dort an allen Türen geklingelt hatten. Damals hatte sie gesagt, er sei so bedrohlich wie ein Torpedo. Seit jenem Moment waren seine Gefühle für sie immer intensiver geworden, hatten jeden Winkel in ihm erreicht und so tiefe Wurzeln geschlagen, dass sie nicht mehr auszureißen waren.

Inzwischen hatte sie ihre Geschichte beendet und lachte ihn an.

Er lächelte zurück, während die Gefühle ihn überwältigten. Er hatte keine Träne mehr geweint, seit er ein Kind war, aber nun stiegen sie ihm in die Augen und sammelten sich darin wie Gewitterwolken.

Er konnte spüren, wie sich eine Zuneigung in sein Herz stahl, die seine ganze Seele einnahm. Er neigte den Kopf und hielt wenige Millimeter vor ihrem inne. Sie schaute ihm in die Augen und holte tief Luft, was ihm einen Seufzer entlockte.

Er schloss die Augen und küsste sie, während ihm das Blut durch die Adern schoss. Er musste sich beherrschen, um die Kontrolle zu behalten. Denn sie war zwar viel kleiner als er, aber er war sich durchaus bewusst, dass *er* derjenige war, der ihr vollkommen ausgeliefert war.

Wenn er Nora an seiner Seite hatte, dann konnte er alles durchstehen, egal, was mit seinem Sehvermögen oder aus seiner Suche nach Sherry wurde. Und deshalb hatte er es gestern endlich geschafft, den Brief an sie abzusenden. Er konnte sich seiner Zukunft stellen, denn er würde ja das Wichtigste behalten, das Allerwichtigste … sie.

Irgendwo in ihm schrillte eine Alarmglocke. Es war nicht richtig, so sehr auf Nora zu setzen. Oder überhaupt auf einen Menschen. Er musste gut auf sich aufpassen und sicherstellen, dass das Wichtigste in seinem Leben Gott blieb.

Er schlang die Arme enger um Nora, zog sie an sich, entschlossen, sie vor der Kälte und vor allem anderen, was sie je verletzen konnte, zu beschützen.

Auf dem Weg zur Arbeit am nächsten Morgen hielt John an einer roten Ampel und griff in das Fach in der Autotür auf der Suche nach einem Stück Papier. Er wollte sich eine Idee notieren, die ihm gerade zu einem Vortrag über Notfallvorsorge gekommen war, den er in ein paar Wochen in Chicago halten sollte.

Er zog das Erste heraus, was ihm in die Finger kam. Es war ein Umschlag, wie man ihn in der Bank bekommt, wenn man Bargeld abhebt. Seine Stirn legte sich in Falten. Er konnte sich nicht erinnern, in letzter Zeit Geld abgehoben und es hier deponiert zu haben …

Moment. Er drehte den Umschlag um. Auf der Rückseite stand etwas in seiner Handschrift geschrieben: *Mir ist aufgefallen, dass Sie meine Schecks noch nicht eingelöst haben.*

Es war das Geld, das er Nora gegeben hatte. Er fuhr mit dem Daumen über den Stapel Banknoten im Umschlag. Er musste sie nicht zählen, um zu wissen, dass sie nicht eine einzige behalten hatte.

Die Ampel wurde grün und er fuhr an. Nora hatte sich in sein Auto gestohlen und das Geld in das Türfach gelegt, damit er es irgendwann finden würde.

„Nora", knurrte er. Diese eigensinnige, diese unglaublich eigensinnige Frau. Aber während er das dachte, war ihm zugleich nach Lachen zumute.

Sie würde bald herausfinden, wie eigensinnig *er* sein konnte.

Irgendwann im Lauf der Woche, nachdem sie es endlich gewagt hatten, einander ihre Gefühle zu gestehen, schlug Nora vor, dass sie ihre Treffen immer abwechselnd planen sollten. Einmal würden sie machen, was sie wollte, das nächste Mal durfte er bestimmen. Es war ihr eingefallen wie ein Geistesblitz. Sie waren zwei sehr unterschiedliche Menschen mit unterschiedlichen Hobbys und hatten diesbezüglich kaum Gemeinsamkeiten. Gab es eine bessere Art, einander zu zeigen, was jeder mochte oder gern tat?

Vielleicht war es nach einem Kuss gewesen, als Nora diesen Vorschlag gemacht hatte. Und der Kuss mochte John zugänglicher für diese Idee gemacht haben, als er es sonst vielleicht gewesen wäre …

Am darauffolgenden Tag war er mit ihr Kajak gefahren.

„Ich bin nicht sehr schnell“, hatte sie ihm zugerufen. „Aber du musst zugeben, für eine Anfängerin bin ich überraschend gut.“

„Du bist sogar sehr gut.“

In ihren ungeschulten Augen waren Johns Kajakfahrkünste olympiatauglich. Im Ernst. Es schien ihn keinerlei Anstrengung zu kosten.

„Obwohl“, sagte sie, „es vermutlich ziemlich schwer sein dürfte, es nicht hinzukriegen, in einem stabilen kleinen Boot zu sitzen und ein Paddel zu halten. Vermutlich staunen alle Anfänger darüber, wie gut sie sind.“

„Du bist eine exzellente Anfängerin.“

Sie folgte ihm einen kleinen Zufluss hinauf, der wie ein Finger einer Hand vom Lake Shore Pine abzweigte. Das Geplätscher des Wassers war das einzige Geräusch, das sie hörte, und die Luft duftete nach dem Holz einer umgestürzten Zeder am Ufer.

Sie war einmal mit ihrer Großmutter Kajak gefahren, als sie neun war, und sie hatte es gehasst. Grandma hatte die ganze Zeit rumgenörgelt, wie hart der Sitz sei und dass ihr der Allerwerteste wehtue. Und als Nora dann selbst zu äußern gewagt hatte, dass ihr Po auch wehtat, hatte Grandma ihr eine Gardinenpredigt gehalten, dass sie nicht auf diese Welt gekommen sei, um es möglichst bequem zu haben. Diese Kajaktour mit John gehörte in ein gänzlich anderes Universum als die mit Grandma.

Ihre einzige kleine … okay, nicht ganz so kleine … Sorge war, dass John, wenn er bestimmen konnte, was sie machten, sie zu Exkursionen einladen würde, die man unter dem Titel zusammenfassen konnte: Unternehmungen, die ich mit jeder meiner Freundinnen gemacht habe.

Das würde er doch nicht tun! Oder?

Denn sie war sich ganz sicher, dass sie zu dieser Art von Unternehmungen nicht die geringste Lust hatte.

Er hatte drei Kajaks, und er hatte das Boot für sie mit einer Routine ins Wasser transportiert, die sie vermuten ließ, dass die Boote öfter benutzt wurden. Und diesem Gedanken waren sofort Bilder gefolgt, wie er mit anderen Frauen Kajak fuhr.

Sie konnte ihre törichten Gedanken über Bord werfen und einfach den Augenblick genießen. Aber die Vorstellung, dass John eben die gleiche Bootstour auch mit früheren Freundinnen gemacht hatte, nagte an ihr, sooft sie John ansah, auch wenn sie dabei wieder einmal feststellen musste, wie unglaublich gut er aussah.

„Bist du mit Allie auch Kajak gefahren?", hörte sie sich selbst fragen.

John hielt sofort das Paddel ins Wasser und drehte sein Boot in ihre Richtung, um sie eindringlich anzusehen.

„Bist du, oder?"

„Ja."

„Ich schätze, sie war keine Anfängerin und daher mehr als erstaunlich gut."

„Stimmt."

Schmerz durchfuhr sie. Geschah ihr ganz recht! Sie hätte Allie nicht erwähnen sollen. Eine Frau, die sich ihrer selbst sicher war, hätte es nicht getan. Es war ja nur so, dass sie nicht eine weitere Trophäe auf der langen Liste der Ex-Freundinnen von John werden wollte.

„Allie konnte sehr gut Kajak fahren." Er zog am Bug ihres Bootes, sodass es direkt neben seinem lag. „Aber sie war nicht du."

Die Boote stießen aneinander. Mit einem erschreckten Auflachen griff Nora nach der Kante ihres Sitzes, um das Gleichgewicht zu halten. Sie wollte nicht, dass diese *überraschend gute Anfängerin* direkt vor seinen Augen kopfüber ins Wasser plumpste.

Er sah sie ausgesprochen ernst an, als sei er entschlossen, ein deutliches Wort zu reden. „Nora, für mich gibt es keinen Vergleich zwischen dir und Allie. Auch nicht in meinen Gedanken. Der langweiligste Moment mit dir …"

„Mit mir gibt es keine langweiligen Momente." Sie schenkte ihm ein hoffentlich überzeugendes Lächeln.

„Unterbrich mich nicht, wenn ich dir Komplimente mache." Ein verschmitztes Lächeln lag auf seinen Lippen. „Der langweiligste Moment mit dir ist hundertmal besser als die besten Momente mit irgendjemand anderem."

Ihr Herz platzte fast vor Freude und Hoffnung.

„Ich hatte keinen Einfluss darauf, wann ich dich kennenlernen würde, Nora. Wenn es nach mir gegangen wäre, hätte ich beschlossen, dir schon Jahre früher zu begegnen."

„Oh."

„Vor dir habe ich meine Entscheidungen auf all das gegründet, was ich zum damaligen Zeitpunkt kannte. Aber jetzt ist alles anders. Deinetwegen. Okay?"

„Okay", flüsterte sie.

Zwei Wochen waren vergangen, und John hatte noch immer keine Antwort von Sherry.

Als Nora an der Reihe war, eine gemeinsame Unternehmung zu planen, beschloss sie, ihn in ihre Vorliebe für alte Kochrezepte einzuweihen (oder dafür zu begeistern?). Sie zog die Holzkiste mit den Rezepten an den Rand der Küchenarbeitsfläche.

John reagierte, als hätte man ihm Hausaufgaben aufgegeben. „Du willst mir das Kochen beibringen?"

Sie tippte auf den offenen Deckel. „Ich erweise dir die Ehre, dass du *mit mir* kochen darfst." Ihr wachsendes Vertrauen, dass er sie wirklich liebte, hatte ihre verwegene Seite auf den Plan gerufen. „Darf ich dich daran erinnern, dass der langweiligste Moment mit mir hundertmal besser ist als der beste Moment mit irgendjemand anderem?"

Er warf ihr einen schrägen Blick zu. „Lernst du alles auswendig, was ich sage?"

„Jedenfalls hab ich es mir gemerkt." Sie zog ein Rezept heraus und reichte es ihm. „Ich sammle alte Rezepte. Alle, die ich hier in der Kiste habe, wurden vor mehr als hundert Jahren geschrieben – natürlich mit der Hand. Jedes einzelne ist wie eine Reise in eine andere Zeit." Sie blätterte ein paar der sorgfältig sortierten Papiere durch. „Ich habe Rezepte für alles Mögliche. Punsch, Suppen, Desserts, Seife, Kerzen."

„Hast du sie schon alle ausprobiert?“

„Jedes einzelne. Denn vor dir hatte ich jede Menge Zeit zur Verfügung“, sagte sie lapidar. „Also? Was würdest du gern machen? Du darfst wählen.“

„Ein Dessert.“

Sie studierten alle Nachtischrezepte und stießen schließlich auf eins für Pfirsichcrumble. John hielt es in die Luft. „Jetzt sind wir im Geschäft.“

Sie machten einen ausgedehnten Spaziergang zum Supermarkt, kamen zurück ins Bücherstübchen und wuschen sich die Hände. Als Pfirsiche, Zucker und Wasser in einem Tiegel vor sich hin köchelten, wandten sie ihre Aufmerksamkeit dem Wichtigsten zu: den Butterstreuseln.

John bearbeitete den Teig, wie Nora es ihm gezeigt hatte. „Ich habe noch nie im Leben gebacken.“

„Dann wird es höchste Zeit.“

„Sehe ich aus wie ein Mädchen?“

Sie kicherte. „Ich bestätige höchst offiziell: Du siehst nicht aus wie ein Mädchen.“

Er stippte den Zeigefinger ins Zuckerglas und strich ihr damit über die Wange.

„Entschuldige dich!“, protestierte sie.

„Oh“, sagte er. „Mein Fehler. Ich mach's wieder gut.“ Er beugte sich zu ihr und küsste sie auf die entsprechende Stelle ihrer Wange.

Sie hielt mucksmäuschenstill, während Schmetterlinge in ihrem Bauch schwärmten.

Er steckte den Finger wieder in den Zucker.

„Das ist unhygienisch“, sagte sie schwach.

„Ich kaufe eine neue Tüte.“

„Verschwender.“

Er zog eine Spur von Zuckerkristallen über ihre Stirn und küsste sie fort.

„Wie sich zeigt, bist du …“, hauchte sie, „ein hervorragender Bäcker.“

„Ich hätte nie gedacht, dass mir Backen Spaß macht." Er strich ihr mit dem Zuckerfinger über die Nase und küsste es weg. „Aber das tut es."

„Mir auch … das heißt … ähm. Ich hab vergessen, was ich sagen wollte."

Dann landete der Finger mit dem Zucker auf ihrem Mund. „Sorry", flüsterte er. „Ich bin heute etwas ungeschickt."

„Unverzeihlich ungeschickt", brachte sie hervor. Dann küsste er ihr den Zucker von den Lippen. Und sie war überzeugt davon, ja, sie wusste es mit unerschütterlicher Gewissheit, dass dieser Kuss süßer war, als es das süßeste und beste Rezept für Pfirsichcrumble je sein konnte.

Nach drei Wochen hatte John noch immer keine Nachricht von Sherry erhalten.

Als er wieder einmal mit der Planung für ihr Date an der Reihe war, bat er sie, noch einmal bei einem Notfalltraining dabei zu sein. Wenn er wusste, dass sie dabei war, fiel es ihm viel leichter, dafür zu sorgen, dass die Motivation aller Kursteilnehmer bis zum Ende des Trainings aufrechterhalten blieb.

Der heutige Kurs sollte im Erdgeschoss des Trainingscenters stattfinden, das man in ein Einkaufszentrum verwandelt hatte – ein breiter Mittelgang mit „Geschäften" an beiden Seiten.

John folgte zwei seiner Schüler in das Geschäft, in dem Nora sein musste. Hinter dem Tresen standen ein Mann und eine Frau. Die Katastrophenschutzschüler führten sie hinaus.

Aber Nora war nirgends zu sehen. Er ging weiter in den Raum hinein und suchte alle Ecken nach einer kleinen, zusammengekauerten Gestalt ab. Er hatte die Sprinkleranlage nach dem damaligen Vorfall warten lassen, es würde heute nicht regnen. Aber der Rauch der Nebelmaschine hing in der Luft wie an dem Tag, an dem sie sich begegnet waren.

Er sah sie noch immer nicht. Er suchte hinter dem Kassentresen. Nichts. Er öffnete eine Schranktür – und fand sie: die Arme um die angezogenen Knie geschlungen und mit herausforderndem Blick. „Mist, was? Sieht so aus, als ob deine Kandidaten mich auch diesmal nicht gefunden haben."

„Ich kann mir nicht vorstellen, wie sie dich übersehen konnten."

„Ich auch nicht."

Er trat ein wenig zur Seite, eine stumme Aufforderung herauszukommen, genau wie an jenem ersten Tag. „Hier geht's lang."

Sie sah mit gespieltem Entsetzen zu ihm hoch. Dann blinzelte sie.

„Ma'am!" Er sprach befehlend, während er darum kämpfte, ernst zu bleiben. Es würde nicht leicht sein, seinen Mitarbeitern zu erklären, warum er in der letzten Phase eines simulierten Terrorangriffs auf ein Einkaufszentrum in Lachen ausgebrochen war.

Sie schob das Kinn vor und blieb genau da, wo sie war, also ging er in die Knie und streckte ihr beide Arme entgegen. Sie war rascher darin, als ein Überlebender eines Terrorangriffs es je sein könnte. Er stand auf und trug sie in den von Nebel durchwaberten Ladenraum.

Das war das zweite Mal, dass er sie rettete, nur dass in der Realität Nora die war, die ihn rettete.

„Sorry wegen meiner langsamen Reaktion gerade", sagte sie und wiederholte damit die ersten Worte, die sie zu ihm gesprochen hatte.

Er blieb stehen und küsste sie. Und es war kein hastiger Kuss. Er war sanft und liebevoll. Danach marschierte er mit ihr in den Armen in den Mittelgang.

„Du kannst mich jetzt runterlassen", flüsterte sie.

„Was sagst du?"

„Ich kann allein laufen."

„Zu spät!"

„John! Ich will nicht, dass du mich vor aller Welt hier hinausträgst, *schon wieder.*"

Er lächelte schelmisch. „Zu spät!"

Zwei Tage später machte Nora eine ungemein frustrierende Entdeckung.

Sie saß an ihrem Schreibtisch und überflog die Monatsbilanz des „Förderkreises des historischen Dorfs Merryweather“, einer Gruppe von Unterstützern ihres Projekts, die entschlossen waren, immer wieder neue Möglichkeiten zu finden, Nora und ihr Vorhaben zu unterstützen. Die Spalten für Einnahmen und Ausgaben boten keine größere Überraschung, bis sie sah, dass jemand eine Spende an den Förderkreis überwiesen hatte, die genau dem Betrag entsprach, den Nora John für ihre Hilfe bei der Suche nach seiner Mutter in Rechnung gestellt hatte.

Moment! Wie bitte?

„John“, zischte sie erbost.

Der Förderkreis unterstand nicht ihrer Kontrolle. Sie war dort ein gewöhnliches und gern gesehenes Mitglied, und sie besuchte alle Treffen. Aber die Organisation war unabhängig. Nora konnte das Geld nicht von ihnen zurückfordern und John zurückgeben. Er hatte ihr ihr Honorar auf eine Weise gezahlt, die es unmöglich machte, es abzulehnen.

„Sagtest du gerade was von John?“, rief Nikki von nebenan.

„Ich habe kürzlich davon geträumt, dass ich in einer Rettungsinsel auf hoher See treibe und er sich aus einem Hubschrauber abseilt, um mich zu retten.“

„Schaff dir einen eigenen Freund an“, polterte Nora.

„Ich hätte lieber deinen“, gab Nikki zurück.

Nora schnappte sich ihr Handy und schrieb: *Hast du kürzlich eine Spende an den Förderkreis des historischen Dorfs Merryweather gemacht?*

Die Antwort kam umgehend. *Das ist wirklich nicht mein Stil, Nora. Ich spende lieber für christliche Organisationen oder soziale Einrichtungen.*

John Truman Lawson, du bist unmöglich!

Ich verstehe nicht, inwiefern Spenden an christliche Organisationen oder soziale Einrichtungen unmöglich sein können.

Ich wollte dir meine Hilfe anbieten, wie ich es für jeden anderen auch tue, der meine Bibliothek betritt! Ihre Finger hasteten über die Buchstaben. *Ich wollte dir VIEL LIEBER helfen als jemals irgendjemandem sonst.*

Denk doch mal dran, was der Förderkreis des historischen Dorfs Merryweather dank dieser anonymen Spende alles tun kann. Du solltest mehr an das Gemeinwohl denken.

Ich denke mehr an das Gemeinwohl als irgendjemand sonst in Merryweather!

Weißt du was?

Was?

Schachmatt, Nora. Schachmatt.

Nach vier Wochen hatte John noch immer keine Antwort von Sherry erhalten.

Als Nora wieder einmal mit der Planung für ihr Date an der Reihe war, nahm sie John mit zu einer Dinnerparty bei Harrison und Rory.

Sie hatte sich zu diesem Anlass ein fließendes leichtes Sommerkleid gekauft. Willow war am Nachmittag da gewesen und hatte Noras Haar gestylt. Und daher trug sie nun ein schmales goldenes Haarband und einen lockeren Knoten im Nacken. An ihren High Heels hatte sie mittlerweile einen Narren gefressen. Aber das Beste war: Als sie die Auffahrt zu Harrison und Rorys zweistöckiger Villa aus Kolonialzeiten hinaufgingen, lag ihre Hand in der von John.

Der beißende Schmerz, die Bitterkeit, das Gefühl von Verrat, gegen das sie gekämpft hatte, seit Harrison ihr das Herz gebrochen hatte, waren zu einem schwachen Echo verblasst.

„Warum müssen wir das tun?", fragte John. Sein Hemd hob sich in einem frischen Weiß von seiner Haut ab.

„Weil wir Harrison und Rory nicht für immer aus dem Weg gehen können. Merryweather ist eine kleine Stadt. Sie leben hier und ich lebe hier, und daher werden wir uns unweigerlich immer wieder über den Weg laufen."

Sie blieb stehen, um ihm zu erklären, was er wissen musste, bevor sie die Eingangstür erreichten. „Harrison und Rory geben sich – entgegen dem, was normal wäre – wirklich jede Mühe, nett zu mir zu sein und mich einzuladen, wenn bei ihnen was los ist. Ich weiß nicht, ob dahinter ein schlechtes Gewissen oder unangebrachtes Mitleid steht – oder einfach echte Freundlichkeit. Vermutlich ein bisschen von allem."

Vor ein paar Wochen hatten Harrison und Rory ihr eine Einladung zu der Mittsommer-Soiree, die heute Abend stattfand, geschickt und geschrieben, sie könne einen Gast mitbringen. Was lag also näher, als John zu fragen?

„Ich habe in den letzten Jahren so viele Einladungen wie möglich *nicht* angenommen, aber ich konnte nicht alle ablehnen. Ich wollte schließlich nicht, dass sie mich für unhöflich halten oder glauben, ich wäre so verletzt, dass ich es nicht ertragen könnte, die beiden zu sehen. Und die Einladung für heute habe ich angenommen, weil ich kleinkariert genug bin, um mit dir angeben zu wollen." Sie strich seinen Kragen glatt. „Vielleicht hören sie dann auf, sich vorzustellen, dass ich allein zu Hause sitze und in bestickte Taschentücher schniefe!"

„Sagtest du gerade was von bestickten Taschentüchern?"

„Und vielleicht schicken sie dann auch keine Einladungen mehr. Aber wenn doch, verspreche ich, dass ich nicht erwarte, dass du noch einmal mitkommst. Es geht nur um diesen einen Abend."

„Ich habe Harrison noch nicht kennengelernt, aber ich weiß jetzt schon, dass ich ihn nicht leiden kann und dass sich das auch nie ändern wird. Schließlich hat er die Verlobung mit dir gelöst."

„Die Sache ist die: Harrison war damals wirklich ehrlich zu mir, und es tat ihm aufrichtig leid, was er mir damit antat." Jedenfalls so sehr, wie es einem Mann leidtun kann, der sich eine entzückende stilvolle Frau angelt, die ein bisschen zu gut für ihn ist. Nora legte ihre Hände an Johns Brust, spürte seine Wärme und staunte einmal mehr, dass sie das Vorrecht genoss, die Frau an seiner Seite sein zu dürfen.

„Ich kann ihn trotzdem nicht leiden", beharrte John.

Seine Feindseligkeit gegenüber Harrison sollte ihr ganz sicher nicht so guttun, wie es der Fall war. „Lass uns reingehen, damit ich mit dir angeben kann. Wir werden ganz sicher ein fantastisches Essen genießen können. Und danach gehen wir."

Sie klingelten. Rory öffnete.

Wie es schien, war Rory nur noch sehr wenige Wochen vom Geburtstermin entfernt. Aber niemand sonst konnte gegen Ende einer Schwangerschaft so frisch und charmant aussehen wie sie. „Oh, Nora, schön, dich zu sehen …" Ihre Begrüßungsworte verloren sich im Schweigen, als sie John sah. Ihre kunstvoll geschminkten Augen weiteten sich ein wenig.

Könnte es sein, Rory, dass du überrascht bist, wie unglaublich attraktiv John ist?, hätte Nora gern gefragt.

„Kommt doch rein." Rory winkte sie in ihr geschmackvoll und erlesen ausgestattetes Foyer.

„Ich möchte dir meinen Freund vorstellen", sagte Nora. „John Lawson."

Nora konnte spüren, dass Rory überrascht war, aber natürlich auch viel zu weltgewandt, um ihn anzustarren oder das Gespräch abreißen zu lassen. Sie unterhielt sich höchst liebenswürdig mit John.

Meinen Freund, hatte Nora ihn genannt.

Seit jenem ersten Tag hatten sie und John sich jeden Tag gesehen, bis auf die drei unendlich langen Tage am Anfang dieser Woche, an denen er in Chicago gewesen war. Sie hatte sich von ihm verabschiedet, als käme er nie wieder. Während er fort war, hatte sie ihn so vermisst, dass es sich angefühlt hatte, als zwänge man sie, einen Rucksack voller Steine mit sich herumzuschleppen.

Als er wiederkam, hatte sie sich gefreut, als wäre er von den Toten auferstanden.

Sie hatte nicht gewusst, dass drei Tage ohne einen bestimmten Menschen sich anfühlen konnten wie drei Monate. Dass Entfernung körperlich schmerzen konnte. Das einzig Gute an dieser Trennung und der einzige Trost darin war, dass es John ganz genauso gegangen war.

Sie hatten noch nie darüber gesprochen, in welchem Status ihre Beziehung eigentlich war, und das war für sie auch in Ordnung. Sie brauchte kein Etikett, das den Wert ihrer Beziehung bezeichnete.

Sie wusste auch so, dass sie zusammengehörten. Sie wusste, es gab nur sie beide. Sie wusste, dass er sehr tief für sie empfand. Was er tat und was sie tat und wie sie miteinander umgingen – das war genug. Es war sogar sehr, sehr viel mehr als genug. Es war jenseits von allem, was sie je für sich erhofft hatte. Es war neu und berauschend und brachte sie zum Schweben und ließ ihr Herz vor Glück erbeben. Sie waren zusammen. Sie waren ein Paar, und es war romantischer und viel schöner als jeder Film, den sie je gesehen, oder jedes Buch, das sie je gelesen hatte.

Es war außerdem in einem Maß emotional beängstigend, wie es nicht schlimmer ging. Sie tat ihr Bestes, weise Entscheidungen zu treffen, nichts zu überstürzen, den Dingen Zeit zu lassen. Aber sie hatte sich rettungslos in diesen Mann verliebt, mit dem sie erst seit ein paar Wochen fest befreundet war. Es war nur so, dass es sich manchmal beinahe unmöglich anfühlte, die Dinge, die sich in ihr abspielten, unter Kontrolle zu behalten. So, als versuche sie, eine Lawine aufzuhalten. Wie um alles in der Welt sollte sie denn entscheiden, in welchem Tempo sich alles weiterentwickeln sollte?

Im Lauf der letzten Wochen hatte John sie ein paar Leuten als seine Freundin vorgestellt, was ihr wiederum den Mut gegeben hatte, ihn ebenso vorzustellen – so wie sie es heute getan hatte.

Mein Freund.

„Schatz?" Das war Harrison von irgendwo aus der Küche. „Haben wir noch Zahnstocher für die Bruschetta?"

„Ja, ich glaube, schon", antwortete Rory. „Komm aber erst mal her und sag Nora Hallo."

Harrison erschien, und Nora spürte, wie John neben ihr erstarrte. Ihr Ex-Verlobter trug ein kariertes Hemd, khakifarbene Shorts und flache Slipper.

„Ich sehe mal nach den Zahnstochern“, sagte Rory zu Harrison, „du kannst dich also Nora und ihrem Freund widmen.“

Harrisons Vorwärtsbewegung kam ins Stottern.

Könnte es sein, Harrison, dass du überrascht bist, weil ich einen neuen Freund habe?

„Schön, dass du kommen konntest.“ Harrison umarmte sie flüchtig, wobei sich ihre Körper aber so gut wie gar nicht berührten. Dann schüttelte er John enthusiastischer als nötig die Hand, während die beiden Männer sich gegenseitig vorstellten. „Hallo, John. Freut mich, Sie kennenzulernen. Ich habe das Gefühl, wir sind uns schon einmal begegnet. Was machen Sie beruflich?“

„Ich leite Lawson Training in Shore Pine.“

„Das sagt mir leider nichts. Um was für ein Training geht es da?“

„Notfallvorsorge und Katastropheneinsatz.“

„Oh, beeindruckend.“

„Und Sie? Was machen Sie?“, erwiderte John die Frage knapp.

„Ich bin Kieferorthopäde in eigener Praxis. Hier, wo ich aufgewachsen bin, ist es wichtig, ein eigenes Unternehmen zu haben. Um etwas zurückzugeben. Nora und ich“, er drückte leicht ihren Ellbogen, „wir kennen uns schon sehr lange. Und wir setzen uns beide für unsere Heimatstadt ein.“

Johns Lippen wurden schmal.

„Wir haben gerade unsere Ehrentafel von der Stadt erhalten“, sagte Harrison, an Nora gewandt. „Für unsere Verdienste um das Allgemeinwohl in der Stadt.“

„Oh, verstehe.“

„Es ziert jetzt die Wand im Wartezimmer.“

Männer. Immer wieder ermüdend. Was ist das nur mit ihrem unbezwingbaren Bedürfnis, sich vor den Augen anderer selbst zu beweihräuchern? – Da arbeitest du? Na, ich arbeite hier! Welchen Wagen fährst du? Ich hab den hier! Wo warst du im Urlaub? Ich war dort.

Was für ein Handicap hast du beim Golf? Meins steht bei … Grins, grins, grins.

„Kommen Sie rein", sagte Harrison. „Ich zeige Ihnen unseren Kamin. Wir haben ihn gerade umgesetzt und neu angelegt." Sein Redefluss an unverkennbar selbstgefälligem Geschwätz brach einfach nicht ab.

Für die nächste halbe Stunde unterhielten sich die etwa zehn Gäste mit Harrison und Rory in deren geschmackvoll und erlesen eingerichtetem offenen Küchenbereich. Im Hintergrund erklang dezenter Folkrock. Platten mit Bruschetta wurden herumgereicht.

Dann begaben sich alle ins Esszimmer. Der Raum war fantasievoll dekoriert, sodass man glauben konnte, man befände sich direkt in Shakespeares *Mittsommernachtstraum*. An zwei Lichtinstallationen schimmerten glitzernde Perlen wie Tautropfen. Blumengestecke in Pink, Dunkelrot und Pflaumentönen standen in Gefäßen unterschiedlicher Größe. Als Tischsets dienten täuschend echt aussehende Moospolster und die Servierplatten waren aus unbehandeltem Holz. Teller und Trinkgläser schimmerten in mattem Gold. Und auf jedem Platz lag ein handtellergroßes tropisches Blatt, auf dem in kalligrafischer Schrift das Menü zu lesen war.

Nora hörte, wie John irgendetwas Unfreundliches vor sich hin knurrte, und musste sich auf die Lippen beißen, um ein Kichern zu unterdrücken. Kein Zweifel, das gesamte Arrangement war bereits ausgiebig für den nächsten Beitrag auf *Sag ja zur Schönheit* fotografiert worden.

Als sie sich entsprechend der Tischkarten an ihre Plätze gesetzt hatten, zeigte sich, dass Harrison und Rory davon ausgegangen waren, Nora würde eine Freundin mitbringen, denn sowohl Nora als auch John hatten männliche Tischnachbarn ohne Begleitung. Noras Nebenmann trug einen modischen Bart und hatte das längere Haar über dem Scheitel nach hinten gegelt, während die Seiten glatt rasiert waren.

Das musste sie Rory lassen – er sah nicht mal schlecht aus. Sie hatte wirklich Geschmack. Nur – er war nicht John. Jeder andere

Mann außer John, der formidable Adolphus Brook eingeschlossen, rangierte jetzt nur noch farblos und verwässert unter „ferner liefen".

Bevor sie mit dem Essen begannen, griff Rory zu ihrer monumentalen Kamera und schoss Bilder. Nachdem der erste Gang serviert worden war, wiederholte sie das Ganze.

„Was um alles in der Welt tut sie da?", fragte John und neigte sich ein wenig zu Nora hinüber. Sie spürte seinen Atem auf ihrer Schulter und war elektrisiert bis in die Fingerspitzen.

„Sie macht Bilder für ihren äußerst erfolgreichen Blog."

„Was soll ich tun? Sie ansehen? Sie nicht ansehen?"

„Egal. Hauptsache, du erweckst den Anschein, dass du den Abend genießt."

„Die Tatsache, dass sie diese Fotos macht, macht es mir schwer, den Abend zu genießen."

„Tja, es gibt immer irgendwo einen Haken."

„Dies ist mein erster und mein letzter Besuch hier", sagte er.

„Aye, aye, Captain."

„Harrison ist ein Blender."

Sie warf einen Blick in Harrisons Richtung und bemerkte, dass er John mit einem irritierten Gesichtsausdruck beobachtete. Er schien die Kiefer zusammenzupressen, was vielleicht so etwas andeutete wie einen Anflug von … Eifersucht? „Ich weiß jetzt, was ich damals nicht wusste", sagte Nora. „Harrison ist nicht der Richtige für mich."

„Nein. Er hat dich nicht verdient."

Ihr Blick verschmolz mit seinem.

„Ich habe dich auch nicht verdient", fuhr John fort. „Aber ich bin um Meilen cleverer als er. Ich bin nämlich nicht so bescheuert, dich wieder gehen zu lassen."

Am folgenden Montag sah John in seinem Büro seine Mails durch, als sein Blick auf einen Namen fiel, der sein Herz kurz aussetzen ließ.

Gesendet von: Sherry Thompson – Betreff: Treffen
Er lehnte sich im Stuhl zurück, ließ die Hände in den Schoß fallen und starrte auf den Namen.

Seit er sich erinnern konnte, hatte er immer wieder daran gedacht, seine leibliche Mutter zu finden. Und jetzt war da auf einmal eine Mail von ihr. Er war jetzt dreiunddreißig, und dies war das erste Mal in seinem Leben, dass er ein Lebenszeichen von ihr erhielt.

Der alte Wunsch, mehr über seine Herkunft und auch über sein medizinisches Erbe zu erfahren, war immer noch sehr lebendig. Aber während der letzten vier Wochen, seit er den Brief abgeschickt hatte, gewöhnte er sich irgendwie immer mehr an den Gedanken, dass er nichts von Sherry hören würde.

Er rechnete nicht mehr bei jedem Klingeln des Handys damit, dass es Sherry sein könnte. Er hatte aufgehört, sich jedes Mal innerlich zu wappnen, wenn er den Briefkasten oder sein Mailprogramm öffnete. Er hatte sich an Sherrys Schweigen gewöhnt, vor allem deswegen, weil seine Zeit, Energie und Gedanken sich nun auf Nora konzentrierten.

Er stützte die Ellbogen auf den Schreibtisch und vergrub den Kopf in den Händen. Er betete, bis der Sturm in seinem Inneren sich ein wenig gelegt hatte. Dann hob er den Kopf und öffnete die Mail.

Lieber John,

vielen Dank für Deinen Brief. Ich freue mich sehr, dass Du beschlossen hast, Kontakt zu mir aufzunehmen und mir etwas von Dir und Deinem Leben zu erzählen.

Mein Mann und ich haben *Uncommon Courage* gesehen, als der Film herauskam. Wir konnten natürlich nicht ahnen, dass der Film und seine Hauptfigur in irgendeiner Weise etwas mit meinem Leben zu tun haben könnte. Was Du geleistet hast, ist wirklich bemerkenswert, und ich kann gar nicht sagen, wie glücklich ich darüber bin, was Du aus Deinem Leben gemacht hast.

Ich weiß es zu schätzen, dass Du es mir überlassen hast, ob ich nun den Faden aufnehme oder nicht. Das war respektvoll und zuvorkommend.

Ein Kontakt zwischen uns ist schwierig für mich. Weil das so ist, habe ich auch einige Zeit gebraucht, um zu entscheiden, wie ich am besten antworte, als Dein Brief kam. Schließlich bin ich zu dem Schluss gekommen, dass es am besten wäre, wenn wir uns persönlich treffen. Ich würde gern die Fragen beantworten, die Du verständlicherweise hast. Und ich würde Dir gern erklären, in welcher Situation ich bin.

Ich könnte es am Donnerstag oder am nächsten Dienstag um die Mittagszeit einrichten. Vielleicht können wir uns im Grapevine zum Lunch treffen, das Restaurant liegt etwa in der Mitte zwischen Shore Pine und Aberdeen. Lass mich einfach wissen, ob Zeit und Ort Dir passen.

Herzlichst, Sherry

• • •

Nachricht von John an Nora:
JOHN: Habe gerade eine Mail von Sherry erhalten. Sie schlägt vor, dass wir uns diesen Donnerstag oder nächsten Dienstag mittags im Grapevine zum Lunch treffen. Das Restaurant ist nach meinem Navi zu urteilen irgendwo am Rand einer Stadt namens McCleary. Passt einer der Termine bei dir? Es wäre mir wirklich wichtig, dass du mitkommst.

NORA: Das sind tolle Neuigkeiten, John! Ich sitze in einem Meeting mit dem Stadtrat zu Tourismusfragen und tue so, als ob ich alles mitkriege, während ich dir schreibe. Ich ruf dich an, sobald das hier vorbei ist. Am Donnerstag habe ich morgens ein Treffen mit einem Caterer für den Antikmarkt, aber ich kann von dort aus zum Grapevine kommen, euch dort treffen und habe dann noch reichlich Zeit zum Essen. Aber bitte fühl dich nicht verpflichtet, mich einzubeziehen.

JOHN: Fühle mich nicht verpflichtet. Ich möchte dich dabeihaben.

• • •

Liebe Sherry,

vielen Dank für die Mail. Donnerstagmittag im Grapevine passt für mich. Ist es okay, wenn ich meine Freundin mitbringe? Sie ist Familienforscherin und hat mir geholfen, Dich zu finden.

John

• • •

Lieber John,

wenn es Dir wichtig ist, dass Deine Freundin dabei ist, dann habe ich ganz bestimmt nichts dagegen, wenn sie mitkommt. Ich reserviere einen Tisch für zwölf Uhr. Ich werde einen leuchtend pinkfarbenen Schal tragen, so kannst Du mich finden.

Herzlichst, Sherry

Kapitel 21

Unternehmungen, die mit einer verdrießlichen Großmutter und einer russischen Haushälterin begannen, konnten gar nicht gut enden. Von diesem Prinzip war Willow überzeugt – theoretisch. Aber das hielt sie keineswegs davon ab, es in der Praxis immer wieder zu testen.

„Der Zustand der Kirchenmusik in diesen Tagen und Zeiten macht mich tieftraurig", verkündete Grandma. Ihre schmale Gestalt hing im Sicherheitsgurt des Beifahrersitzes von Willows Range Rover.

„Mhmm", machte Valentina tröstend von hinten.

„Die alten Choräle haben Generationen gelehrt und getröstet. Denk nur an die Texte von Franz von Assisi oder Martin Luther. Aber singt man diese gehaltvollen Texte heute noch irgendwo?"

„Manchmal schon." Willcw gab ihrer Stimme einen Extraschuss Heiterkeit.

„Nein, wir singen sie nicht mehr", erwiderte Grandma. „Gesangbücher werden durch Computertexte auf grässlichen elektronischen Bildschirmen ersetzt. Unübertroffene klassische Musik muss Liedern weichen, die man noch nie gehört hat. Und man erwartet von uns, einfache Refrains so oft zu wiederholen, bis es einem ganz anders wird vor Monotonie." Missbilligend blies sie den Atem durch ihre schmalen Lippen.

„Mhmm", bot Valentina gramerfüllt ihr Mitgefühl an.

„In vier von den fünf Kirchen in Merryweather gibt es überhaupt keine Gesangbücher mehr", setzte Grandma ihr Klagelied fort. „Nur meine eigene Gemeinde, Grace Church, ist dieser Versuchung noch nicht erlegen. Unsere Kirche ist hundert Jahre alt. Willow! Man stelle sich nur vor, in einem so wunderschönen Kirchraum würde man einen Bildschirm installieren und von uns erwarten, dieses moderne Getöse zu akzeptieren. Ich habe dem Pastor bereits deutlich gesagt: Nur über meine Leiche!"

„Er ist dir sicher dankbar für das Feedback."

Der Strickkreis, den Grandma besuchte, würde sich morgen bei ihr treffen. Eigentlich wäre ja turnusgemäß ihre Freundin June als Gastgeberin an der Reihe gewesen, aber als bei June die bereits überwundene Gürtelrose wieder aufgeflammt war, hatte Grandma es als ihre Pflicht empfunden, ihr Haus als Ersatztreffpunkt zur Verfügung zu stellen. Gestern Abend war sie in Bradfordwood vorbeigekommen und hatte Willow und Britt die ganze unselige Geschichte erzählt. Und Britt hatte mit ungeahntem Schauspieltalent und höchstem Bedauern im Ton erklärt: „Ich würde mich ja anbieten, für den kulinarischen Teil des Treffens zu sorgen, aber ich möchte keinesfalls riskieren, dass jemand hinterher Verstopfung hat."

So kam es, dass Willow und Valentina Grandma am Nachmittag zu Hilfe geeilt waren, um zu kochen, zu putzen, das Silber zu polieren und den Tisch für morgen zu decken. Nun war es Zeit zum Abendessen, und Willow hatte die beiden älteren Ladys in ihren Wagen gepackt. Sie brauchten etwas zu essen. Aber bevor sie das kleine Bistro erreichten, das Willow für ihr Abendessen ausersehen hatte, bestand Grandma auf einen Zwischenstopp.

Willow hielt vor Noras Bücherstübchen, vor dem bereits ein silbergrauer Geländewagen parkte. „Sieht so aus, als hätte Nora Gesellschaft."

„Ihr neuer Freund?", fragte Grandma.

„Ich nehme es an."

„Ist er Christ?"

„Das weißt du doch. Du hast es Nora doch schon mindestens zweimal direkt gefragt, ich hab's gehört."

„Ich neige dazu, am Seelenheil von allzu gut aussehenden Männern zu zweifeln."

Willow prustete los. Sie ging zur Beifahrertür und half Grandma aus dem Auto. „Gott achtet nicht auf das Äußere, schon vergessen? Er sieht das Herz an."

„Aber leichter geht ein Kamel durch ein Nadelöhr, als dass ein gut aussehender Mensch ins Reich Gottes kommt."

Sie gingen zu dritt die Einfahrt hoch. „Leichter geht ein Kamel durch ein Nadelöhr, als dass ein *Reicher* ins Reich Gottes kommt", stellte Willow richtig.

„Was für Reiche gilt, gilt erst recht für attraktive Männer, die noch dazu reich sind. Sie neigen zu Eitelkeit und Promiskuität und Gier. Es ist hart für mich, dass meine eigene Enkelin mit so jemandem ausgeht."

„Er ist Träger der Ehrenmedaille!" Willow öffnete die Eingangstür einen Spalt und rief laut und betont: „Hallo!"

„Hallo?", rief Nora zurück.

„Grandma, Valentina und ich kommen nur kurz vorbei, weil Grandma dir etwas geben möchte." Willow ging den beiden älteren Frauen voran Richtung Wohnzimmer …

Abrupt blieb sie stehen.

Nora und John waren im Wohnzimmer. So weit, so gut. Das war zu erwarten. Aber es war noch jemand dort. *Corbin.* Und alle drei waren von den Plätzen aufgesprungen, wo sie zweifellos vor einer Minute noch gesessen hatten.

Corbin schaute Willow direkt an, seine Miene verriet Abwehr. Er trug eine Trainingshose und ein verwaschenes T-Shirt. Bei Grandmas Geburtstag war er in Anzug und Krawatte erschienen, aber heute sah er aus wie jemand, an den man sich anschmiegen konnte, den Kopf anlehnen konnte, mit dem man gemeinsam einen Film anschauen und lachen und Chips verputzen konnte.

Es gab eine Zeit, da hatten sie beide zusammen genau das getan.

Ihn dort zu sehen, war wie ein Dolchstoß zwischen die Rippen.

„Hallo." Willow gab sich alle Mühe, den Dolchstoß zu ignorieren.

John und Corbin begrüßten sie, und Nora umarmte sie der Reihe nach. Der Blick, den sie Willow zuwarf, bat stumm um Verzeihung.

„Nora." Grandma richtete sich zu voller Größe auf. „Ich möchte dir gern dieses Gesangbuch schenken." Sie reichte Nora das Buch. „Denn Bücher wie dieses werden bald der Vergangenheit angehören, und all die wunderbaren, tiefgründigen Lieder darin werden vergessen sein. Niemand wird mehr zu würdigen wissen, was für ein Schatz darin liegt. Ich hoffe, ich kann mich darauf verlassen, dass dieses Buch einen sicheren Platz in deiner Bibliothek bekommt."

„Du kannst dich darauf verlassen. Ich werde es ganz sicher aufbewahren." Nora nahm das Buch entgegen und wies ins Wohnzimmer. „Wollt ihr euch nicht setzen? Kann ich euch etwas anbieten?"

„Nein, nein", wehrte Grandma ab. „Wir sind auf dem Weg ins Bistro."

„Valentina, kann ich dir etwas Gutes tun?"

„Nein, ist alles gut, Miss. Gut." Valentinas rundes Gesicht strahlte.

„Ihr habt Grandma geholfen, alles für morgen vorzubereiten, stimmt's?", fragte Nora Valentina. „Das war sehr nett von dir und Willow."

„Ja, ja. Das Wetter ist so schön. So viel Sonne."

Wie üblich gab es nicht immer einen Zusammenhang zwischen Valentinas Antworten und den Fragen, die gestellt wurden. Sich mit Valentina zu unterhalten, war ein bisschen wie die Lektüre von *Alice im Wunderland.* Man war fasziniert, aber zwischendurch fragte man sich auch, ob der Autor beim Schreiben den Verstand verloren hatte.

Grandma, belebt durch das unerwartete neue Publikum, gab einen Wiederholungsvortrag ihrer Kümmernisse im Blick auf elektronische Bildschirme und moderne Anbetungslieder. Die Männer hörten ihr höflich zu. Willow vermied es, Corbin anzusehen, wobei sie sich sehr bemühte, dass man es ihr nicht ansah.

Seit sie ihm auf Grandmas Geburtstag wieder begegnet war, hatte er sich ständig in ihre Gedanken geschlichen. Sie schob ihn weg, wieder und wieder, aber er wollte nicht weichen. Etliche Male hatte sie geglaubt, ihn in der Stadt oder auf der Straße zu sehen, was jedes Mal ihr Inneres in Aufruhr versetzt hatte, nur um wenig später festzustellen: Es war gar nicht Corbin gewesen. Und sie schlief auch nicht mehr so gut wie sonst. Die Gelassenheit, die sonst so typisch für sie war, schien gerade gefühlte Kilometer außer Reichweite zu sein.

Willow gestattete sich einen einzigen neugierigen Blick in seine Richtung. Sie hatte seine Statur immer bewundert. Er war groß, aber nicht zu groß; er überragte sie im gerade richtigen Maß. Er war nicht zu muskulös. Einfach nur genau richtig.

Zu ihrer unendlichen Schande musste sie sich eingestehen, dass sie ihn immer noch sehr attraktiv fand.

Sie riss ihre Aufmerksamkeit von Corbin los und richtete sie auf Nora. Willow hatte ihrer Schwester geraten, es mit John langsam angehen zu lassen. Und ihre Position in dem Ganzen war keineswegs einfach. Sie konnte jeden Moment auf der einen oder anderen Seite von dem dünnen Seil fallen, auf dem sie balancierte, und sie wollte nicht als oberschlau oder rechthaberisch oder pessimistisch rüberkommen. Was sie aber *unbedingt* wollte, war, Nora wissen zu lassen, was sie selbst aus bitterer Erfahrung gelernt hatte.

Corbin und sie hatten die Dinge nicht langsam angehen lassen. Sie waren nur ein paar Monaten zusammen gewesen, aber sie waren die ganze Zeit Höchstgeschwindigkeit gefahren. Und wenn man in dieser Geschwindigkeit gegen die Wand fährt, tut das eben tierisch weh.

Und sie wollte nicht, dass Nora das auch erlebte. Aber sie wollte auch nicht hier stehen, während die Gegenwart ihres Ex-Freundes sie in allen Fasern ihres Körpers daran erinnerte, wie allein und verbittert sie war, während John und Nora eine Ausstrahlung maximaler Seligkeit versprühten. Sie war wohl kein sehr guter Mensch, denn irgendetwas in ihr drängte sie dazu, ihre Schwester an den Schultern zu packen und ihr zu verklickern, dass ihre Beziehung mit John keineswegs weitergehen konnte, solange John und Corbin Freunde waren.

Sie beschlich langsam, aber sicher das Gefühl, dass sie Nora gerade bei der Verbündung mit dem Feind ertappt hatte. Hatte ihre Schwester sich etwa schon öfter mit Corbin getroffen und es ihr verschwiegen?

Glücklicherweise hielt Grandma den Besuch tatsächlich kurz.

Wieder im Auto saßen ihr die Gefühle wie ein Kloß im Hals. Und während sie die Auffahrt von Noras Haus hinunterfuhren, klingelte ihr Handy und zeigte eine Nachricht an.

Bei der nächsten Möglichkeit hielt sie kurz an und schaute nach. Von Nora: *Tut mir wirklich leid, das mit eben. John und Corbin waren im Fitnessstudio, und Corbin hat John bei mir abgesetzt.*

Willow legte das Handy weg, ohne zu antworten.

„Ist dieser groß gewachsene Freund von John Christ?", ließ Grandma verlauten.

„Weiß ich nicht."

„Es wäre ganz bestimmt einfacher für ihn, durch ein Nadelöhr zu gehen, als ins Reich Gottes zu kommen."

Nora kam zehn Minuten vor dem vereinbarten Zeitpunkt beim Grapevine an. John wartete bereits im Wagen auf dem Parkplatz und sie parkte ihren daneben. In Sekundenschnelle war sie aus dem Auto, er ebenfalls und schloss sie in die Arme.

Er beugte sich herunter und vergrub sein Gesicht an ihrer Schulter. Sie konnte die Spannung in seinem Körper fühlen. „Bist du schon lange hier?", fragte sie.

„Ein paar Minuten."

„Hast du schon irgendwen mit einem pinkfarbenen Schal gesehen?"

„Nein. Entweder sind wir vor ihr da, oder Sherry muss schon drin sein."

Sie lehnte sich zurück und sah ihm forschend ins Gesicht. „Wie geht es dir?"

Er richtete sich auf und legte die Hände um ihre Taille. „Ich kann immer noch nicht glauben, dass das hier doch noch passiert. Mein ganzes Leben lang habe ich es mir vorgestellt."

Es war schwer, sich vorzustellen, wie es sein musste, wenn man mit einer Lücke im Inneren aufwuchs, die Antworten brauchte, die weder man selbst noch die eigenen Eltern geben konnten. John hatte sein ganzes Leben mit dieser Lücke gelebt. Jahrzehntelang hatte das sein Leben ausgemacht. Und nun auf einmal sollte er den Menschen treffen, der ihm die dringend ersehnten Antworten geben konnte.

Für John war die heutige Begegnung wie das Gelenk einer Wippe. Bisher hatte sich die Wippe immer nur in eine Richtung geneigt. Nach diesem Tag würde sie sich in die entgegengesetzte Richtung neigen. Heute war der Wendepunkt.

„Bist du nervös?“, fragte Nora.

„Nein, eigentlich nicht.“

Sie wünschte, sie könnte das von sich auch sagen. Ihr war schon den ganzen Tag flau im Magen, so sehr wünschte sie, dass dieses Treffen gut für ihn ausgehen würde.

„Ich bin froh, dass es jetzt so weit ist“, sagte er. „Ich bin bereit dafür.“

„Das ist gut.“ Sie fuhr mit den Fingern sanft durch sein Haar und strich es ihm im Nacken glatt. Er trug einen schlichten dunkelblauen Pullover, Jeans und Lederschuhe. Sein Kinn war sorgfältig rasiert.

John sah immer gut aus, auch wenn er es nicht darauf anlegte. Aber heute hatte er es darauf angelegt, das konnte sie sehen, und das weckte den Beschützerinstinkt in ihr. John hatte Angreifer besiegt, die ihm und den Menschen, die er schützen sollte, nach dem Leben trachteten. Sie konnte nicht einmal den Sollte-ich-mal-lesen-Bücherstapel auf ihrem Nachttisch bezwingen. Es war lächerlich, John beschützen zu wollen, und außerdem unmöglich.

John hatte ihr Sherrys Mail gezeigt. Nach dem zu urteilen, wie sie geschrieben hatte, schien sie einfühlsam, vernünftig und herzlich zu sein. Nora glaubte, dass Sherry dieses Treffen nur vorgeschlagen hatte, weil es ihr um John ging, nicht um sich selbst. Und das sagte eine Menge darüber aus, was für ein großherziger Mensch sie war.

Aber die Bemerkung, dass ein Kontakt zu ihm schwierig für sie sei, beunruhigte Nora. John hatte ihr gesagt, er erwarte keineswegs, dass es in Zukunft eine engere Beziehung zwischen ihm und Sherry geben würde. Aber in dieser Hinsicht erwies sich Noras angelesenes Wissen um die Adoptionstriade – adoptiertes Kind, leibliche Eltern und Adoptiveltern – als Belastung. Sie wusste, dass adoptierte Kinder nicht selten mit dem Gefühl zu kämpfen hatten, abgelehnt und nicht gewollt zu sein. Und Jungen ganz besonders.

Die Vorstellung, Sherry könne bewusst oder unbewusst etwas tun, was John das Gefühl gab, abgelehnt zu werden, ließ sie erschaudern. John schwankte bereits jetzt unter der Last der Diagnose im Blick auf sein Sehvermögen – wie ein Boxer, der gerade einen harten Schlag abbekommen hat. Was er jetzt brauchte, war Zeit, um wieder festen Boden unter die Füße zu bekommen, nicht noch einen Kinnhaken.

Sie zog seinen Kopf zu sich heran und küsste ihn sanft.

Er bedeutete ihr mehr, als sie bisher hatte in Worte fassen können, weder ihm noch sich selbst gegenüber. Ja, sie liebte ihn, aber er war zugleich auch einer ihrer engsten Freunde. Ihre Beziehung war das größte Glück, das sie je gekannt hatte. Das Allerkostbarste, was sie hatte. „Wie spät ist es?", fragte sie.

„Fünf vor." Sie trennten sich voneinander, hielten sich aber an den Händen. Sie klickte auf die Türverriegelung, um ihr Auto abzuschließen, dann noch ein zweites Mal – zur Sicherheit. Dann gingen Nora und John zum Eingang des Restaurants, über ihnen ein blassblauer Himmel.

Das Grapevine war bei gutem Wetter immer bestens besucht, denn es gab ebenso viele Tische im Freien wie drinnen. Durch große Fenster hatte man einen wunderschönen Ausblick, der Nora an das Kinderbuch *Der geheime Garten* erinnerte. Eine Seite bildete das Restaurantgebäude, die drei anderen säumte eine efeubewachsene Mauer. In der Mitte des Innenhofs plätscherte ein Brunnen. Farn und große Töpfe mit roten und rosa Blumen zierten die Ecken.

Während John mit der Dame am Empfang sprach, betrachtete Nora angespannt die Gäste, die im Innenbereich saßen. Keine Frau mit einem pinkfarbenen Schal.

Ihr Herz schlug schneller. *Nora! Das ist hier nicht dein Familientreffen! Du bist hier, um John zur Seite zu stehen.*

„Bitte, hier entlang", sagte die Bedienung. Sie nahm zwei Speisekarten und führte sie nach draußen.

• • •

John sah sie, sobald er den Garten betrat.

Sherry saß an einem Tisch nah an der rückwärtigen Mauer. Sie trug einen pinkfarbenen Schal und eine weiße Bluse mit hochgestelltem Kragen. Als sie näher kamen, stand sie auf. Ihre Miene spiegelte Gefühle, die er nicht benennen konnte. „John", sagte sie einfach und breitete die Arme aus.

Er umarmte sie. Sie war deutlich kleiner als er, aber ihre Umarmung war kräftig. Während jemand anders sich vermutlich bereits zurückgezogen hätte, wurde ihre Umarmung noch inniger, und er begriff, dass dies weniger eine Begrüßung war als vielmehr ein Gespräch. Sie vermittelte ihm die Botschaft, dass sie ihn nicht vergessen hatte und dass es gut war, ihn wiederzusehen – zum zweiten Mal in seinem Leben. Er erwiderte die Botschaft.

Da war sie nun endlich. Sherry. Seine Mutter.

John wartete, während er sie geduldig in den Armen hielt, bis sie bereit war, ihn freizugeben. Als sie zurücktrat, schenkte sie ihm ein ausgiebiges Lächeln, während ihr Tränen in den Augen standen.

„Es kommt nicht oft vor, dass ich weine", sagte sie.

Nora reichte ihr ein Taschentuch.

„Vielen Dank." Sherry nahm es und tupfte sich die Augen. „Oh je. Entschuldigung. Das … also … das nimmt mich doch mehr mit, als ich gedacht hatte."

„Das ist doch nur zu verständlich", sagte Nora, und John war froh, dass er sie gebeten hatte mitzukommen. Niemand konnte besser auf die Gefühle von Frauen eingehen als eine Frau.

„Ich bin Sherry."

„Nora. Freut mich sehr, Sie kennenzulernen."

„Ganz meinerseits, Nora."

Sherry hatte braunes Haar, das auf klassisch-konservative Art frisiert war. Sie war etwa so alt wie seine Mom, und er konnte sich Sherry gut als eine der Freundinnen vorstellen, mit denen seine Mom zur Kirche oder zur Arbeit ging oder am Samstag Tennis spielte. Ihr Schmuck und ihre Kleidung verrieten, dass sie nicht nur über Geld, sondern auch über Geschmack verfügte.

„Du siehst aus wie mein Vater und mein Bruder Jeff", sagte Sherry jetzt.

Er konnte nichts von sich selbst an Sherry entdecken, bis auf das braune Haar und vielleicht ihre Augen. Waren sie braun? Ja, genau wie seine.

Diese Situation war *befremdlich.* So, als hätte man sich sein Leben lang gewünscht, man könne eine fiktive Figur treffen … sagen wir mal, Luke Skywalker. Und dann findet man sich an einem schönen Sommertag plötzlich in einem Restaurantgarten wieder und sitzt mit Luke Skywalker am Tisch.

Sherry betrachtete ihn konzentriert. „Das ist kaum zu glauben."

„Ja", stimmte er ihr zu. „Danke, dass du auf meinen Brief geantwortet hast."

„Sehr gern."

Ein Kellner erschien, und es kostete John Mühe, seine Gedanken so weit zu sammeln, um ein Wasser zu bestellen. Nora fragte den Kellner, was er als Mittagsimbiss empfehlen könne. Die Alltäglichkeit dieses Gesprächs beruhigte John.

„Wäre es in Ordnung, wenn wir jetzt bestellen?", fragte Nora den Kellner.

Er bejahte. Sherry bestellte sich etwas und Nora wählte das Gericht, das er empfohlen hatte.

„Für mich bitte das Gleiche", sagte John, obwohl er überhaupt keinen Appetit hatte. Der Kellner ließ sie wieder allein.

„Erzähl mir von deiner Familie, John." Sherry hatte eine ausgezeichnete Körperhaltung. Sie saß sehr aufrecht, sehr still, die Hände im Schoß.

Er erzählte von seinen Eltern und von seiner Schwester.

„Das hört sich wunderbar an."

„Sie sind wunderbar", sagte er.

„Ich bin froh, dass du bei Menschen wie ihnen aufwachsen konntest."

„Und Ihre Familie, Sherry?", fragte Nora. „Ich würde gern mehr über sie erfahren."

„Mein Mann heißt Ed. Wir haben zwei Kinder. Lauren, unsere Älteste, ist sechsundzwanzig. Sie ist Unternehmensberaterin in San Francisco. Sie ist verlobt und wird bald heiraten."

„Wie schön", sagte Nora.

„Unser Sohn Ben ist zweiundzwanzig. Er macht gerade seinen Abschluss an der Gonzaga University. Ich bin unheimlich stolz auf die beiden."

„Das freut mich sehr", sagte Nora.

Eine kurze Pause entstand. „Ich … ich weiß, dass du viele Fragen haben musst, John. Zu mir. Zu deiner Geburt. Ich …" Sie holte tief Luft, ihr Blick wanderte zwischen Nora und John hin und her. „Ich dachte, am besten fange ich ganz vorn an, damit ihr etwas über meinen Hintergrund erfahrt. Wäre das okay?"

„Das klingt gut", sagte Nora in einem Ton, der Sherry bestätigen sollte, dass sie mit ihrem Bericht anfangen konnte, wo sie wollte.

„Klar", sagte John.

„Ich stamme aus Bend in Oregon", begann Sherry. „Wusstet ihr das schon?"

„Ja, wussten wir", nickte Nora.

„Meine Eltern waren – sind – wunderbare Menschen. Was ihrem Leben einen festen Halt gibt, ist ihr Glaube. Sie waren streng, sie haben mich sehr behütet, als ich jung war. Aber sie waren immer gut zu mir. Immer."

John senkte den Kopf.

„Ich habe an der Portland State University studiert; danach hatte ich eine Stelle als Lehrerin in Shelton. Meine Eltern waren glücklich darüber, denn sie wollten gern, dass ich bei Verwandten wohnte, und damals lebte meine Tante Deborah, eine Schwester meines Vaters, in Shelton. Ich war begeistert, denn Deborah war erfolgreich und unabhängig und in meinen Augen sehr fortschrittlich im Vergleich zu meinen Eltern. Und wir hatten immer ein gutes Verhältnis zueinander gehabt."

„Wir haben das Haus besucht, in dem du mit Deborah gewohnt hast", sagte John.

„Ach ja? Oh." Sherry schien sich einen Augenblick in Erinnerungen zu verlieren, bevor sie sich wieder auf ihre Erzählung konzentrierte. „Als ich schwanger wurde, war ich gerade zweiundzwanzig geworden, und ich verfiel in Panik. Es lässt sich vermutlich kaum erklären, wie angsterfüllt und verzweifelt ich war. Ich wusste nicht, was ich tun sollte. Allein der Gedanke daran, wie meine Eltern und mein Bruder reagieren könnten, wenn ich es ihnen sagen würde, brachte mich fast um den Verstand."

Sherry schwieg, während der Kellner die Getränke brachte, und fuhr mit ihrer klaren, wohlüberlegten Erzählung fort, als er gegangen war.

„Ich konnte den Gedanken nicht ertragen, wie sehr es meine Eltern treffen und wie sehr es sie beschämen würde, wenn sie Freunden und Bekannten von meiner Schwangerschaft erzählen müssten. Also beschloss ich, ihnen nichts zu sagen." Tiefe Furchen bildeten sich auf Sherrys Stirn. „Später, viel später, als meine Tochter zweiundzwanzig war, wurde mir klar, dass diese Entscheidung falsch gewesen war. Natürlich hätte ich ihnen von meiner Schwangerschaft erzählen sollen. *Natürlich.* Sie liebten mich doch, und diese Liebe hätte auch die Wahrheit ertragen." Auf ihrer Miene spiegelte sich Bedauern. „Meine einzige Erklärung ist die, dass ich es damals – mit zweiundzwanzig und verzweifelt – einfach nicht übers Herz brachte."

„Das verstehe ich", sagte John. Und er meinte es auch so. „Ich mache dir keinen Vorwurf. Für gar nichts."

„Ich habe also beschlossen, dass ich dich zur Adoption freigebe", sagte sie und ihre Stimme wurde rau. „Ich wollte das Beste für dich, und ich ging davon aus, dass ich dir das nicht geben konnte."

„Genauso haben meine Eltern es mir auch immer erklärt."

„Möge der Himmel es ihnen lohnen." Wieder standen ihr Tränen in den Augen. „Und danke, John. Dass du mir keinen Vorwurf machst. Denn für das, was passiert ist, trage ich die Schuld."

„Quäl dich nicht damit."

Nora drückte Sherry die Hand. Das schien ihr Kraft zu geben. Als Nora ihre Hand losließ, hatte Sherry sich wieder im Griff.

„Wie konnten Sie die Schwangerschaft vor Ihren Eltern verheimlichen?", fragte Nora.

„Deborah hat mir geholfen, und so war es eigentlich ganz einfach. Ich lebte ja schon recht weit entfernt von meinen Eltern. Den letzten Besuch bei ihnen habe ich gemacht, als ich im vierten Monat war, da sah man es noch nicht. Dann kamen die Sommerferien, und wir sagten, ich hätte überraschend doch noch die Chance bekommen, einen Sommerkurs in Minnesota zu unterrichten. Das war eine Lüge. Ich blieb in Shelton bei Deborah, bis das Baby – bis John geboren wurde. Deborah war damals für mich lebenswichtig. Sie ging mit mir zu den Arztterminen und half mir, eine Adoptionsvermittlungsagentur zu finden. Und sie war auch während der Geburt bei mir."

„Konnten Sie John nach der Geburt noch bei sich behalten?"

„Ich durfte dich noch etwa eine Stunde bei mir haben." Sherry sah John an, als suche sie in seinen Zügen nach Ähnlichkeit mit dem Baby, an das sie sich erinnerte. „Du warst recht groß bei der Geburt. Vollkommen gesund. Wunderschön. Und geschrien hast du ..."

Er wusste nicht, was er sagen sollte. Seine Mom hatte Hunderte von Babyfotos von ihm gemacht; er wusste also, was Sherry gesehen hatte, als sie ihren neugeborenen Sohn betrachtet hatte. Er wusste auch, wie er zu jedem anderen Zeitpunkt seines Lebens ausgesehen hatte – etwas, was Sherry nicht wissen konnte.

„Aus der Geburtsurkunde wissen wir, dass Sie ihn Mark Lukas genannt haben", sagte Nora.

„Ja. Lukas ist der Name meines Vaters. Und Mark war mein Lieblingsname für einen Jungen."

„Hast du danach noch in Shelton unterrichtet?", fragte John.

„Nein. Ein paar Wochen nach der Adoption ging ich zurück nach Oregon. Ich zog zu Freunden in Grants Pass und unterrichtete in der Grundschule. Etwa ein Jahr später lernte ich Ed kennen, er war in derselben Gemeinde wie ich, und wir freundeten uns an. Ich habe mich mit der Frage herumgequält, ob ich ihm von der Schwangerschaft und von dem Baby, das ich weggegeben hatte, erzählen sollte."

Sherry nahm einen Schluck Wasser. Das Glas zitterte leicht, bevor sie es wieder absetzte. „Als ich schwanger war, dachte ich, ich würde das Kind zur Welt bringen und danach weiterleben, als ob nichts geschehen wäre. Aber ich konnte nichts davon vergessen. Dass ich es vor meiner Familie geheim gehalten hatte, machte es ja nicht ungeschehen. Und es gab keinen Tag, an dem mir nicht bewusst war, dass es irgendwo auf dieser Welt einen kleinen Jungen gab, den ich zur Welt gebracht hatte und von dem ich sonst nichts wusste." Sie seufzte. „Ich dachte, ich würde vergessen können, was passiert war, aber das konnte ich nicht. Die Dinge, die uns im Leben zustoßen, sind real. Sie verschwinden nicht einfach, und sie lassen sich auch nicht wegschieben."

John hatte sich viele Gedanken über Sherry gemacht und sich gefragt, was diese Begegnung wohl für sie bedeuten würde. Er hatte erwartet, dass das Treffen für sie schwierig sein könnte, und so schien es auch zu sein. Worüber er aber kaum nachgedacht hatte, war die Frage, wie die Entscheidung, die sie getroffen hatte, sich auf ihr späteres Leben ausgewirkt hatte. Er war zu sehr damit beschäftigt gewesen, die Auswirkungen auf sein eigenes Leben zu betrachten.

„Irgendwann", sagte Sherry, „kam ich an den Punkt, an dem ich mich in Ed verliebte und er sich in mich. Ich wusste, ich musste es ihm sagen. Und mir kommen immer noch die Tränen, wenn ich daran denke, wie er es aufgenommen hat. So verständnisvoll, so großherzig. Er hat mich in allem unterstützt. So ist er. Er hat mir immer versichert, wenn ich es meinen Eltern und Verwandten oder unseren Kindern sagen wolle, sei das in Ordnung. Aber das habe ich nicht. Deborah und Ed sind die Einzigen, die es wissen."

John hatte sich alle möglichen Szenarien vorgestellt; etwas Ähnliches hatte er fast erwartet. Er hatte ihr schon gesagt, dass er ihr nichts vorwarf, und daran würde sich auch jetzt nichts ändern. Er würde sie nicht verurteilen. Trotzdem traf es ihn, dass sie ihren legitimen Kindern nichts von ihm, ihrem illegitimen Sohn, erzählt hatte.

„Es war nicht die bewusste Entscheidung, es Lauren und Ben *nicht* zu sagen", fuhr Sherry fort. „Es war mehr die Frage, wann." Sherry sah Nora an. „Sagt man einem Kleinkind, dass man schon einmal ein Baby weggegeben hat? Sieht man in das vertrauensvolle Gesicht einer Achtjährigen und erzählt es ihr? Sagst du es deinem Sohn, wenn er ein Teenager ist und schon genügend Gründe hat, dich zu hassen?"

„Ich wüsste es auch nicht", antwortete Nora aufrichtig.

„Der richtige Moment kam nie", sagte Sherry. „Und wenn ich es meinen Kindern und meinen Eltern und der Familie jetzt sage, fürchte ich, sie würden ihre Haltung mir gegenüber ändern. Sie wären zweifellos zornig, dass ich ihnen etwas so Wichtiges so lange verheimlicht habe. Und es wäre ein berechtigter Zorn." Sie nahm noch einen Schluck Wasser. „Heute wünschte ich, ich hätte von Anfang an allen alles erzählt. Aber statt den Menschen, die mir am nächsten stehen, die Wahrheit anzuvertrauen, habe ich mich und die Wahrheit versteckt. Das war ein großer Fehler."

„Wir machen alle Fehler", sagte John.

„Aber dieser Fehler ist der Grund, warum ich in meiner Mail geschrieben habe, dass ein Kontakt mit dir schwierig ist."

Er nickte. Sherry hatte ihm viel erzählt. Was sie aber noch nicht erwähnt hatte, war, wer sein Vater war und in welcher Beziehung sie zu ihm gestanden hatte. Und er hatte noch nichts von seiner Diagnose gesagt. Aber beides musste angesprochen werden. „Vor ein paar Monaten habe ich erfahren, dass ich eine erblich bedingte Augenerkrankung habe, die Leventiner-Krankheit. Das war unter anderem der Anlass, nach dir zu suchen. Hast du davon schon gehört?"

„Nein", sagte sie überrascht und besorgt zugleich. „Noch nie gehört."

„Sie führt zur Erblindung."

„Oh, John." Sherry schwieg für einen Moment. „Und das ist erblich bedingt, sagst du? So in der Art, dass es über Generationen hinweg nicht vorkommt, aber irgendwann dann doch wieder auftritt?"

„Nein. Nicht bei jedem Familienmitglied kommt die Krankheit zum Ausbruch. Aber doch bei etwa fünfzig Prozent. Und wenn es sie in deiner Familie gäbe, wüsstest du es."

„Niemand in meiner Familie hat so etwas."

Er brauchte einen Moment, um das zu verdauen. „Das würde heißen, ich habe sie von meinem leiblichen Vater geerbt."

Sherry zuckte leicht zusammen.

„Es tut mir leid, dass ich ihn ins Spiel bringe", sagte John. „Aber ich hätte gern die Chance, etwas über meine medizinische Geschichte zu erfahren, von deiner und von seiner Seite."

„Natürlich. Das ist völlig verständlich. Es ist nur …" Sie fuhr mit den Fingern über die Ecke des Tisches. Wieder und wieder. „Ich meine, bist du ganz sicher, dass du mehr über ihn wissen willst?"

„Ganz sicher", sagte er mit Bestimmtheit.

Sie ließ die Hände wieder in den Schoß sinken und umfasste mit einer Hand das andere Handgelenk. „Es ist … also, tja … es ist keine schöne Geschichte. Ich habe viel darüber nachgedacht, ob ich sie dir erzählen soll oder nicht, und ich weiß es immer noch nicht. Es ist schwer zu entscheiden. Ich möchte dich nicht verletzen."

Sorge ließ seine Muskeln erstarren. Sie würde ihm doch nicht vorenthalten, wer sein Vater war, oder? „Wenn es die Leventiner-Krankheit in deiner Familie nicht gibt, dann muss sie von meinem Vater kommen", sagte er ruhig. „Und ich kann ihn oder seine Verwandten nicht danach fragen, wenn ich nicht weiß, wer er ist."

Sie schluckte. „Ja, sicher. Aber ich fürchte, von ihm zu hören, wird für dich nicht leicht sein. Es könnte dir unnötig wehtun."

Was mochte zwischen Sherry und seinem Vater passiert sein? Furcht stieg in ihm auf. „Ich wüsste es trotzdem gern."

In ihrem Blick lag eine Welt von Schmerz und Unschlüssigkeit. „Und du bist dir wirklich ganz sicher?"

„Ja." Er hatte in seinem Leben schon vielen Herausforderungen getrotzt. Nichts in ihm schreckte vor dieser jetzt zurück. „Es ist wichtig für mich, zu wissen, wer meine Eltern sind."

Sherry sprach weiter, langsam, als wäre jedes Wort ein Trittstein in einem reißenden Fluss, den sie überqueren musste. „In dem Winter, nachdem ich zu Deborah gezogen war, bin ich wandern gewesen. Auf einem der Wanderwege rund um Shelton." Ihre Miene bat ihn um Verzeihung. „Ich war etwa zwanzig Minuten unterwegs, als …"

Ihre Stimme verebbte. Sie räusperte sich. Sie umklammerte immer noch ihr Handgelenk, so fest, dass die Knöchel weiß hervortraten. „Ich wurde … überfallen“, brachte sie schließlich heraus.

Nein, dachte John.

„Er zog mich ins Gebüsch.“ Ihre Stimme bebte. Ihre Stirn war zerfurcht. „Er fesselte mich mit Klebeband und klebte mir den Mund zu. Er …“ Ihr Blick verlor sich in der Ferne.

Nein, wollte er rufen. *Nein!*

Nora saß stocksteif und stumm da. Er konnte sie nicht ansehen.

„Er hat sich an mir vergangen.“ Er konnte an Sherrys Stimme hören, dass sie sich wieder gefasst hatte, während er dabei war, die Fassung zu verlieren. „Da… danach bin ich irgendwie nach Hause gekommen. Deborah hat mich ins Krankenhaus gebracht.“ Sie schwieg und atmete tief. Ein. Aus. Ein. Aus.

„Sie haben mich untersucht und Beweismaterial sichergestellt. Ich hatte sein Gesicht kaum gesehen, weil er mir fast die ganze Zeit den Kopf auf den Boden gedrückt hatte. Ich habe die Fragen der Polizei beantwortet, so gut ich konnte.“

John brachte keinen Ton heraus.

„Der Mann, der mich überfallen hat, hat in den Jahren danach noch fünf weitere Frauen vergewaltigt“, sagte Sherry. „Sein letztes Opfer war eine gewisse Robin Bradford. Und sie hat er getötet. Sie war erst fünfundzwanzig und Mutter von zwei kleinen Mädchen.“

John hätte sich am liebsten übergeben. Er konnte kaum atmen, konnte sich nicht rühren. Er saß reglos da, während alles in ihm zerbrach.

„Heute bin ich froh, dass ich der Schwester erlaubt habe, Beweismaterial zu entnehmen. Als man ihn schließlich festnahm, war das wichtig, um ihn zu verurteilen. Sein Name war Brian Raymond.“

Johns Herz tat hohle, schmerzende Schläge.

„Einen Monat nach dem Überfall“, sagte Sherry, „stellte ich fest, dass ich schwanger war.“

Üble Gedanken kreisten in Johns Kopf, aber dennoch verstand er wie durch einen Nebel, wie schwer es für Sherry sein musste, ihm das alles zu erzählen. Und doch sah sie ihn an, als empfinde sie Mitgefühl für ihn, nicht, als erwarte sie es für sich selbst. „Es tut mir so leid, John. Ich wünschte, die Fakten wären anders. Ich weiß, wie schlimm sie sind."

„Es ist okay", sagte er heiser. „Danke, dass du es mir gesagt hast." Er war zu erschüttert, um noch mehr zu sagen. Er bedauerte, dass er keine weiteren Worte fand, keine besseren Worte. Warum … warum sagte Nora denn nichts? Es kostete ihn seine ganze Kraft, sie anzusehen.

Nora war blass geworden. Als wolle sie seinen Blick erwidern, wandte sie sich um und sah ihm in die Augen. In ihrem Gesicht las er zwei Dinge. Schrecken. Und Abscheu.

Er streckte die Hand nach ihr aus, und sie wich instinktiv zurück.

Er sprang so hastig auf, dass die Stuhlbeine scharf und laut über den Boden schrammten. „Es tut mir leid", sagte er mit einer Stimme wie Sandpapier. „Aber ich kann nicht bleiben."

„Ich verstehe", versicherte Sherry ihm.

„Es tut mir leid", wiederholte er.

„Schon gut."

„John", sagte Nora drängend.

Er antwortete nicht und stürmte aus dem Restaurant, ohne sich noch einmal umzusehen.

Mit den Handflächen auf den Tisch gestützt und halb stehend sah Nora John nach, als er das Restaurant verließ. Sollte sie ihm folgen? Oder ihm einfach Zeit lassen? Sie wollte ihm nachlaufen, aber das würde bedeuten, Sherry hier allein zurückzulassen, nachdem sie ihnen gerade ihre traumatische Geschichte anvertraut hatte.

Langsam sank Nora in den Stuhl zurück; ein betäubendes Gefühl des Schocks erfüllte sie. Johns leiblicher Vater hatte Sherry vergewaltigt. Johns biologischer Vater hatte Noras Mutter vergewaltigt und getötet. Ihre eigene innig geliebte *Mutter.* Johns biologischer Vater war das Monster, der ihrer Mutter die Chance geraubt hatte, zu leben und ihr eine Mutter zu sein.

Das Blut dieses Mannes floss in Johns Adern.

Aber John … John war gut. Hatte er gerade gesehen, was in ihr vorging? Er hatte definitiv gesehen, dass sie zurückgewichen war. Sie hatte versucht, das Gehörte zu verarbeiten. Sie brauchte Zeit, um ihre Gedanken zu sortieren.

Panik und Reue erfüllten sie. Sie hatte sich nicht so gut im Griff gehabt, wie sie sollte. Was hatte er ihrer Reaktion entnommen?

Schwach wurde ihr bewusst, dass Sherrys Hand mitfühlend auf ihrem Arm lag und dass sie etwas sagte. „Nora? Alles in Ordnung?"

„Ja, ich glaube schon."

„Hier. Trinken sie etwas."

Nora lehnte sich zurück und nahm zwei große Schlucke Wasser, während Sherrys besorgter Blick auf ihr ruhte. „Besser?"

„Ja."

„Es überrascht mich nicht, dass John erst einmal Abstand braucht. Es ist ein Schock, wenn man erfährt, dass man auf eine solche Weise gezeugt wurde." Sie seufzte tief. „Seit ich seinen Brief bekommen habe, habe ich um Weisheit gebetet, ob ich mich mit ihm treffen und ob ich ihm von den Umständen seiner Geburt erzählen sollte. Ich hoffe, ich habe die richtige Entscheidung getroffen."

„Ja, das haben Sie, da bin ich ganz sicher. Sie haben ihn ja auch vorgewarnt, Sherry. John hat selbst entschieden, dass er es wissen wollte."

Sherry schien über Noras Worte nachzudenken. Schließlich entspannte sie sich. „Unter uns, Nora. Als ich feststellte, dass ich schwanger war, habe ich zuerst an Abtreibung gedacht. Ich war schon in der Klinik. Ich saß im Wartezimmer, aber ich konnte es nicht. Es war, als ob Gott direkt zu mir redete … und ich konnte es einfach nicht tun. Und es gibt noch etwas, was ich John unbedingt sagen wollte, aber nun nicht mehr kann. Ich bin so dankbar dafür, dass ich die Schwangerschaft nicht abgebrochen habe. Dass ich ihn zur Welt bringen durfte. Bitte sagen Sie ihm das von mir, ja, Nora?"

„Ja, wenn Sie das möchten. Aber ich glaube, es würde John viel bedeuten, wenn Sie es im selbst sagen – vielleicht am Telefon oder in einer Mail oder einem Brief."

Sherry sagte nichts. „Sie haben recht", meinte sie schließlich. „Ich werde es ihm selbst sagen." Sie sah Nora forschend an. „Und Sie sind sicher, dass alles in Ordnung ist? Sie sind sehr blass."

Sherry hatte eine Erklärung verdient. „Dass John so reagiert hat …", begann sie. Sie fuhr sich mit der Zunge über die Lippen. „Also, das hat zum Teil damit zu tun, dass Robin Bradford meine Mutter war."

Jetzt war es Sherry, die blass wurde. „Nein!"

„Brian Raymond hat meine Mutter getötet, und John weiß das." Jetzt brach der Kummer sich in Nora Bahn. Kummer – für John und für so viel Leid und Schmerz, die mit der Wahrheit über seine Geburt verbunden waren.

• • •

SMS von Nora an John:
Bitte ruf mich an.

Kapitel 22

John zitterte am ganzen Körper.

Er bemerkte es, als er sich die Kleider vom Leib riss und die Badehose hochzerrte. Er zitterte. Noch etwas, was mit ihm ganz und gar nicht stimmte.

Er erreichte den kleinen Anleger, ging bis ans Ende und sprang in den See. Seine Arme pflügten durch das Wasser wie Propellerflügel, und er schwamm, er schwamm wie besessen, ohne Ziel, einfach ins Nichts.

Sein Leben war die Folge einer Gewalttat. Ein Mann, den seine Mutter nicht gekannt hatte, ein Fremder, hatte sie überwältigt und ihr Gewalt angetan.

Und das Ergebnis war … er.

Viele Babys wurden von jungen, unverheirateten Müttern zur Adoption freigegeben, weil sie nicht gewollt waren. Sherry war jung und unverheiratet gewesen, als sie ihn bekommen hatte; er war schon davon ausgegangen, dass er kein Wunschkind gewesen war. Aber das?

Er war weit mehr als ein „Unfall". Seine Mutter hatte keinen Mann geliebt, als er empfangen wurde; dass es passiert war, war ein entsetzliches Unrecht.

Er konnte sich nicht vorstellen, warum sie ihn nicht abgetrieben hatte. Brennender Schmerz durchzuckte ihn, als er sich vorstellte, wie es wohl für sie gewesen war, das Kind ihres Vergewaltigers in sich zu tragen.

Die Hälfte dessen, was seinen Körper ausmachte – Knochen, Blut, Organe, Haut – stammte von einem Serienvergewaltiger und Mörder.

Brian Raymond hatte Sherry vergewaltigt und Noras Mutter getötet. Und von diesem Mann hatte er einen Teil seiner Persönlichkeit geerbt.

Als könnte er der Wirklichkeit davonschwimmen, schlug er heftiger aufs Wasser. Seine Muskeln schmerzten, sein Atem stach, und er fühlte sich nicht besser, aber er trieb sich selbst weiter an, weil er nicht wusste, was er sonst tun sollte, wohin er sonst gehen konnte. Sein ganzes Leben lang hatte Wasser ihn beruhigt. Nachdem er Sherry und Nora im Restaurant zurückgelassen hatte, war er direkt an den See gefahren, weil er wusste: Wenn es etwas gab, was ihm jetzt helfen konnte, dann war es Wasser. Aber heute war selbst der See keine Hilfe. Nicht einmal das Wasser.

Er verlor sein Augenlicht durch eine Krankheit, die sein Vater ihm vererbt hatte. Sein Vater, der ihm nicht nur im übertragenen, sondern im ganz wörtlichen Sinn ein Brandzeichen der Finsternis hinterlassen hatte. Seine Blindheit war etwas, dem er nicht entkommen konnte. Sie kam auf ihn zu und würde ihn einholen, und jeder Tag, den er mit schwindender Sehkraft lebte, war ein Tag, der ihn daran erinnerte, wer ihm diese Last aufgebürdet hatte.

Es hatte Zeiten gegeben, in denen er sich nicht sicher gewesen war, ob er die Suche nach seiner leiblichen Mutter fortsetzen sollte oder nicht. Aber jedes Mal war er zu dem Schluss gekommen, er würde weitersuchen. Weiterfragen. Sogar heute noch, als Sherry ihn gewarnt hatte. Da hätte er noch zurückgekonnt. Aber er hatte es wissen wollen, und nun konnte er dieses Wissen nicht mehr aus seinem Bewusstsein löschen.

Er hatte die Antworten bekommen, die ihm so unverzichtbar wichtig gewesen waren. Und sie waren nun dafür verantwortlich, dass er sich total elend fühlte.

Sein ganzes Leben lang waren seine Mom und sein Dad bemüht gewesen, sein Selbstwertgefühl aufzubauen wie ein Gebäude aus massiven Steinen. Ein Stein hier, ein Stein da. Aber was Sherry ihm heute erzählt hatte, hatte den entscheidenden Grundstein zertrümmert und das ganze Gebilde zum Einsturz gebracht.

Wer bin ich?

Er war der Sohn eines sehr üblen Mannes.

Er hörte auf, die Arme zu bewegen, trat Wasser und sah sich um. Um Atem ringend sah er zurück zum Ufer. Er war weit hinausgeschwommen, aber die neue Perspektive veränderte nichts an der Landschaft in seinem Inneren.

Er konnte sein Haus nicht sehr gut erkennen; sein Sehfeld war schon eingeschränkt. Lediglich die Umrisse, die sich von dem grünen Hügel dahinter abhoben, konnte er ausmachen. Er wohnte in einem sehr teuren Haus, das sein landesweit bekannter Heldenstatus ihm ermöglicht hatte. Man zahlte ihm aberwitzige Summen für seine Kurse und Vorträge. Leute, die er noch nie gesehen hatte, standen Schlange, um ihm die Hand zu schütteln und sich ihr Exemplar von *Uncommon Courage* signieren zu lassen. Und als man ihn zum

Präsidenten der USA eingeladen hatte, war er derjenige gewesen, dem man gedankt und den man bewundert hatte.

Was für ein Witz.

Der Impuls, einfach zu fliehen, war so stark in ihm, dass er ihn fast spüren konnte. Er drehte seinen Körper zu einer Seite, dann zur anderen, hätte sich am liebsten irgendwo versteckt. Aber es war nichts da, was ihm Deckung oder Schutz geboten hätte. Es war überall nur Wasser – kein Halt – rings um ihn.

Er schwamm zurück zu seinem Anlegesteg. Die Erinnerung an Noras Gesichtsausdruck brannte in ihm. Er sah alles ganz genau vor sich. Ihre braunen Augen, die roten Haare, ihre blasse Haut. Ihr Gesicht so zu sehen, war wie eine Ohrfeige gewesen – dieses Gesicht, das ihn oft so offen und zugewandt angesehen hatte und in dem jetzt Ablehnung zu lesen war. Auch der Gedanke an ihr Zurückweichen, als er die Hand nach ihr ausgestreckt hatte, verletzte ihn tief.

An dem Tag, an dem sein Vater Nora die Mutter weggenommen hatte, veränderte sich Noras Leben auf eine Weise, die nie wieder in Ordnung gebracht werden konnte. Mütter waren unersetzbar. So viel war ihm klar.

Er konnte Nora ihre Reaktion nicht verdenken. Er verstand, was sie empfinden musste, nachdem Sherry ihnen gesagt hatte, dass Brian Raymond sein Vater war. Denn er fühlte genau das Gleiche.

Und doch … war er am Boden zerstört. Zu wissen, dass die Frau, die er liebte, jetzt vor ihm entsetzt zurückwich ... war unerträglich.

In den letzten Wochen hatte er immer wieder den Eindruck gehabt, dass alles, was bisher in seinem Leben geschehen war, nur den einen Sinn gehabt hatte: ihn und Nora zusammenzubringen. Sie brachte Hoffnung und Farbe und Schönheit in sein Leben. Sie war für ihn unschätzbar wertvoll.

Wäre das, was jetzt zwischen ihnen stand, etwas, was er bekämpfen könnte, er würde alles tun, was in seiner Macht stand, um es aus dem Weg zu räumen. Er würde bis ans Ende der Welt reisen, sein gesamtes Vermögen einsetzen, er würde sogar seine Gesundheit aufs Spiel setzen und seine Zukunft aufgeben. Aber die Kluft, die sich heute zwischen Nora und ihm aufgetan hatte, war von einer Art, gegen die man mit Kämpfen nichts ausrichten konnte. Die Vergangenheit zu ändern oder ungeschehen zu machen, lag ebenso wenig in seiner Macht wie in der ihren.

Bis heute hatte er sich damit herumgequält, ob er sie bitten durfte, einen Mann zu lieben, der blind werden würde, der keine Kinder in die Welt setzen würde. Das allein war schon viel verlangt. Aber nun hatten sie eine völlig neue Dimension an Unmöglichkeiten erreicht.

Er hatte ihr noch nicht gesagt, dass er sie liebte, weil er nichts überstürzen wollte. Mit Nora wollte er alles richtig machen.

Jetzt wusste er nicht, ob er es damit nicht vielleicht schlimmer gemacht hatte … damit, dass er ihr noch *nicht* gesagt hatte, dass er sie liebte. Vermutlich machte es die Sache jetzt leichter für sie. Aber schlimmer für ihn, denn jetzt war es zu spät, um es ihr zu sagen.

Als er den Steg erreichte, schaffte er es kaum noch, seinen erschöpften Körper aus dem Wasser zu ziehen. Er lag auf dem Rücken, die Knie aufgestellt, die Füße auf dem rauen Holz und rang nach Luft.

Er blieb auf dem Steg liegen, bis die Sonne schon zu sinken begann. Als die Kälte ihn schließlich ins Haus trieb, vermied er es absichtlich, auf sein Handy zu sehen. Er hatte es ausgeschaltet, als er das Grapevine verlassen hatte.

In der Hoffnung, ein heißer Wasserstrahl könne die innere Kälte in ihm vertreiben, ging er unter die Dusche und blieb lange darunter stehen. Aber es war sinnlos. Die Kälte steckte ihm in den Knochen.

Gleich im Anschluss setzte er sich in seinem Büro an den Schreibtisch und suchte im Internet nach Informationen über Brian Raymond. Sein Magen brannte und stechende Kopfschmerzen quälten ihn. Was Brian Raymond getan hatte, erfüllte ihn mit Abscheu, aber er gab nicht auf, bis er alles gelesen hatte, was er über den Mann finden konnte.

Inzwischen war es spät geworden.

Er schaltete kein Licht ein oder aus. Er nahm einfach sein Handy, ging ins Schlafzimmer und fiel ins Bett. Den Arm übers Gesicht gelegt, debattierte er mit sich selbst, ob er nicht sein Handy einfach aus lassen sollte. Er wollte die Welt nicht an sich heranlassen. Allerdings hatte er keinen anderen Telefonanschluss im Haus. Seine Familie rief ihn immer auf dem Handy an und seine Mom würde sich bestimmt Sorgen machen, wenn sie ihn nach stundenlangen Versuchen immer noch nicht erreichte.

Schließlich schaltete er es ein und sah auf das Display. Klar, eine Sprachnachricht von seiner Mom. Sie wollte wissen, was er gern essen würde, wenn er am nächsten Sonntag zum Lunch vorbeikam. Er schickte eine Nachricht und wünschte sich Lasagne.

Ein paar Nachrichten, die seine Arbeit betrafen, weitere Sprachnachrichten und Mails von Freunden, eine SMS von Corbin und eine von Nora, die sie, etwa eine halbe Stunde nachdem er gegangen war, geschickt hatte. Dann noch eine zweite, erst kürzlich: *John?* Das war alles.

Nora.

Schmerz und Zorn auf Gott fochten einen erbitterten Kampf um Johns Herz. Warum hatte Gott zugelassen, dass ein Mann wie Brian Raymond ein Kind zeugte? Und auf diese Weise? Warum? Es war nicht richtig. Sherry war eine unschuldige junge Frau von zweiundzwanzig Jahren gewesen. Warum hatte Gott sie nicht vor Brian beschützt – oder zumindest vor dieser Schwangerschaft? In dem, was Sherry passiert war, konnte John nichts von all dem entdecken, was man Gott doch zuschrieb: Gerechtigkeit, Güte und Gnade.

Und wenn die Chance, dass er diese Krankheit von Brian geerbt hatte, bei fünfzig Prozent lag, warum hatte Gott zugelassen, dass er die falschen fünfzig Prozent abbekommen hatte? John hatte Gott vertraut. Er bemühte sich, so zu leben, dass er mit allem, was er tat, Gott die Ehre gab – mit seiner Arbeit, mit seinem Buch und seinen Vorträgen.

Sherry hatte ein Kind von ihrem Vergewaltiger empfangen.

Und er hatte die Diagnose bekommen, dass er sein Augenlicht verlieren würde – und einen biologischen Erzeuger, der ihn von Nora trennte.

Was hatte Sherry ihr Glaube genützt? Und ihm? Wo war dieser allmächtige Gott gewesen, als sie ihn gebraucht hatten?

Bevor er den Brief an Sherry abgeschickt hatte, war es Noras Wunsch gewesen, zu beten, dass die Suche nach seiner Mutter letztlich für ihn und alle Beteiligten Gutes bewirken würde. Gott hatte wohl vor diesem Gebet die Ohren verschlossen.

Mit grimmiger Miene und innerlich aufgewühlt schrieb John eine Antwort an Nora, löschte sie, fing noch einmal an und löschte sie wieder. Schließlich schickte er sie ab. *Bin okay,* was gelogen war, *ich brauche einfach Zeit, um das alles zu verkraften. Ich weiß, das ist viel verlangt, aber bitte gib mir vier oder fünf Tage. Ich tue mein Bestes, alles zu begreifen und einzuordnen, was Sherry uns heute berichtet hat. Aber es ist ein harter Brocken.*

Nur wenig später erreichte ihn Noras Antwort. *Du sollst nur wissen, dass ich mich um dich sorge, an dich denke und für dich bete.*

Die Worte trafen ihn wie ein Messerstich. Ihre Freundlichkeit – oder war es Mitleid? – machte die Finsternis in ihm nur noch schlimmer. Aufstöhnend warf er das Handy von sich.

Die Erinnerung an Noras Gesichtsausdruck, als Sherry ihnen gesagt hatte, wer sein Vater war, stieg wieder in ihm auf und ließ sich nicht mehr vertreiben. Er konnte es nicht mehr ertragen.

In einem erfolglosen Versuch, sich selbst zu trösten, hatte Nora ein Bad genommen, war in ihren Pyjama geschlüpft, hatte die DVD mit der ersten Staffel von *Northamptonshire* eingelegt, sich in eine Wolldecke gekuschelt und eine Packung Eiscreme vertilgt. Nichts davon hatte ihr auch nur ein klein wenig Trost gebracht.

Sie war gefangen in einem Sumpf aus Entsetzen, Angst und beklemmendem Bedauern.

Die Nachricht, die John gerade geschickt hatte, zeigte zumindest, dass er am Leben war, und das war gut. Aber sie besagte auch, dass er sie nicht sehen wollte, und das war schlecht. Sehr schlecht.

Sie war wahrhaftig keine Expertin, wenn es darum ging, wie eine gesunde Beziehung auszusehen hatte, aber sie ging doch davon aus, dass ein Mann und eine Frau, die befreundet waren, auch die schmerzhaften Dinge miteinander teilen sollten, statt den anderen davon auszuschließen.

Aber konnte sie es John wirklich zum Vorwurf machen, dass er Zeit brauchte? War es wirklich so abwegig? In Anbetracht dessen, was er heute erfahren hatte, war seine Bitte doch verständlich.

In den Stunden seit dem Lunch … Wobei man nicht wirklich von einem Lunch sprechen konnte, denn niemand hatte auch nur einen Bissen verzehrt. Als das Essen serviert wurde, hatten Nora und Sherry sofort darum gebeten, dass es zum Mitnehmen eingepackt würde, denn sie konnten beide nicht an Essen denken.

In den Stunden seit dem Nicht-Lunch hatte Nora darüber nachgedacht, was ihre Mutter und Sherry gemeinsam hatten. Beide Frauen hatten in derselben Region des Staates Washington gelebt, in der Gegend, in der Brian Raymond seine Opfer gesucht hatte. Beide waren hübsche junge Frauen Anfang, Mitte zwanzig gewesen. Beide waren allein unterwegs gewesen.

Sie war auf Nachforschungen spezialisiert, gewohnt, auf den kleinsten Hinweis zu achten und zu erkennen, welches Geheimnis sich vielleicht dahinter verbarg; aber dass Brian Raymond Johns Vater war, darauf wäre sie nie gekommen. Nicht eine Sekunde hatte sie daran gedacht. Sie hatte gewusst, dass der Name des Vaters weder auf der Geburtsurkunde noch in den Adoptionspapieren auftauchte. Wenn sie in diesem Detail bereits etwas Dunkles und Ominöses vermutet hätte, dann wäre vielleicht …

Aber nein. Dieser Gedanke war wirklich zu obskur. Sie bedauerte, dass sie es nicht hatte kommen sehen – fühlte sich schuldig dafür –, denn wenn es so gewesen wäre, hätte sie John vielleicht doch vor diesem Schlag beschützen können.

Sie selbst tat sich schon unheimlich schwer damit, zu akzeptieren, dass Brian Raymond, der Mann, den sie nur als den Mörder ihrer Mutter kannte, Johns biologischer Vater war. Wie viel schwerer musste es für John gewesen sein, zu erfahren, dass er mit Raymond verwandt war?

Robin, Noras Mutter, und Sherry, Johns Mutter – beide Opfer desselben Mannes.

Als sie mit John vor dem Grapevine auf dem Parkplatz gestanden hatte, war ihre Hoffnung gewesen, dieses Treffen würde ihm nicht noch einen weiteren Schlag verpassen. Aber letztten Endes war genau das passiert. Und nun? Er musste am Boden zerstört sein.

Dass er um Zeit für sich bat, war vermutlich das Beste. Im Moment waren auch ihre Emotionen ein einziges Durcheinander. Es wäre besser, viel besser, zu warten und ihn erst wieder zu treffen, wenn sie beide Zeit gehabt hatten, sich zu sortieren, und die Dinge wieder aus einer angemessenen Perspektive sehen konnten.

Nur ... seit ihrem ersten Kuss hatten sie sich täglich gesehen, bis auf die wenigen Tage, die er in Chicago gewesen war. Und auch da waren sie per Telefon und SMS ständig in Kontakt gewesen.

Das erklärte, warum seine Bitte, ihm Zeit zu lassen, sie so sehr traf. Er wollte sie nicht sehen. Und sie fürchtete, dass das zu einem nicht geringen Teil daran lag, wie sie in jenem ersten Moment auf Sherrys Enthüllung reagiert hatte.

Tränen stiegen ihr in die Augen und ließen die Szene mit Adolphus und Lucy verschwimmen.

Sich vorerst nicht zu sehen, wäre gut! Ja, er würde ihr fehlen, und zwar genau so, wie jemandem unter Wasser die Luft zum Atmen fehlt. Aber sie *konnte* alles wieder in Ordnung bringen. Sie war durchaus in der Lage, zu überlegen, wie sie ihre Beziehung zu John wieder in die richtige Spur bringen konnte. Sie würde erkennen, was sie tun und was sie sagen musste, und sie würde genau das tun und sagen. Sie würde das Problem lösen. Es gab keinen Grund, warum sie in ihrem tiefsten Inneren fürchtete, dass alles, was sie mit John verbunden hatte, verloren war.

Aber genau das fürchtete sie.

Bis ins Mark.

Vier Tage lang verließ John sein Haus nicht.

Und jede einzelne Stunde dieser vier Tage lag ihm der Gedanke an Nora im Magen wie glühende Kohlen.

In der ganzen Zeit ging er nicht einmal an den See. Er schlief, als hätte man ihm ein starkes Schlafmittel verabreicht, und kam anschließend kaum aus dem Bett. Er sah sich stundenlang ganze Staffeln von TV-Serien an. Er befasste sich mit Berichten über Serienvergewaltiger und las Artikel, die deren Psyche sezierten. Er duschte, aber das Rasieren war ihm zu viel. Er vernachlässigte den Sport. Er aß Müsli und Tiefkühlkost und noch mehr Müsli. Er strich so viele berufliche Termine wie nur irgend möglich. Was sollte schon passieren? Wer sollte ihn feuern? Die Firma gehörte ihm. Und im Lauf der Zeit hatte er eine starke Belegschaft bei Lawson Training aufgebaut. Sie kamen gut für eine Weile ohne ihn zurecht. Ein Gedanke, der ihn eigentlich beruhigen sollte, aber tatsächlich bewirkte, dass er sich noch elender fühlte.

Mehr als einmal stand er vor dem Spiegel im Bad, starrte das Gesicht an, das seine leiblichen Eltern ihm vermacht hatten, und spürte, wie die Hoffnungslosigkeit seinen Körper und seinen Geist allmählich zu überwältigen drohte.

Er war nicht mehr Spezialagent der Navy, nicht mehr der Mann, der damals diese Mission im Jemen erfolgreich durchgeführt hatte. Damals, als er noch wusste, wer er war. Und die damalige Version seiner selbst gefiel ihm weit besser als das, was er jetzt war.

Er war älter geworden. Er wurde langsam blind. Er war auf dieser Welt, weil ein Mann eine Frau vergewaltigt hatte.

Als er am Montagnachmittag schließlich den Wagen aus der Garage fuhr, tat er es, um zu einem Treffen zu fahren, das er mit der Mutter von Brian Raymond vereinbart hatte.

Sherry zu finden, war schwierig gewesen. Aber Brian Raymonds Mutter Irene hatte er rasch ausfindig gemacht. Sie hatte erst kürzlich ein Interview zur kriminellen Karriere ihres Sohnes gegeben. Darin erschien sie als Irene Dewberry, einundachtzig Jahre alt, aus Shelton. John hatte sie durch eine einfache Telefonsuche gefunden. Als er anrief und erklärte, wer er war, hatte sie ihn sofort eingeladen, sie zu besuchen.

In der Straße, in der sie wohnte, wuchs das Unkraut auf dem Bürgersteig. Das leuchtende Gelb, in dem die Häuser dieser in die Jahre gekommenen Seniorenwohnanlage gestrichen waren, bemühte sich so sehr, Heiterkeit zu verbreiten, dass es das Gegenteil bewirkte.

John fragte an der Rezeption nach Irene, saß dann wartend in einem Gemeinschaftsraum voller Möbel aus Holzimitat und dem Geruch von Desinfektionsmitteln. Als er eine ältere Frau hereinkommen sah, erhob er sich.

Ihr kurz geschnittenes weißes Haar umgab ein unauffälliges Gesicht. Sie trug ein einfaches Baumwollshirt mit Blumenmuster, eine graue Hose und Schuhe, die ihn an etwas erinnerten, was er an Krankenschwestern gesehen hatte.

„Ich bin Irene." Sie reichte ihm die Hand.

„John."

Sie nickte und sie setzten sich.

Aus ihrem von Fältchen durchzogenen Gesicht blickten ihn wache dunkle Augen an. Sie wirkte auf ihn wie eine Frau, die mehr als ihren Anteil an Prüfungen im Leben durchgestanden hatte und härter, aber ungebrochen daraus hervorgegangen war. Ihr Körper mochte mit den Jahren schwächer geworden sein, aber er spürte, dass ihr Wille noch immer eisern war. „Es muss ein Schock für Sie gewesen sein, zu erfahren, dass Brian Ihr Vater ist", sagte sie.

„Ja, allerdings."

„Zu erfahren, dass Brian Vater eines Sohnes ist, war auch ein Schock für mich."

„Ja, das kann ich mir vorstellen."

„Es ist mir nie in den Sinn gekommen, dass Brian ein Kind haben könnte." Sie presste die Lippen zusammen. Aufmerksam studierte sie sein Gesicht.

Er schwieg. Es ging ihm nicht darum, Irene zu verletzen, indem er ihr sagte, dass sich jedes Mal, wenn er daran dachte, dass ihr furchtbarer Sohn sein biologischer Vater war, alles in ihm zusammenzog.

„Hatten Sie schon Zeit, alles über Brian und das, was er getan hat, herauszufinden?", fragte sie.

„Ja, ich habe alles gelesen, was ich finden konnte. Aber in den Artikeln, die ich gefunden habe, stand nicht viel über seine Kindheit."

„Und Sie möchten etwas darüber erfahren?"

„Ja, das würde ich gern."

Sie stütze einen Arm auf den Tisch. Ihr Daumen kreiste auf der Kuppe des Zeigefingers. „Ich war etwa ein Jahr lang mit Brians Vater Darrel verheiratet. Er war ein schrecklicher Mensch, und ich kann nicht behaupten, dass ich in der Zeit so viel besser gewesen wäre. Nach Brians Geburt hatte ich Probleme mit Alkohol, und das ging zehn Jahre lang immer auf und ab." Sie wich seinem Blick nicht aus. „Ich war jung und naiv."

Er wartete, während sie sich zu konzentrieren versuchte.

„Mit dreißig habe ich einen Mann namens Charlie Dewberry geheiratet. Wir hatten drei Kinder. Wir waren achtundvierzig Jahre verheiratet, bevor er starb. Möge er in Frieden ruhen."

Irene versank in Schweigen, bevor sie schließlich fortfuhr: „Einen anständigen Menschen zu heiraten, verändert so viel. Und Charlie war anständig. Unser Familienleben war nicht perfekt, aber zumindest sind unsere Kinder in einem Zuhause aufgewachsen, das stabil war und Geborgenheit bot." Sie strich sich über das Kinn. „Leider galt das nicht für Brian."

John hatte nicht die Absicht, Brian zu bemitleiden. Er war nur gekommen, weil er Informationen wollte. Vielleicht bestrafte er ja nur sich selbst, aber wenn es einen Grund gab, warum Brian zu solch einem Menschen geworden war, dann wollte John ihn wissen.

„Brian war ein stilles Kind. Introvertiert. Immer angespannt. Ich kann mich nicht erinnern, dass ich ihn jemals unbekümmert erlebt habe. Er war immer argwöhnisch. Bis er zehn war, also in der Zeit, als ich getrunken habe, ließ ich ihn oft bei Darrel ... Das gehört zu den

Dingen, die ich in meinem Leben am meisten bereue. Als er klein war, weinte er immer, wenn ich ihn zu Darrel brachte. Aber ungefähr mit fünf hörte er auf damit. Ich brachte ihn zu Darrels Haus, und er ging ohne ein Wort hinein. Er war auch an dem Abend bei Darrel, als der sich das Leben nahm."

Brians Geschichte und Sherrys Geschichte und seine Geschichte – alles war verflochten. Unschön oder nicht, diese Geschichte war ein Teil seiner Geschichte.

„Als Teenager war Brian ein Eigenbrötler", fuhr Irene fort. „Er zog sich von mir zurück, und auch von Charlie und den jüngeren Geschwistern. Ich wusste, dass irgendetwas nicht stimmte, aber wenn ich versuchte, mit ihm zu sprechen, verschloss er sich. Ich weiß noch, dass ich Charlie sagte, er solle sich keine Sorgen machen, Brian sei eben ein launischer Teenager. Sehen Sie, es war leichter für mich, das zu glauben, als mich der Wahrheit zu stellen. Ich hatte einen Vollzeitjob und außerdem drei kleine Kinder zu versorgen. Also ließ ich Brian in Ruhe, auf diese Weise brauchte ich nicht auch noch Zeit und Kraft in ihn zu investieren. Er machte die Dinge mit sich selbst aus. In der Schule kam er zurecht und er hielt sich an unsere Regeln." Sie hustete trocken.

„Kann ich Ihnen etwas zu trinken holen?", bot John an.

„Zu einer Cola würde ich nicht Nein sagen."

John ging zu dem Getränkeautomaten in einer Ecke des Raumes und füllte ein Glas mit Eis und Cola. Er reichte es Irene und setzte sich wieder.

„Ich trinke diese Cola schneller weg, als Autos Benzin schlucken, und dabei bin ich gesund wie ein Pferd. Glauben Sie also nichts, was die Leute darüber erzählen, dass Cola nicht gesund sein soll."

„Geht klar." John stellte fest, dass er diese Frau, die da vor ihm saß, nicht hasste. Eigentlich fühlte er sich fast gegen seinen Willen mit ihr verbunden – schließlich waren sie beide verwandt mit Brian. Und sie hatten beide nicht gewollt, dass er so üble Wege einschlug. Aber das zu entscheiden, hatte nicht in ihrer Macht gestanden. Was Brian getan hatte, war nicht wegzudiskutieren und nicht zu ändern. Brian *war* böse gewesen, doch weder er noch sie konnten der Tatsache entkommen, dass es ein Band zwischen ihnen gab.

Als ihr Glas halb leer war, stellte Irene es ab und starrte es an. „Die schlimmste Zeit meines Lebens war die nach Brians Verhaftung, als wir erfuhren, was er getan hatte. Viele unserer Freunde und Verwandten wandten sich gegen mich und Charlie – vor allem gegen mich. Ich bin fast erstickt in Scham und Schuldgefühlen. Ich verurteilte, was er den Frauen angetan hatte, aber ich bin zu den Verhandlungsterminen gegangen, habe ihn im Gefängnis besucht und ihm geschickt, was man eben schicken durfte. Er war schließlich immer noch mein Sohn. Und als er sich das Leben nahm, habe ich um ihn getrauert, wie eine Mutter eben trauert … Ich habe nie aufgehört, den kleinen Jungen in ihm zu sehen." Sie strich sich über die Schläfen und sah John an. „Und ich tue es auch heute noch."

Eine angespannte Stille entstand.

„Irgendwann während der Ermittlungen gab mir die Polizei ein Tagebuch, das sie in Brians Wohnung gefunden hatten", fuhr Irene fort. „Er hatte viel geschrieben und auch viel darin gezeichnet. Und er hatte geschrieben, dass er sexuell missbraucht worden war – von Darrels Bruder, und zwar oft." Ihre Augen glänzten feucht. „Ich habe nichts davon gewusst. Sonst hätte ich ihn natürlich nicht zu Darrel gebracht. Ich hätte mit dem Trinken aufgehört und Brian beschützt, wie ich es hätte tun sollen. Natürlich hätte ich das getan. Wenn ich es gewusst hätte."

Als John nicht antwortete, fragte sie: „Haben Sie noch Fragen an mich?"

„Nur noch eine. Ich habe eine Augenerkrankung, die Leventiner-Krankheit. Wissen Sie, ob irgendjemand in Ihrer Familie auch darunter leidet?"

Sie sah ihn ernst an. „Das tut mir leid zu hören, John."

Er nickte.

„Ich habe diese Krankheit nicht", erklärte sie, „aber mein Vater litt daran. Und meine Großmutter auch. Außerdem einer meiner Brüder und vier Nichten und Neffen."

Ihre Worte beantworteten eine der Hauptfragen, die John ursprünglich veranlasst hatten, sich auf die Suche nach seiner Mutter zu machen. Jetzt wünschte er, die Antworten, die er mittlerweile bekommen hatte, hätten nicht einen so hohen Preis gefordert. „In diesem Fall gibt es noch sehr viel mehr, was ich gern wüsste. Ich hoffe, ich kann so etwas wie meinen medizinischen Stammbaum aufstellen."

„Fragen Sie einfach, John. Ich werde tun, was ich kann, um zu helfen."

Sie hatte es geschafft. Nora hatte es geschafft, John fünf Tage Zeit für sich allein zu geben. Es waren fünf *furchtbare* Tage gewesen, aber sie hatte sie überlebt (gerade so eben), und nun würde sie ihm eine Nachricht schicken. Sie konnte nicht mehr länger warten.

Angespannt lief sie auf ihrer Gartenveranda auf und ab, das Handy in der Hand, den Daumen der anderen Hand zwischen den Zähnen.

Seit sie ihren Schwestern von ihrem unglückseligen Nicht-Lunch mit John und Sherry erzählt hatte, waren Willow und Britt hartnäckig bemüht, zu verhindern, dass sie eine Überdosis Tee und Kummer in sich hineinschlang. Jeden Abend hatte eine ihrer Schwestern ihr Gesellschaft geleistet. Britt hatte immer neue Pralinen angeliefert, und Willow hatte ihr ein teures Schaumbad und ein Paar neue Schuhe vorbeigebracht. Beide versicherten ihr unablässig, es würde alles gut werden und dass John es schon verkraften würde. Außerdem erklärten sie Nora, dass eine Beziehung, die so stabil war wie die von ihr und John, nicht daran zerbrach, dass man sich fünf Tage nicht sah.

Aber nur Nora hatte gesehen, wie John ausgesehen hatte, als er erfahren hatte, wer sein Vater war. Und nur sie wusste, wie untypisch es für ihn war, einfach aus dem Restaurant zu stürmen und danach eine Nachricht zu senden, er wolle in Ruhe gelassen werden. Nur sie wusste, welchen Kampf er ausgefochten hatte, überhaupt so weit zu kommen, ihr von seiner Situation und seiner Diagnose zu erzählen.

Und nur sie allein wusste, wie sehr sie John liebte.

Diese fünf Tage ohne ihn waren wie ein Scheinwerfer, der alles, was bisher im Halbdunkel gelegen hatte, ans Licht brachte – wie tief und umfassend und beständig ihre Gefühle für ihn waren. Sie hatten ihr klargemacht, was sie wirklich für ihn empfand.

Liebe. Das, was sie fühlte, war Liebe!

Und diese Tatsache zu erkennen, war ebenso beglückend wie beängstigend.

Sie hatte die letzten fünf Tage mit sehr vielen Nachforschungen gefüllt, die von Gebeten begleitet waren. Da der Schlaf ohne ihre Einwilligung die Scheidung eingereicht hatte, konnte sie jeden Abend bis spät in die Nacht lesen. Sie hatte vier Bücher von Beziehungsexperten zum Thema Konfliktmanagement gelesen. Sie hatte sogar *Uncommon Courage* noch einmal gelesen und nach Einzelheiten über John gesucht, die sie vielleicht beim ersten Mal übersehen hatte.

Sie hatte jeden Morgen gebetet. Sie hatte um Vergebung gebeten, dass sie John so sehr gewollt hatte, wo sie doch wusste, dass Gott allein ihr genügen sollte. Sie hatte auch um Vergebung dafür gebeten, wie sie auf Sherrys Mitteilungen reagiert hatte, weil sie – ja – einen Moment lang entsetzt gewesen war, wer Johns Vater war, und auch über John selbst. Und was am schlimmsten war: John hatte es bemerkt.

Ihre Reaktion war gedankenlos und selbstsüchtig gewesen. Gott schenkte ihr seine Gnade bei zahllosen Gelegenheiten immer wieder neu, und sie hatte *eine* Chance gehabt, John mit Großmut und Erbarmen zu begegnen, und sie hatte versagt.

Nora unterbrach ihre Wanderung, schloss die Augen und schickte die Nachricht ab, die sie an John verfasst hatte. *Wie geht es dir? Ich vermisse dich und würde dich wirklich gern sehen.*

Sie wartete. Eine Stunde. Zwei. Sechs.

Schließlich hatte sie es auf volle vierundzwanzig Stunden gebracht, vierundzwanzig todunglückliche Stunden. Und er hatte noch immer nicht geantwortet.

• • •

Facebook-Nachricht von Duncan an Nora:
DUNCAN: Habe lange nichts mehr von dir gehört, meine weltbeste Bibliothekarin. Wie stehen die Dinge zwischen dir und dem Navy-Helden? Immer noch auf dem Pfad der Seligen?

NORA: Ich fürchte, wir haben gerade einige Turbulenzen.

DUNCAN: Oh, das tut mir leid zu hören.

NORA: Keine Sorge! Ich habe die Situation unter Kontrolle. Es kommt alles wieder ins Lot.

DUNCAN: Warum besuchst du mich nicht, damit du auf andere Gedanken kommst? Es ist die allerbeste Jahreszeit für London. Ich mache die große Touristentour für dich. Wir trinken Tee und machen die Theater unsicher. Und mit ein bisschen Glück kannst du sogar mit ans Set.

NORA: Danke für das tolle Angebot! Wirklich echt nett. Aber momentan bin ich voll und ganz darauf fixiert, John und mich wieder auf den „Pfad der Seligen" zurückzubringen, wie du es so schön gesagt hast.

DUNCAN: Und wenn die Dinge nicht wieder ins Lot kommen ...?

NORA: Ich bin nicht bereit, diese Möglichkeit auch nur in Betracht zu ziehen.

• • •

Brief von Irene an ihren verstorbenen Mann Charlie:

Mein Liebster,

Du hast es immer wieder fertiggebracht, meine optimistische Seite zu entdecken. Aber schon als ich noch ein Mädchen war, gab es bereits einen Teil von mir, der alt und pessimistisch war. Nun, diese alte, pessimistische Frau hat gestern ein Wunder erlebt.

Ein Sohn. Von Brian. Ein Sohn, der ein Wunder ist. Und er ist ein guter Mensch. Ein Navy-Veteran, der Menschenleben gerettet hat.

Jetzt verstehe ich, warum Gott mich noch am Leben gelassen hat, auch wenn ich nicht unbedingt länger leben wollte, nachdem Du gegangen warst. Aber es geschah, damit ich diesen Jungen kennenlernen konnte, der inzwischen ein Mann ist. All die Jahre war Gott am Werk, trotz meiner Sünden und trotz Brians Sünden. Gott hatte Erbarmen mit mir, und gestern hat er mich sehen lassen, dass er nicht untätig war.

Ich wünschte nur, Du wärst dabei gewesen und hättest ihn auch kennengelernt.

Ich liebe Dich, Charlie. Für immer.

Deine Irene

Kapitel 23

Als ein ganzer Tag vergangen war, seit Nora ihre unbeantwortete Nachricht an John abgeschickt hatte, sandte sie eine weitere. *John, ist alles okay? Ich mache mir Sorgen um dich.*

Wieder verging eine Stunde, ohne dass eine Antwort kam. Nora verbrachte sie an ihrem Schreibtisch in der Bibliothek mit dem erfolglosen Versuch, etwas Arbeit zu erledigen. Sie nahm an, dass es im ganzen Land jede Menge Frauen gab, die ähnliche Beziehungsprobleme hatten wie sie, aber es trotzdem fertigbrachten, wenigstens ein Mindestmaß an Aufgaben abzuarbeiten.

Leider gehörte sie nicht zu dieser Gruppe.

Sie wählte Johns Nummer. Es klingelte viermal, dann war die Mailbox dran. „Hier ist John Lawson. Leider kann ich diesen Anruf nicht entgegennehmen. Bitte hinterlassen Sie eine Nachricht."

Nora legte auf, bevor der Signalton erklang. Der Klang seiner Stimme war so vertraut, dass ihr Tränen in die Augen traten.

Sie wollte gerade den Computer herunterfahren – es machte keinen Sinn, hier zu sitzen und nichts Vernünftiges zustande zu bringen –, als ihr Handy klingelte. Eine Nachricht von John.

Bitte mach dir keine Sorgen, hatte er geschrieben. *Ich brauche einfach noch mehr Zeit.*

Nicht ein einziges der Bücher über Konfliktmanagement in Beziehungen hatte als Weg zur Besserung eine Schweigetherapie empfohlen. Kein einziges! Vor sich hinschweigen – das war der Tod jeder Beziehung. Was alle Experten einhellig empfahlen, waren respektvolle, offene, direkte Gespräche, in denen beide Partner ehrlich ihre Gefühle offenlegten. Und das war es, was sie und John brauchten: respektvolle, offene, direkte Kommunikation! *Wir müssen reden. Ich komme vorbei,* schrieb sie.

Ist nicht nötig.

Sie blinzelte bestürzt, als sie diese Antwort las.

John schloss sie aus. Sie hatte ihn vor ihren eigenen Gedanken in Schutz genommen und versucht, gute Gründe für sein Schweigen zu finden. Sie hatte auf seinen Rückzug reagiert, indem sie sechs Tage ausgehalten hatte, in denen sie zwischen Panik und dem Versuch, das Beste zu hoffen, hin- und hergeschwankt hatte. Und jetzt bat er um noch mehr Zeit. Mehr Zeit würde nichts ändern!

Sie mussten sich dem stellen, was er gerade durchmachte, und zwar gemeinsam. Sie … sie mussten es einfach. *Ich hab es dir gesagt*, antwortete sie. *Ich komme vorbei.*

Auf der Fahrt nach Shore Pine kämpfte Nora gegen ihre Angst. Die Experten rieten, dass Paare in einer Situation miteinander sprachen, in der beide ruhig waren. Ja, Ruhe wäre gut.

Sie beschloss, dass sie sich zunächst einmal dafür entschuldigen würde, wie sie im Grapevine reagiert hatte. Dann würde sie ihn bitten, sie Anteil daran haben zu lassen, was in ihm vorging. Und dann würde sie ihm ihr Herz ausschütten. Sie würden diskutieren, wo die Probleme lagen, dann würden sie sich umarmen und vielleicht ein paar Tränen vergießen, und dann wäre alles in Ordnung. Es waren die letzten hellen Stunden am Ende eines schönen Spätsommertages, die sie gemeinsam genießen sollten, sie und John.

Sie bog von der Hauptstraße in die Auffahrt zu seinem Haus ab und wappnete sich für den Moment, in dem sie ihn sehen würde. Vermutlich würde er sie auf dem Rasen vor dem Haus erwarten, die Arme vor der Brust verschränkt.

Aber als sie den Wagen parkte, war nichts von ihm zu sehen. Sie zwang ihre überdrehten Nerven zur Ruhe, hob das Kinn, ging zur Haustür und klingelte.

Er antwortete nicht.

Sie klopfte dreimal kräftig an die Tür.

Eine ganze Minute verging. Seine Haustür verharrte in völliger Gleichgültigkeit gegenüber ihrer Gegenwart. Sie wollte nicht glauben, dass ihre Beziehung bereits so weit zerrüttet war, dass er ihr nicht mal mehr die Tür öffnete. Vielleicht war er nicht zu Hause? Vielleicht arbeitete er noch?

Aber sie hatte ihm mitgeteilt, dass sie käme. Wenn er noch in der Firma gewesen war, als sie ihm geschrieben hatte, hätte er ihr das sagen sollen.

Sie drehte am Türknauf. Verschlossen. Sie klingelte noch einmal, klopfte. Nichts.

Sie ging einmal um das Haus herum und suchte nach offenen Fenstern, durch die sie hineingelangen konnte. Wer verriegelte an einem Sommerabend schon alle Fenster, wenn er stattdessen den Abendwind vom See hereinlassen konnte? John anscheinend schon.

Sie würde über die hintere Veranda hineinkommen. Die Türen dort standen fast immer offen. Als sie die Rückseite des Hauses erreichte, fand sie die Türen dort aber ebenso verschlossen wie alles andere. Sie konnte auch innen kein Licht entdecken. Sein Boot lag am Steg. Kein John.

Sie setzte ihren Rundweg ums Haus fort und blieb nur stehen, als ihr ein Stein ins Auge fiel, der aussah, als wolle er unbedingt geworfen werden. Sie war normalerweise eine gesittete Bibliothekarin, aber an dieser Situation und an ihrer Liebe zu John war gerade nichts mehr normal. Die Experten würden es definitiv missbilligen, wenn sie einen Stein durch Johns Fenster werfen würde; daher entschloss sie sich, ihm eine letzte Nachricht zu schicken. Ihre Finger zitterten, während sie tippte. *Ich gehe nicht wieder weg, bis ich mit dir gesprochen habe.*

Sie stürmte den schmalen Weg entlang, der an einer Seite des Hauses verlief, den Kopf gesenkt, die Lippen angriffslustig aufeinandergepresst. Wenn er wieder nicht auf ihre Nachricht reagierte, wäre sie gezwungen, doch noch den Stein in Erwägung zu ziehen. John mochte ein Navy-Veteran sein, aber hier war sie diejenige, die den Kampf aufnehmen würde.

„Nora."

Sie hob abrupt den Kopf.

Er stand ein paar Meter vor ihr vor ein paar dunkelgrünen Fichten. Er war barfuß und trug schwarze Basketballshorts und ein leicht verknittertes graues T-Shirt mit dem Navy-Emblem über dem

Herzen. Ein kurzer Bart bedeckte die Wangen, die schmaler geworden waren, seit sie ihn zum letzten Mal gesehen hatte. Sein Haar war zerzaust.

Er sah nicht aus wie *ihr* John. Er sah aus wie der abgehärtete, bewährte, Respekt einflößende Mann, den sie damals beim Notfalltraining zum ersten Mal gesehen hatte.

Sie sah auf den ersten Blick, dass es ihm nicht gut ging, und ihre Empörung verflog schnell und machte stattdessen Raum für Mitgefühl, das sie überflutete wie Wasser ein kaputtes Boot. Die Frau, die so gern gebraucht wurde, wünschte sich verzweifelt, sie könnte ihm helfen. Aber das konnte sie nur, wenn er es zuließe. Instinktiv wollte sie zu ihm gehen, ihm mit den Fingern durch das Haar fahren, und bitten: *Lass mich dir helfen.* Aber als sie ihn bis auf knapp einen Meter erreicht hatte, warnte sie sein Gesichtsausdruck, nicht noch näher zu kommen.

Sag ihm, wie leid es dir tut, Nora. Fang damit an. Und dann frag ihn, was ihn quält. Weißt du noch? Nur … nur dass jetzt Erinnerungen an ihn auf sie einstürmten und seine Verzweiflung ihr Herz ganz durcheinanderbrachte.

„Ich … ich habe dieses T-Shirt noch nie gesehen“, sagte sie.

John zog die Augenbrauen zusammen. Nora zu sehen, war die reinste Folter. Er hatte das Gefühl, keine Luft mehr zu kriegen, und alles, was sie zu sagen wusste, war eine Bemerkung über sein T-Shirt?

„Vielleicht hätte ich dieses T-Shirt ja bereits zu Gesicht bekommen, wenn du mich in den letzten sechs Tagen einmal hergebeten hättest“, sagte sie sanft.

Er schwieg beharrlich.

„Aber das hast du nicht. Mich hergebeten.“

„Nein“, brachte er mit rauer Stimme heraus.

Sie trat einen Schritt näher und er wich einen Schritt zurück. Sofort blieb sie stehen.

Die dünnen Träger ihres Sommerkleids lagen auf der glatten Haut ihrer Schultern. Sie trug das Haar offen, und sie hatte zierliche goldene Sandalen an. Sie sah gesund und frisch aus, und das gab ihm noch mehr das Gefühl, schmutzig und elend zu sein. Wenn sie näher käme, wüsste er nicht, was er tun sollte. Sie in die Arme schließen? Die Trennung zwischen ihnen mit tiefen, liebevollen Küssen zerstören? Sie bitten, seine Fehler zu übersehen?

Seit er Noras Nachrichten von gestern und heute erhalten hatte, war er unschlüssig gewesen, wie er sich ihr gegenüber verhalten sollte. Er sah keinen Weg, wie sie zusammenbleiben konnten, aber jedes Mal, wenn er sich vorstellte, ihre Beziehung zu beenden, zerriss es ihm förmlich das Herz.

Seit sie an der Tür geklingelt hatte, war er gefangen zwischen dem Wunsch, zurückzuerobern, was zwischen ihnen gewesen war, und dem Wissen, dass man nichts ungeschehen machen konnte. „Bist du hier, um mit mir Schluss zu machen?", fragte er.

Ihr Gesicht erstarrte vor Schreck. *„Nein!"* Sie setzte an, etwas zu sagen, schien es sich aber noch einmal zu überlegen. Dann setzte sie noch einmal an. „Es gibt … hundert Gründe, warum ich nicht mit dir Schluss machen will, John. Ich habe mich sechs Tage lang nicht gemeldet, weil du mich darum gebeten hattest und weil ich deinen Wunsch respektieren wollte. Aber jetzt bin ich hier, weil ich keine einzige Stunde mehr durchhalten konnte, ohne dich zu sehen. Ohne mich bei dir zu entschuldigen."

Er versteifte sich. „Es gibt nichts, wofür du dich entschuldigen müsstest."

„Doch, gibt es. Ich habe nicht richtig reagiert, als Sherry uns von Brian erzählt hat, und das tut mir wirklich leid."

„Deine Reaktion war normal, Nora."

„Nein, das war sie nicht. Wir wissen beide, dass ich nicht gut reagiert habe. Ich habe länger gebraucht, als ich hätte brauchen sollen, um meine Fassung wiederzugewinnen."

„Ich erwarte nicht von dir, dass du in so einer Situation sofort deine Fassung wiedergewinnst."

„John", sagte sie entschlossen. „Hör auf, so zu reden, und hör mir zu. Hör mich an. Es tut mir leid, dass ich dich so angesehen habe. Dass ich vor dir zurückgewichen bin. Ich möchte, dass du weißt: Das war nicht meine echte Reaktion."

Verwirrt warf er ihr einen finsteren Blick zu.

„Es war nur meine *erste* Reaktion", sagte sie. „Aber nicht meine wirkliche."

In vielen Artikeln über Brian Raymond, die John gelesen hatte, waren auch Bilder von Noras Mutter gewesen. Robin sah aus, wie Mordopfer auf Fotos immer aussahen. Jung und bezaubernd und tragisch. Nora hatte Ähnlichkeit mit ihr. Sie hatten die gleiche Stirn, und Noras Gesicht hatte die gleiche Form wie das ihrer Mutter.

Sein Herz und sein Körper schmerzten aus Liebe zu Nora. Aber die Situation war heillos verfahren. Wenn er Nora ansah, musste er an Robin denken und dass sie ermordet worden war und von wem. Er fühlte sich ohnehin schon elend genug. Er wollte nicht jedes Mal, wenn er Nora ansah, daran erinnert werden, dass er der Sohn eines Mörders war.

„John?", fragte Nora.

„Von jetzt an wird es so sein: Jedes Mal, wenn du mich ansiehst, wirst du Brian Raymond sehen", sagte er.

„Nein, so wird es nicht sein."

„Doch, es wird so sein."

„Ich sehe *dich,* wenn ich dich ansehe, John. Und du bist wundervoll."

„Dann bin ich derjenige, an dem es scheitert, denn *ich* sehe Brian Raymond, wenn ich mich selbst ansehe, und ich sehe deine Mutter, wenn ich dich ansehe."

„Du wirst dich entscheiden müssen, sie nicht zu sehen."

„Ich *habe* mich entschieden, sie nicht zu sehen. Aber sie sind trotzdem da."

Sie sahen einander an; die Luft zwischen ihnen knisterte voll unsichtbarer Funken.

Vor nur wenigen Tagen war es noch sein gutes Recht gewesen, sie zu berühren, zu umarmen, zu küssen. Jetzt hatte er das Gefühl, durch eine gläserne Wand von ihr getrennt zu sein – eine Wand, so dick und real wie die Schiebetüren, die sein Wohnzimmer von der Terrasse trennten.

Sie straffte die Schultern und ballte die Hände zu Fäusten. „Du bist nicht für das verantwortlich, was Brian getan hat. Was in der Generation vor uns geschah, hat nichts mit dir oder mit mir zu tun."

„Nein? Und wie verstehst du dann diese Bibelstelle, die besagt, dass die Schuld der Väter noch in der dritten und vierten Generation auf die Kinder zurückfällt? Das würde doch erklären, warum ich mein Augenlicht verliere, oder nicht?"

Nora stand der Mund offen. „Nein! John … lass uns ins Haus gehen. Wir können doch über alles reden, okay? Ich glaube, das würde uns helfen …'"

„Ich kann nicht. Tut mir leid, aber ich kann …", er wies mit den Händen auf sie und auf sich selbst, „das hier nicht."

„Doch, du kannst es." Ihre Stimme zitterte, und er hasste sich dafür, dass er ihr das zumutete.

„Nein, ich kann es nicht. Ich weiß nicht, wer ich bin", gestand er ihr mit schmerzhafter Ehrlichkeit. „Und ich muss es herausfinden, damit ich wieder klar denken kann."

„Ich kann dir helfen, es herauszufinden", flüsterte sie und ging einen Schritt auf ihn zu.

Er hob abwehrend die Hand.

Sie erstarrte mitten in der Bewegung.

„Ich muss allein sein", sagte er schärfer, als er es beabsichtigt hatte.

Nora traf keinerlei Schuld an der ganzen Situation. Er wusste das, und er wollte sie nicht verletzen. Niemals. Aber sie war zu gut für ihn, so gut, dass er sich daneben umso schlechter fühlte. Das Gesicht ihrer Mutter, das ihn aus ihren Augen ansah, verurteilte ihn. „Ich muss … ich muss wirklich allein sein. Es tut mir leid."

„Tu das nicht, John."

Die Zeit verstrich im Sekundentakt, bevor er sich umdrehte, ins Haus ging und die Tür hinter sich schloss. Er stand im Foyer, die Arme vor der Brust verschränkt, verzweifelt bemüht, irgendeinen

Halt in sich selbst zu finden, während sich in seinem Inneren ein Sturm zusammenbraute. Er wollte, dass Nora ging, denn er könnte es nicht ertragen, wenn sie noch mal klingelte oder noch ein einziges Wort sagte oder ihn mit diesem verzweifelten Gesichtsausdruck ansah.

Als er hörte, dass sie den Motor anließ, schloss er die Augen. Nicht vor Erleichterung, sondern vor bitterstem Verlust.

Nora fuhr nach Hause ins Bücherstübchen wie eine Brieftaube, die instinktiv im eigenen Schlag Schutz und Sicherheit sucht.

Ungeweinte Tränen schnürten ihr die Kehle zu, und ihr Puls trommelte deprimierende Kadenzen in ihren Ohren. *Reiß dich zusammen*, sagte sie sich immer wieder. *Reiß dich zusammen, Nora.*

Sie stellte den Wagen ab, ging außen ums Haus herum und warf Handtasche und Schlüssel auf die Stühle auf der Terrasse. Dann lief sie weiter, bis sie den Platz erreichte, wo der Rasen ihres Grundstücks an den nassen, steinigen Uferstreifen des Hoodkanals grenzte.

Ich weiß nicht, wer ich bin, hatte John gesagt, und es hatte sehr verzweifelt geklungen. Er wusste überhaupt nicht, wie anziehend er für sie war mit allem, was ihn ausmachte – seinem Äußeren, seiner Vergangenheit, seiner Verletzlichkeit und seinem Ehrgefühl.

Sie hatte ihm gesagt, er sei wundervoll, aber das war, als würde man einen Kieselstein in den Grand Canyon werfen. Zu wenig. Wirkungslos. Sie hatte so viel mehr sagen wollen. Sie hatte seine Auslegung dieses Bibelverses widerlegen wollen, durch die er sich selbst einredete, Gott würde ihn für die Sünden seines Vaters strafen. Sie hätte gern erklärt, dass die Umstände seiner Zeugung und seine nachlassende Sehkraft wie die kleinen Risse im Firnis eines *Monet* waren. Wenn man das Gemälde nur richtig anzusehen wusste, änderten die feinen Risse überhaupt nichts an dem, was es war – ein Meisterwerk.

Aber ganz offensichtlich war John nicht bereit gewesen, irgendetwas davon zu hören.

Sie fuhr sich mit den Händen übers Gesicht, ließ die Arme sinken.

Dieser Kampf, den John da ausfocht, war größer, als sie es war. Und auch größer, als er es war. Sie liebte ihn, aber es lag nicht in ihrer Macht, ihm zu helfen. Hier ging es um eine massive Identitätskrise. Hier ging es darum, was Wahrheit war und was Lüge. Hier ging es um den Kampf zwischen Licht und Finsternis, und damit um etwas, was ihrem Einfluss völlig entzogen war.

Aber sie kannte den einen, der sich mit dem Kampf zwischen Licht und Finsternis auskannte.

Sie setzte sich auf den Boden und zog sich den Rock des Kleides über die gekreuzten Beine, ohne Rücksicht darauf, dass der feuchte Untergrund den Stoff ruinieren würde. Sie versuchte, ihre Gedanken zu ordnen, und bereitete sich darauf vor, für John zu beten. Aber was ihr stattdessen vor Augen stand, und zwar mit erschütternder Klarheit, war … sie selbst. Und die Fehler, die *sie* gemacht hatte.

Damals, bei ihrem Einkaufsbummel in Seattle, hatte sie sich eingestanden, dass es ihr schwerfiel, alles in Gottes Hand zu legen, und dass sie mit ihrem Singledasein alles andere als zufrieden war. Aber ihre Reaktion auf diese Einsicht war weitgehend eine Art Selbsthilfeprogramm gewesen. *Entscheide dich einfach, zufrieden zu sein! Finde die richtige Einstellung zu deinem Singledasein, Nora. Und dein Selbstwertgefühl? Das lässt sich doch mit etwas mehr Engagement für dein Äußeres deutlich verbessern.*

Später, als sie sich auf die Beziehung zu John eingelassen hatte, hatte sie wieder alle Verantwortung auf die eigenen Schultern geladen. *Sei klug, Nora. Schütz dich, so gut du kannst. Übereile nichts!* Und als diese Beziehung dann vor einer ersten Bewährungsprobe stand, hatte sie sich gesagt: *Bring das in Ordnung, Nora. Finde heraus, wie das geht.*

Eine neue Gewissheit stieg in ihr auf, und sie ließ den Blick in die Umgebung schweifen, registrierte jedes Detail. Das, was in ihr kaputt war, konnte sie durch kein Selbsthilfeprogramm der Welt in Ordnung bringen. Und was zwischen John und ihr zerbrochen war, konnte sie weder durch ernsthaften Willen noch durch gut gemeinte Bemühungen kitten. Sie hatte es versucht.

Und war kläglich gescheitert.

Vor drei Jahren war sie auf die Kommandobrücke ihres Lebensschiffes gestiegen und hatte das Steuerruder in die eigene Hand genommen, weil sie sich nicht mehr darauf verlassen wollte, ihr Vertrauen allein auf Gott zu setzen. Und seit dieser Zeit hatte sie nie wieder etwas unternommen, was sie sich nicht mit ihren eigenen menschlichen Möglichkeiten zu erreichen zutraute.

Aber jetzt, aus dieser neuen Perspektive, konnte sie sehen, dass ihre geplatzte Verlobung kein Versehen von Seiten Gottes gewesen war. Er hatte nicht plötzlich seine Zuständigkeit für ihr Leben aufgekündigt und zugesehen, wie Gram und Kummer sie verzehrten.

Diese Zeit der Trauer und der zerplatzten Träume, die Zeit, in der sie beschlossen hatte, dass Gott ihr Vertrauen nicht verdiente, war in Wirklichkeit eine Zeit gewesen, in der er ihr Vertrauen *ganz besonders* verdient hatte. Er hatte gewusst, dass Harrison nicht der Richtige für sie war. Die Auflösung ihrer Verlobung war keine Tragödie, sondern eine Rettungsmaßnahme gewesen. Aber sie hatte das nicht sehen können. Und in ihrer Angst hatte sie Gott kleingemacht.

Sie konnte nicht so weitermachen, dass sie fünf Bereiche ihres Lebens selbst in die Hand nahm und zwei an Gott delegierte. Sie konnte nicht einmal für zwei Bereiche ihres Lebens selbst garantieren, auch wenn sie Gott die anderen fünf überließ. Gottes Wille plus ihr Wille – das war eine Gleichung, die nicht aufging. Es musste allein Gottes Wille sein.

Entweder stand er auf der Kommandobrücke und steuerte ihr Leben, oder sie tat es.

Furcht, schreckliche lähmende Furcht stieg in ihr auf. Sie wollte zurückweichen und sich selbst vor diesem Abgrund schützen, an dem sie stand, denn … was, wenn er sie nicht dahin brachte, wo sie hinwollte? Was, wenn die Zukunft, die Gott für sie vorgesehen hatte, eine Zukunft ohne John war? Es gab keine Körperzelle in ihr, die sich eine solche Zukunft wünschte. Aber wenn es so käme … dann würde Gott allein ihr genügen.

Was, wenn sie nie heiratete?

Dann würde Gott allein ihr genügen.

Was, wenn ihrer Familie etwas Schreckliches zustieße? Wenn ihr das Geld für ihr Museumsdorfprojekt ausginge? Oder wenn sie eine Diagnose bekäme, die ihr derart den Boden unter den Füßen wegzöge, wie John es erfahren hatte?

Dann. Würde. Gott. Allein. Genügen.

Wenn sie von Angst geplagt oder enttäuscht oder sorgenzerquält war – dann, genau dann würde er derjenige sein, der ihr ganzes Vertrauen verdiente. Und an dieser Wahrheit musste sie im Glauben festhalten, egal, was ihre Augen sehen konnten.

Nora grub die Hände in den Boden und senkte den Kopf. „Ich will dir vertrauen, Herr“, flüsterte sie heiser. *„Du verdienst mein Vertrauen.“* Sie sagte es wieder und wieder, bis der Refrain in ihr zitterndes Herz und ihre hungrige Seele einsank. „Ich will dir vertrauen – in allem. Ich vertraue dir mein Leben an. Mein ganzes Leben. Ich möchte deinen Willen tun. Nicht meinen. Allein du …“ Ihre Stimme versagte. „Du genügst, Herr. Das ist es, was ich glaube. Du genügst.“

Sie betete so innig wie nie zuvor. Tränen liefen ihr über die Wangen, und sie vertraute ihr Leben dem König des Universums an, dem Gott, der auf dem Thron sitzt. Er war nicht klein, ohnmächtig und desinteressiert, wie sie gemeint hatte. Er war groß. Es gab nichts Größeres als ihn.

Sie bekannte ihre Schwäche und bat um Vergebung. Sie dankte ihm für seine Güte. Und sie betete für John.

„Zeig John, wer er ist. Erinnere ihn daran, dass er seine wahre Identität in dir findet. Liebe ihn. Rette ihn. Du bist der Einzige, der das kann.“

• • •

Brief von Sherry an John:

Lieber John,

seit unserem Treffen neulich ist mir in mancher Hinsicht leichter ums Herz als je zuvor – seit dem Tag, an dem die Schwester Dich aus dem Krankenhauszimmer getragen hat. In anderer Hinsicht dagegen ist mein Herz schwer, denn ich weiß, dass das, was ich Dir über Brian Raymond gesagt habe, für Dich sehr schwer zu ertragen ist.

Du weißt ja jetzt, dass mir schwierige Situationen durchaus nicht neu sind. Ich kann Dir aber aufrichtig versichern: Jenseits der Schwierigkeiten gibt es Freude und Liebe und Familie und eine Zukunft. Aber vor allem, und das ist in diesem Moment für Dich vielleicht am allerwichtigsten, vor allem gibt es mitten in allem, was schwierig ist, einen Frieden, den Gott uns schenkt. Und es gibt nichts Besseres für unsere Seele.

Ich weiß, wir sehnen uns so oft danach, dass die Umstände sich ändern. Aber was letztlich viel mehr wert ist, ist die Tatsache, dass Gott uns durch seinen Geist Kraft geben kann, mit den Umständen, die er nicht ändert, zu leben. Wir können damit leben, John, wenn wir Gott und seine Macht auf unserer Seite haben.

Ich möchte, dass Du eines weißt: Ich habe meine Entscheidung, Dich zur Welt zu bringen, nie bereut. Seit dem Tag, als Du geboren wurdest, war ich mir immer sicher: Das habe ich richtig gemacht.

Während ich dies schreibe, erfüllt mich große Dankbarkeit gegenüber Gott, weil er mir ermöglicht hat, die Entscheidungen zu treffen, die Dich in die Zukunft geführt haben, die er für Dich bereithielt. Du warst weit mehr sein Sohn als meiner; der himmlische Vater hat über jeden Schritt auf Deinem Weg gewacht.

Für mich steht fest, dass es Gott war, der Dich in genau die Familie gebracht hat, die Du haben solltest. Jetzt, wo ich so alt bin, wie ich bin, und nachdem ich ein paar Jahrzehnte Mutter sein durfte, bedauere ich, dass ich nicht als Mutter für Dich da war. Ich bedauere alles, was ich verpasst habe; alles, was Du und ich nicht gemeinsam erlebt haben. Und doch muss ich anerkennen, dass der Platz einer Mutter nicht der Platz war, den Gott mir in Deinem Leben gegeben hat. Ich bin stolz, dass er mir die kleine Rolle in Deinem Leben gab, die ich wahrnehmen durfte, und ich bin überwältigt davon, was er durch Dich getan hat, und voller Erwartung, was er noch weiter tun wird.

Ich würde mich freuen, wenn wir in Kontakt bleiben, aber nur, wenn Du das ebenfalls möchtest.

Herzlichst, Sherry

Kapitel 24

Zwei Tage nach Noras Besuch bei John erschienen ihre Schwestern, Grandma, Valentina und Zander im Bücherstübchen, beladen mit einem Topf Muschelsuppe, Brotteig und einer großen Portion Anteilnahme.

Wenig später war das Brot im Backofen und die Suppe köchelte auf Noras Herd. Die Luft war erfüllt von köstlichen Aromen und unbeschwertem Geplauder. Nora lehnte am Esstisch, betrachtete die anderen und fragte sich, ob sie dieser betont unbekümmerten Gesellschaft gerade gewachsen war.

Ihr aus tiefstem Herzen gesprochenes Gebet gestern war ein Wendepunkt gewesen. Aber Gott zeigte ihr bereits jetzt, dass ein Gebet ein Startpunkt war, keine Ziellinie. Sie hatte die Situation mit John in Gottes Hände gelegt – sie hatte *alles* in Gottes Hände gelegt, aber das hieß nicht, dass damit auch ihre dornenreichsten Gefühle verschwunden wären. Kummer und Zweifel machten ihr weiterhin zu schaffen. Ihre alten Gefühls- und Denkmuster winkten immer noch. *Nimm die Sache in die Hand! Tu etwas, um die Beziehung zu John in Ordnung zu bringen*, flüsterten sie. Aber das war nicht Gottes Stimme. Es waren ihre Sorgen und Befürchtungen, die sich hier meldeten. Von Gott hörte sie nur eins: *Vertrau mir.*

Sie hatte nicht viel Erfahrung mit Vertrauen. Und die Situation mit John forderte dieses Durchhalten von Vertrauen nicht täglich, sondern stündlich. Vielleicht sogar von Minute zu Minute.

Aber im Loslassen lag Frieden. Echter Frieden. Auch wenn dieser Frieden, den Gottes Geist schenkte, zum jetzigen Zeitpunkt ihres Lebens schwer und unter Tränen erkämpft war.

„Ich habe dem Jugendpastor mitgeteilt, dass ich die Teeniegruppe übernehme“, sagte Grandma in aufopferungsvollem Ton zu Valentina und Nora. Trotz der milden Temperaturen dieses warmen Augustabends hatte Grandma sich in den Modermuff geworfen. „Es hat sich sonst niemand gemeldet – wer will schon die Teenagergruppe in der Sonntagsschule übernehmen. Ich eigentlich auch nicht." Dramatischer Seufzer. „Aber ich weiß zumindest, was Pflichtbewusstsein ist. Heutzutage versteht das ja kaum noch jemand."

Wenn man jemanden brauchte, um eine schlechte Stimmung zu verbreiteten, konnte Nora sich auf Grandma immer verlassen.

„Mit Kindern in diesem Alter bin ich noch nie gut ausgekommen", verkündete Grandma.

„Gut, Miss", kommentierte Valentina.

Grandma kniff die Augen zusammen und sah Nora forschend an. „Du siehst müde aus."

„Ja", bekräftigte Valentina. „Sehr gut siehst du aus."

Willow packte Nora am Arm. „Entschuldigt uns für einen Moment. Mir fällt gerade ein, ich muss Nora und Britt noch etwas fragen." Sie schnappte sich auch Britts Arm, zog die beiden in Noras Schlafzimmer und schloss die Tür. Dann zog sie Nora in eine Umarmung, die duftete wie ein großes Blumenbouquet. „Wie geht's dir?"

„Ganz gut." Nora ließ sich aufs Bett sinken.

Willow setzte sich auf den einzigen Stuhl im Raum. Britt saß im Schneidersitz auf dem Boden, den Rücken an die Wand gelehnt.

„Als du bei John warst, hast du ihm gesagt, dass es dir leidtut? Das wolltest du doch?", fragte Willow.

„Ja, hab ich, aber er hat gesagt, es gebe nichts, was mir leidtun müsse … Und dann war es kaum möglich, mich wirklich zu entschuldigen, weil wir von unterschiedlichen Voraussetzungen ausgegangen sind."

Willow rümpfte die Nase. „Männer. Versteh einer die Männer. Sie sind von einem anderen Stern."

„Er wirkte ziemlich verzweifelt und sagte, er wolle allein sein", erzählte Nora den beiden, die diese Information auf sich wirken ließen.

„Tja", durchbrach Willow schließlich die Stille, „keine von uns musste sich jemals mit irgendetwas Vergleichbarem auseinandersetzen wie John jetzt im Hinblick auf die Umstände seiner Geburt.

Wir haben also kein Recht, darüber zu urteilen, wie er es verarbeitet. Vielleicht ist noch mehr Zeit für sich genau das, was er jetzt braucht."

„Ä-äh", sagte Britt. „Er ist *verzweifelt,* schon vergessen? Er könnte auch in eine Depression reinrutschen."

„Ich finde, wir sollten positiv denken", bemerkte Willow.

„Was willst du tun?", fragte Britt, an Nora gewandt.

Nora faltete die Hände im Schoß. „Beten. Und noch mal beten."

„Ist es zu spät, doch noch den feschen Briten zu nehmen?", fragte Britt.

„Britt!", schalt Willow.

Nora betrachtete ihre jüngere Schwester. „Ich will keinen feschen Briten. Ich will John!"

Willow gab die Vernünftige. „Was dich so frustriert, Nora, ist doch auch, dass du ihm nicht das sagen konntest, was du wolltest. Du hast ihn zwar gestern gesehen, aber für mich klingt das, als wäre nichts von dem, was du ihm mitteilen wolltest, bei ihm angekommen."

„Exakt."

„Warum schreibst du ihm nicht einen Brief? Würde das helfen? Du kannst in Ruhe deine Gedanken sammeln und zu Papier bringen. Er kann es lesen, wenn er dazu bereit ist. Und wenn er es liest, ändert das vielleicht etwas. Und selbst wenn nicht, dann weißt du wenigstens, dass du gesagt hast, was gesagt werden musste."

Nora atmete tief aus. Zum ersten Mal seit ihrem Gebet gestern spürte sie zutiefst in sich ein *Ja*. Der Vorschlag, einen Brief zu schreiben, fühlte sich richtig an.

„Das ist keine schlechte Idee", bestätigte Britt.

Zander öffnete die Tür und spähte ins Zimmer, die Hand auf der Türklinke. „Plant ihr eine Weltrevolution?"

„Und wenn", entgegnete Willow, „dann ist das Einzige, worüber wir uns bisher einig sich, dass man Männer nicht verstehen kann. Sie sind einfach Wesen von einem anderen Stern."

„Nicht alle", erwiderte Zander. „Nur die, die Drachen besiegen. Die sind nicht normal." Er sah Britt an. „Soll ich das Brot aus dem Ofen holen oder braucht es noch ein bisschen?"

„Du kannst es jetzt rausnehmen. Danke."

Willow betrachtete Britt irritiert. „Ich habe jetzt zweimal gesagt, dass Männer Wesen von einem anderen Stern sind. Und du hast nicht einmal *Ja* dazu gesagt. Sehr merkwürdig."

„Ich empfinde nicht mehr so viel Geringschätzung gegenüber dem männlichen Geschlecht wie gewöhnlich", lächelte Britt. „Ich habe jemanden kennengelernt."

Nora erstarrte. Zander ebenfalls.

War es unbedingt notwendig, dass Britt ausgerechnet jetzt, zu diesem katastrophalen Zeitpunkt in Noras eigenem Liebesleben, den Mann fürs Leben traf? Nora wusste nicht, ob sie den Ich-freu-mich-so-für-dich-Gesprächston durchhalten könnte, wenn Britt anfinge, von dem fantastischen neuen Mann in ihrem Leben zu berichten.

„Wer ist dieser Jemand?", wollte Willow wissen.

„Sagen wir einfach, er sieht gut aus und ist charmant, und ich bin schon ganz aufgeregt, weil wir uns für morgen verabredet haben. Ich bin mir zwar sicher, dass er mich in ein paar Wochen so nerven wird, dass ich gezwungen sein werde, ihn abblitzen zu lassen, aber dann werde ich einfach in den Klub der Verfechterinnen von ‚Männer sind von einem anderen Stern' zurückkehren."

Zander wurde weiß im Gesicht. Mit zusammengepressten Zähnen trat er den Weg Richtung Küche an.

„Auch wenn du dich gezwungen siehst, ihn in ein paar Monaten abblitzen zu lassen – es hört sich interessant an." Nora machte immerhin den Versuch.

„Du musst nicht so tun, als wärst du begeistert", ließ Britt sie wissen.

„Muss ich nicht? Du nimmst mir das nicht übel?"

„Nein, Nora. Ich nehme es dir nicht übel."

John überraschte seine Eltern nicht gern mit erschütternden Nachrichten. Er hatte es vor einigen Monaten getan, als er ihnen von seiner Diagnose berichtet hatte. Jetzt beendete er gerade seinen Bericht über Sherry und Brian Raymond. Noch eine Nachricht mit Sprengkraft.

Sein Dad und seine Mom betrachteten ihn mit einer Mischung aus Schock und Mitgefühl.

Zum verabredeten Sonntagslunch war er früh bei seinen Eltern eingetroffen. So früh, dass der Tisch erst halb gedeckt war und seine Schwester und ihr Mann erst in einer halben Stunde erwartet wurden.

Sie saßen zu dritt – er, seine Mom und sein Dad – im Wohnbereich des Hauses, in dem er aufgewachsen war. Der beigefarbene Teppich wies noch Spuren des Staubsaugers auf. Seine Mom hielt das Haus sauber und ordentlich. So war es schon immer gewesen.

Er konnte das Ticken der Wanduhr in der Küche hören und roch den Duft von Lasagne. Er kannte alle Geräusche, Gerüche und Gegenstände in diesem Haus sehr, sehr gut. Dies war sein Zuhause.

„Von alldem hat uns nie jemand etwas gesagt", sagte seine Mutter als Reaktion auf die Neuigkeiten über Sherry und Brian.

„Ich weiß."

Sein Dad räusperte sich. Johns Vater sprach problemlos und leicht über alles, nur nicht über Gefühle – seine eigenen oder die anderer Leute. Wenn er irgendetwas ansprechen musste, was auf der Gefühlsebene lag, wurde er so unbeholfen, als hätte er eine Glasmurmel im Mund. „Es … es tut mir so leid, dass du etwas wie das, was du uns gerade erzählt hast, herausfinden musstest, mein Sohn. Ich …" Wieder ein Räuspern. „Ich wünschte, deine Suche nach … nach deinen leiblichen Eltern hätte zu einem besseren Ende geführt."

„Ich auch", sagte seine Mom.

„Ich möchte nicht, dass ihr euch deswegen Sorgen macht. Ich hatte euch gesagt, dass ich Sherry gefunden habe und plane, ihr zu schreiben. Deshalb solltet ihr auch wissen, was anschließend passiert ist. Das ist alles."

Johns Mom und Dad hatten drei Jahre lang versucht, ein eigenes Kind zu bekommen, bevor der Arzt ihnen sagte, dass es nicht möglich war. Er wusste sehr gut, dass sie keine Chance gehabt hatten, eigene Kinder zu bekommen, so wie er keine Chance gehabt hatte, bei Menschen aufzuwachsen, mit denen er genetisch verwandt war. Sie hatten alle etwas entbehren müssen, aber auch alle dafür etwas gewonnen, indem sie einander bekommen hatten.

„Und … kommst du damit klar? Mit diesen Informationen?“, fragte seine Mom.

Seit dem Treffen mit Nora und Sherry im Grapevine stürzte er immer wieder in einen schwarzen, scheinbar endlosen Abgrund. Er konnte sich nicht mehr auf seine Sehkraft verlassen, nicht auf Nora und nicht auf irgendetwas Gutes in sich selbst, was ihn tragen würde. Und dann hatte er gestern diesen Brief von Sherry bekommen. Er wusste nicht, wie oft er ihn gelesen hatte. Ihre Worte waren wie ein rettender Ast, der aus einer Steilwand am Rande des Abgrunds ragte. Er hatte danach gegriffen, und der Ast hatte seinen Fall abgebremst. Aber – *kam er damit klar?* Er überlegte, wie er antworten sollte, und entschied sich für die Wahrheit. „Nein. Noch nicht.“

Seine Mom beugte sich vor. „John, das, was zwischen Sherry und Brian passiert ist, darf nicht ausschlaggebend dafür sein, wie du dich selbst verstehst. Okay?“

Er verharrte im Schweigen.

„Du gehörst zu Christus, John. Und durch ihn bist du ein neuer Mensch. Das Alte ist vergangen. Alles ist neu geworden. *Das Alte ist vergangen*, John.“

Er erwiderte ihren Blick. Die Küchenuhr tickte.

„Ich weiß noch genau, wie es war, als du für uns buchstäblich ein neuer Mensch warst. Wir haben dich zum ersten Mal gesehen, als du fünf Tage alt warst.“ Sie legte den Kopf zur Seite und lächelte ihn liebevoll an. „Ich wünschte, wir würden jemanden kennen, der gerade ein neugeborenes Baby hat.“ Sie drehte sich zu seinem Dad um. „Wen kennen wir, der gerade ein Enkelkind bekommen hat? Marcy?“

„Ich bezweifle, dass Marcys jüngstes Enkelkind daran interessiert ist, mit uns Lasagne zu essen“, erwiderte sein Dad trocken.

„Egal." Seine Mom wandte sich wieder an John. „Ich wünschte, ich hätte gerade ein Baby hier. Ich würde es dir nämlich gern zeigen. Ich wünschte, du könntest in das Gesicht eines fünf Tage alten Babys schauen. Denn dann würdest du sehen, wie hilflos und winzig und unschuldig so ein Baby ist. Das ist doch so, Ray, oder?"

„Genau wie du sagst."

„Aber vor allem ist ein Baby unschuldig. Was Brian Raymond auch getan hat, John, du trägst daran keine Schuld. Du bist inzwischen ein Mann, aber du bist immer noch genau der neue Mensch, der du damals als Baby warst. Und das weißt du ja auch. Natürlich. Aber es drängt mich, es dir noch einmal zu sagen. Und da ist noch etwas, was ich dir unbedingt sagen möchte, obwohl ich es schon tausendmal getan habe."

John wartete, schuldbewusst und hoffnungsvoll und unsicher.

„Wir haben für dich gebetet." Seine Mom sah ihm direkt in die Augen. „Du bist Gottes Antwort auf unsere Gebete, John. Du bist unser Sohn, und wir könnten dich nicht noch mehr lieben, als wir es bereits tun."

„Mhmm", machte sein Dad bekräftigend.

„Ich liebe euch auch", sagte John.

Seiner Mom stiegen Tränen in die Augen.

„Mom", sagte John mit einem warnenden Unterton. Er wollte nicht, dass sie vor seinen Augen in Schluchzen ausbrach.

Sein Dad sah zwar um die Augen aus wie ein Pferd, das gleich aus Panik durchgehen würde, aber er streckte den Arm zu seiner Frau aus und ergriff ihre Hand.

„Ich weiß, ich weiß." Sie lachte dünn. „Alles in Ordnung. Das sind Freudentränen."

„Am Donnerstag habe ich frei, John. Ich könnte nach Shore Pine hinauskommen und wir könnten mal wieder angeln", bot sein Dad an.

„Gern. Jederzeit."

„Wen kennen wir, der einen Psychologen empfehlen könnte, Ray?"

„Ich brauche keinen Psychologen", konstatierte John. Obwohl er im tiefsten Inneren fürchtete, es könnte doch so sein.

„Es würde nicht schaden, mit jemandem zu reden, John." Seine Mom begann mit einer Geschichte über die Tochter ihrer Freundin Denise, der nach einer Schwangerschaftsdepression von einem wunderbaren Arzt geholfen worden war.

Seine Eltern versuchten, ihm zu helfen. Sein Dad auf die Weise, die er kannte, indem er ihn zum Angeln einlud. Seine Mom, so wie sie es konnte. Sie versuchten zu helfen, weil er ihr Sohn war und sie ihn liebten und weil Eltern das für ihre Kinder taten – sie halfen ihnen und liebten sie.

Er sah die beiden vor sich. Er sah ihre Unvollkommenheiten und Eigenarten, und er sah ihr absolut gutes Herz.

Seine Mom mit ihren sanften Händen, der schlanken Gestalt und der schlichten Frisur. Wenn etwas sie aufregte, wurde sie rasch nervös, aber sie schlug alle anderen im Scrabble. Sie war eine fantastische Köchin und ehrenamtliche Mitarbeiterin im Kleiderladen der Kirchengemeinde, der bedürftige Familien versorgte. Als stellvertretende Direktorin der Grundschule war sie so verständnisvoll, dass die Kinder ihr Büro immer strahlend verließen, egal, warum sie hinbestellt worden waren.

Sein Dad, ein Mann mit breitem Oberkörper und kräftigem, bereits ergrautem Haar, war der beste Angler, den John kannte. Ein Genie, was Wettervorhersagen betraf. Und nicht gefeit dagegen, dass ihm schon mal ein Schimpfwort rausrutschte, wenn ein Fischadler ihm in die Quere kam. Der Mann, den alle baten, beim Umzug zu helfen, weil er immer kam, kräftig anpackte und sich nie beklagte.

John erinnerte sich, wie seine Mom ihm nachts feuchte Tücher auf die Stirn gelegt hatte, wenn er krank gewesen war. Er erinnerte sich an Gardinenpredigten, wenn er zu spät nach Hause gekommen war. An die Kerze zu seinem Lieblingsfrühstück, Blaubeerpfannkuchen, an jedem Geburtstag.

Sie hatten ihn bei allen schulischen Aktivitäten und Sportveranstaltungen unterstützt. Sie hatten keine finanziellen Mühen gescheut, um für sein Baseballtraining aufzukommen und ihn zu jedem Spiel zu fahren, das anstand. Sie hatten in T-Shirts und Baseballkappen mit dem Logo seines Teams in ihren Klappstühlen gesessen und seine Spiele verfolgt.

Wäre Brian Raymonds Leben anders verlaufen, wenn er kurz nach seiner Geburt von Menschen adoptiert worden wäre, wie seine Eltern es waren?

Wahrscheinlich.

John hatte sich auf die Suche nach seinen Eltern gemacht. Und er hatte sie gefunden.

Hier. Sie waren hier.

Und hier waren sie schon immer gewesen.

Ein paar Meilen weiter südlich strich Nora das Schreibpapier glatt, das auf dem Tisch vor ihr lag. Sie kaute auf ihrer Unterlippe und schraubte den Füller auf.

Gott forderte sie auf, Willows Idee umzusetzen und John einen Brief zu schreiben. Sie hatte gebetet, und sie wusste, was sie schreiben sollte.

Es war nur so, dass …

Herr, bitte hilf mir! Sie hatte Angst. Sie atmete tief ein, nahm all ihren Mut zusammen und begann zu schreiben.

Lieber John,

Du weißt ja, ich liebe Geschichte, aber ich muss gestehen, ich bin keine gute Briefschreiberin. Ich schicke lieber E-Mails. Ich schreibe Kurznachrichten und Facebook-Messages. Aber für Dich sitze ich jetzt hier vor einem Stapel Schreibpapier mit einem Füller in der Hand und schreibe einen echten Brief.

Unsere letzte Begegnung verlief nicht gerade glücklich, und seitdem habe ich ununterbrochen über alles nachgedacht. Eigentlich habe ich auch über eine Menge anderer Dinge nachgedacht, seit wir uns mit Sherry getroffen haben.

In der Bibel heißt es, dass Gott für die Gerechtigkeit kämpft. Du kennst die Stelle sicher.

Es gibt das Böse in der Welt, aber Gott verspricht uns, dass am Ende das Licht über die Finsternis siegen wird. Und er wird Gerechtigkeit üben.

Brian Raymond hat sechs Frauen vergewaltigt. Aber weißt Du, wie viele Menschen Du gerettet hast, John? Allein in Deiner Jemen-Mission waren es elf Menschenleben. Ich weiß nicht viel darüber, wo Du sonst noch eingesetzt warst. Aber ich weiß genug, um zu vermuten, dass Du in Deiner Zeit bei der Navy mehr als diese elf Menschen gerettet hast.

Kannst Du ein klein wenig erkennen, wie Gott Gerechtigkeit schafft?

Brian hat Menschen verletzt. Aber Du, sein Sohn, hast Menschen gerettet.

Gerechtigkeit ist Gottes Sache.

Und dann, kurz nachdem Du eine Diagnose bekommen hattest, die Brian Raymond Dir hinterlassen hat, hat Gott uns beide zusammengeführt.

Ich dachte zuerst, unsere Begegnung wäre ein Zufall gewesen, so wie die vielen vermeintlichen Zufälle, durch die so viele meiner Freundinnen ihre Freunde und Ehemänner gefunden haben. Aber nachdem Sherry uns gesagt hat, was uns verbindet, konnte ich in unserer Begegnung keinen Zufall mehr sehen.

Gott wusste doch, dass Du Brians Sohn bist, und er wusste, dass ich die Tochter meiner Mutter bin. Ich glaube, er hat uns ganz gezielt zusammengebracht. Das würde auch erklären, warum wir uns so rasch so gut verstanden haben, obwohl wir doch eigentlich so grundverschieden sind. Noch bevor wir wussten, dass wir beide in einer Verbindung zu Brian Raymond stehen, war Gott schon dabei, aus dem Leid, das unseren Müttern zugestoßen ist, durch unsere Beziehung etwas Gutes entstehen zu lassen.

Gerechtigkeit ist Gottes Sache.

Du hast mir neulich gesagt, wenn Du mich ansiehst, siehst Du meine Mutter. Und wenn Du Dich ansiehst, siehst Du Brian Raymond. Ich habe Zeit gehabt, darüber nachzudenken. Und heute würde ich auf diese Feststellung anders antworten, John. Ich würde sagen: wunderbar.

Wunderbar!

Sieh mich an und sieh meine Mutter, und staune darüber, wie Gott aus diesem Verlust Gutes schafft. Sieh Dich selbst an und sieh Brian, und erinnere Dich daran, wie Gott das, was Brian in übler Absicht getan hat, doch noch zum Guten gewendet hat.

Ich gebe zu, dass ich nach meiner geplatzten Verlobung nur noch sehr wenig von Gott erwartet habe. Aber seit ich Dich getroffen habe, sehe ich, dass er tatsächlich große Dinge tun KANN. Dass er große Dinge TUT. Dass ich wirklich Wunder von ihm erwarten sollte und dass er mein ganzes Vertrauen verdient.

Ich habe verstanden, dass ich die Situation zwischen uns nicht selbst in Ordnung bringen kann. Aber auch, dass es nicht reicht, große Dinge von Gott zu erwarten, sondern dass er sich von uns auch den entsprechenden Einsatz wünscht, das zu tun, was er möchte – dass er manchmal von uns auch "Großes" erwartet. Und das hat mich erschreckt.

Aber ich weigere mich, nur noch auf Nummer sicher zu gehen. Ich will der Angst keinen Raum geben. Na ja … ich habe immer noch ein bisschen Angst. Aber ich arbeite daran.

John, es gibt etwas GROSSES, gar nicht Nummer-sicher-Mäßiges, was ich Dir sagen muss …

Ich liebe Dich.

Unabhängig davon, dass Du der Sohn von Brian Raymond bist und dass ich mir selbst meiner Sache überhaupt nicht sicher bin, dass Du vielleicht bald nicht mehr sehen kannst und dass ich Angst habe, was die Zukunft bringt oder auch nicht. Und auch unabhängig davon, dass die Möglichkeit besteht, dass Du mich zurückweist.

Ich muss Dir das einfach sagen, unbedingt. Ich liebe Dich.

Deine Nora

Kapitel 25

John ließ Noras Brief sinken. Er stand im Foyer seines Hauses immer noch auf genau demselben Fleck, auf dem er seine Post durchgesehen hatte.

Sehr langsam legte er ihre handgeschriebenen Seiten auf die kleine Kommode. Dann ging er ins Badezimmer und stellte die Dusche an. Während er wartete, bis das Wasser warm wurde, lösten sich Felsen von seinen Schultern. Einer nach dem anderen. Wie die Bauklotztürme von Kindern, die in sich zusammenfallen. Unaufhaltsam.

Als das Wasser heiß war, stieg er in die Dusche, stemmte die Hände an die Kacheln, stützte sich auf seine Arme und schluchzte. Das Schluchzen erschütterte seinen kräftigen Körper. Er weinte … weinte um Sherry und Noras Mutter und die anderen Frauen. Er weinte, weil er sein Augenlicht verlor. Er weinte um die Kinder, die er nicht haben würde. Aber vor allem weinte er, weil Nora ihn liebte und er sich dessen so unwürdig fühlte – aber auch so unendlich erleichtert.

Sie liebte ihn.

Als er schließlich aus der Dusche kam, fühlte er sich zum ersten Mal seit seiner Begegnung mit Sherry wieder innerlich sauber. Seine Augen brannten und seine Kehle war rau, aber er fühlte sich erleichtert und war bereit, neu zu beginnen.

Er zog eine Trainingshose an und kehrte zurück ins Foyer. Er las Noras Brief noch einmal. Bewegte alles, was sie darin sagte, in seinen Gedanken. Las den Brief wieder.

Er trug die Seiten ins Wohnzimmer.

Heute hatte er sich endlich wieder in der Lage gefühlt, zu arbeiten. Wenn Sherrys Brief der rettende Ast gewesen war, an den er sich geklammert hatte, um seinen Absturz aufzuhalten, dann war der Besuch bei seinen Eltern gestern ein Rettungsseil gewesen. Und Noras Brief … Noras Brief war wie eine Hand, die in seine Finsternis herabgriff und ihn ans Licht zog.

Es war erst früher Abend, aber die grauen Wolken, die über Lake Shore Pine hingen, ließen es später erscheinen. Der Wind drückte einen leichten Regen mit leisem Prasseln an seine Scheiben.

Er las den Brief noch einmal und legte ihn dann auf den Küchentisch. Zum ersten Mal, seit er nach der Begegnung mit Sherry nach Hause gekommen war, öffnete er wieder die Türen zur Terrasse und schob sie auf.

Draußen trommelte ihm ein Regen, der weder warm noch kalt war, aufs Gesicht, auf die Brust und auf das Haar. Er ging den Weg zum Wasser hinunter, bis er den äußersten Punkt des Anlegers erreicht hatte.

Schaumkronen tanzten wild auf dem Wasser des Sees.

Um bei der Navy zu überleben, hatte er in sich selbst Widerstandsfähigkeit, Unabhängigkeit und ein unerschütterliches Vertrauen finden müssen. Damals hatte es manchmal den Anschein gehabt, als wäre er in der Lage, seine Identität auf diese Eigenschaften zu gründen – und auf all das, was er erreicht hatte, nachdem er die Truppe verlassen hatte.

Aber dann waren die Rückschläge gekommen: seine Diagnose und das Wissen, dass sein Vater Brian Raymond war.

Das Alte – das, an das er sich so lange geklammert hatte – war ihm aus den Händen gerissen worden. Er konnte seine Identität nicht auf die Menschen gründen, durch die er in diese Welt gekommen war, nicht auf seine Fähigkeiten oder seine Gesundheit, nicht einmal auf Nora.

All das konnte ihm genommen werden. Nichts davon machte ihn aus, machte die Person aus – den Menschen, der er war.

Hier bin ich, sagte er. Es war ein Gebet. *Ich bin ein Sünder, dem vergeben wurde. Ein Mensch, den du liebst. Das ist die einzige Identität, die mir noch bleibt.*

Und das war die einzige Identität, die er brauchte. Die einzige, die Bestand haben würde.

Es war befreiend, zu erkennen, wie unzulänglich er war, wie absolut mangelhaft. Denn es bedeutete, er musste sich nicht bis aufs

Äußerste anstrengen, um von Gott angenommen zu sein. Selbst wenn er sein Bestes gab, würde ihn das in Gottes Augen nicht besser dastehen lassen. Gott liebte ihn. Bedingungslos. Jenseits aller Leistung.

Und Jesus war der Garant dafür – Jesus war der einzig Vollkommene. Und er hatte die Botschaft gebracht, dass Gott Liebe war. Alles, was John empfangen hatte, war ein Geschenk.

John war durchaus nicht mit allem einverstanden, was Gott entschieden hatte. Vieles machte ihn zornig, vieles verstand er nicht, vieles erschien ihm unfair. Aber Gott hatte ihm nicht nur seine Gnade geschenkt, er hatte es auch für richtig gehalten, ihm Nora zu schenken. Gott hatte ihm Nora geschenkt, und dagegen ließ sich schwer etwas sagen. Ja, es hatte auch Schwierigkeiten auf seinem Weg gegeben, aber nun … nun auch Nora.

Nora liebte ihn.

Ich muss Dir das einfach sagen, unbedingt. Ich liebe Dich.

Das hatte sie geschrieben, und es kam ihm vor wie ein Wunder. Vielleicht war es ja ein Wunder.

Wie sollte er auf ihren Brief antworten? Er wollte ihr „Ich liebe dich auch“ sagen – auf eine Weise, die unmöglich missverstanden werden konnte.

Er war bereit für das wirklich Große in seinem Leben.

Für sie.

Noras Mitarbeiter, angetan mit Kleidern aus der Pionierzeit, standen auf dem Parkplatz vor der Bibliothek im Naturschutzmuseum. Nora, eine große Thermoskanne mit Kaffee in einer und einen Karton mit Zimtschnecken in der anderen Hand, eilte auf sie zu. Unter einem Arm klemmte außerdem ein Stapel Pappbecher und Servietten.

Es war der erste Tag des Sommerantikmarktes, den sie seit Monaten vorbereitet hatten. Um neun sollte die Eröffnung sein, und bis dahin hatten sie noch jede Menge zu tun.

„Ich bringe ein paar Besänftigungsgeschenke“, sagte Nora. „Ich weiß, es ist unverzeihlich, euch um sechs Uhr morgens hierherzubestellen.“

„Absolut unverzeihlich“, bestätigte Nikki.

Nora stellte Kaffee, Zimtschnecken, Tassen und Servietten auf den Kühler von Nikkis Geländewagen.

„Ich habe heute Nacht nur vier Stunden Schlaf gekriegt“, sagte Amy trübselig und schenkte sich einen Kaffee ein. „Ich war die halbe Nacht auf und habe Grace bei einem Referat geholfen, das sie bis um zwölf Uhr nachts gestern einreichen musste. Welcher Lehrer verlangt denn die Einreichung von Arbeiten um zwölf Uhr nachts?“

„Welche Mutter hilft ihrer vollkommen selbstständigen siebzehnjährigen Tochter bei ihrem Referat?“, entgegnete Nikki.

„Eine gute Mutter“, schaltete Blake sich ein. „Ich habe auch nur vier Stunden Schlaf gehabt, weil ich an der Story für mein Buch gefeilt habe. Es wird jede Menge Blut geben. Fantastisch.“

„Ich wünschte, ich hätte überhaupt vier Stunden geschlafen“, bemerkte Nikki. „Ich war fast die ganze Nacht wach und habe über alle guten Gründe nachgegrübelt, eine weitere Ehe in Erwägung zu ziehen.“ Nikki machte sich über eine Zimtschnecke her, und die Zuckerglasur glänzte auf ihren Lippen. „Ich brauche einen neuen Ehemann.“

Nora hörte einen Wagen kommen und drehte sich um. Willows Range Rover hielt, und Britt und Willow stiegen aus. Sie trugen beide leichte Sommerjacken, weil der frühe Morgen noch recht kühl war.

„Deine Schwestern sehen immer aus wie frisch aus dem Ei gepellt“, sagte Amy mit sehnsuchtsvollem Unterton.

„Ich weiß“, sagte Nora. „Es ist erschreckend.“

„Es ist erstklassig“, beharrte Blake. „Sie sind erstklassig.“

„Das ist ja eine Überraschung!“, rief Nora ihren Schwestern entgegen.

„Das ist dein großer Tag. Wir dachten, du könntest noch ein bisschen Hilfe gebrauchen.“

„Danke!“ Nora war wirklich gerührt. Wenn ihre Schwestern um sechs Uhr morgens hier auftauchten, um ihr zu helfen, mussten sie sie wirklich mehr lieben, als sie geahnt hatte.

Nora hatte auf dem Weg hierher eine Zimtschnecke vertilgt und jetzt ihre Alles-was-ich-brauchen-könnte-Tasche aus dem Kofferraum geholt und Notizblock und Stift hervorgekramt. Sie ging drei Seiten von Stichworten mit den anwesenden Helfern durch, erklärte bei jedem fraglichen Punkt, was zu tun war, oder beantwortete die Fragen des jeweiligen Beteiligten. Im Osten färbte sich der Himmel in ein helles Perlgrau.

Sie hatte gerade den letzten Punkt auf ihrer Liste abgehakt, als eine dünne Gestalt im Joggingtempo auf sie zukam.

„Randall?“

„Guten Morgen, Miss Bradford.“

„Kommst du, um uns zu helfen?“

Er zuckte mit den Schultern. „Denke, schon.“

Es gab keinen Zweifel. Randall war mächtig stolz darauf, welche Rolle er im historischen Dorf spielte. Dass er sich zu dieser Zeit aus dem Bett gequält hatte, bewies es. Nora reichte ihm die letzte Zimtschnecke.

Das hier waren die Menschen, zu denen sie gehörte. Ihr Kummer in Bezug auf John hatte ihr das nur umso deutlicher bewusst gemacht. Sie hatte eine Familie und sie hatte Freunde.

Fast zwei Wochen war es her, dass sie ihren Brief an John geschrieben und abgeschickt hatte. Sie wartete immer noch auf eine Antwort. Sie wusste nicht, ob er ihn überhaupt gelesen hatte. Und wenn ja, wusste sie nicht, ob er ihn nicht sofort zerknüllt und in den Müll geworfen hatte.

Sie bedauerte nicht, diesen Brief abgeschickt zu haben. Sie hatte das Gefühl gehabt, ihn schreiben zu müssen, und dass Willow recht gehabt hatte – dass es für sie wichtig war, auszusprechen und zu formulieren, was sie so dringend sagen wollte. Aber gleichzeitig machte es sie auch verwundbar, sich selbst so zu offenbaren, wie sie es in diesem Brief getan hatte. Wenn sie daran dachte, dass sie John unumwunden erklärt hatte, dass sie ihn liebte, verkrampften sich ihre Muskeln.

„Okay", sagte Nora. „Weiß jeder, was er zu tun hat?"

„Alles klar!" Nikki straffte sich und salutierte formvollendet.

Randall streckte einen mageren Arm vor. „Auf einen fantastischen Antikmarkt – eins – zwei – drei!" Die anderen legten ihre Hände auf die seine. „Eins, zwei, drei!"

„Auf einen fantastischen Antikmarkt!", riefen sie und stoben in alle Richtungen davon.

Noras Schwestern hielten mit ihr Schritt, als sie den Weg zur Bibliothek einschlug. Sie kramte in ihrer Handtasche nach dem Schlüsselbund, um die Tür aufzuschließen. Als sie ihn gefunden hatte, lief sie in Richtung Eingang. Sie hielt die Schlüssel in der Hand und hob den Kopf, weil sie im Blickwinkel etwas sah, was ihre Aufmerksamkeit weckte. Die Bodenlichter, die die lange rechteckige Rasenfläche säumten, bestrahlten zahllose Tautropfen, ein märchenhaftes Bild. Ihre Aufmerksamkeit folgte der Lichterreihe bis zum Ende der Grünfläche, wo …

Wo …

Nora blieb abrupt stehen.

Am anderen Ende der Grünfläche, wo immer ein freier Platz gewesen war, stand eine Kapelle.

Nora blieb der Mund offen. Erste Sonnenstrahlen fielen vom Horizont her auf die Spitze des Kirchturms und den Dachfirst. Dies war nicht irgendeine Kapelle.

Es war die Hartnett-Kapelle. *Ihre* Kapelle. Die Kapelle, die sie liebte und sich schon immer gewünscht hatte. Und da stand sie nun wie ein Traum, eine optische Täuschung, eine Fata Morgana – genau an dem Platz, den Nora dafür frei gehalten hatte.

Nora blinzelte. Die Kapelle verschwand nicht. Ein Vogelschwarm flog über dem malerischen Gebäude in den Himmel.

Sie machte einen Schritt vorwärts. Wenn sie sich sehr anstrengte, konnte sie auf der Veranda vor der Kapelle eine Gestalt erkennen. Eine männliche Gestalt.

Sie schlug die Hände vor den Mund. Ihr Herz machte einen Satz und begann dann, wie wild zu hämmern.

„Vielleicht solltest du hingehen und Hallo sagen", sagte Willow sanft.

Nora hatte vorübergehend vergessen, dass ihre Schwestern auch noch da waren, aber sie standen direkt hinter ihr und beobachteten sie gespannt. Noch ein paar Meter weiter hinten hatten sich Noras Mitarbeiter versammelt. Nikki reckte enthusiastisch den Daumen hoch.

Ihre Schwestern hatten … nein, sie hatten vielleicht alle … von dieser Sache gewusst.

Natürlich. John hätte ja wohl kaum ganz allein ein Gebäude auf ihrem Grund und Boden errichten können, wenn ihre Familie und ihre Mitarbeiter ihm nicht geholfen hätten.

„Komm, gib mir deine Tasche." Britt streckte die Hand aus und Nora reichte sie ihr wortlos.

„Schlüssel", sagte Willow.

Sie händigte ihr die Schlüssel aus. „Danke", flüsterte Nora.

„Bedanken musst du dich bei ihm", sagten beide Schwestern einstimmig, dann sahen sie sich an und riefen wie früher als Kinder: „Zwei Seelen, ein Gedanke!"

Zitternd und auf wackeligen Beinen lief Nora zur Kapelle hinüber. *Ich fasse es nicht. Ich fasse es nicht. Ich fasse es nicht.*

Sie glaubte nicht, dass Männer die Gewohnheit hatten, historische Kirchen in die Dörfer ihrer Mädchen zu versetzen, es sei denn, sie wollten ihrem Mädchen einen Traum erfüllen. Und Männer hatten nicht die Gewohnheit, ihrem Mädchen einen Traum zu erfüllen, es sei denn, sie mochten es wirklich richtig gern.

Beim Näherkommen sah Nora, dass die Kapelle auf Stahlpfosten und speziellen Transportrollen stand, die die Firma, die das Gebäude umgesetzt hatte, für den Transport benutzte. Die Harnett-Kapelle war von Mr Hartnetts Grundstück entfernt, hierhertransportiert und – irgendwann zwischen dem Zeitpunkt, als sie gestern die Bibliothek verlassen hatte, und jetzt – im historischen Dorf von

Merryweather aufgestellt worden. Es fehlte nichts außer einem neuen Fundament. Sobald das gelegt war, konnte sie auf ihrem neuen Standort verankert werden.

John lehnte an der Wand neben dem Spitzbogen der Eingangstür. Er trug eine schwarze Jacke, Arbeitshose und Arbeitsschuhe. Er hatte sich am Morgen noch nicht rasiert, aber seine Wangen waren deutlich glatter als beim letzten Mal, als sie ihn gesehen hatte. Seine Augen waren zwar müde, aber nicht mehr stumpf von Wut und Schmerz.

Er stieß sich von der Wand ab, als Nora die Holzstufen hinaufging, die zur Kapelle führten. Sie blieb stehen und schaute ihn an; ein leichter Morgenwind umwehte sie. Irgendwo krähte ein Hahn.

Nein, seine Augen waren nicht mehr matt und glanzlos. Ganz und gar nicht. Die braune Tiefe war warm und friedvoll. Und er sah durch und durch zufrieden aus, dass ihm eine solche Überraschung gelungen war.

„Hast du Mr Hartnett seine Kapelle gestohlen, als er gerade mal nicht hingesehen hat?"

Johns ganzes Gesicht verzog sich zu einem breiten Grinsen inklusive Lachfältchen um die Augen und einem Grübchen.

Noras Freude stieg auf Rekordniveau.

„Mr Hartnetts Sohn war auch bei der Navy", sagte John. „Er wurde auf See verwundet, hat aber zum Glück überlebt. Man könnte sagen, dass Mr Hartnett eine Schwäche für Veteranen hat."

„So?"

„Ja. Und er hat mein Buch gelesen."

Nora lachte leise und atemlos.

„Er stand meinem Vorschlag, mir die Kapelle zu verkaufen, erstaunlich offen gegenüber."

„John! Ich …" Sie starrte ihn an. „Ich bin seit Jahren verrückt nach dieser Kapelle."

„Ich weiß."

„Ich kann nicht glauben, dass Mr Hartnett sie dir verkauft hat. Und ich kann erst recht nicht glauben, dass du sie hierherversetzt hast. Für mich."

„Glaub es."

„Wie hast du …?" Ihre Gedanken drehten sich im Kreis, während sie sich vorzustellen versuchte, wie er das fertiggebracht hatte. Sie wusste genau, was es bedeutete, ein Gebäude zu versetzen. Sehr gründliche Planung, Koordination und Geld.

„Ich habe Nikki um Rat gebeten, und sie hat mich mit Hal von der Transportfirma bekannt gemacht. Deine Schwestern, Hal, Nikki, Mr Hartnett und ich haben die letzten zehn Tage an dem Projekt gearbeitet."

Sprachlos wies Nora auf ihren geliebten Glockenturm, die geliebte Tür, die geliebten Fenster. Dann ließ sie die Arme sinken und sah John an. „Danke, John. Diese beiden Worte klingen in diesem Moment in meinen Ohren unglaublich unangemessen, aber ich finde gerade keine besseren. Also … Wow. Und: danke, John."

Er streckte ihr die Hand entgegen. Sie legte ihre hinein, und als seine warmen Finger sich um ihre schlossen, schnürte ihr die Rührung die Kehle zu.

„Sehr gern", murmelte er und zog sie zu sich her. Sie lehnte sich an ihn, und da war es wieder, dieses geheimnisvolle *Etwas* zwischen ihnen, was sich nicht beschreiben ließ. Dieses unaufhaltbare, von Gott geschenkte Gefühl.

„Du hast mir gefehlt", sagte sie.

„Du mir auch."

Sie legte die Hand auf den kühlen glatten Stoff seiner Jacke. Durch die Kleidung hindurch spürte sie die Geborgenheit seines starken Körpers. „Unbezweifelbar hast du meinen Brief gelesen."

Er lachte. „Mein Lieblingswort."

Sie lächelte. „Unbezweifelbar."

„Du hast recht. Ich hab deinen Brief gelesen."

Sie sah ihm in die Augen und er ihr.

„Es tut mir leid", sagte er. „Es tut mir leid, wie ich mich verhalten habe, als du neulich bei mir warst."

„Du hattest viel zu verarbeiten."

„Das ist keine Entschuldigung. Kannst du mir verzeihen?"

„Ja“, erwiderte sie. „Kannst du mir verzeihen, wie ich an dem Tag mit Sherry reagiert habe? Bitte.“

„Ja.“

Ein Schweigen.

„Nachdem ich deinen Brief gelesen hatte“, sagte John, „wollte ich auf eine Weise antworten, die …“, schelmische Lachfältchen durchzogen sein Gesicht, „… die ganz unbezweifelbar sein sollte.“

„Mission erfüllt. Dies ist die beste Antwort, die ich je auf einen Brief bekommen habe. Es ist das beste Geschenk, das ich je bekommen habe. Punkt.“

„Du bist das beste Geschenk, das ich je bekommen habe“, sagte er. „Ich liebe dich.“

Seligkeit erfüllte sie. Prickelnde Seligkeit. „Tust du das?“

„Ja, das tue ich“, versicherte er ihr.

„Ich liebe dich auch.“

„Die Vergangenheit hat ihre Herausforderungen und die Zukunft ist unsicher. Und das ist okay. Die Gegenwart ist alles, was wir haben. War's nicht so?“

Er erinnerte sich daran, was sie nach ihrem ersten Kuss gesagt hatte. „Genau so war's.“

„Wenn ich dich habe“, seine Stimme wurde rau, „hier, in der Gegenwart, dann habe ich alles, was ich mir erhoffen kann, Nora.“ Er fuhr ihr mit den Händen durchs Haar und zog ihre Stirn an die seine. Sie spürten den Atem des anderen. Sie schloss die Augen und sie wollte niemals vergessen, was sie in diesem Moment fühlte.

Dann trafen seine Lippen die ihren, und sie küssten sich, und dieser Moment – *dieser Moment!* – war noch viel besser als der letzte.

Dieser Moment, in dem sie auf der Veranda ihres wahrgewordenen Traums stand und sie sich küssten, war der Moment, den sie nie vergessen wollte. Nie, solange sie lebte.

———

Ach, Herr, mein Gott, durch deine starke Hand und deine große Macht hast du den Himmel und die Erde geschaffen. Nichts ist dir unmöglich.

Jeremia 32,17

MIX
Papier aus verantwortungsvollen Quellen
FSC® C014496

Die amerikanische Originalausgabe erschien im Verlag Bethany House Publishers, ein Verlag der Baker Publishing Group, Grand Rapids, Michigan, 49516, U.S.A., unter dem Titel „True to You".

1. Auflage 2020
Bestell-Nr. 817620
ISBN 978-3-95734-620-9

Covergestaltung: Anna-Lisa Offermann
Covermotiv: Mike Habermann Photography, LLC
Satz: Apel Verlagsservice, Bad Fallingbostel
Druck und Verarbeitung: GGP Media GmbH, Pößneck
Printed in Germany

www.gerth.de